MEISTER DER EINSAMKEIT

Marvin Kaye / Parke Godwin

Für Sharon Jarvis, die dafür sorgte,
daß der Roman geboren werden konnte;
für Pat LoBrutto, die ihn entband.

Die Autoren danken Mark A. Roller, P.E., Ingenieur für das Gesundheitswesen vom Bureau of Water Quality Management des Pennsylvania Department of Environmental Resources, und David G. Simpson vom Federal Bureau of Mines für die Zurverfügungstellung bestimmter technischer Daten.
Dank schulden wir auch Paul Hudson, dem Autor von *Mastering Witchcraft* (Putnam, 1970) und seinem Agenten, Owen Laster von der William Morris Agentur, für ihre Erlaubnis, gewisses Material aus diesem Werk zu entnehmen.
Unser Dank gilt ebenso einer Zahl historischer Philosophen; besonders lobenswert sei die hervorragende Übersetzung und Auslegung von Nietzsche durch Walter Kaufmann zu erwähnen sowie Michael Novaks Arbeit in *The Experience of Nothingsness* (Harper Colophon, 1971).
Einen herzlichen Dank auch Ellis Grove, Frank Garner und Richard Frank für ihre Gastfreundschaft und Hilfe während unserer Forschungen im Karli-Gebiet.

MEISTER DER EINSAMKEIT

Marvin Kaye / Parke Godwin

Science-Fiction-Roman

Aus dem Amerikanischen von Lore Straßl

Moewig Verlag KG Rastatt

Alle Figuren dieses Romans sind frei erfunden.
Jede Ähnlichkeit mit lebenden oder verstorbenen
Personen ist rein zufällig.

Titel des Originals: THE MASTERS OF SOLITUDE

Die amerikanische Originalausgabe ist bei
Doubleday & Company, Inc., Garden City,
New York, erschienen.
Titelbild: Boris Vallejo

Redaktion: G. M. Schelwokat
Die deutsche Ausgabe erfolgt mit dem Einverständnis
von Doubleday & Company, Inc., Garden City,
New York.
Satz: Utesch, Hamburg
Druck und Bindung: Salzer-Ueberreuter, Wien
Printed in Austria
ISBN 3-8118-2003-6

Inhaltsverzeichnis

Trauer ist Wissen: sie, deren Wissen am größten ist, müssen auch am tiefsten über die tödliche Wahrheit trauern; der Baum der Erkenntnis ist kein Baum des Lebens.

Manfred, Lord Byron

Denn wir haben keine dauernde Stadt, aber wir erstreben eine.

Hebr. 13:14

Der Ausgestoßene

Jemand dachte an ihn im Schweigen des Waldes. Überrascht und beunruhigt lauschte er. Die Bitterkeit des Spottes brannte Runen in ihn.

Singer. Außenseiter.

Besser allein zu sein, als zwischen den Zirklern zu leben, die ihm schiefe Blicke zuwarfen, wenn er an ihnen vorüberging. Manchmal schlummerte das Gefühl des Abseitsstehens, und er war sogar froh, von der Gesellschaft jener ausgeschlossen zu sein, die er wohl kaum seine Brüder nennen konnte. Aber heute machte ihm die Einsamkeit sehr zu schaffen. Er dachte an seine Mutter, die vor langer Zeit schon dahingesiecht war.

Unfertig.

In der Höhle hatte sich seit dem letztenmal wenig verändert. Füchse und Hunde hatten in den vergangenen Jahren hier Zuflucht gefunden, Jäger die Überreste ihrer Feuer und abgenagte Knochen zurückgelassen, aber ansonsten war sie noch wie damals. Er erinnerte sich, wo seine Mutter lag, in jener Nacht, als sie starb. Sie war so klein und leicht gewesen, daß selbst seine noch nicht sehr kräftigen Jungenarme ihre in eine Decke gehüllte Leiche zu dem Grab hatten tragen können, das er mit seinem Messer ausgehoben hatte.

Die Nacht im Wald war lind. Kurz bevor das Licht zurückkehrte, glich sein Geist der zurückwallenden Flut; sie offenbarte Erinnerungen tief wie der Meeresgrund, die jedoch bald wieder von der Nippflut des Tageslichts überspült sein würden. Bilder schoben sich vor sein Auge und schwanden: Er war im Norden und stählte seine Muskeln an den Ambossen der Wengen. Er briet in der Sonne auf den Baumwollbooten an der Küste. Er suchte die legendäre Insel Myudah, ohne sie zu finden. Er torkelte betrunken durch Lorl, mit einer Hure in jedem Arm, und sie alle drei grölten und stießen Flüche gegen die große, nicht sichtbare Stadt in der Ferne aus.

„Ich habe euch gut bezahlt“, sagte er, und sie fragten ihn, was er mit ihnen vorhätte, aber er empfand keinen Hunger nach Liebe in jener Nacht, zumindest nicht nach der käuflichen, die sie zu bieten hatten. Er wünschte lediglich, daß sie ihm Gesellschaft leisteten, während er das Selbsttor entweihte.

Die Frauen rannten kreischend davon. Sie schimpften Singer wahnsinnig.

Und er *war* halb wahnsinnig in jener Nacht. Er torkelte und stolperte nahezu eine Meile dahin, um die Zone, die elektronisch bewachte Grenze der Stadt, zu erreichen. Nirgends war ein Tor, nicht einmal ein Zaun. Freie Felder erstreckten sich bis zum dunstigen Horizont. Weiter taumelte er, vorbei an dem Warnzeichen.

Die Sensoren tasteten ihn ab, stellten sein Wesen fest, und in der Stadt zog ein Metallfinger einen selten benutzten Hebel. Als das Feld schließlich desaktiviert war, zog ein Trupp Söldner aus, die die Grenze bewachten, um seine Leiche einzubringen. Doch zu ihrer Überraschung fanden sie Singer noch am Leben. Er wimmerte und brabbelte Unsinn, als sie ihn aus der Zone trugen. Der Einfachheit halber luden sie ihn in einem Schweinestall in Lorl ab. Eines der Freudenmädchen pflegte ihn in ihrem eigenen Bett gesund, während er zitterte und schluchzte, und sich zu erinnern versuchte, wer er war. Als er endlich seinen klaren Verstand wiedergewann, gab er ihr zwei Kreten für ihre Mühe und erwähnte die beiden nicht, die sie ihm gestohlen hatte. Sie waren es ihm wert. Es war ein geringer Preis für das unbezahlbare Wissen, das er sich erworben hatte.

Endlich hatte er etwas über die Stadt erfahren.

Das Selbsttor griff Menschen nicht mit metallenen Widerhaken oder Gas an, es versuchte nicht, lebenswichtige Organe aufzuspießen oder mit Gift zu zersetzen. Statt dessen las es Eindringlinge wie schlecht beschriebene Seiten, zergliederte ihre Grammatik, stellte fest, was jeden einmalig machte, maß die Schwächen und Fehler ihrer Persönlichkeit und ihres Selbst aus meilenweiter Entfernung – und zerlegte sie mit einer unerbittlichen Analyse.

Aber ich bin Singer. Und ich bin allein.

Vielleicht deswegen war es ihm als einzigem je gelungen, lebend vom Selbsttor wegzukriechen. Trotzdem gab es in jener Nacht Schrecken, an die er sich nicht klar zu erinnern wagte. Er behielt sie in sich, nachdem er sie schließlich definiert hatte. Als er das Bett verließ, nahm er sich das letzte Stück des Kreises vor, den er in den fast zwanzig Jahren gewandert war, um ihn zu schließen.

Er kehrte zu der Höhle zurück, denn es gab keinen anderen Ort innerhalb all der Meilen und Jahre, den er sein eigen nennen konnte, nur jenen schwachen Faden des Wissens, der gleichzeitig Rettung und Mühlstein war. Doch unter den Menschen, die ihm keine Freundes- oder Bruderhand entgegenstreckten, in einer Welt ohne offene Tür, war zumindest soviel sein: *Er war Singer, und er war allein.* Er hatte den Großteil von zwei Dekaden gebraucht, um den melancholischen Triumph dieser Tatsache überhaupt anzuerkennen. Eine Suche, ohne den Rückhalt eines Zuhauses, hatte ihn von einer Ecke des Landes zur anderen getrieben. Und dann kam der entscheidende Schlag, die Ablehnung durch die Stadt, die den Kreis vollendete und ihn noch intensiver über seinen Status als Ausgestoßener nachdenken ließ.

Etwas weckte ihn.

Er befreite sich aus der Wolldecke und kniete sich im ersten schwachen Grau des Morgens an den Höhleneingang. Er lauschte. Seine Sinne versuchten, das Schweigen zu ergründen, sich seiner Form klar zu werden.

Nicht der kleinste Laut drang zu ihm. Also mußte die Stille selbst es gewesen sein, die ihn aus dem Schlaf gerüttelt hatte. Vogelzwitschern sollte zu hören sein, das Huschen von Eichhörnchen, Tausende kleiner Geräusche, das Streifen von Wildschweinen durch Dickichte, Rehe, die durch einen Bach platschten auf ihrem Heimweg vom frühmorgendlichen Äsen.

Nichts von alledem. Der Wald hielt den Atem an.

Norden. Etwas näherte sich aus dem Norden, und der Wald lehnte es ab.

Singer atmete selbst kaum in dieser unnatürlichen Stille. Er schlang sich den Köcher um, verließ lautlos die Höhle und rannte den niedrigen Hang zum Pfad hinunter. Das Schweigen der Tiere des Waldes brachte ihm die alte Weisheit des Jägers zurück. Er verursachte zu viele Geräusche, er mußte sich erst wieder daran gewöhnen, sich im Wald richtig zu bewegen.

Er blieb stehen und begutachtete die Schärfe seiner Messerklinge. Die ersten Sonnenstrahlen fielen auf seinen kompakten Körper, der geschmeidig und stark war, wenn auch kleiner als die der meisten Waldmenschen. Sein schmales Gesicht, obgleich tief gebräunt von der Sonne, wies keinen rötlichen Schimmer auf. Im Winter nahm seine Haut einen eigenartigen Elfenbeinton an, ähnlich der sanften Blässe seiner Mutter.

Singer entfernte sich auf leisen Sohlen von der Höhle. Er lauschte nach einem Hinweis auf *Lep*. Versuchte der sich an ihn heranzupirschen, der gestern nacht seinen Namen gedacht hatte? Und weshalb beschäftigten sich überhaupt jemandes Gedanken mit ihm?

Singer . . .

Ja, wieder hörte er seinen Namen in Lep. Der Rest waren wortlose Gefühle, für die der uhianische Dialekt keine Bezeichnung hatte, obgleich die Bedeutung klar war. *Singer. Außenseiter. Starrkopf.*

Er hatte nicht beabsichtigt, an dem Baum vorbeizugehen. Viele Jahre waren vergangen, und der Schmerz war so alt und stumpf, daß es schwerfiel, sich zu erinnern, wie brennend er gewesen war. Und doch, als er vorsichtig durch die Büsche eilte, nur an seine Füße dachte und die Notwendigkeit, sie mit der Lautlosigkeit und Behendigkeit eines Rehes zu bewegen, stand er plötzlich vor dem mächtigen Stamm, und einen Augenblick hielt er unwillkürlich den Atem an.

Die tiefgeschnittenen Buchstaben waren verlängert und verzerrt durch das Wachstum des Baumes. Das Grab, das er mit nichts als einem Messer und den Fingern eines Achtjährigen ausgehoben hatte, war so zertrampelt und flachgetreten, daß nicht einmal einer von Garicks Leuten es hätte finden können, wären die eingeschnitzten Worte nicht gewesen. Singer fragte sich, wie oft Garick wohl allein hierhergekommen war, um die Lettern in der Alten Zunge zu lesen, die Singers Mutter ihm beigebracht hatte. Er, Singer, hatte damals zwei Tage daran gearbeitet und sich Blasen und Blutergüsse an den Handflächen zugezogen, nur um die Worte auch tief genug einzuschneiden.

HIER RUHT
JUDITH SINGER
DIE FRAU GARICKS
DES MEISTERS DER SHANDOS
GEBOREN IN DER STADT
GESTORBEN AN

Den Grund für den Tod seiner Mutter konnte er weder schreiben noch nennen. Doch während die Meilen und Jahre hinter ihm zurückblieben, dachte er oft an die freigebliebene Stelle. Vielleicht würde Garick das Wort eines Tages mit seinem *Thammay* einritzen. Singer hoffte, er könnte dabei sein und Garick zusehen, wie er tief in seinem Inner⁻ nach dem richtigen Wort suchte.

„Garick.“

So leise, daß er es kaum hörte. Er spürte, wie sie sich in ihrer Schwäche aufzurichten versuchte, um ihm näher zu sein. Seine Mutter stöhnte.

„Garick, ich wollte ...“

Doch diese Botschaft blieb unvollendet. Als er seine Lippen bewegte, wußte Singer bereits, daß er allein war, obgleich eineinhalb Dutzend Jahre vergehen sollten, ehe die Wucht dieser Tatsache ihn zu Boden drückte und ihm doch eine neue, bittere Kraft verlieh.

Achtzehn Jahre! Das Grün der Wälder und Steppen verblich und schwand Herbst um Herbst, um im Frühjahr immer wieder aufs neue leuchtende Farbe anzunehmen. Die verschwenderische Natur verschenkte großzügig ihre Gabe an Insekten und Knospen, doch Judith, Singers Mutter, lag tot unter dem mächtigen Baum. Singer wuchs. Zahllose Male in den folgenden Jahren rätselte er ohne Erfolg über den vergeblichen, doch verzweifelten Versuch, ihr allesbeherrschendes Motiv mit ein paar kostbaren Silben auszudrücken.

„Garick, ich wollte ...“

Gab es eine Antwort, so war sie im Schweigen der Jahre begraben. Achtzehn Jahre! Achtzehn Samenfeuer in den Hainen. Garick mußte jetzt in seinen mittleren Jahren sein, immer noch Meister des Zirkels, immer noch Gott, und einer der reichsten. Seine Wagen rollten von Lams fast bis Loomin in die mrikanischen Handelsstationen, von der Ernte bis zur Zeit des Sonnentods, mit Gemüsen und frischen Äpfeln für Mosta, das alkoholische Getränk, das die Shandos zu den wohlhabendsten unter den Waldzirkeln machte.

Aber etwas Bedeutendes tat sich diesen Sommer. Singer hörte es in Lorl, als der Shandoreiter sein abgehetztes Pferd in die Stallung von Korbins Handelsstation brachte. Garick hatte einen Brief in der Alten Zunge verfaßt, und Singer interessierte sich sehr dafür, wer wohl der Empfänger sein mochte.

Der Bote hatte das gegerbte Ledergesicht der Tiefwaldzirkler und war zwischen dreißig und fünfzig. Der Lebensrhythmus dieser Menschen war auf eine andere Zeit eingestellt, das wußte Singer. Wie die meisten seines Volkes, die nicht viel davon hielten, Gespräche mit *Cowan*-Außenseitern zu führen, schaute er erstaunt hoch, als Singers klares Lep in seinem Kopf ertönte: *Weshalb hat Garick geschrieben?*

Der Shando warf seinen Sattel über einen frischen Hengst, aber er antwortete in Lep: *Pest zieht ostwärts. Brauchen Hilfe.*

Hilfe? Von wem?

„Von wem?" wiederholte Singer laut. „Nichts kann die Pest aufhalten."

Der Shando schwang sich auf das Pferd und ritt aus dem Stall.

„Von wem?" fragte Singer erneut.

„Der Stadt", brummte der Bote.

Singer konnte es nicht glauben. Wirklich nichts anderes als die Pest konnte Garick dazu veranlaßt haben, Hilfe von einer Seite zu suchen, die ihm, wie er genau wußte, nie helfen würde. Die Bemühung war nicht wahnsinnig oder verzweifelt, sondern ganz einfach aussichtslos.

Die große Stadt, schweigend und isoliert, wollte nichts mit den Shandos, den Wengen, den Suffec und den anderen Zirkeln im uhianischen Wald zu tun haben. Ihre Einwohner waren so abgeschlossen und unbegreiflich wie der tote Gott der Kriss. Die geheimnisvolle Stadt empfing und sandte nie Botschaften.

Während er noch auf den Baum mit der unvollendeten Inschrift starrte, dachte Singer an die Pest, die vor langer Zeit unter der ohnehin nie sehr zahlreichen Bevölkerung des Uhianwaldes aufgeräumt hatte und trotzdem ungefähr jedes Jahrzehnt zurückkehrte, um sich erneut ihren Zoll zu holen. Es war ein furchtbares Grauen, das ihm als kleines Kind Furcht einjagte, wenn er auf seines Vaters Knie ein paar Worte aufschnappte oder auch die unterdrückte Angst spürte, die die Erwachsenen vergeblich vor Singers forschendem Geist zu verheimlichen suchten.

Der Wald ist also still. Die Pest kommt, und der Wald weiß es. Aber nicht aus dem Westen kommt sie. Im Norden droht die Gefahr. Kann Garick das denn nicht spüren?

Singers Magen knurrte. Er erinnerte sich, daß er Hunger nach etwas Kräftigerem als den Dörrationen in der Höhle hatte. Herzhaftere Nahrung war auch nicht weit entfernt. Er brauchte den Hirsch nur mit dem alten Wissen zu behandeln. Singer lächelte, als er daran dachte, wie ihm diese Methode in jungen Jahren noch wie wahre Magie vorgekommen war. Natürlich war einiges davon tatsächlich echt, wenn Judith es auch *musterbilden* genannt hatte, doch der Rest war lediglich schlauer Jagdsinn. Der Hirsch bewegte sich in einem abschätzbaren Revier, etwa eine Meile lang und ein Viertel so breit zwischen seinem Unterschlupf in dem hohen Buschwerk und den Futterstellen des frühen Morgens und Spätnachmittags. Diese waren aus den Hufspuren leicht zu erkennen, und auch durch die langen, furchigen Spuren in der Erde, wenn der Hirsch in der Brunft war. Nur nach Samman, in der Brunftzeit, war sein Revier viel ausgedehnter als . . .

Jagt.

Das Lep schlug in seine Gedanken ein wie ein Stein, der die friedliche Ruhe eines stillen Weihers bricht. Es kam nur unvollkommen zu ihm durch, ein Wort nur, aber er spürte die Bedrohung darin.

Jagt.

Schnell spannte Singer seinen Bogen und rannte leise in den Wald auf den Bach zu, der an seiner Höhle vorbeifloß. Eine alte Zirkelangewohnheit lenkte ihn. Er kniete sich ans Ufer, steckte die Hände in den dunklen Schlamm, aber er achtete sorgsam darauf, das Wasser nicht aufzuwühlen. Dann schob er mit dem Handrükken das lange dunkle Haar zurück und strich sich methodisch, während seine Finger sich des alten Musters entsannen, den Schlamm in Streifen über Gesicht und Bart.

Jagt!

Wieder hörte er es in seinem Kopf. Er schickte seinen Geist in die Richtung des Lep aus. Es befanden sich Männer im Wald, Shandos, Garicks Leute. Singer lauschte reglos.

Jagt S . . .

Fast hätte er das nächste Wort aufgegriffen. Seine schlammbedeckten Finger fuhren langsam über das schmale Gesicht. Er schloß die Augen, um sich zu konzentrieren. Es mußten mehr als einer sein, dessen war er sicher. Allerdings auch nicht viele, und sie lepten nicht richtig untereinander. Es handelte sich vermutlich um eine kleine Gruppe Männer, drei oder vier, jeder allein, aber durch ein gemeinsames Ziel verbunden, auf das sich jeder einzelne konzentrierte. Wieder schlug die Gedankenwelle gegen seine

Sinne: *Jagt.* Das nächste Wort war schwächer, doch jetzt konnte er es verstehen.

Jagt – Singer . . .

Er versperrte seinen Geist gegen mögliche durchdringende Gedanken, obgleich es vermutlich gar nicht notwendig war. Die Männer der Gruppe schienen noch unerfahrene Jäger zu sein und nicht Meister des Inneren Kreises. Er vermied die Höhle in dieser Nacht – ganz gewiß würden sie sie finden – und kauerte, in seine Decke gehüllt, vor sich hin dösend in einem Dickicht am Rand der Hirschspur.

Nun bestand kein Zweifel mehr! Es waren drei, deren Gedanken wie Wasser aus einem rissigen Tontopf sickerten. Singer las sie wie eine Fährte. Einer war bedeutend stärker als die anderen. Sie befanden sich in einem Halbkreis im Westen und bewegten sich leise, wenn sie sich überhaupt rührten, und störten den Wald nicht, wie die Drohung durch die Pest, sondern waren ein Teil von ihm. Der stärkere Sender schwankte in seiner Intensität, aber er war immer vorherrschend.

Garick war es nicht. Der wäre so deutlich wie ein Fußabdruck.

Das erste Morgenlicht erwuchs als grauer Dunst und hob die Hirschfährte vor ihm ab. Überrascht öffnete Singer den Mund. Der Hirsch war bereits hier, er stapfte bedächtig auf dem Weg zu seiner Futterstelle. Das Tier war kaum mehr als ein Jahr alt, und wo sich später das Geweih bilden würde, befanden sich jetzt nicht mehr als kleine Anschwellungen. Singer legte den Pfeil an die Sehne.

Der Hirsch hielt unübersehbar mitten auf dem Pfad an. Ein unfehlbares Ziel. Dann, offenbar beunruhigt, machte er ein paar Schritte rückwärts und blieb wieder stehen.

Verdammt unvorsichtig für einen Weißschwanz. So kann er nicht alt werden.

Singer setzte zum Schuß an, als sich ihm ein Bild vor sein inneres Auge schob. Plötzlich sah er *Singer* den Hirsch beobachten. Er erblickte sich selbst und das Tier zur gleichen Zeit. Und dann surrte die Sehne. Der Hirsch bäumte sich auf, machte zwei Sätze, strauchelte und wehrte sich wie gegen eine unsichtbare Leine, dann fiel er mit sich heftig hebender und senkender Brust zu Boden. Der Pfeilschaft ragte aus seiner Schulter.

Verwirrt rannte Singer zu dem Tier. Er hatte etwa den halben Weg zurückgelegt, als er im wachsenden Licht eine Furche sah – einen um die Fährte gezogenen kreisförmigen Graben, der zum

Teil mit Laubwerk bedeckt war. Er fluchte über seine Dummheit. Es war Zauber. Er hatte ähnliches bei den Meistern der Karli gesehen. Befand der Hirsch sich erst einmal im Kreis, gab es für ihn keinen Weg mehr heraus.

Singer erstarrte. Er befand sich jetzt im offenen Gelände. Sie waren rund um ihn. Würde er nach einem Pfeil greifen, wäre er sofort tot. Er ließ den Bogen fallen und wartete, während sein Blick über die Büsche ringsum streifte und er schon fast erwartete, daß ein Pfeil auf ihn zuschwirren würde.

„Also gut!“ rief er. „Ich bin Singer. Wer seid ihr?“ Seine Stimme war nicht laut, doch scharf wie ein Messer, das die Stille zerschnitt.

Eine Schlinge fiel von hinten über ihn, dann eine zweite. Abrupt wurde er von den Füßen gerissen. Eine Stimme, so schneidend wie seine eigene, erklang aus einem nahen Dickicht.

„Kon! Magill! Er ist so gefährlich wie eine Schlange. *Berührt ihn nicht!*“

Drei, genau wie er vermutet hatte. Typische Shandos waren sie, gut über sechs Fuß groß, und ihre sonnengebräunten Gesichter mit einer Paste aus gesottenen Blättern beschmiert, die sie, wenn richtig auf ihre Wildlederkleidung aufgetragen, im Wald so gut wie unsichtbar machte. Sie waren noch sehr jung, der älteste kaum zwanzig, unerfahren und von übertriebener Selbsteinschätzung.

Singer behielt den einen namens Arin im Auge. Er war der Führer, langbeinig, schnell zum Lachen bereit, mit dem ungezeichneten Gesicht eines unreifen, unverfrorenen Jungen auf dem Körper eines Mannes. Mit leichter Bitterkeit bemerkte Singer, daß Arin Jennas Hautfarbe mit den Sommersprossen hatte. Sein jetzt im Hochsommer rötlich schimmerndes Haar war vermutlich in den sonnenarmen Monaten ein helles Kastanienbraun. Und doch, trotz seiner jugendlichen Angeberei verrieten Arins Mund und Kinn eine stärkere Persönlichkeit, ähnlich Garicks in dessen Jugend. Die gleiche unbewußte Macht und dasselbe Vertrauen steckten in ihm und warteten nur darauf, wachgerufen zu werden. Gegenwärtig war er jedoch nur ein unwissender Junge, dessen Macht lediglich potentiell war.

Kon war vermutlich der älteste. Er wirkte ruhig, verschlossen und wie ein verläßlicher Hund, der selten von der Seite seines Herrn, in diesem Fall Arins, weicht. Die beiden schienen ein altes

Geheimnis zu teilen. Innerhalb des ohnedies engen Kreises der drei waren sie fast eine besondere Einheit, *aufgrund gleicher Frequenzen,* wie Judith gesagt haben würde.

Der dritte, Magill, mit seinem glatten schwarzen Haar, den straffen Lidern, stammte sichtlich von einer der Rassen ab, die sich mit den Uhianern vermischte, als diese noch mit anderen, älteren Namen bezeichnet wurden. Er war ein Junge wie die anderen, aber aggressiver, lauter, schnell und schroff, wogegen Kon sanftmütig zu sein schien.

Singer schätzte Kon und Magill ab. Ein Jagdhund und ein Terrier. Es war leicht zu erkennen, weshalb Arin ihr Führer war, und anders war es überhaupt nicht vorstellbar.

Die Drei. Er las diese Worte aus Magills Geist. Es war die Bezeichnung, die sie sich selbst gaben, ihr Schlachtruf, mit dem sie sich in ihrer Kindheit gegen andere gestellt hatten.

Als sie Singer mit mehreren Stricken an einen Baumstamm banden, achteten sie sehr darauf, ihn nicht zu berühren. Dann hingen sie den Hirsch zum Ausweiden auf. Obgleich Singer ihre Jagdbeute war, schienen sie sich offensichtlich viel mehr für das erlegte Wild zu interessieren.

„Schau ihn dir an!“ rief Kon mit einer unüberhörbaren Spur von Ehrfurcht. „Verdammt, Arin!“

Die Jungen waren begeistert. Ein Jäger, der im Wald mehr zu Hause war als Singer, hätte es leicht als Beleidigung auffassen können. Ihn zu stellen, war einfach gewesen, und deshalb beachteten sie ihn jetzt auch kaum. Aber das Phänomen, das sie so beschäftigte und um den aufgehängten Hirsch herumtanzen ließ, war die Tatsache, daß Arin erfolgreich Bannmagie gelungen war, daß es ihm geglückt war, den Kreis seines Willens um den Geist des Tieres zu projizieren, daß er zur Barriere wurde, die der Hirsch nicht brechen konnte. Das war nicht nur ein Jägertrick gewesen, sondern das Werk eines Meisters.

„Verdammt, Arin!“ echote nun Magill und stampfte begeistert auf. „Wir jagten Wild unser ganzes Leben, wir Drei. Aber das hast du noch nie zuvor fertiggebracht.“

Arin war genauso überrascht wie seine Kameraden. Er grinste ein bißchen verlegen, aber er schwieg.

„Warte nur!“ Magill boxte Kons Arm. „Bald wird er nicht mehr mit uns einfachen Jägern reden. Er ist zu gut für uns.“

Arin wollte protestieren, aber Kon stürzte sich plötzlich auf ihn, schwang ihn von den Füßen und warf ihn durch die Luft, während Magill ihn auffing. Dann balgten sie sich auf dem Boden, und Magill und Kon rieben Arins Gesicht mit Schmutz und Blättern ein, bis er heraussprudelte, daß er sich ergeben würde.

„Ich habe oft *gesehen,* wie es gemacht wird", erklärte Arin, als sie ihn freigaben. „Aber ich hatte keine Ahnung, daß ich es selbst fertigbrächte. Kon, ich habe Hunger. Weide den Hirsch aus. Dann essen wir uns satt, und den Rest nehmen wir mit nach Haus."

Kon holte ein langes Messer mit schwarzem Griff aus seiner Hülle und öffnete die Bauchdecke des Hirsches mit einem gekonnten Schnitt. Magill machte ein kleines Feuer, während Arin Singer mit leichter Neugier musterte.

„Alter Singer", sagte Magill beiläufig. „Ob er wohl Shando spricht?"

Natürlich!

Alle drei drehten ihm den Kopf zu. Keiner war sicher, ob der kleinere Mann zu ihnen gesprochen oder seine Antwort durch Lep übertragen hatte. Singer spürte, wie die Barriere in Arins Geist brach.

„Kennst du mich?" fragte Arin verwirrt.

Singer nickte. „Du bist Arin. Garicks Sohn."

Arin grinste. „Dann hast du von mir gehört." Seine Brust schwoll an, als er sich vorstellte, wie sein Ruf sich in den Zirkeln verbreitet hatte. *Arin, Führer der Drei.*

„Ich habe von dir gehört", erwiderte Singer mit einer Ironie, die der Junge überhaupt nicht bemerkte. „Was wollt ihr von mir? Weshalb verschnürt ihr mich so?"

Arin zuckte gleichgültig die Schultern. „Wir wollen nichts von dir. Garick will dich, also soll er dich auch bekommen."

„Wie habt ihr mich gefunden?"

„Pah", brummte Magill abfällig. „Wir wußten, daß du hier bist. Alles, was vier Beine hat, lief dir aus dem Weg." Er deutete auf den toten Hirsch. „Weißschwanz hat sich nicht von dir fangen lassen. Arin hat ihn als Köder für dich benutzt."

Singers Blick hing interessiert an Arin. Das gleiche Merkwürdige passierte, wie zuvor, als er den Pfeil abgeschossen hatte. Er sah Singer durch Arins Augen, dachte Arins Gedanken, staunte immer noch über die Bannmagie und war stolz darauf. Dann war es vorbei. Singer brach die Blickverbindung ab und schaute mit einem stummen Schock der Erkenntnis auf seine gefesselten Hände.

Sie lösten ihm die Stricke an den Händen und gaben ihm großzügig von dem gebratenen Hirschfleisch zu essen, während sie in ihrem eigenen Kreis saßen, ohne auf ihn zu achten, außer dem einen Mal, da Magill ihn mit einer Mischung aus Staunen und Verachtung betrachtete. Wieder spürte Singer die Gemeinsamkeit der anderen, aber es schmerzte ihn nicht mehr wie früher.

Außenseiter!

Er sah, wie sie im Kreis saßen. Gewohnheit, dachte er. Der Kreis bedeutet ihnen alles. In ihm brauchen sie selten das gesprochene Wort, um sich zu verständigen. Da er selbst halb Shando war, kannte er das Leben, die Magie und die Gedankenweise, von denen sie geformt wurden. Sie waren keine Meister, waren nicht vom Inneren Kreis, aber doch in das Gruppenbewußtsein des Zirkels geboren und in ihm erzogen. Davon isoliert, würden sie vielleicht dem Wahnsinn verfallen oder gar sterben, wie Vögel bestimmter Arten, die sich verirren und aus der bestimmenden Identität der Schar ausgeschlossen sind.

Die drei jungen Burschen unterhielten sich zwischen den einzelnen Bissen – halb mit Worten, Gesten, hin und wieder lediglich mit Gedanken, die, wenn auch unvollständig, von einem empfänglichen Geist zum anderen übertragen wurden. Sie waren großartig aufeinander abgestimmt, fast schon seit ihrer Geburt. Kon und Magill waren von Garick aufgenommen worden, als ihre Eltern der letzten großen Pestepidemie erlagen. Gesunde Kinder waren rar und wurden hoch bewertet. Die beiden Jungen waren in dem großzügigen Charzen überall von den gutmütigen Leuten aufgenommen und versorgt worden, wo sie sich gerade zu bleiben entschlossen hatten, doch die ersten sieben Lebensjahre schliefen sie mit in Arins Zimmer und aßen am selben Tisch. Er gehörte zu ihnen, war ihr Freund, ihr Führer und ihr Stolz.

Übte Bannmagie, Kon!

Müßte ein Meister werden, wie sein Vater.

Arin zuckte die Schultern, stumm wie die anderen. *Keinesfalls, kein Meister. Bin Jäger. Sind die Drei.*

Magill schüttelte den Kopf. Er lepte Garicks Bild. *Der Gott ruft. Wirst ein Meister werden!*

„Nein!“ protestierte Arin laut und ein wenig zu heftig.

Magill war mit seiner Kauerei fertig. Er wischte sich die Hände an einem Büschel Blätter ab und warf pfeifend einen Blick auf Singer. „Er ist wirklich klein. Was kann er Garick nutzen?“

„Schlangen sind auch klein", warnte ihn Kon. „Komm ihm nicht zu nah."

Warum nicht?

Sagt Arin.

Sagt Garick! warf Arin ein, dann sprach er laut. „Er ist klein, weil seine Mutter von der Stadt war. Aber er soll ein Meister sein."

„Meister!" heulte Magill höhnisch. „Was, wie Garick?"

„Ich hörte es ebenfalls", erklärte Kon.

Aber Magill lachte ungläubig und spöttisch und trat näher an Singer heran.

„Meister Singer", sagte er höhnisch. „Ich glaube nicht, was sie sagen, hörst du?"

„Ich höre", erwiderte Singer.

„Also, was willst du dann mit uns machen, he? Was machst du, Meister Singer?"

Singer unterdrückte sein Mitleid für den unreifen Burschen. Seine Worte waren eine direkte Herausforderung. Er wußte sehr wohl, daß Magill ständig versuchen würde, ihn herumzukommandieren, wenn er nicht gleich etwas dagegen unternahm.

„Na, was wirst du tun, Meister Singer?" provozierte Magill ihn weiter.

Singer hob den Blick und schaute in Magills Augen.

Singers Pupillen wurden so groß, daß kaum noch Weiß zu sehen war, daran erinnerte Magill sich später, oder er vermeinte zumindest, sich daran zu erinnern.

„Warum wartest du denn, Meister?" wiederholte Magill die Herausforderung lauter als notwendig. „Was wirst du mit uns tun, Meister?"

„Warum sagst du immer *uns,* Magill?" fragte Singer ruhig.

„Kluger Bursche, er kennt meinen Namen!" Magill lachte, aber sein Selbstvertrauen begann zu wanken. Er fühlte sich irgendwie merkwürdig.

„Weshalb sagst Du immer *uns?"* wiederholte Singer. Seine Augen schienen noch größer zu werden. „Was meinst du mit *uns?*"

„Uns", erwiderte der andere unsicher. „Die Drei!"

„Welche drei?"

„Du weißt schon. Ich, Kon, Arin."

Singer schüttelte mitleidig den Kopf. *Aber es gibt doch nur dich!*

Mit einem eisigen Schauder wurde Magill sich plötzlich bewußt, daß Singer die Wahrheit sprach. Eiskalter Schweiß brach ihm aus.

Er drehte sich schwerfällig um. Er war allein. Ganz allein im Wald. Ja, nur Magill war hier.

Der Kreis der Drei war nicht mehr. Die schützende Gemeinsamkeit – Arin-Kon-Magill – war erloschen. Nein, schlimmer, es hatte sie *nie* gegeben! Magill war allein, allein in dem leeren Wald, einsam, und nicht einmal das Feuer oder der Hirsch waren echt. Sie waren nichts als Träume eines Lebens, das reine Einbildung war, und er erwachte jetzt in der Kälte einer Welt ohne Freunde.

„Arin!" brüllte er verzweifelt und versuchte zurückzuweichen. Aber seine Füße waren im Waldboden verwachsen, und die Wurzeln reichten meilentief in die Erde, hatten es immer getan, würden es immer tun. Dann taumelte er und fiel rückwärts in die Arme seiner beiden Gefährten.

Kon lachte rauh, aber Arin fluchte. „Verdammt, ich habe dir doch gesagt, du sollst ihm nicht so nahe kommen!"

Magill konnte sich nicht bewegen. Er bebte am ganzen Körper. Arin schaute Kon über Magills zusammengesunkener Gestalt an und deutete mit einem Kopfnicken auf Singer. „Wickle ihn fest in die Felle ein."

Die Furcht, die von Magills Geist ausging, steckte Arin an. Er sah sie sich wie ein dunkler Schatten über Kon ausbreiten. „He!" brüllte er. Er wußte, daß er sich als Führer wieder beweisen mußte. Wenn er keine Angst zeigte, würden auch die beiden ihre unterdrücken. „Kommt. Wir packen ihn gut ein. Und heute abend lassen wir drei – und drei hübsche Mädchen – uns vollaufen."

Magill setzte sich benommen auf. Kleinlaut fragte er: „Was – was hat der alte Singer – gemacht?"

„Nichts", log Arin beruhigend und drückte freundschaftlich seines Kameraden Schulter. „Augentrick, das war alles. Kommt, wir schaffen ihn heim zu Garick."

Sie wickelten Singer in Felle und banden Stricke herum, aber so, daß er zwischen den Pferden herlaufen konnte. Doch außer den Füßen konnte er nichts bewegen, ja nicht einmal den Kopf drehen.

Der kleine Trupp machte sich auf den Weg durch den Wald. Keiner der drei blickte Singer mehr direkt an.

Schneller als verängstigte Vögel eilten Nachrichten durch den Uhianwald. Die Shandos, die Karlis, alle erfuhren fast unmittelbar davon, sobald etwas Wichtiges geschehen war: durch einen galoppierenden Reiter; ein Kind, das am Waldrand spielt und seiner Mutter zuruft; oder durch das Lep, das von Dutzenden von Gehirnen aufgenommen wird und sich über die umliegenden Farmen und Hütten zu dem großen Fort, dem Sitz des Shandozirkels, weiterverbreitet.

Neuigkeiten über die Pest kamen auf diesem Weg, wortlos, aber sicher, und sie weckten die generationenalte Angst und spornten Garick an, die Stadt um Hilfe zu ersuchen.

Die Nachricht über das Schweigen der Stadt verbreitete sich auf die gleiche Weise. Die Stadt antwortete klar und entschieden auf das Schreiben des Gottes der Shandos, indem sie geruhte, nicht zu antworten.

Und so verbreitete sich auch die Kunde über Singers Anwesenheit im Wald und seine Gefangennahme durch den jungen Arin. Eine Eskorte schloß sich ihnen an der äußersten Farm an und zog unterwegs immer mehr Neugierige herbei. Alle wußten sie über ihn Bescheid, über den aus dem Zirkel Ausgestoßenen, der trotzdem über die Kräfte eines Meisters verfügte – und dazu noch über ein beunruhigendes Talent, das einmalig war. Die Älteren erinnerten sich an das Kind mit der Gabe, das bereits gefürchtet wurde, obwohl es erst acht war. Singer, Teil von ihnen und doch allein, Sohn Judiths mit dem langen Stadtnamen. Nun liefen sie neben Kon und Magill her, die ihn von beiden Seiten an Stricken führten. Sie starrten und waren enttäuscht. Für die aus der Inzucht erwachsenen Shandos, bei denen selbst die Frauen sechs Fuß und größer waren, wirkte er mitleiderregend klein und unbedeutend, wie er so zwischen den Pferden dahinstolperte, fest in die Felle gewickelt, damit er ja nicht in direkte Berührung mit anderen kommen konnte. Nur Kopf und Füße waren von ihm zu sehen. Ein Junge wollte einen Stein auf ihn werfen, aber er floh kreischend, als Arin, der mit dem ausgeweideten Hirsch hinter den beiden anderen ritt, auf ihn zutrabte und ihm den Stein aus der Hand schlug.

Schließlich zog die lärmende Parade durch das Tor von Charzen und über den staubigen Platz im weiten U, das durch die drei aneinanderschließenden, langen Blockhäuser gebildet wurde. Ein paar lachende Mädchen stellten sich neben Arins Pferd und scherzten mit ihm. Er schaute anerkennend auf ihre Beine, die nackt und schmutzig aus den geschlitzten Fellröcken ragten, während das ungekämmte Haar über Schultern und Gesicht fiel.

Die Mädchen übertönten mit ihren hohen Stimmen noch das Gegacker der Hühner und das Quieken der Schweine, die durch die quer durch Schlamm und Schmutz stapfende Prozession im Suhlen gestört wurden.

„Arin!"

Beim Klang der befehlsgewohnten Stimme wurde der Trupp langsamer und hielt an. Die Menge teilte sich respektvoll, als eine ältere Frau die Stufen des mittleren Baues hinabstieg und auf Arin zukam. Ihr Haar war einst haselnußbraun gewesen, wie das ihres Sohnes, nur dunkler, doch jetzt war es rostfarben, mit einer Lederschnur auf dem Rücken geflochten und von einer Beinnadel gehalten. Sie trug keinen Schmuck außer dem einfachen eisernen Halbmond der Zirkelgöttin um ihren faltenlosen Hals.

Arin sprang vom Pferd, um seine Mutter zu begrüßen, die ihm die Arme entgegenstreckte.

„Zu Hause, Jenna." Er lächelte.

„Riecht nach Jagd." Sie rümpfte die Nase und drückte Arin liebevoll an sich. „Muß wohl *das* sein." Voll Verachtung deutete sie mit einem Kopfnicken auf Singer. Sie gab Arin frei und trat näher an den kleinen dunklen Mann heran.

„Komm ihm nicht zu nah, Ma", warnte Arin.

Jenna erstarrte, dann sagte sie so laut, daß alle ringsum es hören konnten: „Ich war Meister noch vor Garick. Singer kann mir nichts anhaben." Sie blickte ihn an. Ihre blassen Augen waren hart wie Feuerstein. „Du erinnerst dich an mich, Singer. Ich bin Jenna, die Göttin. Garicks Frau. Er tut nichts ohne mich – außer *dich* hierherzubringen!"

Das war ein ehrliches Geständnis. Sie war zutiefst verärgert über Singers Anwesenheit in Charzen. Sie wollte nicht, daß etwas sie an Garicks früheres Leben erinnerte, am wenigsten dieses Gesicht, das ein anderes heraufbeschwor – und Erinnerungen an eine Macht, die Shandozauber so gut wie nutzlos machen konnte. Trotzig versuchte Jenna Singers Blick in einer Willensprobe zu halten, aber sie bedauerte es sofort. Seine Augen schienen wie das Gewicht einer drückenden Hand auf ihr zu ruhen.

Doch durch eine Demütigung Jennas wäre nichts gewonnen. „Ich erinnere mich an dich", sagte Singer. „Garicks *zweite* Frau." Er war so taktvoll, es leise zu sagen, daß niemand außer Jenna es hören konnte. Arin sah nur, wie ihre Lippen sich zu einer schmalen Linie zusammenpreßten. Dann drehte seine Mutter sich um, schritt wieder durch die Menge und die Stufen hoch. Als sie sich von Singer abwandte, spürten die Umstehenden den unterdrückten Grimm der Göttin von Shando.

Arin dachte nicht lange darüber nach. Das war Jennas eigene Angelegenheit, genau wie Singer die Garicks war. Sein einziges Interesse – seines, Kons und Magills – war nun, sich zu betrinken, im Mondschein zu singen und sich bis zum Morgen mit einem Mädchen zu amüsieren. Dann würde er aufstehen und über seinen Brummschädel lachen. Das Leben war schön, so verdammt schön, daß er seine Freude darüber hinausjauchzen mußte, als er sich wieder in den Sattel schwang und staubaufwirbelnd über den Hof nach Hause galoppierte. Kon und Magill trotteten hinter ihm her.

Singer blieb immer noch gebunden zurück und starrte den Dreien mit einem ironischen Lächeln nach. Niemand ahnte das Sehnen in seinem Herzen.

Sie führten ihn in einen kleinen, fast kahlen Raum in Garicks Haus, dem langen Querbau des Us. Nach so vielen Jahren fern von hier begehrte seine Nase gegen die säuerlichen Gerüche nach Kochen, Staub, Hühnerdreck und Stalltieren auf, die schwer in der Luft hingen. Die Uhianer waren schöne Menschen, aber wohl kaum die reinlichsten. Trotz all ihrer beachtlichen Magie hatten sie schon vor undenklichen Zeiten vergessen, was Bazillen waren und wie tödlich sie sein konnten. Ihre Mittel gegen Entzündungen waren einfach – und wirksam hauptsächlich durch die Macht des Glaubens, eine eiserne Konstitution und umfangreiche Kenntnisse über die Nutzbarkeit von Heilkräutern, die sich alle Meister aneignen mußten. Aber größere Operationen und schwere Krankheiten überforderten ihre Kräfte. Bei Virusseuchen und dem häufig auftretenden Kindbettfieber waren sie absolut hilflos. Solange sie sich erinnern konnten, lebten die Uhianer idyllisch. Im natürlichen Rhythmus des sich drehenden Jahresrads bewiesen sie im stampfenden Tanz ihren Glauben an die Göttin der Erde. Durch gesunde, aber wenig abwechslungsreiche Nahrung mit viel Eisen und Proteinen erreichten sie ihren hohen geschmeidigen Wuchs. Sie waren glücklich, ohne Komplexe und sexuell gleichgestellt, da die Macht, die sie beschützte, die Magie, sowohl in den Frauen als auch den Männern zu finden war. Aber durch ihre Isolierung und Inzucht trugen sie den Keim ihres Untergangs in sich. Die schmalhüftigen Frauen, die genauso gute Reiter wie die Männer waren, litten unter einer Unelastizität der Knochen, die Geburten erschwerte und häufig zum Tod von Mutter und Kind führte. Frisches Blut könnte diese Tendenz aufhalten, hatte Judith Singer bemerkt, aber es gab zu wenige Mischverbindungen unter den räumlich getrennten Zirkeln. In einem Jahr starben häufig genauso viele Säuglinge wie am Leben blieben. *Dieses Volk,* schrieb Judith Singer, *ist wie eine wunderschöne aussterbende Blume.*

Singer setzte sich auf eine schmale Pritsche. Seine Hände steckten jetzt in Fellhandschuhen, und man hatte ihn an einem Strick an einen Wandhaken gebunden, doch jedenfalls war das Seil lang genug, daß er sich ein wenig im Zimmer bewegen konnte. Außer der Pritsche befanden sich hier nur noch ein Tisch und ein Stuhl. Ein großes rechteckiges Tuch aus schwerer Baumwolle hing als Verzierung oder Verkleidung an der gegenüberliegenden Wand. Es war mit Bildern des Zirkels bemalt, und zwar in drei gesonderten Abschnitten, die Garick außerhalb des Kreises, dann in seiner Mitte, umgeben von anderen Gestalten, darstellte, und schließlich gemeinsam mit Jenna im dritten als Gott und Göttin auf die traditionelle Weise: Jenna mit einer Kerzenkrone, Garick mit einem Stiergeweih. Singer betrachtete das Bild näher, nicht ganz ohne Bitterkeit, als die schwere Tür aufgerissen wurde und Garick allein eintrat.

Die beiden maßen einander.

„Nun, Junge."

„Nun – Meister Garick."

Das Alter hatte Garicks Statur nur wenig anhaben können, sie war höchstens um eine Spur kräftiger geworden. Er war immer noch voll vitaler Kraft, sein üppiges kastanienbraunes Haar nur von vereinzelten Silberfäden durchzogen, die meisten zeichneten sich in seinem melierten Backen- und Schnurrbart ab, die den starken, breiten Mund umgaben. Wie Jenna hatte er die formelle Wildlederkleidung gegen ein kühleres Baumwollgewand getauscht, das völlig schmucklos war. Nur eine eiserne Strahlenscheibe hing um seinen kräftigen Hals. Er stellte eine Kanne und zwei Holzbecher auf den Tisch und winkte Singer heran.

„Der Strick ist nicht lang genug."

Garick schob die Kanne und einen Becher näher zu Singer. „Hast du gegessen, Junge?"

„Ja."

Garick schwieg einen Moment. Er schenkte sich seinen eigenen Becher voll und schien ihn zu studieren. „Es ist seltsam, dich wiederzusehen", sagte er schließlich in der Alten Zunge. Zu Singers Überraschung fügte er hinzu: „Bist du der Alten Zunge noch mächtig?"

„Ja."

„Gut." Garick nahm einen Schluck. „Mit ihr lassen sich gewisse Dinge leichter sagen, außerdem werde ich sie vielleicht in kürze benötigen. Wie alt bist du jetzt?"

„Sechsundzwanzig." Aus Singers Stimme klang keinerlei Gefühlsregung.

„Sechsundzwanzig." Garick nickte. Jetzt erst blickte er den jungen Mann voll an. Eine Spur von Unsicherheit, ja vielleicht sogar eine ungewöhnliche Verlegenheit sprach aus dem Blick. „Du bist ein Mann", murmelte Garick.

Pause. Singer nahm ebenfalls einen Schluck von seinem Getränk. Er hätte sprechen können, aber er war entschlossen, Garick ohne Hilfe mit dem kämpfen zu lassen, was ihn beschäftigte.

„Wie war es?" versuchte es Garick.

„Es war."

„Bist du gereist?"

„Ja."

„Wo?"

„Überall", erwiderte Singer. „Ich erbte die Neugier meiner Mutter. Durch Karli, Wengen, Mrika; den Norden, wo sie fischen; den Süden jenseits von Suffec auf den Baumwollbooten. Ich versuchte Myudah zu finden, doch ohne Erfolg. Ich war überall."

„Du bist nicht sehr groß gewachsen."

Singer blickte zu Garick hoch. „Genausowenig wie sie."

Garick spürte den Stachel dieser Worte. Er holte tief Atem und nahm einen weiteren Schluck seines Mostas. „Wie alt warst du, als sie starb? Acht? Neun? Inwieweit kannst du dich überhaupt erinnern, wie sie wirklich war?"

„Ich erinnere mich an genug. Ich begrub sie. Doch schon zwei Jahre zuvor fing sie an zu sterben, jeden Tag ein bißchen mehr, wenn du nicht kamst, weil du bei Jenna warst. Ja, jeden Tag ein wenig mehr. Ich würde sagen, ich weiß etwa, wie die Dinge standen."

Die Worte klangen stumpf, tot, mit einem Gewicht, das den Geist mehr niederdrückte als verletzte. Garick schluckte. Er versuchte zu sprechen, dann streckte er eine Hand nach dem jungen Mann aus. „Singer – mein Sohn."

Singer erstarrte. „Du selbstsüchtiger Hundesohn, ersticken sollst du an diesem Wort!"

„Du bist – mein – *Sohn!*" Garicks Faust sauste auf den Tisch hinab. „Ich weiß nicht, weshalb du wiederkamst . . ."

„Genausowenig wie ich."

„. . . aber du bist zurückgekommen, Singer, und während du in Charzen bist, wirst du tun, was ich sage!"

Garick erhob sich – durchaus nicht so ruhig, wie er das Zimmer betreten hatte, bemerkte Singer – und schritt in dem kleinen Raum auf und ab, ehe er vor dem Zirkelgemälde stehenblieb.

„Es gibt Dinge, die ein Mann tun muß", sagte er zu Singer. „*Dürfen* wird zum *Müssen.* Wie konnte ich es damals wissen, wie auch nur ahnen? Ich war so unwissend wie Arin – trinken, Spaß mit Mädchen haben, Äpfel züchten, etwas anderes gab es für mich nicht. Deine Mutter änderte es. Sie lehrte mich. Ich erkannte, wo es hier mangelte, bemerkte den Schmutz, aber ich sah auch, was gut war. Die Äpfel machten meinen Großvater reich, meinen Vater reicher und mich ebenbürtig mit den Geldleuten in Lorl. Nun, ich war Meister – und als sie mich baten, die Krone aufzusetzen, wußte ich, was ich mit dieser Geldmacht tun konnte, aber nicht *ohne* die Krone. Und ich wußte auch, daß der Gott eine Zirkelmeisterin als Göttin nehmen muß. Hast du schon einmal versucht, etwas für nichts zu bekommen, Singer?"

Es war mehr als Würde in seiner Haltung. Die stumme Beredtheit unstillbarer Qual berührte selbst Singer, obgleich er sie zu verleugnen suchte.

„Ich liebte Judith", sagte Garick einfach. „Ich besuche ihr Grab häufig. Aber – die Menschen verändern sich. Deine Mutter war aus der Stadt, das steckte tief in ihr. All die Magie, alle Liebe, alle Macht aller Zirkel konnten sie nicht so denken lassen, wie wir es tun. Auch nicht den Zirkel wie sie." Er brütete über den Gedanken. „Für die Stadt bedeutet nur das Lernen etwas. Sie haben . . ."

Er plagte sich um das fremde Wort, aber seine Erinnerung versagte. Singer hätte ihm helfen können, doch er schwieg.

„Jedenfalls", fuhr Garick fort, „stecken sie jedes Quentchen

Wissen, das sie in ihrer unmöglichen Lebensspanne aufsaugen, in dieses – *es*. Aber wofür? Weiß das jemand? Sie stopfen dieses Ding voll mit Tatsachen, Annahmen und Theorien. Niemand weiß weshalb. Und um sie herum mag der Rest von uns vor die Hunde gehen, es ist ihnen völlig gleichgültig!"

Garick setzte sich schwerfällig nieder. Eine Ader pulste an seiner Schläfe. „Hör mir zu." Er beugte sich über den Tisch. „Die Pest ist wieder auf dem Anmarsch. Du bist vermutlich noch nie damit in Berührung gekommen. Das letztemal war sie hier, nachdem – nachdem du fort bist. Nichts hält sie auf, Singer. Nichts, keine Magie. Wir verloren Hunderte. Der Rest überlebte, weil wir Charzen verließen, bis sie vorüber war. Ich mußte gegen die Meister, selbst gegen Jenna kämpfen, um überhaupt soviel zu erreichen. Ich hatte schon damals vor, mit der Stadt zu reden, aber die Meister wollten davon nichts hören."

Er lehnte sich zurück. Sein Ausdruck veränderte sich, wurde härter. „Das war damals, jetzt ist jetzt. Mehr Geld, mehr Erfahrung im Umfang mit den Menschen. Ich kaufte Männer und Information. Alles, was in Lorl oder Filsber geschieht, erfährt mein Zirkel innerhalb weniger Tage. Ich teilte alles mit ihm, machte ihn zum bestinformierten Zirkel in Uhia. Sie vertrauen mir jetzt. Sie nickten ihr Ja zu meinem Brief, diesmal – sie schauderten, aber sie gaben ihr Einverständnis. Also schrieb ich. Deine Mutter lehrte mich viel und erzählte mir viel. In der Stadt gibt es Heiler mit Maschinen, die Herzen, oder was man sonst benötigt, in kürzerer Zeit ersetzen können, als wir zum Frühstücken brauchen. Ich schrieb, ich bat um ihre Hilfe, ersuchte um eine Zusammenkunft, ein Bündnis, versprach ihnen alles, wenn sie nur etwas tun würden, um uns vor diesem Leid zu verschonen. Ihre Heiler könnten uns helfen. Ich flehte sie an, Singer! Und diese kalte, schöne Stadt nahm sich nicht einmal die Mühe zu antworten. Wir existieren nicht für sie!"

„Wie ist es denn jetzt, der Gott zu sein?" fragte Singer.

Garick spürte die Ironie. Seine Lippen verzogen sich zu einem freudlosen Lächeln.

„Wie ist es denn, allein zu sein? Du und ich, wir brauchen das einander nicht zu fragen. Die Uhianer stehen im Sturm und hämmern an die Tür eines warmen, schützenden Hauses, dessen Bewohner so tun, als hörten sie es nicht. Ihr Schweigen ist unser Tod."

„Sie schwiegen immer. Jahrhundertelang. Wie willst du es ändern?"

Zuerst schien sein Vater ihn nicht zu hören. Er beugte den Kopf über die verschränkten Finger. Er wirkte älter, müde. „Als sie nicht antworteten", sagte er schließlich, „brach etwas in mir. Etwas sagte mir, *jetzt! Jetzt oder nie!* Die Meister ändern sich nicht. Für sie kommt und geht die Pest, und die Erde reinigt sich von selbst. Nun, die Pest mag uns vielleicht diesmal ausrotten, doch nicht, ehe ich die Stadt geöffnet habe! Nicht, ehe sie sich mir stellt und ich ihr zeigen kann, was und wem sie ihren Rücken zugedreht hat. Und wenn ich diese Stadt Ziegel um Ziegel auseinandernehmen müßte."

Singer starrte ihn ungläubig an. Dann lachte er. „Du willst sie zerstören? Wie? Du, vor allen, solltest wissen, daß das nicht möglich ist."

„Nicht ich allein oder nur wir hier", fuhr Garick unbeirrt fort. „Alle Zirkel: Karli, Wengen, Suffec. Ich kaufe, ich leihe, ich bitte. Selbst die Kriss, wenn sie sich uns anschließen."

„Die Kriss?" Singer hörte zu lachen auf. „Du sagtest, die Kriss?"

„Ich bezahle ihren Preis."

„Du meinst es tatsächlich ernst."

Garick nickte.

Singer nahm einen tiefen Schluck. „Du bringst sie also alle zusammen – das ist etwas, das ich sehen muß! Kriss und Zirkel, alle in einer Reihe. Was dann?"

„Wir greifen zum Messer."

„Krieg?" fragte Singer stumpf. „Ihr werdet verlieren. Was könnt ihr schon gegen die Stadt einsetzen? Reiter mit Pfeil und Bogen. Ich hörte Gerüchte in Mrika, daß die Stadt über Waffen verfügt, mit denen sie Dutzende auf einmal in der gleichen Zeit töten kann, in der ihr eure Bogen spannt. Diese Waffen wurden jedoch nie benutzt, nie benötigt. Weißt du weshalb?"

„Ja", erwiderte Garick. „Wegen des Selbsttors."

„Das Selbsttor! Weißt du, was es vermag?" Die Kraft versiegte in Singers Stimme, sie war kaum noch ein Flüstern. „Was es tun kann? Zirkler, die nie allein waren – plötzlich gibt es nichts anderes mehr als das Alleinsein. Gar nichts anderes! Eure Meister würden wahnsinnig werden. Sie würden sich mit ihren eigenen Thammays die Kehlen durchschneiden. Das ist dein Kampf, Garick: das Tor. Was hast du, das du hindurchschieben könntest?"

„Dich“, sagte Garick gedehnt.

Singer bedachte ihn mit einem stummen Blick und schüttelte den Kopf. Schließlich murmelte er: „Glaubst du denn, daß ich dir helfen würde?“

„Bestimmt nicht.“ Garick grinste trocken. „Aber du bist wie Judith. Sie wollte in die Stadt zurückkehren. Und ich glaube, auch Singer möchte in die Stadt. Du wirst dieses Tor eines Tages versuchen.“

„Das habe ich bereits.“

Der Ältere blickte ihn mit erhobenen Brauen an. „Du hast was?“

„Es versucht.“

„Das Tor?“

„So ist es.“

Schließlich murmelte Garick: „Ich glaube es nicht.“

„Das kannst du halten, wie du willst. Aber es ist wahr. Ich hatte mich so angetrunken, daß ich mich unsterblich fühlte. Ich probierte es.“

„Was geschah?“

„Es hielt mich auf.“

„Die Menschen, die von ihm aufgehalten werden, spazieren nicht so einfach zurück. Sie werden tot fortgeschafft, oder zumindest fast tot.“

„Das stimmt. Ich brüllte so laut, als sie mich hinaustrugen, daß sie wohl annahmen, ich würde am Leben bleiben. Ich erwachte im Bett einer Hure. Sie hatte ein gutes Herz, sah, wo etwas zu holen war, und eine gute Figur hatte ich ebenfalls, nur konnte sie nichts damit anfangen, weil ich vom Schreien geschüttelt wurde.“ Singer nahm hastig einen weiteren Schluck. „Ich bin der einzige, der je lebend herausgekommen ist. Sie sollten mich irgendwo in einem Glas präparieren und zur Schau stellen. Weißt du auch weshalb, Meister Garick? Weil die meisten Menschen nicht einmal ahnen, wer sie sind. Die wenigsten wissen je, wer sie sind. Aber das Tor weiß es.“

Garick runzelte interessiert die Stirn. „Ich verstehe nicht.“

„Dann versuch es auch gar nicht.“

„Du bist also ins Tor gelaufen“, murmelte Garick staunend. Plötzlich schlug er eine Faust in die Handfläche. „Ich hatte recht, du *bist* ihm gewachsen ...“

„Ich wurde geschlagen“, unterbrach ihn Singer. „Schmerzhaft!“

Garick erhob sich. Ein undefinierbares Licht glitzerte in seinen Augen. „Vielleicht das eine Mal. Aber dein Wunsch, in die Stadt zu gelangen, war so groß, daß du es versuchtest. Wenn die Zeit gekommen ist, wirst du es noch einmal probieren.“

Das höhnische Schnauben erstarb, als Singer zu Garick hochschaute. Auch wenn er selbst ironisch über diesen Gedanken lachte, wußte er doch, daß sein Vater nicht ganz unrecht hatte. Es mochte eine Zeit kommen, ein Augenblick mit genügend Mut, da er sich dieser Herausforderung wieder stellte. Aber . . .

„Nein.“

„Darauf würde ich keine Wette eingehen.“ Ehe Singer weiter protestieren konnte, schritt Garick zur Tür. Er bewegte sich immer noch geschmeidig, trotz seines Gewichts. Die Bodenplanken knarrten kaum unter ihm. Die Tür schloß sich.

Singer senkte die Lider und folgte im Geist dem Gott der Shandos auf den Korridor und durch die Haustür. Die gleichen Worte wiederholten sich ständig aufs neue in Garicks Kopf. Singer sollte sie unbedingt verstehen.

Er öffnete die Augen. *Das* hatte er seit Jahren nicht mehr gehört . . .

Dieser Ausdruck echote in seinem Geist, als Garicks ungeschützte Gedanken zu ihm durchsickerten. Absichtlich?

Der Gürtel der Einsamkeit – der Gürtel der Einsamkeit . . .

Singer schaute durch ein schmales Fenster. Er sah einen Teil des Platzes und des Forttors an seinem Ende. Er gestattete seinem Geist, frei umherzuschweifen, sich mit Garicks Worten zu beschäftigen, und er fragte sich, welche Art von ultimater Waffe der Gott sich einbildete, aus ihm schmieden zu können.

Der Gürtel der Einsamkeit.

Wenn es das war, was Garick beabsichtigte, bedeutete es trotzdem eine zweite Überschreitung der Sicherheitszone um die Stadt; bedeutete es, dem Grauen des Selbsttors ein weiteres Mal ausgesetzt zu sein. Es wurde ihm bewußt, daß er zitterte, doch gleichzeitig erinnerte er sich an etwas, das seine Mutter einmal zu ihm gesagt hatte.

„Es gibt keinen Mut ohne Furcht“, hatte sie erklärt. „Die Tapfersten sind oft die, die am meisten Angst haben. Und Einsamkeit ist häufig der Gefährte der Furcht.“

Was hatte sie noch über die Einsamkeit erwähnt? Er zwang sich, sich daran zu erinnern. *Angst zu haben, heißt allein sein, aber – aber ...*

„Aber nur so erkennt ein Mann sich selbst. Schmerz bestimmt und erzwingt den Preis für seine Weisheit."

Sie hatte recht. So lernte ich die Wahrheit.

Doch selbst dieser winzige Teil ihres Vermächtnisses war fremd in dem heißen, schmutzigen Charzen. Judiths Philosophie, das erkannte Singer mit düsterer Überlegenheit, würde die Psyche eines einfachen Zirkeljägers wie Arin brechen, wäre er gezwungen, sich dem formenden Druck einsamer Isolierung auszusetzen. Zirkler verließen sich auf ihre Gemeinsamkeit, auf ihre gegenseitige Bestimmung, füreinander da zu sein, einander zu trösten. Ihre Lebensweise war nicht die der Stadt.

Ein Reiter kam in Singers begrenztes Blickfeld. Ein Huhn rannte gackernd umher. Eine Frau kam durch das Tor, mit einem kleinen Jungen an ihrer Seite. Das Bürschchen mußte laufen, um mit ihr Schritt zu halten. Singer kannte den Platz, der eigentlich ein Hof war, von einem staubigen Ende zum anderen, von der Stelle, wo das Federvieh herumflatterte und die Schweinesuhle schräg zu einem seichten Becken abfiel, das zu Lams trocken, aber im Frühling tiefer Schlamm war, bis zu dem großen Blockhaus, etwa eine halbe Meile gegenüber, wo Judith in den letzten Tagen gestanden hatte, um Garick nachzuschauen, als er mit der jungen Jenna zum Zeremonienhain geritten war, denn schließlich war er ein Shando und Judith aus der Stadt, und es gab keinen Weg zurück.

Singer wurde es plötzlich klar, daß der beabsichtigte Angriff auf die Stadt ausschließlich Garicks Krieg war und die Idee sehr wohl von seiner Mutter stammen und bereits zwanzig Jahre alt sein mochte. War sie ein direktes Produkt ihres brillanten gequälten Gehirns oder eine verspätete Rache an der Stadt von Garicks Seite? Singer wußte es nicht genau. Ihm fehlten noch so viele Teilchen des Puzzles, selbst jetzt nach achtzehn Wintern des Erwachsenwerdens und der Überlegungen. Doch etwas war sicher: Judith hatte bestimmt die Stadt nicht verlassen, nur um jemanden wie Garick zu finden, zu lieben und sein Kind zu gebären. Es mußte einen viel tieferen Grund gegeben haben.

Einmal hatte Singer versucht, möglichst viel über ihre früheste Vergangenheit auszugraben. Man erinnerte sich ihrer noch in Lorl, der mrikanischen Handelsstadt. Einer der Söldnerwächter entsann sich des Morgens, als er sie zum erstenmal sah.

„Da war dieser Wagenzug, weißt du", sagte er zu Singer. „Er nahm die Balmerdurchfahrt durch die Stadt, mit Dörrfischen von der Küste. Ich und einer der anderen Wächter zählten wie üblich die Wagen und Angehörigen. Seltsamerweise war auf dem Herausweg ein Mitfahrer mehr, als bei der Einfahrt am Westtor aufgeschrieben worden war. Es hätte natürlich durchaus ein Versehen beim Zählen sein können. Aber später hörte ich von ihr, und da wußte ich, wann sie die Stadt verlassen hatte. Uns war es egal. Wir müssen nur dafür sorgen, daß keiner der Karawane drin bleibt. Ob da bei der Ausfahrt einer mehr im Wagenzug ist, spielt für uns keine Rolle. Allerdings ist das nur dieses eine Mal passiert. Wir müssen uns nur Gedanken machen, wenn einer fehlt."

Singer stellte weitere Fragen und erfuhr, daß die Wagen am Kontrollpunkt vorbei und etwa eine Meile in dem tiefen Schlamm der Hauptstraße fuhren, ehe der letzte Wagen kurz anhielt. Ein junges Mädchen sprang heraus. Sie trug einen Rucksack um ihre schmalen Schultern.

Korbin, der fette Händler, erinnerte sich am besten an sie, und da Singer für die Getränke bezahlte und er ein lebendes Porträt von ihr zu sein schien, wurde seine Erinnerung mit jedem Schluck schärfer.

„Man sah es ihr sofort an, daß sie aus der Stadt kam." Er wischte sich den Schaum von den wulstigen Lippen. „Sicher, sie trug Wagenmädchenkleidung – lange Hose, Rock, Schafpelz, aber alles war ihr zu groß, und es war auch viel zu sauber. Klein? Ich hätte nie gedacht, daß es überhaupt so kleine Frauen geben könnte. Ich glaube nicht, daß sie mehr als fünf Fuß groß war, aber so, wie sie sich hielt, wirkte sie doppelt so groß. Es war eben etwas an ihr. Und jung war sie, achtzehn oder neunzehn."

Er machte eine Pause, um sich einen weiteren Becher von seinem Gastgeber anbieten zu lassen. Korbin nahm einen Schluck und seufzte zufrieden. „Der Shando-Mosta ist der beste." Er rülpste, um es zu betonen. „Nun, ich hielt es für merkwürdig, denn *niemand* kommt je aus der Stadt. Konnte mich selber nicht erinnern, daß es je geschehen wäre. Und mein Vater, der zweiundsiebzig war, auch nicht. Vielleicht war sie die einzige. Aber jedenfalls war sie da und baute die Ware genau hier auf dieser Theke auf. Singer, weißt du, was *Öl* ist? Ich habe gehört, sie verwenden es bei diesen Stadtmaschinen. Syn-tho-petro-lim nannte sie es. Für uns etwas unvorstellbar Seltenes.

Jedenfalls hatte sie *fünfzehn* Dosen mit diesem Öl hier vor meinen Augen aufgereiht. Ich habe sie ihr für zehn Kreten die Dose abgekauft und sie zwei Tage später für achtzehn das Stück an den Mann gebracht. Von zwei Kreten kann man zehn Tage recht gut leben, also habe ich ihr schon einen anständigen Preis gemacht. Und Arznei hatte sie auch, alles mögliche, aber davon wollte sie nichts verkaufen. Sie mietete meine Hütte im Hof, sagte, sie würde eine Weile bleiben. Ich fragte, wo sie eigentlich hin wollte, und stell dir vor, was sie gesagt hat! Lishin!“

Korbin drückte seinen dicken Bauch fester an die Theke, schwenkte den Mosta in seinem Becher und zwickte ein Auge zu.

„Weißt du, was die Uhianer über Lishin sagen? Tot, tot schon lange vor den Zirkeln, seit tausend, vielleicht zweitausend Jahren. Alte Brücke, massives Eisen, liegt schräg über einem stinkenden Fluß, Häuser aus Stein und Eisen! Schwer zu glauben, aber das erzählt man sich. Und weder ein Karli noch ein Wengen, ja nicht einmal ein Shando wagt sich auch nur in die Nähe. Aber deine Mutter ist dorthin, habe ich gehört. Sie war eine Frau, die durchführte, was sie sich vorgenommen hatte.“

Eine Spur Zärtlichkeit ließ seine Stimme weicher klingen. „Ich sah sie, als der Karliwagen sie im nächsten Sommer aus dem Wald brachte. Fast nur noch Haut und Knochen, das arme Ding, krank war sie, Schwarzwasserfieber und vieles andere. Wußte nicht mehr, was Dreck und was Sonnenbräune an ihr war. Mußte ihr Wildlederzeug verbrennen, ehe mich der Gestank davongetrieben hätte. Lag in meiner Hütte und goß jeden Tag eine Kanne oder auch eineinhalb in sich hinein. Ging nicht in die Stadt zurück, ging überhaupt nirgends hin. Hat nur getrunken und getrunken.“

Der Mosta hatte den Händler weich gemacht. Er ließ sich auf einem Stuhl nieder, gab sogar eine Runde aus und rülpste wieder zufrieden. „Also Garick ist dein Vater, hm? Sie hat ihn hier kennengelernt, weißt du? Das war ein Paar! Sie fünf Fuß, er fünf Meilen. Stadt und rauher Shando. Aber kein Dummkopf, dieser Garick. Schon ehe sie kam, hat er sich hier selbst die Zahlen beigebracht, hier an meiner Theke, wenn er mir zusah, wie ich die Rechnungen zusammenzählte. Konnte nicht mal seinen Namen schreiben. Aber er *beobachtete,* verstehst du? Klug, bestimmt. Nur weil eine Kanne leer ist, heißt es noch lange nicht, daß sie kein

Wasser halten kann. Die beiden waren jedenfalls füreinander bestimmt, das konnte ein Blinder sehen. Sie hätte damals mit ihm heimgehen sollen, wie er es wollte, aber sie mußte unbedingt erst nach Lishin. Bin nie dahintergekommen, warum."

Der lange müde Nachmittag versank im Summen der Fliegen. Singer schaute durch die offene Tür in die blaugraue Ferne, die die Stadt vor ihm verbarg.

„Ich denke oft über die Stadtleute nach", gestand Korbin. „So still hinter diesem Selbsttor. Nie sieht man sie. Was *machen* sie denn da? Was fühlen sie? Sind schon gut tausend Jahre dort, vielleicht länger. Niemand kommt hinein, niemand heraus – außer ihr."

„Warum?" fragte Singer. „Hat sie dir das je gesagt?"

„Mir nicht." Korbin schüttelte den Kopf. „Aber einen Grund muß sie gehabt haben. Ich meine, sie war so energisch, so zielbewußt. Ich habe nie jemanden gekannt, ob Mann oder Frau, der so willensstark war wie sie. Irgendwas hat sie getrieben . . ."

In dem schläfrigen Nachmittag des Charzensommers stand Singer am Ende seines Strickes und dachte über seine Mutter nach. Über die Jahre hinweg war ihm die Art ihres Zieles klarer geworden, aber noch immer konnte er sie nicht auf einen Nenner bringen, konnte den gesamten Plan nicht erkennen, der sie zuerst dazu veranlaßt hatte, der Stadt den Rücken zu kehren, und schließlich ihren viel zu frühen Tod herbeigeführt hatte.

Sie war von einer Idee besessen gewesen.

Der Gürtel der Einsamkeit

Judith Randall Singer erweckte den Eindruck einer eifrigen Studentin, die nicht viel ins Freie kam. Sie hatte dünne Arme und Beine, eine schmale Gestalt, fast durchscheinende elfenbeinfarbige Haut und große feuchtbraune Augen, die nahezu schwarz wirkten, wenn sie verärgert oder erschöpft war. So jung sie auch aussah, verriet ihr Benehmen doch keinerlei jugendliche Unsicherheit, sondern ein erstaunliches Selbstvertrauen und energische Zielsicherheit.

Sie sprach ein wenig polyglottes Mrikanisch, ein bißchen Uhianisch, und sie beherrschte die Alte Zunge, obgleich sie außerhalb der Stadt so selten benutzt wurde wie die zusammengezogene Sprachenkurzfassung innerhalb ihrer Mauern. Keiner erfuhr viel über sie, aber sie hatte jedenfalls ein Talent, die normalerweise sehr reservierten Zirkler dazu zu bringen, sie mit den alten Gesängen zu unterhalten, die bei ihnen von Generation zu Generation weitergegeben wurden.

Am interessiertesten war sie an den traditionellen Balladen über den Gürtel der Einsamkeit, ein altes legendäres Kleidungsstück, das es in grauer Vergangenheit, noch vor der Zeit der Zirkel, gegeben haben sollte. Der Legende nach verlieh dieser Gürtel seinem Träger die Gabe der Unsichtbarkeit. Judith wußte, daß die Worte *Gürtel* und *Einsamkeit* sich unter der Handvoll Wörter befanden, die ohne Veränderung aus der Alten Zunge ins Uhianische übernommen worden waren. Die Leute betrachteten den Gürtel als eine Tatsache, eine Erinnerung, die zur Fabel geworden war. Und immer, wenn sie ihr über den Gürtel vorsangen, kam in jedem Lied darüber der Refrain vor:

In Lishin, im Westen

Mit der Zeit schwand der Reiz der Neuheit beim Anblick Judiths, und die nicht von Neugier geplagten Mrikaner wandten sich ihren Geschäften zu: Die Wagen rollten ostwärts.

Im Frühjahr erwachte Lorl noch verschlafen, um ein neues

Handelsjahr zu beginnen. Regale aus ungehobelten Brettern waren vollgestopft mit Ware aus dem Norden und Osten, die nur auf den Hochsommer wartete und auf die Wagen von den Waldzirkeln, die frische und gekochte Früchte brachten, Gemüse, Rohwolle, Geflügel und die einmaligen Shando-Äpfel, aus denen man Mosta preßte und an die Wiederverkäufer veräußerte. Vom Spätsommer bis zum ersten Schnee verdienten die Kaufleute gut. Sie brachten ihre Stahlbarren an den Mann, die für Messer und Werkzeug erstanden wurden; verkauften ihre farbenprächtigen Baumwoll- und Wollstoffe an die hochgewachsenen Waldfrauen, die manchmal ihre Männer begleiteten. Die Hauptstraße und die wenigen Nebenstraßen waren überfüllt mit Händlern, Zirklern und Wiederverkäufern, die lautstark miteinander feilschten. Zu dieser Zeit stank Lorl nach Dung, Urin, Gemüse, Fleisch in verschiedenen Stadien der Zubereitung und Verwesung, Schweiß, ungegerbtem Leder und Schmutz. Lorl wurde staubiger und reicher, mitten zwischen den Zirkeln im Westen, der schweigenden Stadt im Osten und dem Meer. Tag und Nacht wimmelte es auf den Straßen von dunklen Wengenzirklern, Fischhändlern, Grenzwachen aus den nahen Kasernen, gelangweilten Prostituierten, die sich vor ihren Bretterunterkünften das strähnige Haar kämmten.

In diesem Rummel hörte Judith sich um, lauschte dem flinken, halbverschluckten Jargon und prägte sich seinen Rhythmus ein.

Im Spätsommer kamen die ersten Wagen der Karli. Die Karli waren die nördlichen Verwandten der Shandos. Die beiden Zirkel waren einander immer eng verbunden gewesen. Obgleich Judith sich zur Vorbereitung monatelang die Bänder mit ihrem Dialekt in der Phonothek angehört hatte, fiel es ihr doch schwer, sie zu verstehen, da ein großer Teil ihrer Verständigung mit dem unausgesprochenen Lep vor sich ging. Im Aussehen gab es keinen Unterschied zwischen den reichsten und ärmsten Karlis. Von den kordelgegürteten Überwürfen und den Messern mit den weißen Griffen oder Thammays der Meister abgesehen, trugen sie keine Statussymbole. Die meisten Karlis waren einfache Schafhirten, die nichts über die Welt außerhalb ihrer Zirkelstätten wußten. Aber sie besaßen die Fähigkeit, sich zu freuen und fröhlich zu sein, und teilten Gefühle, die einen ungewohnten Neid in Judith weckten. In der Stadt aufgewachsen, war sie an ein Leben des Studierens und der Einsamkeit gewöhnt, doch nun lauschte sie hungrig, wenn sie sich des Abends zusammensetzten und einer von ihnen die alten

Lieder anstimmte, in die dann schnell ein Dutzend und mehr Kehlen einfielen. Sie klatschten in die Hände, Männer und Frauen hüpften und sprangen in einem wiegenden Reigentanz. Zu dieser Zeit sah Judith die Seele der Uhianer. Der Tanz mochte eine halbe Stunde und länger dauern, bis ihre Augen glasig, ihre Gesichter schweißüberströmt wurden, während sie durch die ununterbrochene Tanzbewegung etwas jenseits des Selbst suchten, es ineinander fanden und wieder ruhig wurden.

Als der Sommer abkühlte und der Herbst sich herbeischlich, rollten die Shandoer Apfelwagen an, und der Handel erreichte seinen Höhepunkt. Inzwischen hatte sich Judith an die Größe der Zirkler gewöhnt, die sich in Korbins Laden drängten. Einer der Wagenzüge gehörte einem ergrauten Giganten namens Jase. Wenn er sich über den Ladentisch zu ihr oder Korbin beugte, war Jase ein freundlicher Berg, der seinen Schatten über ein kleines Tal warf. Seine Äpfel machten ihn reich, und seine Frau war ein Meister des Inneren Kreises. Ihr größter Stolz – und ihre Betrübnis – war ihr Sohn, Garick, der bei den Wagen geblieben war.

„Guter Farmer“, brummte Jase über den Rand seines Kruges. „Aber er bringt nicht einmal ein Nasenjucken mit Magie fertig.“

Judith betrachtete Garick mit müßiger Neugier. Er war etwa neunzehn, sonnengebräunt, mit einer dichten Mähne braunen Haares, einem festen lachenden Mund und Intelligenz verratenden Augen. Sie stieß fast mit ihm zusammen, als sie um eine Wagenecke bog.

„Paß lieber auf, wohin du gehst“, mahnte er sie mit seiner gedehnten Stimme und schaute auf sie hinab. „Du bist so klein, daß leicht jemand auf dich tritt.“

Obgleich er Farmer wie sein Vater war, erkannte Judith, daß mehr in Garick steckte. Er besuchte sie oft in ihrer Hütte und schaute zu, wenn ihr Schreibstift über endlose Seiten mit Notizen flog.

„Wo hast du das gelernt, Jude?“

„Schreiben? Oh, das ist schon lange her.“

„Könnte ich es auch lernen?“ fragte er scheinbar gleichgültig, aber sie hörte die Sehnsucht heraus.

„Natürlich kannst du das.“

Garick schaute voll Interesse hinunter auf die sonderbaren Zeichen, dann auf Judith. Das Interesse ließ nicht nach. „Du könntest mir eine Menge beibringen.“

Sie hörte zu schreiben auf, stützte die Ellbogen auf den Tisch und war sich plötzlich Garicks Nähe auf neue und seltsam angenehme Weise bewußt.

„Was möchtest du gerne lernen, Garick?"

Er dachte nach. „Alles."

Und dann brüllte Jase vom Wagen nach ihm. Garick blieb mit einem verschmitzten Grinsen an der Tür stehen. „Jude, hast du einen Mann hier in Lorl?"

Das kam völlig unerwartet für sie. „Was meinst du mit einem Mann?"

„Bist du mit einem Mann zusammen?"

„Nein", erwiderte sie einfach. „Weshalb sollte ich?"

Ihre Antwort schien wiederum ihn zu erstaunen. „Gehst du denn nicht einmal auf den Hügel?"

„Auf welchen Hügel?"

Wieder rief Jase. Plötzlich trat Garick an den Tisch, hob Judiths schmales Kinn mit seinen kräftigen braunen Fingern und küßte sie. Als sie seine Hand spürte, erstarrte sie. *Stadtmenschen berührten einander nicht!* Aber Garick, das fiel ihr ein, wußte das ja nicht. Sie entspannte sich und wehrte sich nicht. Sie überließ sich völlig diesem seltsamen Gefühl mit interessierter Objektivität, da ihr einfiel, daß diese sonderbare Berührung eine der merkwürdigen Zirkelsitten war, über die sie gelesen hatte.

Und dann, zum erstenmal seit ihrer Kindheit, hörte Judith auf, zu beobachten und Daten zu katalogisieren. In einer ihr fremden Gefühlsbewegung öffnete sie die Lippen unter denen Garicks und legte die Arme um seine Schultern. Nach einer Weile machte er einen Schritt zurück und sah sie voll Staunen und Freude an.

„Nun gut, Jude", sagte er, als hätte er eine große Entscheidung getroffen. Er drehte sich um und eilte zu seinem Vater.

Judith trat an die Tür und schaute ihm nach. Schließlich kehrte sie an ihre Arbeit zurück, aber der Schreibstift blieb untätig in ihrer Hand. Sie lächelte. Wie seltsam, dachte sie, in der stillen Einsamkeit der Stadt hatte sie schon vor langem die Beziehung zwischen Mann und Frau ausgewertet, aber das war nur trockenes Wissen, fast vergessene Überlieferung, Worte auf Papier, wie die alten Liebesballaden, eine Flamme im Eis der Zeit vergraben.

Die Wirklichkeit ist anders. Sie kann nicht in Worten ausgedrückt werden, erkannte sie mit einem Gefühl des Schocks. Es war eine kleine, aber bedeutende Lücke in ihrer Stadtbildung.

Jase schloß sich für die Heimreise einem größeren Wagenzug an. Einige der Wagen würden bei der Tomlikbiegung nordwärts nach Karli weiterfahren.

Als sie sich zum Aufbruch bereitmachten, sagte Judith sich, daß sie in Lorl alles gelernt hatte, was sie hier erfahren konnte, also bat sie, ein Stück des Weges mitgenommen zu werden. Ihre Entscheidung – versicherte sie sich selbst – wurde nur ganz beiläufig ein wenig davon beeinflußt, daß sie dadurch ein bißchen länger mit Garick zusammen sein konnte. Sie packte ihren Rucksack, und Garick hob sie glücklich auf den Kutschbock neben sich. Obgleich ihm ihre Motive ein Rätsel waren, machte er keinen Hehl aus seiner Liebe für sie. Er bewunderte ihren Mut, und es störte ihn nicht, daß er sie für mehr als nur ein bißchen verrückt halten mußte.

„Wie lange wirst du in Karli bleiben?" fragte er sie.

„Bis zum Frühjahr."

„Karli ist nicht halb so schön wie Charzen", erklärte er ihr stolz. „Komm doch lieber mit uns."

„Das täte ich gerne", erwiderte sie ehrlich und drückte seinen Arm. „Aber ich muß danach sogar noch weiter als Karli."

„Wohin?"

„Nach Lishin."

Ein plötzliches Schweigen senkte sich auf die Leute im Wagen. Köpfe drehten sich in Furcht und Staunen zu Judith um. Garicks Augen weiteten sich. „Jude!" flüsterte er. „Das ist das Land der *Kriss!*"

„Ich habe ihre Sprache gelernt. Sie sind doch Zirkler wie ihr, nicht wahr?"

„Nein, nicht wie wir", wehrte er entschieden ab. „Sie sind keine Zirkler. Niemand geht dort hin. Niemand möchte es."

„Ich muß aber."

„Jude, du verstehst es ganz einfach nicht. Niemand lebt in Lishin. Es ist *tot!*"

„Trotzdem muß ich hin", sagte sie fest.

„Hör mir zu." Er versuchte, es ihr aus Vernunftsgründen auszureden, aber das war sehr schwierig, weil er mit Jude nicht lepen oder sie an seiner Einstellung teilhaben lassen konnte. „Selbst wenn du jemanden findest, der so schwachsinnig ist, dich dorthin zu bringen – aber du wirst ganz sicher keinen finden –, führt der Weg über das Blaue Gebirge, auf und ab, auf und ab, die ganze Strecke. Alles Buschwerk, das nicht einmal ein Gaul schafft und selbst Jägern Probleme aufgibt ..."

Sie tätschelte seine Hand. „Komm, fahr schon."

„Jude ..."

Jase winkte zur Abfahrt. Garick faßte die Zügel und schnalzte frustriert. „Lishin!" murmelte er immer noch ungläubig. „Und ich dachte, ein *Gaul* sei dumm!"

Zirkler kannten wenige Tabus, stellte Judith fest, aber die wenigen saßen tief, es waren Überzeugungen, die als Tatsachen galten, auch wenn kaum je darüber gesprochen wurde. Die Kriss waren eines der stärksten. Es dauerte lange, bis Garick auf ihre Fragen einging und zögernd von ihnen sprach. Kriss waren Außenseiter, Fremde. Sie galten als *Cowan,* also als Unreine, für die Zirkler, und die wenigen Tatsachen, die über dieses zurückgezogen lebende Volk bekannt wurden, änderten ihre Meinung auch nicht.

„Sie haben einen toten Gott!" sagte Garick, und das Grauen über dieses Anderssein sprach aus seiner Stimme. „Sie lieben den Tod, sie singen von ihm wie von einer geliebten Frau!"

Während der Wagenzug den Nordwestbogen des Tomlikflusses dahinkroch, erfuhr Judith mehr über das Leben der Zirkler und die üppige Natur, die sie verwöhnte und ihre Grenzen bildete. Die Morgen und Abende waren feurig rot über dem Wald, die Luft kühl und köstlich. Die Nacht war etwas Neues für Judith, die absolute Dunkelheit jenseits der Insel der vom Lagerfeuer beleuchteten Wagen. Sie war erfüllt mit Geräuschen, die sie erschreckten und immer aufs neue weckten. Garick, der neben ihr schlief, schien irgendwie sein Bewußtsein mit ihrem verknüpft zu haben. Einmal riß ein seltsamer Schrei sie aus dem Schlaf. Sie bewegte sich nicht, öffnete lediglich die Augen, aber sofort legte Garicks Hand sich um ihre.

„Nur eine alte Eule", beruhigte er sie, als das unheimliche Heulen erneut erklang. „Brauchst keine Angst zu haben."

„Woher weißt du eigentlich immer, wenn ich wach bin?"

Garick drehte sich um, rückte näher zu ihr und legte einen Arm um sie. „Ich bin bei dir." Anders konnte er es nicht erklären, und Judith erfaßte die Bedeutung nicht.

„Warum kann ich es nicht?"

Seine Finger legten sich um ihr Haar und ihre Schläfen. „Du denkst ganz hier oben."

„Das tun doch alle", entgegnete Judith. Das Gehirn war das Zentrum jeglicher Denktätigkeit, ob nun bewußt oder unbewußt. Garick seufzte über die Schwierigkeit. „Die Stadt ist sonderbar", murmelte er. „Was *macht* ihr denn die ganze Zeit?"

„Wir denken", sagte sie. „Wir studieren. Wir lernen."

„Warum bist du dann hierher gekommen?"

Es dauerte eine lange Weile, ehe sie antwortete.

„Ich überlegte etwas", erwiderte Judith bedächtig. „Es gibt ein Ding, eine Art Waffe. In den falschen Händen könnte sie alles gefährden, was die Stadt in den vielen Generationen geschaffen hat."

„Und du glaubst, daß diese – Waffe in Lishin ist?"

Sie nickte.

„Woher weißt du es?"

„Ich weiß es nicht. Es ist nur eine Mutmaßung."

Garick bemerkte, wie müde sie wurde, wenn sie versuchte, ein längeres Gespräch zu führen. Es war, als nage die Anstrengung, ihre Gedanken auf die Ebene eines Zirklers herabzusetzen, an ihrer Kraft. Er empfand plötzlich Ärger über die undefinierbare Mauer zwischen der Stadt und ihm. Er bemühte sich, Judith diesen alten Grimm zu erklären. *Warum?* Warum sonderte die Stadt sich ab? Warum schickte sie angeheuerte Wächter, um ihre Grenzen gegen die Zirkler zu schützen? Und warum war das Selbsttor stärker als jeglicher Zirkelzauber?

„Einsamkeit ist das Wesen der Stadt", sagte Judith ein wenig traurig. „Sich selbst zu genügen. Die Wurzeln sind bereits in der Gründung der Stadt zu finden. Das Selbsttor, wie du es nennst, ist eine Methode, die absolute Unabhängigkeit zu erhalten. Wir schließen euch aus, weil andere Lebensweisen allem, was die Stadt darstellt, schädlich sind." Sie seufzte. „Aber jetzt bin ich nicht mehr so sicher. Es ist klar, daß es viele Lücken in unserem Wissen über die Zirkel gibt. Unsere Theorie der Sprache, beispielsweise – und das ist eine sehr wichtige Tatsache – ahnt nichts von *Lep.*"

Garick war völlig verwirrt. Judith lächelte und streichelte seine Wange. „Schau, ich berühre dich. Schon das allein, einen anderen Menschen zu berühren, gibt es in der Stadt nicht. Aber, Garick, ich werde sie darüber aufklären – in Schrift und Bild. Sie sollen alles erfahren, was ich gelernt, was ich herausgefunden habe, was ich von deinem Volk verstehe. So schrecklich viel fehlt. Ich spüre es jetzt auch in mir.“

Sie berührte ihn erneut mit sanftem Drängen. Ihre Hände zogen seine Lippen zu ihren herab, so wie er es einmal getan hatte. Und in diesem neuen Halbverständnis zwischen ihnen schmolzen sie zusammen in der ersten Erkenntnis, und inmitten dieser aufregenden neuen Erfahrung lachte Judith, weil Garicks Bart sie kitzelte.

Als wirkliche Gefahr nahte, wußte Garick es lange vor ihr.

In der letzten Nacht, ehe der Wagenzug sich teilte, erwachte Judith noch vor dem Morgengrauen. Wegen ihres jetzt chronischen Nierenleidens mußte sie den Wagen verlassen. Es war eine klare kühle Nacht, die bereits die kommende Kälte prophezeite. Der Mond stand tief, der Aufgang der Sonne konnte nicht mehr allzu fern sein. Zwei Wachen unterhielten sich ruhig am Feuer. Sie schauten nur flüchtig auf, als sie an ihnen vorüberging.

Sie hatten ihr Lager nahe der Biegung des Tomliks gemacht. Hinter ihnen rauschte der Fluß, und an drei Seiten waren sie von offenem, leicht hügeligem Land umgeben. Der Morgenwind säuselte in den Bäumen, und Judith genoß das letzte Schimmern des Mondes auf dem Wasser. Sie blieb stehen, bis es unmerklich in der Stille schwand. Sie wandte sich wieder dem Lager zu – und hielt erstaunt an.

So still wie der Mondschein war das Lager erwacht. Die Posten standen hoch aufgerichtet und lauschten, während die Männer und Frauen sich eilig ankleidend aus den Wagen stiegen. Kein Wort, kein Laut war gefallen, und doch waren die Zirkler wach und wachsam, und sie benahmen sich wie eine Schar Vögel, die gleichzeitig aufflogen, um einem herabstoßenden Raubvogel zu entkommen.

Garick hing sich gerade seinen Köcher um.

„Was ist los?“ fragte sie ihn.

„Wir wissen es noch nicht. Steig in den Wagen.“

Sie umklammerte das Messer, das er ihr in die Hand drückte, und kauerte sich unmittelbar hinter den Kutschbock, um Garick und die anderen beobachten zu können. Ohne daß eine Silbe fiel, machte sich die ganze Gruppe verteidigungsbereit. Einige zündeten Fackeln an den Feuern an. Diese paar, sowohl Männer als auch Frauen, bildeten einen losen Kreis um das Lager. Von ihren

Fackeln abgesehen, waren sie unbewaffnet. In der Mitte stand eine größere Gruppe mit Bogen bereit, zu ihr gehörten Garick und Jase. Sie warteten schweigend. Judith wußte nicht worauf, denn sie konnte keine Gefahr jenseits des Feuers entdecken.

Später erfuhr sie von Garick, daß der äußere Verteidigungsring von Meistern gebildet wurde, von Männern und Frauen, die ihre Kraft zu einem geistigen Schutzwall vereinten. Das war etwa das Gegenteil von Bannmagie – und tödlicher. *Weißhirn* nannten sie es. Gelangte etwas hindurch, saß es hoffnungslos im Kreis fest, seine Geisteskräfte wurden durch betäubende Intensität ausgeschaltet, bis die Pfeile ihm den Garaus machen konnten. Doch immer verließen sie sich zuerst auf ihre Magie.

Schulter an Schulter, die Pfeile an den Sehnen, strengten Jase und Garick ihre Sinne an, um das, was sie nicht sahen, zu berühren und so seine Form bestimmen zu können. Das Lep huschte von einem zum anderen, und alle forschten sie.

?

Hunde. Wölfe würden heulen. Rudelhunde sind zu klug.

Unreine Jäger?

Die Meister würden sie lesen. Außerdem zu weit östlich.

Hunde.

Das gleiche Lep verbreitete sich schnell zum äußeren Ring der Meister. Sie warteten. Die Stille wurde fast greifbar. Das Feuer warf Schatten auf ihre Rücken. Dann . . .

Sie kommen, jetzt!

Judith hörte ein leises Geräusch und schließlich ein Knurren im Chor, das ihr die Härchen auf dem Nacken aufstellte. Glühende Punkte, immer paarweise, zwei, drei, ein Dutzend, bewegten sich jenseits des Ringes der Meister vor und zurück, wieder vor – zurück. *Sie haben keine Waffen! Sie werden niedergemetzelt.*

Das Hauptrudel der Hunde kam nun lautlos herbeigestürzt. Ein gutes halbes Hundert war es, das seinen Leithunden folgte – riesige, springende Gestalten, dunkler als die sie umhüllende Nacht. Die wilden Bestien stürmten bis ein paar Meter vor den Kreis, dann zögerten sie, hielten rutschend an, als sie die unsichtbare Barriere spürten. Fackeln streckten sich ihnen entgegen, zwangen sie zurück, bis nur noch ihre glühenden Augen zu sehen waren.

Und wieder stürmten sie herbei. Geschlossen warfen sie sich gegen die Geisteskraft, Mauer gegen Mauer. Ein paar der kräftigeren gelangten näher an die ausgestreckten Fackeln heran. Sie begannen zu taumeln, als die Macht ihre kleinen Gehirne ansengte.

Die Tiere heulten weder, noch forderten sie die Menschen durch einen anderen Laut auf, abgesehen von dem ständigen tiefen Knurren – wie ein leer laufender Motor, erinnerte Judith sich später. Garick sagte, bei Wölfen wäre es einfach. Bei ihnen wußte man immer, wie man stand. Aber die wilden Hunde hatten ihre Rassenerinnerung an den Menschen und sein Wesen. Es soll tatsächlich eine Zeit gegeben haben, erzählte man sich, da die beiden, Mensch und Hund, miteinander auf Jagd gingen. Die Hunde konnten denken, und genau wie die Menschen warnten sie nicht vor einem Angriff.

Und sie dachten wirklich, dort draußen. Ihre Taktik änderte sich. Ohne zu wissen, was sie aufhielt, spürten sie, wo die Kraft am schwächsten war. Darauf konzentrierten sie ihre eigene Kraft. Der Ring hielt, aber die Hunde hatten an Boden gewonnen und kamen näher. Immer wieder stachen die Fackeln nach ihnen. Der Arm eines Mannes wurde aufgerissen, als ein rotäugiger Schatten aus dem Nichts sprang, um sich gegen die dünne Stelle des Kraftkreises zu werfen.

Der Morgen begann zu grauen. Judith konnte sie nun vage erkennen. Starke Bastarde waren es, manche mit einer Schulterhöhe von drei Fuß. Vorwärts stürmten sie und sprangen zurück. Mit bösartiger Intelligenz suchten sie eine weitere schwache Stelle im Kreis. Die Anstrengung der Konzentration machte sich im Ring der Meister bemerkbar. Ein junges Mädchen schwankte und wäre gefallen, hätte nicht die Frau neben ihr sie am Arm gefaßt und gestützt.

Sofort witterten die Hunde die winzige Bresche in der unsichtbaren Mauer. Als hätten sie alle nur den einen Gedanken, wandten sie sich in diese Richtung und warfen sich mit stummer Vehemenz gegen den schwachen Punkt in der Abwehr. Zwei rissen an der Frau, und mehrere andere brachen mit hohen Sprüngen bis zur Mitte durch, ehe der Willenswall sich wieder schließen konnte.

Das Mädchen heulte vor Angst und Wut. Mit Fackel und Thammay hieb sie auf die Hunde ein und versuchte, sie von der gestürzten Frau zu vertreiben, die nur einen einzigen kurzen Schmerzensschrei ausstieß. Die Tiere wichen vor dem wütenden Angriff des Mädchens zurück, während bereits schier unerträgliche Pein in ihren Schädeln tobte, als die Meister ihre verdoppelte Kraft gegen sie warfen.

Die Frau blieb reglos liegen.

Judiths Knöchel um den Messergriff hoben sich weiß ab. Sie sah die Hunde erneut gegen den Kreis anstürmen. Einigen gelang es, ihn zu durchbrechen, doch sie schwankten halb betäubt, als die Macht sich auf sie richtete und dann verstärkt ihr Knurren zu einem herzzerreißenden Schrei werden ließ, bis sie die Sinne verloren und ihr Geist von der ergrimmten Magie der Meister vernichtet wurde.

Wahnsinnig, halbtot, griffen die Hunde noch alles an, was sich bewegte. Garick erschoß einen – und ging unter den scharfen Zähnen eines anderen, der ihm auf den Rücken sprang, zu Boden.

Jase!

Jase, der selbst mit einem Hund beschäftigt war, brauchte einen kostbaren Augenblick, um Garick zu Hilfe zu kommen. Er wirbelte herum, doch noch ehe er zum Sprung ansetzte, warf sich eine kleine Gestalt mit einem Wutschrei auf den Hund. Judith stieß das Messer mit schwachen, nutzlosen Hieben in das Tier, doch nicht tief genug, um es von seinem Angriff abzuhalten, bis Jases Klinge endlich seine Kehle durchtrennte.

Der Ring war wieder geschlossen. Jenseits davon verlor das Rudel allmählich seinen Kampfgeist. Seine Angriffe wurden schwächer und desorganisiert. Schwaden frühen Morgennebels hingen über dem Boden, und die Hunde zogen sich tiefer in sie zurück, als die Pfeile auf sie zuschwirrten. Schließlich verschluckte der Nebel sie ganz. Kein Laut brach mehr die Morgenstille, außer dem Weinen des Mädchens, das über der Toten kauerte.

Jase half Garick auf die Beine. „Jude hat dich gerettet", sagte er dankbar. „Konnte dich nicht rechtzeitig erreichen."

Garick und Judith betrachteten den toten Hund vor ihren Füßen. Judiths Hände waren bis zu den Gelenken blutig.

„Wer – wer weint?" stammelte Garick keuchend.

„Die junge Jenna", antwortete Jase. „Die Hunde haben ihre Mutter erwischt."

Garick griff nach Judiths dünnen Armen. „Jude, deine Hände . . . Wo . . .?"

Sie schluckte heftig. „Es ist nicht mein Blut, sondern das des Hundes."

Mechanisch wischte sie sich die Hände an dem struppigen Fell des toten Tieres ab. Garick hielt sie, während sie sich übergab.

Die Shandos begruben Jennas Mutter respektvoll, doch ohne große Zeremonie unter einer Weide, die sich weit über den Fluß beugte. Bedeutend mehr Aufmerksamkeit als der Toten wurde der schlaksigen rothaarigen Tochter gewidmet. Jenna stand neben Garick – zu dicht neben ihm, fand Judith. Der Thammay und das Zirkelhalsband der Mutter wurden dem Mädchen von einem der Meister übergeben.

„Sie kommt wieder", trösteten sie sie. „Genau wie wir alle."

Judith hörte es, aber verstand es nicht. Garick versuchte ihr zu erklären, daß das kein leerer Trost war. Die Welt und das Leben waren alles, der Tod nur ein kurzer Schlaf. Die Todestrennung von Freunden oder Familienangehörigen bedeutete „eine Wiedergeburt in den Anblick des anderen".

Judith lauschte, aber sie glaubte seinen Worten nicht. Es war nicht, daß sie die Philosophie des Zirkels ablehnte, sie fragte sich lediglich, wie sie auf diese Idee gekommen waren. Sie sah, mit welcher Ehrfurcht man Jenna, die bereits selbst Meister war, mit der Macht, ihr Volk zu beschützen, die heiligen Gegenstände reichte – das Messer, das Halsband, den auf bestimmte Weise geknoteten Kordelgürtel –, und sie sah auch, mit einem neuen Gefühl, das sie nicht analysieren wollte, wie Jenna sich an Garicks Arm klammerte, als er sie zum Wagen ihres Vaters führte. Sie war vor Judith bei ihm gewesen, hatte Garick erwähnt – ohne damit angeben oder sie eifersüchtig machen zu wollen. Wie seine Leute war er so durchsichtig, daß er ihr unergründlich erschien.

Garick machte Jenna Platz neben ihrem Vater auf dem Wagen und nahm die Hand des Mannes. „Wiedergeboren", sagte er.

„Den Shandos", murmelte der Farmer, dann warf er einen listigen Blick auf Jenna. „Ein gutes Mädchen, Garick. Ein Meister."

„Das stimmt." Garick wußte, was kommen würde.

„Du gingst eine Weile mit ihr. Ihr paßt gut zusammen."

Jenna beugte sich zu ihm vor. „Garick, komm zum Sammanfeuer zu mir. Ich mache dich wieder glücklich, wie an Sinjin." Sie bemerkte, daß sein Blick einer anderen galt. „Und all die anderen Male."

Garick versuchte, es mit ihr zu teilen, sie sehen zu lassen, daß das, was vorher war, schön gewesen sei, gemeinsam auf dem Hügel. Aber die andere ließ ihn wachsen und forderte ihn heraus mit ihrem Wissen, das sie ihn lehrte und nach dem er hungerte.

Stadtmädchen?

Ja.

Warum geht sie dann weg? Warum begehrst du sie so sehr?

„Garick", sagte sie laut in ihrem Ungestüm. „Sie fährt nach Karli, habe ich gehört, dann will sie über das Blaue Gebirge nach Lishin. Sie wird dort sterben."

Garick versuchte sich von ihr zu lösen. „Die Karli ziehen jetzt nordwärts." Er nickte mit dem Respekt, der einem Meister zusteht. „Ich muß mit einem sprechen."

Jenna war hartnäckig. *Ich bin jetzt. Sie vielleicht.*

Verwirrt stolperte Garick davon. Er sah den Freund, den er suchte, winkte ihm zu und nahm den Jungen mit zu dem Wagen, wo Judith sich mit ihrem Rucksack plagte.

„Jude, das ist Moss von den Karlis." Judith sah einen kräftigen blonden Burschen, einen von denen, die mit Garick in der vergangenen Nacht im inneren Verteidigungsgürtel gestanden hatten. „Du kannst bei Moss und seiner Mutter in Karli wohnen. Sie sind fast wie Shandos." Er drückte den Arm seines Freundes. „Nur hin und wieder riechen sie nach Schafen."

Moss grinste. „Haben deinen Hintern mehr als einmal warmgehalten, die Schafe. Da störte dich ihr Geruch nicht." Er wandte sich Judith zu und nahm ihren schweren Rucksack mit einer Prankenhand. „Garick sagt, wir sollen Freunde sein, also sind wir Freunde. Wie heißt du?"

„Judith Randall Singer."

Seine Augen lachten vergnügt. „So ein langer Name?" Er schaute Garick an. *Stadt?*

Mein, Moss!

Dumm. Jenna gute Frau, Meister.

Aber ich nicht. Nie einer sein. Suche mir meine Frau selbst aus.

Sag jetzt lieber Lebewohl, Junge. Sie will nach Lishin. Wird nicht zurückkommen.

Garick packte Moss' Hand. „Paßt mir gut auf sie auf, du und deine Ma."

Moss seufzte. Shandos hatten ein gutes Herz, aber dicke Schädel. „Ich werde für sie tun, was ich kann", versprach er. „Solange ich es kann." Taktvoll schlenderte Moss zum entgegengesetzten Wagenende. Garick legte die Arme um Judith.

„Wirst du nächsten Sommer wieder in Lorl sein?"

Sie schüttelte den Kopf. „Ich muß nach Hause."

Das tat ihm weh. „Zurück in die Stadt?“

„Es gibt soviel neue Arbeit für mich, Garick.“

„Ich werde nach Lams in Lorl sein. Warte bis dahin auf mich“, bat er. „Warte bei Korbin auf mich.“

„Garick, das kann ich nicht.“ Sie versuchte verzweifelt, es ihm zu erklären, aber er küßte sie.

„Nur bis kurz nach Lams, Jude. Wart auf mich.“

„Ich muß studieren. Ich muß alles in den Synergiser geben.“ Sie protestierte immer noch, als er sie fest an sich drückte.

„Jude, warte auf mich. Warte auf mich – bitte!“

„Ja.“ Ihre Stimme war so leise, daß er nicht sicher sein konnte, ob er richtig gehört hatte. „Also gut.“

„Bestimmt? Versprichst du es?“

Sie schmiegte den Kopf an seine Brust. „Ich verspreche es, Garick. Ich glaube, ich hätte ohnehin gewartet.“

Es bedurfte keiner Worte mehr zwischen ihnen, aber sie blieben eng umschlungen noch eine lange Weile stehen.

Als der Frühling kam, war Judith so bereit, wie sie nur sein konnte, den langen, beschwerlichen Weg nach Lishin anzutreten, mehr noch, sie hatte das Gefühl, sie habe ihn sich verdient. Aber es war eine veränderte Frau, die kurz nach dem Leddyfeuer ihr Pferd vorbei an den letzten Hütten der karlischen Zirkelsiedlung führte. Garick hätte sie vielleicht nicht wiedererkannt. Ihre elfenbeinfarbige Haut war aufgesprungen, verbrannt und wieder verheilt und fast unempfindlich gegen den schneidenden Wind geworden. Ihr Haar, das sie bisher immer kurz getragen hatte, war nun lang und starrte vor Schmutz. Sie hatte es mit einem Lederstreifen und einer Nadel auf die Art der Zirkelfrauen am Rücken zusammengehalten. Ihre Hände waren schwielig von der harten Arbeit, die Fingernägel gebrochen und gelb, die Finger fast gefühllos von den Frostbeulen, die sie sich beim Kartoffelernten zugezogen hatte.

Das rauhe Wetter forderte seinen Tribut, aber Judiths eigener, verbissener Mut noch mehr. Sie krümmte sich vor Krämpfen in ihrem Versuch, die schwere natürliche Nahrung zu verdauen. Sie knackte die Läuse von ihrem Körper, entsetzt anfangs, doch dann gewöhnte sie sich daran, auch an die seltenen gemeinsamen Badetage der ganzen Siedlung. Und sie fröstelte unter der Kälte, gegen die selbst ihre warme Kleidung kaum half.

Die Karlis aßen fast das ganze Jahr ausgiebig, aber sie hatten kaum Erfahrung in der Haltbarmachung von Gemüsen. Fleisch blieb genießbar. Es hing gefroren in einem dicken Eismantel vor den Hütten. Hauptsächlich gab es Hammelfleisch und nur hin und wieder Hasen oder Wild, da die Jagd im Winter schwierig und gefährlich war. Wenn Judith sich nicht an den gemeinsamen Dorfarbeiten beteiligte, behandelte sie die Mangelschäden der Kinder. Sie trug Salben von ihrem zusehends schwindenden Vorrat auf, versorgte die kränklichen Säuglinge mit Vitaminkonzentraten, sah zu, wie sie wieder gesundeten oder starben, begrub sie mit den anderen und half neuem Leben aus den Schößen der Mütter. Sie verteilte die kostbaren Antibiotika an die Frauen im Kindbett und beobachtete, wie sie zwei Tage nach der Entbindung wieder ihrer Arbeit nachgingen oder sich im Fieber wanden, besiegt von der chronischen Knochenschwäche, die den Fötus im unnachgiebigen, viel zu schmalen Becken festhielt.

Sehnsüchtig auf den Frühling und ihre Weiterreise nach Lishin wartend, saß sie im Schein des kompliziert aufgestapelten Sammanfeuers und sah zu, wie die neuen Meister mit der Erdverbundenheit der Fünf Küsse geehrt wurden. Und sie studierte die zarte, doch aufregende Choreographie der Sexriten der Zirkler. Mit alten Musiknoten erfaßte sie die ineinander verwobenen Lautmuster der Tänze, eine Melodie aus fünf oder sechs Rhythmen, die zu einer dichten beschleunigenden Fuge kataklysmischer Erregung anwuchs.

Dutzende von Seiten füllte sie mit Notizen, zeichnete die Lebensweise und Umstände eines Volkes auf, das die Stadt vergessen, ja nie wirklich gekannt hatte. Sie studierte seine Sprache, Lebensphilosophie und Lebenslust und beschrieb ausführlich die Selbstdisziplin der Meister im Schutz und der Beherrschung ihrer beachtlichen geistigen Kräfte.

Doch trotz ihres Studiums und ihrer Erfahrung konnte Judith die letzte Kluft nicht überbrücken und wie ein Zirkler denken. Sie definierte und analysierte, aber immer mit einem gewissen Abstand.

Was die Zirkler betraf, die verstanden Judith noch weniger als diese sie. Sie war außerhalb ihres Begriffsvermögens und es auch gar nicht wert, sich über sie den Kopf zu zerbrechen, denn – obgleich sie sie mochten – sie war eben aus der Stadt. Sie mußten sich eingestehen, daß sie tapfer über ihre Jahre und kindliche

Gestalt hinaus war, aber es war ihnen auch klar, daß sie zumindest halbverrückt sein mußte. Es gab keine andere Erklärung für ihre Entschlossenheit, über das Blaue Gebirge hinweg Lishin aufsuchen zu wollen.

Garick hatte die Schwierigkeiten nicht unterschätzt, auf die sie in ihrem Bemühen um einen Führer stoßen würde. Die Karlis hatten heiligen Respekt vor Lishin und fürchteten sich zutiefst vor den Kriss. Anfangs bot Judith zehn Kreten, aber niemand war interessiert, also erhöhte sie auf fünfzehn und dann auf zwanzig, doch auch darauf ging keiner ein.

Da kam sie in ihren Forschungen zu einer Weiterentwicklung, zu einem äußerst wichtigen Durchbruch, und sie blätterte fieberhaft ihre alten Notizen über den Gürtel der Einsamkeit durch. Nach Loomin war sie daraufhin bereit, ihr Angebot für einen Führer zu verdoppeln.

Die Karlis fanden einen jungen Wengenjäger, der schlimme Erfrierungen erlitten hatte. Er erholte sich nach seiner Rettung schnell. Er war ein schwarzhaariges, braunhäutiges Energiebündel von Mann, der mit Händen und Füßen redete und jeden mit den Neuigkeiten aus den nördlichen Zirkeln, den Wengen, überschüttete. Er hieß Gannell und war ein geborener Geschichtenerzähler. Er sprach von Orten mit reicher Ernte, solchen, wo viel Wild zu finden war, anderen, wo der Winter es mit seiner Schneedecke besonders gut gemeint hatte, von Gefahren, wo die wilden Hunde sich herumtrieben und wo es hin und wieder zu Kämpfen mit den Solds kam. Aber neben seinen Neuigkeiten ergötzte er die Karlis auch mit seines eigenen Volkes Version der traditionellen Liedgeschichten, und er betonte die Zeilen mit den charakteristischen Knacklauten der Wengen, die Rs und Ts wie fliegende Blätter im Wirbelwind von Tönen verbreiteten, die seine vibrierende Stimme erzeugte.

Eines Abends, als die Schneeflocken sanft auf das Dach der Blockhütte fielen und die Kanne langsam ihre Runde machte, lauschte Judith mit den anderen, als Gannell vom Gürtel der Einsamkeit sang. Und während sie wieder einmal die vertraute Legende über den Helden Callee hörte, fand sie einen Hinweis darin, der ihre Überzeugung, daß es den Gürtel noch gab, bekräftigte.

Gannell sang von einer Zeit, ehe die Zirkel ihre Zeichen in Eisen prägten, bevor die Stadt ihre Tore schloß.

Und alle Menschen hatten die Macht
Durch den Himmel zu reiten, hoch zu reiten auf dem Wind
Wie der Waldpfad von Lorl

Und die Meister kämpften einen hoffnungslosen Krieg gegen einen unerbittlichen Feind. Doch vor ihrer unvermeidbaren Niederlage bauten die Meister ein Haus, in dem sie Waffen von unübertrefflicher Wirksamkeit herstellten.

Und das Haus stand in Lishin, im Westen

Dorthin, so jedenfalls deutete die Legende an, konnte der Ursprung des Selbsttors zurückverfolgt werden, und dort wurde auch die furchtbarste aller Waffen erschaffen: der Gürtel der Einsamkeit, mit dem ein Mann im hellsten Tageslicht unbemerkt, selbst von der mächtigsten Magie nicht aufspürbar, dahinschreiten konnte.

Und die Chings kamen bis nach Lishin,
Eile, Callee, säume nicht.
Leg an den Gürtel der Einsamkeit,
bevor die Nacht anbricht.
Die Meister lassen dich walten,
Sie halten dich für den Besten.
Es hat keinen Sinn, wenn du aufgibst,
in Lishin, dort im Westen.

Und der große Soldat Callee tat, was die Meister ihm befahlen. Er legte den Gürtel der Einsamkeit um, schritt durch die Reihen des Feindes und durch das Land, wo er die geringeren Häuser der Magie im Norden, im Osten und im Süden aufsuchte.

Als Gannell soweit gesungen hatte, erhob er sich, um seine Hände am Feuer zu wärmen und durch die plötzliche Unterbrechung den Wechsel des Stiles zu betonen. Sein Blick schweifte über die Zuhörer und blieb ein wenig spöttisch an Judith hängen, ehe er sich in weiter Ferne verlor. Der Klang seiner Stimme änderte sich merklich, und der Erzähler nahm die Persönlichkeit seines Helden an.

„Die Chings jagen mich unbarmherzig“, flüsterte Callee in

Gestalt des Zirklers Gannell. „Ich verstecke mich in einer Höhle, aber ich höre, wie sie meinen Spuren folgen. *Jetzt,* sage ich. Jetzt ist es an der Zeit, den alten Gürtel der Einsamkeit zu tragen."

Callee-Gannell tat, als schnalle er sich einen Gürtel um. Dann ließ er die Hände fallen und stand stockstill. Die mitgerissenen Zirkler wagten kaum zu atmen. Und dann, ohne den Kopf oder auch nur die Lippen zu bewegen, murmelte der wiederbelebte Held:

„Sie kommen – nahe – nahe – Mann, ich *rühre* mich nicht."

Schweigen.

Plötzlich nieste Gannell-Callee. Der heftige Laut brach seine starre Haltung, und sofort wurde er zum kauernden Chingfeind.

„Was ist das?" fragte der Ching ängstlich.

„Das, das, das", leierte Gannell als Echo.

„Wer bist du?" rief der Ching.

„Du, du, du", erwiderte das Echo.

Der Feind lachte. „Ich sehe, es ist niemand hier."

„Hier, hier, hier."

„Es ist unser Land jetzt."

„Jetzt, jetzt, jetzt."

Der Feind rief triumphierend. „Wir werden tausend Jahre über dieses Land herrschen!"

Schweigen.

Der Feind hielt den Atem an.

Etwas zittrig wiederholte er: „Wir werden über dieses Land herrschen – *zwei*tausend Jahre lang!"

„In diesem Fall", sagte das Echo, „wirst du mich nicht brauchen!"

Die anwesenden Karlis brüllten vor Lachen über die Schlußzeile von Gannells Ballade. Die wengensche Art zu sprechen war sowohl melodisch als auch eindringlich, aber ersteres überwog. Die Schlußzeile von Gannells Geschichte war dem Ende zu als klägliche Halbfrage betont, als launige Respektlosigkeit, die den Karlis, die diese Version noch nie gehört hatten, gefiel. Die Callee-Sage war eine der ältesten und endete gewöhnlich mit dem langen melancholischen Rückzug des Helden aus Lishin und den anderen Orten, wo die Alte Zunge zu Hause gewesen war, und die es nie wieder geben würde. Die Chings fanden natürlich Callee nie, auch den Gürtel der Einsamkeit nicht, obwohl Callee, wie alle Helden, den Shandos wiedergeboren wurde, oder den Karlis oder welchem Zirkel auch immer, der die Liedgeschichte gerade vortrug. Über seinem Becher behauptete Gannell schalkhaft, daß der alte Callee ein wenig zu der finsteren Seite gehörte, das machte ihn zu ...

„Ganz zu einem Wengen, wie du es bist." Moss grinste. „Nur nicht so gesprächig."

„Junge", sagte Gannell, „du mußt deinen Platz auf dieser Welt kennen. Ich meine, du mußt wissen, wer du *bist.* Wenn du gleich bei deiner Geburt nach Äpfeln riechst und das Gefühl hast, daß du reich sterben wirst – dann bist du ein Shando. Riechst du bei deiner Geburt schon nach Schafen und glaubst, du könntest vielleicht deiner Frau zwei Kreten hinterlassen – dann bist du ein Karli."

Gannell nahm einen tiefen Schluck und seufzte zufrieden, als der Alkohol wärmend durch seine Kehle floß. „Aber, Junge, wenn du schon von Anfang an nach Dung stinkst und trotzdem nicht ein bißchen Dünger verkaufen kannst – dann muß dir klar sein, daß du Pechvogel ein *Wengen* bist."

Judith kehrte in ihre Hütte zurück und kramte aufgeregt in ihren Notizen. Sie hatte die Callee-Sage unzählige Male in Lorl gehört und auch bei den Shandos und Karlis. Die beiden letzteren sprachen den Namen jedoch in ihrem gemeinsamen Uhianisch aus, so, wie es geschrieben wurde, und da klang es wie Kah-lie. Der Dialekt der Wengen wiederum veränderte ihn zu Kaw-lie, oder vielleicht hatte er ihn ganz im Gegenteil so erhalten, wie er ursprünglich gewesen war. Das Bedeutendste aber war das rudimentäre *mäh,* das Gannell vor den Namen gehängt hatte.

Sie fand, was sie suchte. Vor langem hatte Judith sich in der Stadt die wenigen historischen Namen notiert, die die Eroberung durch die Ching und die folgende Umgestaltung des Landes überlebt hatten.

Henry MacCauley!

Der Synergiser hatte in seinen Speicherbänken immer noch Berichte, die mit seinem Namen unterzeichnet waren. Diese Reporte gingen jeweils zwischen einer Art Militärstützpunkt und einem Trio von Forschungslaboratorien hin und her, doch nie wurde die exakte Lage angegeben.

Judith war der Überzeugung, daß entweder der Stützpunkt oder eines der Labors sich in Lishin befunden hatte.

Ihr Preis für einen Führer stieg sprunghaft auf fünfundzwanzig Kreten, die Hälfte zahlbar im vorhinein. Das war mehr, als der junge Moss sich entgehen lassen konnte. Schon allein der Vorschuß würde ihm die gleichen Bequemlichkeiten wie Garick bieten, meinte er, wenn er sich eine Frau nahm und einen eigenen Hausstand gründete. Judith benötigte noch einen zweiten Führer. Der ruhelose, energiestrotzende Gannell griff sofort zu. Der redselige Wengen hatte seine gesamte Ausrüstung und die erbeuteten Pelze in dem Sturm verloren, der ihm fast das Leben gekostet hätte.

„Hoh-ie!" rief er. „Sagt den Kriss, daß wir kommen." Er stopfte seinen Rucksack voll. „Ich werde also doch noch reich sterben."

Gleich nach dem Leddyfeuer brachen sie nordwärts auf, mit drei guten Pferden, der notwendigen Ausrüstung und ausreichend Proviant.

Obgleich der Schnee geschmolzen war, waren die Tage doch noch kalt und unangenehm naß. Dreizehn Tage reisten sie, Judith führte ihr Pferd die meiste Zeit, statt es zu reiten. Die alte Straße, die aus nicht mehr als ein paar vereinzelten Pflastersteinen bestand, wies zwar den Weg, ebnete ihn jedoch nicht.

Dreizehn Tage keuchte Judith über die immer steiler werdenden Berge. Mit Einfühlungsvermögen und hin und wieder einem wütenden Brüllen trieb sie ihr Pferd an, während die tiefhängenden Wolken ihre Schleusen öffneten und sie in trostloser Regelmäßigkeit mit ihrem kalten Regen durchnäßten. Anfangs machten sie sich des Nachts ein wärmendes Feuer und aßen frisches Fleisch, das sie mit Pfeil und Bogen erlegt hatten, doch bald verbot Moss Feuer, außer wenn Judiths nasse Lederkleidung ihr unerträglich wurde. Gannell verfluchte Moss für seine Strenge, wenn auch mit unerschütterlich guter Laune, aber Moss hatte seine Gründe.

„Die Kriss werden bald genug erfahren, daß wir kommen", erklärte er. „Warum sollen wir es ihnen auch noch entgegenposaunen?"

Judiths Kehle war rauh, und jeder Atemzug schmerzte. Ihre Beinmuskeln schwollen an vom ständigen Auf- und Abstieg, von einem Tal auf den Berg zum nächsten Tal und wieder auf einen Berg. Manchmal des Nachts, wenn sie zu müde war, sich auch nur zu bewegen, sah sie die schattenhaften Gestalten der beiden

Männer schweigend in ihr Lep vertieft, das sie immer noch mit den Ihren in Karli verband und das ein Faden war, an den sie sich verzweifelt klammerten.

Das Lep war schwierig, weil sie nur zwei waren, und von Nacht zu Nacht wurde es noch schwieriger, noch ermüdender, die gesammelten Meister von Karli zu erreichen, deren Geist wie ein Leuchtstrahl im Süden pulsierte.

Und dann, eines Nachts, versuchten sie es ohne Erfolg. Ihr Geist schien sich in der wachsenden Trostlosigkeit des Landes nicht durchsetzen zu können. Wild war hier selten, und ihre Jägermagie so gut wie nutzlos. Selbst Gannell wurde schweigsam.

„Keine Götter kommen hierher“, murmelte er. „Keine Zirkelmagie. Nichts.“

Jetzt gestattete Moss überhaupt kein Feuer mehr. Sie schliefen in ihren nassen Sachen auf nassem Boden, aßen sparsam von den trockenen Fladen aus Maismehl und zerkleinertem Dörrfleisch, das nun ihre einzige Nahrung darstellte. Am elften Tag kamen sie an den Überresten eines kleinen Städtchens vorbei, das aus nicht viel mehr als ein paar Ziegelschornsteinen bestand, über die ein gewaltiges Bauwerk, mit Efeu und anderen Schlingpflanzen überwuchert, hinausragte. Schon allein die gewaltige Höhe dieser Ruine erschreckte Moss und Gannell. Judith hätte gern ihr Lager in ihrem Innern aufgeschlagen, aber sie kannte die Zirkelmänner gut genug, um nicht darauf zu bestehen. Sie trauten diesem Ort nicht und ritten in respektvoller Entfernung westlich daran vorbei, Moss wachsam voraus.

Gegen Ende der Reise wurde das Wetter endlich besser. Vereinzelte Sonnenstrahlen verirrten sich durch die hohen, noch kahlen Bäume, wo Judith und Moss sich ausruhten und ihre Wasserbeutel aus einem kleinen Bach füllten. Gannell war irgendwo auf der anderen Seite, bachaufwärts, auf den Fragmenten der Straße, der sie immer noch folgten.

Judith streckte sich aus und benutzte ihre modrige Decke als Kopfkissen. Ihre Fellkleidung und der Schafpelzumhang stanken nach Schmutz, Schimmel und Schweiß. Sie stöhnte und drehte sich unruhig in der durchnäßten Kleidung. „Ich möchte wieder einmal trocken sein, ehe ich vergesse, wie das ist“, murmelte sie.

Moss bot ihr einen halben Fladen an. Er bewunderte ihre Kraft und Ausdauer, aber er verstand nicht, wie sie in jemandem stecken konnten, der so klein und zerbrechlich wie Judith war. Das

Mädchen war ihm ein absolutes Rätsel. Soviel er wußte, war sie den ganzen Winter in Karli mit keinem einzigen Mann ins Bett gegangen. Dieses Versäumnis schockierte Gannell, als er davon erfuhr.

„Nicht einmal ein *einziges* Mal?"

„Kein einziges Mal!" bestätigte Moss.

Als Gannell Judith anstarrte, wurde sein Staunen zu einem säuerlichen Grinsen. „Wenn wir diesen alten Gürtel jemals finden, wüßte ich verdammt gut, wo man ihn verstecken könnte."

Moss lächelte in der Erinnerung, aber so wie Jude jetzt aussah, gab es nichts zu lächeln. Sie wirkte ausgezehrt und farblos. Ihre Lippen zitterten.

„Ich hoffe, wir können uns eine Weile ausruhen", sagte sie und ärgerte sich, daß sie ihre Erschöpfung zugegeben hatte.

„Hatte nicht gedacht, daß du es so weit schaffen würdest, Jude." Die fast väterliche Zärtlichkeit in seiner Stimme überraschte Moss selbst. Aber man mußte sich ganz einfach Judes annehmen, weil sie es ja selbst nicht tat.

Doch jetzt mußte sie ihre Kräfte sparen, denn seit etwa einem Tag empfand Judith eine wachsende Kälte und Benommenheit, eine Gleichgültigkeit, die sie hartnäckig vor den Männern versteckte. Sie wollte Moss antworten, doch plötzlich tauchte Gannell aus dem Dickicht auf der anderen Bachseite auf. Die beiden Männer tauschten einen Blick, dann erhob Moss sich, watete durch das Wasser und verschwand mit Gannell in den Büschen.

Zeit verging. Als die beiden nicht zurückkehrten, erhob Judith sich steif und ging ihnen nach. Ihre Neugier war größer als ihre Müdigkeit. Die Männer paßten sich dem Wald an wie seine Tiere, aber sie folgte den von Unkraut überwucherten vereinzelten Steinen der Straße und den wenigen, kaum sichtbaren Fußabdrükken in der feuchten Erde.

Sie wagte nicht, laut nach ihnen zu rufen, das gestattete Moss nicht. Also sagte sie ihre Namen leise, doch sie erhielt keine Antwort. Tiefer bahnte sie sich einen Weg in den Wald.

Schließlich fand sie sie im Unterholz, wo ein alter, schiefer Ahorn stand, dessen dicke Wurzeln sich wie Schlangen aus dem Boden wanden.

„Moss, was . . ." Sie hielt den Atem an.

Am Fuß des großen Baumes lagen zwei sich in erstarrter Zärtlichkeit umarmende Leichen gegen eine der mächtigen herausragenden Wurzeln gelehnt. Es waren ein junger Mann und ein schlankes Mädchen, beide in langen feingewebten Gewändern, die sie feucht einhüllten. Das bleiche Gesicht des toten Jungen wies den ersten Bartflaum auf. Das blonde Haar des Mädchens fiel über ihr feingeschnittenes Gesicht. Ihr Gewand war auf der Brust braun befleckt. Gannell strich ihr Haar zurück und deutete auf die tiefe, blutverkrustete Wunde an ihrer Kehle.

„Sie ist verblutet", sagte er. „Gestern, vielleicht vergangene Nacht."

Schöne, empfindsame Gesichter waren es, die sie an Bekannte in der Stadt erinnerten. „Wer hat sie getötet?" fragte Judith.

Die Männer zögerten mit der Antwort. Es war so schrecklich, so unnatürlich, daß sie kaum die Worte fanden.

„Er hat es selbst getan", flüsterte Gannell schließlich. Seine Worte klangen, als ließen sie einen schlechten Geschmack in seinem Mund zurück.

„Das hat er benutzt." Moss deutete auf ein kleines Messer neben der Hand des Jungen. „Zuerst sie, dann hat er sich die Pulsadern an den Handgelenken aufgeschnitten. Ging schnell bei ihr, langsam bei ihm."

Mitleid und Abscheu stiegen in Judith auf. „Aber – *warum?* Sie sind ja kaum erwachsen, Kinder fast noch."

„Sie sind Kriss", sagte Moss. „Hör zu, Jude, und schau dir die beiden gut an. Du glaubst, Garick hat gelogen, als er sagte, daß keine Zirkelleute hierherkommen? Dieser Ort hier stinkt! Nicht wie der Wald oder Wild oder Bisamratten. Er stinkt nach Tod!"

Gannell nickte ernst. „Ja."

„Keine Magie hier." Moss kämpfte mit etwas, das ihm schwerfiel, in Worte zu fassen. „Wie die Stadt, an der wir vorbeigekommen sind, nichts als tote Häuser. Die Zirkel rissen sie schon vor langer Zeit nieder, ebneten den Boden, pflanzten dort an oder gestatteten dem Wald zurückzukehren. Aber die Kriss – sie lassen die toten Häuser stehen – ich weiß nicht warum."

„Sie sind anders", brummte Gannell. „Unmöglich, die Kriss verstehen zu wollen. Sogar ihr Gott ist tot."

Moss nahm Judiths Arm. „Komm."

Sie weigerte sich. „Wir sollten sie erst beerdigen."

„Nein."

Die Männer wehrten sich dagegen, die Leichen auch nur anzurühren. Für Judith war es das mindeste, was sie für das tote

Paar tun konnte, aber Moss und Gannell ließen sich nicht überzeugen. Statt dessen faßten sie Judith am Arm und rannten zu ihrem Lager zurück, packten ihre Sachen und gönnten sich keine Ruhe, bis der Ort der Selbstmörder weit zurücklag.

Bald danach fing Gannell eine Klapperschlange. Er und Moss melkten geduldig den flachen Schädel über einem kleinen Becher, dann betupften sie vorsichtig die eisernen Pfeilspitzen mit dem Gift. Es war eine extreme, aber logische Maßnahme, erklärte Moss Judith.

„Wenn wir einen Kriss erschießen und der Pfeil ihn nicht tödlich trifft, wird er zu beschäftigt sein, sich das Leben zu retten, als daß er Zeit hätte, Alarm zu schlagen.

Judith schwankte. Sie keuchte. Ihre Kehle war ausgetrocknet. Ihr Kopf fühlte sich so leicht an und summte, das kam zum Teil von der Höhe des Bergpfads, auf dem sie sich dahinschleppten. Vor ihren Augen wallte alles wie Nebelschwaden. Moss bedeutete ihr mit seinem Jagdpfiff, sich ihnen anzuschließen. Sie stolperte und kroch den schmutzigen Pfad auf sie zu. Die tiefen Furchen dieses Weges führten aufwärts und dann geradeaus, und endlich sah sie, wo Moss und Gannell, winzig unter einem strahlend blauen Himmel, auf sie warteten. Zu ihrer Rechten fiel der Hang steil ab, und sie sah den grauen Talboden tief unten.

Moss kam ihr entgegen und legte liebevoll einen stützenden Arm um sie. Das Sims, auf dem sie standen, war breit genug, daß zwanzig Mann Seite an Seite und die Arme ausgestreckt eine Reihe hätten bilden können. Es schwang in C-Form von der Felswand zur Linken nach außen, und der breiteste Teil des Cs erlaubte einen schwindelerregenden Blick auf das Tal. Moss deutete hinunter auf den fernen Fluß und sagte in Judiths Ohr:

„Lishin."

Sie sah einen schmutzigbraunen Streifen, der immer wieder aus der Sicht verschwand. Eine Brücke überquerte ihn. Sie war uralt, schien aber noch ganz zu sein. Hinter ihr erkannte man die dunklen Rechtecke unzähliger Gebäude. Einige standen, andere waren zum Teil oder völlig zerstört. Im Osten und Westen befanden sich größere Ruinen, dann wurden die Trümmer seltener und verschwanden in wucherndem Grün. Eine Gebäudeansammlung noch weiter im Westen war vermutlich ein anderer Teil der ursprünglichen Stadt gewesen, aber Judith konnte sie nicht richtig sehen. Lishin wirkte grimmig und düster, verglichen mit dem üppigen Frühlingsgrün im Tal, nördlich der zerfallenden Stadt. Dünne Rauchfahnen kräuselten sich über einigen Häusern, die dem Ufer am nächsten standen. Das Wasser war fast auf gleicher Höhe wie die vordersten der verlassenen Straßen.

Der Wind änderte die Richtung. Ein schwacher, aber unverkennbarer Verwesungsgeruch strich über das Sims, auf dem sie standen.

„Ich habe dir ja gesagt, daß Lishin stinkt", brummte Moss.

Judith glühte und fühlte sich unsagbar schwach. Sie rieb sich die Augen, aber es half nicht gegen ihr Schwindelgefühl.

„Ruh dich lieber aus", riet ihr Gannell.

„Nein", murmelte sie und nahm die Zügel ihres Pferdes. „Später, in Lishin. Kommt jetzt." Sie zog das schweißnasse, erschöpfte Tier hinter sich her. „So kommt schon!"

Die Männer sahen ihr zu, wie sie über den Kamm und den schrägen Abstieg hinunterstapfte. Sie schüttelten den Kopf.

Fieber.

Ganz sicher. Sah ihre Augen.

Was hält sie nur aufrecht?

„Frag mich nicht." Moss versuchte zu lachen, aber der Laut klang krächzend aus seiner ausgedörrten Kehle. „Ich weiß nicht einmal, weshalb ich hier bin."

„Glaubst du, mir geht es besser?" Gannell seufzte kläglich. „Fünfundzwanzig Kreten und keinen Verstand!"

Der lange Pfad mündete schließlich in eine breite Straße, die in besserem Zustand war als die meisten. Sie führte abwärts in die Richtung, in der Lishin lag, so folgten sie ihr. Spät am Tag brachte sie sie an einem wirren Durcheinander von Ruinen vorbei und direkt zum Fuß der alten Brücke. Das wankende Gerüst war braun vor Rost und mit tiefen Spalten durchzogen, wo sich einst der Asphalt befunden hatte. Streckenweise ragten einzelne Stücke in scharfem Winkel hoch, und der geringste Fehltritt mochte Pferd und Reiter durch das verrottete Geländer werfen. Sie überquerten sie hintereinander. Moss übernahm die Führung. Judith hielt den Kopf hoch. Der gesamte breite mittlere Teil der Brücke hatte aus eisernem Gitterwerk bestanden, das inzwischen weggerostet war und von dem nur vereinzelt hinunterhängende braune Stäbe zurückgeblieben waren. Sie durfte nicht auf das trägfließende

Wasser tief unter dem offenen Mittelstreifen zu ihrer Rechten blicken, da seine Bewegung ihr Schwindelgefühl noch verstärkte.

Endlich hatten sie die Brücke hinter sich und standen wieder auf festem Boden. Sie führten ihre drei völlig erschöpften Pferde eine breite, aufgerissene Straße entlang, die sich pfeilgerade zwischen unkrautüberwucherten Trümmerstücken dahinzog.

Das bleiche Tageslicht schwand hinter aufkommenden Wolken. Der Gestank dieses Ortes war nun unverleugbar, aber Judith bemerkte, daß er zu einem großen Teil den vielen toten Fischen zuzuschreiben war, die an das schmutzige Ufer westlich der Brücke gespült worden waren.

„Das müssen ja Tausende sein", brummte Moss und rümpfte die Nase.

„Es ist Frühling", sagte Judith. „Vielleicht gibt es irgendwo flußaufwärts eine alte verlassene Mine. Der Regen hat möglicherweise die Säure ausgewaschen und in den Fluß geschwemmt. Das vertrugen die Fische nicht."

Die Sonne tauchte tiefer. Irgendwo, gar nicht so weit entfernt, beobachtete ein Augenpaar sie voll Abwehr. Der Geist hinter diesen Augen strahlte keine Gedanken aus, die durch Zirkelinstinkt hätten festgestellt werden können. Die von ihm ausgehende Bedrohung war noch unbemerkt.

Moss und Gannell mußten Judith zwingen, sich auszuruhen. Das Fieber schüttelte sie bereits. Moss wagte nicht, eines der Häuser als Unterschlupf zu benutzen, da er die Magie fürchtete, die darin wirken mochte. Also schlugen sie ihr Lager in einer kleinen Senke in Brückennähe auf, doch weit genug von den Steinskeletten, daß die Männer beruhigt waren. Sie wickelten Judith in Decken und flößten ihr Minzentee ein, den sie über einem kleinen Feuer brauten. Mühsam schluckte sie ihn. Dann fütterte Gannell sie mit winzigen Bröckchen der Fladen, und er achtete darauf, daß sie die Stücke mit dem größten Fleischanteil erhielt.

„Komm, iß schon", beschwor er sie. „Wie willst du denn sonst hübsch bleiben?"

Nach dem Essen fühlte sie sich besser. „Gleich morgen früh fangen wir an", erklärte sie entschlossen.

Gannell legte die Hand auf ihre glühende Stirn. „Fangen wir was an?"

„Uns umzusehen", erwiderte Judith. „Das zu finden, was ich suche."

Die Männer zuckten die Schultern und sahen einander seufzend an.

Nach Karli zu lepen, war unmöglich. Die unbestimmbare Barriere dämpfte ihre Sinne. Moss und Gannell fühlten sich dadurch abgeschnitten wie nie zuvor, und es beunruhigte sie. Sie schliefen schlecht, und in der Dunkelheit wurde Moss der gräßliche Gestank Lishins und das erschreckende Fehlen normaler Geräusche noch mehr bewußt. Er hörte sein Herz klopfen und das flache Atmen der Frau.

Trotzdem war Judith am Morgen die erste im Sattel und konnte es kaum erwarten, mit der Suche zu beginnen. Ihre Augen waren überall.

„Viele dieser Häuser müssen geräumt worden sein", sagte sie. „Deshalb blieb Lishin, wie es war."

Die beiden Männer staunten über die Mühelosigkeit, mit der Judith die zahllosen Schilder und verrosteten Wegweiser lesen konnte, von denen nur wenige noch vollständig waren. Sie skizzierte eine grobe Karte.

„Mark . . . Straße. Markt, vermutlich." Ihr Schreibstift kritzelte. „Dritte Straße. Wir biegen hier ab."

Die Zirkelmänner folgten ihr. Moss paßte auf Judith auf, Gannell deckte sie. Das Hufklappern, von einem fernen Donnergrollen begleitet, klang laut in ihren Ohren. Die ersten Regentropfen fielen. Plötzlich verengten sich Moss' Augen. Er starrte auf ein unkrautüberwachsenes Stück Bürgersteig. Noch während er überlegte, berührte Gannells Geist seinen.

Was ist?

Spuren im Staub.

Gannell studierte sie. *Frisch. Von heute morgen.*

Zwei oder drei Paar.

Kriss.

Ja. Bleib hinter uns. Paß auf.

Sie folgten Judith jetzt dichter auf. Pfeile warteten an den Sehnen. Leere Fensteraugen starrten sie aus den altersschwachen Häuserblocks an. Riesige Türmünder klafften. Sie kamen an einer hohen grauen Ruine mit Kuppelturm vorbei, der so hoch wie dreißig Männer übereinander war. Plötzlich hielt Judith ihr Pferd vor einem gedrungenen roten Bauwerk an, mit dem die Jahrhunderte unsanft umgesprungen waren. Als die Männer sie erreichten, schaute sie gerade zu etwas an der Fassade hoch.

„Ich hatte recht!"

„Womit?" fragte Moss.

Sie glitt vom Pferd und wischte mit beiden Händen über dicken Schmutz auf einer grünlichen Metallplatte, die in schweren Stein eingelassen war. Die einst erhabenen Lettern waren nur noch zum Teil leserlich. Sie fuhr sie mit einem Finger nach und buchstabierte für die beiden Männer. „Amspor! Mehr ist nicht zu entziffern. Aber es genügt, um die alten Karten zu bestätigen . . ."

„Wovon ist nicht mehr zu entziffern?" wollte Gannell wissen.

„Vom Stadtnamen."

Sie argumentierten beide, daß sie sich täuschen mußte. Die Stadt hieß Lishin, und hatte immer so geheißen.

„Nein!" Judith deutete auf das rote Ziegelgebäude. Ein großer Teil der Fassade war abgebröckelt oder von der Zeit zerfressen. Ein verhältnismäßig gut erhaltenes Stück trug die Lettern LISHIN. „Das dort oben heißt Lishin. Es könnte vielleicht eine Art Kaufhaus gewesen sein, ähnlich Korbins Laden in Lorl, nur viel größer. Aber dadurch ist es zu dem Namen gekommen, denn er war alles, was noch erkennbar war, für die, die lesen konnten."

Der hohe graue Turm in der Nähe brachte sie auf eine Idee. Von seinem obersten Stockwerk würde sie einen guten Blick über das ganze Gebiet haben. Moss protestierte, aber sie achtete nicht darauf.

„Komm mit", forderte sie ihn auf und schritt bereits auf den Eingang zu. „Meine Augen sind heute nicht so gut. Ich brauche deine Hilfe."

Er folgte ihr mit kühlem Mut, etwas, das Judith nie voll zu würdigen wußte. Seine Zirkelinstinkte waren hier nutzlos. Für ihn bedeutete dieses schmale Steingebilde etwas bedrohlich Fremdes. Er teilte seine Angst mit Gannell und empfing sein Mitgefühl schweigend. Mit dem Messer in der Hand betrat er hinter Judith den Turm.

Die Besteigung war einfach. Es gab eine Treppe, zwar mit vielen Sprüngen, aber durchaus noch benutzbar, und es war zum größten Teil hell hier, weil das Tageslicht durch eine Unzahl hoher schmaler Fenster fiel. Judith bemerkte nichts, während sie hochstiegen, aber Moss las bei jeder Stufe ganze Bände.

Die Turmtür war erst vor kurzem geöffnet worden. Frischer Schmutz und Muster auf dem Rost am Boden waren zu erkennen. Die Fußabdrücke auf der Treppe waren unübersehbar. Etwa auf halber Höhe war ein Fuß ausgerutscht und über eine Stufe geglitten, ehe er sich im hastigen Aufstieg wieder fing. Eine kaum merkliche Spur im Staub auf dem Geländer verriet, daß vor kurzem ein Ärmel darüber gestreift war. In der kleinen Steinkammer ganz oben bewegte jemand sich von Fenster zu Fenster, blieb an jedem eine Weile stehen und spähte nach ... Moss kannte die Antwort. Sein Geist fand Gannells.

Verwischen nicht mal ihre Spuren.

Ist ihnen vielleicht egal.

?

Ist, als warteten sie.

Es war ein erschreckender Gedankengang. Sie ließen ihn fallen. Moss schaute auf Judith, die sich aus einem Fenster lehnte und nach Norden schaute. Er ging ans Südfenster und winkte zu Gannell hinunter.

Weiß Jude es?

Noch nicht.

Reg sie nicht auf, mahnte Gannell. *Ihr Gesundheitszustand macht ihr schon genug zu schaffen.*

Judith drückte den Kopf an den kalten Stein. Schweiß glitzerte auf ihrer Stirn.

„Jude, du hast Fieber."

„Ich weiß, Moss."

„Hast du denn keine Steinchen, die du ins Wasser werfen und trinken kannst?"

„Du meinst Tabletten?" Sie richtete sich mühsam auf und schaute über das Tal im Norden. „Sie sind schon seit drei Tagen zu Ende."

„Jude", sagte er besorgt und voll Respekt. „Du bist eine verdammt dickköpfige Frau."

„Hilf mir Ausschau halten." Sie deutete hinaus. „Ich suche ein Bauwerk, das abseits steht, vermutlich mit viel freiem Raum ringsum."

Moss blickte angespannt zum Horizont und achtete darauf, ja nichts sich Bewegendes zu übersehen. Und dann fiel ihm etwas auf. „Großes Steinding im Norden."

„Nein."

„Noch eins, mehr östlich. Großes rotes Haus."

„Versuch es im Westen", bat Judith. „Warte – dort! Im Südwesten. Ich kann es vage sehen. Ein großes Rechteck."

Moss folgte ihrem Finger. Er nickte. „Flach und schwarz. Vielleicht zwei Pfeilschußweiten rundum freies Gelände."

„Ist es wie ein Haus? Nicht hoch, aber so ähnlich wie eine Zirkelhalle?"

„Ja, sieht so aus. Was ist es?"

Sie holte mühsam Atem. Mit großer Anstrengung konnte sie es jetzt selbst erkennen. In der Mitte dessen, was einst ein Industriepark gewesen sein mußte, stand ein niedriger, länglicher Gebäudekomplex, an den sich ein asphaltierter Platz anschloß.

„Das", sagte Judith leise, „ist das Waffenhaus eurer Leidgeschichten. Der Ort, wo MacCauley . . ."

„Wer?"

„Ihr nennt ihn Callee. Dort hat er zum erstenmal den Gürtel der Einsamkeit umgeschnallt."

Als sie wieder auf den Pferden saßen, hielt Judith einen Bogen eines ihrer Notizblätter hoch. „Was ich suche, ist vermutlich Papier wie dieses, viele Blätter. Es wird – es wird Zeit kosten . . ."

Sie schwankte im Sattel, als sie gegen ihr Schwindelgefühl ankämpfte. Ihr Körper verlangte nach Ruhe, aber Judith zwang sich, aufrecht zu sitzen. „Es wird Zeit kosten, ein paar Tage vielleicht, bis ich gefunden habe, was ich suche."

Die dunkle Ruine befand sich ein ziemliches Stück außerhalb der Stadt, dort, wo die braunen Flecken Lishins sich mit dem Grün der Umgebung verbanden. Der Komplex bestand aus fünf Gebäuden. Das, das Judith nach einer kurzen Inspektion der anderen auswählte, war niedrig, aus Betonblöcken, mit verrostetem Eisen und verschiedenen Kunststoffen durchzogen und nicht so stabil wie die Häuser der Stadt. Der Zerfall war hier viel weiter fortgeschritten. Ein großer Teil des Daches war eingefallen. Die Vorderfront, die an den mit Spalten durchzogenen, asphaltierten Mittelplatz anschloß, war gut hundertfünfunddreißig Meter lang.

Moss war erleichtert, als er am Eingang nirgends Fußspuren sah. Er stapfte von einem großen Zimmer ins nächste hinter Judith her.

Endlich entdeckte sie einen riesigen Raum in der Nähe eines der Eingänge. Ein paar Tische standen darin und Reihen von metallenen Kästen, die höher waren als die Frau.

„Das da muß das Archiv gewesen sein", meinte Judith. „Moss, wir werden hier unser Lager aufschlagen und arbeiten."

Schwerer Regen fiel kurz nach Sonnenuntergang. Gannell kehrte durchnäßt und gereizt von der Jagd mit nur einem armseligen Eichhörnchen zurück. Er sprach wenig, solange Judith noch wach war, aber nachdem sie ein paar Schluck Minzentee getrunken und ein bißchen Fleisch gegessen hatte, schlief sie vom Fieber geschüttelt ein. Die Männer teilten ihre düsteren Ahnungen.

Kriss ringsum, lepte Moss.

Nein, fort.

Hast du sie gesehen?

Gannell nickte. Er nagte noch an einem Eichhörnchenknochen. „Die dummen *mofo* Kriss wissen gar nicht, wie man sich verstecken muß. Ich bin den Nordhang hoch, habe mich hingesetzt und mich umgeschaut. Die Straße führt am Fluß entlang westwärts. Und dort waren sie. Sie saßen auf ihren Pferden und trotteten in der Mitte der Straße. Wohin sie geritten sind? Frag mich nicht, ich weiß es nicht. Heim, vielleicht."

Sie schwiegen wieder. Die Kriss waren fort. Das sollte sie eigentlich beruhigen, tat es aber nicht. Die unterschwellige Angst war noch genauso da wie der seltsame Geruch, der auch ihre Pferde verstörte. Und etwas anderes war hier ebenfalls.

Etwas im Regen.

Ja.

Ihr Feuer zu verbergen, war jetzt zwecklos, außerdem brauchte Judith die Wärme dringend. Sie kampierten in dem riesigen Raum mit den Metallkästen und ließen den Rauch durch die Fenster abziehen. Hier waren sie vom Regen sicher, nicht jedoch vor der unerklärlichen Furcht, die beide Männer quälte. Ihre Instinkte warnten sie, wachsam zu sein, von hier zu verschwinden, aber sie wußten nicht, weshalb. Sie schickten ihren Geist aus, um das Regending zu betasten, sich seiner klar zu werden, und reichten es zwischen sich hin und her.

Nicht Kriss. Nicht Menschen.

Was immer es auch war, es versetzte bereits die Pferde in Panik. Sie versuchten sich loszureißen und fortzulaufen aus dieser stinkenden, bedrohlichen Luft, die eigentlich frisch sein müßte.

Trotz aller Ängste blieben die beiden Männer, um Judith zu helfen. Moss, weil er Garick versprochen hatte, sie zu beschützen, und Gannell, weil er die Kraft und Ausdauer dieser zerbrechlich wirkenden Stadtfrau bewunderte. Außerdem würde ihm auch nie wieder jemand fünfundzwanzig Kreten auf die Hand anbieten. Einen Trost gab es. Wenn Moss am Leben blieb, würde er in Zukunft sehr vorsichtig sein, ehe er etwas versprach. Und Gannell, falls er jetzt starb, würde die reichste Leiche in ganz Uhia sein. Das war nicht viel, aber der Gedanke daran erleichterte ihn.

Gannell jagte das hier sehr spärliche Wild, während Moss Judith half, wenn sie verbissen in dem dämmrigen Raum umhertaumelte, in dem sie durch die hohen Reihen von Aktenschränken noch kleiner wirkte. Schwerfällig machte sie ihm mit knappen Worten und Gesten klar, was sie wollte. Das Fieber stieg noch. Sie schien nun fast nur noch aus riesigen Augen in dem bleichen, eingefallenen Gesicht mit den aufgesprungenen, farblosen Lippen zu bestehen. Sie saß an einem alten Tisch, eine Decke um ihre Schultern gezogen, und schuftete.

A–2: UNTERSUCHTE HEUTE LABORKOMPLEX. SPUREN ABSICHTLICHER INTERNER ZERSTÖRUNG, VERMUTLICH WÄHREND DER FEIND SICH DEM TAL NÄHERTE. KONNTE KEINE GROSSE INVASIONSTRUPPE GEWESEN SEIN. KEINE ANZEICHEN BEDEUTENDER KÄMPFE. BEVÖLKERUNG WAR OFFENBAR EVAKUIERT WORDEN. WAR SO ÜBLICH. WICHTIGE PAPIERE WURDEN VERBRANNT, ZUMINDEST EINIGE. HATTEN WAHRSCHEINLICH KEINE ZEIT MEHR FÜR ALLE. ABER VIELE AKTENSCHRÄNKE SIND MIT SCHWARZER ASCHE GEFÜLLT. WAS ICH SUCHE, GIBT ES VIELLEICHT GAR NICHT MEHR, DA ES VERNICHTET WURDE.

Moss brach die Kästen auf, auf die sie deutete, legte den kärglichen Inhalt vor sie auf den Tisch – manchmal verkohlte Überreste, hin und wieder zerfallende Blätter mit seltsamen Zeichen und Worten in der Alten Zunge. Ihr Schreibstift kritzelte Stunde um Stunde . . .

A–5: WICHTIG!

IN EINEM ABLAGESCHRANK . . . FAND ICH MEHRERE AKTENDEKKEL IN EINEM FACH. UNTER IHNEN MÖGLICHERWEISE DIE EINZIGEN NOCH VORHANDENEN UNTERLAGEN ÜBER DEN GÜRTEL. KEINE PLÄNE ODER NÄHEREN ANGABEN, DIE VERMUTLICH VERNICHTET ODER VON MACCAULEY MITGENOMMEN WURDEN. ABER EIN STÜCK DES AUFKLEBERS IST NOCH ERHALTEN, WAHRSCHEINLICH DANK DES SAUERSTOFFRESTS IM WANDSCHRANK. DARAUF

STEHT: STRENG GEHEIM/GÜR . . . IN EINEM AKTENDEKKEL BEFAND SICH JEDOCH NOCH EIN BLATT PAPIER MIT DER VOLLEN BEZEICHNUNG: GÜRTEL DER EINSAMKEIT. DAS ERKLÄRT VIELLEICHT, WESHALB DIESER NAME IM UHIANISCHEN ÜBERLEBTE. IRGENDEIN POETISCH VERANLAGTER PHYSIKER MUSS IHN ERFUNDEN HABEN, OHNE ZU AHNEN, WAS ER DAMIT INS LEBEN RIEF. IN EINEM ANDEREN AKTENORDNER BEFAND SICH EIN GRAUES DURCHSCHLAGPAPIER, EINE MASCHINENDURCHSCHRIFT VERMUTLICH. MACCAULEYS MARSCHBEFEHL, DOCH OHNE BESTIMMUNGSANGABE. AN ANDERER STELLE HIER (IN A–3 AUFGEFÜHRT) BEFINDEN SICH NOCH UNTERLAGEN ÜBER DREI WEITERE ARSENALE. DIE SCHLUSSFOLGERUNG IST KLAR. DIE . . .

Judith zögerte. Sie schob die Papiere zur Seite und winkte Moss zu, ihr das zerfetzte Ding zu bringen, das sie Karte nannte.

„Nur an vier Orten kann es gewesen sein", murmelte sie vor sich hin, „und nicht in Lishin . . ."

Moss hörte den Rest nicht, aber er sah die drei schiefen Kreise, die sie an verschiedenen Punkten der Karte eingezeichnet hatte. Ihr Schreibstift hing kurz wacklig darüber, dann fiel ihr Kopf auf einen Arm, und sie sackte über die verblichenen Farben des mitgenommenen Papiers. Mit ungeheurer Anstrengung schob sie sich zitternd vom Tisch weg.

„Moss, ich muß mich niederlegen. Eine kurze Weile."

Moss starrte sie überrascht an. Das war das erstemal, daß sie sich gestattete, der Krankheit nachzugeben, die in ihr wütete. Sie machte zwei taumelnde Schritte auf ihre Decke zu. Moss wollte sie stützen, aber sie hielt ihn zurück.

„Wich . . . tiger. Leg die Papiere in den Schrank zurück."

Er nahm die modernden Papiere, die Karte und ihre Notizen, gab sie in die metallene Lade und schob sie zu.

„Moss!"

Er wirbelte herum. Judith taumelte und schlug gegen den Tisch. Ihr Kopf hing schlaff hinunter, als er sie aufhob.

Zwei gnädige Tage lang blieb sie bewußtlos.

Und dann wurde es dunkel, und der Regen fiel. Die Zimmerecken lagen in der Düsternis. Moss rationierte das Brennholz für das Feuer. Hin und wieder beugte er sich über Judith und kühlte ihre glühende Stirn mit einem nassen Lappen. Sie zuckte ab und zu unter ihren Decken. Moss schwor, daß sie am Morgen aufbrechen würden, und wenn er sie auf das Pferd binden mußte, denn hier würde sie bestimmt keine Woche mehr am Leben bleiben.

Sie hatten alle Hunger. Es gab nichts zu essen in Lishin, kein Wild. Es war ein toter Ort, genau wie die Zirkler schon immer behaupteten. Moss fragte sich, ob Gannell am anderen Flußufer mehr Glück bei der Jagd hatte.

Wengen, verdammt, wo bist du?

Gannell müßte schon längst zurück sein. Es machte Moss nervös. Bis zu dem Moment, da die Krankheit Judith übermannte, hatte er zumindest ihre Gesellschaft gehabt, und mit Gannell konnte er lepen. Aber jetzt war er allein, von allem abgeschnitten. Zirkelmenschen konnten jedoch nicht allein sein. Die Einsamkeit jagte ihm Angst ein.

Gannell!

Der Jäger *mußte* über dem Fluß sein und drüben am anderen Ufer jagen, wo das Wild nicht ganz so selten wie hier war. Aber er wußte schließlich, daß er nach Einbruch der Dunkelheit nicht in Lishin herumlaufen durfte.

Eines der Pferde draußen scheute, das andere wieherte verängstigt. Moss ging zu ihnen, doch er konnte sie nicht beruhigen. Sie bäumten sich wild auf. Der Gestank brachte sie in Panik, er war jetzt viel schlimmer. Die ganze Welt schien davon erfüllt zu sein.

MOSS!

Das dringende Lep stach wie ein Dolch in seinen Geist.

Gannell? Wo?

Kein Feuer! KEIN FEUER! Jude muß sich verstecken!

Wo bist du?

Keine Zeit. VERSTECKEN! Es . . .

Da war Gannell verschwunden. Moss war wieder allein und zitterte vor Angst. Er wimmerte ein wenig, sein tierischer Instinkt verdrängte jegliche Vernunft. Er zerrte die verschreckten Pferde zum Eingang und jagte sie davon. Allein würden sie eher durchkommen. Er sprang zum Feuer, stampfte es aus. *Das Papierzeug! Es war wichtig für sie!* Moss holte wieder alles aus der Aktenlade. Dann hob er das Kindergewicht Judiths auf seine Arme und stolperte zu dem Wandschrank, etwa in der Mitte des langen Raumes. Die schwere Metalltür stand noch einen Spalt offen, nachdem Judith die Papiere gefunden hatte.

Gannell hatte verstecken gesagt, nicht fliehen. Der Wandschrank mußte genügen.

Die Türöffnung war nicht breit genug, daß er mit Judith auf den Armen hindurch gekonnt hätte. Während er mit der verrosteten Tür kämpfte, hörte Moss den Laut. *Nicht Regen!* Das fremdartige Ding, das er und Gannell *im* Regen gespürt hatten, kam nun – und zwar schnell, nicht vorsichtig oder in einem Bogen wie die wilden Hunde, sondern in gerader Linie und ohne jegliches Zögern. Sein Geist versuchte sich seiner klar zu werden, aber er fand keine erkennbare Form, auch kein beschreibbares Muster.

Das Ding war überall wie das Wasser des angeschwollenen braunen Flusses, der die Straßen von Lishin überflutete. Eine Million Augen. Keine Gestalt, und doch unzählige Formen.

Moss' Muskeln spannten sich. Die Angeln krächzten, bluteten Rost und gaben nach. Er hob Judith in den Schrank, drückte sich neben sie und zog die Tür von innen zu. Seine schwitzende Hand umklammerte den Messergriff.

Das Ding kam unaufhaltsam. Der Laut, dieser gräßliche, auf- und abschwellende Lärm, der aus Millionen von Geräuschen zusammengesetzt zu sein schien, wurde lauter und lauter. Das Ding kam näher, über den aufgerissenen Asphalt des Platzes, floß durch den Eingang, in den mittleren Raum, über den Boden und warf sich wie das Hochwasser des Flusses gegen die rostige Tür.

In der Dunkelheit dahinter brüllte Moss seine Furcht hinaus, damit sein Kopf nicht berste. Er preßte die Hände gegen die Ohren, um das Grauen dieses Lärms nicht zu hören, der vage an kreischende Vögel erinnerte.

Ein paar Tage vor Belten erreichte der Lep von den nördlichsten Siedlungen die Meister von Karli. *Moss und Jude sind zurück.*

Keiner konnte viel dazu erzählen, was in Lishin passiert war. Judith war ausgemergelt und gelb von dem erst kürzlich überstandenen Fieber. Sie bat schwach, nach Lorl gebracht zu werden, denn sie hatte versprochen, dort zu warten.

Moss war nicht zurechnungsfähig. Die Meister beschäftigten sich geduldig mit ihm. Sie verbanden ihren Geist mit seinem, doch ein Teil davon war nicht ansprechbar. Er war nicht zerstört, nur einfach unerreichbar, als befände er sich hinter einer undurchdringlichen Tür. Mit der Zeit kehrten seine Sinne zurück, doch keiner der Karli konnte ihn je dazu bringen, seine Erlebnisse verständlich zum Ausdruck zu bringen. Wenn man ihn drängte, überlegte er sich die Frage flüchtig, doch er konnte sich nicht darauf konzentrieren. Seine Augen starrten blicklos in eine tiefe Schwärze, die ihn nie mehr völlig verließ.

Er konnte sich nur noch vage erinnern, Judith durch die überschwemmten Straßen getragen zu haben, in denen sich aufgequollene Kreaturen langsam in der trägen Flut drehten. Er überquerte eine Brücke und fast an ihrem anderen Ende – ja, dessen war er sich ganz sicher, und das konnte er auch nie mehr vergessen – stieß er auf die fast nackten Gebeine eines Mannes und eines Pferdes.

Auf dem Skelett des Mannes befand sich noch ein Büschel schwarzen Haares und ein Fetzen eines Wildlederhemds. Neben den Knochen der rechten Hand lag ein Jagdmesser mit schwarzem Griff.

Garick fand sie nach Lams in Korbins Hütte. Sie hüstelte über einem Krug Mosta. Sie war ausgezehrt und lederbraun, aber das Leder war rissig, der eiserne Wille nicht mehr geschmeidig. Als er sie zu dem ungemachten Bett trug, fühlte er, um wieviel leichter sie als vorher war.

„Ich bin von Lishin zurückgekehrt." Sie versuchte zu lächeln. „Ich sagte dir, daß ich warten würde."

„Jude!" Alles, was er für sie empfand, preßte er in ihren Namen. „Jude!"

Sie reagierte schwach auf seine Küsse.

Wenn sie nur Zirkel wäre, brauchten wir keine Worte, dachte er. „Du bist es, Jude! Du bist es wirklich!"

„Ich bin es." Sie nickte schwerfällig. „Judith Randall Singer, Sachgebiet Geschichte, Unterabteilung Technologie . . . Komm, trink mit mir."

„Jude, wie lange haben wir noch?" Er fürchtete sich vor ihrer Antwort. „Wie lange noch, ehe du weggehst?"

Sie war sehr betrunken, aber es ging noch tiefer. Judith war innerlich krank. „Wie lange? Tage, Wochen, Jahre, Garick. Lauter unnütze Zeit, mein Liebling. Ich kehre nicht in die Stadt zurück", erklärte Judith bitter. „Und ich werde es auch nie. Sie wollen mich nicht mehr haben." Sie leerte den Krug. „Ich ging zum Selbsttor und wartete. Sie überprüften mich, tasteten mich ab und stellten fest, daß ich mich infiziert habe. Sie bedauerten es, o ja, es täte ihnen sehr leid, sagten sie, aber sie waren strikt. Sie wiesen mich ab."

Garick bemühte sich sehr, all diese Dinge zu verstehen, die er gar nicht verstehen konnte, weil sie völlig fremd für ihn waren. Sie sagte, das Selbsttor habe etwas, das man Sensoren nannte. Sie lasen genauso, wie die Uhianer von Geist zu Geist lepten. Diese Sensoren gaben die so erhaltenen Daten dann dem Synergiser in kalten Symbolen ein, und so wurde ihr Schicksal bestimmt. Sie sprach von Viren, Immunkörpern, Bazillen. Er lauschte und versuchte zu verstehen.

„Seit Hunderten von Jahren gibt es keine Krankheit in der Stadt", erklärte Judith. „Mich einzulassen, würde vielleicht ihrer aller Tod herbeiführen." Ihre Stimme wurde zu einem trockenen Husten.

Er drückte sie mit grimmiger Miene an sich. „Sie hätten dich nicht nach Lishin schicken dürfen!"

„Schicken?" Sie blickte erstaunt hoch. „Sie haben mich nicht geschickt, Garick. Sie waren entsetzt über meinen Plan. Allein die Idee war abscheuerregend für sie. Sie lehnten jedes meiner Gesuche ab. Sie sagten, aus einer solchen Reise könne absolut nichts gewonnen werden, ich begäbe mich nur unnötig in Gefahr. Und sie warnten mich, o ja, das taten sie – vor einer möglichen Ausschließung, falls ich diese Forschungsreise trotzdem unternehmen sollte. Nun, ich unternahm sie, und sie schlossen mich aus. Wirkung und Gegenwirkung. Trink, Garick."

„Weine nicht, Jude. Bitte, weine nicht. Ich nehme dich zu mir nach Hause. Das Shando-Leben ist gut, Jude. Ich kann Platz machen für dich . . ."

„Für mich, das leblose Wundertier?" fragte sie trocken. „In einem *Zirkel?*" Aber er beachtete ihren ätzenden Ton nicht.

„Ja. Du wirst dich wieder erholen. Ich werde dafür sorgen, daß es dir bald wieder besser geht, wenn du nur diesmal auf mich hörst. Ich sagte doch, du sollst nicht nach Lishin gehen. Ich selbst warnte dich davor. Verdammt, wenn ich nur wüßte, wie es Moss geschafft hat, dich lebend zurückzubringen. Ein *Baby,* das die Arbeit eines Erwachsenen tun will."

Judith betrachtete ihn amüsiert. „Garick", sagte sie zärtlich. „Wie alt, glaubst du denn, daß ich bin?"

„Achtzehn, neunzehn.“ Er zuckte die Schultern. „Warum?“

„Du hältst mich also für ein Baby? Ein kleines Mädchen, das dich als ihren ersten Liebsten auf dieser harten Matratze nahm?“ Sie streichelte liebevoll seine Wange, doch ihr Ausdruck, eine Mischung aus Herablassung und Mitleid, ließ Garick sich klein und dumm vorkommen.

„Jude“, fragte er heiser. „Wie alt bist du denn?“

„Ehe jemand für die Stadt von Wert ist, muß er ausgebildet werden“, sagte Judith. „Die Ausbildung dauert länger als eine eurer Lebensspannen und vielleicht noch eine dazu – achtzig oder neunzig Beltenfeuer, mein Liebster. Soviel Zeit wird benötigt, um zu lernen, sich auf sein erwähltes Teilchen des Puzzles zu spezialisieren, um dann überhaupt erst beginnen zu können, daran zu arbeiten.“ Sie schenkte sich ihren Krug wieder voll und nahm einen tiefen Schluck. „Du sagtest mir einmal, daß die Blockwand um die Meisterhalle in Charzen hundert Jahre alt ist. Die Bäume, die gefällt werden mußten, um sie zu errichten, waren nicht einmal Schößlinge, als ich geboren wurde.“

Sie rutschte von ihrer Matratze und zog ihr loses Gewand über den Kopf. Nackt stand sie vor ihm. Garick sah, wie mitleiderregend die ohnehin kleinen Brüste geschrumpft waren, wie ihre Rippen sich unter der Haut abzeichneten, und die Haut von ihren noch vor kurzem so festen Hüften hing. Aber Judith schüttelte den Kopf über seinen Blick.

„Vergiß, daß ich eine Frau bin“, befahl sie ihm. „Sieh mich nur einmal als – als Kreatur an – betrachte unsere Art von Magie.“ Sie deutete auf eine kaum bemerkbare rote Linie an ihrer Seite unterhalb der untersten Rippe. „Hier gaben sie mir dreimal ein neues Nierenpaar. Ich bekam zweimal ein neues Herz und zusätzliche Gehirnzellen. Von jedem meiner Organe zogen sie eine Art Ableger für etwaige Reparaturen oder zum Austausch.“ Sie deutete auf ein Glas, in dem sich noch etwa eine Handvoll Pillen befand. „In dieser Flasche sind Tabletten, die meinen Metabolismus genauso funktionieren lassen, wie er es tat, als ich tatsächlich erst achtzehn war.“

Garick wisperte ehrfurchtsvoll. „Dann lebst du also ewig.“

„Nein.“ Sie schüttelte den Kopf. „Nicht ewig, aber eine lange, lange Zeit.“

Garick war so aufgewachsen, daß er Magie als Teil seines Lebens betrachtete. So erstaunlich es auch zu sein schien, war er durchaus darauf vorbereitet, die Art von Magie, in der die Stadt erfahren war, mit Fassung hinzunehmen. Judith lächelte ihm wieder zu. Ihr viel zu feiner Mund wies einen bitteren Zug auf.

„Garick, hast du je das Wort ‚absurd' gehört?"

„Nein."

„Über dreihundert Jahre alt zu sein und trotzdem ein Narr, und sich selbst nicht zu kennen, das ist absurd. Ich hätte noch weitere vier- oder fünfhundert eurer Jahre leben können, vielleicht auch mehr. Doch so, wie es jetzt aussieht, habe ich – einige Jahre weniger.

Das bittere Lächeln wurde sanft, als sie ihn küßte. „Zumindest, glaube ich, werde ich ‚schön' sterben. Das ist dein Geschenk an mich. Bis es dich für mich gab, war ‚schön' nur ein abstrakter Begriff, der von Philosophen zergliedert wurde."

„Verdammte Stadt!"

„Aber du hast mich schön gemacht", – sie kniete sich nieder und glitt in seine Arme – , „wie ein tyrannischer Gott, der auf eine lächerliche Flickenpuppe deutet und sagt: ‚Liebe!' . . ."

„Verdammt!" Er weinte.

„. . . und so liebe ich dich, Garick. Weißt du, daß ich eifersüchtig auf Jenna war? Ich liebte dich so sehr. Nach dreihundert Jahren war Eifersucht wahrhaftig etwas wirklich erstaunlich Neues."

Sie fing wieder zu husten an. Garick führte sie vom Mostakrug weg zum Bett und legte sie darauf. Dann streckte er sich neben ihr aus, damit sie sich an ihn klammern konnte. Sie brauchte ihre letzte Kraft dazu.

„Ich bin so müde, Garick. Ich möchte heim."

„Hör mir zu, Jude." Er drückte sie an sich. „Sie sagten, du würdest den Winter nicht überleben, aber du lebst noch. Sie sagten, du würdest es nie über das Blaue Gebirge schaffen, und doch hast du es bezwungen. Sie sagten, du würdest nie lebendig von Lishin zurückkehren, doch hier bist du! Du bist viel zäher als ich, Jude!" Er schaukelte sie in seinen Armen wie ein Baby, nicht nur, um sie, sondern auch sich selbst zu beruhigen. „Du hast noch viele Jahre vor dir, Jude, viele. Und alle gut. Du kommst ins Shandoland mit mir. Du möchtest heim? Von jetzt an ist Shando dein Zuhause."

Es kam wirklich aus tiefem Herzen, aber er war zwanzig, und sie mehr als fünfzehnmal so alt. Aber nein, er wußte es besser: sie waren beide jung und schön, und sie würden reich sein und für immer leben.

„Komm, Jude, gehen wir heim", murmelte er in ihr Ohr. Mit dem letzten Restchen Kraft nickte sie dankbar und schlief in seinen Armen ein.

Der Säugling Singer erblickte das Licht der Welt zwischen Lams und Samman. Seine Mutter nahm das letzte kostbare Anästhetikum aus dem kläglichen Rest ihrer Habe, und erlebte deshalb die Entbindung nicht bewußt. Singer wurde also in die Lautlosigkeit geboren, und der Mensch, der ihm am nächsten stand, nahm nicht wissend seinen traumatischen Eintritt in das Leben wahr.

Judith wollte ihn nach ihrem Vater Randall Singer nennen, aber Garick war gegen einen so langen Namen für einen Shando, deshalb schlossen sie einen Kompromiß, und er hieß von da ab Singer.

Er entsann sich vieler Dinge sehr klar, selbst bis zurück zu seiner allerfrühesten Kindheit: an das große Blockhaus, das nach unbehandeltem Fichtenholz und Äpfeln roch; an den Wald, der es an drei Seiten umgab; an die Apfelbäume, die bis zum Horizont wuchsen; an das Lachen seiner Eltern, wenn sie mit ihm auf dem dicken Schafsfelläufer spielten. In den dunklen Wintermonaten faszinierten ihn die Flammen des wärmenden Feuers, die in phantastischen Bewegungen aus dem Herd loderten und züngelten, und er versuchte, die Geräusche zu verstehen, die sie machten.

Seine Mutter verstand er zuerst. Schon früh wurde ihm bewußt, daß sie eine Art von Laut für seinen Vater benutzte und eine andere für ihn. Geduldig wiederholte sie immer wieder das Wort für ihn, und stets zeigte sie ihm die Buchstaben.

„Singer. Sing-er. Siehst du? S-i-n-g-e-r."

Er war sechs, als ihm klar wurde, daß er sich zweier Sprachen bediente, des Uhianischen und der Alten Zunge, wie Judith die Sprache nannte, die sie zu benutzen beschlossen hatte. Er kam auch dahinter, daß er das einzige Kind in Charzen war, das lesen konnte. Es gab keine Bücher, doch seine Mutter schrieb Sagen nieder, die sie „Geschichte" nannte. Gleichzeitig mit ihm unterrichtete sie auch seinen Vater, und immer zeigte er offen seine Begeisterung. Er nahm Worte und Begriffe auf, genoß sie wie köstliche eingemachte Früchte, und sprühte sie in einem tönenden Springbrunnen um sich, wie ein Kind, das fröhlich im Wasser planscht. Dann lachte Judith über seinen Übermut, legte ihre zarten Arme um seine mächtigen Schultern, und eine Weile vergaßen die beiden Singer. Doch in solchen Augenblicken fühlte das Kind sich nie allein, sondern sicherer und geschützter denn je.

Seine Mutter weckte das Staunen in ihm mit ihren Geschichten über die Stadt. Sie erzählte von den Straßen, die sich bewegten; von den Maschinen, die im Haus Ordnung hielten, Musik machten, Bilder an die Wand warfen, Essen kochten, und schneller und intensiver in einer Sekunde dachten als hundert Meister in einem Jahr. Sein dunkles, ernstes kleines Gesicht leuchtete auf, denn er liebte die Geschichten über die Stadt mehr als andere.

„Eines Tages", sagte sie oft, „eines Tages mußt du dir das alles selbst ansehen. Eines Tages mußt du in die Stadt gehen."

Doch es gab auch Zeiten, da war seine Mutter mit ihren Gedanken weit weg und nicht ansprechbar, beispielsweise, wenn sie vor ihrem mrikanischen Spiegel saß, stumm die Lippen bewegte, und ein Finger schwerfällig die Linien ihres Gesichts nachzog. Erhob sie sich dann, sah sie weder ihr Kind, Garick, noch das Haus. Vor diesen Momenten fürchtete Singer sich, denn dann fühlte er sich innerlich so leer.

Nie sprach sie vom Tod.

In dem großen Haus fanden sich häufig viele Menschen ein: mrikanische Händler und unzählige befreundete Farmer. Die Frauen kamen oft mit kleinen Wehwehchen zu Judith, wenn ihre eigene Magie versagt hatte, und auch, wenn ernstere Krankheiten sie plagten. Sie bestand auf steriler Sauberkeit bei Entbindungen. Das brachte die Zirkler zwar fast zur Verzweiflung, aber sie taten doch, was sie befahl, denn es kam nur selten vor, daß eine Shandomutter im Kindbett starb, wenn Judith sich um die Entbindung gekümmert hatte.

Aber hin und wieder starb doch eine Wöchnerin. „Es ist das verdammte, enge, unelastische Becken, Garick. Ich konnte ihr nicht helfen. Mit Cytoxin hätte ich sie retten können."

„Deine Stadt stellt dieses Mittel her, nicht wahr? Sie produziert und lagert es, und vermutlich wird es nie benötigt."

„Ihre" Stadt war der Zankapfel, das einzige, das die Harmonie zwischen ihnen störte. Sie antwortete auf seine Bitterkeit mit ihrer eigenen. „Gut, das nächstemal, wenn ich nach Hause komme, bringe ich genügend davon mit."

Die Zirkelmeister kamen auch manchmal ins Haus, wie beispielsweise zu Loomin, wenn sie Garicks große Halle für das

Sonnenrufen benutzten. Sie behandelten Judith mit kühlem Respekt. Singer starrte mit großen Augen auf ihre weißen Überwürfe und beobachtete sie. Obwohl die lange Tafel von guten Dingen fast überquoll, aßen und tranken sie kaum etwas. Das war der Preis, den sie für ihre Gabe bezahlen mußten, erklärte Garick ihm. Ein Meister brauchte einen klaren Kopf und eine eiserne Konstitution. Obgleich sie im Gegensatz zu seiner Mutter weder lesen noch schreiben konnten, waren sie starke, klardenkende Männer und Frauen. Singer empfand Ehrfurcht vor ihnen und sonnte sich in ihrer ungezwungenen Güte. Doch eine war unter ihnen, die er nicht mochte, die jüngste, Jenna. Singer fühlte sich unbehaglich, wenn sie ihn ansah. Doch die Blicke, die sie seinem Vater widmete, waren sanft und schmeichelnd wie der junge Morgen.

Sein Vater lehrte ihn so viel wie seine Mutter. Er lernte den Wald genauso leicht zu lesen wie eine Seite, die mit der Alten Zunge vollgekritzelt war. Er konnte bald schon die unzähligen verschiedenen Geräusche des Waldes auseinanderhalten und deuten. Garick sang ihm die alten Geschichten und versuchte, ihm die Ordnung der Dinge zu erklären. Es gab immer Zirkel, sagte er, denn die Menschen wußten tief in ihren Herzen, daß sie eine Antwort auf die Probleme des Lebens waren, daß sie dem einzelnen und der Allgemeinheit einen Halt gaben. Singer vermeinte, diese Logik zu verstehen.

Und doch sprach auch sein Vater nicht viel über den Tod mit ihm.

„Unser Leben ist gut und sicher“, sagte Garick zu ihm. Und Singer glaubte ihm und spielte die langen Nachmittage mit anderen Kindern Becher-und-Messer-Spiele wie „Rettet das Haus“. Einige waren die Angreifer, die anderen die Verteidiger, und sie taten, als verfügten sie über furchterregende Kräfte wie die Meister.

Meister des Sturmes, sei Schutz mir im Osten,
Meister des Blitzes, sei Schutz mir im Süden,
Meister des Wassers, sei Schutz mir im Westen,
Schwarzer Stier, gehörnter Gott, sei Schutz mir im Norden!

Ein Spiel nur, doch in der kindlichen Sehnsucht sehr ernst genommen. Singer kauerte finster und stumm über seinem Kreis und Pentagramm, die er verteidigte. Ein älterer Junge hob sein Messer und stieß es unfairerweise mitten in Singers Gebiet.

Singers Augen wurden schwarz, als die dunkle Kraft aus ihm barst. Seine Augen fanden und hielten die des anderen Jungen. Er streckte einen Finger aus und tupfte damit einmal scharf auf seinen Gegner. Das andere Kind holte zögernd sein Messer zurück und schob es widerwillig in die Scheide.

Singer unterbrach die Verbindung und rannte weinend davon.

„Er *stahl* ihn!" berichtete einer der Meister Garick. „Er stahl den kleinen Boody. Er berührte nicht nur seinen Geist, sondern bewegte ihn, bewegte seine Hände, zwang ihn, das Messer zurückzunehmen."

„Ich kann es nicht glauben!" Garick war völlig verwirrt. „Das schafft doch niemand, nicht einmal ein Meister."

„Dein Sohn schon."

„Wie?"

„Er berührte den Jungen", erklärte Meister Edan. „Er sagte, er mußte ihn berühren."

Nachdem der Meister gegangen war, starrte Garick mit einer Mischung aus Freude und Ehrfurcht vor sich hin. „Jude, weißt du, was das bedeutet?"

„Nein."

„Er könnte ein Meister werden."

„Wovon?" erwiderte Judith spöttisch. „Von Charzen? Von Schmutzlöchern? Von Schweinen und stinkenden Jägern?"

Garick war weniger verärgert als erstaunt. „Wofür möchtest du ihn denn aufsparen, Jude? Für die Stadt? Keine Chance! Sie würden ihn am Selbsttor aufhalten wie jeden anderen auch."

„Aber er ist intelligent, hat einen scharfen Verstand wie nicht so leicht einer! Es wäre ein Verbrechen, ihn an Sammanfeuern zu vergeuden."

Sein Vater war ein gütiger Mann – gütig, aber nicht schwach. Um seiner Liebe zu Judith willen versuchte er, ihre Lehren mit dem ungeschriebenen Wissen seiner eigenen Art ins Lot zu bringen. Die Liebe seiner Eltern zueinander war ein starkes Gewebe der Sicherheit für Singer, doch während er größer wurde und seine Gabe sich entwickelte, spürte er gefährliche Risse in diesem Gewebe. Sein Vater verbrachte viel Zeit fern von zu Hause.

Einmal sah Singer seinen Vater mit Jenna ausreiten. Sie sahen glücklich aus zusammen.

Sehr gegen Judiths Willen nahm Singer Unterricht bei den Meistern. Er war den anderen auserwählten Kindern weit überlegen. Wo sie sich plagten, etwas im Gedächtnis zu behalten, schrieb er es nieder und erfand seine eigenen Zeichen für etwas, für das es keine passenden gab. Aber seine erschreckende Macht, Geist, Form und Absichten anderer zu stehlen, machten ihn zum Außenseiter. Niemand wollte eine Berührung durch Singer. Er lernte, diese ungewöhnliche Kraft, die selbst die Meister erschreckte, nicht zu benutzen. Aber sie wuchs mit dem Rest seiner Fähigkeiten, und während sie es tat, weitete sich die Kluft zwischen seinen Eltern.

Garick ritt während eines Gewitters durch die Apfelplantage, als er plötzlich die Härchen auf seinem Nacken prickeln spürte. Ehe er noch Zeit hatte, sich unterzustellen, streckte ihn ein Blitz nieder.

Die Männer aus der Plantage erreichten ihn als erste, dann die Meister, durch deren dringendes Lep. Jenna galoppierte ihnen voraus. Garicks Pferd mußte von seinen Qualen erlöst werden. Garick selbst atmete kaum noch, er war schon zu weit, als daß ihre gemeinsame Hilfe ihm noch hätte helfen können.

Als Judith und ihr Sohn herbeigeritten kamen, umstand ihn eine dichte Menge. Singer trug einen Armvoll Decken, und seine Mutter brach sich wütend einen Weg durch die Menschenmasse.

„Verdammt, macht Platz! *Zurück* mit euch! Gebt ihm doch Luft zum Atmen!“

Sie stieß auf Jenna, die über dem reglosen Garick kauerte.

„Du kannst ihm nicht helfen!“ sagte das Mädchen angespannt. Judith wies Jenna mit einer abfälligen Geste zurück.

„Ich nehme an, du kannst es? Er wird nicht sterben, aber er täte es, wenn ich nicht schnell etwas unternehme. Er bekam einen Schock, einen elektrischen Schlag. Wißt ihr überhaupt, was das ist, ihr – ihr . . .“ Während ihre Stimme sich noch schrill hob, riß Judith ihrem Sohn die Decken aus der Hand und wickelte sie mit Singers Hilfe fest um Garick.

Singer starrte verstört auf seinen Vater. Garicks Gesicht war weiß, sein Atem kam schwach und schnell. Es erschreckte den Jungen, der so wenig über den Tod wußte.

„Legt seine Füße hoch!“ befahl Judith.

Niemand rührte sich. Fluchend versuchte sie selbst, sie zu heben. Singer bemühte sich zitternd, ihr zu helfen. Da schob Jase sie sanft zur Seite und schob sich Garicks Beine unter einen muskulösen Arm. Judith kniete sich nieder, benetzte ein Tuch mit Wasser aus einem Beutel, und fuhr damit über das bleiche Gesicht.

„Reibe seine Handgelenke“, murmelte sie ihrem Sohn zu. „Fest.“ Seine eigenen Hände begannen zu schmerzen, doch er hatte Angst aufzuhören. Die schwere Pranke lag schlaff in seinen kleinen Händen. Noch heftiger rieb er.

Und da bogen sich die bisher so schlaffen Finger. Singer spürte ihren Druck. Garicks Lider blinzelten. Er öffnete die Augen. Seine andere Hand zuckte auf der Decke, dann hob sie sich schwach Judiths Gesicht entgegen.

Singer sah den triumphierenden Blick, den seine Mutter der jungen Jenna zuwarf.

Judith pflegte ihn mit all ihren Kräften. Als er sich zu erholen begann, kamen die Meister von Charzen, da sie gewisse bedeutungsvolle Anzeichen bemerkt hatten, an sein Bett. Sie machten Tests auf ihre Art und stellten fest, daß Garicks Fähigkeit zu lepen sich verdreifacht hatte. Auf ihre Veranlassung hin bildeten die verwirrten Apfelzüchter einen beachtlichen Kraftkegel.

Judith lachte verächtlich. Das Ganze war wissenschaftlich völlig alltäglich, war es schon lange vor dem Zusammenbruch der alten Gesellschaftsordnung gewesen. Jegliche Macht, die die Zirkler Zauber nannten, sagte sie, wurde aus rein physiologischen Gründen von einem bestimmten Teil des Gehirns ausgestrahlt. Und ein Gehirn mit potentieller psychischer Fähigkeit – vor allem ein ohnehin dafür aufnahmefähiges uhianisches Gehirn – konnte durch Elektroschock stimuliert werden, diese Fähigkeiten bewußt zu lenken.

Die Meister hörten ihr kaum zu. Judith war eine geduldete Außenseiterin, obgleich diese Duldsamkeit mit den Jahren nachließ, da sie immer nörglerischer und ihre Zunge immer spitzer wurde.

Jetzt mußte Jase sich allein um die Apfelplantage kümmern, da Garick von früh bis spät von den Meistern ausgebildet wurde. Auch er schrieb sich alles auf, was andere auswendig lernen mußten. Er hatte über die Jahre hinweg viel von Judith gelernt, und mit ihrer Hilfe war er auch imstande, sich seine Theorien über den

Ursprung der Gabe zu bilden – etwas, das noch kein Meister bisher logisch ergründet hatte. Aber ihre Unterstützung trug nur dazu bei, Garick seiner Familie noch mehr zu entfremden. Er war stiller als früher, geistesabwesender und mager vom Fasten. Sein altes Lachen war verstummt.

An Sinjin, im Hochsommer, wurde Garick Meister des Inneren Kreises.

In jener Nacht wich Singer nicht von der Seite seiner Eltern, das heißt, er versuchte es, denn er wußte, daß sich etwas Schreckliches tat. Umsonst tastete er nach dem vertrauten Einssein, dem Gewebe, das sie verband und ihn in Sicherheit hüllte – aber es war nicht mehr.

Seine Mutter saß angespannt am Rand des breiten Bettes und starrte blicklos auf ihre Hände. Sein Vater stand zögernd an der Tür, vom weißen Überwurf seines neuen Ranges abgesehen, war er nackt. Neue Kräfte, schmerzhafte, reißende Spannungen hingen zwischen den beiden. So stark waren sie, daß selbst Judith sie in einem bestimmten Maß empfand, während Singers Kopf von den brutalen Gefühlen schmerzte, mit denen die Luft geladen war.

„Ich bin jetzt kein einfacher Farmer mehr, Jude“, sagte Garick. „Ich kann mich nicht ausschließen.“

„Schön, dann bleibe ich hier. Ich werde *nicht* zusehen.“

„Jude, ich liebe dich.“

„Oh?“ Sie funkelte ihn an und schüttelte das lange, mit Grau durchzogene Haar aus dem schmalen Gesicht zurück. „Und wer wird dir die Fünf Küsse geben? Wer wird auf dir reiten?“

„Jude . . .“

Ihr Gesicht verzerrte sich vor Wut. „Warum nennst du ihren Namen nicht?“

„Jude, ich sagte dir doch . . .“

„Geh! Stoß in deine Jenna!“

„Ich sagte dir doch, daß es nur ein Symbol ist.“ Garick versuchte, es in Judiths Alter Zunge zu erklären, da seiner eigenen die Worte dafür fehlten. „Es ist ein Symbol der Macht, des Lebens!“ Er setzte sich neben sie. „Nichts geschieht in dem Kreis.“

Sie hob müde, ausgelaugt den Kopf. „Aber wieviel außerhalb? Sie ist bereits schwanger und macht kein Geheimnis daraus. Sie hätte zumindest noch eine kurze Weile warten können. Es wird nicht mehr lange dauern.“

Singer fürchtete sich zu verstehen, was sie meinte.

„Nein, ich werde nicht lügen. Ich war einsam", sagte Garick. „Du machst mich einsam. Wenn du nicht soviel trinken würdest . . ."

„Dich mit Jenna zu sehen, fällt mir leichter mit einem Drink!"

„Jenna ist – nur Jenna", knirschte er. „Ich liebe *dich!*"

„Na gut, wenn du mich liebst, dann sag *nein* zu ihnen."

„Das kann ich nicht!" Garick stand schwerfällig vom Bett auf und ging zur Tür. „Das ist – das ist kein Stolz, weder was mich, noch was Jenna betrifft. Jude, ich habe dir nachgegeben, wo ich nur konnte, aber das ist *meine* Lebensweise, das sind meine Leute – und ich sage dir, wenn je wieder eine neue Welt ihren Anfang nimmt, dann sind wir Zirkler es, die sie entbinden, nicht diese allmächtige Stadt. Und auch nicht die fetten Mrikaner, die ihr Geld zählen. *Wir!* Einmal, ein einziges Mal nur, mußt du *mich* verstehen, denn mit dem, womit ich geboren wurde, und mit dem, was du mich lehrtest . . ."

Aber Singer hörte den Rest nicht mehr, denn in diesem Augenblick leuchtete das Haus rosig auf im flackernden Schein des Fackelrings. Die Meister waren gekommen, um seinen Vater abzuholen.

Garick zögerte an der Tür. „Judith, ich liebe dich wirklich. Ich schulde dir so viel."

„Ja, das tust du." Sie zwang sich zu einem ungerührten Lächeln, obgleich ihr Sohn die unterdrückte Sehnsucht dahinter spürte. „Du schuldest mir dein Leben, den größten Teil deines Wissens und deinen Sohn. Das ist eine beachtliche Schuld. *Glaubst du, du kannst sie zurückzahlen?"*

Wie immer fühlte Garick sich unzulänglich vor ihr. Er verschwand durch die Tür und eilte fast lautlos durch den Gang und seiner Zukunft entgegen.

Das Kind Singer zupfte am Knie seiner Mutter und versuchte, auf ihren Schoß zu klettern. Sie erhob sich, ohne auf ihn zu achten, schritt steif aus dem Zimmer und schenkte sich einen Drink ein.

Singer blieb verlassen stehen und bemühte sich, sein Schluchzen zu unterdrücken.

Man hatte ihm verboten, zum Zirkelhain zu gehen, aber etwas in ihm zwang ihn zum Ungehorsam. Er rannte verzweifelt, als könnte er das aufhalten, was er nicht verstand, als könnte er sich gegen die

Zeit stellen und seinen Vater zurückbringen. So lautlos wie sein Vater näherte er sich dem von Fackeln erleuchteten Hain. Dicht vor dem Feuerschein hielt er keuchend an. Heftig atmend und mit schmerzendem Herzen sah er zu. Sein Vater befand sich bereits im Kreis. Der erste Ritus sonnenwärts, wo Forderung um Forderung mit ritueller Erwiderung begegnet wurde, war bereits vorbei. Nun lag er nackt mit den anderen Männern nah am Rand des ausgehobenen Kreises. Die Musik erschallte aus dem dichtgedrängten Ring der Zuschauer. Erst ein Rhythmus, dann ein anderer und ein weiterer, während die weiblichen Meister mit geschmeidigen Bewegungen aus der Kreismitte tanzten und die Flammen ihr züngelndes Licht über ihre glänzenden Körper warfen.

Jenna stand nackt über Garick. Sie hob die Hände und löste die Fülle ihres roten Haares, daß es wie ein Wasserfall über ihre Schultern wallte. Andere Frauen ahmten ihre Bewegungen nach. Jede stand über einem liegenden Mann. Selbst aus der Ferne sah Singer die neue harte Rundung von Jennas Leib. Sie kniete sich mit gespreizten Beinen über Garick.

Nein! Nicht!

Singer rannte auf sie zu. Ein Schrei formte sich in seiner Kehle, doch dann blieb der Junge stehen. Wollte er sie erreichen, müßte er den Kreis überschreiten und ihn brechen, sich gegen die Kraft stellen, die ihm inne war. Unmöglich in seinem Alter! Hilflos hämmerte er mit den kleinen Fäusten durch die Luft.

Jahre würden vergehen, bis Singer einen Namen für das fand, was in dieser Nacht erstarb. Doch schon während des Zusehens wußte er, daß etwas ganz Besonderes, Persönliches für ihn für immer zu Ende war.

Er schleppte sich fort vom Hain, eine nie gekannte Schwere der Verlassenheit drückte ihn nieder. Die Fröhlichkeit war tot, aber *ihre* Heiterkeit verfolgte ihn höhnisch. Er schlug in einem vergeblichen Versuch die Tür vor der Musik und dem Lachen einer Festlichkeit zu, zu der er nicht eingeladen war und nie eingeladen werden würde.

„Garick?“

Seine Mutter schwankte unsicher vor ihrem Spiegel. Die angespannten Hals- und Rückenmuskeln verrieten ihm, daß sie Schmerzen hatte. Sie kamen oft in letzter Zeit.

Judith schaute zu ihrem kleinen Sohn hinunter. Sie stellte den

Krug zur Seite, um ihm über das Haar zu streichen, aber ein neuer Anfall kaum erträglicher Pein überwältigte sie.

„Mama?"

„Ist schon gut."

Verzweifelt warf Singer die Arme um sie und versuchte ihr, von Schluchzen geschüttelt, zu versichern, daß sie viel schöner als die rote Jenna war und es auch immer sein würde. Sie drückte seinen Kopf an ihre Brust und wiegte ihren Jungen auf dem Schoß. Nach einer langen Weile setzte sie ihn neben sich und blickte ihn mit ernsten schattenumränderten Augen an.

„Ich möchte, daß du mir zuhörst", sagte sie jetzt nicht mehr traurig, sondern mit einer festen, endgültigen Entschlossenheit. „Ich muß dir etwas sehr Wichtiges erzählen. Wirst du gut aufpassen?"

Er dachte, es wäre vielleicht etwas über seinen Vater, aber dann redete sie nur über den alten Callee. Er fühlte sich verletzt, daß sie ihn wie ein Baby behandelte, wo er doch nur zu gut wußte, was vorging.

„Ich will keine Geschichten hören." Er löste sich trotzig aus ihrem Arm und stand auf. „Callee ist nicht wahr!"

Seine Mutter drehte ihn heftig zu sich um. Das neue wilde Licht in ihren Augen nagelte ihn fest, wo er stand.

„Hör mir zu und denk daran", befahl sie. „Die Geschichte von Callee ist sehr wohl wahr! Ich bewies es, ehe du geboren wurdest. Du wirst sie besser lernen, als jemals einer vor dir."

„Warum?" protestierte er. „Wozu soll das gut sein? Papa . . ."

„Es wird schwierig genug sein, sie dir ganz einzupauken, aber irgendwie werde ich es schon schaffen. Eines Tages wirst du vielleicht die Arbeit vollenden können, bei der ich versagte. Und dann, was noch viel wichtiger ist . . ."

Wieder schüttelten die Schmerzen sie. Ihre Fingernägel gruben sich in seine Handgelenke. Als der Anfall vorüber war, fuhr sie erschöpft fort: „Keine Zeit. Du wirst lernen, was ich dir sage. *Hörst du mich?"*

Seine Stimme war dünn vor Angst. „Ja."

„Gut", sagte Judith. „Also, es war einmal ein Mann namens Callee, so zumindest hast du seinen Namen gehört. Doch die Zeit rundet so manche Worte ab oder verzerrt sie. In Wirklichkeit hieß er MacCauley, Henry MacCauley, und in den letzten der alten Tage, an dem Ort, den man jetzt Lishin nennt . . ."

Arin wurde an Loomin geboren, und es herrschte große Freude in Charzen. Singer verstand, daß der Säugling eine Art Bruder war.

Garick blieb seinem Haus jetzt die meiste Zeit fern. Sein erstgeborener Sohn versuchte, sich zwischen den beiden gespaltenen Welten zu halten, und bezahlte dafür. Die Meister begannen an ihm zu verzweifeln. Trotz seines vielversprechenden Anfangs war er nun ein anmaßender, unbelehrbarer Rebell geworden, ganz offensichtlich von seiner Mutter verzogen. Vielleicht war er doch nicht für den Zirkel bestimmt.

Wenn Garick mit seinem Sohn zu sprechen versuchte, stieß er gegen eine Mauer der Ablehnung. Statt zu argumentieren, gab der Ältere es ganz auf, Singer und Judith durch seine Anwesenheit zu stören. Sein eigenes Leben veränderte sich viel zu schnell.

Der ältliche Meister, der die Geweihkrone des Gottes getragen hatte, starb im Frühjahr. Garicks Mutter, Tuli, die den Titel mit ihm geteilt hatte, erbot sich, zu Jennas Gunsten abzudanken, sofern Garick zum Gott ernannt würde.

Judith beobachtete alles mit scharfen Augen, aber das spöttische Lächeln tarnte nur die jetzt steten Schmerzen, die sowohl ihrem Herzen als auch ihrem Körper zu schaffen machten. Sie wußte, daß die Wahl Garicks unvermeidbar war. Die Shandos erkannten allmählich, wie wichtig politische Überlegungen in der Ernennung ihres Gottes waren. Seit fünfzig Jahren lockten die Äpfel mrikanische Händler nach Charzen und bildeten die Geldkette, die sich bis weit außerhalb der Zirkel dahinzog. Garick zu krönen, würde den Reichtum unter der Geweihkrone konzentrieren, außerdem war sein Name auf den Handelsrouten von Wengen bis Suffec wohl bekannt, und durch diesen Namen mochte ihr Einfluß sich vielleicht gar bis an den Rand der Stadt ausbreiten.

Und so wurde Garick in seinem siebenundzwanzigsten Lebensjahr Gott der Shandos. Und neben ihm, mit der Kerzenkrone auf dem Kopf, saß Jenna.

Es gab ein gewisses historisches Zusammentreffen, das zu der Zeit allerdings nicht bemerkt wurde. Garick war der jüngste je gekrönte Zirkelgott. Ein paar Monate zuvor hatten die Kriss ihren jüngsten Oberältesten gewählt, einen energiegeladenen jungen Mann namens Uriah. Wie Garick scheute er nicht davor zurück, eine neue Idee für einen alten Zweck zu benutzen.

Jetzt war das Haus an der Apfelplantage fast leer. Wenige betraten es, außer den Frauen, die Garick schickte, um Judith bei Arbeiten zu helfen, die über ihre Kräfte gingen. Und diese Kräfte schwanden schneller, als jeder, außer Singer, ahnte. Ihm gegenüber machte sie Scherze darüber. Wenn er sie dabei ertappte, daß sie sich vor Schmerzen kaum noch aufrechthalten konnte, stöhnte sie übertrieben laut und versuchte dabei zu lächeln.

„Ich falle auseinander wie ein schlechtgebautes Haus."

Es war eine Qual für den Jungen. Und doch, da er so lange vor der rauhen Wirklichkeit des Todes verschont worden war, klammerte er sich an seine Mutter und war auf widernatürliche Weise von ihrem Zerfall fasziniert. Als ihr Körper immer hinfälliger wurde, fing auch ihr scharfer Verstand abzustumpfen an. Doch wenn sie merkte, daß er nachließ, zwang sie ihren Willen noch stärker als in Lishin, und quälte sich, die Gedanken auszudrücken, die sich ihr entziehen wollten. Worte waren entsetzlich schwerfällige Dinge, sie sagten zu wenige Begriffe zu langsam. Sie sehnte sich nach der exakten Kurzfassung der Stadt, aber da sie die hier nicht benutzen konnte, stopfte sie Singer mit Fakten und Konzepten voll, und preßte in sein Gehirn eine Enzyklopädie von Daten, die er nicht einmal hoffen konnte, zu behalten. Die Stunden und Tage waren viel zu kurz, um ihm alles über ihre Lebensanschauung zu verdeutlichen und den Zweck der Menschheit, wie sie ihn in den langen Jahrhunderten ihrer Arbeit innerhalb der Stadt als Voraussetzung angesehen hatte.

Auch wenn der Husten sie quälte, strengte sie ihre rauhe Kehle an, immer weiter zu reden, und stets aufs neue forderte sie Singer auf, sich alles zu merken. Manchmal konnte er ihr, wenn ihre Logik zu gewunden war, überhaupt nicht folgen. Das war gewöhnlich dann, wenn sie irgendwie von der geraden Linie abbog, da die Philosophie der Stadt sie durch verwickelte Theoriekorridore lockte, die so endlos waren, wie die Meilen um Meilen von Büchern und Maschinen, die sie beschrieb.

Eines blieb aufgrund der Merkwürdigkeit ihrer bildlichen Darstellung fest in seinem Kopf haften, obgleich er keine Ahnung hatte, was es bedeutete. „Die Stadt und die Zirkel werden einander brechen, als wären sie aufs Rad geflochten. Aber das Rad wird sich erst drehen, wenn ..." Ein Hustenanfall schüttelte Judith, und sie führte den Gedanken nie zu Ende.

Sein Leben lang war Singer halb Stadt, halb Shando gewesen,

doch jetzt begrub Judith fast alles, was Zirkel war, unter dem Berg von Wissensschätzen, die sie auf ihren Sohn häufte. Abgesondert von den Sitten und der Lebensweise seines Vaters, begann Singer sich nach der Stadt zu sehnen. Aber es gab keine Zeit, darüber zu reden, denn seine Mutter spulte weiter pausenlos Fakten ab und machte sich laut ihre Gedanken über die gespaltene Gesellschaft, in der sie lebten. Doch ehe er ahnen konnte, wohin ihre Überlegungen führen mußten, wiederholte sie die Geschichte ihrer Suche in Lishin, erzählte immer aufs neue von dem Augenblick, da ihr klar geworden war, daß es sich bei dem legendären Helden Callee um Henry MacCauley handelte. Es kam jetzt sehr häufig vor, daß Judith vom Thema abschweifte und sich wiederholte.

Im Sommer nach Arins Geburt kam Singer eines Tages aus dem Wald nach Hause, wo er allein gespielt hatte. Vor der Haustür standen zwei gesattelte Pferde mit Packtaschen. Er dachte zuerst, sein Vater wäre auf einem seiner seltenen Besuche hier, aber im Haus war es still.

Seine Mutter saß weder an dem langen Tisch mit einem Krug neben sich, noch stand sie am Küchenfeuer, sie kümmerte sich auch nicht um den verwahrlosten Garten. Sie lag im Bett, und ihr Anblick lähmte seinen Schritt.

Sie war unverkennbar vom Tod gezeichnet. Ihr Gesicht war fahlweiß und angespannt von unterdrückten Schmerzen. Nur ihre Augen wirkten wild vom Verlangen nach dem Leben. Und doch hatte sie sich trotz aller Schmerzen gebadet, ihr Haar gekämmt und mit einem roten Stoffstreifen zusammengebunden. Sie trug ein weiches weißes Baumwollgewand, das lose um ihren ausgezehrten Körper hing.

Sie streckte ihm die Hände entgegen. Ihr Anblick, vielleicht gerade weil sie so gepflegt aussah, erschreckte ihn zutiefst.

„Du – du bist . . .“

„Schön?“ Sie lachte mit sanfter Ironie. „Das dachte dein Vater auch immer, und ich glaube, er hatte einen guten Geschmack. Komm her, ich möchte dich umarmen. Wann habe ich dir zum letztenmal gesagt, wie sehr ich dich liebe?“ Sie hustete, und nach dem grauenvollen Anfall war sie noch schwächer. Sie nahm seine Hand. „Oh, du bist schmutzig! Hast du wieder im Schlamm gespielt, mein Baby?“

Es hatte eine Zeit gegeben, da hätte ihn dieses Wort gekränkt, er hätte gedacht, sie nähme ihn nicht voll. Doch jetzt preßte der Junge die Lippen zusammen und blinzelte, um die Tränen zurückzuhalten. Er erzählte ihr, daß er einen Fuchs entdeckt und Bannmagie an ihm versucht hatte, aber der schlaue Fuchs hatte ihn nur ausgelacht.

„Nicht so schlimm“, tröstete ihn Judith. „Es sind neue Felle in deinem Zimmer. Wasch dich und zieh sie an. Es ist Zeit aufzubrechen.“

„Wohin?“

„Ostwärts“, antwortete seine Mutter. „Ich möchte dir die Stadt zeigen. Ein letztes Geschenk.“

Sein Herz hüpfte bei diesem Wort. Über all seinen Träumen von Magie, Abenteuer und anderen Dingen, die ein Junge aufregend fand, stand fern und unwiderstehlich die Stadt . . .

„Beeil dich“, drängte seine Mutter. „Die Pferde warten schon.“

Sie kamen nicht sehr schnell voran. Die meiste Zeit mußte Singer neben seinem Pferd hermarschieren, um bei seiner Mutter zu bleiben. Bis zum Mittag des nächsten Tages hatten sie kaum zwanzig Meilen durch den Wald zurückgelegt. Wie er es gelernt hatte, achtete der Junge hier in diesem fremden Gebiet wachsam auf eventuelle Hunderudel und unreine Jäger. Er hielt Pfeil und Bogen bereit. Die Pfeilspitze hatte er mit dem Saft der Kermesbeere eingerieben.

Er schaute über die Schulter nach Judith. Sie saß gekrümmt im Sattel, und als er sich umdrehte, versuchte sie, das Tier anzuhalten. Er trottete zu ihr zurück.

„Hilf mir herunter“, keuchte sie.

Ohne eine Rast konnte sie nicht weiterreiten. Unterwegs, gar nicht so weit zurück, hatte Singer eine kleine Höhle bemerkt, von der Art, wie die Jäger sie zum Übernachten benutzten. Er half Judith hinein, und stellte fest, daß sie hier verhältnismäßig gut aufgehoben sein würden. Er machte ein Lager aus Tannenzweigen und breitete die Decken darauf aus. Dann holte er frisches Wasser von einem nahen Bach, und wusch ihr den Schweiß vom Gesicht. Er redete ihr zu, ein wenig von dem Proviant zu essen, den sie mitgenommen hatten, aber sie winkte nur teilnahmslos ab und gab keinen Laut von sich. Seine Hände verkrampften sich zu Fäusten, und er versuchte, die Tränen zurückzuhalten, die hinter seinen Lidern brannten. Der Shando in ihm wußte, was bevorstand. Doch obgleich sein Messer kein Thammay war, grub er verzweifelt die Erde rund um sie auf, zog den Kreis und versah ihn mit jeder Schutzrune, deren er sich entsinnen konnte. Dann kauerte er sich, mit der Klinge in der Hand, neben sie. Der Tod mochte sie vielleicht holen, doch er war entschlossen, sie ihm in dieser Nacht, in diesem Kreis, zu entreißen.

Die Dunkelheit beurteilte er nach den Eulenschreien und dem Zirpen der Grillen. Ein Fuchs schlich an der Höhle vorbei, witterte neugierig und zog weiter. Singer lag dicht neben seiner Mutter ausgestreckt, mit ihrem Kopf auf seinem steifen Arm.

Kurz vor dem Morgen erwachte er so plötzlich, als hätte jemand ihn gestoßen. Er lauschte. Seine Mutter atmete noch sehr langsam, aber sie war wach, das wußte er, ohne sie anzusehen. In der Stille klang ihre Stimme schwach, doch gefaßt und klar. Sie sprach in der Alten Zunge, deren Klang er lieben gelernt hatte.

„Es ist Zeit Lebewohl zu sagen, mein Baby."

Er hob den Ellbogen, der steif von der unbequemen Lage war, in der er ihn die ganze Nacht gehalten hatte. „Tut es sehr weh?"

„Nein", wisperte sie. „Ich bin wie eine alte Uhr, die abläuft. Aber du hast ja nie eine Uhr gesehen, nicht wahr?"

Er schüttelte den Kopf. Tränen quollen aus seinen Augen. Er kämpfte dagegen an.

„Es gibt Uhren dort", sagte sie.

„In der Stadt?"

„Ja. O mein Baby, ich wollte sie dir so gern zeigen. Geh hin, wenn ich nicht mehr bin. Versprich mir, daß du dir die Stadt ansiehst. So viel von mir ist noch dort, und du mußt den Rest zurückbringen . . ."

„Den Rest?"

„Alles, was ich dich gelehrt habe." Nun verließen die Kräfte sie. Sie mußte ruhig liegen und eine Weile sehr vorsichtig atmen. Dann sagte sie noch einmal: „Geh hin; vielleicht nicht gleich jetzt, aber wenn du älter bist. Sie werden dich dort brauchen, mein Baby."

Seine Finger schlossen sich kalt um ihre.

Vielleicht", wisperte sie, „vielleicht kann ich am Morgen weiter erzählen. Ich werde dann kräftiger sein. Du sollst mehr von der Stadt hören, wenn es hell ist."

Sie schloß die Augen. Singer legte sich auf den Bauch. Er war sehr müde. Nach einer Weile spürte er, wie eine Decke sanft über seine Schultern gebreitet wurde. Er wußte, welche Anstrengung sie das gekostet haben mußte, aber er konnte nichts sagen. Er schwebte bereits am Rand des tiefen Schlafes. Zeit verging. Er atmete ruhiger. Dann erwachte er abrupt.

„Garick, ich wollte . . ."

Doch sie war nicht mehr imstande, diese Botschaft zu Ende zu sprechen. Der Morgenwind blies frisch durch den Höhlenschlund und über seinen eingeritzten Kreis. Es war kalt. Als er die Lippen bewegte, um etwas zu sagen, wußte Singer, daß er allein war, obgleich mehr als eineinhalb Dutzend Jahre vergingen, ehe die Ungeheuerlichkeit dieser Tatsache ihm eine neue, bittere Kraft verlieh.

Sie fanden Singer ziellos in der Nähe der Höhle umherirren. Der Gott und die Göttin erwarteten die heimkehrenden Jäger, als sie mit dem kleinen Jungen, dessen Füße die Steigbügel nicht erreichten, durch das Forttor geritten kamen. Eine neugierige Menge sammelte sich schnell um sie. „Fanden ihnen einen Tag ostwärts", meldeten die Jäger. „Auch ein zweites Pferd."

Sie machten Platz, als Garick sich seinem Sohn näherte.

„Und Judith?"

Niemand sprach. Ein Pferd schnaubte in der Stille.

„Dann ist sie also tot." Garicks Stimme war klanglos. „Wo?"

„Ich habe sie begraben", sagte Singer gepreßt. „Das Grab ist gekennzeichnet. Du kannst es lesen."

Vater und Sohn schauten einander an. Wenn er mich berührt, dachte Singer, ersteche ich ihn mit dem Messer, das ihr Grab aushob.

Garick schien seine Gedanken zu lesen, und mehr noch. Er griff nicht nach Singer, um ihn vom Pferd zu heben, statt dessen blickte er blind auf Jenna, die mit dem Baby Arin auf dem Arm ungeduldig wartete. Er dankte den Jägern, dann drehte er sich um und stieg langsam die Stufen zur Halle des Gottes hoch. Singer erstarrte. Es war nicht genug. Er wollte ihn nicht gehen lassen, ohne sich all seine verwirrte Liebe und den Haß auf den Mann, der sein Vater war, von der Seele zu schreien. Es war ein Schrei, der für die beiden all die folgenden Jahre nachhallte.

„Du kannst es lesen!"

Singer stieß dem Pferd die Füße in die Flanken. Es bäumte sich auf und raste durch das offene Tor.

Die Jäger wußten nicht, ob sie ihm nachreiten sollten, aber der Gott hatte sich umgedreht. Er stand steif auf der Treppe, sein breiter Rücken war gebeugt und verriet sein Elend. Sie sahen Jenna fragend an. „Sollen wir ihn verfolgen?"

Sie hob Arin auf den anderen Arm. *Garick?*

Sein Geist war verschlossen – wie immer. Sie hatte nichts gewonnen. *Immer sie,* dachte Jenna. *Auch im Tod, immer sie.*

„Reitet ihm nach", befahl sie den Jägern. Dann, leiser: „Aber findet ihn nicht."

Sie sah dem kleinen Reiter nach, als sein Pferd gerade über ein Gatter sprang. Die Jäger nahmen ihre nutzlose Verfolgung auf, während Singer pfeilgerade über die Weide auf den Wald zu galoppierte – den kommenden Jahren entgegen.

Der unterbrochene Kreis

Immer wenn Magill zuviel getrunken hatte, raufte er mit Kon. Wenn Kon trank, mußte ebenfalls Arin auf seine gutmütige Art schlichtend eingreifen. Soffen sie jedoch alle drei, kam es unweigerlich zu einer Balgerei zwischen ihnen, und immer ging Arin als Sieger hervor. Dann grölten und johlten sie, nahmen Decken und Mädchen und Mosta auf den Hügel, und alles blieb im richtigen Lot. So war es immer gewesen, und so würde es immer bleiben.

Das Gleichgewicht wurde auch in dieser Nacht auf großartige Weise erhalten. Elin öffnete die Augen, als die Sonne allmählich über den grasigen Hang streifte. Ihre langen Arme und Beine streckten sich aus den Decken, sie räkelte sich genußvoll. Gähnend setzte sie sich auf und rieb sich die Müdigkeit aus den sanften grauen Augen, die nie ganz ihren Ausdruck schläfriger Unbekümmertheit verloren. Neben ihr lag Arin auf dem Bauch. Nach allem, was er bis zum Morgengrauen getrunken und geschmust hatte, würde er zweifellos weiterschlafen, bis die Sonne hoch am Himmel stand.

Elin zog die braunen Beine an, erhob sich und badete ihre getönte, sommersprossige Haut in den ersten Sonnenstrahlen. Wieder räkelte sie sich, atmete tief die würzige Luft ein, kratzte heftig den Kopf, warf das lange rote Haar zurück und band es am Rücken.

Sie war, was Judith Singer einmal den klassischen uhianischen Frauentypus bezeichnet hatte: sechs Fuß und einen Zoll groß – sechs und ein Stückchen, schätzte Elin – und der größte Teil davon Beine. Keine besonderen Charaktermerkmale machten ihre Schönheit aus, sondern eher die graziöse Geschmeidigkeit ihres Körpers und ihre Freude daran, die um so stärker wirkte, da sie sie nicht bewußt betonte.

Sie strich sich die letzte Strähne mit katzengleicher Anmut aus der Stirn, blinzelte, als sie den fernen Reiter sah, der über die Wiese auf ihren Hang zukam. Dann schmiegte sie sich an Arin.

„He!“ sagte sie.

Er reagierte nicht. Genausogut hätte er tot neben ihr liegen können.

Elin zog die Decke von seiner Nacktheit zurück. Ihre Lippen streiften zärtlich über seinen Rücken. Sie ließ ihr Haar über seine Lenden fallen, so wie er es liebte. Dann schüttelte sie ihn.

„Arin! Es ist Morgen. Man wird mich brauchen."

Eine Hand fummelte nach der Decke. Er zog sie über sein zerzaustes Haar und versuchte die viel zu laute, viel zu helle Welt auszuschließen. „Gzzzz . . .", schnarchte er.

Sie klatschte ihm auf den Hintern. „Arin, bist du immer noch betrunken!"

Ein schwaches Stöhnen klang dumpf von unter der Decke. „Lassch missch in Ruhe. Mir issch sschlecht."

Elin schmiegte sich dichter an ihn und küßte ihn. „Du riechst immer noch nach Mosta."

Jetzt rührte er sich. „Wie geht essch dir denn?" murmelte er noch mühsam.

„Großartig, Arin."

„Dassch issch gut", brummte er mit geschlossenen Augen. „Aber wer bisscht du?"

„Du verdammtes Miststück", sagte sie kichernd. „Immer noch besoffen und nackt, dabei kommt ein Reiter den Hang hoch."

„Gib mir meine Sschasschen."

„Zum Teufel damit. Gib mir einen Kuß."

Arin setzte sich auf. Er hielt seinen Kopf wie eine überreife Frucht. Magill bekundete seine gute Laune in einem Jauchzer, und ein Mädchen neben ihm quietschte. Dann wisperte das Gras, das Kons Füße kaum zerdrückten, und der älteste, der vertrauteste der Drei kniete sich neben seinen Freund.

„Ein Reiter, Arin."

Elin hüllte sich in die Decke und stand auf. „Oh, es ist Jay." Sie runzelte die Stirn.

„Habe ich mir gedacht", murmelte Kon. „Er reitet nicht wie ein Shando. „Woher ist er eigentlich?"

„Kam vergangenes Jahr", erwiderte das Mädchen. „Aus einem westlichen Zirkel, erzählte er mir."

Der größte Teil von Arins Geist schlummerte noch unter der Decke. Der Rest erinnerte sich, daß Jay der komische Bursche war, der Elin ständig überreden wollte, mit ihm zusammenzuleben. Arin fragte sich abwesend, weshalb sie es nicht tat. Jay arbeitete schwer, seine Felder waren gut bestellt, und es gab kaum einen besser aussehenden Mann in Charzen. Trotzdem war er eben ein wenig merkwürdig. Arin sah ihn nie lächeln.

Etwas weiter unten legte der braungebrannte nackte Magill die Hände als Trichter vor die Lippen und brüllte: „HE, ARIN!"

Arin zuckte zusammen.

„DER ALTE JAY KOMMT!"

„Kon", bat Arin heiser. „Sschag ihm, dassch issch essch weissch."

Sie warteten, bis Jay hochritt. Er war von fast zarter Gestalt, hatte aber scharfgeschnittene Züge. Er erinnerte Arin ein wenig an Singer.

„Elin." Jay warf ihr einen finsteren Blick zu. „Was machst du hier?"

Sie hielt die Decke fest, in die sie sich gehüllt hatte – leicht pikiert, wie Kon bemerkte. „Ich bin gerade beim Aufstehen. Ich hatte Lust, wieder einmal eine Nacht auf dem Hügel zu verbringen. Ich nehme an, ich werde neunzig sein, ehe *du* mich einmal dazu aufforderst."

Ihre Antwort verletzte ihn sichtlich, aber seine Miene drückte Verachtung aus. Seine Augen suchten Arin. Garicks Sohn litt viel zu sehr unter den Nachwirkungen des Alkohols, als daß er überhaupt etwas bemerkt hätte, doch der Haß in Jays Zügen entging dem wachsamen Kon nicht.

„Arin, ich kam, um dich zu holen. Man sucht dich."

„Wer? Garick?"

„Und deine Mutter."

„Sschag ihnen, issch werde bald kommen. Issch fühle missch im Augenblick nisscht sscho besschonderssch."

„Sag es ihnen doch selbst", knurrte Jay und warf einen erneuten Blick auf Elin. „Sie tragen heute die Kronen, und die Meister sind auch versammelt. Sie sagten, *sofort!*"

„Jay." Elin trat dicht an sein Pferd und schaute zu ihm hoch. „Ich habe gestern abend auf dich gewartet."

Einen Moment war für einen aufmerksamen Beobachter noch etwas anderes hinter seinem abfälligen Stirnrunzeln zu lesen, doch dann wandte Jay sein Pferd. „Deine Mutter wird dich brauchen. Du solltest arbeiten."

„O Jay", lachte sie. „Lächelst du denn nie?"

Er zerrte am Zügel und ritt davon.

Die Drei schwankten wie müde Hunde auf das Fort zu. Arin war noch tropfnaß von seinem Bad in einem kalten Bach. Kon und Magill stützten ihn zwischen sich, und dachten über Jays Unfreundlichkeit nach.

Sollte meinen, würde es endlich aufgeben, lepte Kon. *Könnte jedes Mädchen in Charzen haben, außer ihr.*

Nicht außer ihr, korrigierte ihn Magill. *Könnte auch sie haben. Sie sagt ja, Jay sagt nein.*

„Wirklich? Woher weißt du das?"

„Elin hat es selbst gesagt. Der alte Jay ist wie ein Stinktier, das in einen viel zu kleinen Bau schlüpfen will. Es ist schwer, ihm etwas klarzumachen. Aber wenn er sich erst einmal etwas in den Kopf gesetzt hat, ist es verdammt hart, es ihm auszureden."

Sie pflichteten einander bei, daß es Wahnsinn war. Jay wollte Elin und nur Elin. Aber sie verstanden ihn nicht. Wenn er sie wollte, warum nahm er sie sich dann nicht, wo sie es ihm doch selbst anbot? Sie wandten sich an Arin, weil doch er der Gescheiteste von ihnen war. Hatte er je eine Frau gekannt, die es wert wäre, daß man alle anderen aufgibt? *Alle?*

Nein, log Arin.

Ihm war gar nicht nach Unterhaltung, weder mit Worten noch mit Lep zumute. Doch außerdem gab es etwas, das er nicht mit Kon oder Gill teilen konnte, obgleich sie die Drei waren. Dieses etwas war Shalane.

Er hatte sie vor drei Jahren kennengelernt, als er in Karli Wolle für Jenna kaufte und der gastfreundliche Moss mit seiner Frau Maysa darauf bestand, daß Arin bei ihnen wohnte. Arin lernte den alten Freund seines Vaters als starken, freundlichen Mann kennen, den hin und wieder abrupte Schweigsamkeit befiel. Gerade weil er kein Einzelgänger wie Garick und von großer menschlicher Wärme war, fiel dieses ungewöhnliche Benehmen besonders auf. Manchmal schloß er sich von allen und allem ab, und Arin erinnerte sich an einen regnerischen Tag, an dem Moss einfach nicht zu bewegen gewesen war, zu sprechen, zu lepen oder auch nur sein Schlafzimmer zu verlassen.

Dafür redete Maysa um so pausenloser auf Arin ein. Ihr Hauptthema war ihre jüngste Tochter, die zwar erst sechzehn war, aber doch schon dem Inneren Kreis angehörte.

Und was für ein Mädchen sie war! Nicht von der bedächtigen Bequemlichkeit Elins. Nein, Shalane sprühte vor Lebenslust, vielleicht sogar vor zuviel Lebenslust, denn es machte sie zu verwundbar. Sie verbarg nichts. Glück und Leid waren ihrem Gesicht sofort abzulesen, und sie hatte eine Art und Weise, HE, ARIN, zu sagen, die mehr verriet als viele Worte. Aber sie hatten wenig Zeit zusammen. Durch ihre strengen Bräuche durfte sie während ihres Fastens, ihrer Reinigung und ihres Studiums nicht mit Männern zusammen sein.

Sie machte Arin durch diese verzwickte Situation verrückt. Manchmal hatte er das Gefühl, daß Shalane alles tat, nur um ihn zu sehen; und andere Male war er sicher, daß sie ihm auswich. Bei einem anderen Mädchen wäre es ihm völlig egal gewesen, aber die Frau in Shalane brachte ihn zum Vibrieren. Und mehr noch, eine tiefe Zärtlichkeit und Sehnsucht erwachten in ihm, die ihm viele schlaflose Nächte verursachten. Weil sie sich nicht verbinden konnten, wurde die leichteste Berührung, ein zufälliges Streifen ihrer Finger über den Tisch hinweg, so aufregend, als ginge er in sie. Seine Gedanken weilten bei ihr. Er stellte sich vor, sie streichle zärtlich über seine Wange, seine Schultern, seine Brust, dann schluckte er voll Verlangen.

Arin hielt sich schon für regelrecht anomal. Jedes andere Mädchen, mit dem er schon einmal zusammen gewesen war, konnte er sich mit anderen Männern auf dem Hügel vorstellen, ohne etwas Tieferes als körperliche Erregung zu verspüren oder – je nach dem Mädchen – Langeweile. Und das war auch nicht ungewöhnlich. Die Lebensweise im Zirkel war simpel und ungebunden. Frauen waren so frei wie Männer, waren es immer gewesen. Und das war auch die einzige Weise für Menschen zu leben, das wußte Arin.

Und doch – Shalane! Er wollte sie für sich allein, als wäre er schon dreißig und des Hügels müde und bereit, nur mit einer Frau zu Hause zu sitzen.

In der letzten Woche, ehe er nach Charzen zurückkehrte, hatte Shalane sich mit den Meistern eingeschlossen und war nie zu Hause. Er verzögerte seine Abreise in der Hoffnung, sie würde kommen, aber schließlich mußte er doch aufbrechen. Er umarmte Moss und Maysa zum Abschied, und machte einen Umweg um die Meisterhalle herum. Er hielt sogar sein Pferd davor an und tat, als hätte es einen Stein im Huf, aber selbst das gab ihm keinen Grund, ewig im Forthof zu bleiben ...

„He, Arin!"

Da stand sie auf den Stufen zur Halle, barfuß in einem frischen weißen Überwurf. Ihr blondes Haar war zurückgesteckt, und sie lächelte ihn an. Sie hatte große Schneidezähne, die nun in ihrem vom Fasten schmalen Gesicht noch größer wirkten. Er wollte auf sie zulaufen und ihr sagen, wie schön sie war, aber das durfte er jetzt nicht. Zu jeder anderen Zeit in ihrem Leben, aber nicht jetzt . . .

„He", quetschte er heraus.

„Du verläßt uns?" *Tu's nicht!*

Ich muß.

„An Lams werde ich Meister", sagte sie. „Ich wollte, daß du dabei bist."

Ja.

„Arin, weshalb hält Garick dich für dumm?"

„Garick ist eben der Klügere von uns."

Sie lächelte. „Weißt du was, Arin? Ich glaube, er täuscht sich." Shalane hob die Hand zum Lebewohl, und diese Geste verriet bereits ihre eigene, besondere Anmut. Sie war wirklich fast schon ein Meister. „Auf Wiedersehen."

„Wie gern." Er schwang sich in den Sattel. „Wann?"

„Irgendwann auf dem Hügel", erwiderte Shalane. Sie öffnete die Tür und verschwand in der Halle.

Drei Jahre waren seither vergangen. Er hatte immer zurückkehren wollen, doch unweigerlich hatte es stets einen Grund gegeben, es zu verschieben: die Wagen nach Lorl, die Apfelplantagen, mit Kon und Gill zu jagen, die bequeme Liebe Elins, die wie ein gutes Mahl und eine Kanne Mosta nach einem harten Arbeitstag war. Manchmal mußte er zugeben, daß Garick recht hatte: er war faul und nutzlos, dabei erwiderte er doch nur das warme Lächeln, das die alte Göttin Erde ihm schenkte, und *sie* war nie in Eile.

Er war gut im Lepen. Manchmal versuchte er, Shalane damit zu berühren, und glaubte, er fühle ihren Geist mit seinem verschmelzen in mehr als Worten, mehr als Teilnehmen und enger noch als mit Kon.

Drei Jahre. Er hatte *wirklich* zurückkehren wollen . . .

Da seine eigene Handlungsweise fraglich war, konnte er die Jays nicht übelnehmen, so seltsam der Mann auch war. Wenn Jay sich tatsächlich so viel aus Elin machte, mochte diese Tatsache die Erklärung für seine sauertöpfische, freudlose Lebenseinstellung sein.

Arins Schädel brummte noch entsetzlich, und er hatte keinen sehnlicheren Wunsch, als sich ungestört irgendwo auszustrecken. Vor allem hatte er absolut kein Verlangen danach, sich förmlich vor den Gott und die Göttin zu stellen, auch wenn sie seine Eltern waren, und ganz sicher hatte er nicht die geringste Lust, sich mit Jay zu befassen, der drohend wie ein gespannter Bogen neben seinem Pferd stand und ihm im Forthof den Weg versperrte.

„Arin!"

Magill, der jederzeit bereit war, sich für Arin einzusetzen, schätzte die Situation ab. *Er hat es auf einen Kampf abgesehen, Arin.*

Kon bestätigte es stumm, aber Arin wollte ihr Eingreifen nicht. Wer würde schon jemanden schlagen, der so krank ist wie ich? dachte er. „Geht weiter."

Sie zuckten die Schultern und taten wie geheißen. Arin stapfte unsicher auf Jay zu. Sein Schädel schmerzte entsetzlich, aber damit fand er sich leichter ab als mit seinem aufbegehrenden Magen. Zumindest gehorchte ihm die Stimme wieder.

„Was willst du, Jay?"

Die Worte des anderen kamen nur zögernd. „Ich – ich wollte Elin."

„Sag es ihr. Sie ist nicht bei mir."

Er sah am Zittern von Jays Hand den Grimm wie ein unterirdisches Feuer in ihm wüten.

„Nicht mehr!" keuchte er. „Du hast sie beschmutzt!"

Arin blinzelte verständnislos. „Ha?"

„Weißt du, was das aus ihr macht?" Jay kochte. „Weißt du, was das ihrer Seele antut?"

Arin war ehrlich verwirrt. „Nein, was?"

Benommen von seinem Kater sah Arin die Faust überhaupt nicht. Noch während er heftig mit seiner Kehrseite auf dem Boden landete, wußte er nicht, weshalb er gestürzt war. Das Blut sickerte aus der aufgerissenen Lippe. Jay beugte sich über ihn.

„Steh auf, Arin. Ich werde dich fertigmachen!"

Arin blieb still sitzen. Ärger stieg in ihm auf, kochte und kühlte wieder ab. Weder Jay noch Elin waren der Mühe wert.

„Ich kämpfe nicht ihretwegen, Jay. Geh mir aus dem Weg."

„Du willst nicht kämpfen?"

„Weshalb sollte ich? Sie wird mit dir genauso zusammen sein wie mit mir. Wenn du sie nicht willst, dann belästige mich nicht damit."

„Schweine!“ kreischte Jay und schwang sich in den Sattel. „Du! Kon! Magill! Ihr alle! Trinken und Huren! Die Welt beschmutzen – Vieh seid ihr! Wie könnt ihr überhaupt leben?“

Jay wendete heftig sein Pferd. Das Tier setzte zum Galopp an und raste durch das offene Forttor.

Arin nahm sich gerade noch Zeit, sich zu waschen und in ein sauberes Baumwollgewand zu schlüpfen. Dann öffnete er die Tür zur großen mittleren Halle und trat ein.

Sie warteten bereits, seine Eltern und ein halbes Dutzend der älteren Meister, die mächtigsten der Shandos: Tuli, seine Großmutter, die ehemalige Göttin, der alte Edan, Meister der Meister, dem die Unterweisung der Initianden unterstand, der höchste nach dem Gott und der Göttin.

Arin näherte sich seinen Eltern mit unsicherer Würde und kniete sich vor die beiden Kronen. Garick bemerkte die aufgeschlagene Lippe und eine kleine Beule, die Magill ihm am gestrigen Abend verpaßt hatte. Sein Sohn sah aus wie ein krankes Huhn.

„Wir hörten“, begann Garick, „daß du für den Hirsch, mit dem du Singer in die Falle locktest, Bannmagie benutztest.“

Arin nickte schwach. Sein Magen drehte sich bedrohlich.

„Edan wird dich prüfen“, erklärte Jenna. „Stellt er fest, daß du die Macht wecken kannst . . .“

„Und die Prüfungen der Meisterart bestehst“, warf Garick ein. Arin las die Zweifel in seines Vaters Gesicht. „Dann, Arin, wirst du vielleicht gerufen werden.“

Jenna strahlte ihren Sohn stolz an. Ihr fiel die Blässe seines Gesichts auf, aber sie schrieb sie seiner Überraschung zu. Dieser Illusion gab Garick sich nicht hin.

Jetzt humpelte der alte Edan näher und sprach zu Arin. So gebrechlich er auch war, hallte seine Stimme doch mächtig in dem großen Raum.

„Die Meister sind das Knochengerüst im Fleisch der Shandos, Arin. Unsere Magie führt, unsere Kraft schützt. Alle Zirkler haben ein wenig die Gabe, das macht uns zu dem, was wir sind, doch nur ein paar können wie Eisen für den Zirkel geschmiedet und gehärtet werden. Ein Meister zu sein, verlangt dem Menschen alles ab. Kein Wort, kein Gesetz wird dir die Dinge verwehren, die gut für Männer und Frauen sind – die Nahrung für den Magen, die Liebe, die gut für das Herz ist –, aber das Eisen des Wesens der Meister, wenn es sich erst einmal mit deiner Kraft verbunden hat, wird stärker sein als jegliches andere Gesetz. Dein Körper wird wie der eines Hundes halb hungrig gehalten werden, um tun zu können, was die Macht vorschreibt, ohne sich dagegen zu wehren. Wer weiß, ob du stark genug bist, aber willst du es versuchen?“

Einen kurzen Augenblick hielt Edan die abwesende Verzückung in Arins Gesicht für eine heilige Inspiration. Arin schluckte heftig – zweimal – dann, mit einem pathetischen Geräusch, krümmte und übergab er sich. Als es vorbei war, spürte er, daß er der Mittelpunkt des lähmenden Schweigens war.

„O Ma!“ würgte er. *Verdammt! Es tut mit leid!*

Sie schwieg. Jenna war starr vor Scham. Sie wandte sich Garick zu, der seinen Kopf gesenkt hatte. Seine zusammengepreßten Lippen mochten den Ärger zurückhalten, oder auch etwas anderes. Garick lachte manchmal über Unerwartetes. Doch was immer es auch diesmal war, er unterdrückte es und sagte leise zu ihr: „Bring die Meister hinaus, Jenna.“

„Aber ...“

„Führe sie hinaus – und warte.“

Garick bewegte sich nicht, bis die Tür sich hinter dem letzten geschlossen hatte. Arin war auf einer Bank zusammengesunken und hielt den Kopf in den Händen. Mit drei Schritten war Garick bei ihm und leerte einen Wasserkrug über den Kopf seines Sohnes.

„Setz dich auf, Junge!“ Seine Stimme klang schneidend. „Manche weinen, wenn sie in den Zirkel gerufen werden, andere haben Angst – aber du, Arin, bist der erste, der sich je übergab.“

Arin fühlte sich klein und häßlich wie eine Kröte. „Ich habe euch Schande gemacht.“

„Du?“ Garick maß ihn mit einem betrübten Blick. „Von dir habe ich nie Besseres erwartet. Wenn ich ihm trauen könnte, würde ich mit Freude Singer an deiner Stelle rufen.“

Singer?

„Warum nicht?“ sagte Garick herausfordernd, die Hände auf die schmalen Hüften gestützt. „Singer hätte ein Meister sein können. Er konnte bereits, als er sieben war, mit seinem Willen den Geist anderer beugen. Kein Meister ist imstande zu tun, wozu er fähig ist, nicht einmal Edan. Aber Jenna ist der Ansicht, daß du für den Kreis geeignet bist! Vielleicht möchte sie nur beweisen, daß Singer nicht der einzige ...“

Er unterbrach sich voll Bitterkeit, aber es berührte etwas in Arin, worüber nie zuvor gesprochen worden war.

„Er ist dein, nicht wahr? Nicht Jennas. Dein."

Garick nickte. „Ja."

„Jemand erwähnte es einmal. Ich glaubte es nicht. Erst wenn ich es aus deinem Mund hörte . . ."

„Jetzt hast du es gehört", sagte Garick.

„Dann sind wir also Halbbrüder? Ich und *das?*"

„Es gäbe Schlimmeres für dich, Junge." Garick legte die Geweihkrone auf die Bank neben Arin. Eine peinliche Pause trat ein. Arin kannte keine Worte für das, was gesagt werden mußte. Aber jetzt war die Zeit gekommen, da es irgendwie heraus mußte. Es war schmerzlich. Er liebte seinen Vater, aber er wußte auch, daß er nie seine Größe erreichen würde.

„Du hältst nicht viel von mir, Garick."

„Nein", gab der Ältere traurig zu. „Nicht viel. Du bist nicht schlecht, aber auch nicht gut. Ich habe beobachtet, wie du mit Trinken und Hügeln und Faulenzen das Mannesalter erreicht hast. Du hast das leichteste Leben in ganz Charzen. Ein wenig Arbeit auf den Apfelplantagen, hin und wieder eine Fahrt mit dem Wagenzug nach Lorl, und den Rest der Zeit gibt es für dich nur dich und Kon und Magill – *die Drei!*" Garick verzog spöttisch die Lippen. „Die drei *was,* Arin?"

„Wolltest du denn nicht, daß ich Jäger werde?"

Garick seufzte. „Ich ließ es zu, daß du einer wurdest. Du warst immer – Nebensache. Ich brauchte dich bisher nicht. Aber jetzt wohl."

Arin faltete die Hände zwischen seinen langen, ausgestreckten Beinen. Ein seltsames Gefühl erwuchs in ihm, und es schmerzte. Er spürte, daß er etwas angenehm Bequemes verlor, das er viel zu lange für selbstverständlich hingenommen hatte.

„Du würdest also lieber Singer benutzen?"

„Vergiß, was ich gesagt habe", erwiderte Garick. Er fühlte die ungewohnten schmerzhaften Überlegungen seines Sohnes. „Ich schicke dich."

„Wohin?"

„Auf eine weite Reise. Zu den Karlis. Zu den Wengen. Zu den Kriss. Andere werden nach Süden zu den Suffec ziehen. Ich weiß, die Kriss sind unrein, trotzdem sind sie Uhianer. Ich brauche jeden Mann, der bereit ist, mit uns zu kämpfen."

„Kämpfen?" Arin lehnte diesen Gedanken ab. Der Zirkel kämpfte nie. Er konnte sich einen Feind nicht vorstellen, gegen den man mit solchen Kräften, wie Garick durchblicken ließ, vorging. „Gegen wen kämpfen?"

„Die Stadt."

Arin rutschte fast von der Bank. „Dad – hast du auch getrunken?"

„Ich weiß, was du denkst, und ich will es nicht hören", sagte Garick müde. „Wir werden bald sterben. Wir werden so und so sterben. Die Pest ist im Wald und kommt auf uns zu. Man sagt, sie kommt und geht, und niemand weiß, wo sie ihren Anfang hat. Aber letztes Mal verlangte sie halb Charzen als Zoll. Ich beabsichtige nicht, tatenlos zuzusehen, Arin, das war viel zu lange unsere Art – nichts zu tun, nur abzuwarten und zu hoffen, daß dies vorübergehen und das andere überhaupt nicht geschehen würde." Garick lief von einem Ende der Halle zum anderen, vor ruheloser Energie und Entschlossenheit. „Ich habe mich oft gefragt, was wir tun würden, wenn die Stadt ihre Solds schickte, um ein Ende mit uns zu machen. Der einzige Grund vermutlich, weshalb sie es nicht getan haben, ist der, daß wir ihnen nicht wichtig genug sind. Aber selbst ohne das – und ohne die Pest – sterben wir, Arin, weil wir uns nicht verändern, nicht bilden, nicht *wachsen!*"

Jetzt redete sein Vater Unsinn daher. „Der Zirkel kann sich nicht ändern! Wie sollte er?"

„Alles Leben verändert sich", widersprach Garick, „oder es stirbt."

„Wer behauptet das?"

„Jemand, der mich mehr als nur das lehrte." Garick fuhr fort, in der Halle auf und ab zu stapfen. Er erläuterte dabei seine Gedanken im Rhythmus seiner Schritte. „Vielleicht hat sie mich damals zuviel gelehrt. Jetzt verstehe ich, und Singer müßte es auch." Garick schaute seinen Sohn an und bemerkte, daß Arin absolut unfähig war, die Worte zu begreifen. „Schau, Arin", betonte er. „Nicht, um mit dem Zirkel Schluß zu machen, müssen wir wachsen und kämpfen lernen, sondern um ihn am Leben zu erhalten."

„Aber *worum* sollen wir kämpfen?"

„Um die Stadt zu öffnen und *sie endlich dazu zu bringen, zu uns zu sprechen!*"

Arin starrte Garick an. Er war überzeugt, daß der Wahnsinn

seinen Vater gepackt hatte. Garick, der diesen Gedanken auffing, blieb vor dem Thron des Gottes stehen, dann stieg er auf das Podest hinauf und setzte sich. Als er weitersprach, hatte seine Stimme sich völlig verändert.

„Hör zu, Arin. Wir lepten mit Karli. Sie gaben es weiter. Sie kennen meinen Wunsch. Aber ich weiß noch nicht, ob sie sich uns anschließen werden. Es wird mehr als eines Leps bedürfen, um sie zu überzeugen, daß sie mitmachen müssen. Längere, eindringliche Gespräche werden dazu nötig sein. Aber Hoban und die Karli-Meister hören auf niemanden außer auf einen anderen Meister. Falls der zufällig auch noch Garicks Sohn ist, werden sie sehr aufmerksam lauschen. Du wirst Geld bei dir haben, viel Geld. Ich werde sie kaufen. Wenn die Stadt Soldaten kaufen kann, kann ich es auch."

„Die Karlis machen sich nichts aus Geld", gab Arin zu bedenken.

„Aber nur, weil sie nie eines hatten, aus dem sie sich etwas hätten machen können."

„Nein, die Karlis sind anders", erwiderte der Junge, erstaunt über seinen eigenen Gedankengang, aber er war sicher, daß es stimmte. Die Shandos hatten durch Garick ihre Verbindung zu Mrika. Die Karlis dagegen waren reiner, altmodischer Zirkel. Sie ließen sich durch nichts von ihrer Einstellung abbringen, weder ihr Gott, der alte Hoban, noch Shalane, so jung sie auch war. Aber die harten Überlegungen machten seinen Kopf wieder klar. „Dafür also wolltest du mich?"

Sein Vater nickte. „Sag ja, dann werden wir sehen, wieviel du tragen kannst, ohne zusammenzubrechen. Sag ja, dann wirst du morgen bei Edan anfangen. Du wirst dich läutern, so wie ich es getan habe. Du wirst essen, wann und was er dir sagt, du wirst fasten, wie er es bestimmt. Du wirst doppelt so schnell lernen wie ich, denn du hast weniger Zeit. Du wirst überhaupt nichts trinken. Sollte ich dich auch nur mit einer offenen Kanne finden, werde ich dir den Hintern so versohlen, daß du eine Woche nicht mehr darauf sitzen kannst. Sieh zu, daß du den Verstand klar bekommst, an den deine Mutter glaubt, und daß du dir alles, jedes einzelne Wort Edans einprägst. Und wenn Edan am Abend mit dir fertig ist – am Ende eines jeden Tages, hörst du? – , kommst du zu mir, um die Alte Zunge zu lernen."

„Aber keine Meister lernen sie", protestierte Arin.

„*Ich* habe sie gelernt, und du wirst sie ebenfalls lernen“, sagte Garick unerbittlich. „Damit du *denken* kannst, an etwas ein wenig Höheres denken kannst als an deinen Bauch und deine Liebschaften. Du wirst sie so gut lernen, daß du die richtigen Worte findest, um die Uhianer auf meine Seite zu bringen. Und noch aus einem anderen Grund, einem noch schwierigeren, aber darüber wollen wir im Augenblick noch nicht sprechen. Sag ja zu Edan, und wenn du bereit bist, reitest du mit zwölf Mann los, damit du ein starkes Lep hast, um mich immer auf dem laufenden zu halten.“ Sein düsterer Ausdruck verriet die Spur eines wärmeren Gefühls. „Ich weiß nicht, wie weit du reiten mußt, noch wie lange. Vielleicht kommst du auch nicht mehr zurück, aber wenn doch, Sohn, wirst du mehr sein als nur ein Jäger im Wildlederhemd.“

Es war etwas Großes, das bedacht werden mußte, und mehr als Arin jetzt verstand und in den Stunden danach, während er allein durch die Apfelbäume schritt, verstört und verwirrt. Der Junge versuchte, über seine Benommenheit hinwegzukommen. Er streifte sich eine Strähne des haselnußbraunen Haares aus der Stirn. Flüchtig dachte er: Shalane ist in Karli . . .

Jetzt zum erstenmal schaute er seinem Vater offen in die Augen. Garick war mehr als nur ein Mann. Er steckte voll tiefer Dinge. Arin hatte sich nie zuvor mit Komplexem befaßt. Was er jetzt sagen mußte, war nicht einfach, aber sein Vater verstand Worte besser als jeder andere. Arin tat, was er konnte, um seinen nicht gerade beeindruckenden Wortschatz hervorzuzerren.

„Das hast du nie zuvor gesagt.“ Er kämpfte sehr mit den Worten. „Ich meine, du hast nie gesagt – daß du mich brauchst. Hast nie mit mir gesprochen, außer ‚he‘, ‚lebe wohl‘ und so. Du redest ja nicht einmal mit Jenna.“

„Stimmt.“ Eine Erinnerung raschelte wie dürres Laub um Garicks Herz. Er sprach nicht mit Jenna. Es gab nichts zu sagen.

„Ich spreche nie viel“, fuhr Arin fort. „Vielleicht einmal mit Shalane. Kon und Magill, wir teilen, brauchen nicht viele Worte. Ich weiß nicht.“ Er bemühte sich, sich verständlich auszudrücken. „Vielleicht bin ich wirklich dumm. Ich meine – was gibt es schon, worüber man nachdenken sollte? Pferde, Wild, aber vielleicht . . .“

Er stand auf, streckte die Hände in einer fast bittenden Gebärde aus, weil er einfach nicht fähig war, sich so auszudrücken, wie er es gern getan hätte. Dann hob er die Geweihkrone, trug sie zu Garick und streckte sie ihm voll Würde und Hochachtung entgegen.

Er ist wie ich war, dachte Garick, *genauso dumm, vermutlich genauso gut. Und auf seine Weise genauso stolz.*

Er nahm die Krone. Sein Sohn verneigte sich vor dem Symbol und stellte sich aufrecht vor ihn.

„Gib mir Kon und Magill als zwei meiner zwölf. Ich werde versuchen, von Edan zu lernen. Wenn du es mir befiehlst, reite ich."

Die dürren Blätter raschelten erneut. Etwas rührte sich tief in Garick. Seine Augen brannten. Dieses Gefühl überraschte ihn. Er nahm die Hand seines Sohnes und drückte sie ganz fest.

„Ja, Arin."

Vielleicht, ja. Arin ist der Wald. Sie werden ihm folgen. Und dann, Jude, ramme ich Singer in diese Stadt wie einen Pfeil in den Bauch!

Der Gott hob seine Stimme voll Hoffnung, und sie schallte weit durch die geschlossene Tür.

„Jenna! Bring die Meister herein!"

Er schaute flüchtig auf den Boden. Dann grinste er Arin trocken an. „Und *du* holst möglichst schnell einen Lappen. Kümmere dich um deine seltsame Opfergabe, ehe jemand ausrutscht und sich den Hals bricht."

Kon und Magill lungerten auf der Treppe und warteten auf Arin. Sie hatten sich eine volle Kanne besorgt, und Jay hatte Charzen für immer den Rücken zugewandt, mitsamt Sattel, Decke und Ausrüstung, hatten sie gehört. Aber was war mit Arin los, daß er nicht mit ihnen trinken wollte?

„Gehen wir ein wenig spazieren", schlug Arin vor und legte die Arme um die Schultern der beiden, während er versuchte, dieses Neue mit ihnen zu teilen.

Wir reiten.

Die Drei?

Und zehn weitere. Eine weite Strecke. Vielleicht für ein ganzes Jahr.

Wohin?

Allen Zirkeln im Norden.

Alten Garicks Befehl?

„Der Gott will es so, Gill."

Magill nickte. Die beiden akzeptierten es ohne weitere Frage, genau wie alles, was Arin ihnen sagte.

Er unterschlug ihnen die Kriss, obwohl er wußte, daß sie ihm natürlich auch dorthin folgen würden.

Oder nicht?

Oder was nicht?

Arin blickte Kon an. „Nichts." Es war das erstemal, daß er den Freund aus seinen Gedanken ausschloß.

Arin wurde plötzlich bewußt, daß er beide Kameraden wie ein Werkzeug für einen bestimmten Zweck abschätzte. Ein Werkzeug, das möglicherweise durch den Gebrauch Schaden nehmen würde. Das machte ihm Kummer. Seine Liebe zu ihnen war wie eine Wunde in der Brust. Wie konnte er sich absondern, ihnen seinen Geist verschließen, etwas vorenthalten, sie wie ein Höherstehender beurteilen wollen, wo er doch selbst nur ein dummer Jäger im Wildlederhemd war – wie Garick sagte.

Arin, das Herz und der Mittelpunkt der Drei – bis jetzt! – begann die Last einer ihm neuen Einsamkeit zu spüren. Und dabei wandten sich seine Gedanken – wie sie es in Zukunft häufig tun würden – Singer zu, der das Schweigen des Waldes und des Geistes besser kannte als irgend jemand in der Welt der Uhianer. Singer, der Ausgestoßene. Sein Halbbruder.

Sie brachten Singer in das Zimmer, in dem er als kleiner Junge geschlafen hatte. Seit Judiths Tod war ihr Blockhaus als Ratshalle und auch als Edans Schule für neue Meister benutzt worden. Jeden Tag hörte Singer Arin kommen und gehen.

Es war keine strenge Gefangenschaft. Er wurde durch ein langes Seil festgehalten, das ihm Bewegungsfreiheit im gesamten, sehr großen Raum ließ und auch in einem Teil des überwucherten Gartens vor der Zimmertür. Das Essen wurde ihm regelmäßig und noch heiß von Garicks eigener Tafel gebracht. Und Judiths wenige Bücher, die ihr geblieben waren, standen ihm zur Verfügung. Für den Augenblick fand Singer sich mit seinem Geschick ab. Er unterhielt sich mit Garick, wenn dieser ihn besuchen kam, was häufig der Fall war, und zeigte seinem Vater gegenüber keine Feindseligkeit mehr, allerdings tat er auch nichts, in ihm die Hoffnung zu wecken, daß er auch nur die geringste Rolle in seinem Krieg gegen die Stadt übernehmen würde. War er allein, las Singer immer wieder die Bücher seiner Mutter. Fast alle Seiten waren am Rand mit Garicks Notizen vollgekritzelt.

Die langen Sommertage neigten sich Lams entgegen, doch nicht ohne Rhythmus oder Maß. Singer folgte den Fortschritten seines Halbbruders, der zum Meister ausgebildet wurde. Er hörte Arin sich jeden Tag die ermüdenden Gesangmuster einprägen und die Lautübungen vornehmen, die das Atmen freier machten und den disziplinierten Körper sich tiefer der Konzentration hingeben ließen, die für die Ausübung von Magie unerläßlich waren.

In der würzigen Luft des frühen Abends saß Singer in der Dämmerung an der Tür zu seinem Garten. Das Lep war ungewöhnlich stark, und es beschäftigte sich mit dem neuen Meister. Er schloß die Augen und nahm es auf. Arin sollte irgendwohin.

Arin braucht . . .

Der junge Mann war jetzt dünner und auf ruhige Weise gefaßt. Die Selbstverleugnung und das Fasten, das Edan ihm auferlegte, hatten seiner bisher sorglosen Art ihren Stempel aufgedrückt, und seine unbekümmerten Schritte fester, überlegter gemacht. Arin unterhielt sich mit ein paar anderen vor dem Blockhaus. Singer konzentrierte sich auf ihr Lep.

Arin braucht Reiter . . .

Einige hörten Arin zu, während andere weitergingen. Die Leute unterhielten sich bis spät am Feuer, diskutierten über die Aufgabe, die der Gott dem jungen Jäger übertragen hatte, und Gedanken sickerten durch, die Singer sehr wohl als Zündstoff erkannte.

Etwas Neues, das Garick da beabsichtigt.

Nicht die Art des Zirkels.

Die Zirkler tasteten das Neue sorgfältig ab, doch weil ihre Skepsis davor groß war, spürte Singer etwas, das sich immer hervorhob: die alte Furcht und das Mißtrauen vor der Stadt. Deshalb sagten einige, daß Garick verrückt sei. Er würde noch zum Bettler werden, mit seiner verrückten Idee, Zirkelleute zu kaufen und sie zu Solds zu machen.

Nicht unsere Art. Zirkel ist Erde . . .

Und Sonne . . .

Und wachsende Saat. Doch kein Griff zum Messer.

Aber ein paar Zirkler folgten doch Arins Ruf. Kon und Magill, natürlich. Aus den Eindrücken, die in Singers Geist filterten, war zu entnehmen, daß es die Drei als solche nicht mehr lange geben würde. Bald würden daraus Führer und Anhänger werden.

Arin braucht Reiter. Nord . . .

Lams verging. Die Tage kühlten ab, und der erste Hauch von Gelb tönte die grüne Welt. Arin kam weiter regelmäßig in das große Blockhaus. Einmal hielt er an der Ecke an, als überlegte er, ob er Singers Zimmer betreten sollte, aber dann ging er weiter. Singer folgte ihm im Geist, während er sich mit den jungen Männern befaßte, die Kon zu ihm brachte. Und wieder war die Lepbotschaft zu hören:

... braucht Reiter nach Karli im Norden. Und zu den Wengen ...

An Milemas, in der Mitte des Jahresrads zwischen Lams und Samman, wurde Arin zum Meister erhoben. Singer stand an der Tür und lauschte auf die Stakkatotöne aus dem Hain. Sie brachten die Qualen jener Nacht zurück, als er mit Rehmagie in den Beinen gelaufen war, um aufzuhalten, was nicht aufzuhalten war. Er schloß die Tür, aber das half nicht gegen die Gedanken, die gleiche schwere Last, die ihm jetzt so vertraut war.

Nordwärts nach Karli. Und zu den Wengen. Und sogar ...

Singer lag stundenlang reglos auf dem Bett, während die Macht um ihn pulsierte. Arins Signal kam mit dreifacher Stärke. Er bemühte sich, eine Wahl zu treffen. Er tastete die Männer und Frauen ab, maß ihre Brauchbarkeit.

Und sogar zu den Kriss ...

An die traditionelle Dreizehnergruppe war nicht mehr zu denken. Viel zu wenige Freiwillige meldeten sich, und von ihnen war kaum die Hälfte zu gebrauchen. Singer amüsierte sich auf ein wenig verbitterte Weise. Arins Auserwählte wußten, was ihnen bevorstand.

Aus dem Zirkel hinaus und reiten, ohne Rücksicht wie lange und weit. Eine Veränderung herbeiführen, wo es noch nie eine gegeben hat ...

Allmählich formte sich Arins Trupp – mit all seinen Eigenheiten – in Singers Geist, und nicht mehr nur als Schattenbilder, sondern in fester Gestalt.

Arin war der Führer. Ihm nahe war der Fels, die Kraft, die kaum von Arins Geist getrennt war, geglättet, abgerundet zu seiner Verwendung wie ein Stein im Flußbett: Kon. Gleich daneben war der andere, die geringere Kraft, verwirrt durch die Veränderung, mit dem Wunsch, weh zu tun, wie sie ihm weh tat, diese neue Distanzierung zwischen den Dreien. Und doch blieb seine Loyalität, und er kämpfte darum, sich mit den gegebenen Tatsachen abzufinden.

Drei, zählte Singer im Geist zusammen.

Da war noch ein ganz junger Mann, rebellisch, labil. Er war kraftvoll, aber nicht konzentriert. Er beherrschte sich selbst nicht. Edan hatte ihn als potentiellen Meister abgelehnt. Holder hieß er.

Vier.

Ein anderer – langsamer, bedächtiger, doch nicht nur im Handeln langsamer, auch weniger schnell aufgebracht. Hast kannte er keine. Er war etwas älter und sicherer. Aber alte Versäumnis hatte ihre Schatten in ihm hinterlassen, eine alte Bitterkeit, die er zu unterdrücken gelernt hatte. Hara, der Jäger.

Fünf.

Ein weiterer Junger, sehr jung sogar, flink, scharfer Geist, ein Lep fast so stark wie Arins unvorstellbare Kraft, mit einem Mut, der von natürlicher Vorsicht gelenkt wurde. Clay, ein Verwandter aus Jennas Sippe.

Sechs.

Jetzt zwei, die miteinander verbunden waren zu einer Einheit, unmöglich zu trennen. Zwillinge: Bruder und Schwester. Eine Stille, wie bei Tagesanbruch auf einer Lichtung tief im Wald. Die Stille des Wildes, das im grünen Busch ruht, das Wispern sanft raschelnder Blätter. Eine Macht, so lautlos und tief wie eine Strömung am Grund des Meeres, Ruf und Antwort in einem wortlosen Flötenton vereint. Sand und Teela. Zwillinge aus Suffec.

Nicht acht. Sieben!

Eine lange Zeit kamen keine weiteren mehr. Singer spürte die Entscheidung seines Bruders, den Entschluß, seinen Kreis aus den sieben zu bilden: Arin, Kon, Magill, Holder, Hara, Clay, Sand-Teela.

In ihr streifig braunes Leder gekleidet, knieten oder kauerten Arins Leute sich um ihn, als er exakte Linien in den Boden kratzte, um seine Anweisungen zu illustrieren. Er sprach frei und ohne Zögern. Edans Ausbildung hatte die hemmende Fettschicht von seinem Geist geschmolzen. Nun war sein Verstand klar und ruhig, und er konnte seine sieben unterrichten, ohne nach Worten fischen zu müssen und zu stammeln, was ihr Vertrauen zu ihm geschmälert hätte.

Lep war besser für Gefühle und Handlungen geeignet, als zur Erklärung der vielschichtigen Gedanken, die er für ihre Instruierung benötigte. Er benutzte die Struktur der Alten Zunge – Garicks Geschenk an ihn. Das war eine Sprache, die über mehr Worte verfügte, als Garick überhaupt für möglich gehalten hätte. Es war mühsam, die Worte auszusprechen, aber die Alte Zunge war dem Uhianischen doch sehr ähnlich, als er ihre Logik erkannte. *Logik* war überhaupt das Schlüsselwort, sie machte weniger die lebenden Dinge verständlich als Worte. Der Begriff *Begriff* hatte seinem Verstand sehr zu schaffen gemacht. Es war ein Ding aus Dingen, die man nicht sehen konnte. Eine *Idee,* die man mit anderen Ideen verbinden und in die Tat umsetzen konnte.

Das in Worte zu übertragen, war schwierig. Immer wieder schaute er hoch, um festzustellen, ob die anderen ihm folgen konnten. Clay ganz sicher, er war schnell von Begriff. Kon ebenfalls, allerdings überraschte Arin sich immer wieder bei seiner lebenslangen Gewohnheit, mit ihm zu lepen. Lep verstanden sie alle besser, doch sie mußten jetzt selbständig denken, jeder einzelne von ihnen. Die Reise, ihre Unumgänglichkeit und ihr Zweck waren neu, standen außerhalb des Zirkels. Sie mußten lernen, Worte zu verstehen.

Sie waren auf mehr als eine Weise ein unterbrochener Kreis.

Arin hörte zu sprechen auf und sah sie an. Die Zwillinge wirkten aufmerksam. Blond waren sie beide, mit brauner Haut, blassen, raubtierhaften Augen, und fast, vielleicht mit einer Fingerbreite Unterschied, gleich groß. Das Haar des Mädchens war genauso kurz geschnitten wie das ihres Bruders. Abgesehen von den etwas breiteren Hüften Teelas waren die beiden nicht auseinanderzukennen. Ihre Stimmen waren leise, nicht mehr als ein Wispern, da sie die Notwendigkeit der Sprache nicht kannten. Das lag hauptsächlich an der Art der Suffec, die die schweigsamsten unter den Zirklern waren, die auch am stärksten alles miteinander teilten. Doch ein wenig mochte es auch an ihrem eigenen Wesen liegen: noch nie waren sie voneinander getrennt, noch selten in ihren sechzehn Lebensjahren ohne ihre Eltern gewesen. Sie waren in den Norden geritten, als das Wild im Grenzgebiet zwischen den Shandos und Suffec knapp wurde. Der Zirkel saß tief in ihnen, aber Arin war der erste Meister, den sie je kennengelernt hatten.

An Clay und Hara war leichter heranzukommen, da beide sich bereits in der Fremde umgesehen hatten. Mit sechzehn war Clay eine kurze Zeit mit den Solds in Lorl geritten, die – unter anderem – die Grenze für die Stadt patrouillierten. Aber der Zirkel war stark in Clay, so trennte er sich bald von ihnen, um nicht gegen seine eigenen Leute kämpfen zu müssen, denn dazu waren die Solds hin und wieder gezwungen, vor allem, wenn die Wengen Grenzstädte wie Filsberg überfielen, um sich in einem strengen Winter Vorräte zu verschaffen. Hara hatte sich nördlich von Karli als Fallensteller betätigt und kannte auch ein wenig des Blauen Gebirges. Er war fast so groß wie Kon und kaum weniger ruhig.

Nur Holder machte Arin ein wenig Sorgen. Er hatte ihn seiner Lepkräfte wegen ausgewählt, aber es war etwas Unfertiges an dem Jungen mit dem sandfarbigen Haar. Er spürte eine nagende Eifersucht in ihm, die ihn daran hinderte, ihm voll zu vertrauen. Holder achtete kaum auf die Anweisungen. Er benahm sich, als könnte er, gäbe man ihm nur die Chance dazu, einen besseren Plan entwerfen, und er zollte Arin den geringsten Respekt, der ihm als Meister zustand.

„Wir müssen an Samman in Karli sein", sagte Arin, „damit ich mich den Meistern am Feuer anschließen und später mit ihnen reden kann. Wir brechen in zwei Tagen auf. Jeder nimmt zwanzig Pfeile, drei Pfund Mehl, ein Messer und Kleidung zum Wechseln mit. Sand, du holst das Fleisch und die Dörräpfel, dann kommst du heute abend zu des Gottes Haus und hilfst Teela so viele Fladen backen, wie wir nur mitnehmen können."

Holder stupste Sand. „Und acht Kannen Mosta."

„Eine", berichtigte Arin.

„Wa-as?"

„Eine gegen die Kälte am Abend. Verschwende die Worte nicht, Junge." Mit seinem Zeigestock kratzte Arin das längliche Cumlantal nördlich von Charzen in den Boden und ließ Hara die freien unbewaldeten Punkte nach dem Gedächtnis einzeichnen, wo sie möglicherweise ungeschützt Solds und Unreinen ausgesetzt waren. Clay bestätigte die Richtigkeit der Karte, während er abwesend die dunklen Stoppeln massierte, die sich an seinem scharfgeschnittenen Kinn bildeten. „Es ist ein wenig zu westlich für die Solds", meinte er. „Aber hin und wieder kommt es trotzdem vor, daß sie sich dorthin verirren."

Die Solds hatten früher kein Problem dargestellt, jedenfalls keines von Bedeutung, doch im Lauf der letzten Jahre hatte sich das geändert, und sie waren jetzt eine gefährlichere Bedrohung als die herumstreifenden unreinen Nomaden.

Clay nahm Hara den Stock aus der Hand und zeichnete den

gewundenen Bogen des Taskoflusses ein. „Östlich des Oberlaufs", erklärte er, „ist ziemlich offenes Gelände." *Nicht schwierig für die Pferde.* Er wurde sich seines Lapsus bewußt, grinste Arin um Entschuldigung heischend an und wiederholte es laut. „Wir sollten westlich bleiben und Vorsicht walten lassen."

„Was geschieht, wenn einer von uns umkehren will?" fragte Holder.

In fast greifbarer Spannung schaute einer nach dem anderen auf Arin, um zu sehen, wie er der subtilen Herausforderung in Holders Frage begegnen würde. Arin bewegte sich nicht, nur seine Augen hoben sich einen langen Moment zu Holders.

„Dann kehrst du alleine um", erwiderte der Meister. „Wenn du glaubst, es schaffen zu können."

Holder fühlte sich nicht wohl unter dem Blick aller, aber er verzog die Lippen zu einem frechen Grinsen. *„Ich* würde es schaffen."

„Das ist gut", sagte Arin. „Denn wenn du dich täuschst, täuschst du dich ganz allein."

Als alle Anweisungen erklärt und verstanden waren, entließ Arin die Gruppe und ruhte sich mit Kon und Magill unter einem Baum aus. Magill schien sich nicht richtig wohl in seiner Haut zu fühlen. Er hatte im Lauf des Sommers, während Arins Ausbildung zum Meister, die wachsende Entfremdung zwischen ihnen gespürt und war verärgert darüber.

Er stand auf, schlang sich den Bogen um und machte sich daran, den Rest des Tages Waschbären zu jagen. Er hatte Appetit auf das nahrhafte, in seinem eigenen Fett gebratene Fleisch, dazu viel Gemüse und frisches Brot. Eine Köstlichkeit, die er während der bevorstehenden Reise ganz sicher würde entbehren müssen. Kon und Arin blickten ihm nach, als er in den Wald stapfte.

Magill trennt sich von mir, lepte Arin. Dieses Miteinanderteilen schien ihm nun schon fast ein seltener Genuß zu sein.

Nein, wehrte Kon ab. *Du bist es, der sich von uns getrennt hat. Die Drei gibt es nicht mehr.*

Wieso?

Ich weiß es nicht. Es fühlt sich eben anders an.

„Kon, alle anderen stellten Fragen. Du hast nur zugehört und warst einverstanden, ohne etwas einzuwenden."

„Du hast gesagt, wir reiten." Kon lehnte sich gegen den Baumstamm. „Also reiten wir."

Bleib mir nah, Kon. Sei das Kettenglied, das sie bei mir hält.

Sein Freund verschloß sich ihm eine Weile. Dann schwanden die Wolken aus seinem Geist.

Solange ich es kann, lepte er.

Und dann schloß eine weitere sich dem unterbrochenen Kreis an.

Singer spürte es, ehe sie überhaupt zu Arin kam. Jung war sie – tiefe Rhythmen, kraftvoll, doch von einer anderen Art von Stärke als die des Restes der Gruppe. Der Grund war noch unklar, weshalb sie mitkommen wollte, aber irgendwie trieb eine Art Bedürfnis sie.

Deshalb.

Arin rieb sich die müden Augen und rückte die Kerze näher an die Seite, die mit Garicks kühner Schrift bekritzelt war. Er tauchte seine Feder in die Kermesbeerentinte und schrieb noch einmal das neue Wort.

Deshalb – ist wie . . ..

Ist wie was? Bedeutet was? Die Feder schwebte über dem Papier, dann stieß sie hinab.

Ist wie – da das so ist, das ist so.

Die Unterrichtsstunden mit Garick waren hauptsächlich in Lep, da Arin dann seines Vaters überlegenes Wissen direkt übernehmen konnte, wodurch der Lernprozeß auf einen Bruchteil der Zeit reduziert wurde, die er sonst gekostet hätte. Diese Möglichkeit trug dazu bei, daß in späteren Jahrhunderten so viele Gelehrte aus dem Zirkel hervorgingen. Mit Lep auf einen Lernprozeß spezialisiert, konnte das Wissen im Gehirn genauso schnell absorbiert werden, als würde es von einem Speicher aufgenommen.

Arin legte die Feder zur Seite. Die kühle Dämmerung vor dem offenen Fenster war von den ersten nächtlichen Lauten erfüllt. Arin atmete tief und entspannte sich, wie Edan es ihn gelehrt hatte, um Kraft zu sparen und zu schöpfen. In der Düsternis hinter der kleinen Kerzenscheininsel öffnete sich die Tür, und zwei Gestalten traten ein.

Arin erhob sich respektvoll vor seiner Mutter. Sie war einfach gekleidet. Ihr einziger Schmuck war die eiserne Mondsichel um ihren Hals. Ihr kastanienfarbiges Haar war zurückgebunden. Jenna schritt zu seinem Tisch. Die andere, die hochgewachsene junge Frau, hielt sich zurück.

„Ein Mädchen will dich sprechen, Arin. Sage ihr, du hast keine Zeit, weil du übermorgen aufbrichst. Hast du ihr gesagt, sie soll kommen?"

„Ist schon gut." Kon hatte am Nachmittag etwas von Elin erwähnt. „Ich bat sie, ja."

Elin trat in das Licht. Seit jenem Morgen, als Jay ihn zu Boden geschlagen hatte, weil Arin durch seine Verfassung nicht darauf vorbereitet gewesen war, hatte er Elin nicht mehr gesehen.

„Hallo, Arin", sagte Elin scheu.

Jenna rümpfte die Nase und drehte sich um. „Offenbar will er sie noch alle Lebewohl küssen. Aber sieh zu, daß du etwas Schlaf kriegst, Arin. Diese dummen Bücher werden dir noch die Augen verderben und du wirst blinzeln wie der alte Edan."

Ungehalten warf sie die Tür hinter sich zu.

„Hallo, Elin." Er umarmte sie sanft. Ein leiser Stich sinnlicher Erinnerung machte ihm bewußt, wieviel schöner als Shalane sie war.

Elins offenes Haar wallte über die Schultern des Fuchspelzumhangs, den sie sich über ihr Gewand geworfen hatte. Haar und Pelz waren von nahezu dem selben Rotbraun. Gleichgültig, was sie trug, bei Elin hatte man immer den Eindruck, sie sei fast nackt. Ihre schläfrigen grauen Augen betrachteten ihn auf ähnliche Weise wie damals im Mondschein oder Morgengrauen auf dem Hügel. Sie zog einen Stuhl dicht an seinen Tisch.

„Na, sieht er nicht gut aus, unser Meister Arin? Hat nicht soviel wie hallo gesagt, seit – wann war es?"

Ein wenig verlegen, aber voll Güte sagte er: „Seit Jay fortritt."

„Jay. Ja." Elin schaute zur Seite. „Seit dem letztenmal auf dem Hügel. War manchmal dort mit Gill. Es . . . ich weiß nicht . . ."

Er mußte es sagen. „Wir gehen nicht mehr miteinander, Elin."

„O zum Teufel, das ist es nicht." Sie lächelte und winkte so ungerührt ab, daß es fast seine Eitelkeit kränkte. „Ich – ich will nur nicht mehr zu Hause bleiben." Sie wirkte nachdenklich und ein bißchen traurig. Dann schaute sie ihn an. „Ich kann jagen und kämpfen. Dir fehlt es an Lep."

? Obgleich er wußte, worum sie ihn bitten würde.

Ich möchte mit, Arin.

Er las aus ihren Gedanken. Ein starkes, fast verzweifeltes Verlangen erfüllte sie. Nicht nach ihm, vielleicht nicht einmal nach etwas, dessen sie sich selbst klar war. Sie warf das schwere Haar zurück.

„Es ist hier nichts für mich. Seit Leddy bin ich neunzehn, und wo war ich schon außer Charzen? Du hast sowieso schon eine Frau dabei, Teela." Elin schnitt eine Grimasse. „In welcher Höhle hast du sie denn gefunden? Sie sieht aus, als wäre sie noch nie in einem Haus gewesen."

„Darum kommt sie mit", sagte er. „Du bist mehr Farm als Wald."

„Ich kann im Schlaf reiten."

„Das können wir alle."

Ich bin gut im Lep.

Er erhob sich, ging um den Tisch herum und nahm ihre Hände. „Ich freue mich, daß du gekommen bist. Ich habe nicht so viele Leper wie ich brauchte, aber dich möchte ich nicht mitnehmen, Elin. Du kennst Kon und Gill. Der Rest ist genauso – halb wild, wie die Tiere im Wald. Du gehörst in ein Haus."

Elin legte den Kopf schräg, um ihn anzusehen. „All die Male dort draußen auf dem Hügel, und du kennst mich überhaupt nicht." Sie lächelte ihn immer noch schläfrig an, als die Kraft plötzlich mit einer solchen Gewalt auf ihn einschlug, daß Arin blinzelte.

Muß mit!

Warum?

Nimm mich mit!

Arin setzte sich wieder und überlegte. Ihre Kraft war der eines Meisters nicht ebenbürtig, aber doch viel stärker, als er auch nur geahnt hätte. Er öffnete seine Sinne und tastete nach dem Geist des langen Mädchens, das es sich scheinbar unbekümmert auf dem Stuhl bequem gemacht hatte. Ihre Lässigkeit war nur Tarnung. Sie hatte immer offen, unkompliziert gewirkt, leicht zu durchschauen. Doch nun hatte ihr Ich sich zurückgezogen. Etwas – er konnte sich dessen nicht klar werden – machte eine Frau aus dem unreifen Mädchen, das er gekannt hatte. Garick, in seiner fast unerträglichen Weisheit, hatte einmal gesagt, von Frauen könnte man immer lernen. Und seiner Gruppe mangelte es wirklich an Lep . . .

„Komm her, Elin."

Sie teilten eine Erinnerung voll Wärme ohne Verlangen. Er strich ihr durch das seidige Haar.

„Deshalb bin ich nicht gekommen, Arin."

„Nein. Ich bedaure nur, daß du diese Pracht so kurz schneiden mußt wie Teela."

Ihr plötzliches Strahlen war wie ein Sonnenaufgang. „Ich darf mit? Wirklich? Ich werde gut reiten, Arin!" Sie lachte und schüttelte ihre Haarflut. „Ich werde es abschneiden, aber nicht wie sie. Ihres sieht aus, als würde sie es absäbeln."

Arin lachte mit ihr. „Das tut sie auch. Teela ist in der Küche mit Sand. Hilf ihnen die Fladen backen."

Elin zog ihren Umhang aus und schlang ihn sich über einen Arm. „Helfen? Ich werde ihnen zeigen, wie man es macht."

„Sprich nicht zuviel zu ihr, Elin. Sie ist es nicht gewöhnt."

Acht.

Singer zählte die letzte mit. Elin. Rechnete man Sand-Teela nicht als Einheit, waren es neun, alle jung und kräftig, die besten der Shandos.

Er fragte sich, wie viele von ihnen zurückkehren würden.

Singer ging zum Tisch, wo das Notizbuch seiner Mutter lag – nicht das, das sie in Lishin zurückgelassen hatte, sondern eine Art Tagebuch ihrer Gedanken und Erkenntnisse. Garick hatte es aufbewahrt gehabt und während der achtzehn Jahre seit ihrem Tod mehr als einmal gelesen.

So lange war es her, seit sie all ihr Wissen und ihre Absichten in Singer zu hämmern versucht hatte. Trotz seiner hohen Intelligenz war er doch zu jung gewesen, um alles aufzunehmen, und schließlich geriet die Vielfältigkeit ihres Vorhabens immer mehr in Vergessenheit, ähnlich ihrem Bild. Doch das Tagebuch begann so manches wieder in den Vordergrund zu schieben.

Er schloß die Lider und öffnete die Schleusen seiner tiefvergrabenen Erinnerungen. Er versuchte, Judith zu sehen, wie sie vor ihrer Krankheit gewesen war: die großen Augen in dem schmalen Gesicht, ein Ausbund an Spaß für ihn, und von unerschöpflicher Energie, munter, flink, und immer sah es so aus, als paßten die grobe handgewebte Kleidung und die Felle nicht zur ihr.

Er überflog die Worte auf einer Seite.

Es gibt nicht nur eine Welt, sondern Millionen Welten. Jeder

Mensch ist allein, ein einsamer Planet in der großen Leere. Jeder von uns ist ein Kosmos für sich, getrennt von den anderen, eine Insel wacher Tätigkeit zwischen Alpdruck und Traum. Und doch ist jeder von uns der Veränderung von außen und von innen ausgesetzt, vor allem von innen, WENN WIR ES WOLLEN. Und was in einem Veränderung ist . . .

„Ja!" sagte Singer aufgeregt. *„Ja!"*

Und was in einem Veränderung ist . . .

Der Rest des Satzes stand auf der Seite, doch plötzlich wurde er hinter ihm mit der eindringlichen Betonung gesprochen, wie er sie seit achtzehn Jahren nicht mehr gehört hatte.

„. . . wird zur Geschichte für die Masse."

Er wirbelte verwundbar und unvorbereitet mit einem Aufschrei herum. Plötzlich brannten Tränen in seinen Augen.

Judith stand an der Tür.

Es schnürte ihm die Kehle zu. Er schluckte.

„Mama?"

Singer machte taumelnd einen Schritt auf sie zu, ehe ein leichtes Schwanken ihres Bildes seinen Instinkt auslöste und er seinen Geist hinter eine weiße Barriere zurückzog. Er starrte mit funkelnden Augen auf die offene Tür.

Arin stand dort.

„Der kleine Bruder ist ein wenig gewachsen, Singer."

Er war nicht mehr der schlaksige unreife Bursche, wie er ihn im Hochsommer kennengelernt hatte. Die grobe Substanz Arins war von Edan und Garick klar geformt worden. Er verriet innere Ruhe, Haltung und geistige Wendigkeit.

Arin hatte, aus welchem Motiv auch immer, Singers Geist geschickt Judiths Bild entnommen und die Worte, die er las, und sie zu einer grausamen, komplizierten Täuschung verwoben. Selbst jetzt noch spürte Singer die Kraft gegen seinen geschlossenen Geist schlagen. Die trügerische Unbekümmertheit von Arins Haltung beeinflußte in keiner Weise Singers Wachsamkeit.

Immer noch spürte er einen Knoten in seiner Kehle. „Du Bastard! Warum hast du das getan?"

„Ich wollte mich gegen den besten versuchen. Setz dich wieder. Ich kann für dich weiterlesen."

„Hör auf, mich beeindrucken zu wollen. Was willst du?"

Beiläufig, während sein Wille immer noch nach einer Schwäche tastete und die Grenzen von Singers Stärke erkunden wollte, sagte Arin: „Du bist also mein Bruder."

„Garicks Fehltritt, nicht meiner." Singer wechselte zu Lep über, um den bohrenden Willen des anderen zu beschäftigen. *Was?*

Brauche, was du weißt, Singer. Auskunft über verschiedene Orte und Menschen. Andere Lebensweise. Gib sie mir.

Warum sollte ich?

Arin grinste. *Warum nicht?*

Singer entspannte sich allmählich. Sein Bruder meinte es ehrlich, er wollte von ihm lernen. „Warum nicht?" echote er und betrachtete Arin fast scheu.

In Worten und im Lep sprach er von Dingen, von denen er noch nie jemandem erzählt hatte; von Orten, durch die der ruhelose Strom der Zeit ihn getrieben hatte; von den Eisenmachern in der Nähe der Stadt; vom Norden, wo die Meister durch die Nase redeten und nach Fisch rochen. Er erzählte, wie jedes Volk seine eigene Farbe, seinen eigenen Klang und Geruch hatte und so den Zirkel auf diese oder andere Weise tönte. Beim Berichten wurde Singer lebhafter, es machte ihm ausnahmsweise einmal Spaß zu sprechen, denn er hatte einen Zuhörer, der wirklich an seinen Worten interessiert war, der ihn weder geistig noch physisch beiseite schob oder ihn „Außenseiter" schimpfte.

„Wie ist es mit den Wengen?" wollte Arin wissen.

„Die im Norden oder Süden? Im Norden sind sie so hellhäutig wie du. Je weiter südwärts man kommt, desto dunkler wird ihre Haut. Sie reden mehr, prahlen gern ein wenig, und fluchen wie verrückt. Die Alte Zunge hatte viele Farben, ihr Dialekt behielt eine Menge davon."

„Was ist mit den Solds?"

„Mit den Solds? Sicherheitshalber solltet ihr tief im Wald bleiben. Dort sind die Shandos wie Fische im Wasser. Macht einen weiten Bogen um die Solds. Auf freiem Feld seid ihr ihnen nicht gewachsen."

Und die Kriss?

Singer fing ein Wort aus Arins Geist auf. Er nahm sich zusammen, um sich nicht durch ein unwillkürliches Verkrampfen zu verraten. *Lishin.* Er fragte sich, wieviel Garick über Lishin wußte, wieviel er Arin erzählt hatte. Das meiste war ohnehin vergessen. Seine Mutter hatte sich nicht an sehr viele Einzelheiten erinnern können, außer hauptsächlich, daß sie die Wahrheit der Callee-Legende hatte beweisen können. Moss sprach nie davon, hatte er gehört, er selbst war nie einem Karli begegnet.

Und die Kriss? wiederholte Arin.

„Ich habe sie nie kennengelernt. Und ich wollte es auch nie."

„Garick will sie bezahlen, damit sie sich uns anschließen."

Singer zuckte die Schultern. „Meine Mutter war in ihrem Gebiet. Aber auch sie hat sie nie gesehen. Es fehlte allerdings nicht viel, und sie wäre nicht mehr lebend von dort zurückgekehrt."

„Ich werde sie sehen", sagte Arin ruhig.

„Sicher, du wirst die ganze Welt beeindrucken." Singer schwieg einen Augenblick, dann schaute er Arin an. „Wenn du nach Karli kommst, sprich mit Moss. Er war mit meiner Mutter in Lishin."

„Moss?" Arin horchte auf. „Ich kenne seine Tochter Shalane."

„Gut. Sprich mit ihm. Nichts, was ich je über die Kriss hörte, war gut, und es war nicht nur Aberglaube. Halt deine Männer den Krissfrauen fern. Und deine beiden Frauen . . ."

Arin erstarrte. „Du weißt, wer in meinem Kreis ist?"

„Deinem unterbrochenen Kreis", verbesserte Singer ihn. „Ja, ich weiß viel. Du hast schon jetzt eine Menge Sorgen, und dir ist nicht wohl in deiner Haut."

„Warum sagst du das?" fragte Arin kühl.

Singer seufzte gelangweilt. „Weil das alles in deinem Geist ist. Du bist so leicht zu lesen wie ein Buch meiner Mutter. Und schließlich bist du mein *kleiner* Bruder."

Röte überzog Arins sonnengebräuntes Gesicht. Singer hatte viel mehr gelesen, als er zu teilen bereit gewesen war. Ja, er war gekommen, um zu lernen, und es hatte ihm ehrlichen Spaß gemacht, ihm zuzuhören, aber er war auch gekommen, um es ihm zu zeigen.

„Du warst immer der Beste", sagte er bitter. „Du und deine Stadtmutter. Immer habt ihr mich und Jenna in den Hintergrund gedrängt, weil ihr etwas so verdammt Besonderes wart. Etwas anderes habe ich von Garick nie gehört. Er sagte mir sogar, daß er lieber *dich* schicken würde als mich . . ."

„Ich weiß", murmelte Singer mit lässiger Überlegenheit.

Arin stand auf und lief zutiefst aufgewühlt im Zimmer hin und her, aber er achtete darauf, Singer nicht zu nahe zu kommen. „Weil ich nichts war, das sagte er zu mir, als ein dummer Lederhemd-Jäger. Aber ich zeigte es ihm. Die erste Woche wäre ich fast verhungert, ich glaubte nicht, daß ich durchhalten könnte, soviel verlangte Edan von mir. Ich dachte, mein Schädel müßte bersten, als ich die Alte Zunge von Garick lernte. Das *dachte* ich. Aber ich hielt durch, und mein Schädel ist auch noch ganz, und Garick schaut mich nicht mehr von oben herab an. Ich habe es ihm gezeigt?" Er blieb stehen. „Jetzt zeige ich es dir!"

Singer gähnte. Er wirkte abwesend. „Warum?"

„Kon und die anderen sind meine Leute. Ich muß der Beste für sie sein."

„Wie beeindruckend, kleiner Bruder."

„Steh auf!"

„Wenn du meinst." Singer richtete sich auf und erhob sich. Als er es tat, wurde Arin klar, daß er einem Meister gegenüberstand, wachsam und doch entspannt, ohne auch nur die geringste Spur von Besorgnis. Garick hatte nicht übertrieben, was Singers potentielle Kräfte betraf.

Sie sahen einander an. Arins Wille stieß durch die plötzlich geladene Luft, um das Ausmaß der Kraft des anderen zu sondieren.

Obwohl er darauf vorbereitet war, zuckte er vor dem Schock zurück, als der flexible Stahl von Singers Willen auf ihn einschlug und sich um ihn wand.

Arin versuchte jeden verwirrenden Angriff mit einem eigenen abzuwehren, aber es waren zu viele, und sie folgten zu schnell aufeinander. Unvorstellbar war es. Er keuchte. Das Zimmer verschwamm.

Arin stand allein in einer kahlen, trostlosen Öde; allein in der Nacht. Ein stumpfer Mond schien einsam auf ihn herab. Allein. Nicht zeitweilig vom Zirkel getrennt, nein, *allein*. Diese grauenvolle Leere absoluter Isolierung, ohne jegliche Verbindung zu irgend jemandem, zu keinem anderen Bewußtsein, schlug mit einer solchen Wucht auf ihn ein, daß er glaubte, sein Geist würde zerschmettert. Kein Zirkel. Keine Shandos. Es gab sie nicht. Es hatte sie *nie* gegeben. Er war so klein, so abgeschlossen und dumm, trunken von der Illusion der eigenen Wichtigkeit und . . .

Nein!

Er war *nicht* allein. Singer war hier, und er kämpfte gegen ihn. Das war Singers Isolation, das schmerzhafte Herumirren, achtzehn Jahre qualvoller Erinnerung, ohne Hoffnung auf ein Daheim, ohne Aussicht, irgendwo dazu zu gehören.

Und wenn es Singers Einsamkeit war, dann gab es Singer, und . . . und . . .

Arin riß sich los. Das Zimmer kehrte zurück. Er verdoppelte seine Anstrengung in einer Explosion der Kraft. Endlich verriet der Hauch eines Zitterns von Singers Hand, daß sein Bruder sich jetzt der maximalen Kraft näherte und sie bald verbraucht sein würde. Er dagegen, der mehr eine passive Rolle gespielt und die Kraft seines Gegners nur gemessen hatte, war sparsam mit seiner umgegangen. Sie floß zurück, sammelte sich und wuchs.

Jetzt stieß er vor. Hart. Erbarmungslos. Einer nach dem anderen der Krakenarme der Macht löste sich, fiel ab. Schließlich begann Singer seinerseits an Boden zu verlieren. Er wand sich, zerfiel mit seinem nachlassenden Kraftvorrat, während Arin sich immer weiter aufbaute. Er schickte seine Macht mit kühler Leidenschaftslosigkeit aus. Er mußte es tun – für Kon und seine Leute. Seine Magie war ihr Lebensfaden, er durfte nicht reißen.

„Genug!" keuchte Singer. Er taumelte, sackte auf den Boden und rollte sich geschwächt auf den Rücken. „Du bist – du bist gut, Arin."

Er hatte es ohne Furcht, Wut oder Ehrgeiz getan, redete Arin sich ein. Für einen höheren Zweck?

Er war bereit.

Der kühle Morgen war rot und gelb vom Blätterspiel des Frühherbsts, als Arin seine Gruppe vor der Halle des Gottes aufreihte.

Garick, Jenna, Edan, Tuli und die anderen Meister standen auf den abgetretenen Massivholzstufen. Einige der Shandos waren gekommen, um sich von ihnen zu verabschieden, doch keine größere Menge, denn die Erntearbeiten waren noch in vollem Gang. Dafür trieb sich eine ganze Horde Schweine wühlend und quiekend auf dem Platz herum, ohne Rücksicht auf die Feierlichkeit des Anlasses.

Garick betrachtete den Trupp voll Stolz. Ihre Jugend rührte ihn. Die seidige Pracht von Elins Haar war jetzt kurz gestutzt, weigerte sich jedoch, am Kopf anzuliegen. Wie ein Strahlenkranz umgab es ihr Gesicht. Teela wirkte so unruhig wie ihr Pferd, beide hatten sich immer noch nicht an Menschenmengen gewöhnt. Sand stand neben ihr. Sie hielten einander an der Hand.

Alle verbeugten sich vor den Geweihkronen, als Gott und Göttin zwischen sie traten, während Edan und Tuli den Abschiedsgesang anstimmten, der rhythmisch und wortlos von den Zuschauern aufgenommen wurde. Jenna verteilte ihre Geschenke: neue grüne Kittel aus feiner Wolle für das Sammanfeuer in Karli. Tuli hatte die traditionellen Zirkelmuster in Gelb in den Saum gestickt, und jeder trug auf der linken Schulter ein Zeichen in Rot, das Garick entworfen hatte – ein unterbrochener Kreis, dessen Trennstellen nach außen griffen, als wollten sie ihren Radius ausdehnen.

Jenna legte die Arme um Arin. Sie flüsterte an seiner Wange. Der harte Zug ihres Gesichts, den er so gut kannte, wurde weich.

Tuli nahm seinen Kopf in ihre schwieligen, braunen Hände und gab ihm ihren Segen. Dann stand Arin vor Garick.

„Du weißt, was du zu Hoban zu sagen hast?" fragte der Gott.

„Ja, aber . . ."

Garick legte die Hand auf Arins Schulter. „Ja, Sohn?"

„Wenn ich nicht zurückkomme . . ."

Garick dachte darüber nach. „Dann, auf Wiedergeboren, Arin."

„Den Shandos", beendete Arin die Phrase. Er war froh, etwas sagen zu können, um zu verbergen, was er empfand. Beide Männer schwiegen ein wenig verlegen. Sie waren sich ihrer Verbundenheit bewußt. Garick umarmte Arin.

„Geht jetzt", sagte er. „Während sie für euch singen."

Arin verbeugte sich wieder vor der Krone und drehte sich seinem Trupp zu. „Wir brechen auf."

Sie ritten durch das Forttor. Elin, als letzte, wandte sich um und überflog die Gesichter der Singenden, bis sie ihre Mutter entdeckte. Sie hob den Arm und winkte. Sie wäre den anderen gleich nachgeritten, aber der Gesang gefiel ihr, und so blieb sie stehen, um ihn zu Ende zu hören. Magill ritt zu ihr zurück.

„Hallo, Zauderin", brummte er. „Kommst du?"

„Das Lied." Elin lächelte. „So schön hat es noch nie geklungen." Sie wendete das Pferd und ritt durch das Tor. Magill winkte Garick Lebewohl zu, stieß einen Jauchzer aus und trabte hinter Elin her.

Sie kamen über die hohen Grate hinunter ins Tal. Ihre Wachsamkeit nahm nun zu, da die letzten der Shando-Siedlungen hinter ihnen lagen. Die Gruppe teilte sich von Anfang an in einer eigenen

Ordnung auf: Sand und Teela bildeten Arins Vorhut. Vor den anderen glitten sie wie der Bug eines Schiffes durch den Wald. Die Zwillinge schliefen miteinander, erwachten vor den anderen und brachen vor ihnen auf. Erst am Abend, wenn Arin alle zum täglichen Lep nach Charzen sammelte, fanden sie sich wieder ein.

Sie arbeiteten gut zusammen, außer mit Holder, der Arins Geduld arg auf die Probe stellte. Immer ließ er sich Zeit, wenn er gerufen wurde, immer wartete er mit einer Ausrede auf, immer war er sicher, daß weiter oben oder tiefer unten, mehr nach rechts oder nach links, ein viel besserer Weg wäre. Und wenn er die Flanke decken sollte, ritt er, ohne etwas zu sagen, davon und machte sich selbständig. Einmal kam es fast zu Handgreiflichkeiten mit den Zwillingen. Teela schlief mit ihrem Bruder und sonst keinem. Auf die tolerante Zirkelweise war das ihre Angelegenheit, genauso wie man sich nichts dabei dachte, daß die Jäger manchmal einander den Frauen vorzogen. Magill, den Teela abgewiesen hatte, suchte und fand Trost bei Elin und vergaß die Sache. Aber Holder war aufdringlich. Wäre Arin nicht dazwischengetreten, hätten die Zwillinge ihm das Messer in den Leib gestoßen.

„Er ist unreif", stöhnte Arin verzweifelt. „Ich wollte, er hätte nur halb so viel Vernunft wie Clay."

Kon wußte, was an Holder fraß. „Du bist ein Meister und er nicht", sagte er zu Arin. „Darüber kommt er nicht hinweg."

Clay und Hara waren wohldiszipliniert. Sie ritten wie Schatten an Arins Seite und bildeten die Flanken. Elin folgte mit Magill, und Kon schaute immer wieder nach dem Rechten, ritt den Zug auf und ab, wenn er es für nötig hielt, und nahm Arin soviel Verantwortung wie möglich ab. Er war es auch, der Holder schließlich richtig einteilte, daß er unter Haras Aufsicht kam, der sich auf seine kühle Weise nichts gefallen ließ. Dafür ritt Clay dann allein. So ging es viel reibungsloser. Arin war vollauf beschäftigt und konnte sich nicht auch noch ständig von Holder reizen lassen.

Kochfeuer waren rar und in der Dunkelheit ganz verboten. Wenn sie Rast machten, um zu essen, holte Elin Holz und mischte das grobe Mehl, als ihre Fladen zu Ende waren. Und immer hatte sie selbstgesammelte Minze oder Goldrute für würzigen Tee. Sie machte sich Sorgen, weil Arin so wenig aß, auch wenn er Meister war, und scherzte mit den anderen Männern. Sie gab ihnen ein Gefühl der Wärme, das ihnen den harten Ritt leichter machte. Arin befürchtete zuerst, sie würde vielleicht des Nachts, aus Gewohnheit, zu ihm kommen, und er war sehr erleichtert, daß sie gar nicht mehr daran dachte. Magill schlief hin und wieder mit ihr, und sie war warm und beruhigend, doch nicht mehr die alte, wilde Elin. Ihr Herz war nicht mehr dabei.

Drei Tage vergingen – vier – fünf. Manchmal war der Wald eine wahre Farbenpracht von Rot und Orange, doch meistens trabten die Pferdehufe meilenweit über einen dicken Teppich aus braunen Nadeln zwischen stumpfgrünen Kiefern dahin, durch die die Sonne warm auf ihre Rücken schien. Clay meldete, daß von Solds nichts zu sehen sei. Der Ritt war bisher nicht schwierig gewesen, aber das Wild war rar. Das bedeutete nicht, daß sie Mangel an Nahrung hatten, nur fanden sie das Fehlen neuerer Tierfährten merkwürdig.

„Irgendwie verscheucht." Hara fuhr nachdenklich mit den Fingern durch den Lehm zu seinen Füßen. „Es ist Brunftzeit, müßten doch überall Spuren sein. Sah nur eine."

„Was mag die Tiere eines ganzen Waldes verscheucht haben?" fragte Magill.

Arin saß den beiden mit überkreuzten Beinen gegenüber und überließ sie ihren eigenen Gedankengängen. Hara war der älteste, fast dreißig. Er redete wenig und nur, wenn er wußte, worüber er sprach. Er hatte eine kleine Farm gehabt, aber Hara verstand nicht viel von Ackerbau, und die Felder gaben gerade soviel her, daß sie mehr schlecht als recht leben konnten. Und dann starb seine Frau im Kindbett, und die Babys ebenfalls, denn die Meister konnten nichts weiter tun, als ihnen das Sterben zu erleichtern. Leider gab es die Frau Jude mit ihrer eigenen Magie gegen diese Krankheit nicht mehr, wie in Haras Jugend. Der Verlust der drei ging ihm sehr nah. Und da nur seine Frau ihn auf der Farm gehalten hatte, verließ er sie und zog nordwärts, wo er mit den Karlis und Wengen Fallen stellte. Schließlich berührte das Schweigen des Waldes ihn, und Hara gewöhnte sich an das Alleinsein.

„Stieß auf einen Bock und ein Reh", überlegte er laut. „Der Bock müßte jetzt gegen alles kämpfen, was sich nur bewegt. Aber er lief davon. Etwas hatte ihm Angst eingejagt, aber nicht ich. Etwas voraus."

Arin blickte hoch zu den Wildgänsen, die unter einer rotschimmernden Wolke dahinflogen. *Sand!*

Die Antwort kam sofort: *?*

Anzeichen von Wild?

Die Kraft des Jungen murmelte sanft. *Nichts*

Er sah den ganzen Nachmittag nichts von den Zwillingen. Beim abendlichen Sammeln kauerten sie sich eng zusammen und aßen ihre Fladen. Arin mußte fragen, denn sie sprachen nie von selbst. Sand leckte die Krumen von den Lippen wie ein zufriedener Hund. *Keine Spuren.*

Arin wandte sich Teela zu. Ihre blassen Augen wirkten seltsam in der tiefen Bräune ihres Gesichts. Er sprach sanft zu ihr. Wie ein Tier lauschte sie mehr dem Klang als den Worten.

Alle sind davongerannt. Sie schaute die anderen an, als ersuche sie sie um ihre Erlaubnis zu sprechen, dann sagte sie: „Etwas kommt." Aber schnell duckte sie verlegen den Kopf mit dem kurzgestutzten Haar und teilte das wortlose Wissen nur mit Arin.

Nach dem Lep sonderte Arin sich von den anderen ab. Er mußte nachdenken. Es war nicht mehr weit bis Karli. Vielleicht waren ihre Jäger unterwegs – aber was Teela ihm beschrieben hatte, war von keiner menschlichen Gestalt, war nicht . . .

Arins Hand legte sich um den Sattelgurt. Die Wahrheit drückte ihn plötzlich nieder. Es gab keinen Zweifel. Er wußte, was die Tiere vertrieben hatte, und dieses Wissen ließ ihn schaudern. Seine Instinkte warnten ihn, wegzulaufen, so schnell er konnte, aber sein Geist brachte sie zum Verstummen.

Er durfte es den anderen nicht sagen, so sehr er auch jemanden brauchte, mit dem er diese Angst teilen könnte. Aber das Gefürchtete war noch nicht an einem bestimmten Ort, auf den er hätte deuten können. Bei jeder Kursänderung mochten sie geradewegs in es hineinlaufen. Es war am besten, es für sich zu behalten, bis seine Sinne ihm verrieten, wo es war.

Wenn es auch keine Gestalt hatte, so hatte es doch einen Namen: Pest.

Der nächste Tag war der Anfang eines langen Alptraums.

Sein eisiger Hauch berührte Arin im Schlaf. Er träumte, er sei allein unter einem Mitternachtshimmel mit den leeren Augenhöhlen verglühter Sterne. Ganz in seiner Nähe stand ein ausgemergelter riesiger Hirsch. Seine Haut klebte an Rippen, die im schwachen Licht der Mondsichel völlig fleischlos zu sein schienen. Der Atem des Tieres kam rasselnd und unnatürlich laut. Nach einer Weile schwand das Geräusch und mit ihm das Tier selbst, doch es ließ sein gewaltiges Geweih, dessen Enden zu viele waren, sie zu zählen, in der Luft zurück. Aber während Arin es noch betrachtete, zerfielen die unzähligen Geweihsprossen, eine nach der anderen, bis er, Arin, allein zurückblieb mit einem Gefühl tiefsten Elends.

Und dann schwebte er hoch in der Morgenluft an einem Ort, der älter war als die Geschichte. Obwohl das frühe Licht ihn erhellte, verbarg er doch mehr, als er offenbarte. Etwas so ungeheuerlich Böses hauste hier, daß seine Sinne wie unter einem grauenvollen Schlag zurückzuckten. Tief unter Arin wand sich ein schlammiger Fluß dahin, braun von Säure, Dung und Tod, und er stank nach allen dreien. Über ihn führte eine verrottete Brücke. Und von irgendwoher näherte sich etwas so Gräßliches, daß Arins Zähne aufeinanderschlugen. Was es war, konnte er nicht sagen, aber es war grauenvoll, schmutzig und absolut tödlich.

Ehe die Panik seine Sinne über den Punkt des Erträglichen hinaustrieb, erwachte Arin. Ihn fröstelte, trotz der dicken Decken und Pelze. Kon, in seiner Nähe, schnarchte friedlich, und Elin schlummerte ruhig ein wenig weiter entfernt. Die vertrauten Sterne glitzerten am klaren Herbsthimmel, doch für ihn waren sie jetzt nicht mehr die alten freundlichen Wächter seines Schlafes, sondern eine Million teilnahmsloser Augen, die sahen und doch nicht sahen, die mit zermalmender Gleichgültigkeit auf dieses unbedeutende Wesen hinabschauten, das sich Arin nannte.

Er hob den Kopf und versuchte die Kameradschaft zu spüren, die alle Shandojäger mit den nicht sichtbaren Geschöpfen des Waldes verbindet. Aber auch dieses Einssein gab es nicht mehr. Kein Geist teilte seine Gefühle von Baum zu Baum. Es gab kein Uhia, nur Stamm neben Stamm, gewürgt von Büschen und Dornengestrüpp. Das kleine Getier war noch da, die winzigen Geschöpfe, aber plötzlich verstand Arin nicht, weshalb sie sich ohne Muster vermehrten, lebten, fraßen, töteten, starben, nicht als Ganzes, sondern als Bruchstück, ohne Zweck, ohne Sinn. Eine kalte Brise strich durch das Laub, und die Blätter flüsterten Silben. Er war ein – Ding, Arin, allein, eingehüllt in verletzbare Haut. In der Nähe und doch so fern schlief ein anderer in seinem eigenen dünnen Schutz, und jenseits von ihm eine Frau, nicht ganz so zerbrechlich wie er, aber ebenso völlig allein, mit keinem Grund hier zu sein, außer daß sie eben nirgendwo anders war.

Einsame Orte – wie nannte die Alte Zunge sie? Inseln. Inseln in einer See der Gleichgültigkeit verloren oder der Feindseligkeit.

Diesen Morgen ritt er allein in seiner Düsterkeit. Er war nicht imstande, die anderen zu berühren oder mit ihnen zu teilen. Als Holder wieder einmal eine Frage mit seiner üblichen leichtfertigen Unverschämtheit beantwortete, kanzelte Arin ihn beißend und mit einer Lautstärke ab, daß alle es hören konnten. Dann schickte er ihn voraus, wo er zu beschäftigt sein würde, den Wald zu durchkämmen, daß er sie mit seinem losen Mundwerk hätte ärgern können.

„Hältst du das für klug?“ fragte Kon. „Holder vorauszuschicken?“

Arin erwiderte ein wenig zu scharf: „Wenn er will, daß ich ihn wie einen Mann behandle, dann soll er auch die Bürde und Verantwortung eines Mannes übernehmen. Es wird ihn nicht umbringen.“

Zumindest waren sie Karli bereits nahe und würden es morgen oder übermorgen spätestens erreichen. Er beschloß, beim abendlichen Zusammensein ein Lep zu versuchen.

Warte! riefen Sand und Teela gemeinsam drängend.

Teela kommt zurück.

Antworten von den anderen drangen in seinen Geist. Arin lepte eine Zusammenkunft und ging Teela entgegen. Der unterbrochene Kreis drängte sich um sie, alle außer Sand und Holder, die noch weiter voraus waren.

Unreine, teilte sie ihnen mit.

Wortlos schlangen sie sich die Bogen um.

Wie viele?

Drei Männer. Krank.

Aller Augen wandten sich Arin zu. Er überlegte nur kurz. Sie mußten es erfahren, und zwar sofort.

„Es ist die Pest“, sagte er stumpf. *Sand, Holder. Kehrt zurück!*

Unreine Jäger – Nomadengruppen – waren die Hauptgefahr im Uhianischen Wald. Sie waren nicht Zirkel und lebten nur nach ihren eigenen Gesetzen. Ohne Lep und nie sehr zahlreich stellten sie keine Gefahr für eine Siedlung wie Charzen dar, aber ein kleinerer Trupp konnte sehr wohl ihrer überlegeneren Waffen und besseren Kleidung wegen übermannt und getötet werden. Die Zirkler gingen ihnen aus dem Weg und töteten sie nur, wenn es unbedingt sein mußte. Der Zirkel achtete das Leben. Töten endete es, deshalb tötete niemand leichtfertig. Das wußte jeder von Arins Leuten, und sie warteten auf seinen Befehl.

Es wäre falsch, den Unreinen aus dem Weg zu gehen. Sie würden zwar sicher sterben, das wußten sie alle, aber zuvor verbreiteten sie möglicherweise noch die Krankheit. *Vielleicht haben die Karlis sie bereits,* dachte Magill.

Nach einem fast unhörbaren Rascheln kam Sands Pferd aus dem Unterholz. Der Junge hielt vor Arin an.

Wo ist Holder?

Spricht.

„Mit wem?"

Unreinen.

Arin zog den Atem ein. Er schwang sich in den Sattel. „Ihr bleibt eine Steinwurfweite hinter mir", befahl er. „Kommt!"

Er gab der Stute die Fersen. Die Angst lag wie ein kalter Stein in seinem Magen. Er hätte Holder nicht an die Spitze schicken dürfen. Er hatte es in einem Augenblick der Ungeduld getan, aber da dachte er ja nicht, daß die Pest schon so nahe war.

Er verschloß den anderen seinen Geist, als die kalte Notwendigkeit ihn quälte. *Die Unreinen müssen sterben.* Sein Pferd stolperte, fing sich und trabte schnell weiter.

Was ist mit Holder? Keine Frage, wenn er ihnen nahe gewesen war, sie berührt hatte. *Meine Schuld!* Arin war übel. Nur gut, daß sein Magen leer war. *Meine Schuld!* Der Alptraum wurde Wirklichkeit. Er erinnerte sich an den ausgezehrten Hirsch, die leeren Augenhöhlen, die einst Sterne gewesen waren, und dann fragte er sich kurz, kalt, weshalb er sich über etwas wie Schuld Gedanken machen sollte. Es war bedeutungslos.

Hier!

Er nahm Holders Lep auf, als er aus dem Unterholz in eine Lichtung ritt. Sie war dick mit dürren Blättern gepolstert, die unter Soogies' Hufen laut raschelten. Seine Zunge klebte am Gaumen, als Arin die Stute im Schritt gehen ließ.

Drei waren es, genau wie Teela gesagt hatte. Schmutzig und in Fetzen lagen sie am anderen Rand der Lichtung. Arins Magen rebellierte bei dem fremdartigen Gestank.

Einer lehnte gegen einen Baum, aber die anderen sahen aus, als wären sie bereits tot, für Sonnenbräune oder Schmutz waren ihre Gesichter viel zu dunkel. Selbst aus dieser Entfernung las Arin die Zeichen von Karbunkeln im Gesicht des einen – des Mannes, den Holder mit einem Arm stützte, während er ihm aus seinem Wasserbeutel zu trinken gab. Als der Sterbende den Kopf zurückbeugte, sah Arin das große häßliche Geschwür am Hals.

Arin wartete. Er wagte nicht zu denken oder zu fühlen. Die anderen hielten hinter ihm an und reihten sich zu beiden Seiten auf. Doch obwohl er sie sehen konnte, war Arin sicher, daß er nicht mehr imstande war, einen von ihnen zu berühren. Nicht jetzt. Vielleicht nie wieder.

Tonlos befahl er: „Macht euch bereit!"

Pfeile wurden aus den Köchern gezogen.

Holder schien für nichts außer den Sterbenden Interesse zu haben. Für ihn war die Pest ein langweiliges Ammenmärchen.

Ich fand die Unreinen, lepte er. Aber sein Gesichtsausdruck verriet Arin mehr. *Ich* habe sie gefunden, sagte er.

Arin wußte, was Holder dachte. Er hatte sich vom Meister herumkommandieren lassen müssen, seit sie von Charzen aufgebrochen waren. Und nun hatte er Informationen, die für die Gruppe wichtig waren; Informationen, die er dem sterbenden Unreinen entnommen hatte, und nur er, Holder, konnte sie Arin übermitteln und gleichzeitig dem Rest der Gruppe zeigen, was er für ein Mann war. Wer war nun wichtig? Arin oder Holder?

Arin fröstelte. *Sprich!*

Ein Grinsen verzog Holders Lippen. „Es waren zehn. Wurden nördlich von Karli krank."

„Nicht *westlich?*"

„Nördlich. Sind alle tot, außer diesen hier. Sind zu schwach zum Jagen. Wurden von den Karlis vertrieben." Er tätschelte die Schulter des Unreinen. „Mach dir ihretwegen keine Sorgen, Arin. Sind keine Gefahr für uns. Wollten nur ein wenig Wasser und . . ."

„Holder", würgte Magill. „Du gottverdammter Narr!"

„Hah?" Holders Gesichtsausdruck verriet immer noch leichten Hohn, als der Pfeil ihm den Mann aus dem Arm riß. Der Unreine zuckte nur kurz, dann glitt er zu Boden. Ehe Holder noch etwas sagen konnte, trafen zwei weitere Pfeile die beiden anderen Unreinen. Mit offenem Mund starrte Holder seine Gefährten an. Der Wasserbeutel baumelte an einer Hand. „Wa-as . . ."

Arin deutete auf den Toten zu Holders Füßen. „Das ist die Pest. Du kannst nicht mehr zurückkommen."

„Hah?" Holder stierte ihn verständnislos an. „Wovon redest du eigentlich? Ich habe ihn ja kaum angerührt." Arins Blick machte ihn wütend, mehr noch, er mißverstand ihn. *Du hast mich nie leiden können, Arin.* Doch dann las er die feste Mauer des vereinten unerbittlichen Geistes aller – und verstand. Er war abgesondert.

Allein. Er durfte nicht zurück, nicht einmal die paar Schritte, die sie trennten. Verbittert wandte er sich an Arin.

„Also gut. Jetzt bist du mich endlich los. Das wolltest du ja die ganze Zeit. Ich reite heim."

Kon lenkte sein Pferd ein paar Schritte vorwärts. „Kannst nicht heim, Holder. Kannst nicht nach Karli."

Der Bursche stierte ihn wild an. „Wohin dann? Was . . ."

„Mußt allein bleiben, bis du weißt, daß du frei davon bist", sagte Kon. „Bleib im Wald, Junge."

„Nein!" Arins Wort peitschte durch ihren Geist. Kon verstand es als erster, erkannte das schreckliche Grauen. Er tastete nach Arins Geist, aber der war ihm verschlossen. Arin war so allein wie Holder.

Jetzt verstanden es auch die anderen. Magills Lippen bewegten sich stumm. Clay schüttelte benommen den Kopf. Die Zwillinge kauerten sich zusammen wie fluchtbereite Tiere. Das Ganze war unvorstellbar.

„Es tut mir leid." Arin richtete sich straff auf. Der Pfeil schwirrte durch die Luft.

Holder schrie.

Der Pfeil warf ihn zurück gegen den Stamm. Doch noch während er flog, gaben Magill und Hara ihren Pferden die Fersen, in einem sinnlosen Versuch, ihn aufzuhalten.

Zurück! Sowohl Arin als auch Kon befahlen es. Arin drehte seine Stute zu Magills Pferd um, und die beiden Tiere stießen am Hals zusammen. Kon versperrte Hara mit seinem den Weg.

Die anderen waren vor Grauen erstarrt. Elin hatte die Augen fest gegen die Wirklichkeit geschlossen. Die Zwillinge drückten sich aneinander, als Holders Beine nachgaben. Mit Kopf und Armen schlaff herabhängend, glitt seine Leiche den Stamm entlang in eine sitzende Haltung.

Arin hatte innerhalb des Zirkels getötet. Das war so unvorstellbar, daß es kein Wort dafür gab. Er stellte sich vor seine Leute.

„Er hätte uns allen den Tod gebracht, und nicht nur uns. Vielleicht wäre die Pest mit uns in Karli eingezogen."

Niemand bewegte sich.

„Wir werden ihn nicht begraben. Wir werden ihn nicht berühren. Mag der Wald sich selbst reinigen."

Er spürte die starre Mauer des Nicht-verstehen-Könnens. Und dann trennten sich die geteilten Gefühle. Clay bewegte sich, Magill legte seinen Bogen ab. Sie konnten es noch nicht fassen. Arin fragte sich, ob sie ihm jetzt gehorchen würden.

„Sand, Teela, ihr macht die Vorhut wie bisher, Clay, an meine Linke.“

Die drei waren froh, sich mit etwas beschäftigen zu müssen, das ihre Gedanken ablenkte. Sie wendeten ihre Pferde und ritten voran. Keiner schaute mehr auf Holder.

„Hara, nach rechts. Magill, Elin, hinter mir.“

Die Zügel hingen schlaff in Magills Fingern. Er machte keine Anstalten, sich zu bewegen. Kon ritt neben ihm. „Komm schon, Gill“, sagte er sanft.

Magill murmelte mit gesenktem Kopf. „Wiedergeboren, Holder.“

„Den Shandos“, fügte Elin hinzu.

„So soll es sein“, murmelte Kon in gleichem Ton. „So, und jetzt auf.“

Magill nahm die Zügel und lenkte sein Pferd. Elin folgte ihm.

Nur Kon blieb zurück. Arin musterte das häßliche, geliebte Gesicht und tastete nach Kon, um die Qual mit ihm zu teilen, doch sein Freund hatte sich ihm verschlossen.

„Wo willst du mich haben, Arin?“

Bleib nah bei mir.

Laß mich in Ruhe. Kon wendete sein Pferd und ritt weit genug vor Arin, daß sie sich nicht unterhalten konnten.

So nah an Karli konnte es kaum noch große Gefahr geben, und weil sie dringend Wärme und Aufmunterung brauchten, gestattete Arin ein kräftiges Kochfeuer. Außerdem benutzte er Bannmagie an zwei Stinktieren, die Elin zubereitete. Nach dem Essen sammelten sie sich wie üblich für ein Lep heim nach Charzen. Arin spürte eine gewisse Dankbarkeit in den anderen, besonders in Clay, daß sie Verbindung mit dem vollen Kreis der Meister aufnehmen durften. Magill saß grübelnd ein wenig abseits und wartete darauf, die Nachricht über Holders Tod zu lepen.

Der Bericht pulsierte heftig aus ihrer Gruppe zu den Meistern in Charzen. Sie lepten von den Unreinen, Holders Unüberlegtheit, der Strafe, die Arin über ihn verhängte, und seine Weigerung, Holder zu beerdigen.

Dann warteten sie auf die Antwort der Meister.

Es dauerte nicht lange. Als sie kam, wußte Arin sofort, daß es nicht Tuli, Jenna, auch nicht Edan sein konnte, der eine solch unerschütterliche Kraft ausstrahlte.

Arin ist der Meister, lepte Garick. *Kümmere dich um deine Leute.*

Nachdem der Gott gesprochen hatte, blieben sie am Feuer sitzen und lauschten dem kalten, anschwellenden Wind. Sie starrten in die Flammen und drängten sich aneinander wie verängstigte Hunde.

Mit dem Kinn auf dem Knie suchte Arin nach dem, was sie ihm jetzt verweigerten. Nur in Elin fand er die Bereitschaft, ihm den Geist zu erschließen, aus Mitgefühl.

Sie streckte ihm die Kanne mit Mosta entgegen, die einzige, die sie von zu Hause mitgenommen und sie alle, außer Arin, bisher miteinander geteilt hatten. Magill sah zu, als Arin danach griff.

Wäre jetzt mehr, wenn er auf Holder gehört hätte.

„Komm, trink noch einen Schluck", forderte ihn Elin auf. „Du ißt nicht genug. Trink wenigstens. Es wird dir helfen, dich warmzuhalten. Aber Arin benetzte kaum die Lippen. „Mehr", drängte sie. Er nahm einen tiefen Schluck und spürte das Brennen. Er war nicht mehr daran gewöhnt. Elins Hand fand seine. *Sprich mit ihnen, Arin. Teil dich mit.*

Sie schauten Arin an, als er sprach. Sein Gesicht war so schmal, daß der Feuerschein tanzende Schatten und Licht über die scharfen Kanten seiner Nase, der Wangen und des Kinnes warf.

„Manche Dinge sind schwer zu verstehen", begann er. „Wir erleben eine Veränderung, etwas Neues. Der Gott sagte zu mir: ‚Sag den Karlis, wo wir bisher Meister gewesen sind, müssen wir jetzt Könige sein. Wo das Leben alles war, müssen wir es für etwas Größeres geben."

Sie sahen so verloren aus wie zuvor. Keiner von ihnen wußte, was ein König war, und was konnte größer als das Leben sein?

„Ein König ist wie ein Meister", erklärte Arin. *Und so einsam,* dachte er, aber das teilte er nicht mit ihnen. Ein anderer Gedanke regte sich ungewollt, doch auch ihn enthielt er ihnen. *Gib ihnen nur, was sie verstehen können. Laß sie nicht in Angst ertrinken.*

„Wir lepen jetzt zu den Karlis und sagen ihnen, daß wir hier sind."

Willig legten sie ihre eigenen Zweifel und Besorgnis in die Einheit des Zirkels und sammelten ihre Kraft, um Arin in seinem Ruf zu verstärken, bis die Frage antwortete:

Wer?

Shandos. Garicks Volk. Erwartet uns morgen.

Die Antwort beruhigte sie. Sie wurden erwartet. Dann: *Welcher Meister?*

Arin zögerte. Etwas so Neues, etwas, das keiner von ihnen verstand, und von einem durchzuführen, der nicht weniger verwirrt als sie und doch bereits ein bißchen abseits von ihnen war . . .

Welcher Meister?

Und dann, über das Durcheinander von Gefühlen in ihm, entfaltete sich seine Macht, verdoppelte sich, lenkte seinen Zweifel zu Willen, und wurde zu einer Kraft über das Bedürfnis hinaus, wurde zu mehr, als Arin je zuvor herbeigerufen hatte.

Der Meister Arin – Garicks Sohn.

Dieser gewaltige Schwall von Kraft überraschte seine Gruppe. Sie hoben die Köpfe gleichzeitig und schauten zu Arin hoch, während er über ihnen stand, und das Lebewohl von Karli Stimme um Stimme schwand, bis nur eine einzige, jubelnde noch zu hören war.

Arin! ARIN!

Immer noch jauchzte die schwindende Stimme seinen Namen.

Mit zugeschnürter Kehle und heftig pochendem Herzen löste Arin sich schnell aus der Mitte der anderen und schritt hinaus in die Dunkelheit, wo er seinen Kopf gegen die kühle Borke eines Schößlings drückte.

Arin! schwindend, doch immer noch jubelnd.

Shalanes Stimme.

Drei Jahre, doch sie hatte ihn nicht vergessen. Er wollte hinausbrüllen vor Erleichterung und Freude, aber etwas hielt ihn davon ab.

Immer noch konnte er sehen, wie Holder fiel. Und Shalanes Willkommen mischte sich mit Holders Schrei, als der Pfeil durch den Jungen drang und ihn gegen den Baum warf.

Einmal hatte Singer während seines Unterrichts seine Mutter nach dem Unterschied zwischen Shandos und Karlis gefragt.

„Garicks Geld“, hatte sie geantwortet.

Vielleicht war es gut für ihren Seelenfrieden, daß die Karlis keine Produkte hatten, die ihnen viel Geld einbrachten. Sie verkauften Wolle und ein paar andere Dinge an Lorl und Towzen, doch nur, was sie selbst nicht brauchten. Sie führten ein geruhsames, genügsames Leben, machten selten Besuche und kümmerten sich um ihre Felder und Weiden, jagten und lebten nach reiner Zirkelweise.

MANCHMAL, IN EINEM STRENGEN WINTER, schrieb Judith über sie, als sie noch nicht lange aus der Stadt fort war, HABEN SIE NICHT GENUG ZU ESSEN, DANN ERKRANKEN DIE KARLIS UND STERBEN, ABER DIESE IMMERWIEDERKEHRENDE SCHLIMME ERFAHRUNG VERBITTERT SIE NIE. DAS LEBEN IST IHRE RELIGION, UND SO ALLESBEHERRSCHEND IST ES, DASS SIE KEIN ANDERES WORT DAFÜR KENNEN ALS ZIRKEL, UND DAS SCHLIESST MÜHSAL, LEID UND TOD EIN, UND DOCH EMPFINDEN SIE EINE FREUDE, EIN GLÜCK UND EINE EINHEIT, DIE ZU TIEF SIND, SIE IN WORTE ZU FASSEN. MAN HÖRT SIE AUS IHREN LIEDERN, SIEHT SIE IN DEN ZEREMONIEN IHRER FEIERTAGE, WENN DAS ALLGEMEINE LIEBEN – ANBETUNG UND VERGNÜGEN ZUGLEICH – SO UNERMÜDLICH IST, DASS DIE KARLIFRAUEN STÄNDIG SCHWANGER WÄREN, STIMMTEN SIE NICHT DEN ZYKLUS IHRES KÖRPERS MIT UNWAHRSCHEINLICHER PRÄZISION AB. DOCH SELBST DIE SELTENEN FEHLBERECHNUNGEN WERDEN GROSS UND GESUND WIE DER REST, UND DAS TRÄGT ERST RECHT DAZU BEI, IHNEN ZU BESTÄTIGEN, WIE SCHÖN DAS LEBEN IST. SO TRAURIG UND SO WIDERNATÜRLICH BEEINDRUCKEND! WENN SIE UNS SCHMUTZIG, VERSEUCHT UND UNWISSEND VORKOMMEN, HABEN WIR NATÜRLICH RECHT, ABER ICH MUSS SAGEN, ES IST MÖGLICH, SICH DURCHAUS EIN BISSCHEN ZU TÄUSCHEN, SELBST WENN ALLE FOLGERUNGEN ÜBEREINSTIMMEN UND DAS ENDRESULTAT UNVERRÜCKBAR IST.

Der grauhaarige Schäfer zählte die Pferde, die sich den Weg über den letzten Felshang über seiner Weide herabtasteten. Er legte die Hand über die Augen und bewunderte die Tiere: schmale Schädel hatten sie, lange Beine, und sie waren mehr für Schnelligkeit als Ausdauer gezüchtet. Eine alte Legende behauptete, die Shando-Pferde stammten von einer Rasse, die zum Rennen gezüchtet worden war. Als hätte ein Pferd nichts anderes zu tun!

„Heee-ee-ah!“ Er bahnte sich einen Weg durch die drängelnden Schafe und winkte die Reiter weiter. „Ihr seid sicher alle hungrig.“

„Verdammt, wenn *das* nicht angenehm ist“, seufzte der sattelmüde Magill. Elin war zu erschöpft, auch nur aufzuschauen.

„Was? Etwas zu essen?“

„Nein. Einmal zur Abwechslung jemanden lächeln zu sehen.“

Auf dem gesamten letzten Stück rannten die Karlis und ihre Kinder ihnen mit Willkommensgeschenken wie Obst, Mosta und noch warmen Bratenstücken an langen Stöcken entgegen. Rhythmische Musik empfing sie, die von vielen Händen geschlagen und von vielen Stimmen gesungen wurde. Teela, die Fremden immer noch nicht traute, hielt sich dicht an ihren Bruder. Aber Magill genoß die Aufmerksamkeit. Er saß mit einem Fuß auf dem Sattelknauf und teilte einen Korb voll Birnen mit Elin. Auf seine ruhigere Weise freute sich auch Kon. Das frohe Lachen, das Willkommensgeschrei, die Musik, die bei jedem Schritt näherkam und lauter wurde, brachte wieder ein bißchen Sicherheit in seinen Kosmos zurück. Arin hatte ihm eine Weile lang einen ziemlichen Schock versetzt und ihn verwirrt, aber schließlich war Arin der Pol seiner Welt. Kon konnte von diesem Pol genausowenig abweichen, wie der alte Polarstern plötzlich südwärts fliegen könnte. Arin spürte, wie die Kluft zwischen ihnen sich allmählich wieder schloß, während sie schweigend nebeneinander herritten.

Hara brüllte den befreundeten Trappern zu. Und Clay sah, daß die Mädchen sich feingemacht hatten in ihren besten Gewändern aus buntem Lorlstoff. Er versuchte sich zu merken, welche die hübschesten und freundlichsten waren, die sich gewiß gern für die Sammannacht erwählen ließen.

Teela staunte über die farbenprächtige Kleidung. Clay sagte, ihr neuer grüner Kittel sei nicht Fell, sondern Haar von einem Schaf, doch da sie bis heute nie ein Schaf gesehen hatte, hielt sie das für Unsinn. Und als sie dann später noch erfuhr, daß das Zeug, das man Baumwolle nannte, nicht einmal Haar war, sondern aus dem Boden wuchs, nun . . .

„Es stimmt“, bestätigte Sand. „Es wächst.“

Haut!

Es wächst! versicherte ihr auch Arin.

Gottverdammte Shandos. Teela war nicht zu überzeugen. *Laß dich von ihnen ruhig schwarz belügen, wenn du so dumm bist.*

Die Shandos kommen! Shandos!

Das kleine Mädchen klammerte sich an den Rock der Mutter. „Mama, sie haben keine Gesichter.“

„Doch, doch. Sie malen sich nur an, daß sie wie der Wald

aussehen. Papa tut das auch, wenn er jagt. Es läßt sich wieder abwaschen."

Zwei Reiter, ein Mann und eine Frau, ritten den Shandos über den letzten Hügel vor dem Fort entgegen. Arins Herz setzte einen Schlag aus. Das blonde Mädchen trug einen weißen Überwurf über einer Fellhose und einem grellroten Hemd.

„Arin!"

„Bleib hier, Kon." Der begeisterte Schrei schallte Arin entgegen, als er seine Stute zum Galopp antrieb, um das Mädchen auf halber Hanghöhe zu treffen. Immer noch rief sie seinen Namen.

„Arin – Arin . . ."

Ihr langes Bein schwang sich über den Sattelknauf, während der andere Fuß sich geschickt aus dem Steigbügel löste. Sie war schon auf dem Boden und rannte ihm leichtfüßig entgegen, ehe ihr Pferd steif anhielt. Arin sprang zu ihr hinunter und schloß sie in seine Arme. Ganz fest drückte er sie an sich. Sie versuchten zu sprechen, aber Worte waren nutzlos, und das Lep verband sich so wirr miteinander, daß es unmöglich war, es auseinanderzuhalten. Oh, er war so groß geworden. Und ihr Haar war jetzt so füllig wie Elins. *Wer ist Elin? Unwichtig.* Und sie hatte ihn nicht vergessen, konnte ihn nicht vergessen, obgleich sie sich in der ungünstigsten Zeit ihres Lebens kennengelernt hatten, als sie gerade als Meister für den Inneren Kreis ausgebildet wurde, und – und überhaupt alles. Ihre Augen waren gar nicht wirklich blau, sondern eine Art von Grün. Und er erinnerte sich an die weißliche Narbe an ihrer Hand, wo der Fuchs sie gebissen hatte, als sie ihn zähmen wollte. Und wie lange konnte er bleiben? *So lange?* Das waren ja Tage und Tage und Nächte und Nächte, und sie war so stolz, daß er Meister geworden war, und er würde bei ihr wohnen und . . .

„Moss!" Shalane wirbelte mit strahlendem Gesicht und einem Arm um Arin herum, als ihr Vater herbeitrottete. *Er ist hier!*

Moss lehnte sich aus dem Sattel und streckte die offene Hand aus. „He, Arin. Ist der alte Garick noch so stur wie früher?"

„Na, und ob!" Arin griff nach der gebotenen Hand.

Er wartete mit Shalane auf die anderen. In ihrer Begeisterung litt die Würde ihres Meisterseins ein wenig. Arin machte Shalane mit dem Rest seines unterbrochenen Kreises bekannt. Sie versuchte sich ihre Namen zu merken, doch im Augenblick sah sie nur ihre Erschöpfung. „Wir haben schon für eure Unterkunft gesorgt. Aber ihr seid ja nur acht. Das Lep aus Charzen . . ."

Die Qual, die sie von Arin aufnahm, würgte ihr das Wort ab. „Oh."

„Die Meister warten in der Halle", erklärte Moss. „Glaubt ihr, ihr schafft es noch, Hallo zu sagen?"

„Ohhh, ich vergaß, Arin." Lachend schwang Shalane sich wieder in den Sattel. „Sie schickten mich ja, euch zu holen."

„Hört euch das an!" Moss lachte schallend. „Hoban schickt extra einen Meister, euch entgegenzureiten und zu ihm zu bringen, und dann das!"

Shalane ritt voraus. Mit He-he-he scheuchte sie die Frauen und aufgeregten, schmutzigen Kinder zur Seite, die sich schließlich in einer immer länger werdenden Schlange der Gruppe anhängten. Hoban und Tilda, Gott und Göttin, und die versammelten Meister von Karli erwarteten sie bereits. Arin verbeugte sich vor den Geweihkronen und verharrte, während der alte Mann und die alte Frau in ihn hineinschauten und alles, was er war, abwogen.

„Hast du uns das Messer gebracht, Arin?" fragte Hoban.

„Mehr als das." Arin sprach laut genug, daß alle Meister es hören konnten. Er machte eine weitausholende Geste, die seine Shandos einschloß. Noch lange nachdem seine Worte vergessen waren, blieb ihm das Bild erhalten: die letzten Sonnenstrahlen, die den Forthof in Feuer tauchten, Elins Haar aufleuchten ließen und Clays Gesicht röteten. „Das sind meine Leute, Garicks unterbrochener Kreis, die Besten der Shandos."

Und er erinnerte sich an noch etwas, an einen grauenvollen Gedanken: *Was ist, wenn ich sie alle, wie Holder, töten muß? Wem kannst du dich dann noch mitteilen, Meister Arin?*

Shalane wurde mit sechzehn im Inneren Kreis aufgenommen. Das war vielleicht etwas zu früh, dachten so manche, für das Mädchen, das vor Temperament übersprudelte wie ein Kessel auf dem heißen Herd. Kraft hatte sie im Überfluß, und sie trug sie wie ihren weißen Überwurf, immer ein wenig behelfsmäßig hoch und über den Kordelgürtel gezogen, um ihren langen Beinen mehr Bewegungsfreiheit zu gewähren. Sie hatte eine Gabe im Umgang mit Pferden, zusätzlich zu ihren anderen Fähigkeiten, und sie hatte viele der neuen Tiere für Karli gezähmt und eingeritten. Im Sattel oder auch ohne schien sie Teil des Pferdes zu sein. Ob das Tier sich aufbäumte, bockte, oder was immer auch versuchte, sie war nicht abzuwerfen. Und wenn es sich auf dem Boden wälzte, um sich ihrer zu entledigen, war sie längst abgesprungen und saß schon wieder auf, wenn das Pferd hochkam.

Sie war die jüngste von vier Kindern. Die anderen hatten längst ihre eigenen Familien. Von Mutter Maysa hatte sie das runde Gesicht und die vollen Lippen, die fast immer über den leicht vorstehenden Zähnen halbgeöffnet waren. Doch das hellblonde Haar und die Haut, die den größten Teil des Jahres dunkler als das Haar war, hatte sie von Moss.

An Shalane gab es keine Schatten. Sie stand aufrecht in der Mittagssonne und strahlte Vitalität aus. Der Mann, der nicht imstande war, sie zu lieben, dachte Arin, mußte entweder tot oder am Sterben sein. Wenn er, Arin, nach Charzen zurückkehrte, würde er sie mitnehmen.

Er brachte seine Leute schnell unter – an gastfreundlicher Unterkunft mangelte es nicht – und folgte Moss und Shalane etwa eine Meile über sanfthügelige Schafweiden, vorbei an Moss' wohlbestellten Feldern, wo das winterfeste Getreide zu Garben gebunden war, zu dem länglichen, niedrigen Haus, vor dem Maysa mit dem herzlichen Willkommen wartete.

Das Haus war nicht wie die riesigen Hallen in Charzen. Es wirkte irgendwie wärmer, freundlicher. Es war mit erstaunlich viel mrikanischem Luxus ausgestattet: glasiertem Tongeschirr, Ziergefäßen, Metallampen, feingewebten, etwas verblichenen Wandbehängen, und einem großen eisernen Herd in der Küche. Maysa war weniger stolz auf den Herd als dankbar für ihn. Moss hatte ihn in Towzen gekauft. Er kochte mit gleichmäßiger Temperatur und ersparte ihr viel Arbeit. Die meisten der Dinge stammten noch aus dem Anfang, als Moss zu jagen aufhörte, um das Land zu roden und das Haus zu bauen.

„Wir waren reich", sagte Maysa in froher Erinnerung. „Wir hatten fünfundzwanzig Kreten. Das ist mehr Geld, als die Karlis je auf einem Haufen sehen. Moss verdiente es sich alles in einem einzigen Frühjahr."

Moss schwieg.

„In Lishin?" fragte Arin gespannt.

„Ja. Hinterher war er krank. Er war – nicht bei uns." Ein Blick von Moss forderte sie auf, das unangenehme Thema fallenzulassen. „Wir sprechen nicht darüber."

Sie setzten sich in der geräumigen Küche, die angenehm von

dem großen Herd erwärmt wurde, zum Essen nieder. Shalane und Arin nahmen nur kleinste Portionen zu sich und tranken Wasser, obgleich die Gastfreundschaft im Überfluß auftischte, und es den Meistern überließ, ihre Selbstdisziplin walten zu lassen. Die Unterhaltung war so erwärmend wie das Essen.

„Wir mußten innerlich ganz schön lachen, als ihr zwei euch damals ineinander verschaut hattet." Maysa häufte weiteres Gemüse auf Moss' Teller. „Mit Lane in der Meisterhalle vergraben, und du nahe daran, aus der Haut zu fahren."

„Mußten euch fast festbinden." Moss grinste. Er schaute mit dem gleichen undeutbaren Ausdruck, der Arin aus unerklärlichem Grund an Singer erinnerte, auf den jungen Mann. „Zeit ist etwas Gutes."

„Was willst du damit sagen?" fragte Maysa erstaunt.

„Oh, nur daß sie jetzt älter sind, und Arin – erinnerst du dich, wie er war? Zu verdammt bequem, sich auch nur den Mund abzuwischen."

Shalane verschränkte ihre Finger mit Arins. „Und jetzt ist er müde."

Das Essen, die Verbundenheit, die freundliche häusliche Atmosphäre, trugen zu einer wohligen Müdigkeit bei. Arin ertappte sich dabei, daß ihm die Lider zufielen.

„Ich bin müde, Moss. Aber schon bald möchte ich mit dir sprechen."

„Jederzeit. Am Morgen ist es am besten. Ich schaue gern zu, wie die Sonne aufgeht."

Maysa stellte die nachgefüllte Schüssel auf den Tisch und umarmte Moss von hinten. „Aber sicher. In aller Frühe ist der alte Moss schon mit den Vögeln auf." Sie lächelte über seine Schulter die beiden jungen Leute an und seufzte aus reiner Lebensfreude. „Moss, heute abend noch werde ich dich halb betrunken machen. Halb, sagte ich . . ."

Zärtlich strich er über ihr Haar. „Und?"

Sie knabberte kurz an seinem Ohr. „Dann werde ich dich auffressen. Lane, bring Arin in dein Zimmer, ehe er mit dem Kopf auf dem Teller einschläft."

Arin erinnerte sich, daß Shalanes Zimmer, ehe sie Meister wurde, reichlicher eingerichtet gewesen war. Jetzt wirkte es fast kahl. Der übliche Kreis war auf den Boden gezeichnet, in Nordrichtung offen, um dort mit Kreide geschlossen zu werden, wenn sie sich in ihn begab, um ungestört zu arbeiten oder Kraft zu erzeugen. Arin fragte sich, was sie von seinem Zimmer zu Hause halten würde, wo die traditionellen Instrumente unter Tintenfässern, Listen mit mühsam gelernten Worten und den Manuskripten begraben lagen, die Garick für ihn geschrieben hatte. Auf einem einfachen Tisch sah er ihren Kelch, den Thammay und die Weihschale, zusammen mit verschiedenen Kräutergefäßen.

Und ihr Bett war keinesfalls breit genug für sie beide.

„Ist doch." Shalane umarmte ihn. „Ich drücke mich ganz eng an dich."

Arin ließ sich auf den Bettrand fallen, um seine Schuhe auszuziehen. Die Fichtennadelmatratze knarrte einladend unter ihm, während er Shalane beobachtete. Die Kerzenflamme zitterte bei ihren eiligen Bewegungen, als sie aus dem Überwurf und danach aus Hemd und Fellhose schlüpfte. Nackt und stolz stand sie vor ihm, wie ein Füllen, das auf eine Liebkosung wartet. Da sie von Sinjin bis Milemas fast nackt herumlief, war ihre helle Haut zu einem dunklen Bronzeton gefärbt, von einem schmalen Streifen um die Hüften abgesehen. Sie half ihm aus dem Rest seiner Kleidung, dann warf sie sich auf das Bett, und ihre Arme und Beine verschlangen sich mit seinen.

Schau uns an, Arin. Wir sind wie der Morgen.

„Du bist wirklich hier!" Ihre Hand strich seinen Bauch hinab, um zwischen seinen Beinen liegen zu bleiben, nicht hungrig, sondern jeden Zoll genießend. Aber die Müdigkeit lastete zu schwer auf ihm, er konnte nur mit einem leichten Zucken reagieren. Das wunderbar weiche Bett zog ihn nieder, fort von ihrem Mund und ihren Hüften, hinein in einen herrlichen Schlaf, mit der Wärme ihres Körpers wie eine zusätzliche Decke über ihm. Arin schwebte, während seine Muskeln sich noch den Bewegungen im Sattel anpaßten. Hara sollte doch rechts reiten, die Zwillinge an der Spitze, und Holder . . .

Der Pfeil hieb Holder gegen den Baumstamm.

Arin zuckte zusammen. Er öffnete die Augen, als er in die Zeit und zu Shalane zurückkehrte. Sie lachte warm und zufrieden, tief in der Kehle.

„Wass' iss?" murmelte er.

„Du", flüsterte sie. „Wolltest wegen mir wachbleiben." Sie kuschelte sich neben ihn, mit den Lippen auf seinem Hals. Ihr Kichern vibrierte durch ihn. „Du könntest jetzt nicht in mich dringen, selbst wenn dreizehn Meister dir helfen würden, es aufzurichten. Schlaf jetzt – schlaf!"

Er war der gleiche Arin ihrer Erinnerung, doch von etwas Neuem beschattet, das sie nicht definieren konnte. Vielleicht war es die zu schnell erzwungene Initiation. Aber Shalane dachte nicht lange darüber nach. Da sie neunzehn, gesund und unbekümmert war, schlief sie gleich ein.

„Meister Shalane!"

Der junge Bauer nahm eine Hand von dem Brunnenseil und winkte Shalane und Arin zu, die Hand in Hand den Weg vor seiner Hütte entlangkamen. „Kommt herein", forderte er sie gastlich auf.

„Keine Zeit, Jon", rief Shalane. „Müssen die Jungs holen und Samman-Stämme schlagen."

Jon zog wieder am Strick. „Guten Morgen, Meister Arin."

„Könnte nicht besser sein." Arin nickte. Sie winkten einander noch einmal zu, dann verschwanden die beiden zwischen den Bäumen.

Jon füllte den Eimer und goß den Eisentopf auf, in den Elin und seine Frau Cat Kartoffeln schälten. Cat versuchte es, sich auf dem extra für sie gepolsterten Stuhl mit ihrem der Niederkunft nahen Bauch so bequem wie möglich zu machen. „Gib mir noch ein paar, Elin. Müssen sie irgendwann heute fertig kriegen. Immer schicken sie Shalane." Sie grinste, während das Messer die Schalen abtrennte. „Sie singt den Jungs Geschichten, während sie fällen, und sie ist ja auch noch nicht älter als sie."

Wegen des Kindes konnte Cat diese Sammannacht nicht tanzen, wie sie es gewohnt war, also würden sie und Jon zuschauen, bis ihr Rücken ermüdete, und dann zu einem gemütlichen Mahl nach Hause zurückkehren. Die Feier würde ihnen nicht fehlen, denn das diesmalige Drehen des Jahresrads sollte ihnen das Kindgeschenk bringen.

„Ich wette, Elin wird die ganze Nacht durchtanzen", sagte Cat und tat, als glaubte sie daran, obwohl sie spürte, daß es nicht stimmte. Das Shandomädchen half ihr bereitwillig bei den Sammanvorbereitungen, doch ohne die übliche Vorfreude. *Wie ich,* dachte Cat, *so viele Tänze, so viele Nächte auf dem Hügel. Sie sind gut zur richtigen Zeit. Doch früher oder später muß es mehr als das geben. Für manche ist es erst spät. Für sie ist es jetzt.*

„Mädchen . . .“ Cat war kaum älter als Elin, aber das Haus und Jon und das erwartete Kind machten den Unterschied. „Wenn du heute nacht nicht beim Feuer bleiben willst, kannst du mit uns heimkommen.“

Elin schälte weiter. „Vielleicht tue ich es.“

Jon drückte den Kopf leicht auf Cats geschwollenen Bauch. „Also, nach wem hast du gefragt?“

Elin warf die geschälte Kartoffel in den Topf. „Oh, ich nehme an, er könnte nach Sinjin durch Karli geritten sein. Er ist sehr ruhig, lächelt kaum.“

Jon dachte nach. „Da war ein Wengentrapper. Richtig dunkel, lockiges Haar.“

Nein, weiße Haut, richtig weiß. Glattes Haar.

Warte. Jon erinnerte sich. „Nicht sehr groß? Bartlos, reitet nicht sonderlich gut?“

„Ja.“ Elins Augen verloren kurz ihren in sich gekehrten Ausdruck. „Jay. Er heißt Jay.“

Lange ehe die Sonne die Berge im Westen berührte, machten die Zirkler sich paarweise und in Gruppen auf den Weg zum Zeremonienhain – ein weiter, dort aus dem Wald gehauener Kreis, wo die Eichen, Buchen und Nußbäume am dichtesten standen. Die Leute reihten sich um die Mulde, die in den Jahrhunderten des Zirkels in die Erde getreten worden war. Arin, der mit Shalane stand, bemerkte, wie die grünen Kittel seines unterbrochenen Kreises sich aus der See dunkler Fellkleidung und handgewebter Gewänder abhoben. Garicks subtiler Hinweis auf den Reichtum der Shandos.

Östlich im Kreis beobachteten Hoban und Tilda, der Gott und die Göttin, die allmählich sinkende Sonne mit überkreuzten Armen. Als der untere Bogen der Scheibe den Horizont erreichte, hob Hoban die Arme.

„Das Jahr ist zu Ende. Wieder dreht sich das Rad.“

Und wieder war der Weg zwischen der Erde und den Geistern, die sie bewegten, offen für die Beteuerungen ihres Glaubens. Jetzt verließ die Sonne ihr irdisches Heim, um dahinzuziehen, wie sie mußte. Nun kam die dunkle Zeit der Schatten mit ihrem Tiefpunkt und dem Tod an Loomin, da die Sonne angefleht werden mußte, die Erde wieder zu erwärmen. Niemand zweifelte ernsthaft daran, daß der Sommer wiederkehren würde, aber sich damit zu beschäftigen, half ihre Verbindung mit dem Leben verstärken – man konnte ja auch nie wissen, vielleicht fühlte die alte Sonne sich einsam. Jetzt wurde Gott Hoban zum Tod, er streckte den Arm aus und berührte die Sonne an ihrem fernsten Punkt, ehe die Göttin mit Leben und Fülle zurückkehrte. Die Tänze, die symbolische Vereinigung des Himmels und der Erde durch die männlichen und weiblichen Meister, all das war für diese Notwendigkeit und Wahrheit gedacht.

Tilda deutete auf die Mitte des Hains. „Zündet mein Feuer, damit ich heimkommen kann."

Zwei Meister traten hervor. Sie öffneten die lange, verknotete Kordel ihres Überwurfgürtels. Östlich und westlich vom Mittelpunkt des Haines maßen sie den Kreis, der geformt werden mußte, bis sie einen Durchmesser von sechsunddreißig Fuß hatten. In der Mitte waren die Stämme für das Sammanfeuer in neun Lagen aus neun heiligen Holzarten geschichtet. Das Holz glänzte durch seinen Fettanstrich, der es schnell zünden würde.

Die Thammays der Meister stießen in die uralte Mulde und fuhren sie sonnenwärts vom Norden wieder zum Norden nach, mit zwei parallelen äußeren Schnitten, bis drei neue Linien, sechs Zoll von einander entfernt, den Scheiterhaufen umgaben. Salz und Wasser wurden in die Mulde gesprüht, und Fackeln an den vier Kardinalpunkten aufgestellt. Und so wurde der Kreis mit den vier Elementen, der Erde, dem Wasser, dem Feuer und der Luft, gereinigt, und war nun bereit, die Macht zu rufen.

Sie mußten nackt in den Kreis treten. Während Arin noch daran dachte, stand Kon schon neben ihm. „Ich passe auf deine Sachen auf, Arin."

„Und auf meine", bat Shalane. Sie schlüpfte aus ihrem Überwurf, dann faßte sie Arin an der Hand. „Wir wollen gemeinsam hineintreten."

Als erste nahmen Hoban und Tilda durch das Nordtor ihren Platz im Osten ein. Die anderen reihten sich im inneren Kreis an sie an, bis sie dreizehn waren. Ein Meister blieb höflichkeitshalber für Arin draußen.

Tilda hob ihre heisere Stimme: „Himmelsfeuer, komm zur Erde!"

Die Fackel wurde in den Holzstoß geschoben. Die eingefetteten Stämme begannen zu knistern und zu prasseln. Kleine Flammenzungen leckten aus der untersten Schicht. Als das Prasseln zum Donnern wurde, stimmte die Menge einen tiefen Ton an, den sie mit rhythmischem Klatschen begleitete.

Shalane drängte sich dichter an Arin. Als sie ihm zuflüsterte, preßten ihre kleinen, mit Öl eingeriebenen Brüste sich an seinen Arm. „Es ist *Jungmädchen,* deshalb bin heuer ich an der Reihe." Sie drückte seine Hand und trat vor, um das Feuer einmal zu umrunden. An den Kardinalspunkten kniete sie sich nieder und strich mit der Hand über die Erde.

„Mutter! Sei prall mit Leben! Mutter sei voll von Labung!"

Das Öl betonte die Muskeln ihres geschmeidigen Körpers, und die sattelgehärteten Schenkel spannten sich bei ihren Bewegungen, aber ihre gebräunten Wangen glänzten nicht vom Öl. Arin sah, wie sie vor innerem Stolz gerötet waren. Wieder bückte sie sich zur Erde.

„Mutter, mach, daß sie sich finden,
Der Rehbock das Reh,
Der Stier die Kuh,
Der Regen den Samen . . ."

Der einstimmige Ton der Menge wurde höher, das Klatschen stärker. Shalanes anmutige Bewegungen folgten dem Takt. Wieder neigte sie sich biegsam wie eine Gerte zur Erde und preßte die Hand darauf.

„Mutter, gib uns den Samen zurück."

Arin spürte seinen Geist in die gesammelte Macht des Kreises fließen, doch wie nie zuvor beobachtete ein Teil seines Selbst aus der Entfernung, wie eine Art Wurm in seinem Innern flüsterte, was er nie mit Kon, ja nicht einmal mit Shalane teilen könnte. *Wenn wir dorthin gegangen sind, wohin wir gehen müssen, wenn wir getan haben, was wir tun müssen . . .*

„Gib uns das Leben zurück!" rief Shalane.

Wieviel wird dann noch übrig sein, bohrte der Wurm weiter.

Auch wenn dies gut, dies die Wahrheit, und das Mädchen selbst eine große Schönheit ist, mag doch das reinigende Feuer ein anderes Feuer sein.

Arin zwang den Wurm zu schweigen. Nun wurde der einstimmige Ton der Menge außerhalb des Kreises zum Gesang mit schnellerem Rhythmus als zuvor. Während die Männer die

Melodie ausdehnten, woben die Frauen den Kontrapunkt für den vereinenden Tanz, die Berührung des Todes vor der Wiederkehr der Göttin. Shalane kam an Arins Seite zurück, so ruhig, als hätte ein Gott sich ihrer angenommen, und streifte gegen ihn, während sie ihren Platz wieder einnahm. Wo ihre Haut sich berührt hatte, schien sie zu vibrieren, und durch ihre neuen, wiegenden Bewegungen lud sie ihn zum Tanz mit ihr ein. Die Musik ergriff Arin. Er hörte auf zu denken. Sein Körper wiegte sich in exaktem Einklang mit Shalane, dreimal nach rechts, dreimal nach links, nach dem Rhythmus der klatschenden Hände.

Die Meister begannen einen spiralförmig verlaufenden Tanz auf Hoban zu, starr und still im Osten, ein sich drehendes Rad, das sich südwärts und nach links schlängelte und sich dem Gott immer näher entgegen bewegte, bis der erste ihn berührte, sich umdrehte, und sonnenwärts durch die herbeikommenden Meister tanzte – Räder, die sich auf Rädern innerhalb des Lebensrades drehten, den Geist frei vom Ich, die nach den anderen griffen und sie erfaßten, während die Musik wieder schneller wurde.

Eine Welle der Freude brandete durch Arin, als Shalanes Geist sich mit seinem vereinte. Ekstatisch drehte er sich. Sie waren eins, dann drei, dann fünf miteinander verbundene Wesen. Ein Summen der Beisterung drang aus der Menge, als Arin, Shalane und die drei nächsten Meister sich wie eine Einheit bewegten, wie fünf Spiegelbilder, bis jeder an seinen ursprünglichen Platz zurückkehrte.

Und nun schrillte die Musik durchdringend und aufgeregt. Die Kraft war jetzt eine lebende Wesenheit im Kreis, nicht viele Geister, sondern ein Geist, nicht viele, sondern EINS, verwoben mit der Musik, die zu einem unvorstellbaren Tempo anschwoll und plötzlich, unvollendet, erstarb und nach ihrer Krönung schrie. Als Antwort sangen die Frauen mit hohen Stimmen ein süßes Versprechen, schmerzhaft in seinem Verlangen, und sie verstummten, als Tilda aus dem Osten des Kreises hinaustrat und das Feuer ihre Silhouette umspielte.

Dieser absolut stumme Tanz fand nur zweimal im Jahr statt, an Belten und Samman. Nur zu dieser Zeit offenbarten die Meister ihre Kraft vor ihnen durch den Tanz der Jahreszeiten, des Lebens. Die Göttin war in ihrer Großzügigkeit bereit, sich verehren zu lassen, doch nur, wenn es richtig getan wurde. Jenen, die ungelernt, ungeschickt waren, verweigerte sie ihre Gunst.

Tilda ließ sich auf ihre breiten Hinterbacken nieder. Ihr Lep schlug scharf durch den vereinten Geist des Zirkels.

So laufe ich jetzt als Sinjinhase.
Fangt mich, fangt mich, wenn ihr könnt.

Ihr Körper floß in einer seltsamen, nichtmenschlichen Bewegung vorwärts. Die Frauengestalt verzerrte sich, verschwamm – und war nicht mehr. Das Hasennäschen schnupperte frech, die Hasenaugen starrten die Meister an. Von einem Geist gelenkt, kauerten elf Leiber sich zusammen, beugten sich nach vorn und verlängerten sich. Nur Hoban blieb unbewegt im Osten des Kreises.

Und wir laufen jetzt als Wiesel an Sinjin,
Um dich zu fangen und wieder heimzubringen.

Der Hase hoppelte rund um das Feuer, die Reihe der Wiesel schlängelte sich hinter ihm her, bis das Lep der Göttin sich erneut meldete:

So laufe ich jetzt als Reh an Lams.
Fangt mich, fangt mich, wenn ihr könnt.

Die große schlanke Rehgeiß drehte den schmalen Kopf ihren Verfolgern zu. Wo die elf Wiesel über den Boden gehuscht waren, warteten nun elf riesige Jagdhunde. Der stille Kreis vibrierte von ihrem leisen Knurren. Verächtlich wirbelte die Ricke herum und rannte leichtfüßig davon. Die Luft war schwer von dem Duft ihrer Drüsen.

Teela blinzelte. Sands Nase fällte das Urteil. Das waren *echte* Hunde. Zirkelzeremonien gab es nur wenige und simple im wilden Suffec, aber Hunde waren eine gefürchtete Bedrohung. Seine Schwester wäre davongerannt, hätte er sie nicht festgehalten und ihre Furcht mit ihr getragen, ehe sie übermächtig wurde und ihn getrennt von ihr ansteckte. Sie schmiegten sich mit den Messern in den Händen eng zusammen, bereit, jeden Augenblick die Flucht zu ergreifen. Doch da legten sich feste Hände auf ihre Schultern.

Sind nur die Meister, beruhigte Kon sie. *Schaut nochmal.*

Ein Urheulen erklang in dem Kreis. Die Hunde waren verschwunden.

Ein alter Wolf mit schweren Flanken und grauer Schnauze hob sich von dem Feuer ab und heulte seinen Winterhunger und seine Einsamkeit hinaus.

So laufe ich jetzt als Loominwolf.
Alter Wolf heult in der Finsternis zu Loomin.
Fangt mich, fangt mich, wenn ihr könnt.

„Schau“, forderte Kon die zitternde Teela auf. Die Meister standen aufrecht wie zuvor. Elf umringten das große Tier.

Und wir laufen jetzt als Zirkelmänner,
Um die Göttin wieder heimzubringen.

Elf Meister bewegten sich auf den Wolf in der Falle zu. Elf Arme schwangen und fuhren hinab, um das struppige Fell zu fassen. Und dann stand Tilda wieder in ihrer Mitte, und ihre bronzenen Arme hoben sich über sie alle hinweg.

Und ich werde wieder heimkommen.

„Hunde!“ zischte Sand. „Hast du sie denn nicht gesehen?“

Kon schlug ihm freundschaftlich auf die Schulter. „Ich habe sie gesehen.“

Teelas Augen funkelten. *Hunde haben unsere Leute umgebracht. Wir haben Angst!*

Kon drückte beide an sich. Sie paßten nicht in ihre kostbaren grünen Kittel. Sie erinnerten ihn an Füchse, die einen Augenblick in einem Sack gefangen sind, sich aber schnell befreien.

„Ich auch“, sagte er. Es war eine Lüge, aber sie mochten ihn dafür.

Hört!

Die Sonne war untergegangen und hatte nur einen dünnen roten Streifen über den Bergen im Westen zurückgelassen. Im Osten glitzerten die ersten Sterne, als sich erneut der helle, sehnsüchtige Gesang der Frauen erhob und die weiblichen Meister sich zu einem dichten Kreis um das Feuer schlossen. Beim ersten Klatschen des Rhythmus drehten sie sich um und tanzten zu den jetzt liegenden männlichen Meistern zur Vereinigung von Himmel und Erde.

Arin sah als erstes das lose Haar um Shalanes Gesicht und

Schultern hängen, wie die Mähne einer ungezähmten Stute. Ihr Körper hob sich gegen das Feuer scharf aus der Dunkelheit ab. Wo das Licht ihre Seiten umhüllte, sah man den Schweiß der Anstrengung mit dem Öl vermischt. Sie hatten sich in den Tänzen Seite an Seite bewegt und sich dabei immer wieder mit einem Arm oder einem Bein gestreift. Jede Berührung verstärkte ihr Verlangen, bis es zum schmerzenden Bewußtsein zwischen ihnen wurde. Obgleich es jetzt nur symbolhaft war, konnte er seine Bereitschaft für sie nicht unterdrücken. Er starrte auf das tiefblaue Himmelszelt mit den funkelnden Sternen, während jede Faser seines Seins Shalane entgegenfieberte.

Die Melodie hob sich um einen halben Ton und flehte um Erfüllung. Shalane kauerte sich über ihn. Ihr Gesicht glänzte von Schweiß und Öl. Ihre Hände an seinen Lenden fühlten sich glühend an, als sie ihn fand. Als der Akkord sich zur Vollendung hob, nahm Shalane ihn in sich auf.

Arin keuchte. Sie antwortete mit einem winzigen Lächeln, das im Schatten ihres Haares kaum zu sehen war. Gewöhnlich gab es überhaupt kein Eindringen, nur eine Berührung der Schenkel, aber Arin fand sie genauso bereit, wie er es war, und spürte den Beginn des stechenden Dranges. Ohne sich bewegen zu müssen, wuchs die Erregung in ihnen, peitschte durch die Stimulierung ihrer massierenden Muskeln, die sich heimlich um ihn schlossen und öffneten, dem Höhepunkt entgegen. Er stöhnte tief und kratzte die Nägel in die Erde. Das Pulsieren wurde zu einem herrlichen Schmerz, der aufriß und in zuckender Erlösung unter dem sanften Fluß ihres stillen Körpers verklang. Shalane beugte sich tief über ihn. Einen Augenblick bildete ihr Haar ein duftendes Zelt nur für sie beide.

„Himmel und Erde", murmelte sie.

Doch der zweifelnde Wurm in seinem Geist wisperte: *Das mag das letztemal sein. Das gibt es vielleicht nie wieder.*

Nein!

Zu spät versuchte er, es vor ihr zu verschließen. Shalane erfaßte das Wesentliche. Verwirrt zog sie sich ein wenig zurück. „Arin?"

Er griff nach ihren Händen. „Nicht du. Nicht du, Shalane."

Doch den kurzen kalten Hauch eines Augenblicks war sie mit einem Fremden verbunden gewesen.

Mit der Hochzeit von Himmel und Erde löste der Kreis sich zu lachenden, jubelnden Zirklern auf. Neue Stämme wurden auf das herabbrennende Feuer gestapelt. Ein köstlicher Duft stieg von den langen Tafeln an einem Ende des Haines auf. Gut gelagertes und eine Woche in einem besonderen Schuppen an einem kühlen Bach abgehangenes Fleisch wurde in unerschöpflichen Portionen auf die Holzteller verteilt: Wild, Schwein, Huhn, Waschbär und dunkles Opossum brutzelten in ihrem eigenen Fett, Eichhörnchen drehten sich auf Spießen, Maiskolben waren zu goldenen Pyramiden gehäuft und wurden mit dem Fleischsaft begossen.

Möge der hungernde Magen sich im kalten dunklen Grannog, wenn er Trockenerbsen verdauen mußte, an das Fest dieser Nacht erinnern und an das nie gebrochene Versprechen der Göttin, für mehr zu sorgen. Dies war eine Nacht der Lebenswirklichkeiten: der Verehrung der Erde, der Liebe und der Fülle. Denn heute war die Nacht der saftigen Braten und des wohlschmeckenden, ungewohnten Brotes aus Roggen, das den ganzen weiten Weg auf den Wagen von Lorl hierhergebracht worden war, nebst feinem weißen Mehl, das man teuer von Korbin erstanden und mit Eiern, Butter, Milch und der fast mythischen Substanz, *Zucker* genannt, zu einem Kuchen gebacken hatte, verglichen mit dem selbst das frischeste Brot den Geschmack von Sägemehl hatte. Und so kostbar und rar dieser Kuchen auch war, er wurde mit einem Kuß und elterlicher Umarmung an die Kinder verteilt. So feierten die Karlis Samman.

Jubel herrschte in dem vom Feuerschein erhellten Hain. Messer kratzten auf den Tellern, Becher klirrten aneinander. Magill schwankte mit einem Mädchen in jedem Arm an Arin vorbei. Hara fand eine volle Kanne und eine kräftig gebaute Hirtin, die, nach ihrem schwarzen Haar und der olivfarbigen Haut zu schließen, mehr als zur Hälfte Wengen sein mußte. Ihren Vater kannte sie nur bei Namen und aus Erzählungen. Er war ein Trapper gewesen, der einmal in Karli überwintert hatte, ehe der Wald ihn für immer verschluckte. Gannell hieß er.

Arin und Shalane bahnten sich einen Weg zu einer der Tafeln. Aufgehäufte Teller wurden ihnen entgegengestreckt, aber Shalane nahm nur zwei Becher mit Wasser und zwei dünne Scheiben Schweinebraten als ihren Festschmaus. Sie grinste zu Arin hoch.

„Ich bin ganz verschwitzt, Arin. Wisch mir mein Gesicht ab."

Er nahm ein sauberes Tuch vom Tisch, und als er sanft damit über ihre Wangen strich, drückte Shalane seine Hände an sich und zog ihn näher. „Ich kann dich immer noch in mir spüren."

Die Musik begann erneut, vereinzelte rauhe Stimmen zuerst, denen jedoch schnell weitere folgten, begleitet von rhythmischem Klatschen. Shalane nahm Arin an der Hand, um mit ihm hinauszutreten, aber er zog sie zurück. „Du willst ja jetzt gar nicht wirklich tanzen."

Sie las sein Bedürfnis offen und glücklich wie ein Kind. „Nein! Nein." Sie zerrte ihn schon hinter sich her. „Gehen wir nach Haus. Ich preßte Saft für unsere Heimkehr, aus Äpfeln und Birnen und anderem Obst."

Außerhalb der Lichtinsel riß sie sich von ihm los und rannte ihm lachend voraus. Ihre langen Schritte verursachten kaum ein Geräusch in dem trockenen Gras, nur ihr Überwurf raschelte. Arin folgte ihr, doch er kannte sich hier nicht so gut aus wie sie. Einmal stolperte er und rutschte einen Hang hinunter, als er dem bleichen Weiß ihres Gewandes folgte, das dem kleinen Wald und Zuhause zueilte. Sie rannte die Stufen zur Tür hoch, dann klammerten sie sich heftig atmend aneinander und lachten, bis Shalane eine Kerze anzündete.

Moss und Maysa waren noch im Hain. Es war still im Haus. Shalane füllte zwei Becher aus einer Kanne und gab Arin einen.

Sie machten es sich auf dem schmalen Bett bequem und nippten von ihrem Saft. Ihre Sinne waren durch das gewohnte Fasten geschärft. Arin vermeinte die Spur eines anderen Geschmacks als den von Früchten zu schmecken, von Veilchenblättern, möglicherweise, oder von Schlüsselblumen. Er fragte sich, ob sie vielleicht Liebeskräuter in den Trunk gemischt hatte.

Shalane strich mit einer Fingerspitze über seine Wange. „Ich brauche keine Magie, um dich zu halten", murmelte sie.

Du hast mich gelesen?

Manchmal kann ich es. Ich bin dir so nah.

Sie zogen sich aus, ohne sich zu trennen, und achteten nicht darauf, wohin sie ihre Sachen warfen. Sie verschlangen ihre Glieder unter der Decke. Eine Wärme, doch ein wenig anders als die wohliger Müdigkeit, bemächtigte sich Arins. Der Umkreis seines Sehvermögens verengte sich. Zimmer und Kerze waren vorhanden, aber verschwommen und trügerisch. Nur Shalane war deutlich zu sehen, mit den Schatten, die um ihre offenen Lippen huschten und dem Drängen, das ihn zu ihr zog, während sie ihn gleichzeitig noch zurückhielt. Getrieben von seinem eigenen Bedürfnis, war er erstaunt über ihr Zögern. Bei Elin und den anderen war es immer einfach und selbstverständlich gewesen. Auch Shalane gab sich ihm hin, doch es war wie Garicks Geschenk eines Manuskripts, das langsam, von der ersten Seite an gelesen werden mußte, bis der Inhalt immer bewußter und aufregender wurde, sobald sich die volle Bedeutung offenbarte.

„Gib mir deine Hand." Sie führte sie. *Hierher. So.* „Beeil dich nicht." *Bitte, laß dir Zeit!*

Da waren Türen zu öffnen, Kammern zu erforschen – und die Schlüssel, so lehrte sie ihn, waren seine eigenen Hände und Lippen.

Ja. Genau so. Ihre Hand strich über sein Haar, faßte es in einem schmerzhaften Griff. „Küß mich! *Dort. Ja.* „Ja . . ."

Sie lehrte ihn Wonne über Wonne, die gibt, ohne zu nehmen. Sie lehrte ihn nicht das Wesen der Frau, sondern ihr persönliches. Sie öffnete ihm ihr Ich, ehe es für immer mit seinem verschmolz, und Shalane bäumte sich zweimal in ihrer tiefen Erregung, ehe ihr zitternder Körper sich mit starken Beinen um ihn klammerte, und ihre Finger zogen rote Striemen über seinen Rücken, als er tief in sie drang.

Mehr als seinen Körper zog sie in ihren. Sie rief seinen Geist, und mit seinem Bedürfnis nach ihr und dem starken Lep, das sie enger verband als die Körper, teilte er seinen Schmerz. Mitten im Lieben unterhielten oder teilten sie sich mit; mitten im Gespräch liebten sie. In das offene Gefäß Shalanes, das ihn so willkommen hieß, schüttete Arin seine Zweifel, die Einsamkeit, die Garicks Auftrag ihm auferlegte, das sich immer wiederholende Grauen der Erinnerung an Holder, als er vom Pfeil gegen den Stamm gedrückt wurde und der ständig starb, ohne je tot zu sein. Freuden, Schrecken, unbedeutendes Wissen, die er nie mit jemandem, auch nicht mit Kon geteilt hatte, gab er an sie weiter, und sie kehrten von ihr in ihn zurück, auf ihre eigene Weise. Jeder war völlig von dem anderen durchdrungen und erfüllt. In freudigem Staunen schwebten sie durch die Nacht. Wieder und immer wieder, nachdem sie schon geglaubt hatten, es könnte nicht mehr höher gehen, flogen sie weiter empor, ohne zwischen ihren Höhepunkten je abzusinken. Schwerelose Vögel waren sie auf weichen Wolken, die sich der Sonne immer näher entgegensehnten.

Der Mond ging unter, und noch immer schliefen sie nicht. Moss und Maysa kamen aus dem Hain nach Hause. Sie waren laut und vergnügt und auf sanfte Weise ausgelassen von Mosta und voll von Liebe zueinander. Arin und Shalane kicherten unter der Decke wie

Kinder. Sie waren glücklich, daß auch die, die sie liebten, glücklich waren. Und *ja* – während der Schlummer sie schließlich doch einwiegte –, *ja,* sie würde nach Charzen kommen, wenn Arins Auftrag durchgeführt war. Sie würde bei ihm sein, sie *war* bei ihm.

Es gibt keinen anderen Ort.

Aber der Wurm in seinem Geist wisperte: *Da ist Lishin.*

Er schob diesen Gedanken von sich, ergrimmt, daß diese schwere Bürde, die sein Vater auf ihn geladen hatte, nie völlig aufhören würde, ihn zu belasten. Doch ausnahmsweise war Shalane diesmal so von ihrer eigenen Glückseligkeit erfüllt, daß sie den flüchtigen Schatten in Arin nicht aufnahm.

Die Kerze war längst abgebrannt, und der Morgen stahl sich durch das Fenster, als Arin zum erstenmal seit vielen Monaten wirklich tiefen Schlaf fand. Hier in Shalanes Armen, zumindest, gab es keine Zweifel, keinen Holder, und selbst der Wurm schwieg.

Die Tage mit Shalane waren das wahre Glück, aber Arin beobachtete den Himmel. Die Trapper brachten dickere Pelze als seit vielen Jahren an; das geerntete Getreide hatte größere Ähren und fettere Körner; die Eichhörnchen horteten mehr Nüsse denn seit langem. Das waren alles Zeichen, daß der kommende Winter besonders streng werden würde, und sie drängten ihn, sich auf den Weg zu machen, um die Wengen noch zu erreichen, ehe der Schnee sie eingrub.

„Wir müssen bald reiten, sonst können wir es gleich bleiben lassen", klagte er Shalane sein Leid. „Verdammt, deine Meister haben die Unreinen schließlich gesehen. Sie wissen von der Pest. Und ich muß hier herumsitzen, während Hoban überlegt."

Shalane wollte ihm helfen, nur verstand sie Arin nicht ganz. Das akzeptierte sie. Manchmal war es gerade das, was sie reizte, doch jetzt empfand sie es als Qual. Sie konnte ihm nichts sagen. Die Lampen brannten bis spät in der Halle der Meister, aber sie und zwei weitere der jüngeren Meister waren zu den Überlegungen nicht hinzugezogen worden. Sie hörte sich Arins Argumente an, verstand die unbestreitbare Notwendigkeit für ein Bündnis gegen die Stadt, um dort Einlaß zu erlangen und Hilfe zu bekommen. Genau wie Arin Garicks Wissen angezapft hatte, so nahm sie, wenn auch unvollkommen, seines auf.

Wenn ich sagte, wir kämpfen jetzt, Lane, würdest du dabei sein?

Ja, Arin.

„Würdest du die Karlis aufrufen, damit sie dir folgen?"

Sie zögerte mit ernstem Gesicht. „Wir sind das Leben. Du willst, daß wir unsere Hände bis zum Ellbogen in den Tod stecken."

Würdest du?

„Ja. Wenn ich selbst das Messer ergreife, würde ich sie aufrufen." Doch warte ab. *Bleibe bei mir.*

Er wartete mit Shalane. Jeden Tag verknüpfte ihr Geist sich fester miteinander, und jeden Tag stand die Sonne ein wenig tiefer im Zenit. Die Blätter verloren ihr leuchtendes Rot, sie fielen von den Bäumen und knisterten ausgedörrt unter den Füßen. Magill murrte. Cats Baby wurde geboren. Clay ritt allein aus, um nach Spuren von Solds zu suchen, und er fand zu viele. Sie dehnten ihre Plünderzüge aus. Arin wartete. Das Blau und Gold des Landes wurde zum Grau der Herbststürme.

Beim ersten Morgengrauen erwachte Arin vom verärgerten Tschilpen eines Vogels, der sich über das Wetter beschwerte. Shalanes Arm bewegte sich im Schlaf, um sich um ihn zu legen. Es war kalt im Zimmer. Er hörte das Trommeln des Regens, nicht übermäßig laut, doch stetig. Es würde heute überhaupt nicht warm werden. Die alte Sonne strebte Loomin bereits auf halbem Weg entgegen. Arin gähnte und nistete den Kopf an Shalanes Halsgrube, wo es warm war und nach der Liebe der Nacht roch. Ihr und sein Körpergeruch vermischten sich miteinander und stiegen ihm so einschläfernd in die Nase, wie das Plätschern des Regens in seine Ohren, und er wäre wieder eingeschlafen . . .

Hätte nicht jemand an den Regen gedacht.

Die Gedanken sickerten in Arins Geist und waren so unangenehm wie kalte Wassertropfen auf seinem Rücken. Arin seufzte, schlüpfte aus dem Bett und in seine Schuhe. Er streifte sich seinen Kittel über. In der Küche fand er Moss mit düsterer, besorgter Miene. Der ruhige sanfte Karli schob Holz in den Eisenherd. Frischer Kräutertee dampfte in einem Kessel. Arin goß sich ein wenig ein.

Was ist los, Moss?

Ich mag den Regen nicht.

Seltsame Gedanken für einen Farmer. Arin hatte Moss schon in einer solchen Stimmung erlebt.

Kann nicht dagegen an. Moss' Augen, wie ein Spiegelbild von Shalanes, hatten einen unbeschreiblichen Ausdruck, den Arin bereits früher einmal bemerkt hatte. Der Regen schien wie ein Gespenst für ihn zu sein, das mit Knochenfingern an die Tür klopft. Es waren Gedanken, die sich schwer lepen ließen. Arin öffnete sich weit und spürte die verschlossene Tür vor Moss' Geist. Tiefe Finsternis herrschte dort.

Lishin?

Ja.

Arin nahm einen Schluck des würzigen Tees. „Ich wollte mit dir darüber sprechen."

„Ich weiß."

„Von hier reiten wir zu den Wengen, dann zu den Kriss. Garick will sie an unserer Seite haben. Ich muß auch nach Lishin hinein."

„Hineinzukommen ist leicht", sagte Moss ruhig. Er schüttelte den Kopf. „Tu es nicht."

„Ich muß."

„Genau wie Jude." Moss' Blick sah Geister in den dunklen Zimmerecken. „Ich trug sie hinaus. Ich *glaube,* daß ich sie hinausgetragen habe. Schwer, sich daran zu erinnern."

Unterhalten wir uns über Jude. Arin ging der Einfachheit und Schnelligkeit halber zum Lep über. Jude hatte Garick nie viel über Lishin erzählt, nur, daß der Gürtel Wirklichkeit war. Vielleicht konnte sie sich nach dem Fieber nicht mehr richtig erinnern. Dazu war dann auch noch der Schock gekommen, daß die Stadt sie nicht mehr einließ, und nach ein paar Jahren die Erkenntnis, daß sie nicht mehr lange zu leben hatte, aber Garick brauchte den Gürtel. Ohne ihn war alles, was die Zirkel auch tun würden – selbst wenn sie im Notfall die Solds schlugen – wie ein Pfeil ohne Spitze. Jude mochte vielleicht Singer mehr erzählt haben, aber dieser Bastard würde Garick nicht helfen, selbst wenn das Feuer ihn erfaßte, außer vielleicht die Flammen noch anzufachen.

Aber Singer riet mir eines. Sprich mit Moss' in Karli, sagte er.

Moss nickte gleichmütig.

„Judes Papiere müssen noch in Lishin sein; Notizen und eine Karte, auf der sie drei Kreise eingezeichnet hatte, soviel weiß Garick jedenfalls. Was ist aus diesen Papieren geworden?"

So lange her. Kann mich nicht erinnern.

Moss starrte auf den Tisch, während Arins Geist sich an seinen klammerte. *Ein riesiges Zimmer. Eisenkästen. Voll Staub und*

Asche. Arin teilte das Bild, das schwach durch die Jahre filterte. Er sah einen großen, düsteren Raum, eine gebrechliche Frau in Decken gehüllt und vom Fieber geschüttelt.

Die Papiere, Moss?

Legte sie in die Eisenkiste zurück, schloß sie.

Wo?

Kann mich nicht erinnern.

O doch!

Nein!

Nichts geht verloren. Überleg Moss! Denk nach!

Moss' Körper wand sich in der schmerzlichen Erinnerung. Gannell rief, und Arin spürte die Rückkehr der grauenvollen, tierhaften Angst. Trotzdem drängte er den Karli noch weiter.

Arin, hör auf!

Kein weiteres Bild formte sich mehr, nur die Erinnerung an ein Geräusch wuchs schnell, als Moss-Arin an einer Tür zerrte und sie voll Anstrengung vor einer Nacht verschloß, die den Rest verbarg.

Arin, hör auf!

Es war grausam, Moss noch weiter zu drängen. Der Mann bebte am ganzen Körper, und als er hochschaute, sah Arin die kalte Entfremdung zwischen ihnen. Der Regen prasselte auf das Dach.

„Kannst du mir ein Bild jenes Hauses zeichnen?"

Moss nickte pathetisch. Plötzlich war es schwer, ihn zu lesen. Er war wie eine Seite, in die große Löcher gefressen waren. Er erhob sich und beugte sich über den Herd, wohl mehr, um Arin auszuweichen, als aus einem anderen Grund. Als er schließlich sprach, klang seine Stimme schwach und wie aus weiter Ferne. „Was Garick aus dir gemacht hat, ist überhaupt nicht Zirkel. Vielleicht nicht einmal gut, Arin."

Ich weiß.

Sie tranken schweigend ihren Tee. Moss fummelte an einem Geschirr herum, das gar nicht reparaturbedürftig war. „Da ist eine winzige Kammer", sagte er schließlich nach einer langen Weile. „Führt in das große Zimmer. Ich zeichne es dir auf deinem gottverdammten Bild ein. Dort habe ich die Papiere versteckt, als wir fort mußten. Wenn du nach Lishin kommst, wirst du die Kammer finden."

Er hielt inne, voll dieser kalten Distanzierung. „Entferne dich nicht zu weit davon." Moss warf das Pferdegeschirr mit einer heftigen Bewegung in die Ecke. „Nie!"

Shalane meldete ihm später am gleichen Tag, während sie den durchnäßten Umhang ausschüttelte, daß der Gott ihn sehen wollte.

„Wie viele sind für mich, Lane?"

„Ich." Sie zog sich den Überwurf über das blaue Gewand und band den Kordelgürtel um die schmale Taille. „Deak und Bern, die anderen Jungen. „*Wir* sind der Überzeugung, daß du recht hast. Die Veränderung muß sein."

„Und der Rest?"

„Sie werden zuhören, Arin, aber erwarte nicht zuviel."

Sie hatte recht. Er spürte es aus der Art, wie sie in einem förmlichen Halbkreis, mit Bänken zu jeder Seite des Podests, auf ihn warteten. Auf dem Podest thronten Hoban und Tilda, die Köpfe unter der schweren Last der Geweihkronen gebeugt. Shalane saß auf der rechten Seite zwischen Deak und Bern. Ihr Lächeln war nicht sehr hoffnungsvoll. Arin verbeugte sich vor den Kronen und wartete, daß der Gott zuerst spreche.

„Meister Arin", sagte Hoban, „wir kennen Garick. Karlis und Shandos sind wie ein Zirkel. Aber Garick erhob sich zu einem Ort, wo sein Geist über den Zirkel hinausreicht. Das erschreckt uns."

„Wir wissen Bescheid über die Pest", warf Tilda mit ihrer rostigen Stimme ein. „Die Pest kommt und geht. Wie kämpfen wir dagegen an? Wie kann ein Krieg gegen die Stadt uns helfen?"

Arin antwortete vorsichtig. „Garick will keine tote Stadt. Er will nur, daß sie sich uns öffnet, uns hilft."

„Das ist schön", bemerkte ein grauhaariger Meister. „Aber wie? Garick sagt, greift zum Messer. Doch Krieg gegen die Stadt bedeutet Kampf mit den Solds."

Hoban führte den Gedankengang zu Ende. „Und das bedeutet für sie etwas anderes als für uns."

Ja, da gab es einen großen Unterschied, das war Arin klar. Für die Solds war der Krieg Sache der Männer und perverserweise ihr Stolz. In der Gleichberechtigung des Zirkels dagegen bedeutete er nicht nur, daß auch die Frauen mit den Männern reiten würden, sondern alle Kinder über zwölf ebenfalls, und sie würden alle das gleiche Risiko teilen. Für sie war der Krieg eine schmutzige Arbeit, auf die man nicht stolz sein konnte: wie Unrat wegräumen, etwas, das jeder, der an der Reihe war, schnell tat, ohne darüber zu sprechen. Das war der seltsame Realismus des Zirkels. Arin würde ihn nicht ändern.

„Solds werden für den Krieg ausgebildet und bezahlt", fuhr der

Gott fort. „Würden wir kämpfen, wie wir es immer tun, und hier einen nehmen und dort einen oder zwei? Wie lange ließe sich das durchhalten, Arin? Der Tag käme, an dem wir sie alle gegen uns hätten, und dann stünde es Farmer und Jäger gegen ausgebildete Soldaten. Sie brauchten uns nur hinzuhalten, während wir siegen müssen, wollen wir nicht ausgerottet werden. Die Zeit würde kommen, da einer von uns, seinen Thammay erhoben, den Krieg auslöst.“

„Gott Hoban“, sagte Arin. „Wir sind mehr als sie. Wir können siegen.“

„Wir verlieren so oder so, Meister Arin. Wenn wir den Kampf verlieren, was ist dann noch übrig? Und gewinnen wir, wo bleibt der Zirkel? Leben, das Leben endet, ein Hund, der seine eigenen Gedärme verschlingt, um am Leben zu bleiben. Zirkler, die lernen, mit Töten durchzukommen – *wofür?* Der Winter vergeht, und so werden auch die Pest und die Solds vergehen. Es gibt keine Gefahr, mit der wir uns in den vergangenen tausend Jahren nicht abgefunden hätten. Das Schweigen der Stadt? Zwischen ihnen und uns herrscht eine ungeschriebene Vereinbarung. Ihre Soldaten greifen uns nicht an – außer wir reiten.“

Arin unterbrach ihn. „Hoban, die Solds reiten im Westen immer tiefer in Uhia ein. Sie töten unsere Leute, ohne daß diese ihnen Grund dazu gegeben hätten.“

Hoban wehrte ab. „Selbst wenn das stimmt . . .“

Selbst . . .

„Meister Arin, wir sehen keine Notwendigkeit und keine Hoffnung für diesen Krieg.“

Tilda sprach. „Wer weiß, was die Stadt ist oder was sie will? Jude kam und lebte mit uns. Sie lernte unsere Weise und half uns. Wenige unserer Frauen starben seither im Kindbett, dank ihrer Magie und den Waschungen, die sie uns zeigte. Ist das mein Feind, Arin? Wenn ich reiten soll, dann zeig mir meinen Feind.“

Sie warteten, daß Arin spräche. Er warf einen Blick auf Shalane. Sie hatte ihr nasses Haar straff zurückgekämmt und hielt es mit Stoff und Nadel. Diese Frisur betonte ihre Anspannung. Er schätzte die Meister ab. Sie hatten nicht genügend Angst. Wie reizt man Menschen zum Grimm, die immer stark genug gewesen waren, ohne ihn auszukommen?

„Menschen, die eine Brücke benutzen, würden jeden davon abhalten, sie unter ihren Füßen zu zerstören. Wie sieht es da aus, wenn einer Tag für Tag, Jahr um Jahr kommt, um hier einen Span abzuhobeln und dort einen Nagel aus dem Holz zu ziehen, bis sie schließlich zusammenbricht? Die Solds sind die Hände der Stadt, die unsere Brücke allmählich zerstören. Jedes Jahr finden sich ihrer mehr westlich der Flußgrenze. Und sie greifen an. Nach und nach erledigen sie die Arbeit der Stadt."

Der junge Meister Deak erhob sich von seinem Platz neben Shalane. „Im vergangenen Jahr überfielen sie einen Wagenzug der Wengen und töteten jeden einzelnen."

„Ja", Shalane hob die Stimme. „Achtzehn Männer, elf Frauen und drei Babys, Göttin, die ihnen überhaupt keinen Grund dafür gegeben hatten. Sie töteten sie für nichts und wieder nichts."

Arin war dankbar für ihre Worte. „Aber nicht für nichts, Lane. Für Geld! Die Stadt bezahlt die Solds, damit sie immer ein wenig herumstochern, uns ein bißchen bluten lassen." Sein Blick überflog die Meister und nahm Berührung mit ihnen auf, wo er konnte. Keiner wich ihm aus. „Sie bekommen soundsoviel für jeden toten Zirkler – wie für Biberpelz." Er hielt inne, um es einwirken zu lassen.

Als Hoban sprach, verriet seine Stimme Schock. *Gut, das war ein Treffer,* freute sich Arin. „Arin, woher weißt du das?"

„Garick erfährt viel", erwiderte Arin einfach. „Wenn sein Geist außerhalb des Zirkels wandert, wie ihr sagt, ist es da erstaunlich, wenn er erfährt, was außerhalb vor sich geht? Ja, sie bekommen ein Kopfgeld. Für einen erwachsenen Mann erhalten sie zwei Kreten, für einen Jungen oder ein Mädchen drei, für junge Frauen vier." Das Murmeln unter den Meistern erstarb schnell, als Arin weitersprach. „Das gibt zu denken: weniger für einen Mann als ein Kind, das nicht mehr erwachsen werden kann, und das meiste" – er deutete auf Shalane, und so nahe sie einander waren, zuckte sie doch zusammen – „für die drei oder vier Kinder, die sie gebären würde."

Shalane stand auf. „Das genügt mir. Ich bin dafür, daß wir mit den Shandos reiten."

Der junge Mann, der zuvor gesprochen hatte, erhob sich und stellte sich neben Arin in die Mitte des Raumes. „Arin, ich bin Deak. Ich stellte Fallen im Norden und sah Solds beim Töten." Er drehte sich respektvoll zu Hoban um. „Und ich weiß, wie dünn sie um die Stadt gesät sind. Viertausend, vielleicht, keinesfalls mehr."

„Mehr nicht." Shalane stellte sich zu Arin und Deak, und nun waren sie drei gegen die älteren Meister. „Viertausend gegen fünftausend Shandos und fast genauso viele Karlis."

Und wer weiß, wie viele Wengen . . .

Drei zu eins!

„*Wenn* wir gemeinsam reiten", sagte Arin. *Mit den Kriss sogar noch mehr.* Hastig bemühte er sich, den Gedanken zu verbergen, aber Tilda warf ihm einen durchdringenden Blick zu.

„Gegen viertausend!" betonte Deak.

Hoban ließ sich nicht beeindrucken. „Selbst wenn es nur vier wären, würde ich weiter nein sagen."

„Zu lange schon sagten wir nein!" warf eine neue Stimme ein.

Ein junger Mann sprang energisch von der Bank auf und stellte sich ebenfalls zu Arin. Arin schätzte ihn ab. Es war Bern, halb Wengen, von offenem, emotionalem Wesen. Er ging den Dingen auf den Grund und ließ nur die Wahrheit gelten.

„Zu lange, Gott Hoban!" rief er. „Ich liebe den Zirkel und das Leben, das er respektiert. Aber ich will mehr als das. Ich liebe die Göttin, die den Sommer zurückbringt, aber ich möchte nicht, daß meine Kinder hungern und frieren, während sie auf sie warten, oder erkranken und sterben, ehe sie auch nur ein Jahr gelebt haben, nur weil die Magie, die die Jude-Frau brachte, einzig und allein in der Stadt zu bekommen ist – in der Stadt, die nicht einmal weiß, daß es uns gibt, und der es auch völlig egal ist. Ich möchte mit ihren Lampen sehen, die weder Öl noch Feuer brauchen, und ich möchte lernen, vieles lernen, was den Zirkel noch stärker macht. Nur zu leben, genügt nicht mehr, Hoban. Ich möchte *wachsen!*"

„Wie Schlingpflanzen?" fragte der Gott ruhig, „die den Baum, von dem sie sich ernähren, erwürgen, bis sie selbst sterben?"

„Hoban", warf Arin ein, um seinen neuen Verbündeten zu unterstützen, „kann ein Baum zu wachsen aufhören, ohne zu sterben anzufangen? Kann ich ein Junge bleiben und nicht wachsen, nur weil ich es nicht möchte? Ich glaubte es einmal. Ich sagte, der Zirkel kann sich nicht verändern, aber jetzt *muß* er es. Es ist soweit. Wir nennen uns Meister, aber Meister wovon? Können wir in einem schlechten Jahr unsere Hungrigen satt bekommen? Können wir unsere Babys retten, wie die Jude-Frau es mit ihren Steinchen aus einem Glas tat? Wenn die Leibschmerzen kommen, innerlich alles zerreißen und in einer Woche zum Tode führen, was können wir dann anderes tun, als das Fieber ein wenig senken und die Schmerzen ein bißchen lindern? Können wir mit unseren

Thammays die kranken Leiber öffnen und die Schmerzen herausschneiden? Warum haben so viele unserer Frauen nur ein Kind, das am Leben bleibt, während die anderen Totgeburten sind? Die Jude-Frau wußte es. Sie sagte, es stecke eine Krankheit in unseren Knochen, im Innern der Knochen, die mit den Steinchen aus der Stadt geheilt werden könnte. Ich verstehe es nicht ganz, aber die Stadt kennt sich damit aus. Sie wissen, wie man vier-, ja fünfmal so lange leben kann wie wir, ja länger noch. Jude war fast vierhundert Jahre alt, hörte ich."

„Und lebte nicht einmal mehr ganz zehn Jahre, nachdem sie die Stadt verlassen hatte", erinnerte ihn Tilda. „Sie war gut und tapfer, aber eine zerbrechlichere Frau sah ich in meinem ganzen Leben nie. Sie war nicht für eine wirkliche Welt bestimmt."

„Aber sie kannte unsere Welt." Arins Blick flog von einem zum anderen. „Sie kannte die Vergangenheit, *unsere* Vergangenheit. Was wissen wir denn schon, wer wir sind, woher wir kommen, außer aus den Liedgeschichten? Die Stadt hat Bücher, ganze Meilen von Büchern und . . ." Es gab kein Wort im Uhianischen für *Maschinen.* „Und Kisten mit Gedächtnis wie das eines Menschen, nur mit viel mehr Erinnerung. Ja, das haben *sie!*"

Eine alte Frau erhob sich. „Was spielt es für eine Rolle, was sie haben. Sind sie wie wir, Junge? Sind sie Zirkel?"

Arins Erbitterung wuchs. „Der Zirkel besteht nur aus Menschen . . ."

Nein!

Mehr als das, Shando!

Mehr?

Er hatte es falsch gemacht. Er war ihnen auf die Zehen getreten, anstatt sie in den Himmel zu heben. Eine gelepte und gesprochene Flut der Abwehr überschwemmte ihn von Seiten der älteren Meister. Sie sprachen Dinge aus, die sie bisher aus Höflichkeit zurückgehalten hatten. *Garick ist zu reich. Jedes Jahr wird er mehr wie ein Mrikaner!*

Wie an dem Tag, als Jay ihn niederschlug, spürte Arin seine Wut aufsteigen, zum Siedepunkt kommen und nahezu überwallen. Doch dann floß ein kalter Strom der richtigen Macht durch ihn, genau wie auf dem Weg nach Karli.

„Nur Menschen!" Seine Stimme überdröhnte den Lärm der Meister. „Menschen, die auf eine bestimmte Weise leben. Es ist auch meine Weise, doch wie bei meines Vaters Bäumen schneide ich einen Ast, um den Baum in seinem Wachstum zu helfen. Meister . . ." Sein ausgestreckter Finger deutete auf alle der Reihe nach. „Göttin Tilda war die erste, die von Jude sprach. Hört, was Jude einmal zu Garick sagte. Am Anfang der Welt waren die Führer wie wir, Meister kleiner Zirkel, die ihren Leuten mit Zauber halfen, genau wie wir es tun. Aber die Zirkel wuchsen und mit ihnen ihre Bedürfnisse. Die Meister lernten, daß Magie nicht genug war. Sie wurden Könige.

Das sagt Garick: *Jetzt* ist die Zeit für Könige; die Zeit, ein Volk zu werden, nicht kleine getrennte Zirkel zu bleiben; Zeit, die Stadt aufzurütteln, an ihr Tor zu hämmern, ihnen zu sagen, ‚Hier sind wir! Shandos, Karlis, Wengen, Suffec, ja sogar Kriss, die gesammelten Lederhemd-, Schwein-, Schaf- und Apfel-Menschen. *Hier sind wir!* Schluß mit den Solds, Schluß mit dem Selbsttor! Seht uns an! Helft uns, und vielleicht – so wie Jude – kann auch die große Stadt von *uns* lernen.'"

Diese gewaltige Kraftentladung erfüllte Shalane unwillkürlich mit Ehrfurcht. Ein Teil Arins war immer noch fremd für sie, obgleich sie an ihn genauso wie an den übrigen Arin gebunden war. Deak und Bern waren ebenso beeindruckt. Er war ihr einziger Stützpunkt auf einer einsamen Insel außerhalb des abweisenden Festlands der älteren Meister. Die Ausmaße, die ihr Bündnis mit Arin annahmen, erschreckten sie, obgleich ihre revolutionären Ansichten die gleichen waren.

Hoban nahm die Geweihkrone ab. Seine achtundsiebzig Lebensjahre, denen das gesunde Waldleben bis zum Ende ihre Schwere erleichterte oder gar nicht aufkommen ließ, machten sich nun doch ein wenig bemerkbar, als er das Podest hinabstieg und sich vor die vier jungen Leute stellte.

„Ihr seid keine Toren. Ihr seid Meister. Aber sehr junge. Wer kann in eurem Alter schon erkennen, daß er nicht immer recht hat? Ihr sprecht von Veränderung. Schon jetzt macht sie sich bemerkbar. Unsere neun kämpfen gegen vier unserer eigenen." Er berührte das scharlachrote Symbol auf Arins Gewand. „Der unterbrochene Kreis. Das ist nur der Anfang. Wie die baumwürgenden Schlingpflanzen werdet ihr, wenn ihr siegt, alles bekommen, was ihr glaubt, haben zu wollen – und dafür mit allem bezahlen, was ihr seid."

Arins Wurm flüsterte, daß Hoban recht hatte, trotzdem zog der junge Meister das dicke Bündel aus einer Tasche seines Kittels.

„Die Solds werden bezahlt. Garick wird mit Geld gegen Geld kämpfen. Zwanzig Kreten für jeden Meister, der sich uns anschließt. Und zwanzig weitere für jeden Karlireiter."

Shalane hielt vor Aufregung und Scham den Atem an. Das Geld war etwas Lebendes in Arins Händen. Es war mehr, als alle Farmen der Karli und alle Schafe in einem Jahr einbringen konnten; mehr Geld, als es sonst irgendwo gab. Schon allein mit zwanzig konnten sie und Arin – nein, ein Meister durfte nicht so denken. Ihre Familie litt nie Hunger wie manche andere, ja sie konnte in schlechten Jahren sogar noch anderen helfen. Trotzdem brannte der Anblick, die Wirklichkeit des Geldes in ihren Augen. Die Gedanken kamen eben und ließen sich nur schwer zur Seite schieben.

Hoban betrachtete das Geld. „Garick meint es ernst."

„Sicher wie Frost." Arin nickte. „Jeder Halbkret in seinem Haus, jeder Apfel an seinen Bäumen von diesem und dem nächsten Jahr und dem Jahr danach. Soviel wie Lorl ihm leihen wird."

Tilda brach in ein freudloses Lachen aus. „Noch mehr Veränderungen. Jetzt feilschen wir schon wie die Mrikaner! Wir kämpfen gegen die Solds, und die Mrikaner leihen uns das Geld dafür! Nicht einmal Garick könnte *das* fertigbringen."

Arin lächelte. Es war ein seltsames Lächeln. Sein Halbbruder hätte es vielleicht säuerlich als den Beginn seiner eigenen Sophistikation betrachtet.

Die Karli kennen die Lorl weniger gut als Vater, dachte Arin. Das Herz Lorls ist ein großer Geldsack. Man konnte dort Männer mit derselben Leichtigkeit kaufen wie ein Bettmädchen. Die Lorl saßen abseits wie feiste Frösche und beobachteten nur, wie sich die Waagschalen hoben und senkten. „Die Mostapressen sind die Sicherheit, Tilda. Gewinnt Garick, werden sie bezahlt. Verliert Garick, verliert er auch sein Land."

Wie ein alter vergeßlicher Bär schlurfte Hoban zum Podest zurück und legte das Geld auf die Armstütze von Tildas Stuhl. Sie teilten insgeheim eine alte Erkenntnis Garicks: *Reiner Verstand, aber ein Herz, das man in einer Eichelschale rasseln hören würde. Er bekommt, was er will, weil er immer den richtigen Preis bezahlt.* Lebte Jude noch, wäre er vielleicht anders geworden, aber die Welt kann selbst den geradesten Baum krümmen. Hoban beugte sich dicht zur Göttin vor. „Jetzt will der Bastard mich kaufen."

Ein Finger tupfte auf den Stapel Kreten. Für zwanzig davon würde man eine Menge bekommen – gute Kleidung, Äxte, Pflüge – oder auch viel Tod. Hoban nahm einen Teil des Bündels und warf es Arin vor die Füße. „Das ist mein Anteil."

Tilda erhob sich und tat es ihm gleich. „Und meiner."

Die anderen Meister folgten ihrem Beispiel.

„Meiner ebenfalls."

„Und meiner."

Hoban griff nach der Krone und setzte sie sich wieder auf. Gott und Göttin standen ernst nebeneinander.

„Bestelle Garick", sagte der Gott, „daß die Meister von Karli jederzeit mit der Stadt sprechen werden, wenn die Stadt es möchte, aber wir werden keinen Farmer opfern, um es zu erzwingen. Wenn das nötig ist, sagen die Karlis nein.

– KANN SIE NICHT DAZU BRINGEN ZU VERSTEHEN, WIE WICHTIG ES FÜR ALLE IST. ABER SHALANE UND EINIGE DER JUNGEN MEISTER SIND AUF UNSERER SEITE.

„Das heißt Lane, dein Name."

„Schau dir das an! Na so was!"

Shalane, die sich über Arins Schulter beugte, teilte ihre Aufmerksamkeit zwischen seinem Ohr und Haar, die ihr rechtmäßiges Spielzeug waren, und dem Rätselding auf Maysas Küchentisch. Arin nannte es Brief. Shalane fand zwar, daß es beeindruckend aussah, hielt es aber für unsinnig, war Lep nicht schneller?

„Schneller, gewiß, aber ich kann damit nicht halb soviel ausdrücken." Und schriftlich, weil nur Garick es lesen konnte. Arin schrieb weiter. Er hatte mit Moss gesprochen und sich von ihm einen Plan des Waffenhauses zeichnen lassen. Clay hatte frische Hufeisenspuren zwei Tage nordwärts gefunden. Solds! Arin leitete die umsichtigen Beobachtungen des Jungen in seinem Brief weiter. Das Merkwürdige war, daß Clay während der gesamten Zeit, die er als Sold geritten war, nie einen Befehl von der Stadt erhalten noch von anderen Entsprechendes gehört hatte, das mit den Zirkeln zu tun hatte, lediglich eben, daß die neutrale Zone frei zu halten sei. Direkte Anweisungen, anzugreifen, oder die Zirkler auch nur zu verärgern, hatte es nie gegeben. Der Auftrag zu töten und das Kopfgeld wurden durch einen jungen Offizier namens

Callan übermittelt, aber es schien kein reguläres System zu bestehen. Wann verständigte die Stadt Callan, wie viele zu töten waren, und wann erhielt er das Geld dafür?

CLAY SAGT, ES ERGIBT KEINEN SINN. WENN DIE STADT DIE ZIRKEL TATSÄCHLICH VERNICHTEN WILL, WESHALB NIMMT SIE SICH DANN NICHT EINEN NACH DEM ANDEREN VOR? MERK DIR DEN NAMEN CALLAN. VIELLEICHT KENNT SPITT IHN. DER REGEN LÄSST NACH. WIR BRECHEN MORGEN NACH WENGEN AUF ...

„Arin, du packst so ordentlich wie ein Wirbelsturm."

Shalane kauerte trübsinnig am Rand ihres Bettes und sah Arin zu, wie er seine Habe in der Satteltasche verstaute. Sie wollte ihm sagen, daß er recht hatte, doch Hoban ebenfalls, aber was würde er nun von ihnen denken, nur verschluckte jetzt alles die Panik des Abschieds – sehen zu müssen, wie er den Kittel von ihrem Bett nahm, daß nicht einmal der sie mehr berühren konnte, dann die Deckenrolle, den Sattelgurt – alles. Vielleicht, wenn sie sein Kind trug, wenn er es auch nur glaubte ...

„Ich müßte trotzdem gehen, Lane."

„Verdammt, kann ich denn keinen Gedanken mehr vor dir geheimhalten? Kann ich denn nicht ein einziges Mal mehr denken, ohne ... Oh, gib das her!" Sie schnappte seinen Kittel und schüttelte die ungeschickten Falten aus, die er gemacht hatte. „Nein, laß nur, Arin. Ich mache es."

?

Ich bin schon in Ordnung, Arin.

Das bist du nicht!

„Laß mich in Ruhe!"

Sie meinte es. Sie wandte ihm den Rücken zu und beschäftigte sich zu sorgfältig, zu lange mit dem Zusammenlegen des Gewands. „Diese Elin, kann sie kochen?"

„Natürlich."

„Ist das alles, was sie tut?"

Ich denke nur an dich, Lane.

Shalane steckte das Gewand mit einer wütenden Bewegung in die Tasche. „Ich – ich will nicht, daß überhaupt eine Frau in deiner Nähe ist. Verdammt, ich muß krank sein!" fügte sie verärgert über sich selbst hinzu. „Heh, was machst du da?"

Er zog die Nadel aus dem Fellstreifen, um ihr Haar zu öffnen, das von der Feuchtigkeit in der Luft noch kraus war. „Ich möchte es riechen.“ Arin vergrub sein Gesicht darin.

Sie drehte sich in seinen Armen voll Verlangen zu ihm um und teilte ihm ihre heißen Gefühle voll innerer Verwirrung mit, die nicht in verständliche Worte zu fassen war. Weder er noch Garick sollten es wagen, auch nur zu denken, daß die Karlis zu feige waren, zu kämpfen. *Wenn Hoban nein sagt, hat er seine guten Gründe. Aber ich werde kommen, wie ich es versprach.* Nur wollte sie nicht, daß er jetzt ging, oder überhaupt je. Und diese Elin mit ihren verdammten Schlafzimmeraugen, sie war viel zu hübsch, und Shalane könnte sie hassen, „wenn ich nicht Meister wäre und darüber stehen würde.“ *Ruf mich, Arin, ich werde dich hören. Ich kenne dein Lep aus hundert Stimmen und bis zu hundert Meilen heraus. Wirklich, ich kann es. Ruf mich.* „Ich habe Liebeskräuter in den Saft gegeben.“ Shalane wischte sich heftig die Augen, „aber – aber nur ganz wenig.“ Sie zitterte in seinen Armen. „Leg dich hin, wir haben Zeit. Bitte sag, daß wir Zeit haben.“ *Halt mich!*

Still lagen sie beisammen, ihre Sinne und Gedanken allen und allem, außer denen des anderen verschlossen. Deshalb vernahmen sie das erste schwache Lep nicht, als es in den Geist der anderen pulsierte.

Etwas kommt.

Dutzend, hundert Geisterfinger berührten das sich Nähernde, um seine Form zu ertasten. Ein Mensch? Keine Gedanken, keine Gefühle gingen von ihm aus, nur eine merkwürdige, undurchdringliche Kälte. Pest war es nicht, dessen waren sie sicher. Zirkel ebenfalls nicht.

Ein Unreiner.

Elin hielt inne. Sie hatte Cat geholfen, das Baby zu waschen. Die beiden Frauen wechselten einen Blick. Magill, der gerade seinen Sattel festschnallte, hob den Kopf, um zu lauschen, und drehte sich zu Kon um. Wie ein halbes Hundert weiterer Reiter überall in Karli, schwangen die beiden sich auf ihre Pferde und ritten aus dem Fort.

Ehe der Unreine sich Karli auch nur auf eine Meile genähert hatte, beobachteten ihn bereits Hunderte verwirrter Zirkler. Er verriet nichts, keinen einzigen Gedanken, aus dem sie sich hätten ein Bild machen können. Die Kinder hielten mit ihrem Begrüßungsjubel zurück.

„Kein Jäger." Kon studierte das farblose, von einem langen Weg fleckige Gewand, und nahm sein karges Wissen der Geographie zur Hilfe. Ein Wengen, vielleicht. Es gab einige Wengen an der nordmrikanischen Grenze, die nicht mehr echte Zirkler waren. Aber nein, dazu war er zu hellhäutig. Jung war er, doch er hielt sich wie doppelt so alt. Er hatte den Kopf zwischen den hängenden Schultern gesenkt.

Eine Vorahnung trieb Kon an. Magill folgte ihm. Er bemerkte, daß die anderen Männer und Frauen ebenfalls lautlos aus ihrer Deckung kamen. Der Unreine trottete weiter, als wüßte er nicht, daß er umzingelt war, oder vielleicht berührte es ihn nur nicht.

„Wo kommst du her?" fragte Magill und musterte ihn mit unverhohlener Neugier.

Der Unreine hielt sein kurzbeiniges Pferd an. Er blickte Magill mit etwas wie unpersönlichem Abscheu an. „Ich heiße Micah." Seine Stimme war tief, er sprach Uhianisch, aber bedächtig und sorgfältig betont, ähnlich der Alten Zunge, derer Arin sich manchmal bediente. „Uriah schickt mich, um mit dem Mann namens Arin zu sprechen."

Moss ritt zwischen Kon und Magill. Ein Pfeil lag bereit. Zu ihrer Überraschung lasen die beiden Shandos, daß der Karli so gespannt wie sein Bogen war. Das Gefühl, das aus seinem Geist sickerte, war bedrohlich.

„U-ri-ah." Magill versuchte das ungewohnte Wort. „Ist er euer Gott?"

„Nein", erwiderte Micah. „Er weist nur den Weg." Er breitete die Arme aus, um zu zeigen, daß er unbewaffnet war. Er wollte gerade weitersprechen, als Moss ihn daran hinderte.

„Wer immer er ist, er schuldet mir ein Pferd und einen Freund."

Kon lepte: *Kennst du ihn, Moss?*

Ich kenne seine Art. Ich könnte sie nie vergessen. „Er ist ein Kriss", sagte Moss mit eisiger Ruhe.

Micahs Kopf senkte sich bestätigend. Es war ein schmaler Kopf mit einem Gesicht wie eine stumpfe Axt. Es war nichts Weiches daran. *Berühre seine Wange,* dachte Kon, *sie würde überhaupt nicht nachgeben. Kalt! Hart wie eine Axt!*

„Das ist euer Name für uns", sagte Micah. „Kriss . . .

DIE KRISS HABEN EINEN MANN GESCHICKT, ALS UNSEREN FÜHRER ÜBER DAS BLAUE GEBIRGE. WIR REITEN ALSO ZUERST ZU DEN KRISS, DANN ERST ZU DEN WENGEN. DER NAME DES KRISS-MEISTERS IST URIAH, UND MIKA SAGT, ER SCHLIESST SICH UNS VIELLEICHT AN, WIE DU MÖCHTEST. MERKE DIR AUCH SEINEN NAMEN!

Ein amüsantes Gerücht machte diesen Herbst seine Runde in Lorl und wurde von gewissen Leuten aufgeschnappt, die man dafür bezahlte, solche Dinge zu hören und zu melden. Das Gerücht verlautete, daß die Shandos zu einem Krieg gegen Mrika und die Stadt drängten. Die meisten lachten darüber. Die wenigen, die wußten, daß es sich um eine Tatsache handelte, profitierten durch ihr Schweigen. Die Aufmerksamkeit der Eingeweihten richtete sich auf Garicks mrikanischen Agenten für die Mostapressen: ein rundlicher, einfallsreicher und beliebter kleiner Mann namens Spitt, der so kahl wie eine Melone war. Er erweckte immer den Eindruck kindlicher Harmlosigkeit, Vergeßlichkeit und Unordentlichkeit, was ihm in seinem Beruf sehr zugute kam.

Spitt war äußerst großzügig. Immer bezahlte er eine Runde oder lud die Anwesenden zu einem Imbiß ein. Das war wohl zum Teil auch der Grund für seine Beliebtheit.

Eines Abends bereuten mehrere ranghohe Solds, die persönlich von Callan geschickt worden waren, um Spitts Bekanntschaft zu machen, fast, daß sie sich ihm unter falschen Voraussetzungen nähern mußten. Der kleine Mann war so verdammt freundlich, wurde so schnell betrunken, daß es ihnen geradezu widerstrebte, ihn auszunehmen. Als das Zechgelage etwa das Stadium zwischen Schwüren ewiger Freundschaft und lallender Unverständlichkeit erreicht hatte, unterhielt er sich auf ihre diplomatischen Fragen hin ohne Zurückhaltung über Garick.

„Gott der Shandos, hick . . . Schehr unglücklischer Mann."

„Weshalb?" fragte einer der jungen Söldneroffiziere.

„Weisch dosch jeder! Weischt dusch nischt? Erschte Frau." Spitt blinzelte mit Trauermiene. „Erschte Frau schtarb. Jetzscht begrabt er schisch in Arbeit. Hilft nischt. Armer Kerl. Kann nischt mit schweiter Frau schpreschen. Schneidend wie Metschgermescher. Schwei Schöhne, einer kann andern nischt auschschtehen. Ihr habt dosch von dem einen gehört . . ." Er winkte sie näher heran, daß sie die Köpfe zusammenstecken mußten, als teile er ihnen ein Geheimnis mit. „Junger Mann jetscht. Schinger. *Scheltschamer Bursche.*"

Der jüngste der Söldner erinnerte sich. „Meine Ma hat ihn mir einmal gezeigt. Warum haben sie ihn aus Charzen hinausgeworfen?"

Spitt zuckte die Schultern. „Weisch esch nischt. Schagen, isch gefährlisch, gegen ihn schu schein. Nischt schön. Armer Garick, und er ischt schon ein guter Mann. Hört ihr? Ein *guter* Mann. Verschuscht herauschschufinden, von woher die Pescht kommt."

„*Wir* haben gehört, sagte ein älterer Offizier, „daß er Krieg will."

Spitts runde Augen weiteten sich erstaunt. „*Krieg?* Womit denn? Hat dosch gar nischt dasch Geld, einen anschufangen."

„Wir hörten, daß er sich hier in Lorl eine Menge geliehen hat."

Spitt kicherte mit törichter Miene in sein Glas. „Tatschäschlisch? Klingt gansch wie der alte Garick. Er ischt klug. Er mascht immer Geld. Denkt vorausch, nehme isch an. Hat gerade scheinen anderen Sohn bisch nasch Wengen geschickt um Ahornschöschlinge. Wischt ihr warum? Weil esch kaum einen unter fünfschig Schirklern gibt, der je Schucker geschehen hat. Garick will scheinen eigenen anbauen. Genau wie scheine Äpfel. Nosch eine Runde? Schischer!" Spitt brüllte nach dem Schankburschen. „He, Ke-Kerl, lasch misch nischst umschonst schreien. Nosch eine Runde!" Er schüttelte abwehrend den Kopf, als er die Solds ansah. „Nein, lascht eure Beutel schtecken. *Isch* beschahle. Der alte Schpitt beschahlt immer."

Nach und nach versorgte Spitt seine neuen Freunde mit genug Alkohol, daß sie sich die ganze Nacht vollaufen lassen konnten, und er rief auch zwei Bettmädchen herbei, um ihnen Gesellschaft zu leisten. Er selbst tat es nicht, denn während seine Sprache immer unverständlicher wurde, schlief er mit dem Kopf auf dem Tisch ein und schlummerte scheinbar selig, während die anderen sich unterhielten.

„Komischer kleiner Kerl." Die Söldner lachten und sprachen über ihn, als wäre er tot oder zumindest überhaupt nicht im Raum. In Wirklichkeit aber war Spitt – der mit einem engelhaften Lächeln schnarchte – weder betrunken, noch schlief er. Seine Ohren nahmen alles auf, und sein wacher Verstand verarbeitete es schnell. Er war von Mosta nicht unterzukriegen, das beeindruckte sogar Garick, der ihn königlich dafür bezahlte, alles zu hören und so beschränkt wie nur möglich auszusehen.

Innerhalb weniger Tage, durch ständigen Austausch schneller Pferde, erhielt Garick Nachricht von Spitt über die Aufstellung der Kräfte und der Organisation der Söldnerdivision, Gruppe Süd. Die Division bestand aus zwanzig Kompanien von je vierzig bis siebzig Reitern.

Spitt hatte eine Organisationstafel der Kompanien gezeichnet:

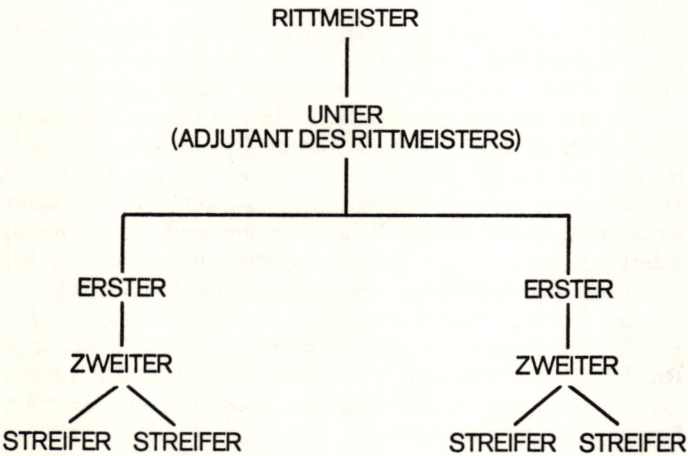

ERSTER UND ZWEITER, erklärte Spitt in seinem Brief, SIND DIE ERSTEN UND ZWEITEN REITER IN DEN ZWEI SEPARATEN SCHWADRONEN UNTER JEDEM RITTMEISTER, IN JEDER SCHWADRON WERDEN DIE JEWEILIGEN ERSTEN UND ZWEITEN VON ZWEI STREIFEN UNTERSTÜTZT; DAS SIND ERFAHRENE REITER, DIE DIE BEFEHLE AN DIE TRUPPE ÜBERMITTELN. IHRE REITTIERE SIND ZÄHE, GUT EINGERITTENE PFERDE, DIE AN LÄRM UND GETÜMMEL GEWÖHNT SIND. SIE SIND FÜR KRIEGSZWECKE BESSER GEEIGNET ALS DIE ZIRKELPFERDE UND SIND AUCH ALLEM ÜBERLEGEN, WAS AN REITTIEREN WESTLICH VON LORL GEBOTEN WIRD.

In dem Brief schrieb Spitt weiter, daß die Söldner sowohl mit Bogen als auch schweren Schwertern ausgerüstet waren, letztere Sheddys genannt. Er zeichnete sie auf.

> WICHTIG: ICH HÖRTE ETWAS VON EINER SPEZIALWAFFE, DIE IN EINEM VOR LANGER ZEIT VON DER STADT AUFGEGEBENEN LAGER GEFUNDEN WORDEN SEIN SOLL. SIE IST STRENG GEHEIM, UND MAN ERFÄHRT KAUM ETWAS DARÜBER. MAN NENNT SIE WERFER.

Garick blickte von dem Brief hoch. Geheimwaffen? dachte er. Von einem aufgegebenen Lager? Es war wohl eher so, daß die Stadt sie jetzt aushändigte und sich auf den Krieg vorbereitete. Vielleicht ist das die Antwort der Stadt auf meinen Brief.

> DIE SÖLDNERSTÄRKE SCHWANKT STÄNDIG, schrieb Spitt weiter. IHRE SCHWIERIGKEIT IST – ODER SCHEINT ES ZUMINDEST ZU SEIN –, DASS SIE NUR EINE SEHR OBERFLÄCHLICHE VERBINDUNG ZUR STADT HABEN. VERTRÄGE WERDEN FÜR KOMPANIEN AUSGESTELLT, NICHT EINZELN FÜR JEDEN MANN. BEZAHLUNG ERFOLGT MONATLICH. DER SOLD IST NICHT SEHR HOCH. MAN VERLANGTE MEHR GELD, DOCH DIE STADT GING NICHT DARAUF EIN, UND SO LIEFEN VIELE VERTRÄGE AUS, OHNE ERNEUERT ZU WERDEN.
>
> ES GIBT NICHT SEHR VIELE DAUERBEFEHLE. ICH WERDE SIE IN MEINEM NÄCHSTEN BRIEF AUFFÜHREN. SIE HABEN ALLE MIT DER BEWACHUNG DER STADT ZU TUN. KEIN EINZIGER ERWÄHNT KOMMANDOS WESTLICH VON FILSBERG IM NORDEN, NOCH LORL IM SÜDEN. DOCH ZUMINDEST DREI KOMPANIEN BEFINDEN SICH AUF KOPFJAGD (SIE NENNEN ES „SUCHEN“) IM GEBIET DER KARLIS, WEIL SIE KEINEN SOLD BEKOMMEN HABEN. ABER WER BEZAHLT DAS KOPFGELD, WENN NICHT DIE STADT? DER TRUPP AM WEITESTEN WESTLICH IST DIE 43. KOMPANIE, DIVISION SÜD, UNTER DEM KOMMANDO EINES WENGENS NAMENS BOWDEEN. SEIN UNTER IST CALLAN. DIESEN NAMEN MERKEN – CALLAN. ICH HÖRE IHN ZU OFT IN VERBINDUNG MIT „SUCHEN“ ...

Die beiden untersetzten jungen Söldner in brauner Lederbekleidung studierten sorgfältig die Huf- und Fußabdrücke im sandigen Bachbett. Suchen war nie einfach, aber dieser Trupp machte es besonders geschickt.

Der jüngere der beiden stand auf. „Immer noch auf der alten Straße mit Nordkurs. Wie weit, glaubst du, sind wir hinter ihnen, Zweiter?"

Der andere deutete auf die noch feuchten Pferdeäpfel. „Etwa eine Stunde."

„Eine Ewigkeit, so sorglos wie ihr seid!"

Die beiden wirbelten erschrocken herum, als sie die tiefe, schneidende Stimme so dicht hinter sich vernahmen.

Der schwarze Mann, der nahe genug war, daß sie ihn hätten berühren können, war eine Eiche in einem Tarnanzug, der um das überflüssige Fett des mittleren Alters eng zu werden begann. Unter der Tarnfarbe war seine Mahagonihaut sorgsam mit Schmutz gedämpft, um ihr Glänzen zu verhindern.

„Rittmeister!" murmelte sein Zweiter, immer noch überrascht. „Sie sind aber wirklich lautlos!"

Bowdeen schaute seine Männer mit etwas angespannter Geduld an, aber sein großzügiger Mund war nicht zur Strenge gemacht. Eine Spur von Humor hing in den Mundwinkeln. „Ihr nennt das lautlos?" Er deutete auf die Fährten. „Gegenüber diesen Zirklern bin ich so laut wie zwei Gerippe an einem Strick im Wind." Er beugte sich über die ineinanderverlaufenden Spuren. „Na, schau dir das an, Zweiter", brummte er. „Sieht das nicht ganz wie Geldfleisch aus?"

Bowdeen deutete auf einen langen schmalen Fußabdruck. „Das ist eine Frau. Eine zweite. Erster fand einen Abdruck an seiner Flanke." Er sprach mit melodischen Höhen und Tiefen. Sein Wengenakzent hatte sich selbst nach fünfundzwanzig Jahren bei den Söldnern nicht verloren.

Zweiter schaute erfreut drein. „Ich zähle insgesamt sechs."

„Acht", korrigierte ihn Bowdeen und kratzte nachdenklich in der ergrauenden Mähne. „Vielleicht auch neun."

„Holen wir sie uns?"

Bowdeen starrte auf die schwachen Spuren und rechnete. Ihre Jagdbeutel stanken bereits von den Füßen und Händen, die sie Callan als Beweis vorlegen mußten. Trotzdem hatte das Suchen bisher noch nicht sehr viel für sie eingebracht. Er hatte Callan befohlen, zurückzureiten, um Geld zur Auszahlung, für das, was sie bis jetzt hatten, zu holen. Das hatte Callan nicht gefallen. Dieser fischäugige Mofo glaubte immer alles besser zu wissen und zu können, aber es war ein direkter Befehl gewesen, also machte er sich auf den Weg – wohin, das wußte Bowdeen nicht. Vielleicht kam das Geld von der Stadt, vielleicht von Lorl. Es war ihm völlig egal, solange seine Leute wenigstens etwas davon bekamen. Sie hatten zur Zeit keinen Vertrag mit der Stadt, also konnten sie jederzeit seine Kompanie verlassen, wenn sie nicht bezahlt wurden. Ein wenig Geld hielt die Truppe zusammen, bis es wieder echte Soldatenarbeit zu tun gab.

Die frische Fährte war zu gut, um sie sich entgehen zu lassen. Er nickte. „Wir holen sie uns."

Bowdeen breitete eine Karte aus seinem Gürtelbeutel aus und orientierte sich nach seinem Kompaß. Er wußte, daß die Zirkler sich soviel wie nur möglich im Zickzack bewegten, aber doch in etwa der alten Straße folgten. Seine Kompanie konnte sie verfolgen und vielleicht einen oder auch zwei erwischen, aber den Rest würden sie verscheuchen. Die gespenstischen Tiefwald-Mofos lasen sie vermutlich bereits. Bowdeen studierte weiter die Karte. Er folgte der eingezeichneten Straße und suchte nach ... Ja!

„Sie kommen in diesen Bergen nicht schnell voran", sagte er. „Gib es weiter, Zweiter. Wir biegen fünfzehn Grad nordwärts von ihrer Route ab, überholen sie und warten – genau hier!" Sein Finger tupfte auf einen braunen Punkt in dem großen grünen Klecks auf der Karte. „Das ist ein hoher, kahler Gipfel, der höchste in der Gegend, und die Straße führt über ihn."

Einer der beiden Jüngeren wollte protestieren, aber Bowdeen winkte grinsend ab. „Nein, Mann, sie spazieren nicht einfach hinauf und sagen, *heh.* Aber dieser Berg bietet ihnen einen guten Ausblick vor und zurück. Sie wissen, daß wir hier sind, darauf wette ich. Und sie wollen genau wissen, wo wir sind." Er stupste den jungen Streifer. „Erinnerst du dich an den Treffpunkt mit Unter Callan?"

„Jawohl, Sir."

„Reite dorthin, warte auf ihn und bringe ihn zum alten Kahlkopf – ich zeig' ihn dir hier auf der Karte. Sag ihm, er soll sein Geld bereithalten, er wird auszahlen, bis seine verdammten Daumen müde werden."

Der Streifer zögerte. „Dann bin ich beim Suchen nicht dabei. Da ist eine Menge Geld dort oben."

Verständnisvoll klopfte Bowdeen ihm auf die Schulter und erwiderte in vergnügtem Singsang:

„Nur keine Sorgen, verlier nicht den Mut,
Du kriegst von meinem Anteil dann ist's wieder gut."

„Jawohl, Sir!" Der Streifer salutierte auf die saloppe Weise, wie nur der alte Bowdeen sie durchgehen ließ, schwang sich in den Sattel und gab seinem Pferd die Sporen. Bowdeen und sein Zweiter sahen ihm nach, als er das Tier durch den Bach ans andere Ufer lenkte.

Bowdeens Grinsen wich einer konzentrierten Anspannung. Er beugte sich nieder und spreizte die Finger, um den Fußabdruck zu messen. Heftig atmend erhob er sich. *Verdammt, das Bücken fällt mir immer schwerer.*

„Zweiter", fragte er, „ehe du zur 43. kamst, warst du da während deiner Dienstzeit viel im Tiefwald?"

Der Junge schüttelte den Kopf. „Habe nur ein paar Wengen gejagt, als sie Filsberg plünderten, aber sonst war ich hauptsächlich bei der Wagenpatrouille am Balmer-Durchgang."

„Balmer, hm? Direkt bei der Stadt."

„In der Nähe, Sir."

Bowdeen nickte ein wenig besorgt. „All ihr Jungs seid ziemlich unerfahren im Tiefwald, alle außer Callan. Paß auf, du mußt lernen, Spuren zu lesen. Es ist hier zwar ziemlich nördlich für sie, aber ich wette den Esel meiner Großmutter, daß wir hinter Shandos her sind. Siehst du dieses Kreuzstichmuster am Rand des Fußabdrucks hier? So nähen ihre Frauen die Mokassins. Und groß sind sie. Habe nie eine viel unter sechs Fuß gesehen."

Der Zweite grinste interessiert. „Und die Frauen?"

„Mann, ich rede ja von den Frauen." Seine Stimme wurde weich. *„Schöne* Frauen, Zweiter. Haben eine Art schläfrigen Blick und – und eine Weise, einen Mann zu berühren – *olala!"* Die Erinnerung ließ seine Augen aufleuchten.

Er seufzte und ließ das Bild wie ein welkes Blatt fallen.

„Zwei dieser schönen Frauen sind vor uns", erinnerte ihn der Zweite.

Bowdeens Stimme klang hart, ohne daß er sie hob. „Nicht bei *meinem* Suchen, Junge." Er bedachte den Zweiten mit einem durchdringenden Blick. „Das sind *Shandos.* Mit ihren schwarzen Messern kannst du dich trocken rasieren, ohne daß du es überhaupt spürst. Wenn wir sie finden, töten wir sie, sonst nichts. Alles andere kannst du vergessen."

Bowdeen fummelte in seiner Tasche und zog schließlich einen Proteinriegel von der Notration heraus. Er nahm einen herzhaften Bissen. „Sammle deine Leute zur Kolonnenordnung."

„Jawohl, Sir." Der Zweite drehte sich um, dann blickte er noch einmal über die Schulter. „Rittmeister?"

„Was ist?"

„Ich – reine Neugier, Sir. Dort, wo Sie herkommen, war das nicht auch Zirkel?"

Bowdeens weiße Zähne kauten weiter, obgleich sein Mund sich zu einem breiten Grinsen verzog. „Junge", sagte er gedehnt. „Wo ich herkomme, gab es nichts als *Hunger.*"

Clay schwitzte trotz der Kälte. Er war schnell geritten, um Arin einzuholen. Der unterbrochene Kreis umringte sie jetzt, als er Meldung erstattete, teils im Lep, teils im Flüstern, damit Micah, der Kriss, nicht mithören konnte.

Solds!

Arin warf einen Blick auf den Kriss. *Wie viele?*

„Dreißig, vierzig."

Bären auf Honigsuche, bemerkte Kon.

Magill warf einen verärgerten Blick auf Micah, der an einem Baum lehnte. „Haben vermutlich den alten Mike eines seiner Heldenlieder singen hören. Verstand hat er überhaupt nicht."

Seit sie Karli verlassen hatten, bildete Micah ein Problem für Arin. Der Wurm des Zweifels bohrte immer noch in seinem Kopf. Er traute dem Kriss nicht. *Ich muß doch versuchen, ihn zu lesen.*

Aber Micah zu lesen, war so gut wie unmöglich. Er war verschlossen, und seine Augen sahen aus, als wären sie nicht dafür bestimmt, andere zu sehen, sondern nach innen zu schauen, als wäre alles Gute auf der Welt in Micahs eigenen Träumen.

Im Wald, zumindest, bewies er eine erstaunliche Ausdauer, aber es war keine Anpassung an die Natur, im Gegenteil, der Kriss zeigte eine gleichgültige Verachtung für die Umgebung und Unbequemlichkeit. Aus diesem Grund bemühte er sich überhaupt nicht um Vorsicht. Er war nicht Teil des Waldes, und die Männer waren deshalb auch kühl zu ihm. Teela ging ihm in weitem Bogen aus dem Weg, und Elin näherte sich ihm nur, wenn sie ihm zu essen brachte. Nie dankte er mit einem Wort oder einer Geste, aber sie spürte auf ihre Weise, was in ihm vorging. Er begehrte sie.

Arin legte die Hand auf Clays Schulter. „Bring dein Pferd zu meinem und warte auf mich.“

„Du bist der Meister“, brummte Magill herausfordernd.

„Das stimmt“, erwiderte Arin scharf, „und ich werde tun, was ich für das Beste halte.“ Er trat an den Baum und musterte Micahs unbewegte Züge. „Mike, es sind Solds in der Nähe.“

Micah kehrte aus seiner Meditation zurück. „Woher wißt ihr das?“

„Wir wissen es.“

„Es besteht keine Gefahr, Arin. Du und deine Leute, ihr steht unter dem Schutz der Kriss.“

Arin konnte nicht in den verschlossenen Geist eindringen. „Meine Leute können es vielleicht für eine Falle halten, die du geplant hast.“

„Um euch zu töten?“ Micahs Erstaunen schien echt zu sein. „Uriah würde mich dafür hängen.“

Wahr oder nicht, eine Entscheidung mußte getroffen werden. Ausweichen, im Zickzack reiten, kostete Zeit, und die Luft roch bereits nach Schnee. Flohen sie, würden die Solds ihre Spuren verfolgen, und es würde ihnen nichts übrigbleiben, als sich zu verteilen, was noch weitere Verschwendung kostbarer Zeit bedeutete. Sie wären vielleicht sogar gezwungen, gegen eine große Übermacht zu kämpfen und möglicherweise auch noch auf Terrain, das den Solds Vorteil gewährte.

Clay, der mit seinem Pferd bei einer Eiche wartete, schaute zu einem hohen, kahlen Gipfel eines tiefen Tales. Arin beugte sich über das Pferd zu ihm.

„Du warst einmal Sold, Clay. Was würdest du an ihrer Stelle jetzt tun?“

Clays schmales Gesicht verzog sich überlegend. „Sah ihre Sattelzeichen“, murmelte er. „Sieht aus wie die 43er, die Schwadron des alten Bowdeen.“

„Wer ist das?“

„Ein schwarzer Wengen. Kein Lep, aber klug. Kennt den Zirkel, jagte früher mit den Shandos. Versuche zu erraten, was er tun würde.“

Was glaubst du?

Der alte Bowdeen ist zirkelweise. „Wir bekommen vielleicht heute nacht noch Schnee“, überlegte Clay laut. „Da tun sich die Pferde schwer, und wir können uns nicht sehr gut verstecken, aber er auch nicht. Er wird uns einen Hinterhalt stellen und versuchen, uns alle auf einmal zu erwischen.“ Seine Augen lenkten Arins Blick auf den Berggipfel hinter dem Tal. *Dort!*

Arin dachte nach. *Wenn wir einen Bogen darum herum machen, wird er uns dann folgen?*

Clays kluger Verstand arbeitete. Er wog die Gelegenheiten ab und fügte seine Söldnererfahrung dazu. So gut er es konnte, erklärte er Arin das Prinzip der Standlinie und des Kompasses, und wie Bowdeen dadurch ihre Richtung und durchschnittliche Geschwindigkeit berechnen konnte. Wahrscheinlich wußte er, wohin sie wollten, und wenn er sie auf dem kahlen Gipfel verfehlte, würde der Schnee ihm die Verfolgung leicht machen.

Arin entsann sich Kons Gedanken. *Bären auf Honigsuche.* Der Sold hatte alles richtig im Griff. *Was wäre dann das eine, was der alte Bär ganz bestimmt nicht erwartete?*

Clay wußte es nicht.

„Wir jagen *ihn*“, sagte Arin. „Wie einen Bären.“

?

Mit einem Köder.

Köder? echote Clay erstaunt.

Arins Blick schweifte zu Micah, der wieder in seine Meditation versunken am Baumstamm lehnte.

... *Pfeil wirft ihn zurück, wieder und immer wieder* ...

Micah war ein Unreiner, und er mochte sehr wohl diese Falle gestellt haben. Trotzdem fiel die Entscheidung schwer. *Wer sagte denn, daß es leicht sein würde?* höhnte sein Geistwurm.

Bowdeens Blick durchkämmte das tiefe Tal bis zum Südosten, wo sich ihm die alte Straße durch ein stumpfgrünes und braunes Blättermeer entgegenschlängelte. Seine Männer hatten ihre Posten hinter den Bäumen bezogen und sich zwischen den hochgelegenen Büschen rings um den kahlen, felsigen Sattel verteilt. Er befand sich ganz links von ihnen. Die Shandos müßten auf diesen Gipfel kommen, um sich einen Überblick zur Orientierung zu verschaffen. Natürlich konnte er sich täuschen, aber die Chancen standen zu seinen Gunsten.

Es war lange her, seit er sich so tief im Wald befunden hatte. Halbverlorene Zirkelinstinkte erwachten, und er empfand plötzlich ein sehr ungutes Gefühl, was dieses Suchen betraf. Seine

Männer waren zu unerfahren, sie hatten nicht einmal daran gedacht, Tarnanzüge mitzunehmen. Seine fünffache Zahl gegenüber den Zirklern war bei weitem nicht so beeindruckend, wie es sich vielleicht anhören mochte.

Er seufzte vor resigniertem Abscheu. Suchen war eine verdammt schmutzige Art, sich sein Brot zu verdienen. Aber es war die einzige, bis die Stadt endlich wieder neue Verträge ausstellte. Sidele wollte, daß er aufhörte. Er sollte es wirklich. Er war jetzt achtundvierzig und bei weitem nicht mehr so eisern, wie er gewesen war. Er würde jetzt gern die Abende mit Sidele verbringen und sich nett mit ihr unterhalten, statt die ganze Nacht durchzusaufen. Um seine Mitte begann sich bereits Fett anzusetzen, noch nicht viel, doch immerhin. Aber trotzdem, sie konnten nicht von Sideles Wahrsagerei leben, also mußte er sich wohl noch einmal auf einen Vertrag einlassen, dann würde er aufhören oder um eine Beförderung einreichen. Das bedeutete weniger Reiten, mehr Sitzen. Er war ganz einfach zu alt, verdammt.

Bowdeen grinste über seine Selbsttäuschung. *Zum Teufel, immer soll es nach Ablauf des nächsten Vertrags sein, oder dem danach. Frau, du hast dir einen ewigen Wanderer zum Mann ausgesucht.*

Etwas bewegte sich tief unter ihm. Bowdeen suchte die errechnete Position der teilweise verborgenen Straße ab. Dort! Ein Reiter kam geradewegs über die Asphalttrümmer. Der Rittmeister wirbelte herum und rannte zum Rand des Bergsattels. Er deutete hinunter ins Tal.

„Macht euch bereit!"

Vielleicht waren es doch keine Shandos. Der Reiter sah viel zu sorglos aus. Trotzdem wurde Bowdeens Befehl die ganze Linie entlang weitergegeben: Denkt weiß, nur weiß, nichts als weiß. Möglicherweise können sie euch lesen.

Bowdeen wählte einen Punkt, etwa in der Mitte des Bogens, dicht am Kamm, wo er die beste Aussicht und einen Streifer ganz in der Nähe hatte, um die Anweisungen weiterzuleiten. Der junge Mann neben ihm spannte den Bogen. Drei Pfeile hatte er neben sich in den Boden gesteckt.

Als der Wind die Richtung änderte, drang der Klang einer tiefen Stimme an Bowdeens Ohr. Wieder hörte er sie, stärker bereits. Er und der Streifer schauten einander an. *Das gibt es nicht!*

Jemand sang.

Das monotone Lied wurde stetig lauter, dann kam der Sänger in Sicht. Er führte sein Pferd auf den kahlen Gipfel.

Bowdeen kam sich komisch vor. Dieser hirnverbrannte Mofo marschierte doch geradewegs auf den Sattel, ohne sich auch nur umzuschauen. Bowdeen fiel der Schnitt der schweren Wollkleidung mit dem Haken-und-Ösen-Verschluß auf. Nur ein Volk stellte Bekleidung dieser Art her. Der Mann war ein Kriss!

Der Rittmeister überlegte schnell. Callan hatte nie gesagt, daß Kriss Geldfleisch waren, aber andererseits erwähnte er auch nie das Gegenteil. Die Frage hatte ganz einfach nie zur Debatte gestanden. Kriss sah man nicht sehr häufig.

Aber wo sind die anderen? Seine Finger legten sich um den Bogen, als seine alten Instinkte aufwallten, ihn fast herumrissen: *Laß ihn laufen! Tu's nicht!*

Aber drei andere Pfeile trafen den Mann fast gleichzeitig. Er brach zusammen wie ein geplatzter Sack, aus dem das Getreide ausrinnt. Das Pferd blieb ein paar Schritt entfernt stehen. Schweigen.

Bowdeen gefiel es gar nicht, um so weniger, als er nicht wußte, weshalb. Er winkte den Streifer zu sich. „Sag dem Ersten und Zweiten, sie sollen auf meinen Pfiff warten und einstweilen noch nicht auf Geld gehen."

Sie warteten. Erst drehte ein Geier hoch über dem Toten seine Kreise, dann schlossen sich ihm noch ein paar an. Die Baumwipfel säuselten sanft in einer leichten, eisigen Brise. Das schwerschultrige Pferd zupfte an dem kargen Gras, während die Geier tiefer kreisten. *Wo sind die anderen?* Der Streifer kehrte an seinen eigenen Posten zurück. Sie warteten.

Schließlich wurde Bowdeen klar, daß sie weiter unten vorübergezogen sein mußten. Das bedeutete, daß sie immer noch verfolgt werden konnten. Wenn sie so sorglos waren wie dieser hier, ließ sich der ganze Trupp einstecken. Bowdeen stieß einen langen, leisen Pfiff durch die Zähne aus. Drei Männer traten von verschiedenen Richtungen aus ihrer Deckung und trafen bei der Leiche zusammen. Bowdeen erhob sich, er winkte dem Streifer zu. „Bleib hier, ich gehe und . . ."

Sein warnender Instinkt stoppte ihn mitten im Schritt und quetschte seinen Magen zusammen. Bowdeen formte seine Lippen noch zu einem tonlosen Warnruf. *Zurück! In Deckung!* Seine drei Männer befanden sich in größter Gefahr. Sie starben bereits in dem grauen Licht und der nach Schnee riechenden Luft, er sah sie tot, obgleich sie noch aufrecht standen und atmeten. „Lauft!“ Doch schon schwirrten die Pfeile. Zwei der Männer fielen, ohne einen Laut von sich zu geben. Der dritte torkelte ziellos einen oder zwei Schritte. Er war mehr überrascht als verletzt von dem Pfeil in seinem Oberarm. „Lauft! Verdammt! Deckung!“

Benommen begann der Bursche zu rennen. Der zweite Pfeil traf ihn in den Rücken.

Bowdeen drückte sich dicht an den Boden. Er fluchte über seine eigene Dummheit. Es waren wirklich Shandos, das verrieten ihm die langen Pfeilschäfte. Selbstverachtung breitete sich wie Gift in ihm aus. Ich werde alt! ALT! *Spürte es und tat nichts dagegen!*

Jemand rief ihn von links, aus der Gruppe des Zweiten. „Rittmeister! Ritt . . .“ Die Stimme erstarb abrupt. Stille. Augenblicke vergingen. Die Geier zogen ungerührt weiter ihre Kreise.

Die Shandos konnten nicht überall sein, dazu waren sie zu wenige. Seine Männer brauchten nur in ihren Verstecken auszuharren, bis die Mofos zu ihnen kamen. Bowdeen machte sich daran, dem Streifer zuzuwinken – da sah er die Gestalt etwa eine Armlänge hinter dem Jungen. Sie war groß, aber zu schmal für einen Mann. Das geschickt bemalte Gesicht war in der Kapuze kaum zu sehen. Hätte sie sich nicht bewegt, wäre sie ihm überhaupt nicht aufgefallen. Bowdeen konnte den Jungen schon nicht mehr retten. Ihr Messer sauste im gleichen Augenblick hinab, als er den Pfeil abschoß. Er hörte das Gurgeln, als der Junge sein Leben aushauchte, dann den Einschlag des Pfeiles. Das Mädchen drehte sich im Fallen, und der Pfeilschaft ragte aus ihren Rippen.

„In Zweiergruppen!“ Der Befehl kam vom Ersten, rechts von Bowdeen. „Im Zentrum sammeln!“

„Nein! Bleibt in Deckung!“ brüllte Bowdeen. Er rollte sich zur Seite und griff nach dem Sheddy, der aufrecht im Boden steckte. Er war bereits auf den Knien, als er den Jungen an dem toten Mädchen vorbeikommen sah. Sein stumpfes Gesicht ähnelte ihrem sehr, als der Bursche mit einem lautlosen Schrei den Bogen krümmte. Bowdeen warf sich flach auf den Boden. Der Pfeil grub eine Furche in seine Schulter.

Mitten im Laufen ließ Sand den Bogen fallen und zog seinen schwarzen Dolch aus der Scheide. Ohne noch dazu zu kommen, sich zu erheben oder Deckung zu suchen, schleuderte Bowdeen ihm den Sheddy an die Beine. Der Junge sprang hoch, um ihm auszuweichen. Für etwas anderes war es zu spät. Als der andere sich auf ihn stürzte, rollte Bowdeen sich auf den Rücken und stellte ihm ein Bein. Im Fallen stieß Sand zu. Sein Messer strich in einem langen, nicht sehr tiefen Schnitt über Bowdeens Bauch. Der Rittmeister packte den Jungen am Handgelenk. *Mach es schnell. Er ist zu jung, zu flink.* Er hieb ihm die Faust in die Magengrube, dann die Handkante gegen den Nacken.

Wie ein verwundeter Bär hob Bowdeen sich keuchend auf die Knie. Seine Schulter brannte, und sein aufgeschlitztes Wildlederhemd färbte sich rot. Ist zwar nicht tief, sagte sich Bowdeen, aber, alter Mann, die Zeit des Reitens ist für dich vorbei.

Er zitterte, als er sich vorsichtig seitwärts bewegte, um einen Abstand zwischen sich und den toten Zirkler zu bringen. Sie begruben ihre Toten immer. Also war es besser, nicht mehr in der Nähe zu sein, wenn sie kamen, um ihn zu holen.

Nur ein Junge. Ich könnte sein Großvater sein. Sidele, Sidele, zaubere mich heim. Ich schaffe es nicht mehr.

Zoll um Zoll schleppte er sich durch das Buschwerk höher zum Kamm hinauf. Die Gedanken hämmerten im Rhythmus mit seinem keuchenden Atem. *Keine Art zu leben. Nein, keine Art zu leben. Ich jagte mit diesen Menschen. Gibt keine besseren als sie . . . Für zwei Kreten . . .*

Die Stille war gespenstisch. Ein Geier flog über die Wipfel. Die Zeit verging. Er spürte seine Schmerzen immer dann besonders, wenn er Pfeile schwirren hörte und würgende Schreie vernahm. Er *spürte* den Schmerz jedes einzelnen der Getroffenen. Jemand bahnte sich panikerfüllt einen Weg durch das dürre Unterholz, ehe ein Pfeil oder Messer seinem Leben ein Ende machte. Schwerfällig und steif stäubte Bowdeen den Heilpuder über die Wunde. Er fragte sich stumpf, ob der Erste und Zweite noch lebten. *Geh unter, Sonne! Laß es dunkel werden!*

Aber damit würde sie sich noch Zeit lassen.

„*Alle*“, heulte der junge Streifer, während er aus den Bäumen auf die Toten im Freien zustolperte. Er befürchtete, sich jeden Moment übergeben zu müssen.

„Nicht ganz alle“, krächzte Bowdeen, der reglos neben dem Kriss lag, bei dem die Totenstarre einsetze. „Hier ist noch ein verdammter Rittmeister ohne Verstand.“

Ein kantiger Mann mit angespannten Zügen und Augen, die aussahen, als würden sie nie lächeln, trat herbei. Ohne auf seinen Vorgesetzten zu achten, beugte Unter Callan sich über Micahs Leiche. Der Tod des einen Kriss schien ihm näher zu gehen als der seiner gesamten Kameraden.

„Einige wurden von Pfeilen getroffen, die meisten erstochen", berichtete der Streifer, als er Bowdeen den Wundpuder reichte. „Dazu muß man ganz nahe heran, verdammt nahe. Wie machen sie das?"

„Mit Hilfe!" antwortete Callan mit barscher, kalter Stimme. „Zirkler haben Magie, mehr als normale Menschen. Das ist Teufelswerk."

Bowdeen verzog das Gesicht. „Unter, wo, zur Hölle, kommen Sie her? Haben Sie denn nie zuvor ein Shandomesser gesehen? Nie gegen einen Wengenplünderer gekämpft? Verdammt . . ."

Es gab keine Sympathie zwischen den beiden, hatte sie nie gegeben. Callan war jung, tüchtig und ehrgeizig, aber Bowdeen bedauerte schon jetzt die Schwadron, die dieser eiskalte Mofo befehligen würde. Die hervorstehenden, stechenden Augen seines Adjutanten fanden nie etwas erheiternd, und der schmale, verkniffene Mund wußte gar nicht, was Lachen ist, und würde auch nie aus Mitgefühl weich werden. Was Callan betraf, er hatte mit allem recht, oder fast. Und doch verriet eine gut verborgene Schwäche des Mundes und der Kinnpartie, daß Unter Callan nicht immer Herr über sein eigenes Geschick war.

Er und Bowdeen, ganz im Gegensatz zu anderen Kompaniechefs, unterhielten sich nie privat miteinander oder leerten gemeinsam eine Kanne. *Wäre ich ein Hund,* dachte Bowdeen des öfteren, *würde ich in seiner Nähe bestimmt nie mit dem Schwanz wedeln.*

Callan starrte auf den toten Kriss. Sein Mund verzog sich zu einem Ausdruck noch stärkerer Mißbilligung als üblicherweise.

„Rittmeister, die Kriss durften nicht gejagt werden!"

Bowdeen unterdrückte seinen Ärger und stieß sich eine Ampulle Antitet in die Seite. Dann erwiderte er den verdammten Blick seines Adjutanten, ohne etwas zu sagen.

„Rittmeister", wiederholte Callan. „Haben Sie mich gehört? Die Kriss durften nicht . . ."

„Ich habe gehört." Bowdeen fühlte sich entsetzlich. Seine Wunden würden die ganze Nacht vom Antitet schmerzen, das er sich gerade gespritzt hatte. „Und jetzt hören *Sie* mich, Callan. Dieses verdammte vom Pech verfolgte Suchen hat mich die gesamte 43. gekostet, und alles, was ich dafür vorweisen kann, sind drei Stück Geldfleisch."

„Wo?" fragte Callan herausfordernd. „Zeigen Sie mir, wo!"

„Verdammt, ich habe zwei erwischt. Ich habe sogar noch gehört, wie die Gräber geschaufelt wurden. Haben Sie je einen weißen Gedanken, Adjutant?" Er rollte sich ein wenig herum und stupste Micahs Leiche mit dem Sheddy. „Zwei. Graben Sie sich doch die Mofos aus, wenn Sie wollen. Das hier ist der dritte, Callan. So zähle ich. Acht Kreten für diesen reifen Mofo und die anderen, und ich bekomme sie *sofort,* oder ich ziehe sie von Ihrem Vertragssold ab." Bowdeen verzog verächtlich die Mundwinkel. „Sie bekommen einen Anteil von dem Geld für das Mädchen; Streifer kriegt einen Teil von meinen Kreten. Zum Teufel, Profit machen wir sowieso keinen."

Callan zahlte das Geld sichtlich widerstrebend aus. Er schob den Rest in seine Tasche und zog sich, abseits von den beiden anderen, zu seinem Pferd zurück. Er wirkte noch verdrießlicher als üblich. Bowdeen, der steif vom Liegen war, stand schwerfällig auf und humpelte zum Streifer hinüber. Er streckte ihm zwei Kreten entgegen. Der Streifer stierte in das Buschwerk. Er bemerkte das Geld nicht, bis Bowdeen es ihm in die Hand drückte.

„Was ist los, Streifer?"

„Sir, wir – werden wir die Männer begraben?"

Bowdeen zögerte einen Augenblick, während er den Jungen beobachtete. „Zu viele", sagte er schließlich. „Wir sammeln ihr Zeug ein und lassen sie liegen. Es gibt eine Menge Vögel hier, die nicht weniger hungrig sind als wir."

Er blieb noch kurz bei dem Streifer stehen. Er wollte sagen, wie leid es ihm um die Gefallenen tat; daß er die Zirkler lieber nur hätte aufspüren sollen, statt zu versuchen, sie sich mit einer unerfahrenen Schwadron zu holen; daß es eine Zeit gegeben hatte, da hätte niemand Bowdeen das antun können. Zum Teufel! Im Augenblick konnte er an kaum etwas anderes als seine Schmerzen denken.

„Streifer, hol doch die Medbox her und such mir ein schmerzstillendes Mittel heraus." Er schüttelte leicht den Kopf. „Junge, laß dir sagen, das hier ist nicht der richtige Ort für einen alten Mann . . ."

Einer hinter dem anderen stolperte der unterbrochene Kreis – Arin, Kon, Magill, Elin, Clay und Hara – am Ufer entlang, bis sie zur Geröllawine kamen. Ein Stück voraus fanden Clay und Hara den steilen Pfad, den drei andere zwei Jahrzehnte vor ihnen hochgeklommen waren. Auch sie führten jetzt ihre erschöpften Tiere und krochen und kletterten den Pfad empor. Die Felswand war zu ihrer Linken, eine Steilwand, die durch Büsche, Fichten und Eichen kaschiert wurde. Elin wurde schwindelig, wenn sie rechts hinunterschaute.

Schließlich führte der Pfad zu einem breiten Sims, das in Bogenform zu einem gewaltigen, von der Felswand auslaufenden Plateau wurde. Die Shandos stolperten hintereinander hinaus und ließen sich erschöpft auf den Boden fallen, ohne auf den peitschenden Schnee zu achten.

Als er wieder zu Atem gekommen war, regte sich die Neugier in Clay. Er kletterte auf einen Felsblock am Rand des Plateaus. Die Aussicht war atemberaubend, er glaubte, was er hier sah, müßte zumindest die Hälfte des existierenden Himmels sein. Meilenweit konnte er über ein langes, graues Tal sehen. Unter ihm wand sich ein Fluß wie eine braunschwarze Schlange vorbei an Türmen verschiedener Art, höher als alles, was er bisher gesehen hatte. Links führte eine breite, verrottete Brücke über das Wasser, von dem dicke Nebelschwaden aufstiegen.

„Lishin", flüsterte Hara neben ihm.

Arin sagte, Lishin war einer der Orte, die sie besuchen mußten, obgleich diese Stadt tot war. Sie starrten auf den dunklen Fleck, der die Stadt sein mußte. Nun wußten sie, wie die Sonne sich zu Loomin fühlen mochte, wenn sie von der Göttin der Erde am weitesten entfernt war. Lishin war – unrein, es war außerhalb, es war vieles, was schlecht war. Aber *tot* war es nicht. Ihre tastenden Sinne hätten keinen Widerhall gefunden, wäre es wirklich tot gewesen. Etwas war dort unten, es war kalt und lebte. Sie wandten sich davon ab.

Es war im Augenblick fast unmöglich zu lepen, so erschöpft und ausgelaugt wie sie jetzt waren. Aber dem unterbrochenen Kreis gelang es doch, genügend Kraft zusammenzubringen, um die Meister von Karli wissen zu lassen, wie sie gegen die Söldner gekämpft hatten, und daß Sand und Teela wiedergeboren werden würden. Für mehr reichte ihre Kraft nicht, sie waren einfach zu erschöpft.

Ein erstaunlich kraftvolles Lep kam zurück:

UND ARIN?

Shalanes Stimme! Arin sehnte sich zutiefst danach, mit ihr zu teilen, aber seine Leute waren viel zu fertig, noch weiter zu lepen. Widerwillig brach er die schwache Verbindung ab und gestattete ihnen, sich auszuruhen.

Magill kniete neben Elin und sprühte den Söldnerpuder über die vier Zoll lange Schnittwunde auf ihrer Wange, die vom Mund zum Ohr reichte. Sie wollte nicht richtig heilen. Clay hatte einen Vorrat von dem Puder auf dem kahlen Gipfel von den Gefallenen gehamstert. Es war Stadtmagie, erklärte er, um das Eitern von Wunden zu verhindern.

„Ist gar nicht tief", log Magill. „Wird keine Narbe zurücklassen."

Aber Elin wußte, daß eine Narbe nicht nur in ihrem Gesicht, sondern tief in ihr bleiben würde. Magill zuckte zusammen unter der Flut schmerzhaften Teilens, das sich aus ihr ergoß. Sie vermischte sich mit seinen eigenen verwirrenden Gefühlen. Elin berührte ihn tief. Sie war die erste, die es je tat, und er wußte nicht, wie er damit fertig werden sollte.

Er, der nie gut mit Worten umgehen konnte, spürte Elins Not. Sie war eine liebende Frau mit einem Verlangen, das Arin in all der Zeit, die er mit ihr zusammengewesen war, nie bemerkt hatte. Die Angst ließ ihre Augen dunkel glitzern. *Werde ich noch* . . .

Magill hätte am liebsten geheult oder geflucht. Sie durfte ihn nicht so ansehen. Es erweckte das Verlangen in ihm, die Solds alle noch einmal zu töten, und Arin ebenfalls, weil er sie Meile um Meile weiter von allem weg führte, was gut war.

„Gill . . ."

„Was?"

„Sag, bin ich noch hübsch?"

Mit zusammengeschnürter Kehle beugte er sich über sie und drückte die Lippen auf ihre Wange, wo die offene Wunde sie durchzog. „Soviel bedeutet sie, also gar nichts."

Elin versuchte zu lächeln. Gill, du alter . . ." Dann wischte sie zitternd seinen Mund ab, wo er voll Blut und dem Söldnerpuder war, der giftig sein mochte, wenn man ihn schluckte. Sie traute der Stadtmagie nicht und – und *verdammt,* sie war müde. Als Magill mit Pfefferminztee zurückkam, den sie auf dem von Arin nun endlich erlaubten Feuer gekocht hatten, schlief Elin bereits. Er spannte eine Decke über zwei Zweige, um sie vor dem Schnee zu schützen. Zwei winzige sternförmige Flocken fielen auf ihre aufgeschlitzte Wange. Sie waren in ihrer Symmetrie von bezaubernder Schönheit auf dem verkrusteten Blut. Magill zog die andere Decke über sie und setzte sich in ihre Nähe, allein mit seiner aufgewühlten Seele.

Noch nie vor dem kahlen Gipfel hatte er Leben beendet. Es machte ihn krank, aber außerdem gab es noch einiges andere, das ihm zuschrie, die letzten Fäden seiner Verbindung zu Arin zu zerreißen und für sich selbst zu denken. Ein Versprechen hatte er sich bereits gegeben. Wenn das Ganze vorbei war, wenn die Stadt sich öffnete und sie hineinbat, oder was immer Garick wollte, daß sie tat, dann würde er, Magill, einer der vordersten mit Elin sein und dafür sorgen, daß sie wieder ganz hergestellt wurde. Zum Teufel mit Garick, zum Teufel mit Arin und dem und das. Er wollte nur die Magie der Stadt, damit sie Elin wiedergebe, was sie verloren hatte. Gottverdammt, *hört ihr mich?* In einem wilden, einsamen Schweigen verfluchte Magill Arin und die Kriss und die Solds und seine sich verändernde Welt, die dahinzuschmelzen begann wie die Schneeflocke auf seiner Hand.

Arins Seite schmerzte von der Hiebwunde, die sich während des Aufstiegs wieder geöffnet hatte. Aber sie tat weniger weh als jener andere Schmerz. *Habe ich Recht getan? Hätte es einen anderen Weg gegeben?* Er mußte die Frage in sich verschließen, aber er las die Antwort auch so in Gills Augen. Eine Decke wurde um seine Schultern gelegt, und Kon ließ sich neben ihm nieder, um ihre Wärme und Arins Qualen zu teilen.

Hör auf, daran zu denken, Arin.

Hätte es möglicherweise anders machen, hätte sie retten können.

Vielleicht ja, vielleicht nein. Vergiß es.

Sie schwiegen und kauerten sich gegen die Felswand, wie vor der Kälte Schutz suchende Tiere. Ihr schweres Atmen paßte sich einander an. Nach einer langen Weile murmelte Kon: „Wie ist der Kriss Name für dort, wo wir hin wollen?“

Arin riß seine Gedanken von Sand und Teela und dem Gestank nach Töten, der über ihnen allen schwebte.

„Sie nennen es Erlösung.“

Nicht mehr als einen halben Tag bis zu den Kriss. Sind wieder auf dem Weg ...

Verstärkt und ergänzt durch die Karlimeister traf die Nachricht in Charzen ein. Der eigensinnige alte Hoban weigerte sich immer noch, Garicks Krieg mitzumachen, aber alle Söldnerpatrouillen westlich der neutralen Zone würden zurückgeworfen werden.

Zeit, daß sie lernen, was unser Land ist.

Garick, der mit Jenna am Feuer saß, tief in seinem eigenen Winter, spürte, wie die Welt sich um eine Spur vorwärtsbewegte.

„Unser Land", sagte er zu der Frau, die stumpf in die Flammen starrte. „Hoban sagte weder ‚Zirkel' noch ‚Kreis'. *Unser Land!* Das ist der Anfang!"

Jenna rieb sich die müden Augen. „Nicht schwerverletzt", wiederholte sie das alte Lep nun laut, das zum hundertsten Mal in ihrem Kopf echote. „Wie schwer?"

„Er ist schon in Ordnung, Jenna!"

Jenna stützte sich auf die Stuhllehnen und erhob sich. „Woher willst du das wissen? Das dort draußen ist *mein* Sohn, nicht *ihrer!* ‚Sind schon wieder auf dem Weg!' Und weißt du auch warum?" *Hast du es je gewußt?* „Er würde sich umbringen, nur damit du ihn liebst." Ihre rauhe Stimme klang bitter. „Wie wir alle."

Das alte Schweigen zwischen ihnen kehrte langsam zurück, wie eine träge Flut. Jenna zuckte resigniert die Schultern und ging in ihr Zimmer. Garick kehrte zu dem Brief zurück, den er seinem Agenten Spitt schrieb. Der Mrikaner sollte sich nordwärts nach Filsberg begeben und sich mit den Söldneroffizieren der Norddivision befreunden.

– BEKANNTSCHAFTEN SCHLIESSEN! OHREN OFFENHALTEN. DIE NORDDIVISION IST ...

„Garick."

Er blickte erstaunt hoch.

Jenna stand im Nachtgewand an der Tür. Er las das dumpfe Flehen, das von vornherein damit rechnete, abgewiesen zu werden. Es war lange her, seit sie zum Gutenachtkuß zu ihm gekommen war, und länger noch, seit er zu ihr gegangen war. „Was gibt es, Jenna?"

Sie kämpfte mit den Gefühlen, die so lange verborgen, verleugnet, abgewiesen und von ihren Pflichten als Göttin ersetzt worden waren. In ihrer Hoffnungslosigkeit, ihr körperliches Bedürfnis nach ihm befriedigen zu können, hatte sie es zu lange unterdrückt. Vielleicht galt ihr Verlangen auch gar nicht Garick, sondern dem Teil von ihm, den sie geboren hatte.

„Bleib heute nacht bei mir. Ich vermisse Arin so."

Garick zögerte einen Augenblick, dann stand er auf und ging zu ihr. Seine Zärtlichkeit war rostig, aber echt. „Gern, Jenna."

„Hältst du mich fest in den Armen, bis ich einschlafe?"

Er tat es.

Das letzte Lep aus dem Blauen Gebirge war so schwach, daß nur ein Karlimeister es verstand, ein Mädchen, das Arin in seinem Brief erwähnt hatte. Garick konnte sich nicht an ihren Namen erinnern.

Erlösung in Sicht. Arin hatte die Kriss erreicht.

Das Gelächter der Wölfe

Sie hielten sich am Südufer des Flusses in Westrichtung und waren froh, Lishin zurücklassen zu können. Es schneite unaufhörlich. Decken, die sie über die Rücken der Pferde breiteten, schützten sie vor dem peitschenden Schnee. Meile um Meile legten sie zurück, ohne je ein Haus oder auch nur einen Menschen zu sehen. Hara suchte das trostlose Panorama des Flusses, der Berge und des niedrigen Ufers ab, das so tief lag, daß das ölige Wasser sich hin und wieder mit dem Schneematsch um die Hufe der Pferde vermischte. „Vielleicht sind wir auf dem falschen Weg."

„Nein", sagte Arin fest. „Micah sagte, wir sollten uns am Fluß halten, bis wir zum Zeichen ihres Gottes kämen. Es sieht so aus . . ." Seine Hände beschrieben eine seltsame Form in die Luft. „Von dort aus führt ein Pfad durch die Berge nach Erlösung."

Sie ritten nun alle nebeneinander, mit Ausnahme von Magill, der als Späher die Vorhut bildete. Jeder war dankbar, daß sie sich dem Ende des Rittes näherten, auch wenn ihr Ziel ein ungewöhnlicher Ort war. Sie hatten keinen Proviant mehr, und von Wild gab es nirgends auch nur eine Spur. Alle waren sie vor Erschöpfung und von den eiternden Wunden, die ihnen den wenigen Schlaf vergällten, zu reizbaren Schatten ihrer selbst geworden.

Das Lep drang in Arins Gedanken wie eine Nadel in eine Blase. Er zügelte seine Stute. Magill kam zurückgeeilt. Gleich darauf tauchte er um eine Biegung des Ufers auf. Er galoppierte durch das Schneegestöber und hielt, Schnee aufsprühend, vor ihnen an.

„Vor uns!" Er bewegte die Arme auf merkwürdig zuckende Weise. Seine Angst entging keinem. Magill war zu Tode erschrocken.

„Das Gotteszeichen?" fragte Arin.

„Es ist dort." Magill versperrte ihnen den Weg. Sie empfanden seine Furcht mit ihm. Schwer nickte er. Sein Blick durchbohrte Arin anklagend. „Wo hast du uns hingeführt? Als wir gegen die Solds gekämpft hatten, kam ich da nicht zu dir, damit du mein Messer mit Salz, Feuer und Wasser reinigst? Kamen wir nicht alle, um uns vom Tod zu säubern?"

„Schon gut, Gill“, versuchte Arin den anderen zu beruhigen, obgleich ihm Magills Schock selbst Angst einjagte. „Wir sind alle mit dir.“

„Niemand ist mit niemandem! Nicht hier, nicht an diesem Ort – er ist tot, Arin, tot wie das Ding dort oben. Schick mich nie wieder als Vorhut“, fügte er pathetisch hinzu. „Ich habe Angst.“

Es war nicht, daß Magill sich drücken wollte oder sich hinter einer Lüge verkroch. Er hatte etwas gesehen, das ihm momentan den Mut raubte. Nur ein Tor ist immer tapfer. Aber sie brauchten einen Späher, und Arin konnte gegenwärtig keinen der anderen dazu einteilen, außer einem.

„Kon.“

Der hochgewachsene junge Mann hielt Knie an Knie neben Arin an. Sie sprachen leise miteinander. „Moss sagte, die Kriss würden Ausschau halten“, murmelte Arin. *Unsere Leute fürchten sich.*

Ich nicht weniger, gestand Kon. „Was sollen wir tun, Arin?“

Magills Furcht ließ einen säuerlichen Geschmack in Arins Mund zurück. „Was immer auch um diese Biegung ist, wir werden es uns genau ansehen, du und ich. Sie folgen uns schon.“

Kon warf einen verstohlenen Blick auf die anderen. „Arin“, seufzte er. „Es wird gefährlich, dich zu kennen.“

Die beiden trotteten voran. Die Kapuzen hatten sie der besseren Sicht wegen, trotz des Schnees, zurückgeschlagen. Als sie um die Biegung kamen, sahen sie es. Kon zuckte zusammen und hätte angehalten, aber Arins Geist griff nach seinem. *Reite weiter!* Sie verlangsamten die Gangart ihrer Pferde zum Schritt und schwiegen im Angesicht des Dinges, das Magill eine solche Furcht eingejagt hatte. Aus der Ferne schien die Figur zu leben – eine Illusion, die durch die wirbelnden Flocken und den schier unerträglichen Realismus des Künstlers hervorgerufen wurde. Als sie näher kamen, erkannten sie, daß sie mit morbidem Können, das schon dem Genie nahekam, aus Holz geschnitzt war.

Sie war gut zehn Fuß hoch, und die starken Balken waren grobkantig gehauen. Die Figur selbst war sorgfältig aus hellerem Holz geschnitzt und geradezu grauenvoll wahrheitsgetreu in jeder schrecklichen Einzelheit. Die Hände mit den offenen Wunden, wo sie mit Nägeln brutal an die Querbalken geschlagen waren, wirkten absolut lebensgetreu. Das hölzerne Opfer von Mannesgröße hing an den festgenagelten Händen und Füßen, und eine weitere Wunde in verblichenem Rot klaffte unter den mageren Rippen.

Ein Dornenkranz, der voll Brutalität in den Kopf gedrückt worden war, umgab gemaltes Blut, uralt und abblätternd, das in realistischen Tropfen herabzusickern schien.

Sagte es dir doch, Arin! Magill wartete in einiger Entfernung hinter den anderen. Arin las ihr Grauen auch in dem Abscheu, der in Haras abgewandtem Blick ausgedrückt war, und in Elins Haltung, die den Kopf über die Hände gebeugt hatte. Aber Clay schien fasziniert davon zu sein. Etwas in seinem überlegenden Ton ließ sie aufhorchen.

„Ein alter Mann erzählte mir einmal in Filsberg über die Kriss. Sie nennen uns *Hexen.* Ich erinnere mich daran, weil ich dieses Wort noch nie zuvor gehört hatte. Sie sagen, wir können ihrem Gott nicht ins Gesicht sehen.“ Eine lange Weile starrte er auf das Gottessymbol. „Kein Wunder, daß sie das glauben. Was sind das für Menschen, die einen Gott aus *Leid* machen?“

Arin drehte sich zu ihnen um. „Kommt alle her, ganz nah. Seht ihn euch gut an!“ *Sie beobachten uns, das wißt ihr. Seht ihn euch an!*

Gehorsam kamen sie näher und starrten auf den geschnitzten Gott. Der Wind blies über den Fluß, und die stillen Beobachter in den Bergen darüber folgten jeder Bewegung der Shandos. Als sie zu dem Pfad in die Berge abbogen, sagte Arin: „Hexe ist nur ein Name, die Bezeichnung in der Alten Zunge für Zirkel.“

Seine Aufmerksamkeit galt dem bewaldeten Hang vor und über ihnen. Einige Gestalten huschten in einem unbeholfenen Versuch, in Deckung zu bleiben, durch die Bäume. Grimm erwuchs in ihm. *Bastarde! Wer hat Angst, sich wem zu stellen, Uriah?* Er spähte blinzelnd den Pfad zurück, um nach Clay zu schauen, der immer noch neben dem Gottessymbol stand. „Was, zum Teufel, macht er, Kon? Clay!“ Es war ihm egal, wer ihn jetzt hören mochte. Er war es müde, sich weiter zu verstecken. „Schließ auf, Junge!“

Clay winkte vom Ufer hoch. Er fürchtete sich weniger vor dem Gotteszeichen als die anderen. Es war etwas Neues, und er wollte es sich gut anschauen.

Urplötzlich erhob sich Erlösung vor ihnen.

Ein weites, sorgsam gerodetes Gebiet von einer Meile oder mehr mit sauberen, gepflegten Holzhäusern lag vor ihnen. Bestellte Felder waren kaum zu sehen. Die Wege bildeten ein ordentliches Netz, ähnlich dem Straßensystem von Lorl. Der Schnee dämpfte jeden Laut. Um ihre Position festzulegen, berief Arin ein Zusammensein ein, und sie lepten ihre Ankunft nach Karli. Sie erhielten jedoch keine spürbare Antwort. Arin bezweifelte, daß sie überhaupt gelesen werden konnten.

In gespenstischer Stille ritten sie einen Weg entlang, der eine Hauptarterie zu sein schien. Ständig erwarteten sie, an der nächsten Ecke auf Menschen zu stoßen, und wurden immer wieder enttäuscht. Aber ihre Instinkte sagten ihnen, daß sie beobachtet wurden. Elin bemerkte den feindseligen Blick einer Frau durch den schmalen Spalt einer Tür, ehe sie heftig zugeworfen wurde. Die Straße führte schließlich zu einem breiten Platz, der von Häusern umgeben war. Ein großes, weißgetünchtes Gebäude ragte hoch über sie hinweg. Es hatte einen schmalen Turm, auf dem sich eines der Gotteszeichen befand. In der Mitte des Platzes war ein größeres dieser Symbole. Es unterschied sich ein wenig von dem am Ufer. Das dornengekrönte Haupt hing herab und schien die Shandos düster zu betrachten. Der Wind wirbelte den Schnee um sie auf. Sonst bewegte sich nichts.

Sie wußten, daß sie sich nicht allein auf dem kalten Platz befanden. Die schwere, undurchdringliche Decke, die sie zum erstenmal spürten, als Micah sich in Karli an sie wandte, schloß sich enger um sie wie ein Leichentuch. Magill sah eine dunkelgekleidete Frau zwischen zwei Häusern dahinhuschen und verschwinden. Als er zu rufen begann, klang seine Stimme dumpf und erschreckend in der Stille.

„He, kommt doch heraus und begrüßt uns!“

Seine Nerven waren durch Erschöpfung und Schlafmangel nicht mehr die besten. Arin ritt verwirrt einmal um den Platz herum. Seine Leute tasteten Zuversicht heischend nach ihm. Er hatte jetzt keine Geduld mehr für Uriahs undurchsichtiges Spiel. *Das ist es,* flüsterte der Wurm ihm belehrend zu. *Ein Machtkampf. Warte nur demütig, dann weiß er, daß du dich hier unsicher fühlst. Wirst du wütend, beweist es deine Schwäche und Arroganz. So oder so hat er die Oberhand.*

„Verdammtes Spiel!“ Arin zerrte am Zügel, und erneut trabte seine Stute mit weiten Schritten um den Platz. Arin hob die Stimme, daß sie nun glockenklar durch die Stille schallte. „Wo ist Uriah? Wo sind die Kriss?“ rief er in der Alten Zunge. Er drehte sich mehrmals im Kreis herum, daß alle der versteckten Beobachter ihn hören konnten. „Wir haben das Bild eures Gottes gesehen und fürchten ihn nicht. Ist seine Magie denn so schwach, daß sie euch nicht vor sechs müden Shandos beschützen kann, die nichts weiter als etwas zu essen und ein wärmendes Feuer möchten? WO SEID IHR?"

Ihre scharfen Ohren nahmen das schwache Knarren einer Türangel auf, dann einer weiteren. Noch einmal ritt Arin um den Platz, ehe er vor dem weißen Gebäude mit dem schmalen Turm anhielt. *Stellt euch in einer Reihe hinter mir auf,* befahl er. Die Shandos trotteten in Formation. Arin drehte sich um und deutete auf sie. „So wie wir euren Gott betrachteten, seht nun uns an. Wir sind Menschen wie ihr. Das ist Kon, meine rechte Hand. Das ist Magill, meine linke. Sie folgten mir, seit wir das erstemal auf einem Pferderücken saßen. Ist Treue den Kriss fremd?"

Er ritt mit der Stute die Reihe ab. „Das ist Hara, der Beste unserer Jäger. Kennen die Kriss die Jagd nicht? Das ist Clay, der eines Tages Meister sein wird. Wissen die Kriss nicht, was Kraft und Disziplin sind? Und hier ist Elin, die ein Haus in Charzen haben könnte und jeden Mann ihrer Wahl. Aber sie entschied sich statt dessen dafür, mit uns zu reiten. Kein Mann hier hat mehr erduldet, und es gibt keinen hier, der nicht für ihre menschliche Wärme dankbar wäre . . ."

„Sicher wie Frost", murmelte Magill. Nur Elin hörte ihn.

„Haben die Kriss keine feinen, mutigen Frauen? Drei unserer Leute und einer eurer Männer mußten sterben, damit wir hierhergelangen konnten. Achten die Kriss, die die Qualen in Holz schnitzen, so wenig die des Leibes? War Micah ein Narr, uns hierherzubringen?" Er breitete die Arme aus. „Wir sind Menschen wie ihr. Beweist eure Menschlichkeit und kommt heraus."

„Willkommen, Prinz Arin."

Bei seinen letzten Worten hatte Arin sich von dem großen weißen Bauwerk abgewandt. Als er sich umdrehte, sah er zwei Männer auf den Stufen stehen, einer barhäuptig, der andere mit dem Gesicht zum größten Teil in den Falten einer schwarzen Kapuze verborgen. Der erstere war mager, nicht sehr groß, aber er stand hochaufgerichtet in seinem langen Gewand. Für seine asketische Gestalt klang seine Stimme erstaunlich kraftvoll. Er trat die Treppe hinunter, der andere folgte ihm. Der Wind blies ihm Schnee ins Gesicht, doch er schien es überhaupt nicht zu bemerken. „Ich betete mit den Älteren in der Kirche."

Arin schwang sich vom Sattel und ging ihm entgegen. Die

Gesichtsform des Barhäuptigen war der Micahs nicht unähnlich. Die Augen lagen tief. Sie waren klar und wach und glühten voll Leben und Intelligenz. Arin konnte ihn noch weniger lesen als Micah, lediglich eine dünne Schicht der Oberfläche tiefer und mächtiger Strömungen. Die weiße Hand, die sich ihm entgegenstreckte, war trotz ihrer Zartheit schwielig von harter Arbeit, und ihre Fältchen schwarz vom Kohlenstaub vieler Jahre gezeichnet, den nichts in der Welt mehr herauswaschen konnte. Seine Wangen, die wohl kaum je viel Sonne gesehen hatten, wiesen nur schwache erste Alterslinien auf. Vielleicht war er ein wenig älter als Garick, möglicherweise aber auch jünger.

„Ich bin Uriah, der Oberälteste von Erlösung. Und das ist Jacob." Er deutete auf seinen Begleiter, der mit gesenktem Kopf einen respektvollen Schritt hinter ihm stand. „Er dient am Altar. Verzeiht meinem Volk." Er wies mit weitausholender Geste auf die Häuser. „Ihr seid die ersten Zirkler, die uns je besuchten. Ihr müßt wissen, daß unser Glaube viertausend Jahre zurückreicht."

Jetzt öffneten sich weitere Türen. Männer und Frauen kamen vorsichtig auf die Stufen vor den Häusern und starrten die Fremden an.

„Aber, wie König Garick sagt, es ist Zeit für eine Veränderung."

Arin nickte, ohne etwas zu erwidern. Sein Geist ließ ihm etwas wie eine schwache Mahnung zukommen: *Paß auf, das ist ein Mann, der zuhört und nicht vergißt, was gesprochen wurde.*

„Wir wollen so viele unserer Unterschiede, wie es die Zeit erlaubt, vergessen. Ihr seid uns willkommen." Uriah warf Arin einen scharfen Blick zu. „Wie ist Micah gestorben?"

„Durch mrikanische Solds. Sie buschten uns."

„Buschten?"

„Stellten uns eine Falle. Die Stadt bezahlt sie, uns zu jagen, sie bekommen soundsoviel pro Kopf. Sie erwischten Micah und zwei meiner eigenen Leute. Möge Micah euch wiedergeboren werden, wie unsere beiden uns." Arin war sich seiner ersten diplomatischen Lüge bewußt und war nur zu froh, daß die Kriss nicht lepen konnten.

„Jeder den Seinen", erwiderte Uriah unergründlich. „Garick sandte keinen Toren als Beauftragten." Er drehte sich um und schritt die Reihe der abgesessenen Shandos ab. Jeden einzelnen begrüßte er. „Ihr seid uns alle willkommen. Das Anlitz eines Mannes ist seine Geschichte. Laß mich sehen, was in deinem geschrieben steht. Kon, so heißt du doch? Ja, Kon." Er schaute hoch in das Gesicht des größeren Mannes. „Stark und sanft und liebevoll. Hab acht, Kon, daß deine Liebe auf dieser Welt nicht zu tief geht. Sie könnte dir Leid bringen."

„Magill." Er tat einen Schritt weiter. „Ein interessantes Gesicht. Kämpfer mit Leib und Seele, und ein großes Herz, würde ich sagen. Nach dem Schnitt deiner Augen ein Ching. Sie eroberten einst dieses Land."

„Hörte ich", erwiderte Magill gedehnt. Bei diesem ungewöhnlichen rhythmischen Redefluß verstand er von drei Wörtern nur eins. „Weiß es nicht."

„Du kannst aber sicher sein." Uriah ging weiter. „Und Hara. Ja, Hara." Er studierte den Jäger einen Augenblick stumm. „Du bist ein beneidenswerter Mensch. Irgendwie hast du deinen Frieden gefunden. Das ist mehr wert als jeder Schatz. Und zum guten Schluß der junge Clay, der zukünftige Meister. Du . . ." Der Oberälteste verharrte diesmal länger. „Du hast ungewöhnliche Augen, Clay. Ich glaube, sie sehen mehr, als sie möchten." Er drehte sich zu Arin um. „Prinz, ein warmes Haus steht für dich und deine Männer bereit. Für die Frau müssen wir noch etwas suchen."

Arin erstarrte bei dieser kühlen Beleidigung Elins. Er spürte die gleiche Reaktion bei seinen Männern. Er öffnete die Lippen, um zu sprechen, doch Elin kam ihm zuvor.

„Sehe ich aus wie ein Pferd, Uriah? Mein Name ist Elin."

Uriah drehte sich zu abrupt zu ihr um. Er war offensichtlich überrascht, daß sie es wagte, ihn direkt anzusprechen. Obgleich Elin um mehrere Zoll größer war als er, schien er doch auf sie hinabzusehen.

„Und Elin, ja. Elin, die hätte zu Hause bleiben können. Wir haben andere Sitten hier, Mädchen. Unverheiratete Frauen wohnen nicht mit den Männern zusammen. Du wirst getrennt untergebracht."

Der schweigende Jacob berührte leicht Uriahs Ärmel und flüsterte etwas. Sie gingen ein paar Schritt zur Seite und sprachen schnell in der Alten Zunge, mit einer Betonung, der Arin durch das Schneegestöber kaum folgen konnte. „‚Was du dem geringsten deiner Brüder tust . . .'." Uriah unterbrach ihn trocken. „Willst du mir das Heilige Buch zitieren, Jacob?"

Jacobs Stimme hob sich aus der Kapuze. „Sie ist verletzt, Ältester."

„Der junge Jacob lehrt mich die Nächstenliebe", sagte Uriah nicht ohne Humor. „Das Mädchen mag eure Unterkunft mit euch teilen."

Jacob hob den Kopf, um Arin anzusehen. „Auch uns ist das Leid nicht fremd, Arin, noch sein Wert für die Seele . . ."

„Warte!" Arin schob die Kapuze ein wenig über das Gesicht des Mannes zurück. „Nicht zu glauben, es ist Jay! Der alte Jay!" Er schloß ihn in die langen Arme und war glücklicher, als er selbst gedacht hätte, ein vertrautes Gesicht vor sich zu haben. „Jay, habe dich nicht mehr gesehen, seit du mich niedergestreckt hast."

„Verzeih meinen Grimm, Arin."

„Längst vergeben. Schau doch, das ist Elin!"

Doch wie verzaubert bewegten sie sich bereits aufeinander zu, verlegen und erwartungsvoll zugleich. Tränen glitzerten in den Augen des Mädchens.

„Hallo, Jay."

„Hallo, Elin."

Seine Hände siegten über seine Vorsicht. Sie legten sich um ihre Schultern. Ganz dicht blickte er auf die beiden Bächlein, die sich durch den Dreck und die Überreste der Tarnfarbe bahnten, dann über den langen wundpuderfleckigen Schnitt in ihrer Wange.

„Sie haben dich verletzt", murmelte er schwer.

„Schau mich nicht so an, ich bin schmutzig wie ein Schwein." Elin versuchte, die verwundete Wange von ihm abzuwenden. Sanft drehte er sie wieder ihm zu.

„Sie haben dir weh getan."

„Nur ein kleines Mal, Jay."

„Möge Gott sie für ewig verdammen!"

Es gab nur noch sie beide. Magill las Elin und verschloß den anderen seine Gedanken. Also deshalb war sie mitgekommen, hatte all die Meilen, all die Schmerzen und Entbehrungen auf sich genommen und war sich nicht einmal sicher gewesen, vielleicht bis zu diesem Augenblick. Der Wind peitschte um sie, während die Kriss sie beobachteten und Uriah sie mit einem undeutbaren Ausdruck studierte, den Arin nicht lesen konnte.

Auf dem Platz gegenüber der weißen Kirche hatte man ein Haus für sie bereitgestellt. Es war direkt unangenehm sauber und wurde auch von zwei ältlichen Frauen ständig in diesem Zustand gehalten. Die beiden setzten ihnen das Essen mit der Miene von Märtyrerinnen vor und fegten jeden Morgen die Fußbodenplanken frei von dem schwarzen Kohlenstaub, der sich überall niederließ. Das Essen war so wenig schmackhaft, wie sie reizvoll waren. Nie boten sie den Shandos an, sie beim Namen zu nennen, ja sie sprachen nie direkt zu ihnen und sahen die Männer auch nicht an. Elin dagegen betrachteten sie mit unverhohlener Mißbilligung, aber auch mit Neugier und Furcht.

Kohle zum Heizen war für die Kriss alltäglich, aber für die Shandos völlig neu und etwas Großartiges. Sie amüsierten sich köstlich bei heißen Bädern, jeweils drei von ihnen in einer Wanne. Die Krissfrauen flohen und wurden von noch älteren Männern abgelöst, als sie Elin, Kon und Magill vergnügt singend und einander abschrubbend gemeinsam in der Wanne sahen, während Clay, nackt wie eine borkenlose Birke, darauf wartete, daß der erste ihm Platz mache.

Es gab keine Einladungen, keine Besuche, keine Zusammenkünfte. Arin erkannte schnell, daß Uriah, als der Oberälteste, ihre einzige Verbindung zu diesem zurückgezogen lebenden Volk sein sollte. Er bemühte sich, bei den wenigen Gelegenheiten, da er schnell einmal andere sah, die Männer einzuschätzen, die sich vielleicht Garick anschließen würden. Nach uhianischem Maßstab waren sie kleinwüchsig, schweigsam und mürrisch. Sie hatten nur wenig Waffen und Pferde. Aber sie waren hart und in guter körperlicher Verfassung durch die schwere Arbeit, die Kohlen für die Wengener Eisengießereien zu Tage zu fördern. Arm oder schlecht eingerichtet waren sie durchaus nicht. Ihre Kleidung und Häuser waren die handwerklich besten, die Arin je gesehen hatte, doch Luxus und Bequemlichkeiten gab es keine. Das wäre rein weltlich und würde nur verzärteln. Also nahmen die Kriss die Chance gern wahr, in der Finsternis der Minen zu arbeiten, da sie die unvollkommene Welt verbarg und ihre Augen nach innen wandte.

„Kohlen bringen einen guten Preis“, murmelte Hara überlegend. „Die Kriss müssen irgendwo einen ganzen Haufen Kreten haben, denn für sich verbrauchen sie keine.“

Das stimmte natürlich nicht, dachte Arin. Die Kriss mußten eine Menge ausgeben, nur um zu leben. Ihre Kleidung kam von Lorl. Die Wolle dafür mußte erst von den Karli gekauft, nach Mrika geschafft und dort zu den bestimmten Mustern der Kriss gewebt werden und dann genäht werden. Die fertigen Gewänder bedeckten den ganzen Körper, mit Ausnahme des Kopfes und der Hände. Dann mußte die gesamte Nahrung, einschließlich des Futters für ihr Vieh, eingeführt werden. Der Boden war zu säurehaltig, um Getreide wachsen zu lassen, und in den Bergen gab es kein Wild. „Dem alten Hirsch geht es wie mir.“ Clay lungerte am Fenster. „Kann den Kohlenstaub nicht aushalten.“

„Nein.“ Hara starrte hinaus auf den Platz, wo die Nachtschicht für die Mine sich versammelt hatte, um vor dem Gottessymbol zu beten. „Ist etwas anderes. Wenn der Wind sich dreht, stinkt es.“

„Kein Wunder, daß sie nie lächeln“, knurrte Magill. „Gehen nur zur Arbeit, beten, kommen heim, schlafen, beten, stehen auf, treten aus dem Haus, beten und gehen wieder zur Arbeit.“

„Irgendwann müssen sie wohl auch etwas anderes tun.“ Elin zog die Nadel mit dem Darmfaden durch das zerrissene Lederhemd, das sie für Magill ausbesserte. „Sie kriegen Babys wie Jäger Zecken. Keine dieser Frauen über zwanzig ist nicht vom Kinderkriegen aus dem Leim gegangen. Sie gebären leicht“, bemerkte sie mit einer Spur Neid, „und so oft sie können, sagt Jay.“

„Jay.“ Magill beobachtete sie scharf. „Wir sitzen hier zusammengepfercht wie das Vieh im Stall, und du . . . Wann siehst du ihn denn überhaupt?“

„Sagte ich es dir, wüßte es einer mehr“, scherzte sie.

„Jay wohnt bei seiner Familie. Gehst du dorthin?“

Sie beugte sich über ihre Arbeit. „Nein. Nicht in sein Haus.“

„Ich glaube, deshalb bist du überhaupt nur mitgekommen“, murmelte Magill schließlich.

„Vielleicht.“ Sie nähte eifrig und dachte darüber nach. „Wußte es selbst nicht sicher. Ich möchte ein Haus und Babys, Gill. Arin fand Shalane, Cat fand Jon, oh, ihr Baby . . . Warum nicht ich? War auf dem Hügel mit dir und Arin und den anderen, seit ich zwölf war, und verdammt, es ging nicht tief.“ Plötzlich schenkte sie ihm ihr strahlendes Lächeln, so wie Gill sie am besten kannte – unbeschwert, sich der Männer und ihrem Vergnügen mit ihnen sicher. „Oh, es war viel Spaß mit Arin, und du . . .“

„Mädchen, hör mir zu.“

„. . . und du, Gill, so gut wie du ist im Innersten keiner.“

„Mädchen, diese Krissfrauen *hassen* dich!“

„Ich weiß, Gill, aber . . .“

Magill seufzte. „Aber Jay.“

„Ja.“

„Warum? Weil du ihn nicht haben konntest?“

„Möglich. Vielleicht, weil er mich mehr wollte. Das gab mir zu denken.“ Elin schnitt den Faden ab. *„Sowas* habe ich zuvor noch nie gekannt, sicher wie Frost. Laß mich jetzt in Ruhe, Gill. Da hast du dein schmutziges Hemd.“

Sie warf es in seinen Schoß und drückte ihm einen Kuß auf das Ohr. „Wenn du deinen Flöhen einen Schrecken einjagen willst, dann wasch es doch einmal.“

„Ihr habt das Lep“, erklärte Uriah Arin, „wir erfahren auf eine andere Weise das Neueste. Unsere Leute reisen nach Wengen und Mrika mit den Kohlenwagen. Sie halten Augen und Ohren offen.“

„Ich fragte mich schon, woher ihr soviel wißt“, gestand Arin.

„Wir bezahlen auch andere, um Augen und Ohren für uns offenzuhalten, genau wie Garick.“ Uriah lächelte leicht über Arins Verwunderung. „Wir sind eine Insel von – wie sagt ihr? *Unreinen?* – in einem Meer von Zirkeln. Würdet ihr an unserer Stelle nicht dasselbe tun, Arin? Man muß für alles bezahlen.“

Arin nickte zustimmend. Er lernte schnell. Sie schritten weiter durch den Schnee. „Manchmal hat unser Volk es auf andere Weise versucht. Jung Jakob verließ uns vor einiger Zeit. Unser Glaube erschien ihm zu engstirnig. Er wollte es mit dem Zirkel versuchen. So reiste er eine weite Strecke, bis Charzen schließlich, doch fast noch ehe er richtig dort ankam, dachte er daran, möglicherweise doch wieder heimzukehren.“

Arin hörte ihm zu, während die eindringliche Kraft des Mannes sich in gemessenen Gedanken dahinwälzte wie ein breiter Strom. Uriah, dessen bleiches Gesicht von der Kapuze zum Teil verborgen war, war wie ein starker Magnet. Sorgsam formulierte er die Sätze in der Alten Zunge, und wenn er bemerkte, daß Arin Schwierigkeiten hatte, ihm zu folgen, ging er ohne Aufhebens taktvoll zum Uhianischen über.

„Jacob mußte seinen Glauben finden, indem er ihn verließ. Er steckt sehr tief in uns, Prinz. Genau wie aus den Werken bestimmter Komponisten der alten Welt immer das Dies irae herausgehört werden konnte, erschallt unser Glauben in seinen eigenen tiefen Akkorden, mit denen unsere Seele harmonieren muß. Es ist seltsam, daß ihr kein Wort für Religion habt.“

Arins Geist, der bereits von Edan geschult und von Garick geschmiedet und gehärtet worden war, wurde elastischer und suchte neue Kraft unter der sondierenden, agilen Intelligenz Uriahs. „Religion? Wie könnte es ein solches Wort geben?“ Die ständige Verwendung der Alten Zunge verhalf seinen Gedanken zu einer eigenen Präzision. „Wir sagen Zirkel, aber es ist mehr als das. Es ist nicht niedrig oder hoch oder irgend etwas anderes. Der Zirkel ist eben – Wirklichkeit. Wir nehmen ihn – selbstverständlich.“

„Als selbstverständlich hin?“ murmelte Uriah und korrigierte auf seine unauffällige taktvolle Weise. „Ja, möglich.“

Sie stapften weiter über den verschneiten Platz zur Kirche. „Meine Macht ist ähnlich der König Garicks nicht absolut. Ich muß planen, argumentieren, überreden.“

„Weshalb nennst du ihn König?“

„Weil er einer werden und die anderen Zirkelgötter auffordern wird, ebenfalls ihre Kronen aufzusetzen.“

Sie erreichten die Kirchentür. Uriah schob sie auf und stampfte den Schnee von den Stiefeln. Ein paar Kerzen brannten am Altar, auf dem sich ein kleineres Abbild des ermordeten Gottes in Qualen zu winden schien.

„Weshalb glaubt ihr Kriss, daß wir ihn nicht ansehen können?“ Arins Stimme echote ein wenig in dem kalten, gewölbten Raum.

„Ein alter Aberglauben.“

„Der nicht stimmt.“

„Offensichtlich.“

„Warum haltet ihr ihn denn für wahr?“ – Arin fröstelte in dem kalten Raum.

Uriah zuckte die Schultern. „Weshalb glauben eure Leute denn, daß ihr Meister eine Macht über ihr Leben habt, obgleich ihr doch im Grund genommen nur Hypnotiseure seid mit einer ungewöhnlichen Gehirnzellenart, die sich zu einem vererbbaren Wesenszug entwickelt hat? Der Glaube ist ein Nagel, Prinz. Der Glaube bestimmt! Du und ich, wir können unsere Religionen mit feineren Werkzeugen formen, doch für den Durchschnittsmenschen gibt es nur den harten, eingehämmerten Nagel. Ich würde es nicht ändern.“ Er studierte des jungen Mannes Gesicht, das zu dem Kreuz hochsah, und bemerkte den Abscheu, den Arin nicht völlig unterdrücken konnte. „Hältst du unseren Glauben für *völlig* falsch?“

Arin riß sich aus seinen Gedanken und blickte Uriah an. „Ältester, ich bin hier, um mich zu erkundigen, ob die Kriss bereit sind, mit uns zu kämpfen. Wie kann Garick einem Volk vertrauen, das sich nicht einmal zu einem Gespräch oder einem freundlichen Mahl mit seinen Vertretern niedersetzt?"

„Und was wird mit uns unter den Zirklern", konterte Uriah sanft, „wenn diese Vertreter sich an unserer Lebensweise stoßen, noch ehe es überhaupt zu einer Übereinkunft gekommen ist?"

Subtil: Das war ein Wort, das Arin von Garick gelernt hatte, doch erst durch Uriah wurde ihm seine Bedeutung klar. Der subtile Uriah: Er konnte weder gelesen noch gesteuert werden, und bei seiner hohen Intelligenz gab es kaum eine geistige Überlegenheit. Arin erwog seine Taktik. „Dann sollten wir, um zu ergründen, wo wir uns ähnlich sind, erst einmal das Trennende feststellen."

„Ein ausgezeichneter Anfang." Uriah war offenbar erfreut über diesen Vorschlag. „Dann zähl auf, wodurch wir uns unterscheiden."

„Wenn wir euren Gott anschauen, sehen wir nur einen grausamen Tod, wie kein Zirkler ihn jemanden zufügen würde, nicht einmal einem Sold oder einem Unreinen."

Erst als er das letzte Wort ausgesprochen hatte, wurde ihm die Taktlosigkeit bewußt. Uriah bemerkte sie ebenfalls, aber seine Ironie war ohne Stachel.

„Eure Barmherzigkeit ist lobenswert. Fahr fort."

„Nicht euer Gott erweckt Abneigung in uns, sondern die Art, auf die er starb."

„Denkt ihr so darüber?"

„Es hat nichts mit *Denken* zu tun", antwortete Arin bedächtig. „Wir *fühlen* es. Es ist schwer, das jemand zu erklären, der in Worten denkt."

„Faszinierend. Was noch?"

Arin lehnte sich auf das Altargeländer und suchte nach einem einfachen Vergleich für den Kriss. „Ihr mögt Elin nicht." Ein ausnahmsweise lesbarer Schatten zog über Uriahs gefaßte Miene bei dieser simplen Feststellung. „Eure Frauen verstehen nicht, weshalb sie die gleiche Kleidung trägt wie wir Männer, warum sie mit uns badet, oder daß sie mit uns kämpft, wenn wir in den Krieg ziehen. Und uns erscheint es merkwürdig, daß eure Frauen es nicht tun, daß sie so wenig teilnehmen und teilhaben an eurem Leben."

Der Schatten schwand, die maskenhafte Miene glättete sich. „Unmöglich, Prinz. Allein der Gedanke ist schlimm. Wie immer auch die Macht eurer Meisterinnen, ihr dürft nicht vergessen, daß ihr noch nie einen echten Krieg gekämpft habt. Eure Frauen werden in der Schlacht genauso nutzlos sein wie unsere. Die Definition für Frauen ist Schwäche."

Arin bedachte ihn mit einem langen, seltsamen Blick. „Ja, das ist es."

„Was?"

„Der Unterschied, oder zumindest ein großer Teil davon. Das Stück, das aus dem tiefen Wasser ragt. Du hast eine Tochter." Arin hatte Schwierigkeiten mit dem unvertrauten Wort. „Wenn ich sie auf den Hügel bäte . . ."

„Den Hügel?"

„Ins Bett, zum Lieben – sie würde am ganzen Leib rot wie Rhabarber."

„Natürlich!"

Die plötzliche uncharakteristische Förmlichkeit des anderen erstaunte Arin, hielt ihn jedoch nicht vom Weitersprechen ab. „Nun, Elin oder jedes andere Zirkelmädchen würde sich über die Einladung freuen und sie meistens auch annehmen. Hinterher bringt sie ihren Hügelpartner mit nach Hause zu ihren Leuten und berichtet ihnen, wie gut es war, oder wenn es nicht so gut war, dann lachen sie alle gemeinsam darüber – denn es gibt ja immer wieder ein Morgen, und das Leben ist so verdammt *gut*."

„Ich verstehe."

„Nein, das tust du nicht", widersprach Arin ernst. „Noch nicht. Als die Solds uns die Falle stellten, brachte diese gleiche Elin ihr Messer zu mir, um es reinigen zu lassen, nach dem, was sie hatte tun müssen, um selbst am Leben zu bleiben. Ich weiß nicht, wie viele Männer sie getötet hatte. Sie wollte nicht darüber sprechen. Und wenn du auch nur ein Wort darüber verlauten ließest, Ältester, würde sie sich beschmutzt fühlen. Möglicherweise würde sie nie wieder ein Wort mit dir wechseln."

Uriah hauchte auf seine Hände. „Ja, faszinierend. Deine Gesellschaft ist von großem Wert für mich, Prinz. Du wirst mich bilden. Denk nun einmal über das nach." Er lehnte sich über das Geländer, während seine Gedanken sich konzentriert mit dem grimmigen Kruzifix befaßten. „Außerhalb der Kirche ist das Wetter schlecht, und es wird noch schlimmer. Die Tür, die sie verschließt, ist verzogen und fast morsch, so häßlich wie der Tod, den ihr so verabscheuungswürdig findet. Aber im Innern . . ." Seine Gebärde umschloß liebevoll das düstere Kirchenschiff. „. . . ist dies. Der Tod ist nur eine Tür. Unser Gott ist unsere Tür. Nur durch ihn erfahren wir das wahre Leben, das ihr Tod nennt. Diese Luft, dieser Körper, diese Welt sind nicht das Leben für uns, sondern nur eine Prüfung, ein Ort, wo unser Gott uns auf den Amboß unserer Tage schmiedet und uns die gewünschte Form verleiht. Der gehärtete Stahl wird bestehenbleiben, die unbrauchbaren Scherben fallen ab. Alles auf dieser Scheinwelt ist eine Prüfung für die wirkliche Welt der Seele."

Die Stimme klang weder weihevoll noch einhämmernd, hob und senkte sich auch nicht wie bei der Wiederholung einer langweiligen Predigt, sondern floß wie weiche Musik, Note um Note, in einer Melodie, die so unaufhaltbar wie tiefgründig war.

„Nichts gibt es, das nicht eine Falle oder ein Schritt aufwärts ist, je nach der Entscheidung unseres freien Willens. So lagern wir für den kalten Winter ein, während ihr lediglich in den Tag hineinlebt. Unsere Frauen empfangen pflichtbewußt Kinder, während eure ein Zufallsprodukt eurer Vergnügungen sind. Wir empfinden es als unsere Pflicht, jeden aufzunehmen, der zu glauben bereit ist. Der Zirkel dagegen bleibt verschlossen. Euer Glaube und meiner sind der Beginn und das Ende einer langen Reihe von Religionen, die in einem Kreis um ihren Anfang herumwuchsen: die Gottesgläubigen und jene, die andere Mächte verehrten – so wie ihr die, die von euch Götter der Erde und des Samens genannt werden. Doch diese letzteren sind nicht ER! Ihr seid viele, wir sind nur wenige. Es gab eine Zeit, da wir euch weit überlegen waren, als das ganze Land noch zu Gott, zu dem einzigen Gott, betete. Der Zirkel war damals nur ein Überbleibsel aus alter Zeit, isolierte kleinere Gruppen unzufriedener Seelen – genau wie unsere eigene Religion in früherer Zeit in kleinen Gruppen einfacher Leute überlebte. Es ist eine Waagschale, die sich hebt und senkt, Arin. Tausende Male waren die Menschen enttäuscht von den einzelnen Religionen und wurden ihrer müde, genau wie mit dem Materialismus. Aus Luxus und Bequemlichkeit wurde Hungersnot, die das Gleichgewicht der Welt verlagerte. Mit ihren letzten dummen, kriminellen Fehlern verloren sie den Westen. Dann kamen die Chings und gingen wieder, ohne mehr als ihren Samen und ein paar Worte ihrer Sprache zurückzulassen.

Der Glaube an die Erlösung war damals nichts als eine Heuchelei. Was nutzt ein Erlöser, der ein späteres Heil verhieß, wenn die Not doch jetzt am größten war? Viele Versuche wurden unternommen, praktischere Pläne durchgeführt, die auf der Erinnerung der Menschen an eine vergangene Lebensweise beruhten. Unzählige verschiedene Regierungsarten wurden ausprobiert, die unterschiedlichsten Glauben angenommen, ja sogar vereinzelt traditionelle Zauberkünste wurden verfolgt und sogenannte Zirkel errichtet. Doch nur jene Zirkel, die sich direkt mit der Erde befaßten, überlebten, weil die Erde das einzige Bedeutende war.

Das schien das trotz allem anhaltende Bedürfnis zu befriedigen, mit etwas Größerem als dem Selbst vereint zu werden. Es rief die Ekstase scheinbarer Befreiung durch eine geistige Gesamtheit hervor, auch wenn die Verbindung lediglich körperlich war. Aber das Fleischliche ist eine Maske über der Seele, die die wahre Sicht nimmt, ähnlich einem geschlossenen Augenlid." Seine Stimme war zu einem rauhen, eindringlichen Flüstern geworden. „Etwas bleibt, das sich nicht beruhigen läßt, das nicht gestillt, dessen Schmerz nicht gelindert wird: dieser Splitter der Schöpfung, das einsame, bruchstückhafte *Ich* mit seinem unbefriedigten Bedürfnis – und seiner Schuldenlast. Am Ende bleibt der Mensch, der IHN nicht erreicht, vor dem Tor, in der Kälte, ausgesperrt. Und schließlich hört er, wie das Gelächter der Wölfe, die sinnlosen Echos seiner eigenen Stimme im Nichts, denen nur ein steinernes Schweigen antwortet."

Arin war skeptisch, aber Uriah verlieh seiner Überzeugung unerbittlich weiteren Ausdruck. „Wir werden mit einem Gefühl für unsere Unvollkommenheit geboren. Es muß so sein, denn weshalb sollten wir sonst – du genau wie ich – in unseren so unterschiedlichen Göttern nach einer Vollkommenheit suchen, die weit über uns hinausgeht? Aber hier liegt der Unterschied. Arin: In der Ekstase des Zirkeltanzes ist Trost und Linderung zu finden, jedoch keine Reinigung oder Absolution. Nur *hier,* in unserem Glauben, kann der Mensch sich der Last seiner Sünden entledigen, sich vom Schmutz einer unsauberen Welt reinigen, noch während er ihm ausgesetzt ist."

Uriah spürte Arins Zweifel. „Ich weiß", sagte er verständnisvoll. „Du bist jung und lebensfroh. Deine Tage sind ein Schatz, den du mit vollen Händen ausgeben kannst. Du sagst, während das Blut in deinen Adern singt, daß das Leben gut ist. ‚Ich *fühle* mich gut, deshalb *bin* ich gut. Was könnte ich da schon tun, was Sünde wäre.' Aber ist diese Frage ehrlich, kommt sie aus echter Selbstbeobachtung, Prinz? Laß mich sehen."

Unter dieser Musterung, die auf sanfte Weise so unerbittlich wie Edans war, fühlte Arin sich verlegen und verwundbar. „Ein gutes Gesicht. Intelligenz und Unkompliziertheit. Eine erfreuliche Kombination, eine starke Grundlage mit unbeschränkter Wachstumsmöglichkeit. Was noch? Schmerz, ja. Noch sehr frisch, aber er hat sich bereits eingeprägt. Die Augen sind nicht mehr so wirklichkeitsfremd, der Mund ist nicht mehr so weich wie vielleicht vor einem Jahr. Neue Bürden, neue Trauer, Befehle, die gegeben werden mußten. Opfer . . ."

Die tiefe fließende Stimme war wie ein heißer Tag, der die noch nicht geschlossene Wunde entzündet. Sie brachte die unaufhörlichen Träume von Holder und den kalten Sternen, vom Tod Sands und Teelas an die Oberfläche; verstärkte die schreckliche Last der Entscheidung, ohne je zu wissen, ob sie richtig gewesen war; weckte den Wurm in seinem Geist, der ihn immer weiter von seinen eigenen Leuten entfernte. Er öffnete die Lippen, um zu antworten und vielleicht Uriahs Urteil zu bestätigen, als die klare Stimme ihn mit einem kalten Schwall der Einsicht überschüttete, unter deren Wahrheit er fröstelte: *Alle Menschen tragen diese Last, stellen diese unbeantwortbaren Fragen.* Garick ging seinen Weg allein, nicht nur, weil er Jenna nicht lieben konnte, sondern weil er sich dazu entschlossen hatte, für sich selbst zu denken und zu handeln, abseits des üblichen Pfades.

Arins Geist wankte am Rand des grauenvollen Abgrunds dahin, zu dem seine Gedanken ihn geführt hatten. Er zuckte physisch davor zurück und tat unwillkürlich einen Schritt von Uriah zur Seite. „Du hast ein klares Bild eurer Lebensweise gezeichnet, Ältester. Für den Augenblick genügt es mir. Es ist jedoch für mich genauso wichtig, zu erfahren, wie viele Männer du Garick zur Verfügung stellen kannst."

„Das muß von all den Älteren abgestimmt werden. Wir unterhalten uns morgen weiter darüber. Komm früh. Du bist beunruhigt, Prinz?"

„Nein." Arin ließ sich nichts anmerken. „Gute Nacht, Uriah."

Der grüne Kittel war verschwunden. Uriah ließ sich auf eine Bank fallen und runzelte nachdenklich die Stirn.

„Sakrileg!“

Die Stimme ließ ihn aufblicken. Ein alter Mann, glatzköpfig und bartlos, dessen lose Hautfalten am Hals von der Kapuze seiner Kutte aufgefangen wurden, trat aus der Sakristei.

„Seid Ihr die ganze Zeit hier gewesen, Joshua?“ fragte Uriah.

„Ich habe gelauscht“, bestätigte der greise Ältere. Seine wässerigen, rotumrandeten Augen glitzerten vor Entrüstung. „Ihr habt diesen Heiden in die Kirche gebracht, an den Altar noch dazu . . .“

„Und einen dummen Aberglauben widerlegt. Weder ersticken noch versengen sie beim Anblick Gottes.“

„Aber er fühlte sich unwohl. Er hatte Angst.“

„Möglich. Doch er kam.“ Uriah wandte sich wieder seinen Gedanken zu. Joshua stand wie das Jüngste Gericht über ihm.

„Ihr weicht vom wahren Weg ab, Uriah, und seid noch dazu stolz darauf. Wir haben Euch aufgezogen, und Ihr seid der größte Älteste geworden, den wir je hatten. Wir nannten Euch Proselyt. Weshalb brecht Ihr die Tradition und ruft diesen Abschaum nach Erlösung, ja sogar in die Kirche?“

„Weil ich mein Wissen vervollkommnen muß.“ Ohne daß er sie hob, klang Uriahs Stimme plötzlich scharf. „Wenn ich mehr über sie erfuhr als meine Vorgänger, dann deshalb, weil ich mich besser bemühte; weil ich willens bin zu lernen; weil ich, genau wie Garick, bereit bin, Männer zu kaufen, wenn es sein muß. Vor einem Jahr noch, nach allen Berichten, die ich aus Charzen bekam, war dieser Heide im grünen Kittel ein grüner Lümmel, der sich in nichts von den anderen abhob und sich seinen Weg zum Erwachsenwerden ersoff. Schaut ihn Euch jetzt an! Er ist so hart, so zielbewußt und scharfsichtig wie sein Vater. Vor zwanzig Jahren war Garick ein Apfelzüchter, der das Leben leichtnahm. Nächstes Jahr, so zwischen Blüte und Ernte sozusagen, beabsichtigt er, die Welt zu verändern. Er hat einen sehr vielversprechenden Anfang hinter sich. Täuscht Euch nicht in Garick. Er denkt gar nicht daran, sich von heidnischen Traditionen in seinen äußerst modernen Ambitionen beeinflussen zu lassen. Männer wie ihn kann man nicht durch ein paar Worte aus der Heiligen Schrift gewinnen oder bekehren. Wie würdet Ihr es denn anfangen?“

„Aber wenn ihre Verderbtheit uns ansteckt, wenn wir alle verderben?“

„Was meint Ihr damit?“

„Die Hure, die mit ihnen kam. Jacob wendet sich ihr zu. Die Frauen reden bereits darüber.“

Uriahs Gesicht blieb ausdruckslos. „Und?“

„Hörte Jacobs Familie davon, würde sie dafür sorgen, daß das Flittchen mit ihresgleichen abgesondert wird.“

„Wenn, dann wird die Familie es nur von mir erfahren, Joshua!“

„Ihr seid zu tolerant!“ wütete der Greis. „Auf gefährliche Weise.“

„Tolerant?“ Uriah erhob sich abwesend. Die Schmähungen des Alten klangen für ihn so entfernt wie das Zwitschern von Vögeln im Wald. „Steht es nicht geschrieben: ‚Du sollst nicht dulden . . .‘?“

„So ist es“, brummte Joshua. „Vergeßt es nicht.“

„Nein. Aber einstweilen wissen wir nichts von Jacob und seinem Mädchen.“ Uriah kniete sich vor den Altar. „Kommt. Betet mit mir.“

Kam die Eindringlichkeit nun von dem Mann oder der Idee? Als er fast schwebend dem sanften Fluß von Uriahs Worten gefolgt war, hatte Arin – wenn auch nur für einen flüchtigen Moment – gespürt, wie süß es wäre, von Pein und Zweifel befreit zu sein, jemanden zu finden, selbst wenn es dieser hölzerne Tod war, der ihm Frieden vor den Gedanken an Holder und Sand und Teela geben könnte. Doch als er noch am Rand des Abgrunds schwankte, wurde ihm klar, daß Uriah ihn wie ein Musikinstrument spielte, daß er genau wußte, welchen Ton er anschlagen mußte. Die Wahrheit blieb, es gab keinen Ort, an dem er sich ausruhen oder verstecken konnte. Wenn er noch weiter vom Zirkel davontrieb, war es gewiß nicht auf Uriahs Glauben zu, sondern eher den Sternen entgegen, die ihm wie blinde Menschenaugen erschienen.

Nach Loomin wurde das Wetter schlechter. Arin feierte das Fest bedachtsam auf alte Sitte, mehr seiner Leute wegen als aus persönlicher Überzeugung. Sorgfältig zeichnete er den Drudenfuß auf den Plankenboden und sprach jeden Vers der Sonnenanrufung. Ein Lep zu ihrem Volk war hoffnungslos.. Ihr Geist schien geschwächt zu sein, als wäre er in eine drückende Decke gehüllt.

Der Schnee fiel unaufhörlich. Nur der Fleiß der schweigenden Frauen hielt den Platz überhaupt betretbar. Sie schaufelten am Morgen und des Nachts. Die einzelnen Schichten hielten ihre

Anbetung vor dem Kreuz, ehe sie zu den Minen schlurften und mit schwarzen Gesichtern, die sich von der weißen Umwelt abhoben, wenn sie zurückkehrten, erneut beteten, ehe sie sich nach Hause begaben.

„Dort sind sie wieder." Magill stützte sich aufs Fensterbrett. Seine Stimme klang gleichgültig und doch hörbar angespannt. „Und da sind auch die schaufelnden Frauen. Sie denken gar nicht daran, uns mal anzusehen und einen freundlichen Blick zu gönnen. Heh! Sieh dir das an, Kon! Sie schaut doch tatsächlich zu uns herauf. „Hallo, Krissy! Komm doch her und erlöse mich! Ah, sie geht schon wieder ins Haus."

Kon trat vom Fenster zurück und schloß sich Arin am Ofen an. „Wie lange, glaubst du, werden wir hierbleiben, Arin?"

„Bei diesem Wetter und mit diesen verdammten Älteren, die zu jedem Ja zweimal nein sagen – könnte schon Leddy werden."

Kon nahm sich Elins Schere und stutzte seinen Bart in dem Spiegelbruchstück, das Arin für ihn hielt. „Karli war anders. Dort mochte man uns."

Ihre ganze Lebensweise war gestört. Nie waren sie ohne Frauen gewesen, auch nicht ohne körperliche Bewegung, die ihren Rhythmus bestimmte. Tag um Tag wurden sie mürrischer, gereizter und uneiniger. Kon legte sein Kinn zurück, um an die braunschwarzen Bartstoppeln heranzukommen. „Nicht einmal Elin ist da. Du weißt, wo sie ist. Das könnte zu Unannehmlichkeiten führen." Die Schere schnipste. Kon betrachtete sein Spiegelbild, als läge alle Weisheit der Welt darin verborgen „Die Kriss erwecken ein ungutes Gefühl in mir. Du bist der Denker, Arin, aber wenn ich uns aufhalten wollte, könnte ich es auf keine unauffälligere Weise tun als der alte Uriah."

Arin fragte sich, inwieweit Kon recht haben mochte. Sie saßen fest. Unter all der Höflichkeit und oberflächlichen Ehrlichkeit standen Uriah und er sich in einem Wettspiel gegenüber, das darauf hinauslief, wieviel man bekam für das, was man gab. Während Uriah mit der Hoffnung auf ein Bündnis lockte, blieb ihm, Arin, nichts übrig, als abzuwarten. Er studierte die Kriss, schätzte sie ab, und als die Sonne ihre lange Heimreise nach Loomin antrat, hatte er sich ein Bild von ihnen gemacht. Unter all ihrem Fanatismus und ihrer Zähigkeit waren sie gar nicht so gesund, wie sie gern den Anschein erwecken wollten. Der Schnee war befleckt von ihrem kohleverfärbten Auswurf. Die schwere, konservierte Nahrung führte zu Darmträgheit, jetzt auch bei ihm, Arin selbst und bei seinen Leuten. Im Müll waren massenhaft die mrikanischen Glasbehälter zu finden, auf denen die Aufkleber verrieten, daß ihr Inhalt starke Abführmittel gewesen war. Am erstaunlichsten waren die großen Mengen von schmerzstillenden Mitteln in Kapselform, die über Lorl und Towzen von den Apotheken der Stadt eingeführt wurden. Die Kriss, vor allem die Frauen, litten unter einer Art Kopfweh, die bei den Uhianern so gut wie unbekannt war, nämlich einem hämmernden Schmerz, der von Übelkeit begleitet war und eine Erschöpfung und Schwäche zurückließ. Die Intuition sagte Arin, daß es sich dabei um ein rein physisches Unwohlsein handelte. Und weshalb litten die Frauen stärker darunter als die Männer? Die Antwort darauf verhalf ihm zu einem ersten tieferen Einblick in die Mentalität der Kriss.

Vielleicht war es das Zusammentreffen Loomins mit dem traditionellen Geburstag des Krissgotts, das Uriah zur engeren Gastlichkeit verleitete. Er lud Arin zum Frühstück zu sich ein. Ein erster Hauch persönlicher Geselligkeit in ihrem ungewöhnlichen Verhältnis. Uriahs Haus stand gleich neben der Kirche. Pünktlich zur angegebenen Zeit stapfte Arin den mit Asche bestreuten Weg hoch. Er bemerkte den Kranz aus Immergrün an der Tür, der ein Zeichen des Festtags war.

Höflich hatte er der Geschichte über die wundersame Empfängnis ihres Gottes gelauscht. Es war schwierig gewesen, sie zu verstehen, da das Wort und der Begriff *Wunder* ihm völlig fremd waren. Trotzdem blieb die Geschichte ihres Einfallreichtums wegen haften, und er erzählte sie, soviel er davon verstanden hatte, seinen Shandos. Da war dieses Mädchen gewesen, das nie einen Mann gehabt hatte, jedenfalls, als sie eines Tages auf dem Feld oder sonstwo gearbeitet hatte, kam ein Formstehler, ein mächtiger Meister, zu ihr und erklärte ihr, sie sei schwanger. Dann verschwand er wieder. *Das war alles?* So erzählen sie es jedenfalls, und sicher wie Frost gebar sie, als ihre Zeit gekommen war.

„Hinterlistig", kommentierte Elin. Alle hielten sie es für unwahrscheinlich. Keiner war sehr an dieser Geschichte interessiert.

Arin wurde von einem bleichen Mädchen von etwa fünfzehn ins Haus gelassen. Sie blickte ihn nicht direkt an und huschte schnell davon, als ihr Vater Arin begrüßte. Uriah führte Arin in die Küche, wo sie sich in der wohligen Wärme eines Kohleherds zu einem frugalen Frühstück niederließen. Der Raum wirkte düster unter dem allgegenwärtigen Kreuz. Das Haus des Ältesten wirkte so asketisch wie er selbst. Arin nahm verwirrt seinen Platz ein. Der Tisch war nur für zwei Personen gedeckt. Die Frauen machten sich so unauffällig wie nur möglich. Uriah wies auf sie wie auf Gegenstände.

„Das Mädchen ist Mary, meine Jüngste. Die Frau ist Miriam, mein Weib. Sie arbeitet heute sehr langsam. Ihr Kopf." Er meinte damit die hier übliche Unpäßlichkeit. „Pillen wirken bei ihr nicht mehr."

Miriams Gesicht war kalkweiß. Sie ging ihren Pflichten im Schneckentempo nach, doch nie machte sie eine Pause oder setzte sich. Arin hatte den Eindruck, daß Uriah es nicht gestattet hätte. „Mein ältester Sohn Jeremiah ist auf Pilgerfahrt", sagte Uriah, ohne Näheres über seinen Verbleib verlauten zu lassen. Er fügte nur hinzu: „Es ist eine Reise des Geistes. Er folgt ihm, wohin er ihn führt."

„Der Segen sei mit ihm", murmelte Miriam. Es war der erste Laut, den sie von sich gab. Arin fand, daß dem freudlosen Geist die Liebe fehlte, überhaupt etwas zu segnen.

An diesem Morgen schien Uriah großzügig zu sein. Wenn die Kriss sich Garick anschlossen, würden sie kein Geld verlangen, außer einer Entschädigung für die Witwen der Gefallenen. Dieses Angebot war zu gut, um keinen Pferdefuß zu haben. Die Kriss-Soldaten müßten unter Kriss-Kommando stehen. Arin erklärte sich damit einverstanden. Mit ihren wenigen Waffen und Pferden war es das beste, sie als Nachschub einzusetzen.

„Und", fügte Uriah hinzu. „wir möchten mit einer religiösen Mission unter den Shandos und Karlis beginnen."

Arin schlug eine Verzögerungstaktik ein. Er lobte die wohlgebratenen Eier. Er sagte, er habe nicht die Vollmacht, so etwas zu genehmigen. Uriah war auf höfliche Weise beharrlich. „Trotzdem . . ."

Arin strengte sich an, diesen agilen Verstand zu parieren. *Wenn du etwas gibst,* flüsterte der Wurm, *dann schlage Profit daraus.* „Ihr könnt nach Charzen kommen und zu unseren Meistern sprechen. Das kann ich euch versprechen."

„Und wie sicher wären wir dort?"

„So sicher wie hier. Aber als Gegenleistung müssen auch wir etwas fordern."

Fast etwas wie Wärme war aus Uriahs musterndem Blick zu spüren. Er lachte trocken. „Ah ja – *euer* Preis?“

„Wir wollen sobald wie möglich Lishin besuchen.“

Der Oberälteste trank seinen Tee und ließ sich Zeit zur Antwort. „Drei Personen besuchten die Stadt vor etwa dreißig Jahren. Eine davon war Garicks erste Frau.“ Er überging die Bitte einstweilen. „Wonach suchten sie?“

„Das sagte sie nie.“

Uriah erkannte den anderen als gleichwertigen Spieler an. „Wonach werdet *ihr* suchen?“

„Nennt es den Unterschied zwischen einem langen und einem kurzen Krieg. Ihr könnt uns ja jemanden mitgeben, wenn ihr wollt.“ Arins Blick fiel auf Miriam am Herd. „Doch im Augenblick ...“

Das Klirren von Metall unterbrach ihn. Miriams schmerzgeschwächten Fingern war ein Topf entglitten. Mit einem wimmernden Laut sank sie auf einen Stuhl und stützte den Kopf in die Hände. Uriah rief Mary. Das Kind kam mit abgewandtem Blick herein, nahm ein paar Pillen aus einem Glasröhrchen und holte einen Krug Wasser. Aber Miriam winkte ab. „Sie helfen mir nicht mehr.“ Sie wandte sich bittend an ihren Mann. „Ich müßte mich eine Weile niederlegen.“

„Nun gut, wenn es so schlimm ist.“

Die Kälte ließ Arin zusammenzucken. „Ich glaube, ich kann ihr helfen, Uriah.“

Miriam schüttelte den Kopf. „Ich muß es ertragen. Leiden ist natürlich.“

„Das ist auch der Schlaf.“ Arin kniete sich neben sie. „Wenn du schlafen und ohne Schmerzen erwachen könntest, wäre das unnatürlich?“

Uriah war höflich, doch unerbittlich. „Prinz, du darfst keine Zirkelkräuter für sie verwenden.“

„Nur meine Hände. Und Marys. Hilfst du mir, Mary?“

Mit Uriahs Zustimmung hob er Miriam hoch und trug sie in ein Schlafzimmer, das so kahl wie die Küche war. Wie Garicks und sein eigenes Zimmer enthielt es außer dem Bett einen einfachen Arbeitstisch, der mit Papieren übersät war. Arin juckte es in den Fingern, sie sich näher anzusehen. Er legt Miriam aufs Bett und nahm ihr die Kopfbedeckung ab, die nur ihr kalkweises Gesicht freigelassen hatte. Während Uriah an der Tür stehengeblieben war, um sie zu beobachten, und Mary ihm half, drehte Arin die Frau auf ihren Bauch um.

„Reib ihren Rücken zwischen den Schultern", wies Arin das Mädchen an. „Ja, so – sanft, sanft. Miriam, in Kürze schläfst du tief und fest. Wir lockern nur die Muskeln. Sie sind so verkrampft wie eine Faust. Shalane, meine Frau, tat das immer für mich. Ich schlief ein und erwachte bei bestem Wohlbefinden."

Seine Stimme mit den weichen Vokalen lullte sie ein, während seine Finger die verkrampften Muskeln massierten. „Du hast Haar wie meine Mutter, aber ihres reichte den ganzen Rücken hinab. Atme jetzt tief. Du bist bereits schläfrig. Du wirst etwas Schönes träumen. Wo ist der Schmerz jetzt?"

„Oben", sagte sie leise. „Vorne."

Mit Marys Hilfe drehte er sie wieder um, beugte sich über sie. Er massierte ihre Schläfen und die Stirn, bis sich die angespannten Linien um ihre Augen allmählich lösten. Selbst als sie noch jung war, dachte Arin, kann sie nicht begehrenswert gewesen sein. Ihr Mund war durch jahrelange Gewohnheit zu einer Grimasse verzerrt. Die Starre ihres Geistes verhinderte einen natürlichen Gefühlsausbruch. Genau wie ihre Körper sich gegen eine natürliche Entleerung wehrten, dachte Arin. Er ließ sich von Mary soviel wie möglich helfen, um das Mißtrauen zu mildern, doch unmerklich lenkte er Miriams Aufmerksamkeit auf sich.

„. . . meine Frau ist ein Karlimädchen. Wir *heirateten,* so nennt ihr es doch, kurz ehe ich nach hier aufbrach. Wenn ich an sie denke – schließe deine Augen, Miriam, wenn es dir guttut –, sehe ich ihre Vorderzähne beim Lachen, dann schaut sie aus wie ein glückliches Eichhörnchen. Und ihr Überwurf ist nie ganz gerade. Überwurf? Das tragen die Meister. Es ist ein ärmelloses Gewand, an den Seiten offen und mit einem Kordelgürtel zusammengehalten. So, jetzt . . . So . . ."

Ihre Lider fielen nun völlig entspannt über die sich weitenden Pupillen. Er wußte, daß der Schmerz nun vergangen war, aber Miriam kämpfte gegen den Schlaf an, da er ihr die Kontrolle über sich rauben würde, obgleich sie sich Arin bereits vorsichtig öffnete.

„Nun", sagte er als Antwort auf die stumme Dankbarkeit in ihren Augen. „Ist der Schmerz vorbei?"

„Ja." Sie holte tief Atem und schmiegte sich wie ein Kind an seine beruhigende Hand. Als er sanft über ihren Mund strich, spürte er, wie sich die Lippen zu einem verstohlenen Kuß zusammenzogen. Jetzt war die Zeit, die Tür zu finden, die nun, wie er wußte, für ihn offenstand – nicht um hindurchzustürmen, sondern um sanft einzutreten, sich umzusehen.

Es war ein Fehler. Um Miriam zu finden, öffnete er sich selbst. Die Eindrücke hämmerten mit brutaler Gewalt auf ihn ein, so daß es ihn physisch erschütterte und seine Konzentration brach. Miriam riß die Augen auf. „Nein!" Sie wich vor ihm zurück. „Mann, schaff ihn hinaus. Er hat mich behext!" Ihr Finger deutete wie ein Messer. „Zauberer! Teufelssohn!"

Sie setzte sich starr auf, immer noch kreischend, die Züge vor Ekel verzogen. Arin war so benommen, daß er nur mit großen Augen auf sie blickte, während die junge Mary vor ihm zurückwich und sich bekreuzigte. Uriah führte ihn aus dem Zimmer. Arin war viel zu verwirrt von dem, was er in Miriam gesehen hatte, als daß er die Befriedigung bemerkt hätte, die wie Winterlicht im Gesicht des Älteren aufleuchtete.

Doch vor der Angst war dieser Kuß aus einer Erinnerung inneren Bedürfnisses gewesen, bis etwas aus der Finsternis herausschoß, um es wegzuzerren, es zu verweigern und den Mund zu einer Maske der Furcht zu verwandeln. Hunger war es – aber ein Hunger, der so lange nicht gestillt worden war, daß er das, wonach er verlangte, nicht mehr erkannte und es mit einer Heftigkeit, die dem Mord nahekam, verdammte.

Sie trafen sich in dem warmen Stall, der für die Shando-Pferde bereitgestellt worden war. Hier waren sie sicher, denn kein Kriss würde auch nur in seine Nähe kommen. Jay machte einen vorsichtigen Umweg nach seinen Pflichten in der Kirche hierher, oder er kam mit rußigem Gesicht nach seiner Arbeit in der Mine und sah Elin zu, wie sie die scheue, schmalschädelige Stute fütterte und striegelte. Ihre Bewegungen waren unbewußt sinnlich. Sie streichelte die weiße Nase, als wäre nichts auf der Welt so wichtig als das. Elin zu lieben war einmal eine ungestillte Qual für ihn gewesen, sie zu besitzen hatte seine Welt erschüttert, und es gab nichts mehr darin, das nicht zu Elin führte.

„Ich glaube, sie versteht dich", sagte er.

„Sie mag mich. Sie mag es, gestreichelt und liebkost zu werden und herumzulaufen, und sie mag es, hin und wieder mit einem Hengst die Nase zu reiben." Elin beugte sich über die Pferdenase und küßte Jay. Ihre Lippen und Zunge neckten ihn und schenkten ihm Zärtlichkeit. Wenn sich die Shandomänner hier auch elend fühlten und Arin ein Fremder geworden war, so hatte doch sie ein bißchen Glück gefunden, das sie sich nicht nehmen lassen wollte. Niemand hatte sie je so sehr gebraucht. Manchmal versuchte sie, es in Worte zu kleiden, denn Jay konnte nicht lepteilen. Es war so schön, ihn in sich zu haben, doch jede Erwähnung physischer Liebe bereitete ihm Unbehagen. Sie spürte seine gemischten Gefühle, obgleich sein Körper sie mehr als zufriedenstellte. Er war in der Liebe stürmischer als Arin, als versuchte er, sie zutiefst zu berühren, während er sich von etwas wegriß, das ihn zurückzuhalten schien. Sie fragte sich, wie die Frauen hier in dieser Beziehung mit den Männern zurechtkamen. Verängstigte Mäuse waren sie. Sie konnte nur Verachtung für sie empfinden, doch zum Teil mochte die Behandlung durch die Männer wohl schuld an ihrem Benehmen sein.

„Die Frauen laufen hier herum, als befürchteten sie, daß man sie anspuckt. Warum, Jay?“

„In unserer Religion brachte eine Frau die Sünde in die Welt. Sie ist davon geprägt. Und Männer, um Nachkommen zu haben, müssen mit ihr sündigen. Der Mann muß die Verantwortung für ihre schwächere Seele übernehmen und darf nur zu ihr kommen, wenn Gott es so will.“

So offen er es auch sagte, wußte Jay doch, daß er selbst nicht mehr daran glaubte, ja vielleicht nie daran geglaubt hatte. Diese schale Absurdität hatte nichts mit ihm und Elin zu tun. Er mußte es ihr zweimal erklären. Als sie es endlich begriff, warf sie ihm mit einem spöttischen Lachen das Striegeltuch an den Kopf.

„Na, wenn das nicht unfair ist! Was soll die arme Frau denn tun, während ihr Männer auf Gottes Erlaubnis wartet, he?“ Elin drehte sich um und widmete sich wieder zärtlich der Stute. „So wie diese Frauen Kinder kriegen, muß der alte Gott die Männer allerdings die ganze Zeit zur Sünde auffordern.“ Sanft fügte sie hinzu: „Bin ich eine Sünde, Jay? Das Wort war mir bisher fremd. Sag, bin ich eine Sünde?“

„Nein, du nicht.“ Er legte die Hände um ihre Brüste unter dem grünen Gewand. „Bei uns ist es etwas anderes.“

„Lüg mich nicht an, Jay. Lüg nicht, wo es mich soviel gekostet hat, dich zu finden. Es ist nicht, daß ich so viele Männer hatte. Du glaubst, ich vergleiche dich mit ihnen, mit Arin.“

Seine Ehrlichkeit schmerzte. „Ja. Und ich hasse es.“

„O Jay. Du hast doch im Zirkel gelebt. Hast du denn gar nichts gelernt? Junge Leute gehen eben auf den Hügel, wenn es an der Zeit ist. Sie brauchen es, um es gar nicht erst zu Verklemmungen kommen zu lassen. Und darum bin auch ich auf den Hügel gegangen“, bestätigte sie mit einem zufriedenen Lächeln. „Und ich bereue es absolut nicht, denn es zeigte mir, was ich brauche – mich, Elin.“ Sie blickte ihn traurig an. „Ich wette, du hast dich wegen jeder Frau gehaßt, die du je berührtest. Wer also hat vernünftiger gelebt, Jacob, du oder ich?“

Sie hatte immer recht. Ihr Instinkt schlug seinen Intellekt ohne jegliche Mühe, denn was für sein Volk Lebenszweck war, erkannte er jetzt als unrichtig – alles, außer dem Glauben an Gott, den er nie aufgeben würde.

„Manchmal hasse ich dich.“

„Und ich könnte dich manchmal in den Hintern treten Elin breitete die Arme aus. „Komm, laß dich küssen.“

Der hagere junge Mann in Soldleder war hundert Meilen geritten und sah aus, als schaffe er ohne Schwierigkeiten weitere hundert nach einer Schüssel Suppe und drei Stunden Schlaf. Er sah Miriam ähnlicher als Uriah. Die harten, hervorstehenden Augen waren von unumstößlicher Überzeugung geprägt, aber ihnen fehlte die Intelligenz zu echter Einsicht. Jeremiah aß schlürfend und laut kauend und achtete kaum auf die zärtliche Fürsorge seiner Mutter und Schwester. Als die Frauen das Geschirr abgeräumt hatten, schickte Uriah sie aus der Küche und breitete Karten auf dem Tisch aus.

„Garick hat zwei Alternativpläne“, erklärte Uriah seinem Sohn. „Aber ich kenne den Schwerpunkt noch nicht. Wenn der Hauptangriff gegen die Söldner vom Osten oder Norden kommen soll, werden die Zirkler sich hier, östlich von Karli, sammeln; kommt er vom Süden, dann in Charzen.“

Jeremiah kaute nachdenklich an seinem Daumen. „Weshalb aus dem Süden?“

„Könnten sie von dort aus in die Stadt gelangen?“

Jeremiah lächelte über die ungewohnte Naivität seines Vaters. „Vergiß die Stadt. Zahlenmäßige Überlegenheit bedeutet für das Selbsttor überhaupt nichts. Nur vom Stadtinnern aus läßt es sich desaktivieren. Das weiß Garick auch. Sein Sturm, wenn es soweit ist, wird gegen unsere Kompanien gerichtet sein. Es wird ein Reiterkrieg werden, und sobald wir ihn aus dem Wald aufs freie Feld locken können, wird es vorbei sein."

„Wie sieht die finanzielle Situation aus?"

„Schlecht", erwiderte Jeremiah. „Die Stadt hat immer noch keine neuen Verträge für die Söldnerdivisionen. Alles schaut jetzt auf Callan, weil von ihm das Suchgeld kommt."

„Und sie glauben immer noch, daß es aus der Stadt stammt?"

„Wenn sie sich überhaupt Gedanken darüber machen, ist es ihnen im Grunde genommen gleichgültig. Es ist sehr schwierig für die Kommandeure. Deshalb hat Bowdeen . . ." Jeremiah unterbrach sich verärgert und wechselte das Thema. Er bückte sich tiefer über die vom Lampenschein erhellte Karte. „Etwas muß schon im vorhinein bedacht werden: die Wengen."

Uriah tupfte auf einen Punkt auf der Karte. „Die Eisenmacher erkundigten sich, wie wir zu Garick stehen. Sie möchten unsere Kohle nicht verlieren. Ich habe ihnen insgeheim den Rat gegeben, sich herauszuhalten."

So sah es also im Augenblick aus. Da es um die Kohle ging und die Eisenleute ohnedies mehr Mrikaner waren als Zirkler, bestand hier keine Gefahr. Aber die westlichen Wengen waren fast hundertprozentig Zirkel und hatten Blutbande zu den Karlis. Die Norddivision der Söldner mußte sie unbedingt isolieren, damit sie sich nicht mit Garick in Verbindung setzen konnten. Das durfte nicht allzu schwer sein, da das Geld ja von Callan kam. Uriah pflichtete ihm bei. Es war eigentlich kein Machtkampf zwischen ihm und Garick, in dem das Zünglein den Ausschlag geben würde, sondern eher ein Dreiecksverhältnis mit der Stadt Apex. Die Stadt mußte unbedingt unbeteiligt und uninformiert bleiben.

Jeremiah zuckte die Schultern. „Ich habe schließlich Garicks Schreiben abgefangen, oder etwa nicht?"

„Er hätte weitere schicken können."

„Das hat er aber nicht. Wenn er noch welche sendet, bekomme ich sie schon in die Hand", erklärte Jeremiah selbstsicher. „Nicht umsonst geht das meiste unseres Geldes in diese Richtung."

Uriah überlegte. „Wer sind die Menschen in der Stadt? Was sind sie? Was wollen sie? Was tun sie? Wie denken sie? Wer führt sie? Weiß das jemand?"

„Ich habe gekauft, soviel ich kann", brummte Jeremiah. „Die

Macht unseres Geldes endet am Selbsttor." Er hielt an und beugte sich abrupt tiefer. „Nein, warte! Etwas! Eine Idee! Vor langem, als die Stadt die letzten neuen Befehle an die Wachen in Balmer und an den anderen Durchgangspunkt schickte, benutzten sie eine kleine Box, die mit Sonnenenergie arbeitete. Frag mich nicht, wie. Ihre Befehle sind auf dünnen Bändern aufgezeichnet. Man drückt auf einen Knopf, und sie *spricht* mit einem. Ich beschäftigte mich lange damit, wir alle taten es anfangs . . . Stadtmagie, Vater. Etwas so ganz anderes . . ."

„Sprich weiter", sagte Uriah ungeduldig.

„Vorigen Monat erhielten wir das erste neue Band seit fast einer Ewigkeit. Es enthielt eine Warnung über die Werfer, die wir außerhalb des Tores fanden. Die Stadt will uns nicht verraten, wie sie benutzt werden, aber es ist nicht schwierig, das selbst herauszufinden. Jedenfalls ist die gleiche Stimme auf beiden Bändern! Und das letzte Band kam vor *achtzig Jahren!* Das war das letzte Mal vor der Werferwarnung, daß die Stadt mit uns sprach – und ich könnte schwören, daß es dieselbe Stimme ist!"

„Wie hörte sie sich denn an?"

„Es war eine Frauenstimme, klar, präzise, unmißverständlich." Jeremiah klang verwirrt. „Aber es *kann nicht* die gleiche Frau gewesen sein . . ."

Auf Uriahs herablassende Reaktion war er nicht gefaßt. Sein Vater lächelte zufrieden, ja fast erregt. „O doch, Jeremiah, das kann sehr wohl die gleiche Frau sein. Und du hast mir soeben gegeben, was ich nicht kaufen konnte." Er schob die Teetasse zur Seite und beugte sich über den Tisch. „Mein Vorgänger hatte einen Agenten in Charzen – allerdings ein sehr unzuverlässiger Bursche, der mehr trank, als ihm guttat –, der behauptete, Judith Singer sei über dreihundert Jahre alt. Wir lachten. Er schwor, daß das die reine Wahrheit sei. Da lachten wir noch mehr. Aber jetzt lache ich nicht mehr."

Die blassen hervorstehenden Augen des jungen Mannes weiteten sich ungläubig. „Nein, das ist unmöglich! Wie sollte jemand so lange leben können?"

„Eine pragmatische Frage, Jeremiah. In diesem Saustall von einer Welt ist die Frage nicht *wie,* sondern *weshalb!* Eine ungewöhnliche Freude leuchtete aus Uriahs kalten Augen. „Zu erfahren bereitet mehr Freude als zu wissen, und was haben wir erfahren? Faktum: Ein Agent behauptet, eine Stadtfrau, die wie zwanzig aussieht, ist in Wirklichkeit mehr als dreihundert Jahre alt. Faktum: Du erkanntest die gleiche, unveränderte Stimme auf zwei Bändern, zwischen deren Besprechung achtzig Jahre liegen. Und *Faktum:* ...“ Die harte weiße Faust schlug auf die Karte. „... Judiths Gatte machte einen Quantensprung, was Lernen und politische Einsicht betrifft, der jeden anderen Zirkelgott im Vergleich dahindämmern läßt. Und um allem, was wir bereits wußten, noch die Krone aufzusetzen, wird Garicks erster Sohn, den Judith Singer ihm gebar, in Charzen gefangengehalten. Niemand weiß weshalb.“

Uriah spannte seine Schultermuskeln mit fast jugendlicher Energie. Er grinste Jeremiah an. „Uriah war Offizier in Davids Heer. Der Kampf ging ihm über alles, Sohn, genau wie mir. Es ist mir ein Vergnügen, einen ebenbürtigen Gegner zu haben.“

Die Wärme in seiner Stimme verlor sich schnell. Wieder war Uriahs Aufmerksamkeit völlig von dem ausgedehnten Halbmond der Stadt auf der Karte gefangen. „Garick weiß und beabsichtigt eine Menge, aber alles ist sinnlos, wenn er nicht in die Stadt gelangen kann. Wie – wie?“

„Hat der Shando es denn nicht erwähnt?“

Uriahs Toleranz schien fast erschöpft zu sein. „Unsere Gespräche würden das bißchen Geduld, über das du, *Unter Callan,* verfügst, mehr als auf die Probe stellen. Wir feilschen wie Straßenhändler. Ein kluger Bursche und – bewundernswert, würde ich sagen. Er beschrieb mir seine Ausbildung zum Meister. Der Charakter, der Körper, das Bewußtsein werden als untrennbar erachtet und zu einem Werkzeug des Willens geschmiedet. Ja, klug und diszipliniert.“

Es war wärmer in der Küche geworden. Jeremiah zog seine Lederjacke aus und rollte die Ärmel seines Wollhemds über die minengehärteten Muskeln, wo die Haut mit alten Narben durchfurcht war. „Klug? Er ist mehr als das.“

Uriah ignorierte die Bemerkung. „Was ist mit Hoban? Arin läßt durchblicken, daß die Karlis auf Garicks Seite stehen.“

Sein Sohn zeichnete eine Reihe von Kreuzen auf der Karte ein. „Es dauerte Wochen, bis mein Agent in Karli Bericht erstattete. Offiziell sagt Hoban nein. *Inoffiziell* hat der Krieg bereits begonnen. Schau her.“

Die vom Norden nach Süden eingezeichneten Kreuze stellten die östliche Grenze der Karlis dar, die gegenwärtig von ihren

Bogenschützen patrouilliert wurde. „Hoban wirft uns zurück und läßt auf uns schießen, wenn wir uns nicht freiwillig zurückziehen. Wir können nicht mehr einfach eindringen. Die Männer ‚suchen' jetzt mit voller Bewaffnung. Wir haben schon zu viele verloren." Er schaute zu seinem Vater hoch. „Wir müssen den Kopfpreis erhöhen, und zwar sofort, solange Hobans Meister geteilter Meinung sind, was den Krieg betrifft."

„Inwiefern?"

„Die jüngeren Meister sind für Garick. Kein Wunder, einer davon ist Arins Frau. „Nun . . ." Seine schmalen Lippen verzogen sich verächtlich. „Seine Hure, jedenfalls."

„Sprachlich recht interessant." Uriah nippte an seinem Tee. „Keines der beiden Worte bedeutet etwas in ihrem Dialekt. Sie ist ‚mit ihm'. Mystisch, aber vage."

„Vater, wirst du diesen Abschaum aus Erlösung fortreiten lassen?"

Uriah war mit der Karte und seinen Fragen beschäftigt. „Oh, mit der Zeit – nehme ich an."

Jeremiah setzte die Tasse hart auf den Tisch. „Du willst ihn freilassen?"

Jeremiah mußte einen Blick über sich ergehen lassen, der nicht weniger hart als sein eigener war. „Nichts ist frei." Uriah tupfte mit dem Zeigefinger auf die Karte. „Arin sagte nicht, wie sie beabsichtigten, in die Stadt zu gelangen, aber er sagte *doch* . . . Jeremiah, hörst du mir überhaupt zu?"

„Er ist ein Mörder! Er ermordete Micah!"

„Aber du *wußtest* doch, daß sie kommen."

„Micah dachte nicht, daß die Schwadron ohne mich suchen würde. Bowdeen verlangte, daß ich das Kopfgeld hole, also machte ich mich auf den Weg. Es bestand keine Gefahr, denn Micahs Route lag weit westlich, aber Arin nahm einen Zickzackkurs und kam Bowdeen so nah, daß der seine Spur aufnehmen und ihm auf einem kahlen Gipfel einen Hinterhalt legen konnte. Das war der logische Zug. Aber es war alles *zu* logisch und ging schief, weil jeder das Richtige tat. Micah marschierte geradewegs in die Falle. Das sollte er. Bowdeen sagte, er wartete so lange, nachdem Micah erschossen worden war, daß die Geier bereits um die Leiche kamen. Arin wartete ein bißchen länger." Er blickte seinen Vater eindringlich an. „Bowdeen sagte, er erschien auf dem kahlen Gipfel mit einem Kirchenlied auf den Lippen."

Uriah betrachtete seinen Sohn ausdruckslos. „Ich kenne es. Es war sein Lieblingslied."

„Wenn du mich liebst, Vater, dann laß nicht zu, daß dieser Hexer lebend Erlösung verläßt."

Die Antwort war kühl und distanziert. „Ich liebe dich, aber ich liebe Gott mehr. Rache ist sinnlos, solange sie nicht einen Zweck für Gott erfüllt. Lerne erst einmal diese Lektion, Jeremiah. Lerne begreifen, welche Art von Kämpfer ER braucht. Kaufe, benutze, biege, plane, betrüge – doch vor allem, mach dich mit der *Welt* vertraut, die du für *ihn* erobern willst. Wenn einige von uns dadurch in den Schmutz gezogen werden, wird doch der Zweck uns reinigen. Soweit die Liebe." Er wandte sich wieder seinem Studium der Karte zu und suchte etwas zu ergründen, das sich ihm entziehen wollte. „Der Unterschied zwischen einem langen und einem kurzen Krieg . . ."

„Was?"

„Arin will nach Lishin."

Sie blickten einander bedeutungsvoll an. „Im Frühjahr, meinst du?"

„Ganz bestimmt nicht vorher. Judith Singer hatte einen Grund, die Stadt zu besuchen. Er sicher auch. Etwas ist dort, das Garick braucht. Was, muß ich erst noch herausfinden. Bis dahin wird Arin auf die eine oder andere Weise hierbleiben." Der Älteste erhob sich und holte den Teekessel vom Herd. Seine Augen wirkten verschleiert, während seine Gedanken sich mit der komplexen Strategie befaßten.

„Aber Micah . . .?"

„Ich kann den Mord an Micah nicht beweisen, und einfach Rache zu nehmen, wäre nicht weise. Du mußt verstehen lernen, was ich mit ‚benutzen' meine, Jeremiah. Es steht ihnen frei, zu gehen, wenn und wann sie möchten, es sei denn, unsere Gesetze werden gebrochen. Natürlich muß es sich um ein Kapitalverbrechen handeln, Unzucht, beispielsweise." Er beantwortete die stumme Frage seines Sohnes. „Eine der Ihren und einer von uns, ein junger Mann, auf den ich große Hoffnung gesetzt hatte, einer der seltenen Art, für den Gott ein fast physisches Bedürfnis ist." Uriah schwieg. Ein feinfühligerer Beobachter als sein Sohn hätte vielleicht bemerkt, daß er besorgt war. „Doch einstweilen wissen wir noch nichts." Uriah schenkte seine Tasse voll. „ Im richtigen Augenblick werden wir natürlich alle mit unserer Empörung nicht zurückhalten. Während der Gerichtsverhandlung nehmen wir die Shandos in Schutzhaft. Arin wird an die Sicherheit seiner Leute denken müssen und annehmen, was ich ihm anbiete. Weiß ich erst, was er in Lishin sucht, gebe ich ihn frei, daß er dorthin reiten kann – im Frühjahr, wie Judith Singer." Er griff nach Jeremiahs Tasse. „Noch etwas Tee?"

Jemand murmelte im Schlaf. Clay, vermutlich, dachte Arin. Der Junge schlief nicht sehr gut hier.

Vom Schein des Ofenfeuers abgesehen, der auf Arins schmale Wange fiel, war es dunkel im Haus. Früher hätte es nie vorkommen können, daß er allein gewesen wäre, ohne daß es Kon gespürt und seine Gefühle mit ihm geteilt hätte. Doch jetzt führte alles ihn an den Rand der Einsamkeit. Sein Ratgeber, dieser Wurm, der mißtrauisch bohrte, wenn er vertrauen wollte, war ihm ein kalter Trost. Er zwang ihn, abseits zu stehen, immer abzuwägen, zwei und zwei zu einer angedeuteten Fünf zusammenzuzählen – um Uriah ebenbürtig zu sein. Er beneidete seine Leute um ihren Schlaf, während ihm gleichzeitig bewußt wurde, daß allein schon der Neid ihn abseits stellte. Das war Einsamkeit, das Wort aus der Alten Zunge, wie es für den Gürtel benutzt wurde.

Arin legte ein paar Schaufeln Kohle auf die Glut und widmete sich wieder seinen Gedanken. Miriam. Er hatte eine Bresche durch ihre Mauer geschlagen und eine Quelle der Erbitterung berührt, wie sie den Zirkelfrauen fremd war. Es war anfangs erschreckend gewesen, hatte jedoch schließlich dazu geführt, das Rätsel der Kriss für ihn zu lösen. Ihr Leben schien auf die Verleugnung dieser Welt zugunsten einer anderen aufgebaut zu sein, aber ihre Leiber gehörten immerhin *dieser* Welt an, und so sehr sie sie auch zu verleugnen suchten, stellte die Fleischlichkeit doch ihre eigenen Ansprüche. Vielleicht verursachte die Spannung dieses unmöglichen Konflikts die nie endenden Kopfschmerzen.

Arin konnte Uriah nie zu einer solchen Selbstoffenbarung überlisten, dabei würde sie ihm, Arin, soviel verraten. Wenn er nur ein kleines Loch in diese eiserne Mauer schlagen könnte, wäre es ihm möglich, Uriah wie ein Buch zu lesen. Ein winziger Spalt bloß, ein Augenblick, da des Ältesten Wachsamkeit ein wenig nachließ . . .

Die jetzt starke Hitze raubte ihm den Atem. Arin öffnete die Tür und zog tief die kalte Nachtluft ein. Am anderen Ende des Platzes, hinter der Silhouette des gemordeten Gottes, brannte noch ein Licht im Haus des Ältesten. Der Mond schien klar von einem wolkenlosen Himmel. Der Tag würde vermutlich sonnig werden, und es mochte zum Tauen kommen. Seine Leute brauchten Wärme und Licht wie die Pflanzen. Schon jetzt plagten Clay Träume, die er nicht einmal mit Arin teilen konnte. Sie sollten ein wenig ausreiten, die Pferde austoben lassen, ein wenig Bogenschießen und . . .

Plötzlich bemerkte er die Bewegung. Schatten verschmolz mit anderen Schatten, während er an den Häusern um den Platz vorbeiglitt. Die kalte Luft trug keinen Laut an sein Ohr, außer ein ganz geringes Knirschen des Schnees, wenn behutsam ein Fuß vor den anderen gesetzt wurde. Kein Kriss vermochte sich so lautlos zu bewegen. Arin schloß abwartend die Tür. Kurz darauf öffnete sie sich gerade weit genug, daß ihr geschmeidiger Körper hindurchschlüpfen konnte. Sie spürte seine Anwesenheit, ohne sich umzusehen.

„Hallo, Arin."

Elin, du Törin!

„Was soll das heißen?"

„Als wüßtest du es nicht."

Sie streifte ihren Schafpelzponcho ab und kniete sich neben den Ofen. „Das hast du nie gesagt, wenn du es warst."

„Aber ich bin es nicht, und auch sonst keiner von Charzen. Du bist ja schließlich nicht begriffsstutzig." *Du weißt, wie die Kriss es aufnehmen werden, wenn sie dich mit Jay erwischen.*

Sie erwischen uns nicht. „Außerdem", sie legte die Hände dicht an den Ofen, „werde ich von jetzt an mit ihm sein."

„Wo? Hast du darüber nachgedacht, Elin? Wo?"

„Es spielt keine Rolle. Irgendwo." Tiefes Glück und innerer Frieden strahlten von Elin aus. Sie antwortete ihm aus einem winzigen Winkel ihres Geistes, wie eine vielbeschäftigte Mutter, die mit ihrem Kind spricht. Arin kniete sich neben sie und versuchte, sie zur Vernunft zu bringen. „Elin . . ." Aber sie verschloß ihm den Mund mit einem Kuß, und als sie sich zurückzog, waren ihre Augen groß und ernst in dem flackernden Licht.

Ich habe mir Jay verdient! Sie stand auf und griff nach dem Schafspelz.

„Müssen wir dich festbinden, Mädchen?"
Sie beugte sich hinab, um ihn erneut zu küssen, und biß verspielt in seine Lippe. „Ich käme frei. Gute Nacht, Meister Arin."

Nach den endlosen Tagen weißgrauer Düsternis war die Sonne ein hellstrahlendes Wunder. Es taute schwach. Gegen Vormittag war der Schnee unter den Füßen fester, und in den glitzernden Augen Elins gerade richtig für eine Schneeballschlacht. Sie formte einen Schneeball, holte aus und warf ihn. Die weiße Kugel landete mit einem befriedigenden *Squsch!* zwischen Magills Schultern. Kon warf einen Schneeball als Vergeltung und ergriff so Partei, während Arin herbeirannte und sich ebenfalls nach dem Schnee bückte.

„Auf sie, Elin!" schrie er vergnügt.

„Heiiii!"

Die mißtrauischen Kriss, deren Häuser am Platz oder in der Nähe standen, wurden durch begeistertes Gebrüll aus ihrer Ruhe gerissen. Aus ihren Fenstern sahen sie vier der jugendlichen Heiden bei einer Schneeballschlacht jubelnd um den Platz laufen, während die beiden übrigen einen behäbigen Schneemann vor ihrem Haus bauten.

Jay, der Joshua nach der Morgenandacht am Altar geholfen hatte, räumte eiligst die geweihten Messeutensilien auf und mußte seiner Hast wegen einen Tadel einstecken. Durch die Kirchentür sah er kleine Gruppen, die sich gesammelt hatten, um den Heiden zuzusehen.

Ein paar unbeaufsichtigte Kinder huschten vorsichtig näher. Es juckte sie, mitzumachen. Jay hielt Ausschau nach Elin, die gerade noch rechts vor ihm gewesen war und flink auswich, als Kon auf sie zielte.

„Hab' dich!"

Zielsicher von hinten angesprungen, fiel Jay der Länge nach in den Schnee. Elin, auf seinem Rücken, kicherte, während sie ihm das Gesicht einrieb. Er schüttelte sie ab, und sie standen auf. Sie stützte die Hände auf die Hüften und grinste ihn an. „Guten Morgen, Ja-cob."

Arin warf ihm einen Schneeball zu. „Gib's ihr, Jay."

Sie hüpfte zurück und versuchte auszuweichen. Angesteckt durch ihr herausforderndes Lachen verfolgte Jay sie mit erhobenem Arm. Elin duckte sich zum Sprung. Jays Arm schnellte vor. Das Geschoß sauste wie aus einer Schleuder auf Elin zu und traf sie zur lauten Freude der Kriss-Kinder direkt in die Magengrube. Jay rannte hinter der fliehenden Elin her.

Jacob machte bei dem Spiel mit. Das genügte den Kindern. Erst beteiligte sich eines daran, dann zwei, und schließlich alle der aufgeregten Meute. Sie hatten sowenig Zeit zu spielen. Erwachsene dabei zu sehen, war ihnen ausreichende Erlaubnis. Zuerst bewarfen sie sich gegenseitig, noch ein wenig scheu, und dann auch die Shandos. Schnell waren sie tief in die vergnügte Schlacht verwickelt und siegreich noch dazu, denn kein Shando-Schneeball traf sie, während die Erwachsenen leichtere Ziele abgaben, und es machte auch Spaß, sie zu treffen, da sie übertrieben stöhnend aufschrien, taumelten und sich in den Schnee fallen ließen.

Als Hara die Pferde auf den Platz brachte, hatte die Schlacht sich zu einem lachenden Gemenge entwickelt, mit Arin zwischen Elin und Jay und einem tobenden Haufen Kinder. Ringsum hatte sich ein Kreis neugieriger Erwachsener gebildet, die zwar stumm blieben, jedoch nicht mehr so feindselig wie bisher wirkten. Hara warf einen schnellen Blick auf die Kirchentür. Niemand kam heraus, aber er hatte das Gefühl, daß Uriahs Haustür sich einen Spalt geöffnet hatte, doch er war nicht sicher.

Jay sprudelte nun vor Glück und Stolz über Elin, den er seit Wochen mit anderen teilen wollte, schier über. Sein sonst so ernstes Gesicht strahlte von innen heraus. Es machte ihn menschlich und gutaussehend. „Mordecai“, wandte er sich an seine Nachbarn, „das ist Arin. Esther, Moab, Elin, Magill, Kon. Ich lebte ein Jahr unter ihnen. Sie sind meine Freunde.“

Jung und kräftig gebaut, doch so streng wie Jay im Augenblick glückstrahlend war, zog Mordecai seinen kleinen Sohn an sich. „Jacob, stimmt es, daß wir in den Krieg ziehen – diesen?“

„Ja, wenn die Älteren sich dafür entscheiden.“

Mordecai löste den Schneeball aus der widerstrebenden Hand seines Sohnes und ließ ihn dicht vor Arins Füße fallen. „Mit Männern, die nicht einmal die Bedeutung von einem harten Tagewerk verstehen, die sich selbst vor den Kindern zu Narren machen?“

Magill verzog das Gesicht und streckte sich im Schnee aus. „Ah – Scheiße!“

Arin grinste zu Mordecai hoch. „Wo wir leben, ist die Erde gütig.

Wir lernen schon sehr früh, wie wichtig Freude ist. Diese Freude mit Kindern zu teilen, ist, wie ihr es nennen würdet, gesegnet.“ Er hob seine Stimme, damit alle ihn hören konnten, und stand auf. „Unser Wort für Krieg ist ‚zum Messer gehen‘. Das ist NICHT gesegnet, und wir sprechen so wenig wie nur möglich davon. Es ist eine schmutzige Arbeit, die schnell und mit den besten Werkzeugen, über die wir verfügen, getan werden muß.“ Er zog sein Messer und streckte es Mordecai entgegen. „Also nannten wir sie danach: schwarzes Messer.“

Mordecai hielt die Klinge von sich, als könnte sie explodieren. In den Griff waren Zirkelzeichen eingeprägt. „Was sind das für Zauberformeln an . . . Auhh!“

Seine Finger waren prüfend über die Schneide gestrichen, ehe Arin ihn davor warnen konnte. Ein heller Blutstropfen sickerte aus seinem Daumen. Er ließ das Messer fallen. „Ich habe überhaupt nichts getan, und es hat mich geschnitten. Es ist *verhext!*“

„Nein, Mordecai.“ Jay lachte und gab Arin das Messer zurück. „Weder verhext noch mit einer Beschwörung oder sonst etwas versehen. Nur auf ganz bestimmte Weise hergestellt. Ich habe selbst eines.“

„Je schärfer die Klinge, desto leichter die Arbeit“, sagte Arin. „Die Wengen lernten von den Chings, daß man zuerst einen ganz dünnen Streifen macht und ihn schärft, dann weitere, bis zu fünf oder sechs, und sie schließlich zusammenschmiedet. Fünf Schneiden in einer. Ohne eure Kohle könnten sie sie gar nicht herstellen. Ihr seht also, wie wir alle einander brauchen.“

Er sprach zu der Menge als Ganzes und stillte so ein wenig die unverhohlene Neugier, mit der die Kriss ihn und seine Leute bedachten, und versuchte ein bißchen von der Fremdheit zu nehmen, die durch die erzwungene Trennung der beiden Völker entstanden war. Uriah und sein geschlossener Kreis von Älteren sonderte sie voneinander ab. Heute, beschloß Arin, würde er diese Kluft überbrücken. Während er sprach, behielt er wachsam Uriahs Tür im Auge. Es konnte nicht mehr lange dauern . . .

Er nahm seinen Bogen von Kon und die Zügel, die Hara ihm reichte. „Das ist Soogee.“ Er tätschelte die scheckige Nase der Stute. „Sie ist so schnell wie ein Pfeil und hat nicht viel mehr Verstand. Beide sind dazu bestimmt, sich zu bewegen, nicht mehr.“ Er schwang sich schwerelos in den Sattel. *Kon, Magill, Hara, wir wollen reiten!*

Magill folgte Arin zu einem Ende des Platzes, Kon und Hara ritten zum anderen. Als Arin umdrehte, flüsterte Kons Geist in seinen: *Er beobachtet uns.*

Arin stellte sich im Sattel auf und winkte der stocksteifen, schwarzgekleideten Gestalt zu. „Morgen, Ältester. Wir sagten gerade ‚Hallo' zu euren Leuten."

Uriah blieb starr vor seiner Haustür stehen. Seine steife Haltung verriet absolute Mißbilligung. „Das sehe ich." Seine Höflichkeit wirkte eisig, doch bevor er noch etwas sagen konnte, setzten die vier Reiter sich im Kollisionskurs in Bewegung, die Bogen gespannt, die Pfeile an den Sehnen.

„Huiiii–hei!" Elin hüpfte vor Aufregung. *„Lauf,* Soogee! Lauf, Mädchen, lauf, lauf, *lauf!"*

Die Reiter brausten um Haaresbreite aneinander vorbei und schossen gleichzeitig ihre Pfeile ab. Sie drangen durch das zerfetzte Hemd des Schneemanns und bohrten sich in die Wand dahinter.

Uriah schritt die Stufen vor seiner Haustür hinunter.

Als sie an den gegenüberliegenden Ecken des Platzes wendeten, sprang Elin leichtfüßig wie ein Reh in die Platzmitte und hielt zwischen den Reitern an. „Gill! Arin!" Sie streckte die Arme aus. „Der alte Eber ist hinter mir her!"

Die beiden Pferde rasten auf sie zu. Sie legten die Strecke mit unvorstellbarer Geschwindigkeit zurück. Jay glaubte, sein Herz müsse stillstehen. Im allerletzten Augenblick beugten Arin und Magill sich wie ein Spiegelbild mit der gleichen fließenden Bewegung vor und hoben Elin hoch. Jay konnte mit seiner Begeisterung nicht zurückhalten. Er umarmte Mordecai glücklich. „Ich habe es dir doch gesagt! Sie sind halb Pferd und halb Katze, Mordecai! Vielleicht sind sie auch Teufel, aber bei *Gott,* sie können reiten!"

Die beiden setzten Elin wieder ab und trotteten zu den Kriss zurück. „Manchmal jagen wir Wildschweine", erklärte Arin ihnen. „Wenn ein Reiter sein Pferd verliert, retten wir ihn auf diese Weise vor dem wütenden Eber."

Uriah kam langsam, würdevoll, schweigend über den Platz. Arin beobachtete ihn beiläufig. Kon blinzelte ihm zu. *Fertig!*

„Wenn einer eurer Leute in Schwierigkeiten ist und zum Messer geht, vielleicht ein wichtiger Mann, den zu verlieren ihr euch nicht leisten könnt . . ."

Ihre Bewegungen waren von solch atemberaubender Anmut,

daß den Zuschauern die Ungeheuerlichkeit des Sakrilegs dieser Handlung nicht sofort bewußt wurde. Zwei Pferde wirbelten herum, schossen mit voll ausgestreckten Beinen und Leibern vorwärts. Mensch und Tier waren wie verwachsen miteinander und erreichten mit zwei Sätzen Höchstgeschwindigkeit.

Uriah blieb stehen. Er hatte keine Angst, aber er war nicht imstande zu glauben, was geschehen würde. Doch selbst, als er es einsah, wußte er, daß er nicht davonlaufen konnte. Er erstarrte. Die instinktive Angst flammte zu wilder Wut auf. Und schon war er schwerelos. Rückwärts segelte er, unter beiden Schultern in eisernem Halt eingehakt. Durchgerüttelt sah er den aufgewirbelten Schnee, und er sah auch, daß seine Leute wie gelähmt auf ihn starrten. Mühelos nahmen die Reiter in perfektem Zusammenspiel eine Ecke des Platzes. Kon jauchzte glücklich.

„Ältester, ist es nicht ein verdammt herrlicher Tag?"

Uriah konnte nicht sprechen, er konnte kaum atmen. Seine Beine baumelten nur wenige Zoll von den fliegenden Hufen entfernt. Seine Bauch- und Schenkelmuskeln schmerzten grauenvoll, weil er die Beine verzweifelt hoch und so außer Gefahr hielt. Noch einmal eine Biegung um den Platz, und die beiden Pferde hielten wie zwei Hände, die dem gleichen Kopf gehorchen, vor den Kriss an. Uriah keuchte etwas Unverständliches, als die Shandos ihn mit irrer Freude und Zuneigung von einer Brust an die andere drückten und in ihrem verabscheuungswürdigen Dialekt hinausbrüllten, daß das das verdammt beste Pferdehängen gewesen war, das sie fern von zu Hause, ja selbst in Karli, gesehen hatten, von woher es stammte, und daß *kein anderer* als Uriah seine Leute gegen die Solds führen dürfe. Sie hörten gar nicht auf, ihn von einem zum nächsten zu reichen. Alles drehte sich wild um ihn, bei dieser, der ersten persönlichen Entweihung seiner asketischen Lebensweise. Uriah sah die wechselnden Gesichter nur verschwommen in diesem schrecklichen Wirbel, bis er sich schließlich keuchend in der begeisterten Umarmung Elins fand, die ihn fest an sich drückte und stürmisch auf die Lippen küßte.

Uriah riß sich los und fand endlich in einem wütenden Knurren seine Stimme wieder.

„Heb dich hinweg von mir, du schmutzige . . ." Sein Mund verzerrte sich vor Abscheu. Er hob den Arm, um sie zu schlagen – und erstarrte. Er würgte die Wut zurück und senkte die Hand. Zitternd beschrieb er das Segenszeichen. Zu lange und zu gut hatte er sich dem Spiel gewidmet, als daß ihm die Niederlage nicht bewußt geworden wäre. Und auch Arin hatte es nicht übersehen, was immer es war. Die Augen des jungen Meisters waren so düster wie seine eigenen in einer neuen, bitteren Erkenntnis.

In der nur schwach erhellten Kirche kniete Uriah zwischen Joshua und dem fülligen Älteren Matthew am Altar. Eingeschlossen zwischen dem Steinchen und dem Fels der Ignoranz, dachte er mit kalter Abwesenheit. Sein Geist raste dem vertrauten Gebet ungeduldig voraus.

Er hatte das Spiel nicht verloren. Arin war lediglich ein Stoß durch seine Abwehr gelungen. Dieser Hieb war absolut persönlich und schmerzte deshalb um so mehr. Uriah mochte Überraschungen nicht und räumte allein ihre Möglichkeit sorgfältig aus dem Weg, genau wie eine übertrieben reinliche Hausfrau den Staub. Arins Trick hatte ihn erschüttert, aber er vergeudete keine Zeit mit Ärger. Wut, genau wie Vergeltung, mußte exakt gelenkt werden, sonst war sie sinnlos. Sein scharfer, taktischer Verstand beschäftigte sich bereits mit Arins nächstem Zug, was immer dieser auch sein mochte.

„. . . und er, der sich dem Glauben abwendet, wird am Tag des Jüngsten Gerichts nur deinen Rücken sehen, o Herr, und er wird deine Macht über die Finsternis am eigenen Leib verspüren. Amen."

Joshua erhob seinen zerbrechlichen Körper. Er ächzte vor Anstrengung. Sein Schrei der Überraschung ließ Uriah und Matthew herumwirbeln. Sie sahen die hochgewachsene Gestalt etwa in der Mitte des dunklen Kirchenschiffs.

„Du hast nicht geklopft!" tadelte Joshua. „Wir haben dich nicht hereinkommen gehört."

„Das werdet ihr auch nie." Die Gestalt bewegte sich auf sie zu. „Wenn das Wild uns kommen hörte, hätten wir nie Fleisch."

„Shando!" donnerte Matthew unheildrohend. „Du darfst unsere Kirche nicht ohne Erlaubnis betreten."

„Verzeiht mir dieses letzte Mal. Uriah, ich muß dich sprechen. Deine Älteren können zuhören, wenn sie wollen, aber. . ." Der unausgesprochene Rest des Satzes verriet Uriah, daß es besser wäre, sich unter vier Augen zu unterhalten.

„Ältere, bitte, wartet in der Sakristei auf mich."

Als sie allein waren, holte Arin tief Atem. „Wir brechen auf, Uriah."

Der Oberälteste spielte mit einem Kerzenständer. „Aber doch gewiß nicht jetzt, mitten im Winter."

„Innerhalb von drei Tagen benötige ich eine schriftliche Aufzeichnung unserer Vereinbarungen. Du wirst das gleiche von mir erhalten."

„Aber doch nicht *jetzt!* Die Berge sind vor dem Frühjahr unpassierbar."

„Uriah." Er spürte, wie Arin sich zurückhielt. „Ich bin kein Dummkopf."

Uriah stellte den Kerzenständer ab. „Nein. Dummheit kann dir bestimmt nicht unterschoben werden, Prinz Arin. Aber weshalb?"

Arin setzte sich auf die Brüstung und verschränkte die Arme. „Du würdest es nicht verstehen. Meine Leute fühlen sich elend hier. Fern von allem ihnen Vertrauten sterben sie ein kleines bißchen jeden Tag."

„Und du?"

Das Lächeln wurde eisig. „Nenn es eine Gabe von dir, eine deiner Segnungen. Ich erkenne allmählich, wie groß und fremd diese Welt ist. Nie waren wir bisher vom Zirkel getrennt. Wir können unser Volk von hier nicht einmal geistig berühren. Jetzt weiß ich, weshalb." Er fuhr fort, Uriah wie ein ungewöhnliches Insekt zu studieren.

Dem Kriss fiel es schwer, seinen Ärger zu unterdrücken. „Ich glaube nicht, daß das der ganze Grund ist."

„Nein."

Die Worte kamen erstaunlich zögernd. „Du hast mich heute überlistet, Prinz. Eure Magie! Du hast Hand an meine Seele gelegt. Das steht allein Gott zu."

„Ich mußte es. Du bist viel zu vorsichtig, auch nur irgend etwas zu teilen. Aber ich habe dich jetzt gelesen. Nicht alles, aber tief genug. Du wurdest zur falschen Zeit in das falsche Leben geboren, Uriah." Unbegreiflichkeit und Betrübnis bewölkten Arins Blick. „Und du haßt mich. Ich habe noch nie jemanden gehaßt, nicht einmal die Solds. Wie kannst du nur so leben?"

Uriahs Haltung war so eisig wie Arins eigene. „Du findest das unnatürlich, nicht wahr? Man nennt mich Proselyt, Arin. Eine Ehre, für die ich fast mein ganzes Leben im Unrat verbringe. Für meinen Glauben. Für die Liebe Gottes."

„Liebe ist nicht das richtige Wort für dich. Du weißt ja gar nicht, was Liebe ist, es steckt keine in dir.“ Arin stieß sich mit müdem Abscheu von der Brüstung ab und schritt durch die Bankreihen. „Keine für deine Frau – und sie weiß es –, keine für diese traurige, kranke Mary, keine für dein Volk, ja nicht einmal für dich selbst. Du bist so kalt wie Grannog, Uriah. Und ich bin des Winters müde.“

„Und doch haben wir eine Menge gemein, Prinz.“

Die Stimme mit ihrer schneidenden Schärfe ließ Arin anhalten. „Trotz all deines Geredes von Wärme und Liebe und der Selbsttäuschung eures Zirkels hast du doch die Veranlagung zu einem ganz besonderen Bastard. Du stellst Kälte in mir fest? Ich sehe, wie sie in dir wächst. Es ist nicht einfach, die Mission eines Königs in dieser oder der nächsten Welt zu treiben. Und wir wissen schließlich beide, daß Helden von Alpträumen geplagt werden, von denen die Lieder ihrer Verherrlichung nichts erwähnen.“

„Drei Tage, Uriah.“ Die Tür schloß sich.

Matthew trat aus der Sakristei, Joshua neben ihm murmelte: „Habt Ihr gehört, was er zu dem Ältesten sagte? Niemand, *noch keiner,* wagte je . . .“ Joshua hob einen mahnenden Finger und sah Uriah an. „Das kommt von Euren ‚verbesserten Beziehungen‘, Eurem ‚offenen, forschenden Intellekt‘. Man hätte ihnen nie gestatten dürfen . . .“

„Seid still!“ Uriah wirbelte mit eiserner Entschlossenheit zu ihnen herum. „Joshua, bestellt die Älteren in mein Haus. In einer Stunde haben sie dort zu sein. Matthew . . .“

„Endlich!“ hauchte Joshua. „Endlich ist es soweit.“

„Freut Euch später, Joshua, und handelt jetzt. In einer Stunde!“

Der Alte humpelte durch den Gang und aus der Kirche.

„Matthew, eine Schutztruppe von dreißig Mann, die bis auf weiteres von der Arbeit in den Minen befreit ist, soll sich heute abend sammeln. Und . . .“ Uriah umklammerte die Altarbrüstung, den Kopf in Gedanken verloren gesenkt. Das Holz knarrte unter dem Druck seiner starken Finger, die vor kalter Wut bebten.

„Endlich!“ triumphierte auch Matthew.

„Sie werden sich versteckt halten und niemanden am Kommen oder Gehen hindern. Sie sollen lediglich beobachten und abwarten.“

„Es ist auch an der Zeit.“ Matthew stapfte ebenfalls durch den Gang. „Allerhöchste Zeit. Das Mädchen ist ein Schandfleck . . .“

„Und Matthew.“
„Ja, Proselyt?“
„Bei der Andacht heute abend teile Jacob beiläufig mit, daß sie beabsichtigen abzureisen.“

Anfangs hatte er gedacht, daß er sühnen müsse für sein Verbrechen, zufrieden und von Elin erfüllt zu sein. Doch im Lauf der Zeit verlor Jay sich immer mehr in ihr. Das Bedürfnis, zu bereuen, verlor sich mit dem rudimentären Schuldgefühl. Er wagte, das Glück für sich zu beanspruchen, und empfand keine Gewissensbisse.

Im warmen, dunklen Pferdestall, wenn sie verschwitzt aneinandergeschmiegt auf den Decken im Stroh lagen und ihr Atem sich, nachdem sie sich geliebt hatten, wieder beruhigte, erzählte er immer mehr von seinem Leben. Wie fand man sich ab mit dem, in das man hineingeboren wurde? Elin brauchte sich mit dem Zirkel nicht abzufinden, für sie gab es ihn einfach, er war da. So war es auch mit seinem Glauben. Nur, als er älter wurde, nagte ein Gefühl an ihm, daß etwas nicht stimmte oder nicht vollständig war. Es war wie ein unbestimmter Schmerz. Also zog er aus und in den Zirkel, um sich umzusehen, wie andere Menschen lebten. Er war sich der Existenz Gottes absolut sicher, doch nicht mehr, daß das Kreuz oder die Art seines Volkes das einzig Echte war, und auch nicht, daß der Weg zu Gott in der Verleugnung alles anderen lag. Seine eigene Offenheit erschütterte ihn, verschlug ihm die Sprache. Doch mit seinem Mund auf dem Hügel von Elins Busen empfand Jay keine Furcht mehr vor ihrer Art von Leben und auch keine Eifersucht auf die Männer vor ihm. Sie vermischten sich mit dem großen Geschenk, das sie für ihn war, das sie in seine Hände gelegt hatte, und manchmal glaubte Jay sogar, er könnte Arin lieben, weil er ein Teil von ihr gewesen war. Er war innerlich ein wenig gewachsen.

Doch in zwei Tagen sollte alles enden. Ihre Liebe lehnte sich dagegen auf.

„Ich könnte hier bei dir bleiben.“ Elin versuchte, seine Gedanken zu spüren, aber lepteilen gelang nicht über den Zirkel hinaus, nicht einmal, wenn man mit einem war. „Wie heißt doch dieses Wort? Wir können in das weiße Bauwerk gehen und ...“

„Heiraten?“ Sie verstand das Ganze nicht. „Es würde nicht

funktionieren, Elin. Du könntest die Worte sagen, doch sie würden dir nichts bedeuten. Und die Frauen mögen dich nicht.“

Elin verschlang ihre Beine mit seinen. „Dann komm heim mit mir.“

Er schüttelte traurig den Kopf. „Um an Belten oder Samman außerhalb des Kreises zu stehen, nie Teil davon sein zu dürfen? Ich versuchte es. Du bist Zirkel, ich nicht. Der Verstand, der Geist, kann sich ändern, aber der Rest . . . Es ist dein ganzes Leben, Elin.“

Sie lachte in seine Halsgrube. „Aber wir können auch nicht hier bei den gottverdammten Pferden bleiben.“

„He, das ist doch eine Familie: du und ich und sechs dumme Shando-Pferde.“

„Ja, und sie sehen alle aus wie du.“

„Aber die Nase haben sie von dir.“ Er küßte sie. „Deine hübsche, sommersprossige Nase.“

„Halb Pferd, halb Katze.“

„Aber ich *habe* nachgedacht.“ Etwas in seinem Ton ließ Elin ängstlich und hoffnungsvoll zugleich aufhorchen.

„Worüber, Jay?“

„Das Haus, das ich selbst baute . . .“

„He-eh!“

„Wohnt jemand darin?“

„Nein. Es ist noch genauso, wie du es verlassen hast. Sie verteilten dein Getreide, aber das Haus brauchte niemand.“

„Ein gutes Haus“, erinnerte sich Jay. „Drei Zimmer, Platz für weitere. Gute Bewässerung . . .“

Er spürte, wie ihre harten Bauchmuskeln sich gegen seine verkrampften, und gleich darauf sprang sie von der Decke. „Jay! *Vorsicht!*“ Doch so flink er auch war, die Gestalten, die sich durch die Düsternis bewegten, waren zu schnell und gaben ihm keine Chance. Er hörte den dumpfen Schlag und Elins Schrei, ehe der schwere Werkzeuggriff seine Schläfe traf. Benommen rollte er auf den Bauch und fühlte die Stricke, mit denen sie seine Arme auf den Rücken banden.

Uriah zündete die Lampe an.

Elin kauerte in einer Ecke, von Mordecai und einem zweiten Mann mit Piken bewacht. Das schwarze Messer in ihrer Hand war nutzlos dagegen. Uriah warf ihr eine Decke zu. „Verhülle dich, du Hure!“

Weitere Gestalten, die sich dunkel gegen den Lampenschein abhoben. Zwei Männer kamen auf Elin zu. Sie drückte den Rücken gegen die rauhe Bretterwand und stieß den einzigen Hilferuf aus, der ihr einfiel. *Arin . . .*

Er stach in seinen Geist, während er Kon gegenübersaß und an den Papieren arbeitete, die den Kriss ausgehändigt werden sollten. Die Feder entglitt seinen Fingern.

Hilfe!

Während er und Kon bereits zur Tür rannten, öffnete Magill die Augen, und Hara und Clay sprangen aus dem Bett. Arin riß die Tür auf und sah die Reihe der wartenden Männer auf dem mondhellen Platz. Dann schob Kon ihn hastig zur Seite, und gleich darauf bohrte sich ein Pfeil in die Tür hinter ihnen.

„Wir brauchen euch nicht zu verschonen!" brüllte Matthew. „Auf Befehl der Älteren habt ihr eure Waffen abzuliefern, dann werdet ihr in Schutzhaft genommen."

„Uriah, bitte." Jay zitterte für sie beide, denn er wußte, was kommen würde. „Sie kennt doch unsere Lebensweise überhaupt nicht. Sie verlassen uns sowieso, werden bald fort sein. Laßt sie frei!"

„O Jacob." Uriah seufzte aus distanziertem Mitleid. „Jacob!"

„Es war *meine* Sünde." Jay schaute verzweifelt von einer eisigen Miene zur nächsten. *„Ich* bin dafür verantwortlich. Ihr glaubt doch nicht, daß sie mich zwang? Um Himmels willen! Ich brachte sie hierher und machte ihr Versprechungen. Ich veranlaßte sie, es zu tun."

„Du bist naiv, Jacob", Uriah drehte sich um. „Führt sie hinaus."

„Tötet die Hexen! Tötet sie alle!"

Unter Arins Fenster hatten die Frauen sich zu einer langen Schlange versammelt, die sich allmählich schon dicht an die bewachte Kirche wagte, wo Elin in einem Keller unter dem Schiff auf ihre Hinrichtung wartete. Selbst mit dem Geist dagegen verschlossen, empfand Arin die Mauer des Hasses als schmerzhaft.

„Steinigen, Prinz", sagte Uriah. „Das ist die gerechte Strafe in solchen Fällen. Die Frau, die dem Gesetz nach am meisten gekränkt wurde, wirft den ersten Stein. Da Jacob nicht verheiratet war, ist es in diesem Fall seine Mutter."

Arin war übel vor Grauen. Die alptraumhafte Verhandlung. Elins furchterfüllte Augen, die ständig seine oder Jays suchten, Jays hilflose Wut, alles verschwamm unter dem Kreischen und Gezeter der Frauen, die sich wie Schweißhunde, nur noch von einer dünnen Leine gehalten, auf Elin stürzen wollten. Sie forderten blutrünstig ihren Tod und offenbarten das gleiche gierige Verlangen, das schwarz aus Miriam sickerte und jegliche Hoffnung auf Erbarmen tilgte. Uriah selbst übernahm Elins Verteidigung. Das Mädchen kannte ihre Sitten nicht, argumentierte er. Es würde genügen, Jacob zu verbannen. Aber seine ruhige Logik ging unter einer alles überschwemmenden Furie unter. Joshua und Matthew gaben lautstark den Bibelspruch, *Du sollst nicht dulden, daß eine Hexe lebt,* zum besten, der für Arin durch den ganzen Prozeß hindurch zur schwarzen Litanei wurde.

Sie gestatteten Elin, sich selbst zu verteidigen. Doch die zögernde, stammelnde, fremdartig klingende Sprache brachte die Frauen nur noch mehr auf. *„Steinigt sie! Steinigt die Hexe!"*

Dann durfte Arin das Wort ergreifen. „Zum erstenmal steht zwischen unseren beiden Völkern eine Tür offen. Versucht doch, uns zu verstehen." Zirkler, erklärte er, konnten Körper und Geist nicht voneinander trennen, wie die Kriss. Lieben hieß, berühren. Das war ihre Art zu leben. Er schlug vor, Jay mitzunehmen, Erlösung sofort zu verlassen und eine Geldstrafe, in welcher Höhe sie die Kriss auch verlangten, zu bezahlen. Er sah Jays ironisches Lächeln, das ihn wegen seiner Ignoranz gegenüber den Kriss bemitleidete.

Du sollst nicht dulden, daß eine Hexe lebt.

„War Jacob nicht für den Altar erwählt?" schrie Matthew in der Verhandlung. „Diente er nicht als Uriahs linke Hand? War er nicht unberührt, ehe sie kam? Oder war er bereits befleckt durch sein Leben unter den Shandos, die Schmutz sind?"

Du sollst nicht dulden . . .

„Sie" – Joshua deutete auf Arin und Elin – „sind Kreaturen der Zauberei und Ränke. Ich möchte die Weisheit unseres Oberältesten nicht kritisieren – denn er ist noch sehr jung für eine solche Bürde –, aber ich muß doch sagen, daß er fehlgetan hat, sie Erlösung betreten zu lassen. Ich sage, Uriah, dessen Weisheit schließlich nicht größer ist, als Gott dem Sterblichen gestattet, hat durch seine vielen Pflichten die Gefahren eines schlechtbedachten Planes übersehen. Betet zu Gott, daß er unserem Oberältesten Frieden und Weisheit gewähren möge."

„. . . es war der Beschluß der Älteren nach ernsthafter Erwägung, daß Jacobs Strafe durch eine Befragung aller Männer von Erlösung bestimmt wurde. Nach Mehrheitsbeschluß soll er aus dem Schoß der Kirche ausgestoßen und ewige Verbannung erleiden oder den Tod, je nach Entscheidung der Älteren.

Das Urteil für die Shando-Frau namens Elin, die der Sünde für schuldig erwiesen ist, lautet auf Auslieferung an die Frauen von Erlösung innerhalb von zwei Tagen . . ."

Arin, allein im Gerichtssaal mit Uriah, beobachtete die Frauen. Ihre Krankheit steckte nun auch ihn an. Die Kriss hatten ihn den Haß gelehrt. Hager, müde vor Anspannung und vergeblichem Bitten langte er über den Tisch nach Uriah. „Du hast gewonnen. Sag, was du verlangst: Geld, Bedingungen – ich bezahle oder unterschreibe für sie, was du willst."

„Leicht versprochen, aber nicht so leicht einzuhalten", gab Uriah zu bedenken. „Garick würde zwar Bedauern für das Mädchen empfinden, aber nicht so großes wie für ein verlorenes Bündnis."

„Worte!" Arin stand vom Tisch auf. „Uriah, du kannst es aufhalten!"

Uriah trat zu ihm ans Fenster. „Kann ich das wirklich? Du wirst nie wie wir denken oder fühlen, Arin. Wir sind eine Insel des Glaubens in einem Meer von Zirkeln. Nur dieser Glaube ermöglichte uns das Überleben. Das Leben als solches bedeutet uns nichts."

„Ihr habt überlebt, weil ihr von einem Kreis friedlicher Zirkler umgeben seid, die *nicht* der Ansicht sind, daß das Leben nichts bedeutet. Das Leben ist alles."

„Die Lebensweise", berichtigte Uriah. „Ich vollstrecke das Urteil, aber ich mache die Gesetze nicht. Es geht über meine Befugnisse. Ich kann euch nocht nicht einmal erlauben, die Stadt zu verlassen."

„Weshalb nicht?"

Uriah deutete auf die fanatischen Frauen. „Schau sie dir an! Hör doch! Ihr würdet nicht lebend aus der Kirche kommen. Ihr befindet euch in Schutzhaft, die Betonung liegt auf Schutz. Ihr könntet dem

Mädchen jetzt nicht helfen, ja nicht einmal euch selbst. Das einzige, was ihr tun könnt, ist zu warten, bis ich in Ordnung gebracht habe, was sie angestellt hat."

Arin ließ vor Erschöpfung die Schultern hängen. Er starrte zum Fenster hinaus. Uriah kehrte an seinen Platz zurück.

„Könnte es nicht etwas anderes sein als die Frauen? Etwas Schnelles?"

„Das Recht ist auf ihrer Seite, Prinz. Fleischlichkeit ist die stärkste Versuchung. Sie muß durch ein Gesetz und eine Strafe, die so unumgänglich wie das Verlangen selbst ist, in Zaum gehalten werden. Ich kann genausowenig auf Gnade bestehen wie auf Grausamkeit. Gnade würde lediglich auf eine Duldung der Fleischlichkeit schließen lassen, die das Opfer des Geistes erniedrigt."

„Du redest wie ein Buch. Ich bin ein Mensch. Sprich zu mir wie zu einem Menschen. Ich verstehe dich schon."

„Ja." Uriah blickte ihn mit der inzwischen vertrauten Mischung aus Neid und Betrübnis an. „Ja, du verstehst mich. Besser vielleicht, als die sogenannten Gläubigen."

„Nichts ist frei, das betontest du ja oft genug. Also, was ist der Preis?" fragte Arin verzweifelt. „Du wolltest eine Mission bei den Shandos. Du sollst sie haben. Mein Wort als Meister, als Garicks Sohn. Ein Haus für dich, fruchtbares Land für deine Leute . . ."

„Arin" – Uriah hob die Hand – „ich kann es nicht aufhalten."

„Bitte!"

„Nein!"

„Sie steckt in dem schmutzigen Loch, hat Angst und versteht nicht die Hälfte von dem, was mit ihr geschieht. Und ich *spüre* sie, Uriah. Du kannst es nicht wissen, aber Elin ruft mich, jetzt, ruft uns alle, schon seit ihr sie gefangengenommen habt. Ich möchte mich vor ihr verschließen, aber ich kann es nicht. Ich – ich flehe dich an, Ältester."

Uriahs Augen wirkten düster und stumpf. „Ich kann es mir nicht leisten, Arin."

Der junge Mann blinzelte. „Wa-as?"

„Dein Volk hat seinen eigenen Beweggrund für diesen Krieg – wir ebenfalls. Hier, in dieser winzigen Stadt, bin ich für fast dreimal so viele Menschen verantwortlich wie Garick. Wir brauchen neues Ackerland, werden es bald noch verzweifelter brauchen, und die Kenntnisse, die dazu gehören. Wir brauchen mehr Exportartikel als nur Kohle, mehr Geld, um Ware zu importieren. Genau wie Garick brauchen wir die *Veränderung*. Genau wie Garick muß ich darum kämpfen, gegen Menschen kämpfen, die eine Veränderung für unmöglich halten. Du hast Joshuas noch sehr respektvolle Kritik selbst gehört: der Oberälteste ist irregeführt. Ich brachte euch gegen fast jede Stimme in Erlösung hierher. Ich habe ihr Vertrauen in mich schon nahezu erschöpft. Wenn ich Elin laufenlasse, würde ein anderer Älterer sich um meine Stellung bemühen und sie vermutlich auch bekommen. Und dann ginge es nicht nur um das Mädchen, sondern um euch alle." Seine Augen wirkten hart, aber auch müde. „Ja, ich gebe zu, sie ist ein Beruhigungsbissen für die Meute, ein Knochen, den ich ihr zuwerfe. Der Preis, den ihr bezahlen müßt, um dorthin zu gelangen, wo Garick euch als nächstes braucht. Schau nicht so schockiert, Arin, und erspare mir deine Waldphilosophie. Du hast euch den Weg hierher mit Micah erkauft. Andere Meute, ein anderer Knochen. Aber du hast ihr den Knochen vorgeworfen."

Arin senkte die Augen und schwieg. Uriah würgte die Worte, als schmeckten sie schlecht. „Ich gebe dir keine Schuld, es wäre auch unwichtig. Das Spiel heißt Geschichte, und wenn du nicht ein ausgewachsener, zum Himmel schreiender Schweinehund bist, kommst du zu nichts. Überlaß den Reinen die Bestellung der Felder."

Verzweifelt strich Arin durch sein langes Haar. „Morgen schon?"

„In aller Frühe."

„Ich möchte zu ihr, ein paar Stunden."

Der Älteste überlegte kurz. „Besser nicht. Du bist ein Meister der Täuschung. Eure Kittel sind voll Taschen für . . ."

Arins Faust hämmerte wütend auf den Tisch. „Dann meinetwegen nackt, du Bastard! Ihr könnt mich peinlichst abtasten, was immer du willst. Aber gönne ihr zumindest einen Freund in der Nähe."

Uriah starrte auf die weißen Knöchel. Seine Miene veränderte sich um eine Spur. „Erkauf es dir. Von einem Bastard zum anderen, was ist es dir wert?"

„Was willst du?"

Uriah drückte die Fingerspitzen aneinander. „Du bestehst darauf, Lishin zu besuchen, willst aber nicht verraten, weshalb. Lishin gehört uns. Wir möchten wissen, was Garick dort bezweckt."

Arin zögerte. „Wenn ich verspreche, es dir zu sagen, darf ich dann zu Elin?“

„Sag es mir jetzt.“

„Die Hälfte jetzt, die zweite, wenn wir aufbrechen.“

„Du bist in keiner Position zu feilschen, Arin. Du steckst im Gefängnis, und dort bleibst du.“

„Für immer und alle Zeit.“ Arin beugte sich zu ihm vor. „Aber die Zeit vergeht, der Schnee schmilzt, und eines Tages, Ältester, wirst du bis zum Hintern in Shandos stecken, und sie werden dir Fragen stellen, die du noch nicht bereit bist, zu beantworten. Du kannst sie nicht auf die Dauer vertrösten, und ich glaube, das möchtest du auch nicht. Also, ein Teil jetzt, der Rest, wenn wir aufbrechen.“ Er konnte nicht hoffen, daß er Uriah ganz überzeugen würde, aber es steckte gerade genug Wahrheit darin, um ihm Gewicht zu verleihen.

„Gut. Du darfst zu ihr. Also, was ist in Lishin?“

Arin nickte und erhob sich. „Eine Karte mit drei eingezeichneten Kreisen. Und diese Karte wird die Stadt für uns alle öffnen. Sie allein vermag es.“

„Wie?“ drängte Uriah. „Eine Karte welcher Art? Wovon?“

Arin hielt an der Tür an. „Die Antwort darauf ist die andere Hälfte. Ich gebe dir Bescheid, wenn ich Elin besuchen möchte.“

„Nackt“, erinnerte ihn der Älteste. „Abgetastet, und dann in Kleidung, die ich zur Verfügung stellen werde.“

„Ich würde mich darin ein wenig schmutzig fühlen, Ältester. Nur eine Decke, wenn ich bitten darf.“

Es überraschte die desillusionierten Shandos nicht mehr, daß es in Erlösung extra ein Strafhaus gab – eine unmöblierte Einzimmerhütte mit einem kaum ausreichenden Ofen. Sie überließen Clay den Platz direkt daneben, denn er hatte Fieber und schlief immer noch schlecht. Sie sahen überhaupt alle blaß und krank aus, stellte Arin fest, der selbst erschöpft und mit der Verzweiflung eines Führers, der seinen Leuten nicht helfen konnte, den Tränen nahe war. *Morgen früh!*

„Garick wird die ganze Stadt dem Erdboden gleichmachen“, sagte Hara bitter.

Magill wandte sich scharf an ihn. „Das hilft Elin auch nicht mehr.“

Arin wühlte unter den paar Stücken, die Uriah als harmlos erachtet und ihnen deshalb gelassen hatte, und zog ein dünnes rotes Hemd aus Lorlstoff, ein Geschenk Shalanes, heraus. Mit geschickten Fingern zupfte er am Saum. „Ich habe getan, was ich konnte. Ihr hört diese Frauen auf dem Platz. Allein Uriah und seine Wachen erhalten uns am Leben.“

Gefährlich ruhig fragte Magill. „Und was ist mit Elin?“

Arin zog an den gelockerten Fäden. Über seine Arbeit gebeugt sagte er bedächtig: „Nichts ist umsonst, Gill. Wenn wir nicht nach Lishin kommen, ist alles bisher vergebens.“

Magill rührte sich nicht. „Und Elin?“

„Wir können ihr nicht helfen. Außer mit einem.“ Arin betastete den Rand einer seiner Wolldecken. Er riß an einer Ecke ein Stück auf und zog zwischen den beiden Schichten einen dünnen Maulwurfslederbeutel heraus. „Ich muß mich nackt ausziehen, ehe ich zu ihr darf, aber das werden sie nicht finden.“ Er betrachtete den winzigen Beutel. „Schlaf. Ein sanfter Schlaf, sogar mit angenehmen Träumen.“

„Willst du es selbst tun?“

Arins Gesichtsausdruck war selbst für sie unlesbar. „Entweder ich oder die Frauen.“

Wie erstarrt blieb Magill noch einen Augenblick über ihn gebeugt stehen, dann trennte er sich angespannt. „Ich bin ziemlich dumm. Kenne Elin mein ganzes Leben, ritt mit ihr, war auf dem Hügel mit ihr. Sie – sie ist eine ganz besondere Frau, Arin. Aber da kam dieser verdammte Narr Jay, und vorher warst du da.“ Er drehte sich um und kam wieder zu Arin zurück. „Bin fünfzehn von zwanzig Jahren mit dir geritten, aber wirklich gekannt habe ich dich offenbar nie. Du bist eine merkwürdige Art von Meister, Arin. Hast bisher nichts anderes getan, als Menschen umgebracht.“

Arin erhob sich. Seine Arme begannen zu zittern. „Laß mich in Ruhe, Gill.“

„Glaubst du vielleicht, Elin möchte sterben? Lies sie doch, hör es dir an!“

„Ich höre es.“ Sie standen sich wie gespannte Bogen gegenüber.

„Sorgst du dafür, daß sie wiedergeboren wird, Arin? Wie viele von uns willst du noch beerdigen?“ Anklagend hob er zählend die Finger vor Arins Gesicht. „Holder, Sand, Teela. Und jetzt *Elin,* du kaltblütiger Hund . . .“

„Laß mich in *Ruhe!*“ Arins Handfläche schwang hoch und traf

Magill unter dem Kinn. Magill flog rückwärts durch das Zimmer. Er kämpfte um sein Gleichgewicht, aber Arin war schon über ihm, noch ehe Hara oder Kon dazwischentreten konnten, und schlug wütend auf ihn ein. Kon zerrte Arin los, während Hara den sich heftig wehrenden Magill festhielt.

„Laß mich los!" wütete Gill. „Laß mich los, verdammt!"

„Halte ihn, Hara." Kon drehte Arin herum und drückte ihn gegen die Wand. „Hör auf, Arin. Nimm Vernunft an!" Arin versuchte, sich zu befreien. Kon schlug ihm die Hand ins Gesicht. „Hör auf!"

Sie hielten die beiden Männer fest. „Na schön!" Arins heftiger Atem verwandelte sich in ein Schluchzen. „Ich bin kein guter Meister. Mußte zuviel zu schnell lernen und machte seither alles falsch. Das wolltest du doch hören, Gill? Sicher lese ich Elin. Habe sie die ganze Zeit gelesen. Ich beschwor den Kriss-Bastard, bot ihm alles an, Geld, alles, was er haben möchte. Mehr als Garick zu geben bereit wäre. Ich konnte sie nicht retten." Fast flehend streckte er die Hände aus. „Ich warnte das Mädchen. Was hätte ich denn tun sollen? Sie an einen Baum binden?" Arin rieb sich die roten Augen. Als er seine Stimme wieder beherrschte, staunte er selbst über ihre Härte. „Garick sagte, man bekommt das, wofür man bezahlt. Also gut, Garick bekommt seine gottverdammten Kriss, fünf von uns leben, eine stirbt. So *ist* es. Laßt mich allein."

„Fünf?" Magill wischte sich das Blut von der Nase. Er weinte um etwas, das verloren war. „Du kannst vier zählen, Arin. Sobald sie uns freilassen, reite ich heim."

„Das wirst du nicht!" sagte Hara.

„Und ob ich das werde. Schon zuviel verloren. Das genügt."

„Junge", sagte Kon, „du hast nie genug Gehirn gehabt, daß man es auf eine Gabel spießen könnte. Wenn du an den Solds vorbeikommst, sind die Karlis da. Was willst du denn zu Shalane sagen? Dann Garick? He, Gill, was willst du ihm sagen?"

„Daß wir anderen in Lishin starben." Clay richtete sich in seinen Decken auf, ein neuer Fieberanfall schüttelte ihn. „Denn soweit wird es kommen." Seine glasig wirkenden Augen wanderten von einem zum anderen. „Nacht um Nacht, seit ich den toten Gott am Fluß sah, verfolgt mich der gleiche Traum. Wir gehen nach Lishin. Dort wird es uns alle treffen."

Arin kniete sich neben ihn und legte ihm die Hand auf die glühende Stirn. „Hara, leg Kohlen nach, bring den Wasserkessel zum Sieden. Ich werde dir etwas zu trinken richten, Clay. Du bist krank."

„Aber mein Kopf ist nicht krank. Ich sehe es!" bestand Clay.

„Was siehst du, Junge?"

Clays Stimme war bleiern, alt. „Hat keine Form, ist nicht zu spüren, aber es ist dort. Und wir sind dort."

Zwei Stunden vor dem Morgengrauen ging Arin in die Kirche. In der eisigen Düsternis des Schiffes, von Uriah, Joshua und vier Wachen beobachtet, wurde er bis auf die Haut entblößt und einer peinlichen Untersuchung unterzogen. Die Wachen wühlten durch Kopf- und Barthaar, musterten seine Fußsohle, schauten ihm in Mund und After, drehten ihn nach dieser und jener Seite. Erst als sie offensichtlich überzeugt waren, daß er weder ein Gift noch ein schmerzlinderndes Mittel bei sich trug, das helfen könnte, die Strafe der Frauen zu erleichtern, gaben sie ihm eine warme Decke. Die Falltür im Boden des Kirchenschiffes wurde hochgehoben. Als Arin sich daran machte, hinunterzusteigen, stellte Uriah ihm eine seltsame Frage.

„Wird sie ein Frühstück haben wollen?"

Arin wußte es nicht. Die Menschlichkeit überraschte ihn.

„Matthew wird etwas zu essen holen lassen, wenn sie es möchte. Er ist bei ihr. Er wird auch dabei bleiben, während du mit ihr sprichst."

„Muß das sein?"

„Ich fürchte, ja."

„Er hat ihr nichts getan?" fragte Arin fast drohend. „Sie etwa berührt?"

„Mach dir deshalb keine Sorgen." Uriahs gesenkte Stimme verriet eine Spur von Ironie. „Der Ältere Matthew ist nicht gerade der hellste Stern am Firmament abstrakter Gedanken. Seine Schwäche liegt in einer gewissen spirituellen Kurzsichtigkeit, Frauen interessieren ihn nicht. Er hofft, eines Tages mit einer heiligen Vision für seine Mühsal belohnt zu werden."

Der Keller hatte ein kleines, vergittertes Glasfenster in Straßenhöhe. Lose Bretter waren über den Boden gelegt. Durch den wechselnden Frost und das Auftauen quoll der Schlamm durch die Spalten und zum Teil auch über die Bretter. Ofen gab es keinen. Matthew saß mit verdrießlicher Miene auf einem Stuhl neben der

Leiter. In einer Ecke, soweit wie nur möglich entfernt von ihm, kauerte Elin zwischen mehreren zerschlissenen Decken. Man hatte sie nicht hungern lassen. Ein Tablett mit den Überresten einer Mahlzeit stand auf dem Bretterboden in der Nähe ihrer Pritsche. Waschwasser und anderer Komfort war jedoch nicht als notwendig erachtet worden. Das üppige Haar, das seit Charzen wieder gewachsen war, hing ihr zerzaust ins Gesicht, und der schöne grüne Kittel wies Schmutzflecken auf. Es roch unangenehm modrig im Keller.

Elin erhob sich nervös, als Arin die Leiter hinunterkletterte. In Matthews Kerzenschein wirkte sie wie ein halbsichtbarer Geist. Ihre starre Haltung schrie Arin die stumpfe Angst entgegen, die sie vor dem Kriss verbarg.

Er nickte Matthew flüchtig zu. „Uriah sagte, daß du hier bleiben mußt, aber laß uns in Ruhe."

Matthew zuckte die Schultern. „Ich habe zu ihr gesprochen. Aber es war sinnlos. Sie ist schon seit langem verloren."

Elin umarmte Arin heftig. „Hallo, Arin." Sie kicherte beim Anblick seines komischen Deckengewands. Es war ein hoher, würgender Laut. „Siehst du nicht toll aus! *Hilf mir, ich will nicht sterben!* Wie geht es Jay?"

„Ich habe ihn nicht gesehen." Sie setzten sich nebeneinander auf die Pritsche. *Hat Matthew dir etwas getan?*

„Nein." Elin warf einen mitleidigen Blick auf den Älteren. „Hat nur ständig über den alten, toten Gott gesprochen, bis ich ihn anbrüllte, endlich aufzuhören."

„Verloren", wiederholte Matthew.

„Ah, halt den Mund!" Ihr Lachen war zu schrill, zu laut. „Kriss kommen nicht viel herum, wissen nicht, was andere empfinden." *Hilf mir! Warum kannst du mir denn nicht helfen? Du bist* . . . „ein Meister!" sagte sie hitzig. „Wo sind Garick, die Shandos und die Karlis, daß sie mir helfen würden? Was habe ich denn getan? Nichts!" Elin deutete ekelerfüllt auf Matthew. „Muß hier sitzen und *ihn* riechen, bis sie kommen."

„Setz dich wieder." Arin zog sie auf die Pritsche. *Sie bekommen dich nicht.*

?

Er lepte es schnell. Sie hatten ihn durchsucht, aber die Magie übersehen, die er bei sich hatte. *Ich habe es verschluckt.* Ja, in einem winzigen, eingefetteten Beutel, den er an einem Backenzahn befestigt hatte. Sie sollte um Frühstück und eine Tasse irgendwelche heiße Flüssigkeit bitten. *Du wirst nichts spüren, nu schlafen, deine Arme und Beine werden wie Holz sein.*

Solche Angst! Er sah die Panik ihr Kinn versteifen. Elin zögerte. Sie berührte das zerzauste Haar, fuhr mit einem Finger über ihren Unterarm, als versichere sie sich ihrer Wirklichkeit. „Wiedergeboren – ist das wahr?"

„Den Shandos." Sein ganzes Leben lang hatte er es gedankenlos ausgesprochen. Jetzt war er sich der armseligen Worte schmerzhaft bewußt. Wut stieg in ihm auf, wie ein hilfloser verkrüppelter Geist ohne Hände, die etwas tun, ohne einen Mund, der hätte hinausschreien können, daß ihm ein weiteres Stück seines Selbst von der Welt und dem Wurm entrissen wurde.

Elin hob den Kopf. „Weißt du was?"

„Was?"

„Als nächsten Mann nehme ich mir einen Bauern." Sie schien einen Augenblick darüber nachzudenken. „Matthew, du alte Pferd!"

Er nickte über seine Kerze hinweg. „Mhm – was?"

Elin streckte sich auf der Pritsche aus. „Ich habe Hunger."

Matthew brummte etwas und stemmte seine Masse vom Stuhl hoch, dann rief er über die Leiter hinauf. Hastig fuhr Arins Hand an den Mund, er würgte lautlos, als der helle Faden herauskam, gefolgt von dem winzigen Maulwurfslederbeutel, den er schnell unter der Decke verbarg.

Das Frühstück wurde bald gebracht: eine Schüssel mit einer gräulichen Substanz in der richtigen Temperatur, aber ganz sicher eben erst einem Einmachglas entnommen. Elin tauchte ihren Löffel in den unappetitlichen Brei. „Das schaut aus, als hätte ich es bereits gegessen."

Trink etwas Tee und gib mir auch davon.

Sie trank und reichte ihm die Tasse. „Aber der Tee ist wirklich gut. Haben vermutlich meine Goldrute verwendet, die ich übrigließ."

„Du hast immer die beste gefunden." Arin nahm einen Schluck und gab ihr die Tasse unter Matthews wachsamem Blick zurück. Er hielt sie nicht am Henkel, sondern von oben, doch nur Elin allein bemerkte die Spur weißlichen Pulvers, das sich schnell auflöste.

Wirst nicht einmal einen Geschmack bemerken.

Danke Arin. Sie nahm einen tiefen Schluck.

Allmählich ließ ihr Zittern vor Angst und Kälte nach. Elins Körper entspannte sich. Sie zog ihre Schuhe aus und bewegte spielerisch wie ein kleines Mädchen die Zehen, ehe sie sie unter die Decken schob. Ihre bisher furchtgeweiteten Augen nahmen ihren normalen Ausdruck an. „Habe euch den ganzen Tag gelept. Spürte euch."

„Wir haben dich gelesen."

„Du hast Gill verletzt."

„Er mich noch mehr."

Gill ist innerlich krank, fern von dir. „Er hatte niemanden außer dich und mich und Kon."

Arin streichelte ihre Wange. „Du hättest Gill nehmen sollen. Er wäre bei dir geblieben."

„Nein – nein." Elin gähnte und schlüpfte tiefer unter die Decken. „Er wäre viel fort gewesen. Er ist wild wie du. Ihr seid nicht für ein ruhiges Zuhause geschaffen." Sie nahm einen weiteren Schluck. *Schläfrig.* Sie lächelte. Ma hat nie verstanden, weshalb ich mit euch kommen wollte. Sag ihr – sag Ma, es war schon richtig so. Ich bereue nichts. Es gab Jay für mich."

Sie ließ den Kopf auf die Kissenrolle fallen. Arin zog die Decken über ihre Schultern. „Hätte Jay schon in Charzen näher sein sollen", sagte sie sanft. „Nicht meine Schuld, daß es nicht dazu kam, aber uihhh ..." Ihr Gedankengang wurde von einem weiteren genußvollen Gähnen unterbrochen. „... hat der Junge schnell gelernt!" Elin öffnete ein Auge, zärtlich und ein wenig schelmisch blickte sie ihn an. „Besser als du, Meister Arin."

„Ich glaube es dir."

„Hat allerhand mit mir gemacht." Elin seufzte schläfrig und zufrieden. „Hätten wahrscheinlich zehn Kinder gehabt." *Kann meine Füße und Hände nicht mehr spüren.*

Wehr dich nicht dagegen, Elin. Laß es wirken.

Erneut gähnte Elin und räkelte sich. Dann, als erinnere sie sich plötzlich an etwas sehr Wichtiges, stützte sie sich auf einen Ellbogen und schrie: „Matthew!"

Der Kriss sprang erschrocken hoch. „Was ist los? Ihr wolltet doch in Ruhe gelassen werden. Ich will nicht mit euch reden. Was ist denn?"

Elin belohnte ihn mit einem Lächeln, das so verführerisch wie unschuldig war. „Vergeßt nicht, mich zu wecken, wenn es soweit ist."

Matthew wärmte die Hände über der Kerzenflamme. „Es wird nicht mehr lange dauern."

Wirst du nah sein, Arin?

Das würde er. Ihre sonnengebräunten Finger, die bereits ohne Gefühl waren, tasteten schwerfällig nach seinen.

„Dann küß mich, gute Nacht."

Die Kerze brannte nieder. Durch das Fenster drang das erste Grau des neuen Tages. Matthew rieb sich den Schlaf aus den Augen, massierte die feisten Wangen und zündete eine neue Kerze an. Arin kauerte am Fußende des Bettes, den Kopf auf den Knien. Immer noch hielt er Elins Hand.

Zu oft hatte er sich in die Wärme von Elins Geist gehüllt, als je vergessen zu können, wie es war. Sie schlief. Ihre Lippen waren zu einem Hauch von Lächeln verzogen, als seine Kraft sich ein letztes Mal um sie klammerte. Die Ranken streckten sich aus, wie sie es bei Singer getan hatten, doch sanft diesmal, liebevoll, um sich wie helle Bänder an einem Blumenstrauß um Elin zu winden. Er dachte, seine Kraft wäre vielleicht nicht stark genug, aber sie war vorhanden, genau wie im Wald von Karli, sogar mehr als er brauchte, und obgleich es ihn auslaugte, mußte sie gegeben werden. Ihr Herz schlug gegen seines, das junge Blut sang durch die gesunden Adern. Arin klammerte sich fester. Ihr Herz und Blut schienen ohne Anstrengung in ihrer Tätigkeit nachzulassen. Der träumende Geist hielt inne.

Sie stand am Ufer. Die Sonne schien. Sie befand sich in gleicher Entfernung zwischen Jay und Arin. Beide riefen nach ihr. Sie mußte zu Jay laufen, denn er brauchte sie, aber irgendwie mußte erst Arin berührt werden, wie der Gott im Sammankreis. Jay würde warten, sie brauchte nur kurze Zeit. Sie rannte zu Arin. Er sah viel zu traurig und mager aus, weil er nie genug aß. Zum letzten Mal kuschelte sie sich in seine Arme und fand Sicherheit und Frieden in ihnen.

Ich muß gehen, Arin.

Er hielt sie fest an sich geschmiegt. Das Herz klopfte weich wie Blut im Ohr, langsamer wurden die Schläge, langsamer – verstummten. Das Blut hielt an. Der Traum schwand.

„Tot, Matthew. Sie wird schon kalt."

Im rauchigen und doch blendenden Fackelschein waren Matthews kleine Augen zu sehen, die vor Überraschung und Furcht aus den Höhlen zu quellen schienen. Die bezichtigenden Worte des Oberältesten drangen wie Klingen in ihn. „Ältester, ich schwöre es! Sie trank nichts, außer den Tee. Sogar er nahm einen Schluck davon. Und sie unterhielten sich nur. Sie legte sich auf das Bett und ..." Sein langsamer Verstand wehrte sich gegen diese Widersinnigkeit. „... sagte, ich solle sie aufwecken, wenn es soweit ist. Sie unterhielten sich wirklich nur. Bei Gott, das war alles."

Uriah drehte sich um. Er wußte, daß Matthew aufgepaßt hatte. Der Mann war absolut verläßlich. Es war seine eigene Schuld gewesen, daß er eine junge Katze von einer alten Schildkröte hatte bewachen lassen.

„Hebt ihn auf die Beine."

Arin schwankte zwischen zwei Wachen. Sein Gesicht glänzte feucht. Die Decke war auf den Boden gerutscht, als sie ihn hochgezerrt hatten. Uriah sah, daß es mehr als Tränen waren. Arins Körper war klamm von kaltem Schweiß, die roten Augen waren vor Erschöpfung und Schmerz gealtert. Elin war tief in ihm gewesen, wie Kon und Gill. Sie aus seinem Leben zu schneiden, hatte tief in seine Seele gestochen, und ein Stück seines Selbst war mit ihr gestorben.

Matthew zog die Decke über Elin. „Die Frauen werden in Kürze hier sein. Was können wir tun?"

„Du könntest für sie beten", krächzte Arin. „Das ist doch deine Lieblingsbeschäftigung, nicht wahr?"

Uriah tupfte mit dem Stock auf seine Hand. Das Problem der um ihr Vergnügen gebrachten Frauen machte ihm sehr zu schaffen. Da ihnen Elin nicht mehr zur Verfügung stand, würden sie alle Shando-Männer haben wollen, und die konnte er ihnen nicht geben. Die Shandos mußten in Lishin sterben, ohne daß auch nur der Schatten eines Verdachts auf Erlösung fiel. Er trat dicht an Arin heran. „Du bist ein ungewöhnlicher und undurchschaubarer Mann, doch bis jetzt hatte ich dich nie unterschätzt. Du hast recht, ich kann euch nicht immer hier festhalten. Aber ihr müßt bleiben, bis du wieder gesund bist, Arin."

Er händigte Matthew den Stock aus. Der Ältere nahm ihn dankbar und machte sich über Arin. Der erste Schlag explodierte unmittelbar hinter des Shandos Ohr. Arin erinnerte sich nicht an den Sturz, nur daß er plötzlich auf den Knien kauerte und der Keller um ihn herum dunkel wurde. Der zweite Schlag brach seinen linken Arm.

Als die Leps in seinen Geist drangen, wurde ihm erst bewußt, wie erbarmungswürdig offen er war und er den Schmerz auf seine Leute übertrug. Es blieb ihm nichts übrig, als sie zum erstenmal in seinem Leben völlig auszuschalten, damit sie nicht seine Qualen mit ihm erleiden mußten. Er trennte sich vom Zirkel und starb immer wieder ein bißchen mehr, bis er die Schläge nicht mehr spürte und allein in der Finsternis am Rand eines tiefen Abgrunds stand, von dem er einmal zurückgewichen war . . .

Er erfuhr von dem grausamen und doch lächerlichen Ende Wochen später, als es keine Rolle mehr spielte. Getrennt von den anderen festgehalten, lag Arin auf der Pritsche, von der man Elins Leiche geholt hatte, und amüsierte sich unwillkürlich schwach über Uriahs Findigkeit. Ohne viel mehr als eine Minute zu verlieren, hatte er die Leiche dicht neben einen heißen Ofen legen lassen. Als die Frauen kamen, erklärte er ihnen, daß das Mädchen verstecktes Gift geschluckt hätte. Sie befände sich gegenwärtig im Koma und würde sterben, ohne vorher noch einmal aufzuwachen. Die Gerechtigkeit hätte in diesem Fall doch wohl obsiegt, aber wenn sie darauf bestünden . . .

Sie bestanden darauf. Sie packten den überzeugend warmen Körper und vollzogen mit etwas gedämpfter Selbstgerechtigkeit die Strafe. Die Überreste wurden in eine Decke gewickelt und für die Aasfresser in den tiefen Forst gebracht. So kehrte Elin in den Wald heim, der sie geboren hatte und sie nun wieder aufnahm und sich selbst reinigte, wie er es immer tat.

Aufgrund einer sehr knappen Abstimmung wurde Jay aus Erlösung verbannt und würde nie wieder zurückkehren dürfen.

„Er beschloß, nach Charzen zu gehen“, sagte Uriah zu Arin. „Er wird Garick unser Einverständnis mit seinem Bündnis übermitteln.“

Bis der Schnee schmolz und sich gegen Leddy allmählich die ersten Anzeichen des Frühlings bemerkbar machten, schienen die Frauen sie vergessen zu haben. Die Kriss-Gemeinde ging ihrem gewohnten Tagwerk nach, sie betete und schürfte Kohle. Der Schmerz um Elin wurde stumpfer. Clay überwand das Fieber, aber er hielt sich verschlossen zurückgezogen und war lustlos. Kon und Hara stritten manchmal mit Magill, weil er kein Vertrauen zu Arin mehr hatte, aber Clay nahm nicht daran teil, und er sprach auch nie mehr von seinen Träumen. Die Männer wußten nichts über den vermißten Arin, und es dauerte Wochen, bis das erste Lep von ihm kam, und dann war es härter denn je zuvor und kannte nur einen Zweck: *Sammelt euch!*

Gehorsam verbanden sie ihren mit Arins Geist und stärkten so seine Kraft zu einer wortlosen Sendung, tagtäglich vom Morgengrauen, bis die Sonne hoch stand. Nach jeder erschöpfenden Bemühung schloß Arin sich wieder von ihnen aus. Sie erhielten keinerlei Antwort vom Zirkel. Trotzdem gaben sie nicht auf. Sie waren dankbar für diesen einen Bezugspunkt in der Flaute der Zeit und ahnten nicht, daß sie sich im Auge des Hurrikans befanden, der sich Tag für Tag weiter ausbreitete, gewaltiger tobte.

Die Ostgrenze war nun dicht abgeriegelt. Keine Wolle verließ Karli mehr, und selbst die Kohlenwagen der Kriss nahmen eine neue, sichere Route nach Westen und Norden zu den Wengen. Mrikanische Kaufleute, die hoch in Garicks zukünftige Ernte investiert hatten, schickten ihre eigenen Beauftragten nach Charzen, über eine Grenze, die von Solds strotzte. Entlang dieser Verbindungslinie kamen die bündigen Berichte Spitts.

> ... NORDDIVISION IMMER NOCH INNERHALB VON MRIKA, ABER STARKE ELEMENTE DER SÜDDIVISION SIND DICHT ENTLANG DER KARLI-WENGEN GRENZE AUF „SUCHE" AUSGEBREITET – OHNE EINEN STADTVERTRAG, ALLE KOPFPREISE SIND UM ZUMINDEST ZWEIEINHALB KRETEN GESTIEGEN, CALLAN, WIEDERHOLE: CALLAN, OHNE ZWEIFEL BEFEHLS- UND GELDQUELLE.

Spitt zeichnete ein grobes Bild des Sold-Unters, den er selbst nie gesehen hatte: fünf- oder sechsundzwanzig, des Lesens und Schreibens mächtig, enthaltsam, keine Beziehungen zu Frauen bekannt, ein Einzelgänger ohne Freunde, als Adjutant Bowdeen von der reaktivierten 43. Schwadron der Süddivision zugeteilt.

BOWDEEN IST SCHON EINE ART BELIEBTE LEGENDE, CALLAN DAGEGEN WIRD EISENARSCH GENANNT. NIEMAND HAT IHN JE IN ETWAS ANDEREM ALS SEINER LEDERKLEIDUNG UND AUF DEM RÜCKEN EINES PFERDES GESEHEN. ER VERLANGT VON SICH NICHT WENIGER ALS VON SEINEN UNTERGEBENEN. BOWDEEN IST NAHE FÜNFZIG. MAN SPRICHT DAVON, DASS ER BALD IN PENSION GEHEN MÖCHTE. WENN ER ES TUT, WIRD SEINE BEFÖRDERUNG ZUM FELDMARSCHALL AN CALLAN GEHEN. DAS WÜRDE BEDEUTEN, DASS IHM ZWISCHEN FÜNF UND ZEHN KOMPANIEN UNMITTELBAR UNTERSTEHEN – UND DAS NOCH ZUSÄTZLICH ZU SEINEM FINANZIELLEN EINFLUSS. ICH GÄBE EIN HALBES JAHRESGEHALT, WENN ICH HERAUSFINDEN KÖNNTE, WOHER DAS GELD KOMMT. KÖNNTE ES NICHT DOCH AUS DER STADT STAMMEN? BIS JETZT HALTEN HOBANS KARLIS DIE SOLDS IN KLEINEN SCHARMÜTZELN ZURÜCK, OHNE SICH AUF EINEN GRÖSSEREN KAMPF EINZULASSEN. SCHLAGE VOR, DASS DIE SHANDOS EINSTWEILEN NOCH NICHT EINGESETZT WERDEN ...

„Er hat recht", bemerkte Singer. Garick schaute gereizt, aber erstaunt hoch. Den ganzen Winter hindurch hatte sein rätselhafter älterer Sohn sich aus allem herausgehalten und ein verächtliches Desinteresse an Garicks Vorbereitungen zur Schau gestellt. Es überraschte Garick deshalb, daß er von selbst eine Meinung von sich gab.

„Wieso hat Spitt recht?"

Singer streckte sich wieder auf seinem Bett aus. Er legte die Hände unter den Kopf und schien sich bereits wieder abzusondern. Er murmelte kaum noch verständlich etwas wie: „Ein weiteres Bruchstück."

Garick verlor die Geduld. „Möchtest du nicht einmal ausnahmsweise deinen Hintern vom Bett heben und verständlich mit mir reden?"

Singer achtete kaum auf ihn. „Dein Krieg", brummte er. „Habe nie gesagt, daß ich dir helfen würde. Wenn es dir nicht gefällt, daß ich herumliege, teurer Vater ..." Er hielt das Seil hoch. „... brauchst du mir nur diesen verdammten Strick abzunehmen".

Garick schwieg. Er wandte sich wieder dem Tisch zu. Eine neue Karte lag darauf, die vom vielen Benutzen bereits Eselsohren aufwies. Grüne und rote Holzstückchen waren in einer Schlangenlinie entlang der Nord- und Ostgrenzen aufgereiht. Garick verschob sie täglich, genau nach dem Lep der Karlis, und es war ihm nur allzu klar, daß jedes dieser grünen Holzstückchen zwanzig oder mehr Männer und Frauen bedeutete, die den ganzen Tag herumritten mit ihrem armseligen Proviant, der nur aus Wasser und Fladen bestand, um den Feind – das nächste rote Holzstück auf seiner Karte – zu finden, oder ihm wolfsgleich auszuweichen, nur um ihn angreifen zu können. Sie bestatteten ihre Toten in flachen Gruben, und achteten darauf, sich nie auf freiem Feld sehen zu lassen. Und wenn es zum Kampf kam, ließen gewöhnlich drei oder vier der Feinde für einen der Ihren das Leben, doch dieser eine war fast immer ein Mann, den Garick gut gekannt hatte. Und die Namen der Toten hallten wie Glocken im Lep der Karlis.

Beddin, der alte Rice, Rill und Fox werden wiedergeboren.

Ein steter Nachschub an frischen Pferden wurde durch das Cumlintal zu den Karlis geschickt. Schnelle Tiere aus den Suffec-Herden im Südwesten als Verstärkung für die, die fast täglich Karli verließen.

Meister Deak bricht morgen mit dreißig weiteren auf. Moss reitet mit ihm.

Moss reitet wieder? Die Karte und ihre Aussage, das Schweigen Arins, das stumm verriet, was niemand auszusprechen wagte, alle die Dämonen, die seine Gedanken plagten und ihn im Schlaf verfolgten, waren flüchtig vergessen, als Garick in der Zeit zurückschaute. Er sah Moss am Wagen stehen, während er und Judith sich eng umschlungen hielten, einander brauchten und sich ihr Versprechen gaben. Er hörte Moss sagen, er, Garick, sei ein Narr, er solle heimkehren, Jenna nehmen und Äpfel züchten, denn er sah nicht, welches Feuer in seinem Freund brannte. So lange war es her. *Erinnerst du dich, Moss?*

Die Pferde tänzelten unruhig in der vom Frühlingsregen aufgeweichten schlammigen Erde im Fort, ehe sie sich zur Formation hinter Deak aufreihten. Maysa warf den Proviantsack über Moss' Sattelknauf und schob eine Zehe durch den Steigbügel, um sich an Moss' Schafpelzponcho zu schmiegen.

„Paß gut auf dich auf, Moss. Trink abends deinen Tee, verdammt, und deck dich gut zu.“

Er zog sie enger an sich. „Werde mir nicht fett, während ich fort bin. Mochte dich immer so dünn, wie du bist.“ Er grinste wie ein

Junger. Maysa konnte sich des Gefühls nicht erwehren, daß Moss es kaum noch erwarten konnte.

„Ah, dann geh schon . . .“ Sie biß sich in die Lippe und sprang hinunter. „Schau ihn dir an, Lane. Man könnte fast meinen, er ist noch in deinem Alter.“

Shalane hob sich in den Steigbügel und küßte ihren Vater. „Moss, halt den Geist für Arin offen, ganz weit, hörst du? Es ist mir egal, was die anderen sagen, ich weiß, daß er lebt.“

Moss teilte seiner Tochter Bedürfnis und Leid. „Mein Baby“, er küßte sie. „Erlaub dir jeden Tag nur ein bißchen Grübeln.“

„Er lebt! Ich lese ihn. Keine Worte, nur ein schwaches Wispern, das immer wieder kommt. Bitte!“

„Ich verspreche es dir, Lane. Geh jetzt, sie warten alle auf mich.“

„Ich liebe dich, Moss.“ Shalane küßte ihn schnell noch einmal, dann rannte sie geduckt unter den Pferdehälsen hindurch, schüttelte hier und da noch eine Hand zum Abschied, bis sie zu Deak kam, der die Kapuze seines Fellumhangs schützend gegen den schneidenden Morgenwind über den Kopf zog. Shalane zupfte an seinem Zügel. „Denk daran, Deak. Lausche nach Arin. Er ist dort draußen!“

Deak nahm ihre Hand, selbst von der Verzweiflung erfüllt, die aus dem Mädchen strömte. Den ganzen langen Winter hatten sie gelauscht und gehofft. Irgend jemand hätte irgendwo etwas aus diesen Bergen hören müssen, die nicht einmal ein Trapper im Winter bezwingen konnte.

„Wenn er dort ist, werde ich ihn lesen.“

Der Trupp setzte sich jetzt in Bewegung. Shalane rannte noch eine Weile neben ihm her. „Komm gesund zurück, Deak!“

„Und bring du inzwischen diesen Shando-Pferden ein wenig Manieren bei.“

„Sicher wie Frost!“ Ja, das war etwas, das sie tun konnte. Dankbar würde sie ihre hilflose Unsicherheit in Arbeit vergraben. Diese der Inzucht entstammenden Tiere gehorchten ihr bald. Um gegen ihre eigene Frustration anzukämpfen, schuftete sie bis zur Erschöpfung mit ihnen. Jeden Tag, seit Wochen schon, drang dieses schwache, geisterhafte Signal in ihr Bewußtsein, und immer zur selben Zeit. Es war *Arin,* das konnte ihr niemand ausreden.

Während sie den Reitern nachsah, bis sie außer Sicht verschwanden, dachte sie an die bittere Ironie. Die Karlis, die Garick nicht hatte kaufen können, kämpften jetzt seinen Krieg für nichts, und keiner konnte auch nur wissen, wie alles enden würde. Wo standen die Wengen? Und die Kriss, die zu erreichen Arin sein Leben riskiert hatte? Und wo war Garick, dieser ungewöhnliche Geist, der alles in Bewegung gesetzt hatte?

Wo bist du? fragte sie sich. *Ihr alle, wo seid ihr, wann kommt ihr?*

Sie machten die letzten Züge ihres Spieles über einer Karte, die auf Arins Pritsche ausgebreitet war. Arin wußte, daß er bald frei sein und Uriah den Schlußstein seines Puzzles haben würde. Arin fuhr mit der Feder einen eingezeichneten Weg nach und setzte ein X. „Das hier ist das Waffenhaus."

„Das alte Laboratorium, ja."

„Fünf Gebäude. In dem einen, mit den großen Ziffern über den Türen, hat Jude die Karte zurückgelassen, und zwar in der Nummer 7 an der Südseite. Es ist ein großes Zimmer mit vielen eisernen Kisten."

„Warum hat sie sie denn nicht mitgenommen?"

„Sie wurde halbtot von einem Mann hinausgetragen, der bis ein Jahr danach nicht mehr ganz richtig im Kopf war. Er dachte überhaupt nicht an die Karte. Lesen konnte er sie ohnehin nicht."

Uriah dachte nach. Ein so guter Menschenkenner er auch war, verriet Arins Gesicht ihm doch nichts. Er konnte nur noch die äußerlichen Veränderungen des Mannes erkennen. Der ungepflegte Bart bedeckte einen Teil der eingefallenen Wangen, die Lippen waren schmäler als früher, als preßten sie sich über einem Geheimnis zusammen, das nur ihn betraf. Sein linker Arm war nicht mehr richtig eingerenkt worden und würde immer ein wenig schief hängen. Arin mochte durchaus die Wahrheit sprechen. Uriah hatte zu dem Trupp gehört, der in Lishin gewesen war, nachdem Judith es verlassen hatte und das Wasser zurückgegangen war. Eine Durchsuchung des Labors hatte zu ihrer Aufgabe gehört, aber sie hatten nichts gefunden.

„Was ist an jenem Ort, Uriah?"

„Was?"

„Wir nennen Lishin einen toten Ort, aber er ist nicht tot. Es ist etwas dort." Arin suchte nach einem alten Wort. „Etwas Schlimmes."

„Vielleicht die Wahrheit", erwiderte Uriah rätselhaft, „die uns in jeder Form überrascht. Ich könnte es nicht sagen. Für uns ist dieser Ort nur verlassen, einsam, um so mehr, da soviel unserer Vergangenheit sich noch dort befindet – er ist vielleicht wie eine Art unzulänglicher Vorwurf und eine Mahnung, uns zu bessern." Er deutete auf die Karte. „Unser Handel, erinnerst du dich? Was sagt sie dir? Wohin wird sie euch führen?"

„Zum Gürtel der Einsamkeit."

Uriah starrte ihn fassungslos an. „Was?"

Arin wiederholte es.

„Aber er ist doch nur ein Mythos. Eine Zirkel-Liedgeschichte."

Arin zuckte die Schultern. „Sicher."

„Oh, komm schon! Das kann Garick doch nicht glauben!"

Arin händigte ihm die Karte aus. „Du hast mich gefragt, ich antwortete. Wir suchen eine Karte mit drei eingezeichneten Kreisen, einer davon soll uns zum Gürtel führen."

Uriahs Verstand raste, um es zu begreifen. „Es gibt ihn nicht!"

Aber – wenn er doch existiert, sagte er sich, kann ein Mann, der richtige Mann, selbst völlig unsichtbar, in hellem Tageslicht durch die Reihen der Söldner nach Mrika geradewegs zum Tor der Stadt schreiten. Nur – *welcher* Mann? Wer konnte das Selbsttor überleben? Aber Uriahs Vorstellungskraft sah die Ebenbürtigkeit in Garick, eine Kühnheit von erschütterndem Ausmaß. *Deshalb war sein Aufstellungsplan, was die Position betraf, auch noch nicht vollkommen. Er hing davon ab, wo der Gürtel zu finden war. Von dort würde er dann je nachdem nordwärts oder südwärts vorstoßen.*

„Wer soll ihn tragen, Arin?"

Arin hielt mit einer Hand auf der Leiter an. „Ich weiß es nicht. Irgendein verdammter Narr mit dem Bedürfnis, Gott zu spielen. Du vielleicht, Ältester."

„Ja." Uriah faltete geschäftig die Karte zusammen. „Du *bist* klug. Du hast es in mir gelesen. Ich möchte – mehr sein."

Er war jetzt, zum guten Schluß, überrascht festzustellen, daß er Arin nicht treffen konnte, ganz einfach schon deshalb nicht, weil er anders dachte. Es war ein tragischer Unterschied, dieser Unterschied, dieser Zirkelgeist, der sich selbst als Teil der allesumfassenden Erde hielt, den Menschen als Blume, nicht als gefallenen Engel sah, und doch den Mut hatte, sich dem Himmel zu stellen, falls er ihn erreichen konnte – wenn er an ihn glaubte. Und da war er selbst, der nach diesem gleichen Himmel griff, von einer Erde aus, die ihn zu tief in ihren Schlamm zog, als daß er danach greifen könnte. Manchmal glaubte er fast an die alte Irrlehre, daß der Mensch in Wirklichkeit nichts als ein Tier war, ein Affe, der in der Entwicklung auf halbem Weg zwischen Baum und Boden steckengeblieben und zu unbeholfen war, aufrecht zu stehen. Es war grausam.

„Ich beneide dich", gestand Uriah. „Du kannst gehen und werden. Ich muß bleiben und sein." Er rührte sich nicht und bot Arin auch nicht die Hand an. „Leb wohl, Prinz." Das war ihr Finale. Wie am Anfang sagten sie sich die Wahrheit, wo es keine Rolle spielte, und belogen sich, wo es von Bedeutung war. Arin verriet Uriah nicht, daß Moss die Karte wieder versteckt hatte, ehe sein Geist sich weigerte, das Grauen von Lishin anzuerkennen. Und Uriah hatte gestern seine Minenarbeiter beauftragt, die beiden Bäche, die dem regengeschwollenen Fluß alkalisches Wasser zuführten und so die Säure aus den Minen neutralisierten, zu dämmen. So wurde der Fluß mit jeder Stunde toxischer. Bereits während Arin seinen Sattel anschnallte und Magill nachsah, der vor ihm aufbrach, weil er nicht vergeben konnte, trieben die ersten toten Fische mit dem Bauch nach oben an das Ufer von Lishin.

Etwa eine halbe Meile nordwestlich der letzten Kriss-Häuser wurde der Fluß schmaler. Eine Brücke aus Eisen und Stein, ähnlich der in Lishin, nur in besserem Zustand, führt dort über ihn. Die Träger waren in den vergangenen Jahren erneuert worden, da diese Brücke dringend benötigt wurde, um zu den Bergwerken nördlich des Flusses zu gelangen. Die vier überquerten sie schweigend im Nieselregen. Die Straße bog hier am Nordufer gerade nach Osten ab, vorbei an einer Ruinenansammlung, aus der sich ein überwucherter Steinzylinder hob, und folgte dann dem Fluß nach Lishin.

Besser so für die Männer, dachte Arin. Dieser Schmutzpfad einer Straße müßte sie direkt zu den Waffenhäusern führen. Sie würden der verrotteten Stadt bis zu ihrem Rückweg ausweichen können. Bei einem stetigen Trott müßten sie den Gebäudekomplex etwa bis Mittag oder kurz danach erreicht haben, da hatten sie genügend Licht, die Karte zu finden und wieder aufzubrechen.

Kon und Clay ritten dicht beisammen. Hara trabte voraus. Er verließ hin und wieder den Weg, um dieses oder jenes Merkzeichen genauer zu studieren, und ständig schnupperte er in den Wind, der häufig die Richtung wechselte. Arins Arm pochte. Der noch kaum richtig zusammengewachsene Knochen protestierte gegen die Feuchtigkeit. Die Luft stank faulig nach einer Art von Verwesung, über deren Ursprung er sich nicht klar wurde.

Keiner von ihnen war in bester Verfassung, ja ihr nicht einmal nahe. Der lange Winter hinter Mauern, dazu die schlechte, ungewohnte Nahrung hatte ihnen nicht nur die gesunde Farbe geraubt, sondern auch ihre Sinne abgestumpft. Die Pferde waren apathisch. Soogee schleppte sich dahin, als wäre sie zehn und nicht drei Jahre alt. Die Kriss hatten sie vermutlich nur gerade soviel gefüttert, wie unbedingt sein mußte, daß sie nicht einging, und sie ohne jegliche Pflege im Stall eingesperrt. Der alte Zirkelgeist in Garicks Sohn fluchte vor Verachtung, aber es war ihm klar, daß Menschen, die zu herzlos waren, sich edler Pferde anzunehmen, auch für ihre eigene Art kein Herz hatten.

Er hatte seit seiner Entlassung kaum mit seinen Männern gesprochen. Die Isolierung hatte seine Abgesondertheit zur Gewohnheit für ihn gemacht. Er sollte mehr mit ihnen teilen. Sie freuten sich, ihn zurück zu haben – alle außer Magill, der seine ausgestreckte Hand ignoriert und seinen Sattel mit einer Endgültigkeit angeschnallt hatte, die kein Verzeihen kannte. Arin konnte es ihm nicht verdenken. Gill war zu weit gekommen, hatte zu viel verloren und konnte vermutlich selbst nicht sagen, was alles an ihm fraß. Er war auch nicht imstande, ihm zu helfen.

Die Überreste der Straße führten dicht am Ufer entlang. Da und dort waren Stücke der Substanz zu sehen, die Uriah Beton genannt hatte: zu Pulver zermalmter Stein, mit Sand und Wasser vermischt und wie Kuchenteig in die gewünschte Form gebracht. Seine eigenen Leute wollten es nicht glauben, taten es nie. Manchmal hatte er das Bedürfnis, sie anzubrüllen: *Zirkel ist nicht die gottverdammte Welt. Nicht alle sind wie wir!*

Er fühlte sich schwach, niedergeschlagen und uralt.

Nach Lishin würde er von den Männern nicht mehr verlangen, ihn weiterzubegleiten. Sie konnten ihm folgen, wenn sie wollten, oder nach Hause zurückkehren. Sie mußten es selbst entscheiden. Es war selbstsüchtig, aber der Tod war eine Last, die das Herz bedrückte. Er konnte nicht noch mehr auf sich nehmen. Sollten sie die Karte haben und heimkehren. Sich zu trennen würde Garicks Chance, sie zu bekommen, verdoppeln. Ein nagender Ärger ließ ihn den Blick Clay und Kon zuwenden. Sie würden die Karte den ganzen Weg nach Charzen zurückbringen müssen, denn sie konnten nicht einmal von Karli aus lepen. Auch die besten Geister dort, unter ihnen Shalane, vermochten ihnen nicht zu helfen. *Verdammte Dummköpfe können nicht einmal lesen. Uriah hat schon recht: was sind wir denn? Ein Haufen einfacher Leute, mit einem zusätzlichen Lappen im Gehirn, den wir Lep nennen, und deshalb halten wir uns für etwas Besonderes. Wir hüpfen im Kreis herum und singen, wie schön es ist, Teil der Erde zu sein, obwohl wir der Erde überhaupt nicht gleichgültiger sein könnten.*

Soogee stolperte. Mit einem heftigen Drehen der Zügel riß er ihren Kopf hoch, da wurde ihm klar, daß er nur Energie verschwendete, wenn er sich seiner Niedergeschlagenheit hingab. Kon und Clay blickten ihn erstaunt an. Er hatte sich abgeschaltet und so nicht einmal das Lep gelesen. „Es ist Hara."

Kommt. Ich warte.

Sie fanden Hara ein Stück abseits der Straße auf einem Stamm sitzen, während sein Pferd hungrig am noch kurzen, frischen Gras kaute.

„Tote Fische." Er deutete auf das felsige Ufer, und seine weitausholende Armbewegung schloß das gesamte gelbliche Wasser ein. „Das muß der westliche Lauf der Skanna sein, ja es kann gar nicht anders sein. Habe an ihrem Nordlauf Fallen gestellt. Habe sie schlammig und klar gesehen, doch noch nie so."

Kon runzelte die Stirn, als er den wilden Fluß betrachtete. „Der alte Bach sieht krank aus."

„Dort sind noch weitere Fische", rief Clay. „Tausend und mehr. Schau, Arin!"

Der Wind drehte sich erneut und kam jetzt von Süden. Hara schob die Kapuze zurück und schnupperte. Mit seiner Jägerweisheit und -erfahrung prüfte er die Luft und sortierte ihre Bestandteile, ehe er sein Urteil abgab.

„Nicht nur Fische, auch etwas anderes."

Der Regen ließ nach, wurde zu nassem Dunst. Arin ließ die Zügel fallen und gestattete Soogee im Gras zu weiden, das die zersplitterte Straße einsäumte. Das lange Rechteck des Waffenhauses erstreckte sich vor ihm. Viele Fenster mit merkwürdigen vielschichtigen, längst zerbrochenen Scheiben befanden sich in der verwitterten Wand, und verblichene Ziffern über den Eingängen,

1-2-3-4 dicht beisammen, 5 in der Mitte, 6 an der Südostecke. Im Osten lag Lishin mit dem eckigen Steinturm, der sein Wegweiser zur Brücke war. Der Gestank der toten Fische war hier übelkeiterregend und mit einem anderen, fremdartigen vermischt, der Arin die Härchen auf dem Nacken aufstellte und es schwer machte, Soogee zu beruhigen.

Das Waffenhaus bestand aus fünf Gebäuden, zwei nördlich der Straße, drei südlich. Das in der Mitte war ihr Ziel. Arin trieb die Stute wieder an.

An der Südfassade las er die Ziffern 7-8-9. Er wußte, daß keiner von ihnen das Haus betreten wollte, weil es sie mit seiner unbekannten Magie einschließen mochte. Clay sagte, er würde in Lishin sterben. Ein Teil Arins fürchtete sich. Der Gebäudekomplex, die Stadt, die an eine unbeerdigte Leiche erinnerte, die grauenvoll modrige Luft, das alles warnte seine Instinkte wie mit Hammerschlägen. Der ganze Ort war von Bösem gezeichnet, er pulsierte mit der vollen Virulenz jener Spur, die er einmal in Moss' Geist gelesen hatte. Aber das alles war dereinst von den großen Meistern der alten Balladen erbaut worden, von den Männern, die unter dem Meer und bis zum Mond reisten. Er wollte berühren, was sie geschaffen hatten, wollte es in die Hand nehmen, um davon zu lernen.

Er führte Soogee am Zügel. „Ich gehe als erster hinein. Kommt, wenn ich rufe."

Der Eingang unter der Nummer 7 gähnte ihm türlos entgegen. Soogee wich zurück. Arin mußte ihr gut zureden, ehe sie sich ins Innere wagte. Das Dach war zum Teil eingefallen, der Gang voll Schutt und schlammigem Wasser. Der Raum mit den Eisenkisten lag links davon, doch Arin hielt an. Sie hatten ein bißchen Zeit. Jude hatte sich bestimmt genauer umgesehen, sie konnte nicht weniger neugierig als er gewesen sein. Er band die Stute an einen Türknauf und stapfte über den morschen und mit Rissen durchzogenen Boden. Mit dem Fuß stieß er gegen eine Tür, die nach innen führte und schon fast zerfiel. Er trat in ein kleines Zimmer, dessen augenfälligstes Mobiliar aus drei Schubladentischen bestand, die noch nicht sehr verrottet waren. In einer der Laden fand er ein Bild. Die luftdichte Hülle war trüb von Alter und Schmutz, aber das Bild selbst war noch unbeschädigt. Ein Bild der Meister, völlig lebensgetreu – als sähe er Kon oder Magill vor sich. Arins Hände zitterten ein wenig; es war, als öffne man eine alte Gruft.

Wirklichkeit auf Papier gefangen! So schöne Kleidung, so viele Knöpfe, so geschickt geschnitten. Das Kleid der Frau war von verblichenen Regenbogenfarben. Niemand in Mrika konnte so dünnen Stoff weben oder ihn in so vielen verschiedenen Tönen färben. Es war eine sehr junge Frau, sogar hübsch auf seltsame, fremdartige Weise. Ihre Lippen wirkten unnatürlich dunkel im Verhältnis zu der papierweißen Haut. Ihr Haar war kürzer als Shalanes und auf komplizierte Weise frisiert. Wenn eine Zirkelfrau es ihr gleichtun wollte, brauchte sie den halben Vormittag dazu.

„Ich bin hier", beantwortete Arin ihr Lächeln. „Ich, Arin. Die Stadt erinnert sich, die Kriss erinnern sich ebenfalls, aber was habt ihr für mich hinterlassen?"

Die Bildleute lächelten über die Jahrhunderte hinweg, selbstbewußt, gelassen. Sie sahen klein aus, neben dem Tisch, aber nicht das machte den Unterschied, sondern ihr Gesichtsausdruck verriet ihr Anderssein. Der Geist des einzelnen hatte sich nie mit anderen verbunden, nie hatten ihre Ohren dem Wald gelauscht.

Der Raum mit den Eisenkisten war ihm nicht fremd, sondern so vertraut, als käme er nach langer Zeit zurück zu ihm. Er war genau wie er ihn sich vorgestellt hatte. Viele Reihen hoher *Aktenschränke,* so hatte Uriah sie genannt, Überreste von verfaultem, verrußtem Holz von Moss' letztem Feuer. Etwa in Wandmitte des langen Zimmers war die Metalltür, die er suchte. Dann sah er den wackligen Tisch. Arins Hand fuhr über die staubige Platte und er sah Judes Bild, so wie Moss es mit ihm geteilt hatte. Er spürte sie nun fast so nah wie Shalane oder Jenna.

Der Regen wurde stärker. Arin rief zum Sammeln. Kon und Hara antworteten. *Clay, schläfst du?* Der Junge antwortete abwesend. Sein Geist war anderswo, er lauschte.

Arin hörte die anderen am Eingang, als sie die zaudernden Pferde nachzogen. Arin plagte sich mit der Metalltür ab und zwängte sich in die Dunkelheit des winzigen Raumes. Sein Kopf stieß fast an der Türöffnung an. An der Wand entlang befanden sich Regale, das höchste gerade eine Spur über seinen Augen. Er tastete eines ab, fand jedoch nichts als Staub. Auf einem anderen streifte seine Hand gefaltetes Papier. Vorsichtig hob er es zwischen Daumen und Zeigefinger herunter und blies den Staub weg. Es war ein großes dickes Papier, viermal gefaltet, und dazwischen mehrere handbeschriftete Blätter.

Die anderen sammelten sich um Arin, als er die Karte auf dem

Tisch ausbreitete. Sie teilten seine Aufregung nicht. Sie fühlten sich hier nicht wohl in ihrer Haut. Die Pferde seien unruhig, sagten sie, und müßten vielleicht an den Beinen gefesselt werden. Arin hörte sie kaum. „Um das hier haben wir den weiten Weg gemacht!“

Die Karte war in viel besserem Zustand, als er erwartet hatte. Moss sagte, Jude hätte Stadtzauber dafür benutzt – eine metallene Dose, die zischte, als sie auf einen Knopf drückte, und die das alte Papier mit einem zähen, klaren Staub bedeckte. Die Männer bewunderten sie flüchtig als ein farbenprächtiges Stück, ohne jedoch zu wissen, was es darstellte.

„Ein Bild des Landes“, erklärte Arin ihnen. „Hunderte von Meilen.“ Sie staunten: sicher wie Frost, ein merkwürdiges Land!

„Dieses Kreuzchen ist Lishin, wo wir jetzt sind. Die blaue Linie ist die Skanna, aber sie schrieben sie anders.“ Alle Namen, die lange toten Geisternamen klangen wie zarte Musik in Arins Ohren, als er sie laut vorlas. Karli und Erlösung waren lediglich winzige Teile eines größeren, aber keines übermäßig großen Ortes. Mit zwei Fingern konnte er die Meilen überspannen. So klein war der Ort, daß der lange Name quer darüber verlief.

„Teufel“, brummte Kon, „das sagt bestimmt keiner mehr als einmal im Jahr.“

„Pennsylvanien.“ Arin genoß den Klang. „Hört sich hübsch an.“

Eines der Pferde wieherte heftig vor Angst. Clay zuckte nervös zusammen. Die Anspannung der drei strahlte auf Arin über, aber er ließ sich nicht davon beirren. Er brauchte Zeit, die Karte zu studieren, dann mußte er einen Brief schreiben und ihn mit der Karte zu Garick schicken, ehe er weiter nordwärts ritt. Doch jetzt galt es, die Männer zu beschäftigen, damit sie auf andere Gedanken kamen.

„Clay, Hara, seht zu, daß ihr ein wenig frisches Fleisch an dem Nordhang dort findet. Kon, zerkleinere alles, was man verbrennen kann.“

Hara stieg unsicher von einem Bein auf das andere. „Wir sollten den Fluß überqueren, ehe es dunkel wird.“

„Ja“, pflichtete ihm Clay bei.

„Das werden wir“, versprach Arin, „aber nicht mit leerem Magen. Wir brauchen dringend Frischfleisch.“ Uriah hatte angeboten, ihnen Konserven mitzugeben, aber sie hatten abgelehnt und außer einem Sack Mehl nichts mitgenommen.

Arin hörte sie fortreiten, während Kon Holz einsammelte. Er schob den Tisch dichter an die Fenster und legte Judiths Notizen neben die Karte. Die drei eingezeichneten Kreise hoben sich deutlich ab. Judith mußte in der Geschichte ungeheuerlich bewandert gewesen sein. Neben jeder Markierung stand in zittrigen Buchstaben, die ihre Erschöpfung verrieten, etwas, das wohl Namen sein mußten, aber für Arin keinen Sinn ergaben. NEW LONDON MARINE STÜTZPUNKT, südlich davon, ABERDEEN PRÜFFELD. Und noch weiter südlich, im Südosten von Charzen, fast am Meer, befand sich der dritte eingezeichnete Kreis. Er war breiter im Durchmesser als die anderen und ohne Beschriftung.

Arin plagte sich mit den ihm nur zum Teil verständlichen Notizen. Außer daß sie Lishin als den Ort, wo der Gürtel sich befinden mochte, ausschlossen, gaben sie ihm keinen Hinweis auf die Kreise. Drei Orte kamen also in Frage, aber auch Logik würde ihm nicht helfen, zwei davon auszuscheiden. Es gab eben viel zu viel, das er nicht wußte, das er nicht kannte – eine ganze Welt und tausend Jahre, die die winzige Kerze erdrückten, die Garick in ihm gezündet hatte. Er starrte durch das Fenster auf den schmutzigen Fluß und die düsteren Berge. Kon kam mit einem Armvoll Brennholz zurück. Der Rauch war beißend, ehe er durch die Fenster zog, aber angenehmer als der Gestank der toten Fische. Etwas zog Arin immer wieder zu einer Seite mit Judiths Notizen, eine kleinere Kopie eines Teils der großen Karte. Sie hatte die Küsten eingezeichnet und auf dem Festland unmittelbar dahinter eine gebogene Linie, die zweifellos fünfhundert Meilen, umgerechnet natürlich, lang sein mußte, sie war wie eine dünne Schleife. Das konnte nur die Stadt sein. Ihre unvorstellbare Größe auf dem Papier zu sehen, war geradezu niederschmetternd, selbst an diesem Nachmittag, da sich für ihn Wunder auf Wunder häufte. *Fünfhundert Meilen lang!* Arin vertiefte sich weiter in die Karte und Judiths Skizze. Obgleich sein Wurm ihn zum Denken antrieb, verriet weder das eine noch das andere ihm viel. Aber er konnte sich ohnehin nicht richtig konzentrieren. Seine Erschöpfung und die klamme Kälte setzten seinem Arm zu. Er gab es auf, legte die Papiere auf den Tisch und streckte sich neben dem Feuer aus, den schmerzenden Arm der Wärme zugewandt. Kon schob ein weiteres Stück Holz in die Flammen.

„Sie werden sicher bald zurück sein“, meinte er. „Ich möchte nicht gern nach Sonnenuntergang noch hier sein.“ Er blickte Arin scharf an. „Dein Arm ist alles andere als gut verheilt.“

„Es ist nicht so schlimm.“

„Ich könnte Uriah umbringen! Könnte sie alle umbringen!“ Kon starrte mürrisch ins Feuer und sammelte die Gedanken, die schließlich so tief und bitter wie die Flut des verseuchten Flusses kamen. „Könnte sie umbringen und ihr Fell dazu benutzen, ihren schmutzigen toten Gott zu verhüllen. Es gibt keinen Platz für die Kriss. Der Wald will sie nicht, sie bringen ihn zum Stinken! Sie . . .“ Kon unterbrach sich. Er teilte den Rest nicht einmal schweigend mit Arin, dieses Ding, das er selbst nicht verstand. Ihm war kalt von der gleichen unerklärlichen Furcht, die Clay und Hara so zu schaffen machte. Er wollte jetzt Arin berühren, um sich von ihm beruhigen zu lassen, aber der Freund hatte sich wieder abgesondert und beschäftigte sich mit seiner Karte und merkwürdigen Gedanken, und nichts konnte ihn mehr durchdringen. Er dachte nicht mehr wie Zirkel, war langsam im Lep, und blind und taub gegenüber der Gefahr, die sich näherte und verstärkte, wie dieser verdammte Gestank. Und sie saßen hier herum und ließen sie kommen. Es erboste Kon. Er wollte Arin anschreien, daß Clay kein Dummkopf war. *Etwas ist dort draußen! Es will uns töten! Wir könnten leicht hier sterben!*

Der Regen plätscherte trostlos auf den Korridor, wo das eingestürzte Dach keinen Schutz mehr bot. Clay und Hara würden patschnaß sein, wenn sie zurückkehrten.

Arins Lep erschreckte Kon. *Ich möchte, daß du heimreitest.*

?

Du und die anderen. Ihr sollt heimreiten. „Bringt Garick die Karte.“

Es dauerte eine Weile, bis Kon begriff. *Und du?*

„Ich reite nach Norden, zu den Wengen. Bin noch nicht fertig.“ Arin massierte nachdenklich seinen Arm. „Du hast gehört, was Gill sagt. Alles, was ich tue, ist Menschen umzubringen.“

„Nein!“

„Streite nicht mit mir, Kon. Elin, Teela, sie alle schmerzen in mir. Ich bin des Sterbens müde, und ich darf dich nicht verlieren. Reite heim.“

„Ich sagte nein!“ brummte Kon eigensinnig. „Gill macht ohnehin schon nicht mehr mit. Was willst du allein tun?“

Arin wollte sich auf keine Argumente einlassen. Nur eine Hälfte seines Ichs hörte zu, die andere kämpfte gegen den Wurm, der ihm zu denken befahl, obgleich er doch so müde war. Und so formten seine Lippen Worte ohne viel Sinn.

„Kon, ich weiß nicht, wie lange oder wie weit. Dein Pferd ist krank.“

„Genau wie deines und du selbst! Arin, riech doch nur diese Luft. Hör auf die Pferde!“ *Öffne dich! Fühle!* „Dieser Ort hier wartet nur darauf, uns umzubringen, Arin. Aber du bist so sehr mit anderem beschäftigt, als daß du es spürtest. Ich lasse dich nicht allein.“ Er schloß mit melancholischem Ton. „Was ist denn so Wichtiges in Charzen, daß ich dort sein müßte?“

Denke! Der Wurm hämmerte auf Arin ein. Vor Anstrengung und Müdigkeit verschwamm alles vor seinen Augen. Die Karte, die Notizen, alles drehte sich in seinem Kopf. Judiths undurchschaubare Bemerkung: DIE FOLGERUNG IST UNAUSBLEIBLICH... Drei Kreise, zwei mit Namen angegeben, der dritte nicht. Er konnte nicht mehr still sitzen. Er erhob sich und rannte unruhig umher, wie einer, der etwas verloren hat und nicht weiß, wo er zuerst danach suchen soll. „Weiß nicht, wie weit“, murmelte er. „Könnte hoch im Norden sein. Wo ist dieser Ort nur?“ Er studierte die Karte, dann bemühte er sich, einen Namen auszusprechen. „Boss-ton.“

„Was ist das?“ fragte Kon.

„Eine alte Stadt. Jetzt Teil der Stadt. Garick sagt, Judith erklärte ihm, daß die Stadt so erbaut worden ist – aus einer Menge alter Städte zusammengesetzt. War schon so, ehe die Chings kamen.“ Plötzlich schossen seine Augen zur Karte. Ein Gedanke erwachte in ihm – und verschwand, als Kon ihm vom Eingang zurief:

„Sie sind zurück!“

Sie hatten Schwierigkeiten mit den Pferden. Arin hörte die drei Männer beruhigende Worte flüstern und die Tiere schließlich fluchend in den Gang treiben. Die Pferde waren verängstigt und widersetzten sich jedem Schritt. Die beiden anderen wurden von ihrer Furcht angesteckt und versuchten, sich loszureißen.

Clay und Hara kauerten sich ans Feuer, nachdem sie sich die nassen Sachen ausgezogen hatten. Sie fröstelten auch noch dicht an den Flammen und beantworteten die Fragen abwesend und bedrückt. Nirgendwo Wild, nicht einmal alte Fährten. Dann hatten sie dieses schwarze Tier aus dem Unterholz kommen sehen. Es huschte direkt über ihren Pfad. Es schwankte ein wenig und stieß gegen Wurzeln und Schößlinge, als wäre es krank. Clay hatte einen

Pfeil an der Sehne und schoß. Sie dachten zuerst, sie hätten einen kleinen Waschbären erlegt. Aber es war keiner.

„Habe nie so ein Tier gesehen“, brummte Hara. „War wie ein Waschbär, aber länger und dünn, mit einem nackten Schwanz, Barthaare wie eine Katze, Zähne wie Nadeln.“

„Dreckig!“ Clay schüttelte den Kopf. „Das Fell mit Schmutz verklebt, als lebte es in der Erde. Und es wimmelte von Flöhen. Wir wollten es lieber nicht mitbringen, ja überhaupt nicht berühren.“ Seine Stimme verlor sich. Er schwieg, aber es war ein vielsagendes Schweigen. Über das Stampfen der panikerfüllten Pferde spürten Kon und Arin es wie ununterdrückbare Übelkeit.

„Es stank“, sagte Hara schließlich. „Gleicher Gestank, wie ich ihn heute morgen gelesen habe, und den ganzen Winter, wenn der Wind richtig war.“

Und dann hämmerte das Lep in ihren Geist, flehte, riß sie auf die Füße. Kon starrte Arin an. Er wußte nicht *warum,* nur *wer*. . .

„Es ist Gill!“ Arin rannte aus dem Haus in den peitschenden Regen.

Magill suchte am Südufer des Flusses unter ein paar Fichten nahe der Lishinbrücke Schutz vor dem grauenvollen Regen.

Es war ungewohnt und unnatürlich, so allein zu sein. Er redete sich ein, daß er nur sein Pferd ein bißchen ausruhen lassen und dann schnell weiterreiten wollte. Das Gras hier war frisch, es würde dem Tier guttun, und es war weich, darauf zu sitzen. Er lehnte sich mit dem Rücken gegen eine der Fichten, während er versuchte, mit seinen widerstreitenden Gefühlen fertig zu werden.

Ein warnender Schauder rann seinen Rücken hinab. Er suchte flüchtig nach dem Grund dafür. Ein alter Bär, vielleicht, der gerade erst aus seinem Winterschlaf erwacht und mit der Welt unzufrieden war? Oder vielleicht ein Eber? Magill lauschte. Nichts. Doch einen Anlaß mußte es geben. Nirgends entlang dem Fluß gab es Spuren von Wild. Ein Grund mehr, noch vor Anbruch der Dunkelheit zumindest das Vorgebirge zwischen sich und Lishin zu bringen. Dann konnte er wenigstens zum Frühstück frisches Fleisch haben.

Er kam sich jetzt selbst gemein vor, weil er Arins angebotene Hand nicht genommen hatte, als sie sich trennten. Magill wußte nicht, weshalb er ganz einfach Schluß machen mußte. Er konnte nicht mehr so weiterleben mit diesem Schmerz in sich. Es war in

Erlösung häufig vorgekommen, daß Arins Geist sich ihnen verschloß, wenn er sich über etwas klar werden und Folgerungen ziehen mußte, und auch das hatte geschmerzt.

Die Veränderung hatte im letzten Sommer mit Arins Meisterwerdung begonnen. Alles seither, all die Meilen und die Todesfälle hatten zerschrotet, was er einst unzerkaut geschluckt hatte, bis ihm bewußt wurde, daß nicht nur Arin allein, sondern auch er selbst sich verändert hatte. Vielleicht war es nicht viel mehr, als daß sie beide erwachsen geworden waren, aber für ihn begann sich alles um Elin zu drehen. Sie teilten unterwegs eine Menge miteinander. Er begann sie als Freund zu brauchen. Manchmal liebten sie sich, doch genausooft rollten sie sich nur zusammen unter ihre Decken, wärmten sich gegenseitig, unterhielten und teilten sich einander mit. Er sah Elin, sah über den Spaß und das Lieben hinaus, die sie miteinander geteilt hatten. Elin hatte mehr gebraucht, und so ging es jetzt ihm, auch wenn er früher nie weiter als bis zur nächsten Mahlzeit gedacht hatte. Das Denken hatte Arin für ihn besorgt. Erst auf dem Berg, als das Blut auf Elins Wange verkrustete und ihre Augen so voll Qual waren, daß er ihnen auswich, begann er zu ahnen – und es war wie Eis, das in der Frühlingssonne schmolz –, wieviel sie ihm bedeuten konnte; und vielleicht, was das Leben überhaupt war. Sie war sein Freund, sie war großartig, doch er fand keine Worte, es ihr zu sagen. Und Arin ließ sie sterben. Das war ein Schmerz, aber nicht der schlimmste. Arin konnte es nicht ändern, das wußte Magill jetzt. Die wirkliche Qual war seine eigene Blindheit, daß er sie nicht klar gesehen hatte, als noch Zeit gewesen war.

Er war zwanzig, und es war spät, sich aus Arins Schatten zu lösen und für sich selbst zu denken. Nun, es tat einem Baby eben weh, wenn es Zähne bekam, aber schließlich konnte es sich nicht sein Leben lang von Brei ernähren. Die Drei waren von ihm abgefallen wie die alte Haut einer Schlange – und nun saß er hier im Regen am Ende der Welt, hungrig, schmutzig wie ein Schwein und so dünn wie sein abgemagertes Pferd. Magill grinste. Ein Mann konnte sich bestimmt einen besseren Ort aussuchen, um ein neues Leben zu beginnen, aber irgendwie war es ihm fast, als wäre er neugeboren.

Der warnende Instinkt überschwemmte ihn erneut, stärker diesmal, daß die Härchen sich auf seinen Armen aufstellten. Magill roch die Luft. Der Wind wechselte häufig die Richtung. Im Augenblick kam er aus dem Norden, und er brachte wieder diesen verdammten Gestank von den toten Fischen mit sich. Magill ritt einen sanften Hang bis fast zur Brücke hoch, von wo aus er eine gute Sicht auf den Fluß und den schmutzigbraunen Haufen am anderen Ufer hatte, der Lishin war. Das niedrige Nordufer verschwand unter dem steigenden Wasser. Es war von toten Fischleibern fast verborgen. Seine Sinne schoben diesen Gestank zur Seite und griffen nach jenem anderen, unerklärlichem, der nur zu ahnen war und doch seine Angst erhöhte, als er mit halbzusammengekniffenen Augen dem angeschwollenen Fluß westwärts folgte. Die beiden Inseln, eine nahe der Brücke, die andere weiter flußaufwärts und dicht am Nordufer, waren bereits zur Hälfte überschwemmt und nicht viel mehr als Baumkronen mitten in rauschendem Wasser. Während er sie betrachtete, schwamm etwas aus dem Wasser auf die nähere Insel und verschwand im grünen Laubwerk. Er bemerkte eigentlich nur die Bewegung, aber sein Pferd teilte seine verstärkte Unruhe. Magill wendete das Tier und ließ es den Hang hinuntertraben. Der kapriziöse Wind schlug ihm den Geruch, der Gefahr bedeutete, wie eine Faust ins Gesicht. Übelkeit stieg in ihm auf. Er kämpfte gegen die plötzliche Panik an. Seine Sinne bemühten sich, das formlose, aber schnell wachsende Grauen zu erfassen. Er kannte nun die Richtung, aus der es kam, doch das war alles. Ja, es kam aus dem Süden, und sehr schnell. Er drehte das panikerfüllte Pferd gegen den Wind, damit es seinen Geruch aufnehmen konnte, der sich mit dem anderen vermischte, und führte es mit festem Zügel auf die Brücke zu.

Entlang dem mittleren Teil der vom Alter gekrümmten Brücke hatte sich ein Gitterwerk befunden, das lange schon durchgerostet war. Der Fluß rauschte laut unter dem gähnenden Spalt. Nur die zwei schmalen Fußgängersteige aus Stein zu beiden Seiten waren noch stabil, aber glitschig naß, und sie neigten sich stellenweise weiten Lücken im Geländer entgegen. Magill führte das nervöse Pferd vorsichtig Schritt um Schritt. Manchmal rutschten die Hufe fingerbreit vor dem Rand aus.

„Komm schon, du dummes Tier. . ."

Das panikerfüllte Pferd wehrte sich heftig, bis Magill ihm die Augen mit dem Poncho bedeckte. Mit seinem eigenen Geruch in den Nüstern führte Magill es behutsam über die Brücke. Die Reihen der riesigen, fremdartigen Gebäude, die wie verfaulte Zähne aussahen, bedrohten ihn mit ihrer gespenstischen Warnung. Magills Sinne waren zwischen der finsteren Stadt und der formlosen Gefahr hinter ihm wie zermalmt. Endlich konnte er dem Pferd den Poncho wieder abnehmen. Er versuchte das Tier zu beruhigen, aber es bäumte sich auf. Er fluchte und zerrte am Zügel. Die Kraft des Pferdes zog ihn herum, daß er auf den Fluß schaute und zurück auf die Brücke, die sie soeben überquert hatten.

Er öffnete den Mund, um zu schreien. Kein Laut drang heraus.

Es war Irrsinn. Die Erde war zu wimmelndem Leben erwacht und schob und wallte in Halbmondform dem Fluß entgegen, der von der ersten schwarzen Welle zu brodeln schien. Sie hatte bereits die toten Fische an einer Seite überflutet. Nur einen Moment konnte Magill die gräßlichen, drängenden Dinge als einzelne Kreaturen erkennen, ehe immer mehr aus der gelben Flut tauchten und weitere nach ihnen. . .

Millionen!

. . . bis das Ufer und die Fische unter einer brandenden Schwärze verborgen waren, aus der sich ein gieriges Quieken erhob, das immer lauter und durchdringender wurde, während Magill wie gelähmt stillstand. Der Fluß wallte mit einer noch größeren Zahl dieser Kreaturen, und dahinter quollen immer mehr von den überfluteten Inseln – eine stetige schwarze Kaskade ergoß sich in den schmutzigen Fluß, von dem Gestank der Fische angezogen, und kämpfte mit einer Verzweiflung, die aus Hunger geboren war, gegen die Strömung an.

Deshalb gibt es hier kein Wild, erkannte Magill benommen. *Sie haben alles gefressen!*

Etwa eine halbe Meile weit war das Südufer unter der rasenden, drängenden Horde verschwunden. Hunderte dieser Lebewesen, die das Land nicht erreichen, nicht auf die überfüllte Brücke klettern konnten, tauchten ins Wasser und wurden mit fortgerissen, doch andere nahmen gleich ihren Platz ein. Sie waren zäh und schlau, wenn es ums Überleben ging. Sie schwammen zu den Inseln, krallten sich in treibende Stämme und Äste ein, manche hängten sich auch an die nackten Schwänze der kräftigeren Schwimmer vor ihnen.

Die lebende Schwärze schob sich über die Brücke wie eine Wolke vor die Sonne, schnell, doch nicht blindlings. Es war, als leite intelligenzgleiche Schläue sie. Als Magill und das Pferd gesichtet wurden, breitete das Signal sich wie ein Beben bis zum nahen Ufer aus, das sich wie Muskeln unter lebender Haut bewegte. Schmale Schnauzen mit Barthaaren hoben sich und empfingen die Nachricht, und das Ganze setzte sich wie eine schaukelnde schmutzige Decke auf die Brücke zu in Bewegung.

Magill riß sich aus seiner lähmenden Furcht. Es bestand keine große Chance, daß sie ihn erwischen würden, wenn er sofort von der Brücke weg galoppierte, aber noch während er sich in den Sattel schwang und das Pferd antrieb, sah er in Gedanken ganz deutlich Arin und Kon vor sich.

Er zügelte das Tier und kämpfte gegen die Furcht an, um klar denken zu können. Das Waffenhaus war genau westlich am Fluß. Sie mußten inzwischen dort sein. Die schwarzen Kreaturen könnten sie auch dort erreichen.

Er konnte das verängstigte Tier kaum noch bändigen. Es kämpfte gegen die Zügel an, wollte nordwärts galoppieren. Magill riß es erbarmungslos herum und zischte: „Du gehorchst mir, wenn du nicht hier verrecken willst!“

Das Tier wieherte und bäumte sich auf, doch dann gehorchte es ihm und raste die rissige Straße hoch. Magills Furcht floß in das Lep. *Arin! Kon! Flieht!*

Schon strömte die schwarze Flut in die Straße hinter ihm. Das Pferd sprang über ein tiefes Loch. Magill ritt des besseren Gleichgewichts wegen auf der Schulter des Pferdes und ließ ihm die Zügel, damit es ungehinderter dahinbrausen konnte.

Arin, lauf! Lauft, alle. . .

Er ließ das letzte Stück der geborstenen Straße zurück und spürte, wie die Hufe sich in nackte Erde gruben. Als er das Tier antrieb, spuckte das Grün des Hügels vor ihm plötzlich eine schwarze Masse aus. Im Halbmond bogen sie auf ihn zu, mit diesem grauenvollen, entschlossen klingenden Quieken. Magill zog das Messer und drücke die Spitze leicht gegen die sich heftig hebenden und senkenden Flanken. „Schnell! Schneller!“

Er war jetzt eingekeilt, aber vor ihm waren sie noch nicht sehr dicht. Er beugte sich tief über den Pferdenacken, während sich immer mehr der quiekenden Dinger näherten. Aus dem schwarzen Schwarm sprangen einzelne Tier hoch, ihre nackten Schwänze peitschten erwartungsvoll, ehe sie wieder in die rasende Meute zurückfielen. Fünf gute Sprünge, und Reiter und Pferd würden über sie hinweg sein. Magill packte das Messer fester.

„Fertig – *los!*

Das Pferd sprang hoch über die ersten hinweg.

Der Schock lähmte Arin einen Augenblick: das fliegende Pferd, so winzig in der Ferne am Rand von Lishin, das auf sie zukam, der übelkeiterregende Geruch nach Gefahr, der die Welt mit seiner Bedrohung erzittern ließ. Das Geräusch faulig morschen Holzes, das barst, als ihre eigenen Pferde sich losrissen; Kon, Clay, Hara, die brüllten. Und über allem das panikerfüllte Lep:

Flieht, flieht!

Er wirbelte herum, rannte zum Eingang, gerade als die Pferde herauskamen und die Männer hinter ihnen her. Arin hob die Arme, um sie zurückzuscheuchen. Soogee drehte sich auf den Hinterbeinen, holte mit den Vorderhufen aus und stürmte auf ihn zu. Arin sprang zur Seite, als sie an ihm vorüberschoß. Er griff nach den losen Zügeln, verfehlt sie, versuchte den Sattelknauf zu erwischen. Die Stute riß ihn von den Füßen. Er verlor seinen unsicheren Halt und klammerte sich an einen Steigbügel. Das Pferd zog ihn schmerzhaft über die Steine, bis er loslassen mußte. Er rollte sich auf die Seite, rieb seine aufgeschürften Knie und sah die anderen Pferde sich schutzsuchend aneinanderdrängen, während die Männer sich verzweifelt bemühten, sie festzuhalten. Hara gelang es, den Sattelknauf zu packen. Er sprang hoch, um sich auf den Pferderücken zu schwingen. Er hatte einen Fuß im Steigbügel, als das panikerfüllte Pferd sich auf den Boden warf und wild über ihn rollte. Arin stolperte hoch, um zu helfen. Er stieß den Schädel des Tieres zur Seite, als es um sich schlug, um auf die Beine zu kommen. Hara hatte den leeren Gesichtsausdruck eines Schwerverletzten. Kon fluchte und versuchte, ihn hochzubekommen.

„Gottverdammtes Vieh!“

„Vergiß das Pferd.“ Arin schob einen Arm unter Haras Schulter. „Wir müssen ihn ins Haus bringen. Clay! Clay!“

„Es spielt keine Rolle mehr.“ Clay stand aufrecht und so still wie der Tod in seinen Augen. Er spürte ihn kommen, wie bisher immer in seinen Alpträumen. Ein Laut vergebens unterdrückten Mitleids entrang sich seiner Kehle, so hoffnungslos in seiner schrecklichen Erkenntnis.

Das Ufer schien von wimmelndem schwarzen Leben zu explodieren. Ein Teil schwang in weiter Sichelform auf den todgeweihten Magill zu, ein weiterer witterte Arin und die anderen und nahm Kurs auf sie.

Arin versuchte ihren Geist mit seinem Befehl auszufüllen, aber die Furcht in Clay war zu groß, als daß er ihn hätte berühren können. Arin und Kon zerrten Hara ohne Rücksicht auf seine Verletzung hoch und stolperten zum Gebäude.

„Was? Was ist los?“ murmelte Hara schwerfällig und schwankte in ihrem Griff. „Ich kann nicht sehen.“

Als sie ausrutschten und sich wieder fingen, hatte Arin einen schnellen Blick über die Schulter geworfen. Clay war gefallen und dabei, sich wieder hochzukämpfen. Arin schloß die Augen. *Nicht zurückschauen! Nicht umdrehen!* Doch dieser Moment prägte sich für immer, unlöschbar, wie mit einem feinen Stahlstift in Eisen gekratzt, in seinen Geist ein: Eine Million funkelnder Augen, schmaler Schnauzen, ein Gewimmel und Vorwärtsgedränge, doch trotz all der wirren Hast die unerbittliche Entschlossenheit in diesem millionenfach verstärkten Blick, der das Bild Arins, Kons, Clays und Haras an primitive Gehirne übertrug. Selbst im Laufen noch sah er, wie in der Zeit erstarrt, die glitzernden Augen, die nackten, rosig weißen Klauen, die wie eine Parodie menschlicher Hände von dem schmutzstarrenden Fell abstachen. Er hätte seinen klaren Verstand behalten, selbst im Angesicht dieser Flut winziger Bestien, die sich bereits eine Meile weit ausgebreitet hatten, aber der Anblick des *anderen* stoppte seine Beine, ließ Kon zu einem rutschenden Halt kommen, daß er gerade noch Hara festhalten konnte, ehe er kopfüber auf die Steine stürzte.

Die formlose Kreatur schaukelte wie ein unbemanntes Schiff auf der Oberfläche der verseuchten See. Der größte Teil seiner Nase war weggefressen, doch das Pferd versuchte immer noch weiterzulaufen. Seine Beinmuskeln – wo sich überhaupt noch welche auf den abgenagten Knochen befanden – bewegten sich mechanisch, und es trug das Gerippe des leblosen Reiters, der sich an den Hals klammerte. Mann und Tier, die in ihrer ursprünglichen Gestalt nicht mehr zu erkennen waren, wurden von der schrecklichen schwarzen Flut überwogt.

Arin spürte nichts mehr, nachdem das erste der gräßlichen Lebewesen seine Beine ansprang. Nur ein scharfer Schmerz, und er hörte jemanden schreien: *sie haben mich gebissen, wo ist Clay, Clay, Clay, Clay, seine Augen, sie essen seine Augen; Clay ist tot; wir haben Hara fallen lassen; sie sind tot, sie sind tot; schnell hinein, sie sind tot; hinein, Arin, verflucht, schnell; sie sind tot; hinein . . .*

Dann Finsternis.

Die schwarzen Kreaturen kratzten und quietschten und nagten an der Metalltür. Wenn sie fraßen, machten sie ein anderes Geräusch. Es schien wichtig zu sein, den Unterschied zu erkennen.

Arin hatte sie einmal, ein einziges Mal, in Lorl gesehen. Die Mrikaner nannten sie Ratten. Aber die in Lorl waren groß und fett gewesen, nicht so schnell wie die hier, auch nicht so hungrig.

Eine von ihnen gelangte herein, ehe sie die Tür schließen konnten. Kon packte sie am Schwanz und schmetterte sie auf den Boden, immer wieder, bis bestimmt kein einziger Knochen mehr heil sein konnte. Seine Wut und sein Abscheu machten sich in seinem zischenden Atem bemerkbar, während er die Arme schwang.

Die Ratte lag nun zwischen ihnen. Ihr Geruch mischte sich mit ihrem eigenen.

Sie waren grauenhaft zerbissen, Kon am schlimmsten. Die Bisse verursachten nach einer Weile Fieber und heftigen Schüttelfrost. Wie ein Tier, wortlos, instinktiv, wußte Arin, daß Kon starb.

„Arin", flehte die schwache Stimme. „Wie lange werden sie da draußen bleiben?"

Bis es zu Ende ist.

„Sprich zu mir, Arin."

Auf eine Weise konnte Arin reden. Die seltsamen Worte flossen aus ihm, weil der Wolf da war. Er hob sich scharf in grellem Licht gegen die Dunkelheit ab. Er mußte wahnsinnig sein. Das Tier kauerte auf seinen Hinterläufen und beobachtete Arin amüsiert. Er sprach zu ihm, aber Kon konnte ihn weder sehen noch hören.

Kon wird sterben, sagte der Wolf. *Er besteht auf einem Warum, wo es keines gibt.* Und Arin wußte, daß der Wolf recht hatte, denn Kon kannte nie den Unterschied zwischen diesen schwarzen kleinen Rattenaugen und dem Himmel voller Sterne, der alles und nichts sieht. *Weil er eine Erde ohne Sinn nicht begreifen kann.*

Horch, Kon! Das Gelächter der Wölfe!

Streck deine Hand aus, Kon. Fühl das Wesen, das du getötet hast. Sie ist es, die Göttin. Weder verrückt, noch was wir normal nennen würden, weder gut, noch böse, nicht von deinen Rhythmen mitgerissen, und sie bewegt sich auch nicht zu deiner Musik. Sie ist lediglich Körper, und unter dem Fell, den Flöhen und der Haut ist ihr Eiter, den wir vergessen haben.

Arin, hör auf! Hör auf! Bitte, hör auf!

Und durch die Ewigkeit, wie die Ratten vor der Tür, keckerte dieses Lied, das die Zirkel vergessen oder aus ihrer Erinnerung gelöscht hatten, übertönte Liebe, Vernunft und belanglose Hoffnungen. Weshalb sind wir hier? Warum die Ratten? Weshalb ein weiterer, sinnloser Tod? *Billige, selbstsüchtige Frage,* antwortete der Wolf. Arin als Mittelpunkt der Wirklichkeit. Nicht *weshalb,* sondern *weshalb nicht?* Wenn das Universum einen bestimmten Zweck verfolgt, muß es dann deiner sein? Du in deinem Zirkel, Uriah in seiner Kirche, ihr beide bekleckert den Kosmos mit eurer persönlichen Wichtigkeit wie Zucker auf Braten und stellt den kurzen Hopser eurer Lebensspanne dem reinen Bogen der Ewigkeit gleich. Die Welt trägt euch, trägt die Ratte, die den Floh trägt. Das Grauen ist nicht etwas Böses, sondern etwas Schuldloses. Laß die Wölfe lachen.

„Nein!" knurrte Arin. „Nein. Geh weg! Du bist nicht wirklich. Verschwinde aus mir!"

Der Wolf wedelte mit dem Schwanz, aber er sah traurig aus. *Du hast diesen letzten Schritt noch nicht getan, Arin. Du hast noch nicht gebrochen.*

Zeit verging, eine lange Zeit. Ein wenig seines Verstandes kam zurück. Er erkannte, wie und daß er *jetzt* war. Die Bisse brannten. Er streckte die Hand nach Kon aus, um sich von ihm aus dem Wahnsinn zurückreißen zu lassen. „Kon!" Kaum daß er den krächzenden Laut als seine Stimme erkannte. „Hilf mir."

„Bleib mir fern." Die Stimme des anderen war schwach, schwerfällig. „Komm mir nicht so nah, Arin. Ich habe die Pest!"

Instinktive Angst. Er wich vor Holder zurück. Nein, nicht Holder, Kon! Aber Holder konnte nicht zurückkommen. Er war abgesondert und mußte auch so sterben. Holder. Nicht Kon! Nicht Kon!

„Sie ist es, Arin. Heiß und kalt. Zunge ganz geschwollen. Du – du bist im Kopf ganz woanders, einfach verrückt, sprichst zu Wölfen, sprichst in der Alten Zunge. Ich, ich kann nichts tun, nur hier liegen, denken, und ich fühle es kommen."

Sein Atem hob sich keuchend über die Rattengeräusche hinweg.

„Sie kommt von diesen schwarzen Biestern", krächzte Kon. „Das eine, das Clay erschossen hat – er sagte, es war ganz aufgequollen, konnte nicht mehr richtig laufen. Garick will wissen, woher die Pest kommt, sag ihm, was Kon glaubt."

„Kann nicht sein, Kon. Haben auch mich gebissen, aber ich bin nicht krank."

„Nur verrückt. Sag es ihm, hörst du?"

Seine geschwollene Kehle machte ihm schließlich das Sprechen unmöglich. So lepte er schwach. Durst quälte ihn. Er versuchte, sich auszustrecken, aber es war kein Platz. Er lepte weiter, weniger um sich mitzuteilen, als um die Verbindung mit dem Leben aufrecht zu halten. Seine schweigende Stimme summte wie ein auf dem Ofen vergessener Wasserkessel in Arins Geist. Hin und wieder ergab Kons Lep Sinn. Er versuchte, seinen eigenen Tod zu akzeptieren, bemühte sich, ihn zu verstehen. Einmal hörte Arin ihn schluchzen.

Es wird nicht mehr lange dauern, bis er die Frage stellt, sagte der Wolf mit einer Spur von Mitleid. *Nur noch eine kurze Weile, bis er an diesem letzten Wortbruch, dem nie ein Versprechen vorhergegangen war, zerbricht.* Weshalb hat man ihn verlassen? Selbst Uriahs Gott stellte diese Frage und bekam keine Antwort. Kein Wunder, daß man sein Abbild mit einer Miene darstellt, als schreie er hinaus: *Dieb, gib es zurück!*

Ja! Das war das Wort; die Anklage war, was Arin gesucht hatte. Die Wut kochte in ihm. *Gib sie mir zurück! Sie waren mein, ein Stück von mir, ein Teil meiner Liebe. Du hast kein Recht, sie zu nehmen!*

Wer? fragte der Wolf. *Wer hat kein Recht?*

Arin schob die tote Ratte zur Seite, schleppte sich die weite Entfernung durch die stinkende Finsternis, um Kon an sich zu drücken, ihn zu wärmen. Die zitternden Arme waren zu schwach, ihn fortzustoßen. Doch selbst als er ihn hielt, wollte er das Lep ausschließen, das stockend in seinen Geist drang, aber er vermochte es nicht. Kon hatte keinen anderen Halt am Leben, als diesen ausgefransten Faden, der sich nun in seinem Geist auflöste und zu einem Häufchen zerrissener Spinnweben wurde.

Dieser Kon – für immer einsam, stark nur deshalb, weil er sich dem Leben stellte, ihm Kompromisse machte, immer loyal war. Er hatte nie Vater und Mutter gekannt, die Pest hatte auch sie mit sich gerissen. Von Anfang an hatte es nur einen gegeben, an den er sich hatte klammern, dem er hatte in Liebe folgen wollen, der der Mittelpunkt seines einsamen Lebens war. Frauen bedeuteten ihm nichts, hatten in seinem Leben nie eine Rolle gespielt. Uriah, der ein guter Menschenkenner war, hatte also recht gehabt. Kon liebte Arin. *Und der alte Arin hat mich umgebracht.*

Kon, es tut mir so leid, ich. . .

. . . *sorgte dafür, daß wir alle wiedergeboren werden.* Aber wenn man es recht überlegte, war es komisch. Sie hatten es *alle* besser als Arin. Gill, Elin, Holder, Teela, Clay, Sand, Hara, Kon – sie alle starben, als sie noch nach dem Weshalb fragen, sich Gedanken machen, hoffen, fühlen konnten. Armer Arin muß mit all den Fragen leben, mit denen er nicht klar kommt, genau wie mit der Karte und Judiths Notizen. *Armer Arin, armer, verdammter Narr, was wirst du ohne mich tun?*

„Gib sie zurück!" schluchzte Arin und drückte ihn an sich. „Gib sie mir zurück!"

Wer? fragte der Wolf erneut.

Oder nimm sie ganz. Laß sie nicht wie Geschwüre in meinem Gehirn zurück. Du Lügner, du Dieb, nimm sie als stolze aufrechte Menschen in ihrer vollen Würde, nicht wie Würmer zertreten und wimmernd.

Der Wolf ließ die Zunge weit heraushängen. *Du hast es noch nicht geschafft.* Der Tod ist für dich noch eine Person, ein Feind, ein Gott oder eine Göttin, gegen die du für sie alle kämpfen mußt. Stolz? Würde? Wer schert sich schon darum, wenn Kon beides gern für einen einzigen weiteren Atemzug gäbe? Nicht nur Kon, *alle!* Frag die Ratten nach Würde. *Hör auf, Arin, hör auf, oder es macht dich fertig!*

Mit einem letzten Auflehnen brach sein Verstand.

Noch lange nachdem der Freund in seinen Armen den letzten würgenden Atemzug getan hatte, kauerte Arin in der Dunkelheit. Er war sich jedes Geräusches, jedes Geruchs bewußt, er empfand alles wie aus einer weiten Entfernung. Er konnte die Leiche nicht lieben oder um sie trauern. Er konnte die Geräusche der sich allmählich zurückziehenden Ratten nicht hassen. Es tat ihm nichts weh, er brauchte nichts, nicht einmal ein Ziel. Und die berauschende Leichtigkeit, das wußte er, war der ultimate Schritt, den er schließlich getan hatte. Er war frei und völlig wahnsinnig.

Und dann – genau in diesem Augenblick – erhob der Phantomwolf sich von seinen Hinterläufen, kam näher, bis ihrer beider Nasen sich berührten. Seine grundlosen Augen verrieten ein Wissen, das trostlos gewesen wäre ohne die Spur von Lachen – ein Wolfsgelächter über den grausamen Witz der Welt, der es beschwingte.

Nicht wahnsinnig, Arin. Jetzt hast du es erreicht. Du hast es gelernt. Sag es.

„Zufall."

Sag es ganz!

„Zufallsuniversum."

Wieder!

Welt ohne Bedeutung über ihre Existenz hinaus.

„Ohne Bedeutung."

Ego belanglos?

„Ja."

Jetzt, sagte der Wolf, *hat Bedeutung Bedeutung.* Erschaffe selbst, so rein wie der Bogen der Ewigkeit.

Arin, flüsterte der Wolf und schwand. *Jetzt ist dein Geist gesund.*

Er drückte gegen die Tür. Sie öffnete sich dem hellen Sonnenschein. Er blinzelte in das blendende Licht und kroch aus der winzigen Ablagekammer. Mühsam erhob er sich und stand auf schmerzenden, verkrampften Beinen. Der Boden war mit toten Ratten übersät. Manche waren von ihren Artgenossen in ihrem gierigen Hunger zerrissen worden, andere waren unberührt, aber von der Pest aufgequollen und in den letzten Zuckungen ihres Todeskampfes erstarrt. In der Eingangsnähe lag das sauber abgenagte Gerippe Haras, wo er sich beim Anblick der Ratten aus Kons und Arins Armen gerissen hatte.

Arin stand vor den kalten Überresten ihres Feuers. Seine Lippen bewegten sich zum ironischen Gruß.

„Willkommen auf der Welt, Arin."

Der Ältere, Matthew, sah sich als einfachen frommen Mann. Er tat widerspruchslos seine Arbeit, auch wenn sie schwer und unangenehm war, und tröstete sich mit dem Gedanken an den Erzengel, der das schreckliche Schwert hatte schwingen müssen; und er wußte, daß schließlich alles geläutert und rein sein würde. Sein einziger Dünkel war der bescheidene Wunsch, daß er einst für seine Mühsal mit einer heiligen Vision belohnt würde.

Er drehte langsam seinen massigen Körper und betrachtete die Überreste des großen Fressens mit einer Genugtuung, die sowohl in der vollendeten Gerechtigkeit als auch in ihrer absoluten

Wirksamkeit beruhte. Vier hatte er bisher gefunden: die Knochen von einem mit einem Pferdegerippe vermischt etwas abseits von den drei anderen; einen mitten auf dem Hof; das dritte Skelett am Eingang; und eine aufgequollene Leiche in einer kleinen Kammer, wo der Mann sich zwar vor den Ratten hatte retten können, doch nicht vor dem, was sie übertrugen.

Er nahm an, daß der fünfte, der sich vorher von ihnen getrennt hatte, irgendwo am Südufer zu finden sein würde. Matthew fand weder eine Karte noch Papiere. Uriah würde enttäuscht sein, aber das war ihm gleich. Sein Interesse galt den Ratten.

Die meisten davon waren in ihrem Kampf um Nahrung umgekommen. Matthew und seine Männer wählten nur jene, die der Seuche zum Opfer gefallen, grauenvoll aufgequollen waren und entsetzlich stanken. Die metallenen und gläsernen Instrumente wurden ausgepackt. Sie streiften sich die Handschuhe über, bereiteten die Nadeln vor und begannen mit ihrer Arbeit. In den Rachen und in die Kehle der Ratten, unter ihr Herz stachen die Nadeln, sondierten und sogen die Mischung aus verseuchtem Blut und Zellgewebe heraus, das später im Blut der Unreinen – diesen Nomadenjägern, denen sie hin und wieder in Erlösung ein Mahl und eine Unterkunft für die Nacht gewährten – in die Ferne getragen würde. Doch nicht nur von ihnen, sondern auch in verschiedenem Wild, das dafür bekannt war, südwärts zu ziehen; und auch im Trinkwasser anderer Träger, die vielleicht mit den Zirkeln in Berührung kommen würden. Gottes Geißel, um die Hexen niederzumachen, die Heiden, wie es Moses' Auftrag in Ägypten gewesen war. Manchmal raffte sie nur ein paar, manchmal viele dahin. Das letztemal hatte sie die Shandos fast ausgerottet, diesmal mochte es ihr vielleicht ganz gelingen. Die Ratten waren zahlreich, und die Erreger so erbarmungslos wie Gottes Zorn.

Strahlender Sonnenschein half ihnen bei ihrer Arbeit wie ein Lächeln Gottes. Matthew schickte die anderen Kriss zurück nach Erlösung mit den Extrakten, während er noch blieb, um allein zu arbeiten, wie er es vorzog. Die Sonne wärmte ihn, doch mehr noch die Heiligkeit seiner Aufgabe. Er arbeitete sich von Kadaver zu Kadaver vor, wechselte mit größter Sorgfalt die Nadeln, verschloß die Viren in Glasröhrchen. Das Land um ihn war noch lebloser als sonst und unvorstellbar still. Er arbeitete weiter und erkannte dabei, daß die Freude und Entzückung in seiner Seele in merklichem Maße zur Euphorie wuchs. Nicht einmal in der Kirche, während der Augenblicke ekstatischster Hingabe, hatte er sich dem Schöpfer so nahe gefühlt, wie hier bei seiner Hauptmission. Die Sonne stieg golden über den jetzt ruhigen Fluß und badete Matthew in einer Wärme, die tief in seine Seele drang. Neben der aufgequollenen Ratte kniend, hielt er inne, ehe er die Nadel in das Fell stach, und schloß die Augen zum Gebet.

Ein plötzlicher Atemzug fing sich in seiner Kehle, ein Schluchzen der Freude. Der Schöpfer war allgegenwärtig. Noch ehe er die Lider hob, *wußte* Matthew, daß ER wahrhaftig vor ihm stand, wie er es sich in den zahllosen Wunschträumen seines frommen Lebens erhofft hatte: der über alles geliebte Erlöser am Kreuz in den Qualen seines vorbestimmten Todes.

Er hatte recht.

Matthew war reglos, wie erstarrt in seiner Andacht. Er konnte kaum atmen. In goldenes Licht gebadet, hing der Erlöser an seinem Kreuz vor ihm, den Blick zum Himmel erhoben, die Lippen zum letzten Gebet geöffnet. Tränen stiegen in die Augen des Älteren auf – und versiegten plötzlich, als Gottes Lippen sich weiter öffneten und noch weiter zu einem gähnenden Höllenschlund. Der Kopf drehte sich und bedachte Matthew mit duldsamem Lächeln.

„Hallo, Matthew, amüsierst du dich gut?"

Der Ältere riß den Mund auf. Er wäre gern in Ohnmacht gefallen, aber er konnte es nicht. Genausowenig vermochte er den Mund oder die Augen zu schließen. Er konnte nur starren.

„Besser jedenfalls als ich", sagte die Holzfigur mit einer Spur Verdrießlichkeit. „Es ist ja ganz schön, Objekt der Verehrung zu sein, dazu bin ich bestimmt. Es macht mir auch nichts aus, angebetet zu werden, oder mich heimlich von den hysterischen Weibern betätscheln zu lassen, als läge meine Heiligkeit unter dem Tuch um meine Lenden." Der Gott seufzte in kläglicher Langeweile und gähnte erneut. „Oh – oh. . ."

Matthews Augen traten aus den Höhlen, die Knöchel seiner verkrampften Finger hoben sich weiß ab. Er konnte nicht einmal zittern.

„Ich meine", fuhr die Stimme fort, „all das gehört zu meiner Stellung. Darüber beschwere ich mich: die Stellung. Tag für Tag, Jahr um Jahr, in Sonne, Regen, Kälte, Sturm hänge ich hier oben. Weshalb könnt ihr mich nicht zur Abwechslung einmal liegend abbilden? Es wäre würdevoller, und ich könnte mich ausruhen." Angenagelt wie sie war, versuchte die Vision doch, wenn auch vergeblich, die Arme in eine andere Haltung zu bekommen. „Nun, das ist eben der Preis der Heiligkeit."

Matthew fand ein paar Muskeln, die seinem festen Willen gehorchten. Zitternd öffnete er den Mund. „Was. . .?"

„Oh, ich weiß, wie kleinlich mein Jammern ist." Die Gestalt am Kruzifix betrachtete Matthew mit müdem Wohlwollen. „Du möchtest eine Donnerstimme, um alle Schöpfung erdröhnen zu lassen, eine Prophezeiung, die sich in den Berg prägt. Das wollen sie alle." Er seufzte tief. „Also gut."

Die Explosion zerriß die Welt. Matthews Ohren schienen zu bersten, als der blaue Himmel sich spaltete und mit allen Farben des Regenbogens überzog, die jedoch schnell verblaßten. Über den Donner hinweg erscholl ein erhabener Akkord aus tausend unsichtbaren Kehlen. Der Gott nahm wieder seine klassische Leidensmiene an.

„Euch sei schlimme Kunde: wie Staub im Wind werden die Kriss vor ihren Feinden fliehen." Die hölzerne Gestalt entspannte sich. „Ich bin nicht ganz mit eurem Jargon vertraut, doch so lange ich noch in Form bin, versuchen wir es mal so."

Wieder erschallte die Sphärenmusik, und die unheilkündende Stimme erdröhnte erneut. „Von den fünfen, auf die ihr den Zorn des Himmels herabbeschworen habt, fanden vier den Tod. Nur einer entkam, um deinen fetten Hintern in seinem Fett zu schmoren." Im Plauderton fuhr der Gott fort: „Natürlich ist dieser eine sehr verbittert und einsam, nun, da alle seine Freunde starben. Und das Mädchen, Matt. Vergiß das Mädchen nicht, das du in die Decke schaufeln mußtest, nachdem die Weiber mit ihr fertig waren. Nein, nein", das hagere Gesicht nickte traurig. „Wenn du glaubst, daß *er* leiden mußte, Matthew, dann warte nur, wie es dir ergehen wird." Die Holzfigur erstarrte in ihrer üblichen Haltung, und die Stimme verlor sich. „Warte nur ab. . ."

Er konnte sich jetzt bewegen. Er fiel heftig zitternd nach vorn und vergrub das Gesicht in die bebenden Hände. „Gott! Mein Gott, ich bin besessen!"

Vorsichtig, als erwarte er neues Grauen, hob Matthew den Kopf. Es war nichts zu sehen als der zerfallene Laborkomplex und der Fluß. Er drehte sich um. Ein Schreckensschrei entrang sich seiner Kehle. Er wich zurück und schrie erneut, aus körperlichem

Schmerz diesmal, sein Rücken war von weißglühender Hitze versengt. Dabei war nur Luft, nichts anderes um ihn, und doch legte die Glut sich wie eine Mauer um ihn, schloß ihn von allen Seiten ein. Und unmittelbar dahinter lag ein riesiger braunschwarzer Wolf auf dem Bauch und beobachtete ihn über die verschränkten Vorderpfoten hinweg. Neben dem Wolf kauerte eine vor Hunger skrofulöse Masse aus Schmutz und Lumpen und kicherte unaufhörlich wie über einen heimlichen verrückten Witz, während sie in Matthews Arbeitsbeutel wühlte.

„Matthew, was ich in dieser Woche alles lerne!" Der Wahnsinnige zupfte mit schwarzen, zerbissenen Krallen an seinem verfilzten Bart und lachte auf eine Weise, die dem Älteren einen kalten Schauder über den Rücken jagte. Arin hielt eine Nadel hoch. „Habe dich die ganze Zeit beobachtet."

„Fiebrig vor Neugier", sagte der Wolf.

Matthew kauerte sich in der Mitte der Hitzemauer zusammen wie ein gestelltes Tier. Arin war wirklich, sein Verstand konnte ihn akzeptieren, so hohläugig er in seinem Wahnsinn auch war, aber nicht das andere. „Was – was ist das – Ding?"

„Er? Das ist ein Wolf."

Matthews Stimme überschlug sich schrill. „Wölfe können nicht reden!"

„Aber sicher können sie es. Warum denn nicht?" Die Hitzemauer zog sich dichter um Matthew. Er zuckte zusammen. Er hatte keine Angst vor Arin, ja nicht einmal vor Teufeln, doch wohin er auch immer hilfesuchend tastete, seine Welt gab es nicht mehr.

„Warum sollten sie nicht reden können, du fetter Hundesohn?"

„Es ist verrückt!"

„Das ist eine sehr engstirnige Einstellung." Der Wolf hob sich auf seine Beine und passierte ungehindert den Hitzewall. „Hier, berühre mich." Er leckte Matthews Hand. Der Ältere riß sie zurück. Er blinzelte. Die Wolfsgestalt *verzog* sich, und es war, als könne sie sich nicht entschließen, sich zurückzuformen oder sich aufzulösen.

„Es gibt hier keine Wölfe!"

„Dann eben irgendwo anders." Das Wesen zuckte die Schulter. „Es gibt immer ein Lächeln, über dem Fluß, über die Jahre. Pragmatismus hilft da nichts."

Der Wahnsinnige drehte die gefüllte Nadel vor seinen Augen. „Kon brauchte lange, bis der Tod ihm Erlösung schenkte. Aber ehe er starb, ehe die Geschwüre aufbrachen, solange ich ihn noch verstehen konnte, schloß er, daß die Pest von den Ratten kommt, von solchen wie denen, die du mit diesen hübschen kleinen Dingern angezapft hast.“

Er hielt das Röhrchen vor seine eingefallenen Augen. „Ganz plötzlich. . .“

„Wie ein Licht im Dunkeln.“ Der Wolf grinste. „Wir wußten, daß du der Richtige bist, der, der uns aufklären kann.“

Mit größter Willenskraft unterdrückte Matthew sein Zittern. „Ich tue Gottes Werk. *Meines* Gottes, nicht jenes – Dinges, das du durch einen Zauber in mein Gehirn beschworen hast. Meine Seele ist unantastbar. Ich weiß nichts.“

Der Lumpenhaufen kam näher. Sein Lächeln war grauenhaft. „Älterer, es ist mir ein Bedürfnis, dich umzubringen.“

Matthew rang nach Atem, er war seines Todes sicher. Er sah die Szene in greller Klarheit vor sich: das rattenübersäte, gespaltene Pflaster, die Geier, die über ihnen kreisten, die irdische Welt dahinter. Mit festem Blick schaute er in die hohlen Augen. „Dann laß dich nicht davon abhalten.“

„Nein, ich werde dich nicht umbringen. Nicht auf so leichte Weise, und noch lange nicht. Es ist schwierig, in den Geist eines Kriss' einzudringen, bei dir glückte es mir, Matt. Durch dich habe ich viel erfahren. Du hast immer um eine Vision gebetet. Ich gab dir eine, und inzwischen habe ich ein bißchen in deiner Vorstellungswelt herumgestochert. In deinem Geist könnte gar kein größeres Durcheinander herrschen.“

„Ein Chaos!“ pflichtete der Wolf ihm bei.

„Ein Wunder, daß du dir zumindest an fünf Tagen der Woche die Schuhe richtig anziehst.“

„Lügner!“ krächzte Matthew. „Eine Lüge vor mir, ein Betrug und ein Teufel!“

Wieder lachte dieser Wahnsinnige. „Natürlich ist er eine Lüge. Gar nicht wirklich hier, außer daß er da ist. Versuch nicht, es zu verstehen. Es ist so normal wie die Welt. Wir sind *in* deinem Geist, Matt. Wir können ihm entnehmen, ihm hinzufügen – ihn zerbrechen, wenn wir es möchten, aber ich muß noch von ihm lernen. Du bist mein Lehrer, du und Uriah. Und ich will, daß du ihm sagst, wieviel Arin gelernt hat.“ Er kicherte schreckerregend. „O ja, Matt, das wirst du ihm sagen.“

Arin lehnte sich zurück, streckte die ausgemergelten Beine aus und amüsierte sich über seine Zehen, die in den Mokassins wriggelten. In seine Zehen vertieft, fuhr er fort: „Sag nicht, daß du es uns nicht verraten, daß du lieber sterben willst. Wir wären Idioten, versuchten wir, einem harten alten Bergmann mit etwas so Unbedeutendem wie dem Tod Angst einzujagen."

„Ja, wäre dumm", stimmte der Wolf ein.

„Reine Zeitvergeudung."Arin dachte nach. „Du wirst nicht nur reden. . ."

„Ich werde nicht reden." Matthew funkelte ihn an. „Du kannst mich umbringen, aber du wirst keinen Ton aus mir herausbringen."

„. . . du wirst uns anflehen, reden zu dürfen."

„Plappern." Der Wolf nickte.

„Singen."

„Heulen."

„Schreien."

„Dein Gedächtnis ausschöpfen. . ."

„Alles herausholen, was du weißt."

„Und dir wünschen, du wüßtest mehr."

„Du wirst um nur eine einzige weitere Sekunde deiner geistigen Gesundheit beten. . ."

„Bevor du sie verlierst. Sterben wäre eine Gnade."

„Einfach", sagte der Wolf.

„Zu einfach. Schau, du wirst es nicht *uns* sagen. . ."

„Nicht uns." Der Wolf sprang auf und rannte auf das Waffenhaus zu.

„*Kon* ist es, der es wissen möchte."

Der Instinkt der Geier ließ sie tiefer über den Eingang zum Waffenhaus kreisen. Scharf hoben sie sich gegen den azurblauen Himmel ab. Der Wolf trippelte heraus, gefolgt von Kon. Die Aasvögel kreischten ihr Erstaunen hinaus. Das war totes Fleisch, das ihnen zustand, geschwollen bereits von den Zersetzungsgasen – aber es bewegte sich! Das tote Gewebe bewegte sich schwerfällig in Antwort auf einen starken Willen. Kon kam in einer Travestie seiner gewohnten Schrittart, so wie der Ältere sie kannte, näher. Matthew würgte. Die Zunge schwoll ihm an, und er glaubte, sein Magen stiege ihm in den Hals, als die Leiche wie eine mißgestaltete Vogelscheuche neben ihn plumpste. Die an gekochte Zwiebeln erinnernden Augen bewegten sich träge in triefenden Höhlen, die Zunge ragte dunkel aus blauschwarzen Lippen, die sich mühsam um sie herum bewegten. Ein riesiges Pestgeschwür hatte sich am

Hals geöffnet. Kons Stimme krächzte entstellt aus den verrottenden Stimmbändern, während er die kalten Finger um den Arm des Kriss' schloß. „Matthew."

Matthew würgte und übergab sich. Er versuchte sich der toten Hand zu entziehen, versuchte, nicht zu atmen, nicht zu riechen, bemühte sich zu beten.

„Erzähl mir. . ." Kon drängte sich dichter an ihn. Gelber Eiter sickerte aus Nase und Ohren. „. . . alles über die – schwarzen Dinger."

„Und die Nadeln", forderte ihn Arin auf.

„Alles", sagte der wachsame Wolf.

Matthew wich soweit er konnte von Kon zurück und keuchte: „Ich glaube an das Leben nach dem Tod. . ."

„Erzähl es uns", murmelte der Leichnam.

„. . . an meine freie Seele. Ich glaube nicht an diese Phantome. . . *das sind sie, Arin, du Teufel.* Sie sind nicht *wirklich,* sie sind. . ."

Die Finger hinterließen eine dunkle Spur auf seinem Ärmel. „Erzähl!"

Matthew wimmerte. „Bitte. . ."

Sein schwacher, sterblicher Leib ließ ihn im Stich. Während er von Kon zurückzuckte, legte sich ein anderer Arm verführerisch von hinten über seine Schulter. Die Hand, die über seine Wange strich, hatte lange, schmale Finger, halb zerfressen. Die Knochen, das Handgelenk, der Arm bis zu der ausgehängten Schulter, waren zerschmettert und paßten nicht zu dem schlanken Hals. Das zerschlagene, augenlose Gesicht wies noch die lange Narbe vom Ohr zu den Überresten des Mundes auf. Die andere Hand, nicht weniger zerschmettert als ihr Gegenstück, bewegte sich zuckend, um das üppige rote Haar zurückzustreifen, als sie ihre Wange an Matthews Schulter drückte. Der gähnende Mund bewegte sich.

„He, Matthew", sagte Elin.

Er spürte, wie ihre verstümmelte Brust gegen seinen Arm brannte. Das letzte, das er mit klarem Verstand erkannte, war Arins Bild, ruhig, entschlossen und so erbarmungslos wie die Zeit.

„Nur, weil die Hölle eure Erfindung war, brauchst du nicht zu glauben, daß ich sie nicht auch heraufbeschwören kann!"

„Erzähl es uns", wisperte Elin in sein Ohr. „Dann bekommst du einen Kuß von mir."

Matthew verriet Arin alles, was er wissen wollte und mehr, viel mehr, als der Shando auch nur geahnt hatte. Er redete immer noch, als eine Suchmannschaft der Kriss ihn fand. Sie mußten ihn binden und in ein leeres Haus am Rand von Erlösung sperren. Zwei Männer mit starkem Charakter und ausgesprochen niederer Sensibilität wurden ausgewählt, sich um ihn zu kümmern, denn Matthew war ein Älterer gewesen, ein selbstloser Diener Gottes, der keinen größeren Wunsch gehabt hatte, als eine heilige Vision zu schauen, einen Hauch von Ekstase zu spüren.

Die Kriss erfuhren nie, was Matthew wirklich zugestoßen war. Was er heulte oder winselte, jagte den beiden unempfindsamen Minern kein Grauen ein, auch erleuchtete es Uriah nicht. Er hörte lediglich Namen aus dem endlosen Gebrabbel, Namen der toten Shandos, und am häufigsten den der verurteilten Hure, die mit ihnen gekommen war. Das, zumindest, ließ darauf schließen, daß Matthew ein schwächeres Gottesgefäß war, als Uriah geglaubt hatte.

Schließlich mußten sie Matthews Hände festbinden, damit er sich nicht völlig erschöpfte mit seinen pausenlosen abstreifenden Bewegungen, als versuche er sich von etwas zu befreien, das ihn nicht loslassen wollte. Aber nach einer gewissen Zeit hörte er damit auf, ja begrüßte sogar, was immer ihn mit solch unnachgiebiger Aufdringlichkeit hielt. Er versuchte, die leere Luft zu umarmen, stammelte zärtliche Worte und stieß glücklich hervor, daß er nie mehr allein und immer mit ihr sein werde. . .

Das Suchen und das Messer

Sidele huschte in das hintere Zimmer. Die knochigen Schultern in den verschlissenen Umhang gehüllt, öffnete sie die Hintertür einen Spalt und benetzte einen Finger mit der Zunge. Sie streckte ihn hinaus, um festzustellen, aus welcher Richtung der Wind blies.

Aus dem Westen. Und er brachte Unruhe.

Sie fragte sich, wo Bowdeen war. Er schien ihr nah zu sein. „Alter", hatte sie ihm mehr als einmal versichert, „du hast mehr Lep, als du glaubst."

Sie schlug die Tür zu, hob ein paar trockene Äste auf und schlurfte in das Wohnzimmer zurück, um das Holz auf das erlöschende Feuer zu legen. Der junge Streifer, der immer noch so angespannt saß, wie sie ihn verlassen hatte, klopfte ungeduldig mit den Fingern auf die Tischplatte.

All die niedrigeren Offiziere, die zu ihr kamen, wollten Tatsachen, schnell und greifbar, aber die erste Regel ihrer Arbeit war, sie zu bremsen, wie Liebhaber, die zu schnell fertig wurden. Nur bei intensivster Konzentration konnte sie die unmerklichen Zeichen lesen, die ihr verrieten, was sie hören wollten. Es amüsierte sie, daß mehr als eine Entscheidung der Solds das Ergebnis ihrer Weissagung war. Sie brauchte nur die Ängste und Vermutungen, die ihre Kunden zu ihr getragen hatten, in neue, andere Worte zu kleiden. Noch nie hatte einer sich beschwert, also war anzunehmen, daß sie bessere Arbeit leistete, als sie selbst dachte. Natürlich fiel es ins Gewicht, daß sie Bowdeens Frau war.

Callan, der Sidele aus dem Weg ging, nannte sie eine Art Hexe. Aber genau wie in Bowdeen war in ihrer Wengenabstammung nicht mehr viel Zirkel. Die Kunst ihrer Wahrsagerei bestand darin, gesunden Menschenverstand mit abgedroschenem Rat zu vermengen, den die Freudenmädchen so interpretieren konnten, wie es ihnen in ihrer Unwissenheit beliebte. Aber Hinweise auf dunkle, reiche Fremde, und Elixiere, die zu einem extra Preis verkauft wurden, genügten nicht für die Solds. Um sie zufriedenzustellen, mußte sie ihre Kenntnisse, was Wind und Wetter betraf, vertiefen und ihr beschränktes Wissen über die Ereignisse hinter den Karli-

Linien erweitern. Natürlich schnappte sie ein paar Brocken von Bowdeen während seiner flüchtigen Besuche auf, aber den größten Teil ihres Verständnisses für die Solds entnahm sie halbgeformten Zweifeln und Fragen, die den Geist ihrer Kunden beschäftigte.

Der unerklärte Krieg war ein Wirrwarr isolierter Geplänkel. Keiner der schnellreitenden Karli wußte genau, was vorging, obgleich sie in ständiger Lepverbindung miteinander standen. Zumindest nahm Bowdeen das an. „Gestern verfolgten sie uns, heute flohen sie, und morgen sind sie vielleicht wieder hinter uns her." Dieses Wechselspiel zog sich über die dickichtüberwucherten Berge wild, schweigend und schnell dahin.

Aber zwei Tage vor Belten änderte es sich. In der Dämmerung durchbrach ein namenloser Wengenreiter die hastig von der 44. Schwadron errichtete Sperre auf den Pfaden nördlich von Karli. Im trügerischen Schein, durch den Überraschungseffekt und seine Schnelligkeit schaffte der Reiter das Zirkelgebiet, obgleich er einen Pfeil in den Oberschenkel abbekam.

Warum? fragten die Solds Sidele wiederholt. Gab es eine Botschaft, die sie nicht mit Lep übermitteln konnten? Trug er etwas, das persönlich übergeben werden mußte? Was konnte so wichtig sein, daß ein Reiter dieses Risiko auf sich nahm?

Woher sollte sie es wissen? Aber sie hatte nicht die Absicht, es zuzugeben. Sie hatte drei verschiedenen Offiziersgruppen bereits drei verschiedene Interpretationen gegeben. Wenn je zwei der Männer sich zu einer Kanne Mosta zusammensetzten und die Geschichten verglichen, würden sie höchstwahrscheinlich annehmen, der andere habe um des Vorteils für seine eigene Kompanie wegen gelogen.

Sidele schob die Strähne dunklen Haares zurück und runzelte die Stirn in Konzentration. Es war eine beschissene Art, sich den Unterhalt zu verdienen, aber sie beugte sich über die Kristallkugel und murmelte Wengenflüche, doch so leise, daß der beschränkte Streifer glaubte, sie beschwöre die Macht herbei. Hin und her schaukelnd spähte Sidele in das Glas und fragte sich, was zum Teufel sie *diesmal* sagen würde.

Als der Reiter Karli erreichte, kannten die Meister bereits einen Teil der Neuigkeiten. *Arin lebt!* Moss und Deak hatten ihn gefunden, als er sich in ihr Lep einschaltete. Er war zu schwach zum

Jagen, sein Magen so sehr geschrumpft, daß sie ihn mit Beeren und winzigen Stückchen Fladen langsam füttern mußten. Ja, sie hatten ihn lebend gefunden, und er war in Sicherheit in seiner zerlumpten Lederkleidung, die nach Grab roch. Am ganzen Leib bedeckten ihn verkrustete Bißwunden, und er preßte ein Bündel schmutziges, eingerissenes Papier an sich. Wie ein Shando-Floh war er nicht umzubringen.

Der Papiere wegen hatte der Bote das Risiko des Pfeiles auf sich genommen. Er hatte sie Hoban zur Weiterleitung an Garick gebracht.

„Aber er ist in *Sicherheit!*"

„Na, na." Tilda strich dem Mädchen, das schluchzend den Kopf auf ihre Knie gedrückt hatte, über das Haar. „Hör auf, Lane, ich bin schon ganz naß von deinen Tränen. Ich freue mich ja mit dir."

„Ich *habe* es ihnen gesagt." Shalane schluckte und blinzelte durch ihren Tränenschleier. „Ich habe gesagt, daß er lebt. Oh, Tilda, es ist so wundervoll! Ich hatte solche Angst. . ."

„Wasch dir dein Gesicht und reite, Lane. Es ist ein weiter Weg nach Charzen."

Das Mädchen stolperte hoch. Ein noch zögerndes Lächeln ließ ihre Vorderzähne über die Unterlippe ragen, und Grübchen bildeten sich in ihrem Kinn. „Danke, Göttin. Ich werde gut und schnell reiten."

„Wir nahmen dich, trotz deiner Kräfte, zu jung auf", brummte Tilda. „Aber du liebtest ihn, glaubtest an ihn, und das hat dich zur Frau erwachsen lassen. Kein anderer sollte mit seinen Leuten reiten. Sag Garick das."

„Ja, Göttin." Shalane hüpfte zwischen Tilda und der Tür hin und her und legte ihre ganze Erleichterung, ihre Freude in die Bewegung. Tildas Lachen war rauh und doch zärtlich. „So, verschwinde jetzt!"

Sie schaute aus dem Fenster, als das Mädchen aus dem Lauf mit gespreizten Beinen auf den Pferderücken und in den Sattel sprang und das Tier bereits zum Forttor traben ließ. Die jubelnde junge Stimme klang zu Tilda zurück. „Habt ihr es gehört? Hört ihr? Es ist wahr!"

Arin sagt, es sind die Kriss, die. . .

. . ihren Reichtum über Generationen häuften und damit

Spitzel in den Zirkeln und in Mrika kauften; die die schwarzen Ratten von Lishin studierten, lenkten und schließlich benutzten, um in bestimmten Zeitabständen die Pest zu verbreiten. Sie hatten geschworen, die Welt vom Zirkel zu reinigen, von diesem Abschaum im Angesicht ihres Gottes. Doch erst als Uriah an die Macht kam, hatten sie jemanden, der fähig war, einen konzentrierten Angriff zu planen und auch durchzuführen. Uriah wußte, daß sein Volk Lebensraum brauchte, um sich zu vermehren. Vorausschauend schätzte er Garick ab und erkannte, daß der Entscheidungskampf bereits begonnen hatte. Die Kriss scheuten vor Uriahs weltlicher Einstellung und seiner kühnen Politik zurück, die eine totale Kontrolle der Söldner verlangte, die Herrschaft über jene Zirkel, die sich ergeben – und Ausrottung jener, die es nicht taten – und der wahren und gütigen Obrigkeit des Kriss-Gottes fügen würden. Ja, sie scheuten davor zurück, aber trotz aller Einwände von Seiten der Älteren setzte Uriah seinen Plan durch. Wenn und wann die Stadt sich je aus ihrer Isolation löste, würde sie sich an Uriah und sein Heiliges Königreich wenden. Zu diesem endgültigen Zweck war Arin nach Erlösung eingeladen und dort aufgehalten worden, damit Uriah seinen Geist lesen könne, ehe er ihn in Lishin in den Tod schickte.

. . . und die Shandos müssen jetzt reiten.

Das Lep kam aus dem Norden, aus dem Geist erschöpfter Männer, Frauen und Meister, die kaum die Hälfte dessen begreifen konnten, das weiterzuleiten der vom Wahnsinn besessene Arin sie antrieb.

Aber Garick verstand es.

„In Sicherheit!" hauchte Jenna. Als Meister tranken sie und Garick nur sehr selten, doch jetzt saßen sie allein in dem Zimmer, wo Garick ursprünglich Arin mit der Mission beauftragt hatte, und öffneten einen frischen Krug Mosta. Über den langen Tisch hinweg teilten sie ohne Worte miteinander, leerten den ersten Becher, den zweiten und füllten ihn erneut. Sie tranken bedächtig und genossen jeden Schluck, während die Gedanken von einem zum anderen flossen. Garick beobachtete die Gefühlsregungen, die sich abwechselnd auf Jennas sonst so düsterem Gesicht spiegelten: Liebe, Dankbarkeit, Erleichterung, und allmähliche kalte, wilde Wut.

„Wir gehen zum Messer."

Garick nickte. Wieder herrschte Stille.

„Als erster Uriah.“ Jenna erhob sich. „Vor dem Gürtel, vor der Stadt, vor allem anderen. Uriah zuerst.“

„Ja.“ Garick leerte den Becher. „Uriah zuerst.“

Jenna verließ das Zimmer. Er blieb sitzen und legte sich einen Plan zurecht, der am schnellsten auszuführen und am wenigsten kosten würde. Danach goß er sich einen weiteren Becher ein und lepte den Befehl, Jay zu ihm zu bringen.

Als er kam, nahm Garick gerade den Verschluß vom nächsten Krug ab. Er funkelte den jungen Kriss an. „Du bist hierhergeritten und brachtest uns Uriahs Einverständnis zu einem Bündnis. Dann sagtest du, Arin sei eingesperrt. Jetzt erfuhr ich, wie es mit Uriah wirklich steht.“ Garicks Stimme klang bedrohlich leise.

Jay stand überrascht und ein wenig eingeschüchtert von der überwältigenden Kraft des Shando-Gottes vor ihm. Garick erhob sich, schob Jay an den Tisch wie ein Kind und hielt ihm die Aufzeichnung der Lep-Botschaft unter die Nase.

„Cowan, wieviel davon wußtest du?“

„Nichts! Ich schwöre es.“ Jay las die Seite. Seine Verwunderung schwand mit jeder Zeile. „Aber ich würde Arin glauben. Es ergibt jetzt einen Sinn. O Gott! Und ich war einer von ihnen!“

„Ich habe den Luxus, jemandem zu trauen, aufgegeben.“ Garick sprach die Worte in der Alten Zunge scharf abgehackt. „Ich kann Uriah nicht glauben, weshalb sollte ich dir glauben? Du bist ein Kriss.“

„Ja.“

„Sie erzogen dich, gaben dir ihren Glauben.“

„Sie gaben mir einen Gott, der mich nie verlassen wird.“

„Würdest du gegen deine eigene Familie kämpfen?“

Jay beugte den Kopf tief über das Blatt Papier und widmete ihm scheinbar seine volle Aufmerksamkeit. Es dauerte lange.

„Meine Mutter erhob die formelle Anklage gegen Elin. Sie führte die Frauen beim Vollzug der Strafe an. Und mein Vater stimmte für meine Hinrichtung. Für mein Seelenheil, sagte er, um mich vor weiterem Verderben zu bewahren. Ich glaube, daß sie es ehrlich und zu meinem Wohl meinten, aber sie genossen es. O ja, ich sah die Befriedigung in ihren Augen, und ich empfand dies schmutziger als alles, was nach ihrer Meinung die gerechte Strafe verdiente. Das geschieht mit der Liebe Gottes, wenn die Liebe verlorengeht.“ Er gab Garick das Papier zurück. „Ja, ich werde gegen sie kämpfen. Aber es fällt mir nicht leicht, es zu sagen.“

„Vielleicht." Garick studierte ihn, voll Mißtrauen seinem eigenen Instinkt gegenüber, ihm zu trauen. „Aber ob leicht oder nicht, du wirst mich nach Erlösung bringen." Er schob Jay ein Blatt Papier und eine Feder zu. „Ich brauche eine Karte von Erlösung, Jay, von der gesamten Stadt; die Art, wie die Häuser gebaut sind, die Brücken; wo sich die Minen befinden; einen Plan von Lishin – alles eben. Nimm dir einen Becher."

Jay lehnte ab. „Ich mag Mosta nicht."

„Trink", befahl Garick. Seine Augen hielten Jays. Plötzlich war es unmöglich, sich zu widersetzen. Jay griff nach dem Krug. „Denn nachdem du mir die Karte gezeichnet hast, wirst du mich in deinen Geist einlassen, damit ich mich mit all den Kleinigkeiten vertraut mache, die du vergessen hast. Ein Becher Mosta wird es erleichtern."

Jay goß das Getränk mit einem unwilligen Schluck hinunter. Er hustete und würgte und stieß einen absolut weltlichen Fluch aus.

Garick deutete auf den Bogen Papier. „Fang an!"

Später studierte der Gott der Shandos die beiden Karten – Jays und Judiths – und warf hin und wieder einen Blick auf Spitts letzten Bericht. Drei Kreise. Der Gürtel mochte sich in jedem davon befinden, so weit nordwärts wie...

Es spielte noch keine große Rolle. Der Gürtel würde zwar den Ausgang entscheiden, doch bis dahin nicht so wichtig sein. Jetzt war vor allem die starke Norddivision der Solds zu bedenken, die noch nicht in den Kampf eingegriffen hatte. Callans Geld würde ohne sie weiterreichen, aber Garick konnte es sich nicht leisten, zwischen Nord und Süd in die Zange zu geraten. Wenn *das* passierte, würde der Krieg schnell zu Ende sein.

Alle Kriege, seit Anfang der Zeit, das war Garick klar, wurden mit Geld gewonnen. Er mußte Callans Quelle verschließen. Wenn der Söldneroffizier dahinterkam, würde er seine restlichen Kräfte mit der Süddivision zusammentun, aber das ließ sich nicht vermeiden. Also erteilte er den Befehl.

Stoppt alles, was ihr tut, und sammelt euch...

Im gesamten, gewaltigen Geist des Zirkels nahm ein Plan Form an und zog sich über den Kräften zusammen, die ihn zerstören wollten. Mehr Lepstimmen riefen und wurden beantwortet. Unentschlossenheit wurde zur Entschiedenheit. Südlich der Wengen, nördlich der Suffec, westlich der mrikanischen Grenze strömten Reiter nach Charzen und Karli, während der Wald den kämpfenden Karli-Schwadronen die neue Botschaft zuflüsterte:

... an einem Punkt drei Tageritte oberhalb von Karli an der Flußgabelung. Garick schließt sich dort an.

„Das liegt westlich", sagte Deak zu Arin, „und *wir* sollen doch ostwärts reiten."

„Dann treffen wir Garick nicht." Der hagere Shando hielt inne, um die Pfeilspitze zu schärfen. „Wer sagte es?"

„Hoban. Callan wird schlau, und Bowdeen wurde schon so geboren. Einige von uns müssen im Osten bleiben, um sie irrezuführen."

Arin nickte. Es wurde ihm klar, wie Garick ihn eingeschätzt und erwogen haben mußte, daß er noch entbehrlich war. Während die Zirkel sich für den Vorstoß nach Erlösung sammelten, mußte durch Deaks Leute ein Ablenkungsmanöver die Solds unter Bowdeen und Callan beschäftigen. Sie sollten die Hauptmacht vortäuschend, sich ostwärts zurückziehen und die Solds dazu bringen, sie zu verfolgen. Der Zweck war, Garick Zeit zu geben, Erlösung zu erreichen. Es war ein guter Plan, wenn man die Zahl der Zirkler außer acht ließ, die dabei fallen würden. Der einzige schwache Punkt waren die Pferde. Sie waren genauso erschöpft wie ihre Reiter.

„Sie sind am Zusammenbrechen", klagte Deak. „Was dann, wenn sie es tun?"

„Dann essen wir sie und stehlen frische." Arin hing sich den Bogen um und schwang sich in den Sattel. „Reiten wir."

Garicks Augen tränten vor Überanstrengung. Zu konzentriert hatte er sich mit den präzisen Aufzeichnungen befaßt. Für ihn war es auch eine letzte, unerwartete Verbindung mit der Frau gewesen, die immer in ihm sein würde.

„Judith, ich liebe dich wirklich. Ich verdanke dir so viel."

Drei Kreise, zwei mit Namenangabe, der dritte ohne. Und die letzte Zeile von Judiths unbeendeten Notizen: DIE FOLGERUNG IST UNAUSBLEIBLICH. DER ... Der was? Fast zwanzig Jahre waren die Papiere in einem Regal in einer dunklen Kammer in Lishin gelegen. DIE FOLGERUNG IST UNAUSBLEIBLICH. DER ... Der Gürtel? Der Gürtel ist – wo?

Drei Kreise, zwei benannt, der dritte nicht.

„... ich schulde dir so viel.“

„Ja, das tust du. Du schuldest mir dein Leben...“

Ein Kreis: New London.

„... den größten Teil deines Wissens ...“

Ein weiterer Kreis: Aberdeen.

„Und deinen Sohn.“

New London und Aberdeen. Orte, zu denen Callee in aller Logik den Gürtel gebracht haben mochte. Nur ...

Garick fuhr die alten Zeichen auf der Karte nach. Seine Fingerspitze wanderte an dem unglaublichen Halbmond entlang, der die Grenzen der Stadt darstellte. Seine Größe war schwindelerregend.

Unausbleibliche Folgerung. Drei Kreise. Unausbleibliche Folgerung.

„Und deinen Sohn. Das ist eine beachtliche Schuld. Glaubst du ...“

Immer wieder fuhr sein Finger den Bogen der Stadt nach.

Unausbleibliche Folgerung.

„... beachtliche Schuld. Glaubst du, du kannst sie zurückzahlen?“

„Ja!“ Garicks Augen schossen plötzlich von den Notizen zu der Karte. Mit jedem Moment wurde er sicherer. „Ja, verdammt! Ja!“

Und dann suchte er aufgeregt nach Papier und Feder. Als er sie hatte, kehrte er an den Tisch zurück, um die Striche nachzuziehen, zu vergleichen und seinen Entschluß zu fassen.

Ostwärts und ostwärts und ostwärts. Arin und Deak und Moss und Bern. Callan und Bowdeen fielen auf den Köder herein, der sie hinter sich herlocken sollte.

Ostwärts und ostwärts. Neunzig Männer und vierzig Frauen, ein ausfransender Saum, von dem die Solds Tag um Tag weitere Fäden rissen. Die Zirkler zogen sich unmittelbar in Angriffsweite zusammen. Die Frauen zeigten sich soviel wie möglich und nahmen scheinbar sorglos tödliche Risiken in Kauf. Sie tarnten sich weniger geschickt als die Männer und gestatteten den Solds immer wieder, sie fast einzukreisen, nur um im letzten Augenblick ostwärts weiter zu fliehen.

Osten. Sie trabten. Sie kämpften, wenn es sein mußte. Sie

begruben ihre Toten. Sie beerdigten Deak. Bowdeen machte Kopfgeld. Er und Callan schlossen immer dichter auf. Sie ließen den Zirklern keine Zeit zu rasten oder zu jagen, und waren sicher, daß sie sie schließlich mit dem Rücken gegen den Fluß, der die mrikanische Grenze bildete, stellen würden.

Bowdeen bedeutete es Sicherheit für ihn und Sidele in ihrem Alter, auch wenn es ihn krank machte und seinen Stolz brach. Aber wenn er es überlebte, würde er Schluß machen, nie wieder reiten.

Nie wieder. Beeil dich lieber, Alter.

Garick betrat Singers Zimmer, wo er manchmal arbeitete, wenn er ungestört bleiben wollte. Er breitete die Karte und Judiths Notizen auf dem Tisch aus.

„Steh auf", wandte er sich an seinen Sohn. „Ich habe etwas, das du dir vielleicht gern ansehen möchtest."

Singer rollte sich auf seinem Bett herum und öffnete ein Auge. Doch dann sah er die Handschrift auf den vergilbten Blättern. Er setzte sich hastig auf, schwang sich vom Bett und war mit einer schnellen Bewegung am Tisch. Garick kehrte zur Tür, außerhalb der Reichweite von Singers Strick, zurück.

Der junge Mann studierte eifrig die verblaßte Schrift, dann huschte sein Blick über die Karte. Er nickte.

„Absolut. Die Folgerung *ist* unausbleiblich."

Garick grinste. Das war Judiths Sohn, Judiths *und* seiner. „Ich brauchte ein bißchen länger", gestand er, ohne den geringsten Neid auf die schnellere Auffassungsgabe des anderen.

Singer drückte die Fingerspitze auf den dritten, den südlichsten Kreis. „Er muß hier sein."

„Warum?"

Singer starrte seinen Vater an. „Du weißt es doch selbst. Seit wann brauchst du meine Meinung?"

„Ich wollte es nur hören. Ich wußte, daß du es weißt. Es macht mich stolz, Junge."

Etwas Seltsames rührte sich in Singer. Einen flüchtigen Moment schien ihm sein Vater nicht länger der Herr von Charzen zu sein, sondern der begeisterte Shando-Farmer, der aufmerksam und begierig an Judiths Knien mitlernte, wenn sie das Kind auf dem Schoß lehrte. Wachsam verbarg er die alte Sehnsucht, die er am eingeschnitzten Baum gestorben geglaubt hatte.

„Du möchtest also wissen, weshalb? Na gut. Der Gürtel konnte an drei Orte gebracht worden sein. New London und Aberdeen sind zwei.“ Er fuhr mit dem Finger den Bogen der Grenze nach. „Aber beide sind innerhalb des Selbsttors, vielleicht vor mehr als tausend Jahren bereits verschüttet und überbaut worden. Wenn der Gürtel sich innerhalb der Stadt befunden hätte, glaubst du, dann hätte meine Mutter es nicht gewußt?“

„Sie zeichnete drei Kreise.“

„Aber sie schrieb: ‚Die Folgerung ist unausbleiblich.‘ Das bedeutet, wenn er in der Stadt wäre, würden Aufzeichnungen darüber vorhanden sein, auf die sie bei ihrer ursprünglichen Forschungsarbeit hätte stoßen müssen. Sie haben den Speicherbänken die Geschichte jedes Quadratzolls der Stadt eingegeben. Also muß er *hier* sein.“ Singer deutete auf den südlichsten Kreis. „Ganz unten in Suffec, ein Ort ohne Namen.“

„Es ist ein Sumpfgebiet“, sagte Garick. „Ein großer *irgendwas* Sumpf. Dort, wo selbst die Jäger sich verirren können. Ich lepte Webb . . .“

„Wem?“

„Einen Vetter von Sand und Teela. Er erwiderte, sie jagen Enten an seinen Ufern. Einmal drangen er und seine Verwandten ein. Das Sumpfgebiet ist zehn Meilen breit und vierzig lang. Man kommt nur mit einem Boot hinein und heraus.“

„Dann könntest du ein ganzes Jahr danach suchen und ihn möglicherweise gar nicht finden. Und selbst wenn, wieso glaubst du, daß er noch funktioniert?“

„Deine Mutter hat es offenbar geglaubt. Sie hat seinetwegen eine Menge auf sich genommen.“

„Ja.“ Singer nickte nachdenklich. „Ja. Aber trotzdem, zehn mal vierzig Meilen . . .“

„Webb erinnert sich an eine ziemlich große Insel irgendwo in der Mitte, die hoch und trocken liegt. Er legte dort nicht an, sondern ruderte nur daran vorbei, aber er *glaubt,* daß dort etwas zu Gleichmäßiges gewesen war, als daß es hätte natürlichen Ursprungs sein können, etwas, das völlig überwuchert war, aber rechteckig wie ein großes Haus. Das läßt auf Stein schließen, denn Holz wäre längst verrottet. Wenn es Stein ist, mußte er dort hingeschafft worden sein. Dazu gehören größere Boote, als die Suffec je hatten. Singer, der Stein muß in Formen gegossen worden sein, darauf möchte ich wetten, und niemand hat seit der

Chinginvasion mehr Steine gegossen. Es könnte ein Waffenhaus sein."

„Wäre möglich." Singer schaute seinen Vater plötzlich scharf an. „Wen hast du denn vor, in dem Sumpf herumpaddeln zu lassen? Doch nicht Babybruder?"

„Arin ist zu weit im Osten."

„Wen dann?"

Garick schwieg.

Sein Sohn lachte laut auf, dann ließ er sich schwer ins Bett zurückfallen. „ ‚Stolz auf mich!' Wen, zum Teufel, glaubtest du, zum Narren halten zu können?" Er schüttelte den Kopf. „Du brauchst mich gar nicht zu fragen, meine Antwort kennst du bereits."

„Schau, Sohn . . ."

„Ich sagte dir schon, was du mit diesem Wort tun kannst."

„Na gut." Garick knirschte mit den Zähnen. „Du willst also, daß ein dummer Suffec den Gürtel durch die Soldlinien bringt? Schön, aber bilde dir nicht ein, daß du den ganzen Sommer auf der faulen Haut liegen kannst. Wir reiten nach Norden. Du kommst mit. Ich will dich in meiner Reichweite haben."

Singer rollte mit einem langen vielsagenden Seufzer seinen Rücken dem Vater zu. „Wenn du mich dabei haben willst", sagte er herzhaft gähnend, „wirst du mich wohl tragen müssen."

Zeit war – ist nicht jetzt – und Bowdeen war bei weitem nicht so schlau jetzt, wie Zeit war. Aber er und Callan waren nicht unvorsichtig an diesem Tag, sie hatten lediglich ganz kurz an ihrer eigenen Flanke haltgemacht, um die Karte zu studieren. Sie gönnten sich nie eine längere Rast, nicht wenn Callan sie antrieb, die Zirkler niederzurennen und sie alle zu töten, je eher, desto besser.

Die Pferde waren drei Schritt von ihnen entfernt angepflockt, die Karte lag auf dem Boden ausgebreitet. Als der Pfeil zwischen ihnen hindurchschwirrte, streifte er Callans Wange, daß eine schwache Kratzwunde zurückblieb. Sie wirbelten herum und schauten auf das braungrüne Heckenrosendickicht, keine sechzig Meter entfernt.

Der einzige Grund, daß sie noch lebten, war der leere Köcher auf dem Rücken des hochgewachsenen Mannes.

„Wengen", sagte er in seiner gedehnten Sprechweise. „Ist dein Name Bowdeen?"

„Ganz sicher nicht Pferdedreck", antwortete der Angesprochene und überlegte blitzschnell. Es bestand keine Gefahr mehr, aber der Mofo würde fort sein, ehe sie ihre Bogen erreichten. Die drei starrten einander lediglich an.

„Ist das Callan?"

Die Widersinnigkeit amüsierte Bowdeen nach seinem ursprünglichen Schrecken. „Was willst du? Vielleicht den Morgenappell abnehmen? Ja, das ist Callan. Wenn du unbedingt sterben möchtest, helfen wir dir gern dabei."

„Callan", sagte der hochgewachsene Mann. „Hast du schon mal von Erlösung gehört?"

Callan erwachte aus seiner Erstarrung. Er rannte zu seinem Pferd, holte sich den Bogen und legte einen Pfeil an die Sehne, aber inzwischen war der Zirkler längst verschwunden. „Ihm nach!" brüllte er und saß schon im Sattel. Bowdeen griff nach seinem Zügel.

„Mann, wo haben Sie Ihren Verstand? Ihm in das Dickicht nach? Er ist nicht allein. Sie sind nie allein!"

Callan riß am Zügel. „Dieser Bastard zielte auf *mich!* Lassen Sie los!"

Bowdeen hielt den Zügel fest. „Unter, Sie kommen vom Pferd herunter, sofort! Das ist ein Befehl." Er wartete, das Kinn entschlossen vorgeschoben, bis Callan schließlich dem Befehl nachkam. „So ist's besser." Er starrte nachdenklich ostwärts. „Denken Sie, was ich denke?"

„Er ist es."

„Haben Sie nicht gesagt, er sei tot?"

Callan zuckte die Schultern. Er war zu sehr mit seinen Überlegungen beschäftigt, ob er den Burschen verfolgen oder versuchen sollte, Uriah zu verständigen.

„Was ist er jetzt wert?" fragte Bowdeen.

„Zehn Kreten."

Bowdeens Augen weiteten sich. Arin mochte zwar des alten Garicks zweiter Sohn sein, aber wenn Callan zehn Kreten für seinen Kopf bot, sollte es ihm egal sein, wer er war. Zehn Kreten waren eine Menge Geld.

„Also gut, Unter. Wir wissen jetzt mit Sicherheit, in welche Richtung dieser Mofo sich zurückgezogen hat. Wir folgen ihm langsam und vorsichtig. Langsam und vorsichtig, hören Sie? Denn viel weiter kann er nicht mehr laufen.“

Callan nickte. Er erinnerte sich an sein letztes Gespräch mit Uriah, und wie sein Vater fast gezögert hatte, die Erde von diesem Ungeziefer, diesem Shando zu reinigen.

Arin zuerst!

In der Stille des Sumpfes dachte jemand an ihn. Er rührte sich überrascht. Es war Garick, und die Kraft seines Leps ließ Webbs Kopf pochen.

Es dauerte eine lange Zeit, und immer wieder wurde diese komplizierteste Nachricht, die je in Webbs Geist hämmerte, wiederholt, und sie schmerzte wie eine schrille Stimme in den Ohren. Doch die Forderung, die sie stellte, erschütterte ihn noch mehr als die Kraft des Leps.

Garick will . . .

Als der erste Ruf sie erreichte, sich nördlich von Charzen zu sammeln, kamen die meisten der verstreuten Suffec herbei, um Garicks Aufforderung Folge zu leisten. Doch einige weigerten sich, denn sie erinnerten sich, wie Sand und Teela zum Wiedergeborenwerden kamen, weil sie auf einen ähnlichen Ruf gehört hatten. Webb schwankte eine Weile, aber schließlich kletterte er in den Sattel und machte sich auf die lange Reise. Er wurde sich nie ganz klar, weshalb. Er war schon einmal in Charzen gewesen und kannte die Shandos, obgleich die Karlis, Wengen und andere Gruppen nur Namen für ihn waren. Wie die meisten seines Volkes lebte, fischte und jagte er allein. Hin und wieder kam ein Jäger vorbei. Handelte es sich um eine Frau, blieb sie vielleicht eine Weile, ehe sie wieder im Wald untertauchte. Es bedurfte keiner Worte. Vögel flogen südwärts, wenn es an der Zeit war, und der Suffec-Geist mußte wandern, wenn er den Drang verspürte. Sand und Teela waren auf diese Weise oft gekommen – hierher, an die sumpfige Bucht, in ihrem Kanu, um sein Lager mit ihm zu teilen, bis es wieder Zeit zum Aufbruch war.

Vielleicht ritt er wegen der allgemeinen Veränderung. Shandos, Karlis, weitere Zirkler waren immer nur ferne SIE. Die anderen SIE waren kämpfende Menschen, Solds genannt, und dann gab es einen Ort, namens Stadt. Aber im vergangenen Jahr brachten die Lepstöße aus Charzen den Suffec etwas Neues. Sie verstanden es zuerst nicht, trauten ihm nicht, aber – sie *alle* waren nun darin: Zirkel gegen Cowans, die „Unreinen“. Soviel verstand Webb. Allmählich, während es durch den Suffec-Geist filterte, wurde aus dem großen SIE ein WIR.

Das Lep überraschte ihn, als er einen Tagesritt oberhalb Sandrun einen Bogen um den Sumpf machte. Er konnte nicht glauben, was Garick da verlangte. *Nicht ich, Garick!*

Der große Sumpf war gefährlich. Sein Volk jagte manchmal an seinem Rand, aber sie mieden die Mitte, wo sie sich verirren konnten oder ihnen gar noch Schlimmeres zustieß. Er, Sand und Teela hatten sich nur ein einziges Mal, in einem Anfall von Tollkühnheit, hineingetraut, und sie waren schon halb wahnsinnig vor Angst, ehe sie wieder herausfanden. Sie wurden von den Insekten fast abgeknabbert, und man mußte Teela aus einem Sumpfloch ziehen. Dazu biß eine Mokassinschlange auch noch Sand. Er und Teela hatten die Wunde aufschneiden und aussaugen müssen.

Dumm. Würde nie wieder hineinrudern.

Aber Garick wartete auf eine Antwort. Sollte er weiterreiten oder umkehren? *Was soll ich tun?* Noch während er eine Entscheidung zu treffen versuchte, wußte er es. Der Shando-Meister verdiente zumindest ein Lep, aber Webb schaffte es nicht allein. Er wandte sich wieder südwärts, trillerte einen Vogelruf, lepte ihn sogar halb, um den alten Doon wissen zu lassen, daß er zurückkehrte.

Ostwärts. Fünfzig Männer, zwanzig Frauen. Viele beerdigt. Sie ernährten sich jetzt von rohem Pferdefleisch, erst von dem der Solds, dann von ihren eigenen Tieren, wenn sie fielen. Ostwärts – bis Arin und Moss auf dem letzten Hang standen, mit dem breiten Fluß vor ihnen, und dahinter Rauch aus den mrikanischen Schornsteinen. Ihre Gesichter waren wie dunkles Leder unter Schichten von Schmutz verbrannt, und ihre dreckige Wildlederkleidung wimmelte von Zecken und Läusen. Ihre Köcher waren leer. Sie verteilten das rosige, faserige Fleisch unter sich und kauten es langsam und in Gedanken versunken.

„Was jetzt?“ fragte Moss Arin.

„Wir verstreuen uns, ziehen uns nordwärts zurück. Immer zwei oder drei zusammen wäre wohl das beste. Wir sind fertig, Moss.“

Das junge Mädchen, bestimmt nicht älter als vierzehn, trat lautlos aus dem Gebüsch. Ihr Gesicht verriet Angst. „Solds, Arin."

„Wie viele?"

„Weiß es nicht." Ihre Nase lief. Sie zog sie lautstark hoch.

„Nahe?"

„Vier, fünf Pfeilschuß weit."

Arins Stimme war schleppend vor Müdigkeit. „Geh zurück, Dorry. Sag den anderen, wir kämpfen nicht mehr. Von jetzt an laufen wir so schnell wir können. Moss und ich reiten als Nachhut. Wir werden versuchen, sie aufzuhalten und in die Irre zu führen."

Dorry zog erneut die Nase hoch und schaute hungrig auf das Fleisch in Moss' Hand. „Darf ich was davon haben?"

Moss warf ihr das Fleisch zu. „Rohes Fleisch ist schlimm genug, aber du und deine Rotznase sind schon fast zu viel."

Arin hätte vielleicht gelacht, aber er brauchte seine Energie, sich in den Sattel zu heben. Das Pferd hustete und brach fast zusammen. Der weiße Schaum um seine Nüstern verriet die tiefe Erschöpfung. Es war Matthews Reittier, das er sich in Lishin angeeignet hatte. Es war nicht so schnell wie Soogee, aber ausdauernd, obgleich es jetzt fast so fertig war wie er.

Heute würde vermutlich das Ende bringen, heute würde er sterben. Oder auch nicht. Wie der Floh im Fell der Ratte würde er versuchen, weiterzuleben. Weshalb er das wollte, wußte er selbst nicht so recht. Es *gab* einen Grund jenseits von Lishin, dessen war er ziemlich sicher, aber daran konnte er sich hier nicht klammern. Inzwischen, ob er nun starb oder nicht, würde Garick vermutlich die Kriss schlagen, den Gürtel finden und ihn benutzen, um irgendeinen armen Kerl – vermutlich seinen großen Bruder, der dem Vater immer mehr bedeutet hatte als er – durch das Selbsttor in die Stadt zu schmuggeln, die sich nicht einmal im Kriegszustand mit ihnen befand. Arin hatte geholfen, das Ganze über den Rand zu schieben, und jetzt rollte es wie ein zur Lawine gewordener Schneeball hinunter, wurde immer größer, während der Grund für ihn vergessen war.

Aber zumindest war es gut, mit Moss zu sein, der ihn tiefer als mit Lep las, der die unheimliche Stille und Kälte, die er verspürte, mit ihm teilte, ebenso wie den Haß auf den Regen, der den Angstgeruch und die Finsternis zurückbrachte, und das Grauen vor engen Kammern und das Geräusch zu vieler großer Vögel. Moss verstand es.

Einmal, vor ein paar Jahren, hatte Webb aus reinem Zufall Charzen besucht und war eine Weile geblieben, weil es ihm dort gefallen hatte. Während er Hochlandpferde jagte, war er auf ein paar Männer gestoßen, die eine Herde Pferde zu Garicks Volk trieben. Die Shandos lebten gut. Sie trugen feingenähte farbenfrohe Kleidung – gekaufte Kleidung –, und wohnten in komfortablen Häusern. Das erkannte er, obgleich er selbst sich in keiner Art von Haus wohl fühlen konnte. Er verbrachte deshalb auch den größten Teil der milden Sommernächte auf dem Hügel. Er genoß die Gesellschaft der hübschen Mädchen, den Mosta, der nie alle wurde; und ihm gefiel der Schmuck, den manche der Shandos trugen – Stirnbänder, Metallreifen an den Armen, Zirkelzeichen aus Eisen, die sie um den Hals hängen hatten.

Er ritt ein paar Wochen auf Jagd mit dem jungen Arin und seinen beiden Freunden. Sie nahmen ihn mit auf den Hügel mit Mädchen, und *das* war fast wie zu Hause, nur daß mehr Leute dabei waren, und sie kamen auch viel öfter, als Webb es gewohnt war. *Kein Wunder, daß Arin ständig müde war.* Trotzdem mochte er Garicks Sohn, er war immer vergnügt.

Der Gott dagegen war anders: ein ruhiger Mann, ein tiefsinniger Mann. Man spürte, daß er litt, obgleich er nie teilte, sagte Arin. Webb hatte manchmal das Bedürfnis, Garick die Hand entgegenzustrecken und etwas zu ihm zu sagen. Das Dumme war nur, daß er nicht wußte, was.

Soviel Spaß das Leben in Charzen auch machte, wurde er es allmählich doch satt. Er vermißte den Salzgeruch der Marschen und die Stille. In seinen Augen war Charzen ein Durcheinander lauter Stimmen, viel zu viele für seine Ohren, die das Sumpfland gewohnt waren. Seine eigenen Leute teilten mehr und redeten nur selten.

Trotzdem, die Shandos machten ein großes Getue, als er ging. Göttin Jenna schenkte ihm ein Stirnband aus Stoff, das den weiten Weg von Lorl bis Charzen gebracht worden war, von Lorl, wo immer das auch war. Jedenfalls hatte es einmal jemandem gehört, nur konnte Webb sich nicht mehr an den Namen erinnern. Als er zurück nach Sandrun kam, fing er ein paar der Wildgänse aus dem Norden, die im Herbst südwärts flogen. Er behielt einige der leuchtend grün-schwarzen Federn und nähte sie in sein neues Stirnband. Die Suffec lachten: *alter Gänserich Webb.*

Aber sie lachten nicht über Garicks Forderung.

Die Suffec hatten keinen Gott wie die Shandos. Sie brauchten keinen. In Suffec setzte sich jeder, dem es gefiel, die Hörner bei einer Zusammenkunft auf, oder an Belten oder sonst einem anderen Feuertag. Nie beschworen sie die Göttinnen der Erde, des Feuers oder Wassers, denn sie waren immer bei ihnen und bei allen anderen, teilten die ganze Zeit; darüber ein großes Tamtam zu machen wie die Shandos oder Karlis wäre fast, als verherrliche man sich selbst.

Im Augenblick war Doon für das Zusammenrufen aller verantwortlich, denn er war der Älteste in Sandrun, und seine Stimme hatte soviel Gewicht, wie die verstreuten, unabhängigen Suffec anerkennen konnten.

Schweigend versammelten sie sich am Ufer in einem Kreis um Doon und wogen Garicks Forderung bedächtig ab. Sie lauschten dem Wald ringsum, seiner Musik, nach deren Rhythmus sie lebten: Sie hörten das Keckern eines Eichhörnchens, das einen Stamm rundherum hinablief, das Flattern eines Vogels und das leichte Platschen eines Fisches, der hochhüpfte, um eine Fliege zu fangen. Sie dachten über Garicks Wunsch nach.

Sie hatten keine abergläubische Furcht vor dem Sumpf, aber einen gesunden Respekt vor seinen Gefahren. Man konnte einen Pfad schlagen, aber er würde im Sommer wieder zuwachsen. Es gab keine verläßlichen Merkmale, nach denen man sich orientieren konnte. Nach einem heftigen Regen mochte so manche der kleinen Inseln, die man beim Hineinrudern gesehen hatte, auf dem Rückweg unter Wasser verschwunden sein, und was noch vor Wochen trockenes Land gewesen war, konnte jetzt schon ein einziges Sumpfloch sein. Nein, sie sahen keinen Sinn darin, sich den Gefahren auszusetzen. Garick war weit weg. Sie hatten ihm schon ihre Leute geschickt, die bereit gewesen waren, sich ihm anzuschließen. Der Rest hatte seine eigenen Angelegenheiten, um die er sich kümmern mußte. Doon zählte die stummen Stimmabgaben, dann wählte er dreizehn aus, um dem Shando die Weigerung zu lepen.

Webb erhob sich und staunte über seinen eigenen Entschluß. *Ich werde gehen.*

Alle Gesichter wandten sich ihm zu. Doon schien sich nicht sehr über seine Entscheidung zu wundern. Er schaute Webb an. *Allein, wenn du es unbedingt tun mußt.*

Webb fand sich damit ab, wenn auch nicht leicht. Sein Mund

fühlte sich trocken an, er schluckte. *Dann eben allein. War schon einmal drinnen.*

Der Wind kräuselte das Wasser des Teiches. Ein Vogel krächzte. Doon schaute Webb mit kalten, klaren blauen Augen an. *Könnte dazu kommen, daß du wiedergeboren wirst.*

Vielleicht. Aber Garick braucht.

Doon runzelte die Stirn. *Garick hat. Suffec nicht.*

Ich weiß. Webb zuckte die Schultern. *Aber ich muß.*

Der Kreis nickte seine Zustimmung. Keiner versuchte, ihn abzuhalten. Niemand hatte das Recht dazu. Er wußte, sie würden ihm an Ausrüstung und Proviant leihen, was er brauchte. *Breche morgen auf,* beschloß er.

Sie verschwanden einer nach dem anderen im Dickicht und ließen Doon und Webb allein am Teich zurück.

Dumm, Webb, lepte Doon.

Vielleicht.

Sie lauschten den Vögeln.

Garick befand sich einen Tagesritt südlich des Sammelpunkts, als das Lep ihn erreichte. Er vernahm es und ritt zu Singer zurück, der auf eine Stute gebunden war. Er hatte sein Wort wahrgemacht und keinen Schritt getan. Sein Vater hatte ihn in dickes Tuch wickeln und auf die Schulter heben müssen, um ihn auf das Pferd zu binden.

„Hoffe, es macht dich glücklich“, knurrte er. „Webb wird den Gürtel allein suchen.“

Singer nickte ohne jegliches Interesse.

„Zu sagen hast du nichts?“

Sein Sohn gähnte. „Nein.“

Garick drückte die Fersen gegen die Flanken seines Pferdes und ritt die Reihe wieder hoch. Es nagte an ihm, daß er Singer nicht aufrütteln konnte. *Eigensinnig wie Jude!* Manchmal wünschte Garick sich, er hätte jemanden, mit dem er sprechen konnte. Jetzt war ein solcher Augenblick, aber Jenna weigerte sich, auch nur ein Wort über Singer zu verlieren, und das Mädchen von Karli, so warm und herzlich sie war, kannte keinen anderen Gedanken als Arin. Garick begann zu bedauern, daß er seinen jüngeren Sohn nicht doch heimbeordert hatte. Er fragte sich, wo er wohl war.

Callan kauerte sich neben das tote Pferd. „Hat sich zu Tod gelaufen“, sagte er. „Ist höchstens eine Stunde tot, noch warm.“

Bowdeen, der nach Spuren im Gras und in den niedrigen Büschen suchte, schien es, als wäre sein Adjutant mehr an den Sattelzeichen als am Kadaver interessiert. Callan brummte etwas in seinen Bart.

Sie befanden sich etwa eine halbe Meile vom Fluß entfernt. Die mrikanische Siedlung Filsberg lag auf der anderen Flußseite. Ihre Blockhäuser reihten sich an der einen Straße entlang. Sie hatte einen Handelsposten und war die Hauptgarnison der Norddivision. Für Bowdeen bedeutete es, heimzukommen. Sidele war inzwischen hier auf ihrer üblichen Wahrsagetour. Sie machte immer ein recht gutes Geschäft in Filsberg durch die Kaserne und die vielen Freudenmädchen, die fast alle hören wollten, daß sie einen Fremden mit gutem Herzen kennenlernen, hundert Jahre alt werden und reich sterben würden.

Er dachte jetzt viel häufiger als früher an Sidele, wohl als Ablenkung von der unangenehmen Wirklichkeit des Suchens. Müde schätzte er seine Chance ab. Wenn er nur Callan abschütteln könnte, dann würde er ein Boot mieten . . .

Das war das Klügste, mit dem Kopfgeld war es aus. Sie hatten heute ganz schön eingeheimst – mehr als die Hälfte des kläglichen Rests der Zirkler. Fünf hatte er selbst erlegt. Es war nicht mehr viel dabei gewesen. Die Karlis waren zu müde, zu hungrig und ganz einfach viel zu erschöpft, um ihnen noch größeren Widerstand entgegenzusetzen. So wenige waren es: Es verstärkte seinen Verdacht, daß es sich gar nicht um die Hauptmacht der Karlis gehandelt hatte, sondern lediglich um einen Trupp, der sie ablenken sollte. Wenn das der Fall war, würde irgend jemand irgendwo eine ziemliche Überraschung erleben. Er hatte nicht die Absicht, Callan darauf aufmerksam zu machen. Der Kerl wurde ohnehin immer schwieriger. Na, und wenn die Karlis ihn schon hereingelegt hatten, so hatte er doch einen ganz schönen Profit gemacht. In seiner Tasche steckten fünfzig Kreten, mehr als genug, sich nicht darüber zu ärgern, daß ihm 10-Kreten-Arin durch die Lappen gegangen war. Das störte Callan verdammt mehr als ihn.

„Das war sein Pferd“, behauptete der Unter. „Er war hier.“

„Woher wollen Sie das wissen?“

„Ich weiß es.“

Bowdeen studierte die Spuren. Für Callan war der Shando-

Meister wie eine Besessenheit. Er war fort, und der Unter benahm sich wie ein hungriges Wiesel.

„Ich bin sicher, daß er es ist. Ich will ihn!“

Bowdeen schüttelte angewidert den Kopf. „Na gut, ich kann ihn erwischen.“

„Wo? Sie haben sich aufgeteilt.“

„Ich fange ihn schon. Natürlich müssen wir ihm sofort nach, nur wir zwei. Auf die Schwadron können wir nicht warten.“

„Gut.“ Callan erhob sich ungeduldig.

„Das bedeutet, daß wir eine Zeitlang abwesend sind, Unter. Mir macht es nichts aus, so wie ich es sehe, hatten wir das ganze Jahr keinen wirklichen Auftrag.“

„Ich bin einverstanden, nur wir zwei , drängte Callan.

„Lead wird alle Schwadronen nach Lorl zurückführen. Es gibt ohnehin kein Kopfgeld mehr zu machen.“

„Meine Orders haben auch dafür Gültigkeit“, erklärte Callan.

Bowdeen musterte ihn nicht mehr sehr freundlich. „Möchte diese Orders einmal ganz gern sehen, Unter. Möchte wissen, wer Ihnen außer mir noch Befehle erteilt.“

Callan schwieg.

„Und der Preis steigt, Unter. Wenn ich mich schon von meiner Schwadron trennen muß, sind zehn Kreten nicht genug.“

„Fünfzehn, wenn Sie ihn finden“, versprach Callan, „zwanzig, wenn sie ihn töten.“

Bowdeen rührte sich nicht von der Stelle. „Zehn jetzt gleich.“

„Gut, zehn sofort, aber lassen Sie uns endlich aufbrechen.“ Callan hantierte an seinem Sattel, „wir wissen ja nicht einmal, wo wir anfangen sollen.“

„O doch, ich schon.“ Der Wengen deutete auf den Boden zu seinen Füßen. „Dort und dort und dort!“

Jetzt sah Callan die Reihe dunkelbrauner Flecken auf dem blaßgrünen Gras. Sie führten zum Fluß.

„Er verliert Blut“, brummte Bowdeen. „Er ist vielleicht nicht schwerverletzt, aber bestimmt nicht mehr fähig, klar zu denken. Hat mich vorigen Winter hereingelegt, hat uns die ganze Zeit hereingelegt.“ Er wischte sich die Hände aneinander ab und stand auf. „Dieser Mofo ist jetzt auf dem Fluß, und ich weiß, wo wir einen Kahn bekommen können.“

Callans Augen traten fast aus den Höhlen. „Nach Filsberg?“

„Genau.“ Komisch, wie gut es sich fügte.

„Er würde doch nie dorthin fliehen!"

„Nein, das würde er auch nicht", pflichtete ihm Bowdeen bei. Er war müde, fühlte sich alt und war mehr als nur ein wenig traurig. „Aber er ist schon zu lange auf der Flucht, hat zu viel mitgemacht und auch seinen Kopf viel zu sehr anstrengen müssen. Ich habe es kommen sehen, daß er einen Fehler machen würde."

„Aber er wird doch nicht nach Mrika fliehen, nicht in die Garnison mit dem Hauptquartier der gesamten Norddivision!"

„Das ist sein Fehler, Unter. Er glaubt, daß ich das nie vermuten würde."

Bowdeen warf die Zügel über den Kopf seines Pferdes. Er seufzte. Er hatte mehr als genug von seinem Adjutanten. Es gab keinen härteren, zäheren oder tapfereren als ihn. Mehr als sein Hintern war offenbar aus Eisen, und wenn nicht er selbst die offene Feldmarschall-Stellung annehmen würde, ginge sie zweifellos an Callan, der jetzt schon ziemlich gut im Tiefwaldkampf war. Aber Callan verstand nichts von Menschen und mochte sie nicht. Doch um Männer zu führen, muß man sie kennen.

Und – das mußte Bowdeen zugeben – er hatte auch von sich selbst mehr als genug, konnte sich nicht mehr ausstehen, nur daß eben ein sauberes Gewissen nicht satt machte. Ein Wengen sollte jetzt mit Arin kämpfen, und nicht ihn jagen, um ihn niederzumetzeln. Er wandte sich wieder Callan zu und streckte die Hand aus. „Er wurde müde, Unter. Passiert jedem einmal. Geben Sie mir die zehn Kreten."

Das Flachboot, das alles war, was er von seinem Vater geerbt hatte, hatte viele Jahre gute Dienste geleistet. Nie leckte es. Jedes Spältchen war mit einer Mischung aus Harz und Teer abgedichtet.

Webb schob es mit einer Weidenstange ins tiefe Wasser. Die Stange war ein Geschenk von Doon, der einzige, der gekommen war, um ihm auf Wiedersehen zu sagen. Sie war kräftig und doch leicht, und hatte an einem Ende Kerben für ein Fischnetz. Weitere Gaben wie Fleisch und gekochten Reis hatte er am Bug mit Bogen und Köcher verstaut.

Webb winkte Doon Lebewohl, und der Alte nickte mit ruhiger Melancholie. Irgendwie, so seltsam es auch war, hatte Webb das Gefühl, daß Doon, obgleich er von Garicks Auftrag nichts hielt, ihn, Webb, mehr als zuvor achtete, weil er ihn durchführen wollte.

Als er vom Ufer stakte, flüsterte Doons Lep in seinen Geist.

Ja.

Aber du hast dumm gesagt!

Gehen ist dumm. Nicht der Grund.

Webb war sich des Grundes nicht so sicher. Das Ganze war zu groß.

Doon nickte ernst vom Ufer. *Dann such ihn.*

Das Boot entfernte sich weiter. *Webb . . .* Noch einmal Doon, ein letztes Wort.

?

Glück.

Webb grinste und winkte erneut, dann drehte er sein Gesicht nach vorn, damit Doon nicht sehen konnte, wie sein Lächeln schwand. Glück war, was er brauchte. Glück, um in den Sumpf hineinzukommen und sich zu erinnern, wo er die Insel gesehen hatte. Glück, daß sich dort tatsächlich befand, was Garick wollte. Glück, daß er wieder zurückfand und sich nicht verirrte oder von einer Schlange gebissen oder von einem Bären gefressen wurde.

Der Fischer, hager und hart, bewegte sich auf den nassen Steinen des Ufers, als wäre jeder Schritt lange vertraut. Er blieb stehen und warf die Netze ins Heck seines Bootes. Völlig still verhielt er sich, als der hochgewachsene Mann aus dem Buschwerk trat und zu seinem Boot stolperte. Der Wind kam aus der richtigen Richtung – oder der falschen, wie man es nahm, jedenfalls konnte der Fischer des Fremden schmutzige Lederkleidung riechen. Er dachte zuerst, es sei ein Wengen, aber in der Nähe fielen ihm die miteinander verschmolzenen Schichten von Dreck, Zirkelbemalung und Sonnenbräune auf. Die Kleidung faulte regelrecht an ihm. Durch einen Riß in den Überresten der Hose sah er den Blätterverband um ein dünnes Bein, das braun von verkrustetem Blut war. Der Mann taumelte über die Steine und ließ sich ins Heck des vertäuten Bootes fallen. Einen Augenblick schien er den Besitzer zu vergessen. Er ließ den Kopf kraftlos hängen und atmete mühsam. „Alter . . .“, sagte er schließlich. Der Fischer erkannte die gedehnte Sprechweise der Shandos. „Bring mich über den Fluß.“

„Sonst nichts?“ spöttelte der Fischer. „Hast du denn Geld?“

Er mußte die Frage wiederholen. Der Shando hatte ihn erneut vergessen. Er war so fertig, daß offenbar nur sein eiserner Wille ihn davor bewahrte, umzukippen. Er schüttelte vage den Kopf. „Nein."

„Aber ich muß mir meinen Unterhalt verdienen, und die Fische beißen nicht wie vergangene Woche."

Der hochgewachsene Mann erhob sich mühsam und schaute auf den Mrikaner hinab. Seine Ausgezehrtheit ließ ihn noch größer erscheinen. Das verfilzte Haar hing in die winterkalten Augen, die jedoch eher abwesend als grausam wirkten. Er war dreckig, aber das Messer in seiner räudigen Hand war makellos und frisch geschliffen.

„Alter", sagte er stumpf. „Ich will über den Fluß."

Der Fischer starrte auf das Messer. „Sicher, ich setz dich über, aber etwas mußt du mir dafür schon geben, das ist nur fair. Guter Shando-Bogen und -Köcher, was du da hast. Irgendein Sold gäbe bestimmt einen Halbkreten dafür. Vielleicht sogar mehr, wenn ich ihm erzähle, woher ich sie habe. Aber ich bin ein rechtschaffener Mann."

Der Shando schaute durch ihn hindurch, an ihm vorbei. Abwesend sagte er: „O ja, das ist nur fair." Er nahm Bogen und Köcher von der Schulter und gab sie dem Fischer. „Schau mich an, Alter."

„Hah?" Aber die Augen hielten seine fest. Der Fischer konnte ihnen nicht ausweichen.

„Dein Leben und meines sind völlig unwichtig, Alter. Ist es da nicht komisch, daß wir beide so sehr daran hängen?"

Die vom Bart umrahmten Lippen bewegten sich, aber die Stimme schien aus dem Kopf des Fischers zu kommen. Er fühlte sich merkwürdig, als wäre er nicht allein mit seinen höchstpersönlichen Gedanken. Aber das war ja verrückt! Es war wichtig, das Boot abzustoßen und schnell überzusetzen, und wenn er vorgehabt hatte, den Solds irgend etwas zu verkaufen, war es schon vergessen.

Ego belanglos. Was er wollte, war von keiner Bedeutung, außer für ihn selbst. Und was bedeutete noch etwas? Er lehnte sich im Bug zurück und versuchte, sich an die Zeit vor Lishin, vor Holder, zu erinnern. Es war schwierig, alles war verschwommen. Da war Shalane, aber selbst sie war verschwommen. Er drückte die Lider fest zu und bemühte sich, ihr Bild vor sein inneres Auge zu zaubern.

Die Frauengestalt war so plötzlich vor ihm, so lebendig, daß sie hätte echt sein können. Aber es war nicht Shalane. Er öffnete die Augen, und die Vision war verschwunden. Er schloß die Lider wieder und versuchte, sie zurückzubringen, doch vergebens.

Arin starrte auf den Fischer, doch der Alte ruderte mechanisch, mit dem Rücken dem Shando zugewandt. Sie entsprang nicht seinem Geist, dazu war der Mann zu simpel und zu leicht zu beherrschen. Er hätte den Alten töten und sich das Boot einfach nehmen können, aber er war zu schwach, selbst gegen die leichteste Strömung zu rudern. Und ein weiterer Toter war so sinnlos wie ein weiteres neues Leben.

Die Frauengestalt glich niemandem, den er je gekannt oder auch nur gesehen hatte. Obgleich sein inneres Auge sie nur einen flüchtigen Moment wahrgenommen hatte, blieb ihr Bild in jeder Einzelheit in ihm haften. Die kurze Nase, die weitauseinanderstehenden schwarzen Augen, das dunkle Haar, das ihr den Rücken hinunterhing, der breite Mund, die Zähne, die nervös an der Unterlipppe kauten. Sie war dünn, ja fast knochig, doch trotz ihrer Eckigkeit, oder vielleicht gerade deshalb, wirkte sie sehr weiblich. Ihre Schultern umhüllte ein verschlissenes Tuch.

Wer war sie? Weshalb drängte sie sich an Shalanes Stelle in seinen Geist?

Am Ufer, von dem sie abgelegt hatten, standen zwei Männer dicht beisammen. Sie waren zu weit entfernt, sie deutlich zu sehen, doch einer war unverkennbar schwarz, und dieser Schwarze hob die Hand und deutete auf ihr Boot.

Bowdeen und Callan. Sich in den Büschen zu verstecken, wäre der sichere Tod. Bowdeen und Callan oder die Solds würden ihn finden. Die Siedlung war seine einzige Chance, wenn auch eine sehr geringe. Doch dort konnte er sich zumindest hinter einer Tür oder auf einem Speicher verbergen, sich etwas zu essen stehlen und vielleicht eine Stunde schlafen.

Seltsam, dachte Arin, je näher die Gefahr kam, desto wichtiger erschien es ihm, am Leben zu bleiben. Das Gesicht der Fremden drängte sich erneut vor sein inneres Auge. Mit aller Willenskraft schob er es von sich, und dann war es Shalane, wie er sie das letztemal gesehen hatte, schärfer als er sich an ihr Bild seit Wochen erinnert hatte. Klarer und geliebt und . . .

Shalane blickte plötzlich beunruhigt hoch. *Arin in Gefahr.*

Garick studierte mit den anderen Meistern Jays Karte, in allen Einzelheiten. Sie befanden sich am Treffpunkt oberhalb von Karli. Shalane kannte die Karte längst auswendig. Aus dem Gedächtnis hätte sie jede Ecke, jeden Winkel von Erlösung zeichnen können. Später würden die Meister sie mit ihren Leuten teilen, aber im Augenblick erwartete man auch von ihr, daß sie an dem Meeting teilnahm. Doch diese plötzliche Sorge um Arin ...

Jenna war die einzige, die etwas von Shalanes Beunruhigung spürte.

Es war Arins erster richtiger Ruf seit langem, daß Shalane gar nicht mehr wußte, wieviel Zeit inzwischen vergangen war. Schon in jener ersten Nacht, als sie sich miteinander verbanden, hatte der Wurm des kalten Zweifels begonnen, Arin in einen anderen zu verwandeln, und sie konnte nicht alles teilen, wozu Garick ihn allmählich machte. Aber seit Lishin war Arin so *fern* von ihr, sogar noch ferner als Moss an den regnerischen Tagen, wenn er sich von seiner Familie zurückzog.

Jetzt fing sie das Signal erneut auf. Sie war sicher, daß es nur für sie allein bestimmt war. Shalane versuchte eine Botschaft herauszulesen, aber es war nicht mehr als ein Teilen, eine schwache Sehnsucht, ein bewußtes Bedürfnis nach ihr, doch die Furcht, mit der sie gemischt waren, verriet ihr, daß er sich in Schwierigkeiten befand, in argen Schwierigkeiten. Sie schloß die Augen und bemühte sich, die Verbindung aufrecht zu erhalten – aber sie erlosch.

Shalane starrte fast verzweifelt um sich. Trotz all der anderen hier hatte sie sich noch nie so allein gefühlt. *Muß ihm helfen.*

Bowdeen und Callan saßen bereits in einem Boot. Er mußte schnellstmöglich ans Ufer, selbst auf die Gefahr hin, daß er sich dort verirrte, ehe die beiden landeten. Sie ruderten geradewegs auf ihn zu. Der Alte steuerte mit dem Rücken zu Arin direkt auf die Stelle zu, wo das Ufer am nächsten war.

Sidele starrte mit fiebriger Konzentration auf die Kristallkugel und beschwor die plötzliche Vision wieder zurück, doch umsonst.

Das war echt! Das war Erfolg! Mit hämmerndem Herzen

erinnerte sie sich der fremden Züge, die sich ihr im Glas gezeigt hatten: ein schmales, bärtiges Gesicht, zerfilztes rotbraunes Haar, und Augen trauriger als traurig. Sie fragte sich, wer er wohl war. Nicht, daß es eine Rolle spielte, die Kristallkugel konnte jeden, alles, ein erstesmal zeigen. Die Schwierigkeit war, es willentlich zu wiederholen.

Sie hatte die Kristallkugel bisher lediglich als Werkzeug betrachtet, das zu nichts weiter von Nutzen war, als die Kunden zu beeindrucken, genau wie das Schild mit den merkwürdigen, aber bedeutungslosen Symbolen, das sie draußen aufgehängt hatte. Ja, sicher, der alte Pelly mit dem gelben Haar und den schlechten Zähnen hatte ihr gesagt, daß die Gabe vielleicht erst in vielen Jahren kommen mochte. Aber Sidele hatte an den Fähigkeiten des Wahrsagers gezweifelt, der erst eine halbe Kanne in sich hineingießen mußte, ehe er Bilder in einer Schale mit Tinte sehen konnte.

Aber vielleicht steckte doch ein Körnchen Wahrheit in seiner Prophezeiung. Vielleicht hatte sie tatsächlich die Gabe. Ihre Weissagungen waren fast immer durch ein bißchen Glück bestimmt oder manchmal durch ein zufälliges Lep, aber das hier war so ganz anders, viel bedeutender, denn . . .

Die näherkommenden Schritte unterbrachen ihren Gedankengang. Sie waren sehr eilig. Sie fluchte und hoffte, ausnahmsweise einmal, daß es kein Kunde sei. Sie wollte jetzt weiter mit der Kugel experimentieren, es immer wieder versuchen. Aber wie ihr Alter sagte, sie brauchten beide das Geld. Teufel, wenn sie die Gabe wirklich haben sollte, konnte sie ihren Preis verdoppeln, doch – der Kunde.

Seufzend erhob Sidele sich und warf sich das Schultertuch über. Es war schwül wie vor einem Gewitter, viel zu heiß für das Tuch, aber die Kunden erwarteten, daß sie auch so aussah, wie sie sich eine Wahrsagerin vorstellten. Sie lenkte ihre Gedanken in die notwendige Richtung, um den wichtigen ersten Eindruck zu gewinnen. Die eilenden Schritte kamen geradewegs auf die Tür zu.

Sie schwang mit einer solchen Heftigkeit auf, daß es sie fast aus den Angeln hob. Ein Riese von Mann stolperte herein und schmetterte die Tür hinter sich zu. Er torkelte an den Tisch, den Kopf tief gesenkt, völlig erledigt. Sidele sah das frische Blut auf der schmutzstarrenden zerrissenen Wildlederhose.

Trotz des Tuches um die Schultern fröstelte es sie plötzlich.

Vielleicht war es das dichte, zerfilzte rotbraune Haar, das ihr sagte, sie würde die Züge des Fremden erkennen, wenn er den Kopf hob, den Schnitt seines Mundes, die Augen – ja. Es war das Gesicht aus der Kristallkugel, und genauso überrascht wie ihr eigenes.

„Du . . .“, krächzte er. „*Du* bist es. Du *bist* es!“

Ihr Mund stand offen. „Was?“

Langsam, ehrfürchtig fragte er. „Wer bist du?“

„Sidele.“

„Sidele . . .“ Es schien ihm große Mühe zu kosten, die Silben auch nur zu denken. Er streckte auf schwankenden Füßen die Hände nach ihr aus. „Hilf mir.“

Seine Finger berührten ihre Hand. Dann gaben seine Knie nach. Arin sackte auf den Boden.

Ihr Boot schleifte gegen Sand und Steine. Callan sprang heraus. „Wohin? In die Siedlung? Was meinen Sie?“

„Ich glaube schon.“ Bowdeen kletterte weniger behende aus dem Boot. Er war so müde, daß er sich kaum noch rühren konnte, aber er bemühte sich, es vor seinem Adjutanten zu verheimlichen. „Es gibt dort mehr Verstecke.“ Bowdeen deutete auf die nächsten vereinzelten, niedrigen Häuser am Rand von Filsberg. „Er ist auch verletzt. Ich nehme an, er wird sein Glück dort versuchen. Weiter in der Siedlung sind zu viele Solds.“

Callan rannte sofort auf das nächste Haus zu. Bowdeen hielt Schritt mit ihm. Er wollte, sie würden etwas langsamer laufen, aber andererseits wollte er nicht, daß Callan das Geldfleisch vor ihm fand. Der Tag war immer noch heiß, doch plötzlich streifte eine kalte Böe über das kurze Gras. Bowdeen studierte den Himmel im Nordosten.

„Ein Gewitter vor Einbruch der Nacht. Es kommt schnell.“

Callan nickte kurz. „Sehen wir zu, daß wir ihn bald finden.“

Schweigend rannten sie weiter. Nach ein paar Minuten kamen sie an die Rückseite der nächsten Behausung, eine niedrige, windschiefe Hütte aus ungehobelten Fichtenbrettern. Bowdeen hielt an.

„Zwei Türen. Sie behalten die hintere im Auge, ich gehe ums Haus herum und . . .“

„Ich nehme die vordere“, erklärte Callan.

„Sie werden mich doch nicht um fünf Kreten bringen wollen?“

Callan zappelte ungeduldig. „Also gut. Sie gehen hinein. Aber ich möchte hineinschauen."

„Das werden Sie auch, Unter." Bowdeen grinste. „Wenn der Shando im Haus ist, werde ich so laut nach Ihnen brüllen, wie Sie es noch nie gehört haben."

Er zog seinen Sheddy und stapfte vorsichtig durch das hohe Unkraut um das Haus. Er bemühte sich, so leise wie möglich zu sein. Callan sah ihm nach, wie er um die Ecke bog und verschwand.

Arin oder kein Arin, Bowdeen hätte beim Anblick des roten Schildes über der Tür fast einen Jubelschrei ausgestoßen. Sidele. *Sidele! Na, wenn ich nicht Glück habe!*

Er unterdrückte den Impuls, das Schwert in die Scheide zurückzuschieben und ins Haus zu stürmen. Die Tür war geschlossen, vielleicht hatte sie einen Kunden.

Aber irgendwie stimmte etwas nicht.

Sie hatte ihn oft aufgezogen, daß er mehr Zirkel in sich hätte, als er sich erinnern könnte. Er hatte immer nur darüber gelacht, aber vielleicht stimmte es doch. Er verfügte über viel mehr Tiefwaldinstinkte als er sich normalerweise bewußt war. Und jetzt flüsterte etwas ihm zu und ließ ihm trotz des warmen Tages einen Schauder über den Rücken laufen.

Mit aller Willenskraft beruhigte er seinen Puls und zwang sich, wieder leiser zu atmen, bis er es selbst nicht mehr hören konnte. Dann schlich er dicht an die geschlossenen Tür und drückte das Ohr daran. Nichts! Kein Laut! Bowdeen wartete reglos eine Minute, zwei Minuten, drei. *Du hast schon einmal die größere Geduld gezeigt, Mann.*

Vier Minuten. Er konnte schließlich nicht ewig hier kauern. Wenn er nicht bald etwas unternahm, würde Callan es tun, und dann konnte er das Geld in den Wind schreiben.

Er trat einen Schritt zurück, hob den Sheddy und stieß die Tür ein. Nichts geschah. Vorsichtig schob Bowdeen den Kopf hinein, schaute sich um, dann machte er zwei Schritte ins Zimmer. Es war leer, wenn man von dem zerkratzten roten Tisch in der Mitte, mit Sideles dummer alter Kristallkugel darauf, absah. Ein sehr kleines Zimmer war es, das sie vermutlich nur für ihre Wahrsagungen verwendete. Bowdeen nahm an, daß sie den Rest des Hauses zum Wohnen und zur Unterbringung ihres Zeuges benutzte, das sie für ihre vereinzelten öffentlichen Auftritte verwendete. Hinter dem Tisch war eine schmale Türöffnung. Als er darauf zuschlich, sah er, daß sie mit den alten Glasperlenschnüren verhängt war, die er Sidele von seinem ersten Suchgeld gekauft hatte. Er erinnerte sich noch allzu gut an den Streit, den er mit ihr wegen dieser verdammten Glasperlen gehabt hatte. Sie wollte sein Geschenk nicht, weil er es mit Blut erstanden hatte. *Ist lange her, Alte, du hast nur länger gebraucht, dich daran zu gewöhnen.*

Bowdeen stieß die Sheddyspitze durch die Perlenschnüre. Dann hörte er Sidele stöhnen. Er stieß einen wilden Schrei aus, vergaß seine Vorsicht und stürzte ins Zimmer, die Klinge bereit. Abrupt blieb er stehen, er kam sich sehr dumm vor, blieb aber trotzdem sprungbereit. Niemand war hier.

Dieses Zimmer war größer als das vordere. Sidele hatte ihren Kram hier überall verstreut. Ein Spiegel mit einem Sprung hing an einer Wand. Er sah sich darin. Kleider waren überall, Perücken, Döschen mit Schminke, Holzplatten mit Köpfen und ein paar alte Totenschädel als Kerzenhalter. Bowdeen nahm mit einem Blick alles auf, von dem schmutzigen Büschel Haar unter dem Spiegel, zu den Lumpen auf ihrer alten Holztruhe.

Seine Augen hafteten auf der Truhe. Das Lumpenbündel bewegte sich.

„Hab' ich dich, Bursche. Komm sofort hoch."

Wieder ein Stöhnen. Es drang aus den Lumpen. Bowdeen streifte sie mit seiner Klinge zur Seite. Es war Sidele. Sie war an Hand- und Fußgelenken gefesselt, war geknebelt und lag mit dem Gesicht nach unten so nackt wie ein Neugeborenes auf der Truhe.

„Verdammt, Frau." Er zupfte an dem Knebel. „Was hat er dir getan?"

Sie hustete und räusperte sich. „Alter, du bist der schönste Anblick, den ich mir hätte wünschen können. Befrei mich von den Stricken."

„Sofort. Aber wo ist er hin?"

„Und schenk mir etwas Flüssiges ein – Tee, Mosta, irgend etwas. Mir ist, als hätte ich seit Morgengrauen nichts als Dreck eingeatmet."

Bowdeen löste ihre Bande, dann ging er, um Callan zu rufen, doch zuvor warf er ihr noch das nächste Kleid in seiner Reichweite zu. „Sidele, dein Körper ist ein sehr erfreulicher Anblick, aber mein Adjutant hat etwas dagegen, wenn die Menschen sich so sehen lassen, wie die Natur sie geschaffen hat."

Bowdeen saß auf der Truhe, mit einem Arm um Sidele, während sie Pfefferminztee trank und ihre Geschichte erzählte. Callan lief unruhig auf und ab. Seine Energiereserven, über die der todmüde Bowdeen staunte, waren immer noch nicht erschöpft. Er benutzte das andere Ende des Zimmers für seine Marschiererei, um Sidele nicht zu nahe zu kommen. Seine lebenslange Einstellung machte keine Ausnahme. Die Frau las die Zukunft und rief andere Mächte als Gott an. Sie war deshalb mit den Zirklern gleichzustellen und ebenso verabscheuungswürdig.

„Dann bedrohte er mich mit dem Messer“, fuhr Sidele fort, „und befahl mir, mich auszuziehen.“

„Als ob er Zeit für so was gehabt hätte“, brummte Bowdeen.

Sidele machte eine vielsagende Geste. „Mit einem Messer an der Kehle, was kann man da schon machen? Ich sagte ihm, er könnte es auch so haben, bis zum Abendessen, wenn er nur sein Messer wegsteckte.“ Sie und Bowdeen wechselten zu einem schnellen Wengen über, dann lachten sie und Bowdeen über etwas, ehe sie den Kopf schüttelte und murmelte: „Es ist traurig.“

Callan rannte weiter nervös hin und her. Die Zeit flog, aber Bowdeen schien es nichts auszumachen, er war zufrieden, seine Frau um sich zu haben. „Und *dann?*“

„Dann hat er mir das fettige *Shmota* in den Mund geschoben und mir eins über den Schädel gehauen. Als nächstes weiß ich nur, daß ich unter diesen stinkenden Lumpen begraben war, bis du gekommen bist.“ Sie gab Bowdeen einen schnellen Kuß. „Und du bist immer noch der bestaussehende Mann in der ganzen Garnison.“

„Also flieht er immer noch“, sagte Callan. „Weshalb hat er hier überhaupt angehalten? Was wollte er?“

„Wozu haben Sie denn Ihre Augen, Unter? Ist doch klar wie der helle Tag, was er wollte.“

„Bowdeen!“ Callans Geduld war strapaziert. „Sie verschwenden Zeit – wie üblich. Wenn Sie wissen . . .“

„Wenn ich es weiß, muß ich es nicht sagen. Meine Sohlen sind schon fast durchgewetzt auf der Jagd nach diesem Mofo, und ich bin nicht mehr gerade bester Laune. Also, wenn Sie einen Gefallen von mir wollen, dann bitten Sie gefälligst auf nette Weise darum, dann will ich sehen, was ich tun kann.“

Callan seufzte und betrachtete scheinbar die Wand. „Sir“, sagte er und betonte jedes Wort sorgfältig. „Ich ersuche Sie *respektvoll,* mir zu sagen, was Sie glauben, daß Arin getan hat.“ Er funkelte Sidele an. „*Einer* von uns muß sich um ihn kümmern.“

„Wie höflich Sie sein können, wenn Sie sich etwas erwarten.

Ja, Sir, ja, Sir, so soll es sein,
Fall auf die Knie und benimm dich fein!“

Callan ignorierte den Spott. Bowdeen deutete auf den Spiegel. „Also gut, was sehen Sie?“

„Einen Spiegel.“

„Auf dem Boden?“

„Büschel Haare. Na und?“

„Kombinieren Sie doch: Haare, schwarzes Messer, Sideles Kleidung.“

Callan schüttelte den Kopf. „Er rasiert sich, stutzt sein Kopfhaar. Weshalb verlangt er, daß sie sich nackt auszieht?“

„Damit er so aussehen kann, wie er nicht ist.“

„Wie eine *Frau?*“

„Na. Sie haben es kapiert“, brummte Bowdeen. „Wette, er hat sich unter die Freudenmädchen gemischt und läßt sich von den Solds in den Hintern zwicken.“

Sidele kicherte. „Er sah nicht gerade wie diese Art von Frauen aus.“ Wieder sagte sie etwas in Wengen. Bowdeen brüllte vor Lachen und umarmte sie.

Callan starrte ihn wütend an. „Bowdeen, wollen Sie nur herumsitzen mit dieser – dieser . . .“

„Hüten Sie Ihre Zunge, Callan!“

„. . . dieser Hexe, während der Bastard Arin entkommt?“

Bowdeen erhob sich, reckte sich müde, dann ließ er sich auf Sideles zerknülltes Bett fallen und klatschte einladend darauf. Sidele streckte sich neben ihm aus und schmiegte sich an ihn. „Nun, wenn Sie es genau wissen wollen, gerade das hatte ich vor.“ Er seufzte tief. „Ich bin müde, Unter, ich bin fertig, und ich frage mich jetzt, ob ich überhaupt noch an Arins Kopf interessiert bin, und weshalb Sie so scharf auf ihn sind.“

„Er ist ein Mörder.“

„Und was sind *wir?* Schafzüchter?“

„Er hat Micahs Tod auf dem Gewissen.“

„Wer ist Micah?“

„Einer – einer meiner Leute.“

„Ihrer Leute, hm.“ Bowdeen dachte mit halbgeschlossenen Augen darüber nach. „Und wer, genau, sind Ihre Leute, Unter? Es kommt mir jetzt erst so richtig, daß ich Sie nie besser gekannt habe als die Stadt.“

Sidele warf ein: „Ich glaube, er könnte ein Kriss sein.“

„Niemand hat Sie gefragt!“ brauste Callan auf.

„Nicht so heftig. Warten Sie!“ Bowdeen setzte sich auf, er erinnerte sich. „Dieser Micah – Arin hat ihn getötet?“

Callans Miene wirkte eigenartig verzerrt. „Nicht direkt, Bowdeen, das überließ er *Ihnen!*“

„Der Kriss auf dem kahlen Gipfel!“

„Richtig.“

„ ‚Die Kriss durften nicht gejagt werden!‘ “ Bowdeen blickte mit neuer Einsicht auf den jungen Mann. Seine bisher leicht amüsierte Stimme wurde ernst. „Und ich ließ Sie für seinen Kopf auch noch bezahlen.“

„Ja.“ Callan ging zum Perlenschnurvorhang. „Das ist schon in Ordnung, vergessen wir es. Aber ich will Arin haben. Kommen Sie jetzt mit oder nicht?“

Es dauerte einen langen Augenblick, ehe Bowdeen antwortete und ihn mit einer Mischung aus Verständnis und Mitleid ansah. „Nein“, sagte er schließlich.

„Sie lassen sich fünfundzwanzig Kreten entgehen?“

„Des Geldes wegen bin ich hierhergekommen. Aber ich weiß nicht, Callan, ich weiß nicht. Habe mich gerade im Spiegel gesehen. Und Sie. Mann, schauen Sie sich und mich doch an. So wie wir aussehen, gehören wir auf den Müll. Das Leder ist so abgetragen, daß es in Fetzen von uns fällt, wenn es nicht vorher verrottet. Zirkel-Messer, Zirkel-Mokassins. Nie haben Sie einen Bart getragen – jetzt sind Sie seit einer Woche nicht mehr dazu gekommen, sich zu rasieren. Die Kordel, mit der Sie Ihre Hose hochhalten, hat vorher einem Meister gehört. Es gab eine Zeit, da taten wir echte Soldatenarbeit, und Sie, Callan, waren einer der Besten. Ich konnte Sie nie ausstehen, und Sie mich genausowenig, aber wir waren gut. Wir waren echte Soldaten!“

„Ich war schon zuvor etwas“, sagte Callan ruhig. „Ich war ein Mann mit einem Traum. Daran hat sich nichts geändert. Kommen Sie mit?“

Bowdeen schwang sich müde vom Bett und sah ihn an. „Mann, vergessen Sie ihn. Er ist zu schnell, zu schlau und es nicht wert.

Wenn Sie ihn nicht erwischen, erwischt ihn ein anderer, heute, morgen, was spielt es schon für eine Rolle? Er hätte Sidele übel mitspielen können, aber er hat es nicht getan, und darüber bin ich verdammt froh. Unter, wenn die Dinge sich zum Besten fügen, sollte man klug genug sein, es einzusehen.“ Er senkte fast sanft die Stimme. „Sie wollen doch den Feldmarschallposten. Nehmen Sie ihn und warten Sie, bis die Stadt wieder Verträge ausstellt.“

Callan versuchte, ihn zu verstehen. „Sie wollen das Geld wirklich nicht?“

„O Mann, haben Sie ein dickes Fell!“ Der Wengen schlug sich angewidert und verärgert auf den Schenkel. „Haben Sie denn immer noch nicht *genug?* Haben Sie sich denn das Fleisch, das wir heute einheimsten, nicht angesehen? Haben Sie denn diese bedauernswerten, traurigen . . .“ Er unterbrach sich und blickte hilflos auf Sidele, die sie beide ausdruckslos beobachtete. „Ich weiß nur, daß mein letztes Suchen der Vergangenheit angehört. Und was aus Arin wird, ist mir scheißegal.“

„Es dürfte natürlich nicht schwierig für Callan sein, ihn zu finden“, warf Sidele ein. „Dieser Mofo muß gut sechs Fuß fünf Zoll groß sein. Und in meinen Sachen . . .“

Der würgende Knoten von Abscheu löste sich unter Bowdeens Gelächter. „Das dürfte es wirklich leicht machen. Welch ein Bild!“ Er grinste.

Callan schritt durch das Vorderzimmer und riß die Tür auf. „Ich werde ihn finden!“

„Solange Sie ihn in Filsberg erwischen, behalte ich die zehn Kreten und bekomme noch fünf dazu.“ Bowdeen folgte ihm und lehnte sich gegen den Türrahmen. „Wenn das Gewitter Sie überrascht, dann kommen Sie wieder hierher. Bei uns können Sie im Trocknen schlafen, wenn Sie möchten.“

Als der Regen fiel, goß es wie aus Eimern. Er verwandelte die Straßen von Filsberg in knöcheltiefen Schlamm. Das hielt Callan nicht auf, denn nichts würde ihn so leicht aufhalten, so war er eben erzogen. Wohin immer Arin auch gegangen sein mochte, dort hielt er Ausschau: in den Gaststuben, den paar Läden, den Ställen, Scheunen und Hinterzimmern. Er arbeitete sich das Flußufer entlang.

Auf dem Weg zurück zur Hauptstraße mußte Callan anhalten

und sich unter einem überhängenden Dach ausruhen. Er dachte über die Situation nach, während das Wasser sein Schafsleder hinabrann und sich um seine durchgeweichten Mokassins sammelte. Geldprobleme gab es keine. Nun, da Bowdeen nicht mehr mitmachte, war das einfachste, einen guten Preis auf Arin auszusetzen. Er würde sich vier oder fünf gute Männer aussuchen. Mit ihnen kam er schneller voran als der verwundete Shando.

Uriahs Sohn wartete noch ein paar Augenblicke unter dem Dach. Dann zwang er sich weiterzustapfen. Seine Beine gehorchten nur schwerfällig. Voll Ärger über seine Schwäche *gestattete* er seinem Körper, die Erschöpfung zu spüren, und seinem Magen den Hunger.

Die Taverne war früher eine große Scheune gewesen, und den Namen hatte sie auch behalten. Die hier stationierten Solds hatten sie unter den fünf oder sechs Gasthäusern für sich ausgesucht, und der Wirt war durchaus einverstanden damit. Geld war in Filsberg knapp, nachdem die Grenzen abgeriegelt und der Handel mit Uhia unterbrochen war. Bargeld befand sich hauptsächlich in den Händen der Solds, und selbst da war es kärglich. Die meisten der Solds hatten nichts zu tun, so verbrachten sie ihre Zeit mit Trinken und der Hoffnung auf einen Vertrag mit der Stadt. Die Zeiten änderten sich, es gab nichts mehr, auf das man sich verlassen konnte.

Die Scheune war vollgestopft mit Tischen und Bänken. Es war düster und rauchig vom Holzkohlenfeuer, auf dem Fleisch brutzelte, und es roch nach Gewürzen, Fisch, nassem Leder, vergossenen Getränken und Schweiß. Drei schlampige Schenkdirnen bedienten an den Tischen.

Ein junger Unter stupste den einzigen Zivilisten an seinem Tisch. „Spitt, schau, dort an der Theke. Ich will verdammt sein, wenn das kein Karli ist."

Einen Moment – nur einen unmerklichen Augenblick – schwand der Ausdruck von Erstaunen, dann sagte Spitt. „Nein, das ist doch ein Soldat!"

„Soldat?" Der Unter schaute spöttisch auf die ramponierte Gestalt. „In *welcher* Armee?"

„Nun, ich komme von Lorl. Ich würde sagen, das ist Unter Callan von der 43. Trink, Sohn."

Ein anderer junger Sold beugte sich zu ihnen über den Tisch. „Das ist der, der nach einem Shando in Frauenkleidung sucht.“

„Das paßt zu ihm“, warf ein dritter ein. „Nach dem, was ich alles über ihn gehört habe, würde er bestimmt nicht nach etwas Weiblichem Ausschau halten.“

„Bleiben also nur Männer.“ Der junge Unter grinste. „Vielleicht sollten wir ihn fragen.“

Spitt schenkte ihm den Becher voll. „Ich würde es nicht.“

Der Wirt schaute naserümpfend auf das bartstoppelige schmutzige Gesicht ihm gegenüber. Er schob dem Mann den Mosta zu. „Preise sind hochgeklettert. Kommt nichts mehr herein. Alles, was wir noch haben, ist Bohnensuppe.“

„Dann bringen Sie mir eine“, sagte Callan. Er trank den halben Becher in einem Schluck. So müde wie er war, sollte er nicht auf einen leeren Magen trinken. Er unterdrückte mühsam seine Frustration und seine schwelende Wut. Als die Suppe kam, löffelte er sie gierig und schmatzend, dann schob er die leere Schüssel über die Theke. „Noch eine.“

Er leerte den Becher, während er auf die zweite Schüssel Suppe wartete. Die Erschöpfung war wie ein Schwamm, sie saugte die Kraft aus seinem Rückgrat. Sein Kopf sackte tiefer über die Theke. Er sollte überhaupt nicht trinken. Zu Hause wurde es nicht geduldet. Trinken war eine Schwäche, die die Augen der Männer von Gott abwenden mochte. Aber genau wie sein starker Vater nahm er in Gesellschaft menschlichen Abschaums auch Unangenehmes auf sich. In den vergangenen anstrengenden Wochen hatte er begonnen es zu spüren – nicht etwa ein Nachlassen seiner Entschlossenheit oder Zweifel an seiner guten Sache, sondern daß sein unvollkommener Körper nach Ruhe und Erholung schrie. Aber er würde warten müssen.

Callan löffelte auch die zweite Schüssel Suppe aus und bestellte noch einen Mosta. Er legte einen mitgenommenen Zweikretenschein auf die Theke.

„Haben Sie es nicht kleiner?“ jammerte der Wirt.

Das Wechselgeld würde ja doch nur zu durchgeweichtem Papier in seiner Tasche werden. „Behalten Sie den Rest“, brummte er deshalb und widmete sich seinem Drink.

Eine neue Stimme war zu hören. „Sieht ganz so aus, als hätte heutzutage Lorl das ganze Geld.“

Callan blickte auf. Ein Offizier von etwa Bowdeens Alter stand neben ihm und nippte an seinem Becher. Die Schulterklappen seiner sauberen Sommeruniform verrieten, daß er Feldmarschall war. Callan erkannte ihn. Es war Trace, ein geachteter Soldat, schon fast im Pensionsalter.

„Der kleine Glatzkopf", Trace deutete mit einem Kopfnicken auf Spitt, „ist von Lorl und zahlt schon den ganzen Abend eine Runde nach der anderen."

„Tatsächlich?" erwiderte Callan uninteressiert.

Trace studierte ihn eingehend. „Sie sind Callan – 43. Süd."

„Jawohl, Sir."

„Ich habe von Ihnen gehört. Auf Suche. Sie und Bowdeen."

„Jawohl, Sir." Callan wandte sich ab und schenkte sich einen weiteren Mosta ein. Er sollte es nicht, aber er brauchte ihn.

„Sie und Bowdeen", wiederholte Trace, als dächte er darüber nach. „Unter, das Leben eines Menschen ist seine eigene Angelegenheit, aber ich ließ nie zu, daß meine Männer auf Suche gehen, wenn ich es ihnen ausreden konnte. Aber Sie und Bowdeen . . ." Er unterbrach sich mit Abscheu in der Stimme.

Der Alkohol ließ Callan seine übliche Selbstbeherrschung vergessen. Es bohrte in ihm. „Ich und Bowdeen, *was,* Marschall?"

Trace hörte die Schärfe in der Stimme und erwiderte kühl: „Vor langem hatte ich eine Karli-Frau. Wir hielten Cowan-Jäger für das Gemeinste auf der Welt. Aber Sie und Bowdeen sind zu Bluthunden geworden. Was wollen Sie eigentlich hier? Männer kaufen?"

„Genau."

„Sie vergeuden nur Ihre Zeit." Trace drehte sich um und deutete auf die Stube voller Männer. „Keiner wird gehen."

Callan trank seinen Becher leer. Er richtete sich auf und ließ die Wärme durch seinen Körper strömen. „Wir werden sehen, Marschall. Vielleicht gibt es doch ein oder zwei richtige Männer in diesem Haufen."

Trace lächelte. „Vergessen Sie es, Callan."

Callan drehte sich an der Theke um. „Na gut. Hört alle zu!"

Er schritt langsam durch die Bankreihen. „Ich brauche Männer für eine Suche, nicht im Tiefwald, sondern direkt hier in Mrika. Fünf Kreten für jeden, sieben, wenn ihr den Fluß überqueren müßt."

„Hinter wem, zum Teufel, sind Sie her?" fragte der junge Unter, der neben Spitt saß.

„Hinter einem einzelnen Mann", rief Callan zurück. „Fünf Kreten für jeden, der sich am Suchen beteiligt, zehn dem, der ihn tötet."

Ein gedämpftes Stimmengesumme setzte ein, doch keiner meldete sich. „Was ist los?" Callans Blick wanderte von Gesicht zu Gesicht. „Das ist fast ein Monatssold – und nur für eine schnelle Arbeit!"

„Wir hörten", einer der Männer lachte, „daß es gar kein Mann ist, sondern eine sehr große Frau, die er sucht."

Der junge Unter stand auf. „Eine Frau?" Er grinste. „Dabei hörte ich, daß Unter Callan Frauen nicht mag."

Er war noch ein sehr junger Mann und leicht angeheitert. Wäre er älter und erfahrener gewesen, hätte ihm auffallen müssen, wie Callan erstarrte, und er hätte den Mund gehalten. Doch so spottete er: „Also fragen wir uns, *wozu* Sie ihn haben wollen, Callan."

Callan wandte sich ihm zu. Ein paar der älteren Männer, wie Spitt und Trace, hegten vage Befürchtungen. „Komm schon, Unter." Spitt zupfte am Ärmel des Jungen. „Setz dich wieder."

Er erkannte die kalte, entschlossene Grausamkeit in Callans Bewegung, als er heranschritt.

„Soldat, Sie haben vielleicht noch nicht davon gehört, aber dort, von wo ich herkomme, werden die Männer für das gehängt, was Sie andeuten. Ich habe die Schlinge für sie selbst geknüpft und zugesehen, wie mein Vater sie schwingen ließ. Ich erwarte ihre Entschuldigung."

Der junge Unter spreizte die Beine. „Und ich erwarte, daß Sie erst einmal ein Bad nehmen. Sie stinken! Ist Ihnen das klar?"

Callan drehte sich um, als gedachte er, das Ganze zu vergessen. Doch dann beugten seine Knie sich ganz leicht, als er herumwirbelte und die ganze Kraft seines gestählten Körpers in die Rechte legte, deren Knöchel er dem Mann ins Gesicht schlug. Es war ein Zirkeltrick, wie die meisten der Finten um Leben oder Tod, die er von Bowdeen gelernt hatte. Der Unter flog rückwärts und knallte vor den Füßen eines anderen auf den Boden. Er war sofort wieder hoch und atmete heftig. Auf seinem Gesicht zeichnete sich bereits ein roter Striemen ab. Callan duckte sich leicht. Er wartete, die Lippen leicht geöffnet. Er war froh, daß es dazu gekommen war. Wenn er Arin nicht haben konnte, mußte er an irgend etwas, irgend jemandem seinen Grimm austoben.

„Tun Sie es nicht, Unter", warnte Trace, der weiterhin

selbstsicher und scheinbar ungerührt an der Theke stand. „Er wird Sie umbringen. Er hat Erfahrung darin."

Aber der junge Unter stürmte bereits los, er war viel zu aufgebracht, um an Vorsicht zu denken. Als er auf Callan einschlug, war der Mann plötzlich nicht da. Er hatte sich geduckt, ein wenig nach vorn und nach rechts, und er faßte jetzt den jungen Unter um die Mitte und benutzte dessen Wucht, sich hinter ihn zu drehen. Mit einer einzigen Bewegung hatte er den Jungen, die Hände auf dem Rücken, mit einer Hand im Griff, während die andere das schwarze Messer quer an seine Kehle drückte.

„So", sagte er, „halten die mageren kleinen Karli-Mädchen sich große starke Männer vom Leib. Wenn Sie mit so einem Mädchen fertig werden, Unter, dann können Sie zurückkommen und Ihr Glück mit mir versuchen."

Er gab dem Jungen einen Stoß und ließ ihn los. Ehe der Unter sich auch nur zu ihm herumdrehen konnte, schlug Callan ihm die Handkante auf den Nacken. Der Unter sackte zusammen.

Callan steckte das Messer in die Scheide. „Mein Angebot gilt noch. Wer ist an dem Job interessiert?"

An den Tischen blieb es ruhig. Die Männer wandten den Blick ab, wenn Callans auf sie fiel. „Wenn ihr mehr Geld wollt, dann sagt es."

Niemand rührte sich. Der haarlose kleine Zivilist lächelte den Kriss wie entschuldigend an.

„Wie ich schon sagte", bemerkte Trace gelassen, „vergessen Sie es."

Callan schritt an ihm vorbei, er hielt kurz an, um ihm einen Blick beißender Verachtung zu widmen. „Marschall", sagte er, ohne die Stimme zu senken. „Wenn das die Besten sind, die Sie haben, dann gnade Gott dem Norden."

Bowdeen war zu müde für etwas anderes als ein Bad und eine Mahlzeit. Er ließ sich den Teller dreimal aufhäufen, dann saß er zufrieden in der Wanne und genoß es, als Sidele ihn mit Wasser aus der Regentonne wusch. Später zündete sie eine Kerze an, und sie legten sich aneinandergeschmiegt ins Bett und unterhielten sich. Sein Kopf sank auf ihre Schulter, seine Augen fielen zu. Instinktiv legte er seine Hand auf ihre Brust. Er schlief. Die Stunden vergingen. Sie änderten ihre Stellung nicht, obgleich die Kerze abbrannte. Sidele starrte neben dem Schlafenden in die Dunkelheit.

Der Sturm wich leichtem Regen, die Blitze zuckten weniger häufig, und obgleich viel weiter entfernt, erschütterte jeder Donnerschlag die Kristallkugel in ihrer Halterung.

Lange nach Mitternacht schwang die Tür heftig auf. Bowdeen erwachte und glitt aus dem Bett. Er griff nach dem Sheddy.

„Sind Sie es, Unter?"

„Fragen Sie doch die Hexe", knurrte Callan. „Kann sie denn in der Dunkelheit nicht sehen?"

Sidele erhob sich mit einem toleranten Lächeln und zündete die restlichen Kerzen an. Der Sold trampelte durchnäßt und schmutzig in das Hinterzimmer. Er streifte den triefenden Poncho ab, schlüpfte aus seiner Lederjacke und ließ beides auf den Boden fallen. Sidele gab ihm ein altes Stück Stoff als Handtuch. Er nahm es ohne ein Dankeschön.

„Nun", fragte Bowdeen. „Haben Sie Arin gefunden?"

„Sehe ich so aus?"

Bowdeen staunte und amüsierte sich gleichzeitig. Callan war schon immer von säuerlichem Wesen, aber Sarkasmus von ihm war völlig ungewohnt.

„So wie Sie aussehen, Unter, hat es ganz den Anschein, als hätte jemand vergebens versucht, Sie zu ertränken. Was haben Sie alles gemacht?"

Callan zögerte, von dem Vorfall in der Scheune zu erzählen, aber Bowdeen entlockte es ihm nach und nach. Als er von der Einstellung Traces und der Nordsolds hörte, runzelte er die Stirn, und er blickte überrascht auf, als Callan den kleinen Zivilisten beschrieb, der neben dem unglücklichen Unter gesessen hatte.

„Völlig kahl? Große Augen? Sieht aus, als sollte er nicht ohne seine Mammi ausgehen?"

„Ja. Kennen Sie ihn?"

„Vielleicht. Könnte Spitt sein. Sie würden ihn auch kennen, wenn Sie in Lorl zum Saufen ausgegangen wären."

„*Ich* erinnere mich an ihn." Sidele schenkte drei Tassen voll Tee. „Angenehmer kleiner Bursche, harmlos wie Milch."

Callan nahm die Tasse, wieder ohne Sidele zu danken. „Spitt", murmelte er nachdenklich. „Weshalb ist er so weit im Norden? Garick hat die diesjährige Ernte bereits den Geldleuten versprochen."

„Seltsam.“ Bowdeen nippte am Tee. „Vor ein paar Monaten haben die Nordburschen es noch darauf angelegt, Sie und mich zu finden. Und jetzt, wenn Sie ihnen fünf Kreten vor die Nase halten, schnappen sie nicht zu. Ich sage es nicht gern, aber ich glaube, Garick hat sich ein paar Solds gekauft.“

„Da müßte er schon die ganze Division kaufen, damit es sich lohnt. Garick steckt bis zu den Ohren in Schulden. Soviel Geld besitzt er nicht.“

„Vielleicht nicht“, räumte Bowdeen ein und wärmte die Hände an der Tasse. „Aber es sieht ganz so aus, als hätte jemand soviel.“

Die Straßen von Erlösung lagen still im Mondschein.

Shalane, die Jenna folgte, huschte von Schatten zu Schatten auf dem Stadtplatz. Ein wenig neidisch bewunderte sie die unermüdliche Energie und Behendigkeit der Shando-Göttin. Daran zu denken, lenkte sie glücklicherweise ein wenig von dem ab, was sie tun mußte.

Vielleicht war es Arin gegenüber nicht loyal, aber Shalane konnte keine Wärme für seine Eltern empfinden. Garick war gütig, aber immer distanziert. Jenna sprach wenig und teilte noch weniger, und sie schien nicht einmal ihrem Mann verbunden zu sein. In Charzen schliefen sie und er in getrennten Zimmern, und auf dem Ritt nach Erlösung war Jenna regelmäßig mit anderen auf den Hügel gegangen. Aber manchmal folgten Jennas Augen dem einsiedlerischen, geistesabwesenden Gott. Nur ein Blick von ihm – das las Shalane in der Göttin –, und alle anderen mußten allein schlafen. Und doch berührten Jenna und Garick sich nicht. Shalane verstand nicht, weshalb.

Trotzdem war sie froh, unter Jennas Fittichen zu sein. Vielleicht hatten sie beide doch etwas tun können, um Arin zu helfen. Jedenfalls schien er sich im Augenblick in Sicherheit zu befinden. Shalane war sich nicht sicher, wo er jetzt war, aber sie las, daß keine unmittelbare Gefahr für ihn bestand.

So dicht hinter der anderen staunte Shalane erneut über die Geschicklichkeit Jennas, auf Kieseln zu gehen, ohne ein Geräusch zu verursachen. So wie sie dahinglitt, mit dem gespannten Bogen in einer Hand, mochte sie ein Blatt sein, das der Wind durch die mondhelle Sommernacht trieb.

Überall um sie herum huschten weitere schwarzgekleidete

Gestalten mit rußgeschwärzten Gesichtern durch die winkligen Schatten von Erlösung. Jede hatte ihren eigenen Sektor zugeteilt bekommen. Shalane hatte Garicks Gewährsmann nicht kennengelernt, aber es bestand kein Zweifel, daß er nicht hätte sorgfältiger sein können. Er hatte alles aufgezeichnet, jedes einzelne Haus mit Zimmereinteilung, ebenso wie den Schichtwechsel der Minenarbeiter, und wie viele schlafen würden, wenn sie kamen.

Und plötzlich, in dem blassen Licht, war es Zeit für sie. Sie kamen zu der Ecke des ersten Hauses in ihrem Sektor. Auf Jennas Lep hin zog Shalane sich in den Schatten zurück. *Warte!*

Die Tür würde direkt in die Küche führen, sie war nur mit einem einfachen Hakenschloß gesichert, der mit einem dünnen Eisenstück – jeder der Zirkler war damit ausgerüstet – hochgehoben werden konnte. Shalane griff nach ihrem. Mit einemmal flammte eine Lampe in der Küche auf. Sie vernahm die Stimmen von zwei Männern. Ein schwerer Stein schien plötzlich in ihrem Magen zu liegen.

Weitere Schatten huschten an allen Seiten in alle Richtungen, glitten zu den Haustüren, knieten sich, um die Haken der Schlösser zu heben. Wie gern wäre sie weggelaufen, um nicht daran teilnehmen zu müssen, so wichtig die Sache auch war. Ihre Hand mit dem Messer zitterte. Jetzt erst bemerkte sie, daß sie es verkehrt hielt. Sie fluchte über ihre Dummheit und nahm es richtig in die Hand. Ihre Zähne klapperten.

Die Tür schwang auf. Zwei Männer, untersetzt, kräftig, traten heraus, die ersten der Morgenschicht. Andere würden bald ihrem Beispiel folgen. Schichtwechsel fand etwa zwei Stunden vor Sonnenaufgang statt, das wußte Shalane. Der Mond stand bereits tief am Horizont. Sie kamen die Stufen von der Haustür herunter, nur ein paar Schritte entfernt, wo Jenna und Shalane wie ein Teil der dunklen Mauer bereitstanden. Die beiden traten schwer und achtlos auf. Sie gähnten.

An einem Steinbrunnen hielten sie an. Einer von ihnen griff nach dem Seil.

Jenna bewegte sich.

Der Pfeil warf den vorderen Mann hart gegen den Brunnenrand. Er taumelte darüber und stürzte in den Schacht. Das Geräusch, das er verursachte, klang wie eine platzende Blase. Jenna rannte bereits auf sie zu.

„HEH!“

Der andere brüllte laut und schrill in der morgendlichen Stille. Jenna fing seinen Faustschlag mit dem Bogen ab und stach mit dem Messer in der Rechten zu.

Die Haustür wurde aufgerissen. Shalane, mit ihren von der Furcht geschärften Sinnen, glaubte, das Ächzen der Angel müßte in der ganzen Stadt zu hören sein.

„Moab? John?"

Shalane hörte zu denken auf. Ein dumpfes Schwindelgefühl erfaßte sie, als sie zu der vom Licht aus dem Innern eingerahmten Frau herumwirbelte. Mit einem Satz hatte sie sie erreicht. Die Frau sah sie und versuchte, die schwere Tür zuzuwerfen. Einen winzigen Augenblick dachte Shalane, sie könnte sich noch umdrehen und davonlaufen, sich irgendwo verstecken, wo ihr Messer sauber bliebe. Doch dann prallte ihre Schulter gegen die Tür, schlug sie auf, daß sie hineinstürzte, geradewegs auf die Frau, die sie mit dem Messer im Bauch zu Boden warf.

Garick öffnete das Schloß von Uriahs Tür und trat ein. Jenna glitt mit Rachsucht im Herzen neben ihm her. Sie befanden sich in einem kurzen Mittelkorridor. Uriahs Haus war anders gebaut und eingeteilt als die anderen. Es war größer als die meisten Häuser hier und mit der Kirche verbunden.

Mechanisch prüften ihre Füße die Bodenbretter. Sie schlichen dicht an der Wand entlang, um die Spannung zu verringern, die Geräusche erzeugen mochte. Ihre miteinander verbundenen Gedanken projizierten den Hausplan. Rechts war die Küche und das Zimmer der Tochter, links das Schlafzimmer Uriahs und seiner Frau. Die Tür zum Zimmer des Oberältesten stand einen Spalt offen.

Sie lauschten in die Dunkelheit. Garick lepte: *Warte hier.*

Uriah gehört mir!

Nicht allein! Warte!

Garick schlich den Gang zur anderen Tür, schob sie mit einer Hand auf, bereit, beim ersten Laut anzuhalten. Als der Spalt weit genug war, zwängte er sich hindurch und sah die Umrisse von Uriahs junger Tochter im Bett. Er zog die geknotete Kordel von seiner Mitte und hielt über dem schlafenden Mädchen inne. *Ich bin froh, daß es dunkel ist und du schläfst.*

Das Lep seiner Leute sickerte unentwegt in seinen Geist, die seelische Überlastung von viertausend Menschen, die sich durch viertausend verschiedene Höllen schleppten, während sie taten, was sie tun mußten: Schlösser öffnen, in Schlafzimmer schleichen und sie als Grabkammern zurücklassen. Der Geist der Zirkler, der sich immer in die beruhigende Gemeinsamkeit des Zirkels gekuschelt hatte, stellte nun in dem kalten Alleinsein fest, daß das, was sie tun mußten, weder rein noch selbstlos war. Garick las die wortlosen Gedanken, nahm an ihnen teil, so wie man sich Musik anhört, aber genau wie in Arins Lep, nachdem er Lishin verlassen hatte, hatten sie einen neuen Unterton, eine freudlose, klagende Dissonanz.

Vorher waren wir unschuldig.

Eine Tür knarrte. Das Mädchen drehte sich im Schlaf.

„Mary, bist du es?“ Uriahs Stimme, sie mußte es sein. *Nein, Jenna, warte!*

„Mary?“ Tief, scharf, klar, befehlsgewohnt. Ganz sicher Uriah! Das Mädchen rührte sich und wachte auf. Die Kordel würde zu langsam sein. Garicks Hand verschloß den sich überrascht öffnenden Mund und zwang das Mädchen wieder auf das Kissen. Es war schnell vorbei.

„Wer ist da? Wer ist da?“

Eine Reihe polternder Geräusche. Garick rannte auf den Korridor und hinüber zu Uriahs Zimmer, dessen Tür jetzt weit offenstand. Dahinter sah er zwei kämpfende Gestalten, eine schwarz, eine weiß. Die weiße holte aus, schlug zu. Jenna drehte sich unter der Wucht des Schlages und nutzte ihn. Sie ließ sich auf die Knie fallen und stieß den angewinkelten Arm vor, um das Messer in die anstürmende Gestalt zu stechen.

Uriah stolperte. Die Kraft verließ ihn. Er röchelte und stürzte gegen das Bett, wo er auf den Boden rutschte. Jenna machte sich daran, ihm den Rest zu geben, aber Garick hielt sie zurück. *Nein!*

Ein kurzer Docht brannte blau in einem niedrigen Gefäß auf Uriahs Arbeitstisch. Garick zündete zwei Kerzen daran an.

Kein Licht!

„Es spielt keine Rolle mehr“, sagte Garick laut. Jennas Geist war so sehr mit dem beschäftigt, was sie tun mußte, daß sie die Unzahl von Leps nicht hörte, die blutend in seinen Geist stießen: ... *fertig mit diesem Haus ... zu Ende hier ... keine mehr ... die Kinder sind tot ...*

„Es lebt keiner mehr“, sagte Garick.

Der Kerzenschein warf tanzende Schatten auf Miriam, die still im Bett lag. Ihre Kopfschmerzen würden sie nie mehr quälen. Jenna katte kaum die Bettdecke berührt, aber es hatte genügt, Uriah zu wecken.

Er lag neben dem Bett, hielt seine Seite und funkelte Jenna an wie ein abgeschossener Raubvogel in den letzten Zügen. Er starrte flüchtig auf Miriam, dann murmelte er mit tiefem Entsetzen: „O mein Gott, wo warst du?"

Garick bückte sich, um ihn besser zu sehen. *Das ist also mein Feind.* Ein interessanter Kopf, dachte er. Die Züge verrieten Intelligenz und eine Spur merkwürdiger, spöttischer Selbsterkenntnis. Uriah musterte den Meister von Charzen, und die Fassungslosigkeit in seinen Augen wich der Erkenntnis.

„Nun, Garick", sagte er. „Ich wußte immer, daß du einfallsreich bist. Wahnsinnig ebenfalls."

Spricht die Alte Zunge so klar wie Judith.

„Deine Frau und das Mädchen mußten nicht leiden", versicherte Garick ihm. „Keiner litt unnötige Schmerzen."

„Keiner?"

„Es gibt Erlösung nicht mehr, Uriah. Eure Häuser sind still und alle Feuer gelöscht. In ein paar Jahren wird der Wald euch bedecken."

Uriah zuckte zusammen. Jennas Messer war tief gedrungen. „Du glaubst, alle meine Leute schlafen?"

„Nein", antwortete Jenna. „Einige sind im Bergwerk. Wir haben die Minen versiegelt."

„Ihr wißt ja gar nicht, wo sie sind."

„Jay wußte es", erwiderte sie ausdruckslos. „Euer Jacob hat sich erinnert."

Uriah achtete kaum auf sie. Sein Blick haftete an Garick. Sie maßen einander. Obgleich Garick den Kriss überhaupt nicht lesen konnte, überschwemmte ihn eine Welle der Bewunderung für ihn. Eine Zeit für Könige, hatte er, Garick, einmal gesagt. Welch einen König Uriah abgegeben hätte.

Der Kriss seufzte trocken, resigniert. Die Kräfte verließen ihn allmählich. „So überlebte Arin tatsächlich."

„Gerade noch." Garick nickte. „Er erinnert sich an Lishin – und Elin und Kon."

Jenna nickte schwer. „Und die Ratten."

„Wir wollen nicht von Grauen sprechen, Garick. Du hast

Matthew nicht gesehen. Es fällt mir schwer, euresgleichen als völlig menschlich zu erachten." Uriah betrachtete abwesend den Flekken, der sich immer mehr über sein Nachtgewand ausbreitete. „Nun, wie geht es weiter? Soll diese dreckige Kuh es mit ihrem Messer machen?"

Jenna bewegte sich nicht. Sie verstand gerade soviel des fremden Dialekts, um seinen Gedankensprung zu begreifen. „Du glaubst, der Zirkel ist viehisch. Du denkst, uns macht das *Spaß. Wir* glauben, daß wir nie wieder rein sein werden."

„Mein Mitgefühl." Sein Mund verzog sich vor Schmerzen, aber Uriah gelang es, ein spöttisches Lächeln daraus zu machen. „Garick, erspare mir diese Sentimentalität. Ich habe ihr Messer ertragen, aber verschone mich wenigstens vor ihrer Zunge." Sein Atem kam keuchend. „Wie merkwürdig, ich habe Durst."

„Jenna, bring ihm Wasser."

„Mach ein Ende mit ihm, daß wir aufbrechen können. Wir werden ohnehin noch viel zu lange nach diesem Ort riechen."

„Er ist bereits am Ende. Es wird nicht mehr lange dauern. Hole ihm Wasser."

Ungeduldig nickte sie. Die Tür schloß sich leise hinter ihr.

„Du starrst mich an, als wärst du nicht sicher, was ich bin", murmelte Uriah.

„Ich weiß, was du bist, Uriah. Vergeudung."

„Du erstaunst mich."

„Ja, Vergeudung", wiederholte Garick mit leiser Verzweiflung. Die Gefühle wallten in ihm, doch er konnte für sie in ihrer Komplexität keine Worte finden. Er änderte die Welt, hatte sie bereits verändert und mußte nun weitermachen, sie noch mehr zu verändern, ohne zurückzuschauen. Doch jetzt hier neben der Ursache von so vielem zu knien, verlangte Worte. „Die vielen Tage, die wir brauchten, um hierherzukommen, Uriah, konnte ich es kaum erwarten, dich zu sehen, zu dir zu sprechen. Wir sind beide Träumer, wir träumten allein und spät des Nachts, Träume so groß und schmerzhaft, daß jeder mit auch nur einem Körnchen Vernunft wissen müßte, daß er wahnsinnig ist. Uriah, du bist meine andere Seite, die gleiche Ambition gerade umgekehrt. Was wir alles *gemeinsam* hätten erreichen können!"

Uriah konnte trotz aller Willensstärke den Schmerz nicht mehr unterdrücken. „Wo ist die Hexe mit dem Wasser?"

„Es wird etwas enthalten, das dich einschlafen läßt."

„Der Giftkelch? Wie historisch." Uriah schluckte mühsam. „Wir zwei gemeinsam, Garick? Nein, wir waren immer getrennt, standen uns feindlich gegenüber. Die Vernunft und das Mandat des Gottesplans gegen den Wahnsinn, diese abscheuliche Welt für mehr als einen verachtenswerten Übergang zu halten. Du glaubst, du hättest gewonnen, Garick, aber das ist gar nicht möglich. Die Ewigkeit ist gegen dich."

Jenna kam mit einem Krug Wasser zurück. „Ein paar Meister sind an der Tür. Sie sagen, es sei vollbracht."

Uriah hob den Kopf. „Du unglaubliche Hure, du würdest selbst die Hölle noch schmutzig machen."

Garick rührte das Pulver in den Krug. „Sie versteht nicht die Hälfte von dem, was du sagst. Außerdem ist das hier nicht Gift, sondern etwas, das dir die Schmerzen nehmen und dich sanft schlafen lassen wird, bis dich das Leben verläßt." Er schaute in den Krug und wartete, bis das Pulver sich aufgelöst hatte. „Uriah, diese Ewigkeit, von der du sprichst: die wirkliche Welt opferte nie auch nur soviel wie ein Lächeln oder eine Blume für sie und wird es auch nie. Hier."

Uriah nahm den Krug. „Es war sowieso keine sehr schöne Welt." Er leerte den Inhalt mit einem Zug und hielt den Krug Jenna entgegen. „Frau! Weißt du denn nicht, was sich gehört? Einen Mann einen leeren Krug halten zu lassen!"

Jenna schaute auf ihn hinab wie auf eine zertretene Wanze. „Es ist deiner. Laß ihn doch einfach fallen."

„Hexe!" sagte er heftig. „Kein Wunder, daß Arin es in sich hatte, ein solch ausgemachter Bastard zu sein."

Sie hoben ihn auf das Bett und legten ihn neben Miriam. Garick erfüllte Uriahs Bitte und drückte ihr die Augen zu. Der Oberälteste schien sich nun völlig entspannt zu haben. Er war gefaßt, ja sogar neugierig, wie das Mittel weiter wirken würde.

„Ich empfinde keine Schmerzen mehr. Ich habe ein seltsames Gefühl in meinen Fingern – und Zehen."

„Ja", sagte Garick.

„Es prickelt, sie werden taub – ein diebischer Tod. Du hast mir sogar das Leiden gestohlen. Ich sollte dir das – nie vergeben." Er versuchte zu lachen, aber es wurde ein lautloses Grinsen daraus. „Aus purer Neugier, oder wie immer du es nennen willst . . . wo *ist* . . . denn dein wohlgeratener Sohn?"

Garick schüttelte den Kopf. „Ich weiß es nicht. Irgendwo im

Osten. Täuscht *deinem* Sohn vor, daß er meine gesamte Streitmacht ist."

„Mit großen Verlusten, hoffe ich." Uriah schloß die Augen und seufzte tief. Minuten vergingen. Sein Atem wurde schwächer. Jenna verließ das Zimmer, sie war sicher, daß er bereits tot war. Doch ehe Garick sich umdrehte, um ihr zu folgen, öffneten sich die stechenden Augen noch einmal. Die Lippen bewegten sich.

„Was?" fragte Garick und beugte sich über ihn.

„Jeremiah wird dich begraben."

Callan starrte trübsinnig in die Dunkelheit. Er konnte nicht schlafen. Fragen quälten ihn. Hatte Garick die ganze Norddivision gekauft, und wenn ja, woher hatte er das Geld? Und inwieweit würden Trace und die anderen Offiziere mit einem Zirkler, auch wenn er noch so reich war, zusammenarbeiten?

Bowdeen hatte versprochen, sich am Morgen umzuhorchen. Die Sache machte den Wengen kribblig. Sie wuchs zu etwas bedeutend Größerem an, als er erwartet hatte. Bowdeen war seltsam beunruhigt.

Hin und wieder erhellte noch ein Blitz das Zimmer, und Callan sah die Zwillingspunkte von Sideles Pupillen flüchtig leuchten. Die Hexe, die im Dunkeln sehen konnte, war wach und beobachtete ihn.

Er hatte sich eingebildet, die Solds in der Hand zu haben. Eine Bedrohung von so unerwarteter Seite erweckte Besorgnis in ihm. Es war einfach nicht vorstellbar, sein Geist rebellierte gegen diese Möglichkeit. Gott würde ihm doch kein solches Hindernis in den Weg legen, nun da er das siegreiche Ende schon vor sich sah. Die vielen langen Jahre – da er von zu Hause fort war, die Zirkel infiltriert, sich einen Namen unter den Solds gemacht, falsche Gerüchte über die Politik der Stadt verbreitet und die notwendigen Arbeiten genau nach seines Vaters Plan durchgeführt hatte – war alles glatt gegangen. Nun, da es soweit war, die Zirkel ein für allemal zu vernichten, weshalb sollte es da plötzlich zur Opposition ausgerechnet in der Organisation kommen, an der er so lange gearbeitet hatte, sie zum Werkzeug für Uriahs Zwecke zu machen?

Er wußte natürlich, daß Gott um der Seele willen so manches Mal am Vorabend eines großen Triumphs seine Prüfungen schickte. Er hatte nicht das Recht, Gottes Handlung anzuzweifeln.

Trotzdem wies sein logischer Verstand den Gedanken zurück. Ganz sicher wurden die aufopfernden Anstrengungen der Menschen von Erlösung, Gottes Plan durchzuführen, nicht als so leicht befunden, um sie aufs Spiel zu setzen, nur um den Mut und Glauben *seiner* Seele auf die Probe zu stellen.

Sein Mut und Glauben waren Tag um Tag, Jahr für Jahr auf die Probe gestellt worden. Da waren die persönlichen Opfer, kleiner, aber nicht weniger bedeutend als Uriahs. Nie zeigte er seinem Vater oder seiner Mutter, wie gierig er das Gefühl genoß, zu Hause zu sein, während der wenigen Stunden, die ihm dort vergönnt waren; wie verlangend er dieser oder jener Frau nachsah, die ihm mit gesenktem Blick über den Weg lief; oder wie sehr er die Männer mit Familien beneidete, die des Abends nach einfacher, ehrlicher Arbeit nach Hause kamen. Wie sein Vater setzte er sich darüber hinweg, aber hin und wieder kam der Hunger danach doch zurück. Manchmal, so wie heute nacht, wurde er schwach und trank, und dann wuchs dieser Hunger erst recht in ihm. Noch ein Drink heute abend, und er hätte diesen verdammten Unter umgebracht. Aber das hätte keinen Zweck erfüllt.

Als Soldat, als Mann der Tat, zerbrach Callan sich den Kopf über einen Plan, wie er Garicks vermutlichen Vorstoß in seine Soldtruppe vereiteln konnte. Er müßte wissen, was die nächsten Tage brachten, doch das war unmöglich.

Nicht unmöglich. Es gab einen Weg.

Jeremiah wurde sich natürlich sofort der Sünde dieser Versuchung bewußt und tat sein möglichstes, den Gedanken aus seinem Kopf zu verbannen. Aber er kam zurück, stärker denn zuvor . . .

Uriah hatte gesagt – was war es genau? *Lerne begreifen, welche Art von Kämpfer ER braucht.* Was noch? *Kaufe, benutze, biege, plane, betrüge – doch vor allem, mach dich mit der Welt vertraut, die du für IHN erobern willst. Wenn einige von uns dadurch in den Schmutz gezogen werden, wird doch der Zweck sie reinigen.*

Lerne die Welt kennen. Benutze sie!

Uriah war der Führer, mußte da sein Rat nicht Jeremiahs Gesetz sein? Und wenn Callan ihn aus Eifer falsch auslegte, würde dieser Eifer um Gottes guter Sache wegen nicht am Ende vergeben werden?

Er spürte, wie der Geist seines Vaters ihn leitete. Es wurde ihm klar, daß er es tun mußte. Es gab sogar etwas wie ein Präzedens im Heiligen Buch dafür.

„Hexe“, rief er leise. „Steh auf.“
„Weshalb?“
„Du mußt mir wahrsagen.“

Sie gingen ins vordere Zimmer. Sidele nahm hinter der Kristallkugel Platz und bedeutete Callan, sich ihr gegenüber zu setzen. Sie stellte die Kerze im Totenkopf auf den Tisch, dann streckte sie Callan die Hand entgegen. Er rührte sich nicht.

„Leg deine Hand in meine.“

Callan schüttelte den Kopf. „Nein.“

„Wenn du es nicht tust, kann ich deine Zukunft nicht lesen.“

„Nein!“ weigerte er sich.

Sidele schaute ihn ernst an. „Die ganze Zeit hast du vermieden, in Berührung mit mir zu kommen, ja selbst dem flüchtigsten Kontakt bist du ausgewichen. Du hieltst dich am anderen Zimmerende auf; kam ich nahe, hast du dich in eine andere Ecke zurückgezogen. Du hast nicht einmal die Teetasse aus meiner Hand angenommen, aus Angst, unsere Finger könnten aneinander streifen. Ist es meine Gabe, die du fürchtest, Callan, oder lediglich die Tatsache, daß ich eine Frau bin?“

„Ich betrachte dich nicht als Frau. Du hast erraten, was ich bin: ein Kriss. Das ist euer Name für uns. Unser Leben hat seine bestimmte Form – seinen Zweck; die Frau hat ihren Platz, der ihr naturgemäß zugeschrieben ist und den sie nicht überschreitet.“

Sidele seufzte. „Vergiß es. Ich werde versuchen, dir wahrzusagen, aber du machst es mir schwer.“

„Fang an.“

Sidele strich eine Strähne zurück und beugte sich tief über die Kugel. Eine lange Zeit verging. Der Sold wurde immer unruhiger. Er wollte etwas sagen, aber sie winkte ab und befahl ihm, sich still zu verhalten.

„Ich sehe“, murmelte sie nach einer noch längeren Weile, „eine Stadt mit Häusern und Ställen und ein großes Gebäude, das alle anderen überragt. Es ist weiß. Auf seiner Spitze ist etwas Fremdartiges.“

„Wie dies?“ Callan beschrieb das Gotteszeichen in der Luft.

„Sprich nicht, außer ich fordere dich dazu auf.“

Aber er mußte fragen: „Ist es Erlösung?“

„Das könnte der Name der Stadt sein.“

„Was sonst?"

Eine weitere lange Zeit starrte sie in die Kugel. „Nichts", sagte sie schließlich. „Nichts und niemand rührt sich."

Das Trommeln des Regens hatte aufgehört. Es war still im Zimmer. Callan hörte das Rasseln seines Atems. „Sag mir etwas über mich", verlangte er.

Sidele nickte. Sie studierte ihn. „Es wäre viel einfacher, wenn du mich deine Handlinien lesen ließest."

„Nein."

„Also gut." Sie seufzte. „Was sehe ich? Einen Mann, der glaubt, er kenne die Lösung des Rätsels der Welt. Er tut alles, um es zu beweisen: lügen, betrügen, töten, gegen seine eigenen Leute vorgehen . . ."

„Genau wie meine Feinde. Ich tue, was ich tun muß."

„Oh, mehr als das, Unter Callan, mehr als das. Du bist ein Mann mit einer engstirnigen, unbeugsamen Anschauung über die Welt. Wenn diese Welt sich verändert, muß entweder sie oder du brechen. Du bist Stein, nicht Eisen, ehe du dich beugst, zerschellst du."

Callan lehnte sich angespannt vor. „Kein Soldat mußte je tun, was ich tue, noch aushalten, was ich aushalte. Es ist eine Mission."

„Vielleicht", gestand Sidele ihm ausdruckslos zu. „Aber das sind Tatsachen. Ich lese, was ich sehe."

„Ich möchte wissen, was morgen geschehen wird und übermorgen."

„Es ist verschwommen, schwer zu sehen. Gibt es einen Teil der Stadt, der nicht länger zu ihr gehört? Einen verlassenen?"

Callan richtete sich auf. „Ja. Mach weiter."

„Ich sehe einen Trupp Männer, viele Männer. Du bist dabei erteilst Befehle."

„Und?"

„Sie heben etwas auf. Ich kann nicht erkennen, was es ist. Aber es ist mehr als ein Gegenstand. Sie verteilen es an die anderen Männer. Jemand – ich glaube, du – jemand erwähnt den Namen dieser Dinge."

„Und wie heißen sie?" flüsterte Callan aufgeregt. Er war gespannt, wieviel sie wirklich lesen konnte.

„Werfer", sagte sie. „Stimmt das?"

„Ja, weiter."

„Ich kann nicht. Es ist zu verschwommen."

„Weiter!"

Sidele machte eine hilflose Gebärde. Sie preßte die Hände an die Schläfen. „Ich kann sie nicht deutlich genug sehen. Du mußt mir helfen. Beschreib mir diese Werfer. Hilf mir sehen, wie sie ausschauen."

Callan öffnete die Lippen, um es ihr zu sagen, aber dann gewann doch die lange Gewohnheit der Geheimhaltung. Er lehnte sich zurück. „Das kann ich nicht."

„Dann kann ich dir auch nichts mehr sagen."

„Nein, warte . . ." Aber sie erhob sich und blies die Kerze aus. Das Zimmer war dämmrig vom ersten Morgengrauen. Bowdeen murmelte etwas im Hinterzimmer, gähnte und wälzte sich auf die andere Seite.

„Sag ihm nichts davon, Weib."

Sie lächelte spöttisch. „Hast du Angst, er wäre verärgert, wenn er erfährt, daß sein Adjutant seine eigenen Schlachtvorbereitungen trifft?"

Etwas wie ein schlaues Lächeln spielte um Callans Lippen. Möglicherweise hatte Sidele ihm mehr geholfen, als sie ahnte. Die Idee mochte bisher vielleicht noch ungeformt in seinem Kopf geschlummert haben, aber jetzt war sie klar.

Die Werfer!

Bei Sonnenaufgang war der Platz überfüllt von den aufbruchsbereiten Zirklern. Manche warteten schon seit Stunden. Sie standen im Freien und vermieden die Häuser, nein die Grüfte, die Türen von Erlösung, die sich nie wieder öffnen würden.

Jay wußte, daß sie auf Zirkelart einfach fortreiten und es dem Wald überlassen würden, die Stadt allmählich zu überwachsen.

Die schweigende Menschenmenge breitete sich vom Platz durch die geraden Straßen zwischen den Häusern bis zum Waldrand aus: viertausend Shandos, Karlis, Suffec und Wengen jeden Alters, vom Kind bis zum Greis – schlaksige junge Burschen und Frauen, graubärtige Männer, Mädchen noch so flach in ihrem schwarzgefleckten Leder, daß sie von den Jungen, mit denen sie ritten, nicht zu unterscheiden waren. Alle hatten viele Entbehrungen auf sich genommen, um über die Kämme des Blauen Gebirges zu diesem Ziel zu gelangen.

Aus diesem Grund, das wurde Jay bewußt, kam es auch zu so gut wie keinem Plündern. Sie würden die gefährlichen Berge wieder überqueren müssen, und alles, was sie mitnahmen, war eine extra Belastung für die erschöpften Pferde. Und danach stand immer noch der Krieg gegen die Solds bevor. Keiner von ihnen würde – für eine lange Zeit – nach Hause zurückkehren.

Jays Rolle war unblutig gewesen, dank Garicks Erbarmen mit ihm. Er führte eine Gruppe über die Brücke zu den Minen im Norden. Aber sie arbeiteten Stunden, um die Schächte zu versiegeln und damit etwa einem Drittel der Männer von Erlösung die Rückkehr zu verwehren.

Jay lehnte sich müde an das Holzpodest, das das große Kreuz in der Mitte des Platzes trug. Stumpf vor Erschöpfung beobachtete er die Nachzügler, die schleppenden Schrittes auf den Platz kamen. Sie alle schienen erschüttert von dem, was sie getan hatten. Die Zirkler waren von einer Naivität, die Jay anfangs widersinnigerweise reizte: Sie waren das umgekehrte Bild der Blindheit seines eigenen Volkes. Die Kriss konnten in der Fleischlichkeit nichts Gutes sehen; die Zirkler nichts Böses, noch sahen sie die zwangsläufige Tragödie des Lebens der Sterblichen. Während sie nun an ihm vorbeischlurften, benommen vom Töten, spürte er eine neue Erkenntnis in ihren Augen: Stolpernde Adams, die, aus dem Paradies vertrieben, dem gnadenlosen Licht östlich von Eden ausgesetzt sind.

Einige der Meister zogen sich weiße Kittel über ihre geschwärzte Lederkleidung und bildeten einen Kreis mit rituellem Salz, Wasser und Feuer, und viele stellten sich auf und warteten darauf, daß sie an die Reihe kämen, ihre Messer reinigen zu lassen; viel zu viele, als daß die Meister sich jedes einzelnen hätten annehmen können. Der Gestank des Tötens war etwas sehr Wirkliches für diese Menschen. Es machte sie physisch krank.

Jay trank Wasser aus seinem Segeltuchbeutel und staunte, daß sein Durst größer war als seine Trauer um die Toten seines Volkes. Er machte es sich auf dem Holzpodest bequemer. Das Haupt seines gekreuzigten Gottes kam in sein Blickfeld. Um so besser. Er hatte ohnehin beten wollen. *Irgendeine* Art von Gebet.

Verschließe ich mich dir, mein Gott? Ist es möglich, sich dir zu verschließen? Die Nächstenliebe, die Liebe zu dir, muß es doch einmal gegeben, muß eine Bedeutung gehabt haben, denn ich war dir in Elins Armen näher als all die Jahre am Altar. War es das, dieses Vergessen des Leibes, das diese Stadt zum Grauen machte?

Er hob den Kopf, als er durcheinanderredende Stimmen im Karli-Dialekt hörte. Eine Gruppe Männer hatte sich um eine junge Frau gedrängt, die sich vor Erschöpfung schwindelig fühlte. Sie stützten sie mit Respekt. Jay nahm an, daß sie ein Meister war. Das Wildlederhemd war vorne aufgerissen, ihr Hals und ihre Brust zerkratzt und von scharfen Fingernägeln aufgerissen. Sie beantwortete eine Frage mit einem Kopfschütteln, löste sich aus den helfenden Händen und ließ sich neben ihm auf dem Holzpodest nieder. Ihr Kopf fiel auf die Knie, und sie zitterte am ganzen Körper.

Tief in seine eigenen Gedanken versunken, wurde es Jay erst allmählich bewußt, daß das blonde Mädchen mit schnellen, eintönigen Worten redete – zu ihm, an ihm vorbei, zu niemandem. Ihre Fäuste drückte sie verkrampft an ihren Kopf.

Gott, in meiner Unwissenheit war ich so sicher. Und jetzt, in meiner Erkenntnis, bin ich vielleicht gar nicht so anders als dieses Mädchen. Fragen um Fragen quälen mich. Ich habe das BUCH gerettet, ja, ich habe es. Ich werde es lesen, um herauszufinden, wo es richtig – und wo es falsch war. Es entstammt deiner Eingebung, o Herr, aber es waren Menschen, die es niederschrieben, und darin liegt die Schwäche. Ich glaube, das ist alles. Wir werden bald aufbrechen und haben einen weiten Weg vor uns, der erst mit der Stadt enden wird. Sei mit mir, wenn du kannst. Wenn nicht – nun, ich wollte dir nur sagen, wie es ist.

„... ja, mit sechzehn, so jung war ich. Ich verstand nicht viel. Hast du etwas zu trinken?"

Jay wandte sich dem Mädchen zu. „Nur Wasser."

„Das ist schon gut. Mein Mund ist wie ausgedörrt, und ich rieche ... Und mir ist so übel. Nein, ich war kein besonderer Meister, aber ich las Arin, wenn niemand anderer es konnte. Kennst du Arin? Er ist mein Mann, bin mit ihm seit Samman, und er lebt, aber ich weiß nicht, wo er ist, irgendwo im Osten, wohin er mit meinem Vater Moss geritten ist, und Moss wollte nicht, daß ich zum Inneren Kreis gehe, vielleicht hätte ich es auch nicht tun sollen. Ich war immer schon besser mit Pferden, seit ich zwölf oder dreizehn wurde. Wenn ich auf den Hügel ging, konnte ich einem Jungen nicht viel geben. Ich hätte auf einem Pferd leben und schlafen können, so sehr war ich an sie gewöhnt. Aber als dann Arin kam, hatte ich soviel Angst, daß er mich nicht haben wollte, soviel Angst, daß ich froh war, als ich Meister werden durfte, weil ich mich da in der Meisterhalle verkriechen konnte, damit wir uns noch nicht berühren würden. Aber Arin ist wie ich, halb Pferd, und manchmal, wenn wir uns liebten, war mir, als säße ich auf einem guteingerittenen Pferd, das meine Beine kannte. Und dann beim Reiten vergaß ich, wo ich war, und liebte Arin in Gedanken. Jetzt . . ." Ihre Stimme war immer angespannter geworden und nun der Hysterie nahe. „Sind das nicht verrückte Gedanken für einen Meister? Ich sehe nicht aus wie einer, und ich fühle mich auch nicht so, aber meine Leute dort wollen, daß ich ihre Messer reinige. Ich sollte es auch, aber ich *kann es nicht* . . ." Ihre Stimme klang schrill und brach plötzlich zu einem herzzerreißenden Schluchzen ab. Nach einer Weile murmelte sie: „Ich bin nicht rein, ich werde nie wieder rein sein. Bitte", sie klammerte sich an ihn wie ein verstörtes Kind. „Hilf mir! Bitte, bitte, hilf mir. Halt mich ein wenig."

Jay legte die Arme um sie. Sie zitterte heftig am ganzen Körper. Ihre Finger, so hart wie zehn Stahlnägel, bohrten sich in seine Haut.

„Nur . . ."

„Was?" flüsterte er wie zu einem Kind. „Was denn?"

„Die – die *Babys*. Niemand wollte es tun, aber sie sagten, wir könnten sie nicht mitnehmen, und das stimmt ja auch, sie würden in den Bergen sterben. Ich meine, wir mußten es tun, aber sie waren so klein und . . ." Ihre Stimme war heiser. Sie konnte die Erinnerung nicht verdrängen. „Und es waren so viele! Verrückte Krissfrauen mit ihren breiten Hüften, die es so leicht machten. Weshalb mußten sie so viele Babys haben? So viele Babys . . ."

Er drückte ihr den Wasserbeutel an die Lippen. Sie nahm einen Schluck und wusch ihre geschwollenen Augen, daß weiße Spuren die schwarze Bemalung hinunterliefen.

„Weißt du, wie du jetzt aussiehst?"

„N-nein. Wie?"

„Ein trauriger Waschbär."

„Oh. Da kommen sie. Sie wollen zu mir."

Vier Zirkler, zwei Männer, eine Frau und ein Junge blieben in respektvoller Entfernung vor ihr stehen und warteten darauf, daß sie sie bemerkte. Jay, der sie noch hielt, spürte, wie ihr zitternder Körper sich spannte und schließlich entspannte. Ihr keuchender Atem kam freier und regelmäßig. Sie straffte Rücken und Schultern. Als sie sich erhob, schien es, als stünde sie von einem erfrischenden Schlaf auf. Und doch spürte Jay die ungeheure Willensanstrengung, die es ihr erlaubte, ihren persönlichen Schmerz in eine Ecke ihres wohldisziplinierten Geistes zu verbannen, wo er weder ihre Gedanken noch ihren Körper beeinflussen konnte. Deshalb wurden sie Meister genannt, nicht weil sie andere beherrschen konnten, sondern sich selbst, sinnierte Jay.

Einer der Männer trat näher. „Shalane, die anderen Meister sind so beschäftigt. Du bist Karli genau wie wir. Reinigst du unsere Messer?“

„Das werde ich“, versprach sie. „Es muß getan werden. Gebt sie mir.“

Sie zögerten. „Wir waren nicht sicher“, sagte die Frau. „Wir wollten nicht – ich meine, du bist so müde wie wir.“

Shalane wollte antworten, doch dann drehte sie mit den anderen den Kopf. Überall auf dem Platz begannen Menschen sich zu erheben – zehn, fünfzehn, hundert, alles Karlis. Jay hatte sich inzwischen an Gruppenreaktion gewöhnt, so verwirrend sie auch für einen Cowan war. Jemand lepte einen Befehl und alle gehorchten mit der gleichen Stille, die Erlösung ausgelöscht hatte.

„Wir reiten jetzt“, erklärte Shalane. „Ihr findet mich heute abend mit Garick. Wir werden uns alle gemeinsam reinigen.“

„Der Junge hier“, sagte die Frau und schob ihn vorwärts. „Es nimmt ihn sehr mit.“

Shalane legte eine Hand auf die Schulter des Jungen. Jay schien er nicht mehr als ein Kind zu sein. Er zitterte, seine Augen wirkten blicklos.

„Hallo, Janny. Wie alt bist du jetzt?“

„Dreizehn.“

„Ich erinnere mich“, sagte Shalane. „Seit Grannog. War ein ganz schlimmer Tag, hm?“

Sein Kopf ruckte hoch, er nickte. „Nur – ich – ich habe nie . . .“

„Ich weiß.“ Shalane unterbrach ihn sanft. „Uns geht es nicht anders. Schlimmer Tag an einem schlimmen Ort. Das ist alles, was wir im Augenblick sehen können, wie ein häßlicher krummer Baum auf einem kahlen Hang. Janny, weißt du, wie die Solds uns nennen? ‚Tiefwäldler‘. Das sind wir auch. Wir sind selbst ein Wald, und unsere Tage sind die Bäume, so viele und so gerade, daß wir auch noch weiterleben können, wenn einer krumm gewachsen ist. Es ist eine schwere Bürde, aber wir teilen sie. Komm heute abend mit deiner Familie, wir werden teilen. Doch jetzt geh.“

Sie zogen sich zurück und nahmen Shalanes Versprechen mit sich.

Shalane sank wieder in ihre eigene Erschöpfung zurück, doch sie zitterte nicht mehr. „Die Karlis müssen als erste aufbrechen. Sie sind Garicks Vorhut. Ich reite ein Stück mit ihnen, vielleicht fühle ich mich dann ein wenig besser."

Jay stand auf. „Wirst du heute abend imstande sein, es zu tun, ihnen zu helfen, meine ich."

„Warum fragst du?"

„Es ist wichtig. Ich möchte es wissen. Bist du so stark?"

„Stark?" Ihr Lächeln war freudlos. „Das war noch nicht das Ende, das weißt du ja. Es wird noch zehnmal und öfter geschehen, ehe wir heimkommen. Deshalb werde ich den Kreis für sie zeichnen, ihre Messer reinigen und all die Worte sprechen, jedes einzelne für jeden Karli, der zu mir kommt, und ich werde mit ihnen teilen, es mit ihnen tragen – damit *ich* mich vielleicht gereinigt fühlen kann. So wie damals, als Arin zu mir kam." Die Erinnerung war angegriffen, aber sie gestattete sie auch mit ihren Mängeln. „Niemand kann von allein rein werden. Ich muß es tun."

„Und du wirst es auch schaffen." Jay nahm ihre Hand. „Vielleicht sehe ich dich über dem Blauen Gebirge wieder."

„Arin wird dort sein. Er *muß* dort sein."

„Grüß ihn von mir."

„Du kennst Arin?" Ihr Gesicht leuchtete auf. „Woher?"

„Von unterwegs. Er hat mir von dir erzählt. Mein Name ist Jay. Leb wohl, Meister Shalane."

Sie drückte sich plötzlich an ihn und küßte ihn auf die Lippen, nicht in freundschaftlicher Zuneigung, sondern als Frau, die einen Mann liebkost und es gern tut. „Es war lieb von dir, mich zu halten", sagte sie. „Ich habe Arin so lange nicht mehr gesehen, und es tut gut, einem Mann nahe zu sein. Du hast mich jedoch anfangs erschreckt. Du teiltest nicht."

„Ich – auch mir fehlt jemand."

„Deine Frau?"

„Und andere."

„Bist du Wengen, Jay? Du siehst wie einer aus."

„Ich lebe jetzt in Charzen."

„Charzen? Gut!" Shalane winkte dem Jungen zu. „Janny bring mir bitte mein Pferd. Jetzt hör mir zu", sagte sie zu Jay (und wie es ihm schien) mit sehr ehefraulichem Stolz. „Du mußt Arin und mich in Charzen besuchen. Wir sollten Freunde werden. Du besuchst uns, ja?"

„Das werde ich", versprach Jay. „Ich werde Freunde brauchen."

Janny brachte ihr Pferd, einen hochschultrigen Suffec-Hengst, der zu erschöpft war, jetzt viel Temperament zu zeigen. Shalane streichelte seine Blesse mit liebevoller Konzentration, die so vertraut war, daß er sich voll schmerzender Erinnerung abwenden mußte. *Kanntest du sie?* wollte er fragen. *Hast du gesehen, wie stolz sie dahinschritt? Wie wunderschön sie war? Wir waren zusammen.*

„Ja, ja, ich weiß." Shalane vergrub ihr Gesicht in der Mähne des Pferdes. „Du bist nicht geboren, um Berge zu erklimmen, und du bist erschöpft und hungrig, und, Dummes, ich kann keine einzige Karotte in dem ganzen verdammten Blauen Gebirge finden. Aber Mama ist auch müde." Sie schwang sich in den Sattel und drehte sich wieder zu Jay um. „Reitest du auch in die Stadt?"

Jay lachte. „Sicher wie Frost."

„Wir ebenfalls, Arin und ich." Ihr Grinsen war so plötzlich in dem Waschbärengesicht, es nahm ihr fünf Jahre ihrer Meisterwürde. Jay lachte wieder aus reiner Freude über das warme Leben, das aus ihr hochgesprudelt war und ihre Erschöpfung wie ein nicht mehr gebrauchtes Kleidungsstück abgeworfen hatte. „Die Stadt dürfte sehenswert sein, Jay. Besuch uns."

Sie lenkte ihr Pferd, um sich dem Strom der Karlis anzuschließen, der sich ostwärts am Fluß entlang bewegte. Jay blickte ihr nach und sah, wie sie sich weit aus dem Sattel beugte, um Bogen und Köcher von einem anderen Reiter zu nehmen, dann trottete sie weiter.

Uriah hätte sie besser kennen, hätte mit ihnen leben sollen. Er hatte nie eine Chance, nicht gegen sie.

Abrupt drehte er sich dem Gottsymbol und seinem eingeschnitzten Leid zu. *Wir hätten auch dich besser kennen, und uns mehr an dein Leben als an deinen Tod erinnern sollen. Das da oben bist nicht du! Du lebst, und ich hätte gar nicht zu fragen brauchen. Du kennst keine Günstlinge. Du bist bei mir und Shalane. Du warst bei ihr, als sie ihren eigenen Schmerz verdrängte, um den anderer zu lindern. Du bist bei Arin und dem einsamen Garick, und bei Elin, und auch bei Uriah, denn du weißt, daß unter all dem Eisen ein Mann und ein Genie war, das nicht vergeudet werden sollte. Du wirst ihn heimbringen, so wie du gerade mich geführt hast, als ich dich nicht finden konnte.*

Jay wurde bewußt, daß er grinste, dann weinte und schließlich laut vor Freude und Erkenntnis lachte. *Wie Kon sagte, ist es nicht ein herrlicher Tag? Ja, das ist er, denn ich habe endlich dein Gesicht gesehen, du wundervoller, weiser, unsterblicher Menschengeist eines Schöpfers – und verdammt, wenn du nicht wie ein Waschbär ausgesehen hast. Ich habe dich immer geliebt, aber jetzt, mein Gott, mein Gott, jetzt MAG ich dich.*

Während er sich durch die Menge auf der Suche nach Garick zwängte, kam Jay an Janny vorbei, und er umarmte den Jungen aus reiner Freude daran.

Sidele erwachte durch das leichte Heben der Matratze, als Bowdeen sich aus dem Bett rollte. „Es ist ja noch kaum hell, wo willst du denn hin?"

„Hinüber in die Kaserne, ein paar Antworten holen, sofern es welche gibt." Bowdeen rieb sich den Schlaf aus den Augen.

„Es gibt keine Antworten", murmelte Sidele, „nur Fragen."

Er blickte sie überrascht an. „Manchmal sprichst du wirklich merkwürdige Dinge." Er schlüpfte in seine Hose, dann setzte er sich nachdenklich auf den Bettrand.

„Antworten auf was, Bow?"

Callan drehte sich auf seinem Feldbett und seufzte im Schlaf. Bowdeen studierte ihn, ehe er sprach. „Sidele, es ist etwas Großes. Ich habe dir noch nicht alles erzählt, aber wir wurden dort draußen hereingelegt. Im Wald weiß man nicht, ob man zwei oder zehn Männer vor sich hat. Erst waren sie überall um uns, dann flohen sie ostwärts, so schnell sie konnten. Wir verfolgten sie, wir kamen zu Geld, sicher, aber ich schwöre, sie machten es uns zu leicht. Als sollten wir sie verfolgen. Ich habe das Gefühl, daß eine ganze Menge von ihnen ganz woanders ist."

Die Frau beobachtete ihn gespannt. „Wo, zum Beispiel?"

„Ich habe darüber nachgedacht. Es paßt alles genau zusammen." Er senkte die Stimme nach einem weiteren Blick auf den Untern. „Callan ist der Geldmann, und Callan ist Kriss. Die Kriss sind westlich von hier, und wir wurden ostwärts gelockt." Er erhob sich und beugte sich über Sidele, um sie zu küssen. „Ich werde mich nur umhorchen, das ist alles."

Sidele setzte sich im Bett auf. „Angenommen, Garick hat sie gekauft. Was würde dir das bedeuten?"

Die Frage schien Bowdeen zu schaffen zu machen. „Ich weiß es nicht. Alles ändert sich. Ich weiß es einfach nicht, Siddy.“ Er schlüpfte in seine Lederjacke. „Ich bin bald zurück.“

An einem Ort, nicht sehr weit entfernt, graute der Morgen, doch unter den dichten, tief herabhängenden Zweigen war es noch dunkle Nacht. Webb erwachte früh auf dem winzigen Inselchen, das kaum mehr als ein kleiner Hügel aus Sand und Tang war. Er war noch hundemüde und wollte gern weiterschlafen, aber sein Magen knurrte. Also erhob er sich und fand trockene Reisfladen im Boot, die er ohne Begeisterung kaute.

Es war seine letzte Rast gewesen, ehe er über die Sandbank mußte, die die Westgrenze des Sumpfes darstellte. Es war geschafft. Das Ding, das Garick haben wollte, befand sich im Boot. Es war nichts weiter als ein dicker, breiter Gürtel. Vorne, wo man ihn zusammenschnallte, war eine kleine metallene Box, aus der ein wackliges Stück herausragte. Er hatte es nicht berührt. Garick warnte ihn, vorsichtig zu sein mit allem am Gürtel, das aussah, als wollte es, daß man damit herumspielte. Er verstand immer noch nicht, wie der Shando-Gott wissen konnte, daß es dort sein würde, in einem verlassenen Haus mitten im Sumpf, wo niemand sich je hinwagte. Außer dem Gürtel nahm er noch eine komisch aussehende Kappe mit seltsamen Zeichen darauf mit. Warum, wußte er selbst nicht. Aber vielleicht war sie wichtig. Da war auch noch ein Beutel gewesen, aus einem sich feuchtkalt anfühlenden hautdünnen Stoff, der die Jahrhunderte überstanden hatte. Aber die Leiche in dem kleinen luftlosen Raum hatte es nicht.

Dürfte sieben Meilen geschafft haben. Wenn er sich ausgeruht hatte und die Sonne aufgegangen war, würde er zum Nordwestufer rudern, aber das bedeutete, daß er das Boot durch die sich wirr schlängelnden natürlichen Kanäle lenken mußte, durch ein Labyrinth von Tupelobäumen und Sumpfzypressen, aus deren Zweigen sich leicht eine Mokassinschlange ins Boot fallen lassen mochte.

Die Stelle, die er sich zum Ausrasten ausgesucht hatte, war eine kleine Erhebung aus Unkraut, Lehm und Sand, aber es gab hier auch einen mittelgroßen Baum, an dem er seine Hängematte und sein Moskitonetz befestigen konnte. Hier war nicht genug Platz für Wildkatzen oder Bären, und so fühlte er sich verhältnismäßig sicher, trotz all des Raschelns, Krächzens und Gluckerns, das ganz nah, aber auch weit entfernt sein mochte, das war in diesem Sumpfgebiet schwer zu sagen.

Er fühlte sich hungrig, aber er wollte seine Reisflade lieber noch aufheben. Das Rallennest aus Schlickgras war am Abend noch leer gewesen, jetzt lag ein Ei darin. Das Sumpfhuhn protestierte schrill, doch er trieb es fort und nahm sich das Ei. Er schlug es geschickt in den Mund auf. Es schmeckte fettig und scharf, aber es war sättigend.

Wieder warf er einen Blick auf den graubraunen, unauffälligen Gürtel in seinem Boot. *Verrückt.* Garick mußte sich getäuscht haben. Alle Erzähllieder beschrieben ihn als glänzend golden und mit Juwelen besteckt. *Das da ist keinen Dreck wert.*

Webb hatte sich noch nie so abgeschnitten gefühlt. *Schlimm. Kein Lep. Doon schläft.* Nicht, daß er noch irgend etwas Besonderes mitzuteilen hätte, schließlich hatte er schon weitergeleitet, daß er den Gürtel gefunden hatte. Da war dieses seltsame Gefühl, aber das sollte nicht geteilt werden. *Als wäre ich nicht.* Der alte Sumpf sagte: Webb, es gibt niemanden, nichts, nur mich, keine Suffec, keinen Doon, keinen Garick. Nur Sumpf, der immer war, immer ist, immer sein wird. Nichts sonst ist wirklich. Webbs Ego protestierte: *Aber ich bin da.* Da flüsterte der alte Sumpf: Ja, aber nur eine kurze Weile, Webb, denn der Sumpf braucht dich noch nicht. Doch vielleicht überlegte er es sich bis zum Morgen anders, und dann würde er, Webb, wie das namenlose Skelett sein, verloren in Schlamm, Nacht und Schweigen.

Plup.

Das Geräusch war ganz dicht, riß ihn aus seinen Gedanken. Er setzte sich abrupt auf und spähte in das seichte Wasser. Es war hier klar genug, um bis zum Grund sehen zu können, und der abnehmende Mond verbreitete einen schwachen Schein. Ein zweites Geräusch. Könnte ein Zahnkarpfen sein, auf Jagd nach Moskitoeiern im seichten Wasser. Dann grinste er. *Große Katzenwelse. Ganzer Schwarm.* Er beobachtete sie und fühlte sich gleich ein bißchen weniger allein. Ihm gefiel ihre gemächliche, geschmeidige Art der Futtersuche. Es rührte etwas tief in ihm. Wie – nun, was *waren* Fische eigentlich? Man fing sie, briet sie auf heißen Steinen, aß sie, und paßte auf Gräten auf. Und doch . . .

. . . und doch war ihm, als hätte er sie zuvor nie wirklich gesehen. *Sie lebten!* Sie waren nicht da, weil er sich den Bauch vollschlagen wollte, sondern weil sie eben nirgendwo anders waren.

Er beobachtete sie eine Weile, fasziniert von dem lautlosen, schwingenden, schnellenden und schwebenden Rhythmus ihrer Nahrungssuche.

Aber dann kamen die bösen Gedanken.

Der erste war lediglich eine Tatsache: *Sie sehen mich nicht.* Aber als er darüber nachdachte, wurde ihm klar, daß die Fische gar nicht wußten, daß es *Webb* dort oben war, daß *er* sie mochte. Und es wurde ihm auch klar, daß es keine Möglichkeit gab, mit ihnen zu teilen, was er für sie empfand. Wenn er versuchte, ihre Welt zu berühren, würde er das stumme Ritual dort unten stören. Nein, er konnte sich mit diesem Gedanken nicht befassen, er tat weh. Wie der alte Garick. Aber das war noch verrückter. Was hatte der Shando-Gott mit einer Schule Katzenwelse zu tun?

Er runzelte die Stirn zu ungewohnter, fast schmerzender Konzentration und bemühte sich, die Gedankenbruchstücke zu ordnen. Es kostete ihn mehr Anstrengung, als er je in etwas gesteckt hatte, aber schließlich bekam er in Griff, was sein Geist zu formen versuchte.

Alte Katzenwelse gut. Schau ihnen gern zu. Aber . . .

Aber, außer Webb aß sie, hatten sie absolut nichts mit Garicks Krieg zu tun – und doch, und *doch* . . . Die Katzenwelse leben alle, während . . .

Während Sandteela erst wiedergeboren werden.

Der stechende Schmerz pochte in seinem Kopf, seinem Herzen. Er seufzte tief, langsam und bitter. Der alte Doon behauptete, er hätte einen guten Grund, sich in den Sumpf zu wagen, aber jetzt konnte Webb überhaupt keinen Sinn mehr in seinem eigenen Tun sehen, überhaupt keinen! Nur etwas wußte er ganz sicher, er mußte wahrhaftig verrückt sein, die Schlafenszeit damit zu vergeuden, Fische anzustarren, denen es völlig egal war, ob er . . .

Webb erstarrte, hielt den Atem an. In seinem Geist war eine neue Idee aufgetaucht. Er hatte sie nicht hereingebeten, niemand hatte je eine so schlechte Idee gehabt. Sie war einfach zu viel, er konnte nicht darüber nachdenken. Er zitterte am ganzen Körper, wollte hinausschreien, aber es gelang ihm doch, sie schnell wegzuschieben, seinen Geist leer zu machen, bis sein Puls sich beruhigte, das Zittern sich legte und die schreckliche Spannung nachließ.

Schließlich legte er sich wieder hin, völlig erschöpft. Wäre er doch endlich heraus aus dem unheimlichen Sumpf. Er wünschte sich Schlaf ohne Träume. Durch den Baumwipfel sah er einen fernen Stern. Lange noch starrte er zu seinem kalten bläulichen und gleichgültigen Licht hoch.

„Was jetzt?“ fragte Jenna müde.

„Wir schließen uns dem westlichen Ende unserer Linien an“, sagte Garick, „und hoffen, wir hören von Arin.“

„Und wenn er sich meldet?“

„Schicke ich ihn in den Süden.“

Ihre Lippen spannten sich. „Hat er nicht schon genug für dich getan?“

Garick zuckte die Schultern. Er konnte ihr nicht antworten, noch ändern, was er tun mußte.

Die Göttin wandte sich ab und stapfte zu einem Baum, um sich unter ihm gegen ihren Sattel zu lehnen. Wütend hieb sie auf die kreisenden Fliegen ein, als wollte sie es ihnen für Arin heimzahlen.

„Göttin.“

Das Karli-Mädchen stand neben ihr. Wie die meisten Frauen der Kolonne trug sie ihr Haar jetzt kurz gestutzt. Jenna hatte sie anfangs für unreif gehalten, aber seit Erlösung schien sie über sich hinausgewachsen zu sein. Vielleicht hatte Arin gar keine so schlechte Wahl getroffen. Trotzdem war sie immer noch viel zu offen und vertrauensvoll. Die Welt würde ihr noch weh tun – aber das sollte nicht Jennas Sorge sein.

„Ich fühle, daß er in Sicherheit ist“, sagte Shalane. Sie hatte dieses unschuldsvolle Selbstvertrauen, das verbunden mit ihrer Jugend ungewollt aufreizend wirken konnte. „Ich weiß nicht wo – – im Osten –, aber ich fühle es.“

„Setz dich, Mädchen.“

Shalane kniete sich vor sie.

„Du hast vergangene Nacht einen Mann genommen.“

„Ja, es ...“ Shalane spielte verlegen mit ihrem Kordelgürtel, dem einzigen Zeichen ihres Ranges, das sie jetzt trug. Mit ruhiger Festigkeit sagte sie schließlich: „Das tun wir doch alle, oder nicht?“

„Wir tun es. Liebst du Arin?“

„Ich bin mit ihm.“

„Sicher.“ Jenna seufzte. „Wir sind alle mit jemandem. Wie du dich seiner erinnerst – er wird nicht mehr so sein, wenn er zurückkommt. Ich kenne Arin ...“

„Oh, es macht mir nichts aus.“ Shalane nickte heftig. „Ich weiß, er nimmt ebenfalls jemanden, inzwischen.“ Sie würde ihm keine Frau mißgönnen, solange es keine Mrikanerin war. Sie waren alle (hatte sie gehört), verlogen, verseucht, und manche sogar fett! Das erstaunte Shalane. Sie war noch nie in Lorl gewesen und noch nie krank. Und sie hatte auch noch nie eine fette Frau unter siebzig gesehen.

„Das ist es nicht.“ Jenna lehnte sich fester gegen den Sattel. „Alles verändert sich. Jemand trifft jemanden. Man verändert sich, ohne es zu wollen.“ Sie dachte einen Augenblick, sie könnte lepen, oder das, was sie ausdrücken wollte, teilen, aber das wollte sie gar nicht wirklich. Es war ein tiefer, persönlicher Schmerz, sich zu sehen, wie man einmal gewesen war, und sie erkannte sich in diesem ernsten jungen Gesicht wieder. Ihre Brust hob sich zu einem flüchtigen, sanften Lachen, und sie gab es auf. Sie schloß die Augen, schwieg.

Shalane wartete respektvoll, sie war sich nicht klar, ob die Göttin jetzt zu schlafen gedachte. Sie hatte ihre gewaltige Fülle roten Haares nicht geschnitten, sondern lediglich mit einem Lederstreifen und einer Nadel zurückgebunden. Es war wie ein langer Pferdeschwanz. Jenna hatte das Haar ihr ganzes Leben lang wachsen lassen und dachte gar nicht daran, es jetzt wegen ein paar Solds abzuschneiden.

Arins Mutter war keine Schönheit. Sie und Arin hatten dieselbe Hautfarbe und die gleichen Augen. Ihre Züge waren zu scharf geschnitten, um sie anziehend zu machen. Aber selbst in all ihrer Würde war Tilda bei weitem keine solche Göttin, fand Shalane, wie Jenna, die sich jetzt wie eine große, geschmeidige Katze ausgestreckt hatte.

„Scheiße!“

Shalane fuhr zusammen. Sie hatte die Göttin mit der unbewußten Taktlosigkeit der Jugend angestarrt. Plötzlich rollte sich Jenna herum, fort von Shalane. Ihre Schultern zuckten.

„Göttin?“ Es bekümmerte Shalane. Jennas Geist war fest verschlossen. „Was hast du? Kann ich dir . . .“

„Ist schon gut. Nur, du hast ausgesehen, wie . . .“

„Göttin, du weinst ja.“

„Sei still.“

„Ich hole . . .“

„Das wirst du nicht!“ Jenna riß sich aus ihrem Kummer und

faßte Shalanes Hand in einem harten Griff. „Du wirst ihn nicht holen und es ihn auch nicht wissen lassen. Hörst du mich?“ Die Tränen glitzerten auf den Wangen. „Er hat genug Sorgen.“ Sie lachte bitter. „Und er glaubt, ich sei stark.“

Es war schon fast Mittag, als Bowdeen zurückkam. Callan hatte sich mit Sideles Waschzuber hinter das Haus zurückgezogen. Als er mit dem Baden fertig war, rasierte er sich mit Bowdeens Rasierapparat. Der Wengen blieb stehen, als er den Unter sah. Wäre Callan ein aufmerksamer Beobachter gewesen, hätte er das uncharakteristische Zögern des Schwarzen bemerkt.

„Er hat sie tatsächlich gekauft, Unter.“

Callan unterbrach das Rasieren nicht. „Mrikaner konnte man immer kaufen. Erfuhren Sie etwas über Arin?“

„Nein. Dieser Mofo ist verschwunden. Vergessen sie ihn.“

„Wieviel pro Mann?“

„Dreißig Kreten, sagten sie.“

„Dreißig!“ Callan legte den Rasierapparat ab. „Soviel Geld hat Garick überhaupt nicht.“

„Er hat es jetzt.“ Bowdeen kauerte sich nieder und zupfte einen Grashalm aus, dem er scheinbar seine ganze Aufmerksamkeit schenkte. „Deshalb bin ich gekommen, um es ihnen zu sagen“, murmelte er schließlich. „Ich habe herausgefunden, woher er es hat.“

Callan wusch sich das Gesicht ab und rieb es heftig mit einem zerfransten Handtuch. „Nun, Kommandeur?“

„Nur Bowdeen, Junge. Ich habe meinen Abschied genommen.“ Er kaute an dem Grashalm und spuckte die winzigen Stücke aus. Dann holte er tief Luft.

„Und?“

„Spitt hat es verschafft. Er verkaufte Minenanteile an die Wengen-Eisenmacher.“

„Garick besitzt überhaupt keine Minen.“

„Nun . . .“

„Welche Art von . . .“ Callan hielt abrupt inne. Sein Gesichtsausdruck veränderte sich, als er Bowdeen anstarrte, der den Kopf abgewandt hatte. „Welche *Art* von Minen?“

„Kohlen.“ Bowdeen riß einen weiteren Grashalm aus und zerzupfte ihn. „Kohlen.“

Callans Gesicht verlor jegliche Farbe. Er öffnete den Mund, aber kein Laut drang heraus. Er ließ sich auf den Rand des Holzzubers fallen. Bowdeen sah den Schmerz in den Augen, ehe Callan sein Gesicht in den Händen vergrub. Instinktiv wollte er ihm die Hand auf die Schulter legen, aber Callan war nicht der Mann, den man berührte. Man konnte ihm nicht nahekommen. Als er sich wieder aufrichtete, waren seine Augen trocken und finster wie immer.

Callan erhob sich und gab Bowdeen den Rasierapparat. „Ich reite nach Lorl. Kommen sie mit?“

„Nein.“

„Sie wollen den Posten als Feldmarschall nicht annehmen?“

„Nein.“

Callan schlüpfte in sein Hemd. „Dann werde ich es.“

„Und?“

„Und Garick brechen. So wie es sein soll.“

Bowdeen drehte sich ungläubig um. „Junge, sie wissen nicht, wann sie aufgeben müssen. Es ist jetzt nicht mehr Garick allein, es ist auch nicht mehr nur Suchen. Es ist Uhia – das *ganze* Uhia!“

Callan griff nach seiner Jacke. „Wenn ich Garick erst gebrochen habe, gibt es kein Uhia mehr. Mit Garick aus dem Spiel wird Hoban ruhig in seinem Karli bleiben, und die Wengen werden sich in den Norden zurückziehen. Wenn wir Garick brechen, siegen wir!“

„Wer ist *wir?* Und warum? *Warum?* Sie werden ja nicht einmal bezahlt dafür.“

„Ich bekomme meinen Lohn.“ Callan schnallte sich den Sheddygürtel um. „Einen größeren, als sie denken.“ Er streckte die Hand aus. „Bowdeen . . .“

Überrascht trat Bowdeen näher, um Callans Hand zu nehmen, aber der Kriss beendete seinen Satz.

„. . . sie schulden mir zehn Kreten.“

Bowdeen wich zurück. *Verdammt! Er hat nicht vergessen!*

Er kramte nach dem Geld, zählte zehn Scheine ab und wollte sie Callan aushändigen.

„Tu's nicht!“

Die beiden drehten sich um. Sidele stand an der Hintertür. „Gib ihm fünf“, sagte sie. „Er schuldet mir den Rest. Er hat mich nicht für das Wahrsagen bezahlt.“

Callan runzelte die Stirn. „Fünf? Das ist zuviel dafür.“

Sidele lächelte kühl. „Der Preis steigt, wenn ich mitten in der Nacht arbeiten muß."

Callan nahm die fünf Kreten von Bowdeen, brummte unfreundlich Lebewohl und brach auf. Sie schauten ihm nach, während er sich schnellen Schrittes in Richtung Siedlung entfernte.

Bowdeen blies die Backen auf und ließ die Luft aus. „Habe nie gedacht, daß der Tag je kommen würde, an dem ich von diesem Mofo loskäme."

„Und du gehst nicht nach Lorl?" fragte sie.

„Sidele", er schüttelte den Kopf. „Dieser alte Sold hat sein letztes Suchen hinter sich."

Ein normaler Mann, ein vernünftiger Mensch, hätte vielleicht eingesehen, daß er geschlagen war, aber Callan war weder das eine, noch das andere. Er war fromm, kannte nur ein Ziel, und er war Uriahs Sohn. Er konnte Garick bei den Filsberger Solds nicht überbieten, aber er konnte die kampferprobte Lorl-Garnison zu einem Preis kaufen, den sie sich nicht entgehen lassen würde. Zweitausend Mann und jeden Werfer, den er einsetzen konnte. Der Rest seines Geldes würde dabei draufgehen, aber es war ohnedies der letzte Zug in diesem Spiel.

„Er ist also fort." Sidele löffelte die Suppe in eine Schüssel und stellte sie vor Bowdeen. Er aß abwesend. Vieles hatte ihm zu schaffen gemacht, jetzt fügte sich alles zusammen. Sidele setzte sich ihm gegenüber und füllte sich ebenfalls eine Schüssel. „Was hast du vor, Bow?"

Sie mußte ihn zweimal fragen. Er kicherte über seiner Suppe. „Ich jagte einmal mit Garick. Ob er sich wohl an mich erinnert?"

„Willst du es herausfinden?"

„Könnte schon sein, Siddy."

„Warum?"

„Vielleicht ist er es, der den Krieg gewinnen wird."

Sidele warf ihm einen eigenartigen Blick zu. „So lange zurück braucht er sich gar nicht zu erinnern. Die Karlis wissen genau, wer du bist, und die Shandos ebenfalls."

„Hm, das ist anzunehmen. „Ich bin öfter gekauft worden als ein Freudenmädchen."

„Du hast doch gesagt, wir hätten jetzt genug Geld."

„Es ist nicht das Geld, Sidele."

„Wa-as?"

„Na gut." Er grinste. „Ich hätte vielleicht gar nichts gegen ein paar weitere Kreten."

„Garick würde dir nicht trauen."

„Der alte Shando vertraut nicht, er kauft."

Er schlürfte eine Weile stumm die Suppe. Sidele betrachtete abwesend seinen gesenkten Kopf. „Also wirst du wieder fortreiten?"

Er nickte. „Wir sehen uns in Lorl wieder, wenn ich zurückkomme."

„Wenn!"

„Bin ich das nicht immer, Siddy? Dein Alter ist kein Dummkopf. Garick wird siegen und . . ." Er legte den Löffel ab und sagte schließlich: „Und er *sollte* es auch." Er dachte an Callan. „Aber, verdammt, es wird ihn kosten."

Sidele erhob sich. „Du willst also wirklich zu Garick?"

„Habe ich doch gerade gesagt."

Sie griff nach seiner Hand. „Komm mit."

„Wohin?"

„Ins Hinterzimmer."

„Ich bin doch noch gar nicht mit dem Essen fertig."

„Das kann warten. Ich habe ein Geschenk für Garick. Vielleicht nimmt er dich dann lieber auf."

Er folgte ihr und fragte sich, was ihr plötzlich so wichtig zu sein schien. Sie ging an die große Truhe, auf der er sie gebunden gefunden hatte. Sidele schob den Haufen alter Kleidungsstücke auf den Boden.

„Hilf mir den Deckel abnehmen, er ist schwer."

Er packte ein Ende, sie zog am anderen. Schließlich hatten sie das schwere Holzstück frei und legten es zur Seite. Die Truhe war voll mit altem Gewand und Krimskrams. Sidele packte einen Armvoll und ließ alles auf den Boden fallen.

Bowdeen schaute hinein in die Truhe. Er erwartete, irgendein Schmuckstück oder etwas Ähnliches zu sehen. Aber was da auf dem Boden der Truhe lag, war – Arin! Und er schlief tief und fest.

Er starrte Sidele mit offenem Mund an. Es störte ihn nicht, daß sie ihn und Callan zum Narren gehalten hatte, wohl aber, daß sie ihm so wenig vertraut hatte, ihn in das Geheimnis einzuweihen.

Vielleicht wußte sie, was ich getan hätte.

„Du willst zu Garick? Bring ihm seinen Sohn. Fairer Handel.“

Bowdeen kratzte sich am Kopf. „Vielleicht. Könnte aber auch sein, daß Garick für ihn lebend mehr bezahlt, als Callan für den toten Arin. Er beugte sich über die Truhe und schüttelte das schlafende Lumpenbündel. „He, Shando, wach auf.“

Arins Lider zitterten, dann blinzelte er. Als er den Schwarzen sah, erschrak er.

„Keine Angst, Junge“, beruhigte ihn der Exoffizier. „Ich tu dir nichts. Heb deinen Hintern heraus. Sidele hat Suppe gekocht, und der alte Bowdeen wird dich sicher heimbringen.“

Sidele schaute ihnen nach. Sie fragte sich, wohin die Zeit flog, weshalb Bowdeen schon so bald aufbrechen mußte. Ihr Kopf schmerzte, wie immer, wenn er fortritt, nur diesmal war es das letztemal, und in Kürze – sie konnte es immer noch nicht glauben – würde sie südwärts ziehen, und dann kamen sie wieder zusammen und würden für immer beieinander bleiben. Die Aussicht auf dieses versprochene und so unerwartete Glück machte sie schwindlig.

Als die beiden außer Sicht waren, ging sie schnell zu ihrem Tisch. Jeden Augenblick mochte Kundschaft kommen, und sie wollte die Zeit noch nutzen, um ein weiteres Bild aus der verdammten Kugel zu locken, denn wenn es ihr gelang, dann würden sie in Scharen angeströmt kommen, um Antwort auf ihre Fragen zu suchen, und sie würde ihnen die gleichen dummen Antworten geben, die sie immer erhalten hatten, nur daß sie sie von nun an mit echten Visionen bereichern würde, und dafür mußten sie natürlich doppelt soviel bezahlen.

Nur zeigte sich einfach kein Bild in der Kugel. Sidele kniff die Augen zusammen, wiegte sich hin und her, ja schlug sich fast den Schädel auf der Tischplatte ein, aber das klare Glas spiegelte lediglich die Morgensonne wider.

„Ah, Mist“, brummte sie nach längerem vergeblichem Warten. „Vielleicht war Pellys Weise doch die richtige.“

Sie ging in das Hinterzimmer, um sich eine Kanne Mosta zu holen.

Shalane rannte mit langen Schritten den Hang hinunter und schoß durch die Zirkler in der rastenden Kolonne. Sie warf die Arme um den Nächstbesten und war schon wieder weiter.

Göttin Jenna! Göttin Jenna!

?

Ich habe ihn! Er ist in Sicherheit. Ich weiß, daß er es ist. Und er ist schon auf dem Heimweg!

Jenna ritt eilig zur Kolonnenspitze, um Garick zu suchen. Er nahm gerade Spitts letzte Meldung entgegen, die ein schnellreitender Bote aus Filsberg gebracht hatte.

> ... HÄTTE IHM NICHT GEGLAUBT, ABER DA STAND DOCH TATSÄCHLICH BOWDEEN VOR MIR UND ERSUCHTE MICH UM ZWEI PFERDE. ER HAT ARIN SICHER BEI SICH. VERTRAUEN SIE IHM ODER NICHT, JEDENFALLS HAT ER VERDIENT, WAS IMMER AUCH SIE IHM GEBEN WOLLEN. DER JUNGE SIEHT EIN BISSCHEN MITGENOMMEN AUS, ABER ER IST IN ORDNUNG. SIE SIND AUFGEBROCHEN, UM SICH IHNEN IM SÜDEN ANZUSCHLIESSEN. ICH WEISS JA NIE GENAU, WO SIE SICH GERADE AUFHALTEN, ABER ARIN SAGTE, ER KÖNNTE IHNEN MIT HILFE VON LEP FOLGEN. CALLAN HAT MICH GESEHEN ...

„Das Mädchen sagt, daß Arin in Sicherheit ist", unterbrach Jenna Garick.

Der Shando-Gott blickte vom Brief auf. „Ja, Spitt hat ihn gesehen."

„Sag mir doch, was er schreibt."

Er las Jenna den ganzen Bericht vor.

> ... ABER ES IST NICHTS PASSIERT, KÖNNTE ALLERDINGS LEICHT SEIN, DASS ER BEIM NÄCHSTENMAL VERSUCHEN WIRD, MICH ZU TÖTEN. ABER ICH BIN DARAN GEWÖHNT, MICH ZU VERSTECKEN, WENN ES SEIN MUSS. ER RITT NACH LORL, UM DEN FELDMARSCHALLPOSTEN ANZUNEHMEN UND DIE GANZE SÜDDIVISION ZU KAUFEN. ÜBERLEGEN SIE ES SICH AM BESTEN GAR NICHT, IHN ÜBERBIETEN ZU WOLLEN. SIE HABEN DAFÜR IM AUGENBLICK WEDER DAS GELD NOCH DIE ZEIT. CALLAN WIEDERUM HAT WEDER DAS GELD FÜR EINEN LÄNGEREN KRIEG, NOCH DIE ZEIT, SIE UND IHRE LEUTE EINZELN ZU „SUCHEN". SIE HABEN JETZT DIE GRÖSSERE STREITKRAFT, VIELLEICHT SOLLTEN SIE SICH NACH

IHM UMSEHEN UND DIE SACHE ZU EINEM ENDE BRINGEN. WENN SIE VERSUCHEN, CALLAN AUSZUWEICHEN, SICH DIREKT ZUR STADT ZU BEGEBEN, WERDEN ZWEITAUSEND ERFAHRENE SOLDATEN IHRE FLANKE BEDROHEN ODER IHNEN DEN WEG NACH CHARZEN ABSCHNEIDEN. UND WENN ER CHARZEN NIMMT, WIRD ER GENAUSO AN IHR GELD KOMMEN, WIE SIE AN SEINES. ICH WÜRDE VORSCHLAGEN, DASS SIE OFFEN VORGEHEN, DAMIT ER ERFÄHRT, WO SIE SIND. LASSEN SIE CALLAN ZU IHNEN KOMMEN. ER WIRD ES BESTIMMT.

Der Gott und die Göttin schauten einander an. „Er hat es geschafft", hauchte Jenna. „Er hat es geschafft. *Mein* Sohn, Garick. Du sagtest, er würde nie Meister werden: er ist einer. Er ist überall hin, hat alles getan, was du verlangtest, und er hat es lebend überstanden. Sie konnten ihn nicht aufhalten, meinen Sohn. Laß ihn zu meiner Linken in der Halle der Meister sitzen, wenn wir wieder zu Hause sind."

Garick nickte. „Wenn wir wieder zu Hause sind, Jenna." Dann verschloß er seinen Geist vor ihr. *Und wo ist das?*

Die Schlacht auf dem Goldzahnfeld

Webb schätzte, daß sie sich etwa zwei Tagesritte unterhalb der Balmerdurchfahrt befanden. Wenn sie sich des Nachts ausruhten, legten sie sich auf das trockene Gras mit dem fremdartigen Hochlandgeruch. Die vier Freiwilligen, die Doon ihm mitgegeben hatte, um ihm Gesellschaft zu leisten, lagen beisammen, eine schweigende Gruppe, die die Köpfe wie neugierige Vögel hob, um die Botschaften von Luft und Erde zu prüfen und zu identifizieren. Er saß ein wenig abseits von ihnen. Seine Hand ruhte auf dem großen Sack, der Gürtel, Kappe und versiegelten Beutel enthielt. Webb starrte auf den dunkler werdenden Himmel. Immer wieder brach er seinen Vorsatz, was die stets gleiche Überlegung betraf. Wenn es einen Sinn für sein Tun gab – den Gürtel aus dem Sumpf zu holen und ihn zu Garick zu bringen –, hatte es dann auch eine Bedeutung für ihn persönlich, oder war es nur für den Gott von Shando wichtig? Wie konnte etwas für *ihn* von Bedeutung sein, für ihn, Webb, der hier klein und still in einer Welt saß, die unter der Oberfläche des Himmels versunken war?

Er konnte dieser drückenden Frage, dieser undenkbaren Idee, diesem Grauen nicht entgehen, die ihn im Sumpf überfallen hatte.

Webb zwickte die Augen zusammen und preßte die Handflächen dagegen, bis er den Druck nicht mehr ertrug.

Eine leichte Brise bewegte das Gras.

Es half ihm ein wenig. Das Schmerzgefühl zog ihn für eine Weile vom Rand des Abgrunds zurück.

Und da, gerade da, versuchte der *neue* Gedanke zurückzukehren: der Beginn eines Vorsatzes, den er nicht ganz begreifen konnte, obgleich er sich verzweifelt bemühte, ihn zu verstehen.

Sandteela. Sie taten es.

Taten was? Wurden wiedergeboren? Was war so gut daran?

Und doch, jedesmal, wenn er an seinen Vetter und seine Base dachte, wurde ihm bewußt, daß das Geborenwerden irgendwie mit ihnen zusammenhing, und daß es *gut* war und ihm helfen würde, das schlimme Gefühl loszuwerden. Aber wenn er versuchte, es bis zu Ende durchzudenken, es mit dem Verstand zu fassen und festzuhalten, entwich es ihm, und das einzige, was ihm blieb, war die Empfindung, allein zu sein, und die Erinnerung an abwesende, stumme Nahrungsaufnahme.

Garicks Verteidigungslinie zog sich vom Treffpunkt nördlich von Karli südwärts entlang bis fast zur mrikanischen Grenze. Kundschafter meldeten eine Kolonne Solds auf dem Marsch südwärts entlang den Grenzstraßen der Stadt. Während er südöstlich ritt, um Webb mit dem Gürtel zu treffen, und seine Linie verschob, nahm er an, daß Callan den Befehl über diese Kolonne hatte und er sie verteilte, um ihn abzuschneiden. Spitt bestätigte die Neutralität der Norddivision, aber auch er hatte keine Ahnung, was Callan plante. Garick blieb nichts übrig, als die südliche Route weiterzuverfolgen und zu hoffen, daß die Schlacht, wenn es soweit sein würde, auf einem Gebiet seiner eigenen Wahl stattfände.

Jedesmal, wenn sie Rast machten, banden sie Singer mit einem Seil fest, das rauher war, als das in Charzen benutzte. Es war nicht angenehm für Singer, aber das sollte es auch nicht sein.

Singer döste gegen einen Baum gelehnt, als seines Vaters Lep ihm mitteilte, daß er mit ihm sprechen wollte. Er öffnete die Augen und sah Garicks Schatten, der sich gespenstisch gegen das flackernde Wachfeuer abhob. Sein Vater schickte den Posten fort und kam auf Singer zu.

„Wird dir langweilig, Junge?“

„Nun, die Wächter sind keine amüsanten Gesprächspartner, aber es gibt so viele Sterne zu zählen und hin und wieder ein Glühwürmchen.“

„Ich nehme an, du hast es gehört: Webb bringt den Gürtel.“

Singer schwieg.

„Das sagt dir natürlich nichts“, fuhr Garick fort. „Du hast Webb ja nicht kennengelernt. Er ist ein Bursche aus dem Sumpfland, der vermutlich gar nicht versteht, weshalb er das tut. Doon gab ihm eine Handvoll Reiter mit, mehr konnte er nicht zusammenkriegen. Falls sie von Solds überfallen werden, ist es deine Schuld, weil du nicht gehen wolltest, als ich dich darum bat.“

Singer hob eine Braue. „Wer auch stirbt, stirbt für Garick, nicht für Singer.“

„Ist das alles, was du siehst? Ist alles, was du in siebenundzwanzig Jahren gelernt hast, der Haß?“

„Was ich lernte, ist kein sehr erfreuliches Wissen. Du hast dein Leben lang Leute benutzt, und wenn ein paar hier und dort draufgehen, nun, das ist traurig. Aber mit mir machst du das nicht, Garick. Wenn ich schon ein Werkzeug sein soll, dann wird es meine eigene Hand bedienen."

Garick funkelte seinen Sohn an. „Ich möchte nur eines wissen."

„Was?"

„Webb reitet nordwärts, wir südwärts. Arin kommt aus dem Osten mit Bowdeen. Wir verstecken uns jetzt nicht, sie sollen uns nun ruhig sehen. Einer von uns, oder auch alle, können jederzeit auf Callan stoßen."

„Na und?"

„Wenn das passiert, wirst du dann zum Messer gehen mit deinem Volk?"

Singer musterte ihn eine lange Weile. „Es ist schon seit zwanzig Jahren nicht mehr mein Volk."

„Wenn du es nicht tust", fuhr Garick fort, „werde ich dafür sorgen, daß du an einen Baum gebunden wirst, bis der Kampf vorüber ist. Denk darüber nach, Singer. Wenn ich verliere, wirst du immer noch angebunden sein, wenn die Solds dich finden."

„Oh, ich mag Bäume. Sie erinnern mich an meine Mutter." Er sagte es ohne eine Spur von Ironie, aber Garick zuckte zusammen. Er drehte sich um und schritt davon. Singer hob den Kopf.

„Garick!"

Der Gott blieb halb im Schatten stehen. „Was?"

„Bowdeen. Traust du ihm?"

„Nein."

„Ich schon."

Garick kam ein paar Schritte zurück. „Warum? Es gibt keinen Zirkler in dieser ganzen Kolonne, der ihm nicht liebend gern den Hals durchschneiden würde, und Jenna steht oben auf der Liste."

„Sie gewöhnen sich ans Blutvergießen, hm?" sagte Singer. „Du benutzt doch die Menschen, benutze Bowdeen. Es sollte zumindest einer hier dabei sein, der weiß, was er tut."

Gar nicht so weit entfernt nordostwärts ritt Callans Division auf der einzigen noch benutzbaren alten Straße, oder vielmehr ihren Überresten, die von der südmrikanischen Grenze ins Shando-Land führte. Staub wirbelte unter den Hufen auf und hüllte Pferde und

Reiter ein, ehe er in der hitzeflimmernden Luft wieder zu Boden sank. Normalerweise würden sie zu dieser Tageszeit nicht reiten, aber genau wie Garick wollte Callan, daß man ihn sah. Der Feldmarschall hatte seine Karte über ein Brett gefaltet und tupfte einen weiteren großen Bleistiftpunkt an eine Reihe, die in schwankender Linie von Nordwesten nach Südosten verlief: Garicks Position, so wie sie ihm alle paar Stunden gemeldet wurde. Eine interpolierte gerade Linie durch sie hindurch gab Callan, mit einer Abweichung von höchstens zwei Grad, die exakte Marschrichtung.

Ostsüdost. Garick schwärmte nicht aus, sondern er hatte ein Ziel.

„Vanner!"

Der beleibte, aber eiserne Mann, sein Adjutant, kauerte sich neben ihn. Vanners Gesicht war so ausdruckslos wie eine hornhäutige Ferse und etwa genauso gutaussehend. „Was ist, Marschall?"

„Ist der Kundschafter zurück?"

„Erster meldete ihn vor zehn Minuten. Müßte jeden Augenblick hier sein. Die Männer machen sich Gedanken, weil wir einfach so offen herumsitzen."

Callan schaute nicht einmal von der Karte hoch.

„Mögen sie denken, was sie wollen, schließlich bekommen sie ihren Sold."

„Ah, hier ist der Kundschafter."

Der Mann ritt von der Straße und trottete durch die Bäume auf sie zu. Als er abgesessen war, salutierte er die beiden Offiziere hastig. „Erspähte einen Reitertrupp von fünf Mann, etwa eine Stunde südöstlich von hier."

Callan schob ihm Karte und Bleistift zu. „Zeichne es ein."

„Genau hier!"

„Richtung und Geschwindigkeit?"

„Nach dem Kompaß Westnordwest. Sie ritten langsam und sorglos."

Callan studierte die Karte. Das Terrain war verhältnismäßig offen und eben. Bei normaler Marschgeschwindigkeit würde Garick in weniger als sechs Stunden auf diese kleine Gruppe stoßen. „Glaubst du, es sind seine Späher?"

„Nein, Sir. Sie tragen zwar Bemalung, aber nicht shandogrün, sondern graubraun."

„Suffec", schloß Vanner. „Sind ziemlich dicht an Mrika. Warum, wenn sie genausogut Westrichtung nehmen könnten?"

„Es muß einen Grund geben." Callan erinnerte sich an Uriahs Gedanken über den Gürtel der Einsamkeit. Sie könnten etwas bei sich haben, das von Wert für Garick wäre – wenn nicht den Gürtel, dann irgend etwas anderes. Das würde erklären, weshalb er einen Bogen um die Stadt machte, statt direkt ostwärts zu marschieren. Die Gürtelgeschichte war ein heidnischer Mythos, viel zu weit hergeholt, um ihn ernstzunehmen, und doch . . .

Und doch . . . Sein Finger fuhr die kurze Entfernung zwischen dem Suffec-Trupp und seiner eigenen Position ab. Sein Stirnrunzeln der Konzentration glättete sich zu einem Lächeln. „Das ist alles", entließ er den Kundschafter. Als der Mann sein Pferd fortführte, stand Callan auf. Er stemmte die Hände an die Hüften und betrachtete Vanner mit fast zufriedener Miene.

„Geben Sie es weiter, Vanner: zwei Schwadronen für ein Suchen – die 39. und 44."

Vanner blickte ihn erstaunt an. „Sie sagten doch, die alten Kopfpreise gelten nicht mehr."

„„Für diese fünf schon."

„Fünf Zirkler? Was haben wir davon?"

„Sie sind auf dem Weg zu Garick. Nehmen wir an, sie haben etwas, auf das er scharf ist."

„Zum Beispiel?"

„Nur angenommen. Garick glaubt ohnehin, wir seien zu dünn verstreut. Wenn wir diese fünf beim Suchen packen, dann denkt er vielleicht, daß wir keinen anderen Plan haben, als ihn nach und nach zu erledigen. Die 39. und 44. war das ganze Frühjahr mit mir beim Suchen." Callan schritt gedankenversunken auf und ab. „Und ich will, daß es auch so *aussieht,* Vanner. Sie sollen nur eroberte Zirkel-Ausrüstung benutzen."

„Das wird Garick nicht täuschen."

„Ich will ihn gar nicht täuschen, nicht auf diese Weise. Sie werden den Trupp anführen, Vanner. Garick ist nahe genug für ein unproblematisches Lep. Sie lassen ihnen Zeit, es auszustrahlen – das ist wichtig! – und dann strecken Sie sie nieder."

„Wird gemacht."

„Und falls sie etwas Ungewöhnliches bei sich haben, dann ziehen sie zwei Mann ab, sie sollen es hierher schaffen."

„Ich werde es selbst bringen."

„Nein, Sie verschanzen sich und warten auf Garick. Wenn ich mich nicht täusche, wird er sofort herbeieilen."

Vanner verzerrte das Gesicht. „Auf Garick warten!" echote er ungläubig. „Ich soll mit meinen hundert Mann abwarten, bis Garick seine gesamte Streitkraft auf uns wirft?"

Callan nickte. Sein Entschluß war gefaßt. „Richtig. Einhundert Mann . . ."

„Marschall . . ."

„Und unser ganzes neues Spielzeug."

Der Zusatz ließ Vanner den Mund aufsperren. Es dauerte eine Weile, bis er sich zu einem verständnisvollen Grinsen verzog. „Ja – gut! Während Sie splittern-und-verschwinden lassen?"

Callan nickte. „Richtig. Kartenüberprüfung, ehe Sie aufbrechen. Und, Vanner . . ."

„Marschall?"

„Das *gesamte* Spielzeug. Die Sprechboxen ebenfalls."

Die vier anderen, die drei Burschen und das Mädchen, ruhten sich unten aus. Webb war nicht müde. Je näher er Garick kam, desto mehr wurde er von nervöser Energie angetrieben, für die er wohl bald mit einem langen Erschöpfungsschlaf würde bezahlen müssen. Inzwischen jedoch kletterte er den Berg hoch, um vielleicht vom Gipfel eine Spur von Garick zu entdecken. Die Stärke des Leps und Garicks Mitteilungen sagten ihm, daß nur noch ein Ritt von wenigen Stunden zwischen ihnen lag.

„Wartet auf mich", wandte er sich an die anderen, während er den Sack über die Schultern warf. Sie stellten keine Fragen. Sie sind alle jung, zu jung zum Kämpfen, dachte er, aber Doon hatte gewußt, daß er nicht mehr allein weiterziehen konnte, nicht nach dem Sumpf. Und doch war er seither allein. Das würde nichts und niemand mehr ändern können, auch keine größere Anzahl von Begleitern.

Das Klettern lenkte ihn ab. Es gestattete ihm nicht, weiter über sich nachzudenken, denn er mußte sich auf seine Füße und Hände konzentrieren, während er immer höher klomm. Es war kein steiler Berg, und er bereitete ihm keine Schwierigkeiten, nur einmal kam eine gefährliche Stelle, ein kahler Felsvorsprung mit einer trügerischen Schieferschicht. Aber auf allen vieren schaffte er ihn, kriechend und ständig neuen Halt suchend, bis er ihn schließlich überwunden hatte, und dann ging es wieder aufwärts. Und endlich hatte er den grasbewachsenen Gipfel erreicht, auf dem er sich erst einmal müde ausstreckte.

Die kleinen weißen Wölkchen zogen über den blauen Sommerhimmel, fern und uninteressiert. Er verschnaufte erst, ehe er sich erhob, um das Land unter und vor ihm abzusuchen.

Die Solds waren zu sehen, zwei gerade, reglose Linien.

Sie befanden sich in ihrer Kolonnenformation und saßen so ruhig auf ihren Pferden, daß sie wie aus Stein gehauen schienen. Einen kurzen Augenblick kam Webb der verrückte Gedanke, daß sie so unbewegt sitzen bleiben würden, solange auch er sich nicht rührte. Sein Herz klopfte heftig. Er begann sie paarweise zu zählen. Es waren mehr als hundert, und am Ende der Kolonne befanden sich zehn Packpferde in einer Reihe. Sie waren mit großen Kisten beladen.

Jetzt setzten sie sich in Bewegung. Ohne Hast, aber zielsicher, lenkten die Solds ihre Pferde um den Fuß des Berges.

Webb!

Seine Leute sahen sie nun auch. Ihr erschrockenes Lep schrillte in seinem Geist. Er sah, wie sie nach ihren Bogen griffen. Doch sie hatten sie noch kaum in der Hand, als die Solds, die Sheddys erhoben, auf die jungen Suffec zustürmten. Bis er, Webb, wieder hinunterkletterte, wäre schon alles vorbei. Sie mochten zwar vielleicht zwei oder drei der Soldaten erledigen, aber sie würden auf die Dauer nicht durchhalten können.

Vier Pfeile schwirrten, aber die herangaloppierenden Solds gaben schlechte Ziele ab. Trotzdem sah Webb, wie zwei fielen, erst einer, dann noch einer.

Doch schon hatten die Solds den kleinen Suffec-Trupp umzingelt. Die Klingen schwangen und holten erneut aus. Die beiden überlebenden Suffec rannten zu ihren Pferden. Einer wirbelte herum, um einen weiteren Pfeil abzuschießen. Webb mußte hilflos zusehen, wie der Junge mit dieser sinnlosen Tat sein Leben wegwarf. Zwar holte er einen Sold vom Pferd, doch dann köpfte ein Sheddy ihn.

Das Mädchen gewann dadurch jedoch eine kostbare Sekunde. Sie schnellte sich aufs Pferd und trieb es zum Galopp an. Doch schon weiteten fünfzehn Solds die Einkreisung, und sie saß in der Falle. Ein Pfeil flog, dann zwei weitere. Alle drei trafen ihr Pferd. Das Tier knickte in die Knie. Sie sprang ab, ehe es sie unter sich begraben konnte. Sich hastig umdrehend, suchte sie vergeblich nach einer Fluchtmöglichkeit durch die Umzingelung.

Auf ein Zeichen des wohlbeleibten Anführers saßen die Männer ab und näherten sich dem Mädchen von allen Seiten. Sie schoß ihren letzten Pfeil ab, verfehlte jedoch ihr Ziel. Vor Schrecken wie gelähmt sah Webb zu, wie sie einen Mann mit ihrem Messer traf, als er sie mit erhobenem Sheddy erreicht hatte. Und schon fiel der Rest über sie her und warf sie zu Boden. Sie rissen ihr die Kleidung vom Leib und begannen sie zu befummeln. Der Anführer kümmerte sich jedoch nicht um sie. Er beschäftigte sich mit den drei toten Suffec-Männern. Bei jedem zuckte seine Klinge herab, und er nahm die blutige Rechte der drei an sich.

Benommen starrte Webb vom Gipfel hinunter auf diesen Alptraum. Es konnte einfach nicht Wirklichkeit sein! Die winzigen Gestalten waren nur Puppen. *Oder vielleicht Fische.* Doch dann schrie das Mädchen gellend vor Schmerz, als sie ihr die Hand abhackten und in einen Sack steckten.

Das war der Augenblick, als etwas in ihm brach und eine Übelkeit ihn erfaßte, wie er sie nie zuvor empfunden hatte – eine Krankheit, die ihn vergiftete und gleichzeitig stärkte, die in seinem Innern wallte und laut explodierte. Er *haßte* zum erstenmal in seinem Leben. Er verfluchte die Soldaten, heulte wie ein Wolf und brüllte, sie sollten sich nur trauen, heraufzukommen und er würde einzeln mit jedem von ihnen kämpfen, falls sie den Mut dazu hätten. Und dann schrie er, ohne sich überhaupt bewußt zu sein was, bis ihn die Kehle zu sehr schmerzte, um noch einen Laut herauszubringen.

Die Solds starrten stumm und wachsam zu ihm hoch. Der Anführer sagte etwas, woraufhin sie sich scheinbar nicht mehr um ihn kümmerten, sondern sich verteilten, um das Gras in unmittelbarer Nähe des Massakers zu durchsuchen. Doch noch während sie es taten, wurde ihm klar, daß sie dabei unmerklich den Berg umzingelten.

Er verfluchte sich selbst, weil er seinem Grimm so unüberlegt Luft gemacht hatte. Er hatte nur seine eigene Position verraten, und er hatte Garicks Mission in Gefahr gebracht, weil . . .

Weil, gestand er sich schließlich ein, das Ding im Sack tatsächlich der Gürtel der Einsamkeit sein mochte, und er, Webb, durch seine Dummheit dem Feind möglicherweise eine mächtige Waffe in die Hände spielte.

Nun wurde Webb zumindest teilweise klar, weshalb er überhaupt in den Sumpf gepaddelt war und weshalb es so lebensnotwendig war, das zu finden und zu bringen, was Garick wollte. Er wußte jetzt, daß Garick *WIR* war, und er, Webb, war *WIR*, und die Suffec dort unten und die Karlis und Shandos und alle Zirkler, die Frieden und Musik im Wald gefunden hatten, waren *WIR*. Und diese Männer mit ihren langen Klingen waren *SIE*, eine gefährliche Wucherung in einem gesunden Körper, die herausgeschnitten und vergraben werden mußte, daß gesundes Gras darüber wachsen konnte. Sie waren eine Krankheit, die sich bereits in ihm bemerkbar machte, und die zu hohem Fieber ansteigen würde, ehe alles zu Ende war.

Er weinte. Er drückte den Sack an sich, preßte die Lider zusammen und lepte verzweifelt zu Garick.

Das Lep verbreitete sich wie Lauffeuer unter Garicks Leuten. Die Suffec, die alles andere als die diszipliniertesten seiner Truppe waren, ritten bereits zum Ort des Überfalls und würden sich auch von nichts zurückhalten lassen. Andere hatten inzwischen ihre Pferde gesattelt und warteten ungeduldig auf Garicks Befehl, ebenfalls zum Sturm zu reiten.

„Wir kommen nicht rechtzeitig an", sagte der Gott zu Jenna. „Wie weit ist Arin noch entfernt?"

Sie starrte ihn an, kleidete ihre Gedanken jedoch nicht in Worte. „Das Mädchen ist mit ihm, sie weiß es." In seiner Eile überhörte Garick die Bitterkeit ihres Tones.

„Frag sie, ob Arin südlicher ist als wir."

„Sie sagt ja."

„Hol sie her. Sie muß mir helfen, ihn zu erreichen."

Sie lepte Shalane herbei, dann schloß Garick die Augen und konzentrierte sich, um Webb zu erreichen und ihm Anweisungen zu geben. In letzter Zeit war der Gott so müde, daß er Schwierigkeiten mit Lep bei größeren Entfernungen hatte. Sanft legte ihm Jenna die Hand auf die Schulter. Er griff instinktiv danach und zog an ihrer Vitalität, um sein Lep zu verstärken. Das war nicht der Grund für ihre Berührung gewesen, aber sie wußte, daß Garick es glauben würde.

Die drei Meister beendeten das Lep zu Arin, dann rief Garick nach seiner Karte. Die Späher hatten gemeldet, daß Callan und seine Männer – sie nahmen an, daß es sich um seine gesamten Streitkräfte handelte – sich ostwärts auf der alten Straße bewegten, fort von der Stelle des Hinterhalts. Der Trupp, der die Suffec überfallen hatte – etwas über hundert Mann, wie Webb meinte –, hatte sich vermutlich abgesondert, um sich nebenbei Kopfgeld zu verdienen.

Garick verglich Webbs Position mit der Callans nach der letzten Meldung, dann mit seiner eigenen. Wenn es ein Trick von Callans Seite war, so war er nach hinten losgegangen: Er konnte nicht mehr rechtzeitig umkehren, selbst wenn er Bescheid wüßte. Und der Verlust von hundert Mann um fünf wegen würde ihn schmerzen. Garicks Streitmacht würde über sie hinwegrollen wie eine tosende Flut, und Gefangene würde es keine geben.

Der Gott der Shandos warf einen Blick auf Arins Frau und seine eigene. Er sah seinen Wunsch in ihren Augen spiegeln, und so strahlte das Lep von ihrem vereinten Geist zu der gesamten Kolonne aus.

Folgt den Suffec. Wir greifen an.

Die beiden Männer in grünen Kitteln trotteten über das wellige Wiesenland durch ein Meer hohen Grases mit leuchtendem Löwenzahn. Sie hatten schon vor einem Tag den Schatten der Bäume verlassen, um den Weg abzukürzen, und sie ritten nun in einer Tangente von Callans Streitkräften fort.

Neidvoll bewunderte der Wengen die Ausdauer und Leichtigkeit, mit der Arin Stunde um Stunde dahinritt. Sicher, er, Bowdeen, hatte fünfundzwanzig Jahre mehr auf dem Buckel als der Shando, doch trotzdem konnte er sogar jetzt noch Zirkelschläue auffrischen und von dem jungen Meister lernen. Sie ritten in offenem Terrain, aber in weitem Zickzack und vermieden Wiesen, wo das Gras aussah, als wäre es erst vor kurzem überquert worden.

Nach Bowdeens Begriffen war Arin kein Begleiter, mit dem er warm werden konnte. Er sprach wenig und nur das Nötigste. Das Eis seiner Augen taute nie, aber sie übersahen nichts. Bowdeen wunderte sich längst nicht mehr, wieso er auf dem kahlen Gipfel geschlagen worden war. Das Wunder war nur, daß er überhaupt lebend davongekommen war.

Arin hielt das Pferd an und wehrte mit einer Bewegung seines verkrümmten Armes die stumme Frage Bowdeens ab. Reglos blieb er im Sattel sitzen. Schließlich wandte er sich dem Wengen zu.

„Botschaft von Garick?" fragte Bowdeen.

„Unannehmlichkeiten im Süden", bestätigte der Shando. „Sucher haben ein paar Suffec einen Hinterhalt gestellt."

„Sucher? Weshalb sollte Callan jetzt suchen?"

„Du glaubst nicht, daß er es täte?"

Bowdeen schüttelte bekümmert den Kopf. „Nein, aber vielleicht hat der Trupp, der dafür verantwortlich ist, noch nicht gehört, daß das Suchen vorbei ist, oder vielleicht scherte er sich auch nur nicht darum. Geld ist knapp. Aber wie dem auch sei, was haben wir damit zu tun?"

„Nicht wir", verbesserte ihn Arin. „Nur ich. Garick will, daß ich südwärts reite und versuche, ihnen zu helfen."

Der Schwarze hob die Brauen. „Womit? Mit einem Bogen? Inzwischen sind sie ohnedies schon tot, Arin. Und was soll ich tun, während sie auch dich umbringen?"

„Reite weiter nach Westen und schließ dich Garick an. Wenn du die Westrichtung genau beibehältst, wirst du direkt auf seine Kolonne stoßen."

„Ohne dich? Sie werden glauben, ich hätte dich wieder verkauft. Was soll ich ihnen denn sagen?"

„In Anbetracht dessen, was du warst und bist, Bowdeen", Arin widmete ihm ein kurzes eisiges Lächeln, „wäre ich *sehr* freundlich zu ihnen." Er klatschte mit den Zügeln und galoppierte davon.

„Arin!"

„Garicks Befehl!" rief der über die Wiese brausende Reiter über die Schulter zurück. „Fragen kannst du ihm stellen."

„Arin, gottverdammt . . ."

„. . . Garick hat es *befohlen!*"

Das war eine Lüge.

Webb kletterte vorsichtig den Hang hinab. Er befürchtete nur, daß er genau das tat, was die Solds von ihm erwarteten. Er beobachtete sie, während sie sich in ihrer rätselhaften Suche unten verteilten, und konnte es einfach nicht glauben, daß sie so völlig uninteressiert an ihm waren. Er bemerkte ihre zerrissene, schmutzige Tarn- und auch die erbeutete Zirkel-Kleidung. Es sah aus, als wären sie schon viele Monate im Wald, und das würde bedeuten, daß sie ziemlich am Ende waren und scharf auf jeden Kreten Kopfgeld, den sie sich verdienen konnten. Dafür hatten sie den blutigen Sack bei sich. Soviel hatte er von den Shandos erfahren.

Garicks letztes Lep riet ihm, zur Flucht den Gürtel zu benutzen. Webb glaubte nicht, daß er wirklich etwas leisten würde, trotzdem versuchte er es, aber schnell riß er ihn sich wieder vom Leib. Das Ding ließ alles so verschwommen und wacklig vor seinen Augen erscheinen, daß er einen Augenblick lang glaubte, er würde kopfüber stürzen.

Sonst sah er nur noch eine einzige Fluchtmöglichkeit, in die er jedoch keine große Hoffnung setzte. Die restlichen Suffec-Pferde weideten unbewacht. Webb hielt es für eine Falle. Die Solds ließen ihn vermutlich bis auf ein paar Fuß an sie herankommen, und dann würden sie sich auf ihn stürzen. Sie waren erbarmungslos, das war ihre Art. Aber versuchte er es nicht, würden sie früher oder später hochklettern, um ihn zu fangen, und ganz sicher gaben sie ihm keine Gelegenheit, Mann gegen Mann zu kämpfen. Seine Chance war nicht größer als die des Mädchens. Es gab jedenfalls keine andere Wahl.

Zoll um Zoll tastete er sich hinunter und nutzte jede Deckung, aber es gab nur vereinzelte Sträucher, dafür um so mehr offenes Terrain, wo er in voller Sicht der Solds war.

Unten grasten die Pferde gleichmütig. Ein wenig seines brennenden Hasses richtete sich gegen sie. Er glitt vorsichtigen Schrittes dahin, verlagerte sein Gewicht und raste rutschend zum nächsten kärglichen Gebüsch. Nur noch eine kurze Strecke: ein paar Meter das Knie des Berges hinunter, dann über etwa zehn Fuß Wiese zum nächsten Pferd, doch das alles ohne Deckung.

Würde er schneller sein als die Solds? Er war ausgeruht, sie dagegen völlig erschöpft. Vielleicht, ja vielleicht . . . Er fragte sich, wie weit sich die nächsten befänden. Von seiner gegenwärtigen Position aus konnte er keinen einzigen sehen. War leicht möglich, daß sie gerade an der anderen Seite des niedrigen Berges hochkletterten.

Nicht mehr viel Zeit – *jetzt!*

Webb holte tief Luft, dann sauste er das letzte Stück Hang hinunter. Sein Gewicht beschleunigte die Geschwindigkeit seines Laufes, doch er stolperte mehr als er rannte, aber er achtete nicht auf die Hautabschürfungen und Kratzer, die er sich dabei zuzog. Selbst in seinem wilden Lauf sorgte der Suffec in ihm dafür, daß seine Beinmuskeln geschmeidig und entspannt blieben und er so wenig Geräusche wie nur möglich verursachte.

Als er auf ebenem Boden angelangt war, hörte er das Aufbrüllen. Er sprintete über die restliche Strecke zu den Pferden. Er wagte nicht, sich umzudrehen. Er rannte, rannte, seine Lunge schrie nach mehr Luft, aber er gestattete sich den vielleicht entscheidenden Sekundenbruchteil nicht, um einmal Atem zu holen. Seine Lunge drohte zu zerreißen, und der Sack schien dreimal so schwer zu sein, dazu waren seine Beine wie aus Blei, und die verdammten Pferde schienen einfach nicht näher zu kommen. Wie im Traum war es, wenn man rannte und rannte und doch nicht von der Stelle kam. Und hinter ihm hatten die Solds die Verfolgung bereits aufgenommen und brüllten Drohungen. Als er sie hörte, dachte Webb mit wilder Hoffnung: *Sie liegen zu weit zurück, sie erwischen mich nicht mehr!* Das gab ihm neue Kraft für die letzten paar Fuß zum vordersten Pferd.

Er trieb das Tier bereits an, ehe er noch im Sattel saß, dann spornte er es zum Galopp an und drückte sich tief auf seinen Rücken, um ein möglichst kleines Ziel für die schwirrenden Pfeile abzugeben. Ein Schaft zischte dicht an seinem Ohr vorbei, ein anderer bohrte sich ein paar Fuß vor und rechts von ihm in den Boden. Ein paar weitere verfehlten ihn bereits um ein gutes Stück, dann kamen keine mehr. Er hatte es geschafft.

Das Pferd stürmte weiter. Jetzt wagte er zurückzublicken. Fluchend und mit den Fäusten drohend waren sie bereits weit zurückgeblieben, ein Trupp Menschlein, die durch den Berg im Hintergrund noch kleiner wirkten.

Er ließ dem verschreckten Hengst jetzt freien Lauf, während er des besseren Gleichgewichts wegen hoch auf der Schulter saß. Er schaute nicht mehr zurück, nur voraus über die welligen Wiesen, über die das Tier westwärts brauste. Und dann sah er in der Ferne den einzelnen Reiter in Grün entgegenkommen.

Als der fliehende Reiter angstvoll zurückblickte, ballte Vanner die Faust in scheinbarer Drohung und stieß ein zufriedenes Lachen hervor. „So ist's gut, Junge. Reite nur zu Garick und sag ihm, daß wir hier sind."

„Ich hätte ihn treffen können, Sir", protestierte ein Sold. „Es war ein sicherer Schuß, weshalb haben Sie mich abgehalten?"

„Feldmarschall Callan hätte dich zum Abendessen verschlungen“, brummte Vanner. „Du wirst bald genug noch eine Chance haben.“ Er befahl einem anderen: „Streifer! Ruf die Offiziere hier zusammen.“

Er nahm an, der Zirkel-Bursche hatte Zeit, Garick zu lepen, doch selbst wenn nicht, würde er die Nachricht von dem Massaker verbreiten. Das war der Köder, nach dem Garick ganz sicher schnappen würde. Hundert Mann hatten keine Chance gegen ihn, und Callan konnte es sich nicht leisten, so viele zu verlieren. Das würde Garicks Überlegung sein, und damit rechnete der Feldmarschall. Vanner überschlug die Entfernung. Garick war etwa sechs Stunden von diesem Punkt gewesen, als Callan sie ausgeschickt hatte. Eine Stunde und eine halbe hatten sie gebraucht, um die Suffec zu erledigen, nun, vielleicht zwei, um sicher zu gehen. Garick würde sie noch bei Tageslicht erreichen, mit der Spätnachmittagssonne im Rücken.

„Ihre Männer sollen sich verschanzen“, befahl er seinen Offizieren, als sie sich um ihn versammelt hatten. Er zeichnete zwei Kreise in den Boden, der eine innerhalb des anderen. „Zwei geschlossene Linien von Laufgräben. Wenn die Männer ihre Posten eingenommen haben, dann gestatten Sie ihnen, sich auszurasten und zu essen.“

Der Schwadronführer der 39. war ein langsam sprechender, vorsichtiger Mann. In seiner Karli-Kleidung hätte er Moss sein können, der die zwei Kreise studierte.

„Wie weit bis zu den Zielmarkierungen?“

„Fünfzehn Meter“, erwiderte Vanner.

Der andere stocherte nachdenklich ein Loch außerhalb des äußeren Kreises. „So nah?“

„So nah.“ Vanner lächelte grimmig. „Mann, es spielt doch keine Rolle, nicht mit den Werfern.“

Die Sonne brannte heiß herab. Arins Puls pochte in den Schläfen. Es war keine Zeit, seinen Vater zu informieren, er mußte Webb abfangen, ehe er vor dem grüngekleideten Reiter zurückschreckte, den er nicht erkannte. Er las die Angst des Suffec, aber Garicks Lep überlagerte sein eigenes und schwang in seinem Geist ein und aus. *Der Gürtel. Wo ist er?* Als der Suffec Arin sah, riß er sein Pferd herum und brauste in eine andere Richtung davon.

Webb! Webb!

Der Suffec bremste das Tier und hielt schließlich an.

Arin?

Ja. Hast du den Gürtel?

Habe etwas.

Komm her. Ich warte.

Arin saß ab. Er hob den Riemen des Wasserbeutels vom Sattelknauf und ließ sich müde ins hohe Gras fallen. Er schloß die Augen und verschloß Garick den Geist. Webb würde zumindest zwei Minuten brauchen, bis er hierherkam, denn sicher bewegte er sich langsam, bis er sich vergewissert hatte, daß es wirklich Arin war. Und diese zwei Minuten gehörten ihm allein; zwei Minuten, in denen er weder denken, noch eine Entscheidung treffen mußte.

Webb erreichte ihn viel zu bald. Er glitt aus dem Sattel und lehnte den Kopf an den verschwitzten Hals des Pferdes.

„Hallo, Arin."

„Hallo."

Ist ein schlimmer Tag.

Ja.

Keiner sprach eine längere Weile. Die Hitze des Tages hatte ihre eigene Musik, sie raschelte mit dem Gras und summte mit den Insekten. Sie lauschten. Schließlich gab Webb dem Pferd einen freundschaftlichen Klaps und ließ sich neben Arin im Gras nieder, wo er durstig von dessen Wasserbeutel trank. Als er sich die Lippen abgewischt hatte, blickte er hoch. *Habe dich kaum erkannt. Hast dich verändert.* Und nicht nur, weil du älter geworden bist, dachte Webb. Er teilte es nicht, aber Arin las es trotzdem.

„Ich habe viel erlebt." Selbst Arins Stimme klang anders.

Auch du hast dich verändert, Webb.

Ja. Zum Teilen war es zu schmerzhaft.

Arin stupste den Sack mit der Zehe. „Ist es da?"

Webb nickte.

Arin öffnete den Sack und leerte seinen Inhalt auf den Boden.

... Das?

Ist alles, was ich gefunden habe.

Der Geist des Meisters war verschlossen, sein Gesicht wie aus angekohltem Holz geschnitzt. Das war nicht das Gesicht, an das Webb sich erinnerte, und das war auch nicht der fröhliche Freund von den milden Abenden auf dem Hügel. Einen Atemzug lang schien es Webb, als könnte er *zuviel* aus der sonnenverbrannten

Maske lesen, zuviel, es zu verstehen oder zu ertragen – alle seine eigenen dunklen Gedanken aus dem Sumpf, all die alte Liebe und die neue Krankheit des Hasses, alles war da und weit außerhalb jeglichen vorstellbaren Wortes oder Teilens, fern, fremd und kalt. In diese Tiefe konnte er das Grauen schütten, das er gesehen hatte, den Schrei des Mädchens, als sie ... Alles! Und diese Maske bewegte sich nicht im geringsten. Es war, als hätte Arin die gleichen Sterne gesehen und gelernt, mit ihnen zu leben.

Arin betrachtete den Gürtel eine lange Weile. Was er sagte, fand Webb sinnlos, aber es war auch nicht für ihn gedacht. „Das sind meine Leute, Garicks unterbrochener Kreis. Die Besten der Shandos." Wieder schwieg er. „Alle. Für das da!"

Dann saß Arin reglos mit dem schmutzigen alten Gürtel in der Hand, und er sagte auch nichts. Er sah aus, als könnte er sich nicht erinnern, was er als nächstes tun sollte, wie er so dasaß mitten auf einer weiten Wiese unter einem leeren Himmel. Doch schließlich erhob er sich und legte den Gürtel um. Seine Finger tasteten nach der Schnalle.

Nicht, Arin!

?

Ich habe es versucht. Hat mich schwindelig gemacht.

Arin drückte auf das Ding an der Schnallenbox.

Webb erschrak. Gerade hatte Arin noch vor ihm gestanden, jetzt war er verschwunden. Ja nicht einmal das Gras war niedergedrückt, wo unsichtbare Füße stehen mußten. Doch genauso plötzlich, wie er weg gewesen war, erschien er wieder. Er preßte die Hände gegen die Augen. „Verdammt!"

„Habe es dir gesagt, Arin."

„Ich verstehe, was du meinst", murmelte er mit schwerer Zunge. „Das Kraftfeld beeinflußt die Sicht des Trägers."

Die fremdartigen Worte sagten Webb nichts. Seine Augen waren immer noch vor Staunen weit aufgerissen. Arin deutete auf die ungewöhnliche Kappe und den versiegelten Beutel, die mit dem Gürtel herausgefallen waren, als er den Sack leerte. „Was ist das?"

„Habe sie beim Gürtel gefunden", erwiderte Webb und fand sich schließlich mit der Identität des Gürtels ab. „Dachte mir, sie gehören vielleicht dazu."

Er beobachtete Arin, als der den Beutel untersuchte, ihn öffnete und ein kleines Buch herausholte, dessen dicke Seiten vom Verfall verschont geblieben waren. Nachdem er ein paar Seiten überflogen hatte, klappte er es wieder zu und gab es in den Beutel zurück, den er Webb aushändigte. „Bring es zu Garick."

„Was ist es?"

„Eine Art Geschichte, Webb. Alles über Callee."

Damit mußte der Suffec sich zufriedengeben. Arin war bereits damit beschäftigt, die Kappe in den Händen zu drehen, bis er die Zeichen fand, die an einer Seite eingeprägt waren: SCU-A3. Er murmelte etwas vor sich hin, dann stülpte er sie sich über den Kopf. Ein komisches Ding mit zwei Gläsern schwang aus der Kappe und bedeckte seine Augen. „Jetzt", sagte er und drückte erneut auf die Gürtelschnalle.

Diesmal war Webb darauf vorbereitet, ja er fragte die leere Luft fast beiläufig, ob die Kappe vielleicht das Schwindelgefühl verhinderte. Er erhielt keine Antwort.

„Arin?"

Leb wohl, Webb.

„Leb wohl? Wohin willst du?"

Keine Antwort.

„Arin, komm zurück, damit ich dich sehen kann."

Keine Zeit. Reite zu Garick. Bring ihm das Buch.

Du kommst nicht mit?

Als Antwort sah Webb Arins reiterloses Pferd sich plötzlich in einem schnellen Trott ostwärts in Bewegung setzen.

„Ich kann nicht ohne dich, ohne den Gürtel zu Garick! Was soll ich ihm denn *sagen?"*

Sag Garick – er soll mich in Lorl treffen. Wenn.

Wenn was?

Er erhielt keine Antwort. Das Pferd galoppierte jetzt schon weit entfernt und war bald außer Sichtweite.

Später würde Webb über die seltsame Begegnung auf der Wiese nachdenken und sich am deutlichsten an die kurze Weile erinnern, da er und Arin im Gras gelegen hatten, ohne zu denken oder zu sprechen, bis die Welt sich unaufhaltsam weiterbewegte. Doch im Augenblick war keine Zeit, sich damit zu befassen.

Er schaltete sich in das Lep des Gottes ein, aber es war nicht einfach. Es schwang auf sehr uncharakteristische Weise. Schließlich gelang es ihm doch, die Marschroute festzustellen. Er hob sich in den Sattel und ritt querfeldein, um sich dem Rest seiner Leute anzuschließen.

Nun, da er es wußte, waren die Dinge doch nicht so schlimm, wie sie geschienen hatten, als er aus dem Sumpf kam. Die Idee, dieser sich ihm ständig entziehende Gedanke, hatte sich festhalten lassen, als er sah, wie die Solds seine Freunde niedermetzelten, und sie war folgende: Wenn Sandteela für Garick gestorben waren, und wenn die Solds seine Leute gemordet hatten, dann brauchte Webb keinen anderen Grund, um am Kampf teilzunehmen. Und doch fragte eine leise Stimme in ihm: *Ist das genug?* Nichts war sicher, als das, was Garick sagte, was Webb wollte, was wichtig für alle war, die sagten, *WIR* brauchen etwas mehr und Besseres. Keine andere Bedeutung. War das genug?

Es mußte genug sein. Sie kamen herbei, alle, wie eine mächtige Flut, und die Suffec ritten an der Spitze.

Webb flüsterte ins Ohr des Pferdes: „Schnell. Lauflauf*lauf-LAUF!*"

In einem kleineren Wäldchen hielt er kurz an, um das erschöpfte Tier an einem Bach saufen zu lassen, während er sich den Schweiß von Gesicht und Nacken wusch. Dann brauste er dahin, und sein Geist lauschte dem Lep, das immer stärker in sein Bewußtsein sickerte.

Er hielt ruckhaft an, als die erste Reihe der Reiter über einen Hügel kam, nicht weiter als einen Pfeilschuß von ihm. Sein Atem stockte, als die zweite und dritte ihr folgte, und dann weitere und immer noch mehr, bis der ganze Hügel schwarz von Reitern war. Webb zögerte nur einen Augenblick. Die Solds trugen ebenfalls Zirkelkleidung – aber nicht die graubraune der Suffec. Sein Herz hüpfte, als er sein Pferd vorantrieb.

Hei! Hei! Hei!

Und dann waren sie rings um ihn, schoben ihm Wasserbeutel und frischgebratenes Fleisch in die Hände, *seine* Leute. Und sie führten ihn den Hang hoch und deuteten westwärts, wo sich in der Ferne das Grün der schnell näherkommenden Shandos abhob.

Die Suffec-Kolonne bewegte sich im Schrittempo weiter, damit die Shandos aufholen konnten. Garicks Schlachtaufstellung war zum Teil geplant, zum Teil dem Zufall überlassen. Die Suffec bestanden darauf, die Spitze zu übernehmen. Es hatte keinen Sinn, mit den steinernen, stummen Geistern zu argumentieren. Hinter ihnen ritten die Shandos in Hunderterreihen, und dann, als letzte, die Wengen mit den Karlis, deren Kräfte durch die das ganze Frühjahr hindurch dauernden Kämpfe dezimiert waren.

Die ersten Shandos, von Garick und Jenna angeführt, vermischten sich mit der Suffec-Kolonne. Das lange flatternde rote Haar der Göttin war wie eine Flagge und schon aus Hunderten von Metern erkennbar. Sie lepten Webb zu sich, und als er Garick gegenüberstand, fragte der Gott ihn: „Wo ist der Gürtel?"

Er brachte Webb damit in Verlegenheit. „Arin hat ihn genommen."

Ihn genommen? Wo ist er hin damit?

Ostwärts, Richtung Stadt. „Sagte – sagte, du und die Göttin Jenna sollen ihn in Lorl treffen. ‚Wenn', sagte er."

Das offene, unebene Gelände erstreckte sich auf etwa eine halbe Meile flach vor ihnen. Ohne Befehl beschleunigten die vorderen Reihen ihre Gangart zum gleichmäßigen Trott.

„Wenn", schnaubte Garick. „Wenn, was?"

„Weißt du es nicht?" fragte Jenna ruhig. „Weißt du denn nicht, wo er hin ist?"

Garick unterdrückte das Verlangen, lautstark zu fluchen. Er wußte wohin, aber nicht weshalb, und als auch er zum Trott beschleunigte, wußte er auch, daß keine Zeit war, sich darüber Gedanken zu machen.

„Nur das." Webb streckte ihm das Buch entgegen. „Arin sagt, es ist über den alten Callee."

Garick schob das Buch in die Satteltasche, als Webb plötzlich geradeaus deutete. *Dort!*

Der Hügel hob sich aus dem welligen Wiesenland. Hundert, zweihundert Köpfe hoben sich. Ein gedämpftes Rattern zog durch die Reihen dahin, als Pfeile aus den Köchern zwischen geschickte braune Finger geklemmt wurden. Die nächsten Shando-Reihen schlossen die Lücke. Die Spitze wurde zu einer dichten Zehnerreihe. Ein ruheloser Geist schien sie zu beherrschen, und die Kolonne paßte sich rhythmisch der schnelleren Gangart an. Sie durchschnitt die See aus Gras und Löwenzahn wie ein langes Segelschiff. Als der letzte dichte Wald sich vor ihr erhob, filterten sie hindurch, fast ohne die Geschwindigkeit zu verringern oder ihre Reihen zu verbreitern. Und schon waren die Vordersten wieder im Freien und näherten sich dem letzten Hügel.

Die beiden Soldreiter ließen ihre Pferde gemächlich und sorglos im Schritt entlang des breiten Kammes vor Webbs Berg gehen, als hätten sie alle Zeit der Welt zwischen jetzt und dem Tod. Sie waren in diesem Augenblick nahe genug, daß Webb sehen konnte, wie einer von ihnen im Reiten den Fuß gegen den Sattelknauf stützte. Webb grinste Garick an, dann galoppierten die Suffec-Reihen auch schon dahin, um die restliche Strecke zu dem Hügel zurückzulegen. Jenna spürte Garicks Geist ihren berühren, und eine Hand legte sich auf ihre.

Jetzt, Jenna! Shandos, los!

Die langbeinigen Pferde streckten sich graziös, und das Geräusch ihrer Hufe wurde zu einem Donnern. Die beiden Soldreiter schienen von dem, was aus dem friedlichen Wald drang, wie gelähmt zu sein. Doch dann fingen sie sich und verschwanden über den Hügel.

Lauft! Lauft!

Die vordere Reihe löste sich auf, doch drängte sich schnell wieder zusammen, nachdem einige der Nachfolgenden sich unter sie gemischt hatten. Als das Graubraun den Hang hinaufströmte, war es mit dem Grün der Shandos durchzogen. Die jetzt fleckige Reihe überrannte den Kamm und quoll auf der anderen Seite hinunter.

Dort sind sie! Shandos, los!

Weit zurück, in der langsameren Nachhut, spürte Shalane den Boden erzittern und hörte das gedämpfte Donnern und den vom Wind verwehten Schrei, der sich darüber erhob. Ihre Reihe ritt nun ebenfalls schneller. Das Garick-Lep echote noch in ihrem Geist: *Shandos, los!*

Nun war es soweit.

„Tut überrascht und lauft weiter."

Vanner stand am Rand des vorderen Grabens. Er kaute an einem Riegel der Notration und sah zu, wie die rennenden Männer über den ersten Graben sprangen und Deckung im hinteren suchten. Der junge Schwadronführer der 44. fuchtelte wild mit den Armen. „Lauft! Verdammt, lauft!" Er sprang in den Graben, als der letzte keuchend vorbeihastete, und brüllte Vanner zu: „Schnell, herein!"

Vanner kaute weiter. „Bin noch nicht mit dem Essen fertig."

Welle um graugrüne Welle brodelte zu ihnen herab und verkürzte so die Entfernung ihrer Zielanzeiger. Vanner schluckte den letzten Rest seines Riegels und beobachtete sie. Jemand in seiner Nähe pfiff durch die Zähne.

„Das müssen mindestens . . .“

„Zweitausend sein“, beendete ein anderer seinen Ausruf.

„Mehr!“

„*Schau* doch!“

Ohne Eile wischte sich Vanner die Brösel aus dem Bart und sprang in den Graben. „Macht euch bereit.“

Der Führer der 44. deutete mit dem Kopf auf die Apparate, von denen jeder der Männer einen auf den Rücken geschnallt hatte. „Ich hoffe, diese Dinger funktionieren.“

Vanners Blick hing an der ersten Reihe Reiter, die geduckt auf ihren Pferden herbeibrauste. „Wenn nicht, bekommen wir kostenlosen Ersatz dafür.“

Jemand versuchte zu lachen, aber es wurde nicht mehr als ein Krächzen daraus.

Hundert Meter. Fünfundsiebzig. „Jetzt?“

„Noch nicht.“

Das Donnern kam näher, wurde lauter, ohrenbetäubend. Der junge Offizier sog die Luft ein. „Vanner, um Himmels willen, jetzt! *Jetzt!*“

„Noch – nicht.“ Vanners Augen schätzten kalt ab. „Fertig – fertig . . .“

Als er mit der vordersten Reihe über den Kamm ritt, reizte der Anblick Garick unwillkürlich zum Lachen: Dutzende von Solds, die zu Fuß den Hügel hinab zu ihren Pferden flohen, die sie innerhalb eines weiten Kreisgrabens zurückgelassen hatten. Endlich hatten sie die Burschen erwischt, erwischt wie müde Herbstfliegen in ihrer dummen Selbstgefälligkeit, wie sie abgehackte Hände zählten und sie schon als Geld sahen. Er legte einen Pfeil an die Sehne und sah, wie Jenna es ihm gleichtat. Die letzten Solds sprangen über den äußeren Graben . . .

Weshalb Gräben?

Instinkt ließ ihn den Kopf nach links zu dem langen Wald drehen, der an die Wiese grenzte. Mit ihm verbunden, wandte auch Jenna sich um. Sie sahen nichts als Bäume, und doch erschütterte es sie beide wie ein unerwarteter Schlag. Sie erkannten mit einemmal die Falle. Der Wald zitterte vor Gefahr, und es sollte keine Gräben geben ... *Nein, verkehrt, anhalten!* lepten sie, als eine durchdringende Stimme sich über das Donnern erhob ...

„Feuer!"

Garick sah, wie die Männer sich aus dem vordersten Graben erhoben wie bucklige Marionetten, vom Puppenspieler bewegt, und etwas auf sie richteten, dann schnell verschwanden, als zwei Dutzend getrennte Feuerzungen herbeischossen und zu einer Mauer klebrigen, flammenden Gelees wurden. Sein Wille drängte Jenna, daß sie das Tier anhielt. Die beiden galoppierenden Rosse erstarrten mitten im Sprung, spreizten die Vorderbeine zum ruckartigen Halt, bäumten sich auf, und fingen mit ihren Köpfen und Schultern die Flamme ab, die ihre Reiter verzehrt hätte. Sie schrien grauenvoll, als sie mit brennendem Vorderkörper zu Boden stürzten.

Garick hörte zu denken auf. Automatisch rollte er sich von dem leidenden Tier. Er vernahm sein eigenes Schreien in dem Lärm. Sein linker Arm war von Flammen umhüllt. Er preßte ihn ins Gras, wälzte sich herum. Der Gestank seines versengten Fleisches quälte seine Nase, während er versuchte, den Schmerz aus dem Bewußtsein zu verdrängen. Die Welt brüllte und wirbelte um ihn. Durch die nicht atembare, von der Hitze flimmernde Luft sah er die Angreifer der ersten Welle brennen, wo sie lagen. Einige bewegten sich noch, versuchten davonzukriechen, während das Feuer ihre bereits haarlosen Schädel verzehrte.

Die Reihen dahinter zögerten, hielten an, als sie voll Grauen mitansehen mußten, wie eine weitere Flammenmauer sich aus dem Graben erhob und die zweite Reihe verschluckte. Vanner tauchte ebenfalls aus dem Graben auf und winkte zwei wartenden Männern mit großen schwarzen Boxen zu, die am Rand des Grabens saßen. Jeder beugte sich über seine Box, jeder drückte auf einen Knopf.

Die Luft erdröhnte unter dem Hörnerschall, der mit ohrenbetäubender Lautstärke aus den mit Solarbatterien betriebenen Tonbandgeräten klang. Die nervösen Zirkelpferde bäumten sich auf, schlugen aus, wieherten schrill und warfen ihre Köpfe zurück, um ihre Gehirne von dem Schmerz in ihren Ohren zu befreien. Garick keuchte, doch nur zum Teil vor Schmerzen. Was ein großartiger, konzentrierter Sturmangriff gewesen war, wurde nun zu einem wirren, drängelnden Haufen, als die Reiter versuchten, die Herrschaft über ihre panikerfüllten Tiere wiederzugewinnen. Höher oben auf dem Hang starrten die Shandos hinab auf das Inferno am Fuß, und ihre Augen suchten Garick und Jenna.

„Die Göttin!" Ein Meister entdeckte das lange rote Haar in dem rauchenden Mahlstrom. „Dort ist sie."

Jennas Pferd hatte sich um einen Sekundenbruchteil vor Garicks aufgebäumt. Sie rollte sofort fluchend zur Seite, zwar leicht angesengt, aber sonst unverletzt. Hinter dem brennenden Kadaver kniend, schickte sie einen Pfeil nach dem anderen in den Graben. Der vorderste Werfermann kippte um, dann der nächste.

Jenna . . .

Garick, wo?

Das andere Lep stieß auf sie ein: *Göttin, häng dich ein!*

Sie schoß noch einen Pfeil ab, dann drehte sie sich nach Garick Ausschau haltend um, und schon waren die grünen Reiter bei ihr angelangt. Sie griff nach ihren Armen und ließ sich von ihnen aus der Hitze tragen. Doch sie verrenkte sich fast den Kopf, als sie zurückschaute, um Garick zu finden.

Mir fehlt nichts. Sucht den Gott!

Mit zurückgezogenen Lippen, wie ein Hund, der die Zähne fletscht, beobachtete Vanner, wie die Pferde durch den alptraumhaften Hörnerschall außer Kontrolle gerieten, und die Reiter verzweifelt versuchten, sie wieder in ihre Gewalt zu bekommen. „Feuer einstellen!"

Sie hatten nicht genügend Brennstoff für die Werfer, das war der schwache Punkt im Plan. Keiner war mehr als zu einem Viertel gefüllt gewesen. *Callan, du Bastard,* dachte er. *Wo bist du?* Er winkte die Bogenschützen herbei, die bereits aus dem inneren Graben kletterten. Nach dem Plan sollten sie nun den Vorteil nutzen, die fliegenden Verwundeten niederschießen und den Hügel einnehmen. Es gab ein Hauptziel für alle, das wußte Vanner, und es lebte noch. Er hatte versucht, Garick die ganze Zeit im Auge zu behalten. Der stolperte dahin, während das rotschwarze Überbleibsel des Armes kraftlos herabhing.

Drei seiner Männer taumelten zur Seite und fielen, als sie aus dem Graben wollten. Vanner zuckte zusammen. Ein Pfeil hatte seinen Ärmel durchbohrt. Was zum . . .?

Die Pfeile schwirrten wieder mit tödlicher Treffsicherheit. Seine Männer hasteten in den Graben zurück. Vanner konnte nicht einmal den Kopf heben, um zu sehen, was vorging.

Der Hang über Webb war eine dichte Masse sich windender Männer und Frauen, die versuchten, sich von einem Boden hochzukämpfen, der so mit gestürzten Pferden und gefallenen Menschen übersät war, daß sie kaum Platz hatten, sich zu bewegen. Am Fuß des Hügels, um ihn herum, wurden die verbrannten Kadaver zu seinem Schutzwall. Sechs der ersten Welle waren dem Feuer unverletzt entgangen: er selbst, das Suffec-Mädchen Dooby, und vier weitere seines Volkes. Sie kauerten hinter ihren Wällen aus verbranntem Pferdefleisch, unmittelbar im Weg der Männer aus den Gräben. Stumm im Geist vereint wurde ihre Erkenntnis zum Plan: Was immer es auch nutzen mochte, sie konnten die Feuermänner davon abhalten, eine Weile zumindest, sich in den Kampf zu stürzen.

Sie hatten viele Pfeile, und die großen, langsamen Ziele waren hundertmal leichter zu treffen als die schnellen Vögel, die ihre Schießkünste in den Marschen auf die Probe stellten. Es war fast spaßig: Jedesmal, wenn die Solds aus dem Graben zu klettern versuchten, schmälerten die Suffec ihre Zahl und trieben die Überlebenden in ihre Deckung zurück.

Webb umarmte das schwitzende, wildäugige Mädchen. Dooby war fünfzehn, dürr, und wie er selbst an einer Sumpfbucht mit wildem Reis und Grünzeug großgezogen. Sie war schon einmal eine Zeitlang bei ihm geblieben.

Wenn sie das nächstemal herauskommen, lepte er zu ihr, *dann achte auf mein Zeichen. Immer nur ein Mann, Dooby.*

Die letzten Pfeile flogen. Webb brauchte sein Messer nicht zu heben. Dooby und die anderen wußten, was sie zu tun hatten.

Vanner fluchte. *Sechs* nur. Sechs gottverdammte Suffec, gerade außerhalb Werferreichweite, hinderten ihn daran, sich in den Kampf zu stürzen. Sie dezimierten seine Zahl und trafen bedauerlicherweise viel öfter, als sie ihr Ziel verfehlten. Aber das letztemal waren es schon weniger Pfeile. Offenbar gingen sie ihnen aus.

„Nehmt die Werfer ab und zieht die Sheddys!“

„Vanner!"

Er schaute, wohin der Soldat deutete. Die sechs Suffec stürmten auf ihn zu. Sie sprangen hoch über die Leichen auf ihrem Weg. In ihren Händen hielten sie lediglich Messer.

Ein Dutzend Männer machten sich daran, ihnen entgegenzulaufen, Vanner schloß sich ihnen an. Einer der letzten griff schnell noch nach einem Werfer und richtete ihn auf die sechs. Er spuckte und sprühte leicht, doch dann rauchte er nur. Ein mageres Mädchen ließ sich unter einem Hieb fallen, der ihr den Kopf abgetrennt hätte. Sie sprang sofort wieder hoch, wirbelte herum, um nach dem Hals ihres Angreifers zu schlagen, und noch ehe ihr Schwung beendet war, kam sie direkt auf Vanner zu, ohne in ihrer Geschwindigkeit nachzulassen. Hinter ihr war der Junge. Vanner spreizte die Beine, schwang den Sheddy mit beiden Händen, hob ihn . . .

Er hieb zu, als das Mädchen mit beiden Beinen hochsprang. Der Sheddy zischte durch die leere Luft. Das Mädchen prallte gegen ihn, als sie fiel. Sie war zwar zu leicht, ihn umzuwerfen, aber sie brachte ihn aus dem Gleichgewicht, und schon hatte der Junge ihn erreicht. Vanner hatte keine Zeit mehr, den Sheddy zu schwingen, also stieß er ihn nach vorn, doch das Mädchen stellte ihm ein Bein. Er stürzte. Behende hüpfte sie auf seinen Schwertarm und preßte ihn zu Boden, während der Junge ihm die Waffe entwand, sie hob und pfeifend herunterhieb.

Der Schock lähmte Vanner. In seiner Benommenheit stierte er auf sein linkes Handgelenk. Webb hob den Sheddy erneut und ließ ihn auf den bartbedeckten Hals sausen, als die Männer aus dem inneren Graben herausstürmten, sie überrannten, ohne richtig anzuhalten, und sich zum Hang vorkämpften.

Dobby brach mit einem Pfeil in der Brust neben Webb zusammen. In seiner letzten Sekunde, ehe die Sheddys ihm ein Ende machten, warf Webb den Solds die abgetrennte Hand ins Gesicht.

Die zwei Shando-Reiter versuchten, an Garick heranzukommen. Sie wurden getroffen, ritten trotzdem weiter, erhielten neue Treffer und fielen, während die reiterlosen Pferde an Garick vorbeitrabten. Unmittelbar hinter ihnen schoß ein anderer Reiter in hellem Leder herbei. Er hing tief an die Flanke seines Tieres gedrückt und schwankte herum, um einen Schild zwischen Garick und den Solds zu bilden. Dann sprang er auf den Boden und zerrte den Gott zum Sattel.

„Hilf mit, Dickschädel, hoch mit dir!"

Garicks trockene Lippen verzogen sich zu einem Grinsen. „Moss!"

Plötzlich riß Moss ihn zurück. „Nein, nieder! *Nieder!*"

Das Rauschen, wie das Geräusch übernatürlich schneller Vögel, ließ sie erstarren. Aus dem angrenzenden Wald brausten wie eine schwarze Wolke Pfeile hoch, schienen zu schweben und schwirrten herab. Die beiden Männer drückten sich an die Pferde, als der tödliche Regen fiel, und schon spuckte der Wald in einer Breite von einer Viertelmeile galoppierende Solds aus.

„Meister Garick", Moss hob ihn in den Sattel, „da hast du ja einen ganz ordentlichen Kampf angefangen." Er klatschte dem Tier auf die Hinterbacke. „Lauf, Pferd!"

Bis der Hengst den Kamm erreichte, gelang es Garick, die Schmerzen unter Kontrolle zu bekommen. Er blickte sich um und sah Moss laufen, mit Maysa neben ihm. Bogen und Köcher wippten an ihrer Seite, während sie sich einen Weg durch die drängenden Pferde und Männer zu bahnen suchten, als die Flut der Solds mit in der Sonne blitzenden Sheddys gegen sie schlug. Garicks Gehirn begann wieder zu arbeiten. Der Hauptteil seiner Streitmacht hatte, durch die unerwartete Wendung verwirrt, noch nicht eingegriffen. *Schützen,* lepte er, *Bogenschützen zu Fuß herbei! Shando-Meister kommt mit Edan vorwärts. Weißhirn! Weißhirn!*

Das Splittern-und-Verschwinden funktionierte großartig. Mit seiner Kolonne, durch den Staub halb verborgen, hatte Callan sich von der Richtung des Sucherhinterhalts zurückgezogen, weil er wußte, daß er beobachtet wurde. Aber als die Entfernung sich vergrößerte, konnten Garicks Späher nicht sehen, daß die rechte Kolonne nach und nach im Wald verschwand, und auch nicht die parallelen Reihen an der anderen Seite, die sich ebenfalls in die Bäume zurückzogen. Solange sie in Sicht war, war der Kolonne auch nicht anzusehen, daß ihre Reihen sich so stark gelichtet hatten.[1]

Die abgesplitterten Reiter formierten sich schnell wieder und ritten in der dichten Deckung des Waldes, um sich an Vanners

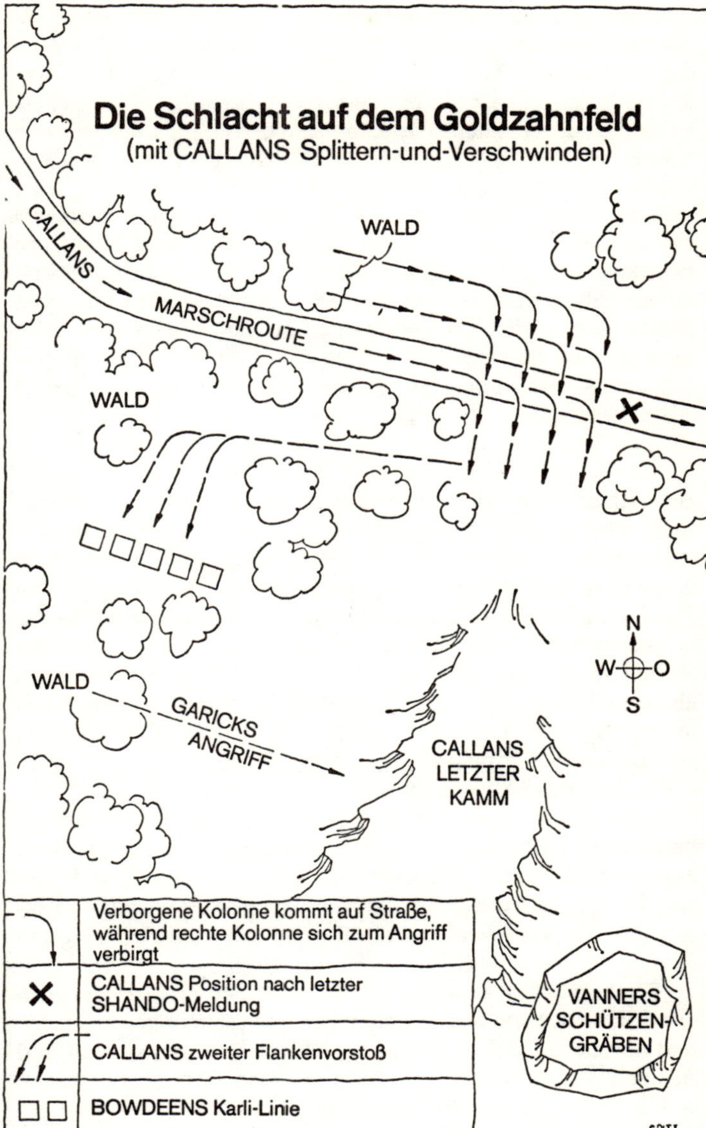
Die Schlacht auf dem Goldzahnfeld
(mit CALLANS Splittern-und-Verschwinden)
CALLANS
MARSCHROUTE
WALD
WALD
WALD
GARICKS
ANGRIFF
CALLANS
LETZTER
KAMM
N
W
O
S
VANNERS
SCHÜTZEN-
GRÄBEN
Verborgene Kolonne kommt auf Straße, während rechte Kolonne sich zum Angriff verbirgt
CALLANS Position nach letzter SHANDO-Meldung
CALLANS zweiter Flankenvorstoß
BOWDEENS Karli-Linie
SPITT

rechter Flanke zu postieren. Pferd und Reiter drückten sich dicht auf den Boden. Callan wartete ab und berechnete die Chance, als die Zirkelleute in ihrem ersten Angriff herabstürmten. Vanner war also klug genug, sparsam mit dem Werferbrennstoff umzugehen. Er würde bei der ersten Gelegenheit aus den Gräben kommen und vermutlich den Feldmarschall verfluchen, aber der schwache Punkt bei diesem Splittern-und-Verschwinden war, daß seine letzten Männer auf der Straße ihn nicht rechtzeitig zu einem konzentrierten Angriff erreichen konnten. Callan wartete, solange er es wagen konnte. Glücklicherweise hatten die Sprechboxen ihre Arbeit gut getan. Einige von Garicks Reitern wurden von ihren panikerfüllten Pferden geradewegs in die Reihen der Solds getragen, wo sie ihren Tod fanden. Als Callan den Befehl gab, folgten tausend Mann dem ersten Pfeilsturm, um sich Garicks aufgelöster Spitze entgegenzuwerfen.

Bis Callans letzte Truppen von der Straße herbeikamen, hatte das wirre Durcheinander um den Hügel sich geordnet und zwei erkennbare Fronten hatten sich gebildet. Die Zirkler zogen sich langsam in disziplinierter Formation den mit Toten bestreuten Hang zurück hoch. Und die Solds saßen von ihren Pferden ab und kamen in deren Schutz herbei, während sie Salve um Salve von Pfeilen in die ungeschützten Reihen der Zirkler über ihnen abschossen. Die Werfer der 39. und 44. Schwadronen hatten sich ihnen angeschlossen und nutzten den letzten Brennstoff in gutgezielten Feuerstößen.

Der Löwenzahn war nicht mehr zu sehen.

Während die noch nicht kämpfenden Männer beobachteten, brauste ein Reiter aus dem Kampfgebiet und donnerte zu ihnen hinab – Callan, schweißüberströmt, schwang seinen Sheddy wie eine Flagge. Er hatte zwar eine Verletzung am Bein davongetragen, aber er sprühte vor Energie, als er mit der Klinge nach Westen deutete.

„Flanke!“ schrie er dem führenden Offizier zu. „Bewegt euch um Garicks Rechte herum und nehmt euch seine Flanke vor. Sie sind zu viele, um sich in geordneten Marsch setzen zu können, und zu dumm, sich zu verteilen. Sie stolpern schon übereinander, haben bereits dreißig Mann verloren, wir nur einen.“

„Sie ziehen sich zurück, Sir?“

Callan hielt inne, um sich den nötigen Atem zu gönnen. „Nein, nur hinter ihre Schützenreihen. Sie haben vergiftete Pfeile. Und Meister“, krächzte er aus rauhem Hals. „Sie bilden eine Art Feld, ein Kraftfeld. Habe gesehen, wie sie es bei Hunderudeln machen . . . Können es nicht weit ausdehnen, *aber bleibt außerhalb dieser Zone,* sie beträgt im Durchmesser etwa zwanzig Meter. Wenn ihr nicht aufpaßt, verbrennen sie eure Gehirne. Zieht euch hinter eure Werfer zurück, feuert, bis sie ganz leer sind, dann werft sie weg. Brennstoff gibt es dafür keinen mehr. Danach setzt ihr euch an den Waldrand ab, bleibt in Deckung, und greift in Formation an. In *Formation,* ist das klar?“

Der Offizier wendete sein Pferd, um sich um die Ausführung des Befehls zu kümmern. „Wo werden Sie sein, Marschall?“

„Mit der 44.“ Callan deutete den Hügel hoch. „Wir dürfen ihnen keine Chance geben, sich auf uns zu stürzen. Wir müssen sie in Trab halten und zuschlagen.“

Die Reiterreihen verschwanden zwischen den Bäumen. Callan wischte sich mit dem Ärmel über die schweißüberströmte Stirn. „Jetzt, Uriah“, murmelte er. „Jetzt endlich. Heute!“

Weder für ihn, noch für Garick gab es noch eine Wahl, aber er hatte einen Plan, wogegen Garick lediglich über einen wirren Haufen verfügte. Er durfte nicht zulassen, daß Garick sich erholte und zu einem Massenangriff konzentrierte, nicht jetzt, wo alle seine Männer bereits im Einsatz waren. Alles hing natürlich, wie üblich, von des Teufels eigenem Schicksalmacher, Garick, ab. Einige hielten ihn für tot, andere behaupteten, er sei schwerverletzt. Wenn er immer noch Befehle erteilte – wenn es ihm gelang, nein, das war undenkbar, die noch nicht eingesetzten Kräfte richtig zu *benutzen* – wenn Callan in die Verteidigung gehen mußte . . .

Nein, die Entscheidung mußte jetzt fallen, noch vor Einbruch der Dunkelheit, ehe Garick eine Chance hatte. Er trieb sein Pferd den Hang wieder hoch.

Im Wald westlich des Hügels kauerte Jenna schützend neben dem verletzten Shando-Gott und beobachtete finster die Meister, die stumm, aber geschickt seine Wunden versorgten. Sie konnten den Arm retten, aber Garick würde ihn nie mehr benutzen können. Eine Amputation hätte er nicht überstanden, dazu war er zu schwach. Außer der schweren Verbrennung des Armes hatte er noch einen Pfeil in den Oberschenkel bekommen. Er steckte nicht tief, und sie hatten ihn bereits herausgeschnitten, aber er konnte es sich nicht leisten, noch mehr Blut zu verlieren. Sie beschmierten den Arm dick mit Pilzsalbe und banden ihn an seine Seite.

Während Jenna ihnen zusah, schmerzte ihr Kopf von dem wirren Lep, das durch die Luft flüsterte und schrie: *Ist Garick tot? Wo ist er? Was sollen wir tun?*

Garick umklammerte weiß vor Schmerzen Jennas Hand, als Hoban und Tilda durch die Bäume kamen und sich neben ihn knieten.

„Garick", fragte der Karli-Gott, „kannst du reiten?"

„Du mußt", sagte Tilda. „Keiner von uns weiß, was zu tun ist.",„Ich kann reiten," knurrte Jenna. Sie beugte sich über das totenbleiche Gesicht. „Garick, ich werde sie anführen. Sag mir, was wir tun sollen."

„Ich sag es dir", brummte Hoban. „Zieh dich, mit allem was übrig ist, in den Wald zurück. Bilde kleine Gruppen. Wir werden sie in Stücke reißen."

„Er hat recht", pflichtete Tilda ihm bei.

Garick drehte schwach den Kopf. „Nein . . ."

„Wir können auf offenem Terrain nichts gegen sie ausrichten", gab Tilda zu bedenken. „Die Suffec sind nicht mehr. Deine Shandos häufen sich da oben schon fast übereinander. Glaubst du, wir schicken unsere Karlis aus, um den Haufen noch größer zu machen?"

Garick bemühte sich, sich aufzusetzen. Er verweigerte die Medizin, die den Schmerz gedämpft hätte, aber seinen Geist ebenfalls. „Wenn wir in den Tiefwald zurückkehren, gibt es nichts mehr, das Callan aufhalten könnte. Er wird von unserem Land leben, und was er nicht braucht, einäschern, den ganzen Weg bis Erlösung. Und wenn er erst die Minen hat, kann er jahrelang gegen uns kämpfen. Wir werden die Stadt nie sehen."

„Die Stadt!" Tilda explodierte. „Wer will sie schon? Wir nicht! Niemand, außer dir. Was verlangst du eigentlich von den Karlis? Wir haben das ganze Frühjahr gekämpft und nie Geld von dir genommen, dein gottverdammtes Mostageld. Wir kehren um. Wenn Callan nach Karli kommt, sind wir auf ihn vorbereitet."

„Schickt eure Leute *dort* hinaus!" Jenna deutete auf das Kampffeld. „Dort, wo sie helfen können."

„Nein", weigerte sich Hoban. „Nicht auf offenes Terrain."

„Ihr – ihr . . .“ Jenna kochte. „Keiner von euch würde das schaffen, was er geschafft hat. Wo wärt ihr denn, ohne Garicks Führung?“

„Dann soll er doch führen!“ fauchte Tilda zurück.

Jenna würgte ihre Wut hinunter und machte eine hilflose Gebärde. „Wie kann er das? Garick . . .“

Er kämpfte dagegen an, als er merkte, daß er das Bewußtsein verlieren würde. Die Welt drehte sich um ihn, verschwamm vor seinen Augen.

„Garick, sag mir, was ich tun soll“, flehte Jenna.

Doch schon hatte er die Besinnung verloren. Mit einem trockenen Schluchzen warf sie sich auf ihn und bettete seinen Kopf auf ihren Arm. Sie achtete nicht auf die Neuankömmlinge, die dunklen Männer und Frauen, die durch die Bäume herbeigekommen waren und nun auf sie hinabblickten und darauf warteten, daß sie ihnen ihre Aufmerksamkeit schenkte.

„Göttin Jenna.“

„. . . ja.“

„Die Wengen-Meister.“

Sie schob das strähnige Haar aus der Stirn. „Was?“

Die Wengen wollten höflich sein, aber ihre Mission war dringend. „Göttin, unser Volk braucht neue Befehle. Sie sind bereit zu kämpfen, aber . . .“

Jenna deutete stumpf auf das Feld. „Dort draußen.“

Die Wengen wechselten schnelle Blicke. „Nein, Göttin. Die Leute dort draußen haben keine Chance. Wir sind mit dieser Art von Kampf nicht vertraut.“

„Es sind meine Leute. Sie waren die ersten mit mir und Garick.“

„Ein Wahnsinnszug.“ Hoban wandte sich ab.

„Wahnsinn?“ Jenna erhob sich und blickte sie alle an. „Dann hat er dafür bezahlt. Er war in der vordersten Reihe, und diese Feuerwerfer brannten ihm den Arm ab, aber *er* wird sich nicht zurückziehen, und *ich* auch nicht. Nein, Meister. Nein, Hoban. Ich führe sie persönlich dort hinaus . . .“

Das durchdringende Lep unterbrach sie: *Bern und Shalane kommen.*

?

Sie haben Bowdeen.

Jenna holte qualvoll Luft. Bowdeen! Ein Ventil für ihre Frustration. *Bringt ihn hierher.*

Die anderen Meister gingen dem kleinen Trupp mit dem Gefangenen entgegen, aber Tilda kauerte sich neben Jenna und legte ein nasses Tuch auf Garicks Stirn. Die alte Frau blickte auf ihre Meisterschwester und sah, daß das erste Grau sich noch immer in der Fülle des rotbraunen Haares verlor, und sie sah auch die tief eingekerbten Fältchen um die Mundwinkel.

Seinetwegen würdest du uns alle umbringen!

Nicht, Tilda!

Tildas Blick war mitleidig. Jude und ihre Stadtmagie hatten Garick zu etwas gemacht, das Jenna nie halten konnte. „Er hätte ein Farmer bleiben sollen. Er hatte alles."

„Er ist der Gott. Er war dazu geboren."

Tilda betrachtete ihren Mund, den die Jahre stillen Hungers gezeichnet hatten. Vielleicht, dachte sie, aber wer kann sich mit dem Blitz betten?

Da führte Shalane Bowdeen zu Jenna. Sie hatten ihm die Arme auf den Rücken gebunden. Die anderen stellten sich neugierig um ihn auf. Das war, was sie einen Sold nannten, das gab dem Namen Gesicht. Dieser Mann tötete ihresgleichen für Geld. Etwas Niedrigeres gab es nicht.

„Bowdeen." Jenna legte alles, was sie fühlte, in diesen Namen. „Sie sagten mir, du seist mit Callan geritten. Du hast Zirklerhände um des Geldes willen abgehackt." Als sie sich erhob, waren ihre Augen fast in gleicher Höhe mit seinen. Das Gesicht des Schwarzen wirkte müde, aber nicht grausam. Das überraschte sie.

„Arin ist in die Stadt. Ich brauche dich nicht." Sie drückte ihr Messer unter sein linkes Ohr. „Du sollst schnell sterben."

„Jenna!"

Garick versuchte erneut sich aufzurichten. Sofort war sie bei ihm, stützte eine Schulter, Shalane die andere.

„Du bist also Bowdeen."

Der Schwarze atmete tief und machte seiner Erleichterung in einem gebrochenen Lachen Luft. „Bin froh, daß du aufgewacht bist, Meister Garick. Hör, was Arin betrifft . . ."

„Er ist fort, ich weiß." Garick zwickte die Augen zusammen. „Ich kenne dich. Du warst einmal in Charzen."

Bowdeen nickte. „Vor Jahren."

„Ein Sucher! Was, zum Teufel ist aus dir geworden?"

Bowdeen lächelte nicht. „Ich hatte Hunger." Er schüttelte den Kopf. „Mann, ihr sitzt ja ganz schön in der Klemme."

„Jemand sagte mir, ich sollte dir vertrauen", murmelte Garick.
„Ich nicht!" warf Jenna ein. „Laß mich ihn töten!"
„. . . und ich bin schon zu lange Risiken eingegangen, um jetzt noch vorsichtig zu sein. Ich brauche Hilfe, brauche sie dringend. Ich habe tausend Leute in einer Stunde verloren, vielleicht sogar mehr, und sie sterben dort draußen immer noch. Es – war ein Fehler."
Er suchte die anderen Meister mit den Augen. „Wir konnten diese Suffec nicht halten, das wißt ihr. Aber es ist nicht das Ende. Wir geben nicht auf. Bowdeen, was kannst du tun? Er studierte den Schwarzen. „Ich vergaß. Du hast immer für Geld gearbeitet, nicht wahr?"
Bowdeen war selbst überrascht, daß Worte ihm noch weh tun konnten, das war schon lange nicht mehr der Fall gewesen. „Ich habe eine Frau. Kann nicht mehr viel länger reiten."
Garick rieb die Augen, um klarer sehen zu können. „Du hältst Callan auf, dann wird Jenna dir nicht die Kehle durchschneiden. Wenn du mich hereinzulegen versuchst, gehörst du ihr."
Der Gesichtsausdruck der Göttin war kein erfreulicher Anblick. „Hörst du das, Cowan?"
Sie meinte es. Nach ihrer Zeit hatte er nur noch zwei Minuten zum Tod. Er versuchte, es mit einem Grinsen zu übergehen. „Ich hörte schon, daß du ein verdammter Hundesohn bist."
„Wer immer es sagte, hatte recht", brummte Garick. „Willst du für mich arbeiten?"
„Ich arbeite für dich."
Mit Bowdeens Messer kratzte Garick mühsam die Lagekarte und was geschehen war, in den Boden. Bowdeen spitzte die Lippen.
„Scheint Splittern-und-Verschwinden gewesen zu sein."
„Du kennst dich damit aus?"
„Habe es selbst mit ausgearbeitet. Als erstes mußt du die Leute da draußen auf dem Feld retten."
Ein Wengen-Meister warf hastig ein. „Wir gehen nicht hinaus."
„Nein!" schloß Hoban sich ihm an.
„Ich würde es auch nicht", erklärte Bowdeen. „Meister Garick, lep die Shandos zurück in die Wälder."
„Nein!" weigerte sich Jenna. „Garick sagt, wir ziehen uns nicht zurück."
„Garick, willst du meinen Rat oder nicht?"

Garick nickte. „Wir rufen sie zurück."

„Gut. Ich brauche Shando-Kleidung. Dieser Kittel ist gut für einen Wirt hinter der Theke, aber ich habe das Gefühl, daß ich bald schnell laufen werde müssen. Dann Bogen und Köcher. Ihr könnt keine entbehren, also holt mir von einem, der sie nicht mehr braucht. Gott Hoban, du hast Leute, die gut schießen können . . ."

Hoban lächelte grimmig. „Das dürftest du wissen."

Bowdeen lachte. „Ja, ich erinnere mich daran. Kannst du mir zweihundert Schützen herbeilepen? *Lep!*" Der Wengen schien plötzlich, ohne sich zu bewegen, vor Energie überzuquellen. „Das ist eure Waffe, das Lep. Dagegen kommt Callan nicht an. Aber ihr müßt *zusammenarbeiten,* Mann. Ihr Wengen, wenn die Shandos zurück in die Wälder sind, dann bewegt euch auch dort entlang, bildet Reihen, mit einem Meister an jedem Ende der Reihe, für ein starkes Lep. Bleibt in Deckung und haltet die Formation ein. Ihr müßt euch zurückziehen, in einer Linie, hört ihr? Eure Leute wissen nicht, wie man das schnell tut. Sagt diesen Mofos, da ist ein großer schwarzer Bulle hier, der es ihnen beibringen wird. Und jetzt setzt euch in Bewegung."

Die Wengen-Meister zögerten. Er war ihres Blutes, seine Sprache klang in ihrem Lachen und Rhythmus, aber er war jetzt ein Cowan. Sie nahmen nur von Gott Garick Befehle entgegen.

Garick lehnte sich erschöpft zurück. „Das sind meine Befehle."

Das Lep strahlte aus, das Garick-Lep, das niemand in Frage stellte. Chaos wurde allmählich zur Ordnung. Immer noch von Energie überquellend, für die er später bitter büßen würde, das war Bowdeen klar, schlüpfte er aus dem Kittel und nahm die Lederkleidung, die ein Junge ihm brachte, der weißer war als die meisten Zirkler. Er hatte feingeschnittene, empfindsame Züge. Es war nicht das Gesicht eines Kriegers.

„Wie heißt du, Junge?"

„Jay."

„Also gut, Jay. Ich brauche ein Pferd, eines, das noch nicht allzusehr mitgenommen ist. Ich hole mir einen dieser Werfer, und ich brauche zwei gute Männer, die dumm genug sind, mit mir zu kommen."

Shalane und ich haben zusammen das Blaue Gebirge überquert." Jay griff nach ihrer Hand.

„Uns erschreckt nichts mehr", sagte das blonde Mädchen.

Karli-Mädchen. Bowdeen kannte die Art. Dünn und zäh wie

Ranken, imstande, zwei Tage ohne Unterbrechung zu kämpfen und sich von einer Handvoll Bucheckern und einem Stück rohen Pferdefleisches zu ernähren. Er bemerkte den Kordelgürtel um ihre Taille und sagte respektvoll. „Karli wird seine Meister brauchen, Mädchen, junge, wie du. Kannst du ein Pferd zwingen, durch Feuer zu springen?"

Shalane spuckte verächtlich auf den Boden. „Du brauchst nur zu sagen, wann."

Bowdeen nickte. „Also gut. Sieht so aus, als wärt ihr, du und Jay, die Richtigen. Wir setzen uns in Bewegung, wenn die Karlis hier sind." Er ließ sich auf ein Knie neben Garick fallen und nahm seine Hand. „Vertrau mir oder nicht, aber stärke mir den Rücken. Callan wird versuchen, euch wieder von der Flanke anzugreifen."

„Woher willst du das wissen?" fragte Jenna scharf.

„Weil ich ihm das beigebracht habe, Göttin, und weil ich es auch tun würde. Und dort begebe ich mich jetzt hin. Halt das Lep aufrecht, Garick, laß sie wissen, daß du nicht geschlagen bist, daß du reiten wirst."

Sie verstanden einander. Callan mochte aufgehalten werden, aber dazu mußten sie ihm nach, wollten sie nicht verlieren. Da war immer noch die Flammenwand, die keiner von ihnen je vergessen würde, der Brandgeruch, der immer noch in ihrer Nase hing, der Hügel und die weite Wiese, die mit Zirkeltoten bedeckt war. Niemand außer Garick konnte sie noch einmal in dieses Feuer führen. Aber vielleicht nicht einmal er.

Bowdeen drückte seine Hand. „Wenn es dicht wird mit Callan, mußt du reiten. Sie werden mir nicht folgen."

Reiten? dachte er, als er aufbrach. *Er kann sich ja nicht einmal aufsetzen. Sidele, Sidele, weshalb trittst du mich nicht in den Hintern, wenn ich so dumm bin?*

„Ihre Befehle, Marschall? Verfolgen wir sie?"

Callan starrte den erschöpften, schwitzenden jungen Streifer an, der zurückgeritten war, um ihn zu suchen. Welche Befehle? Er konnte schließlich nicht schnelle Kavallerie über dieses Feld treiben, auf dem die Shando-Toten dicht übereinander lagen. Die Leiber der toten Männer und Pferde waren zu einer Festung für die sich langsam zurückziehenden Zirkler geworden. Und die Flankenverstärkung war nicht erschienen.

„Schick die 39. und 44. zu Fuß mit jedem Werfer, der noch funktioniert, hinter ihnen her." Sie würden den Wald im Flammen setzen und die Shandos heraustreiben. „Aber sie sollen beim Hornsignal sofort zurückkommen. Wenn es dunkel wird, sind sie den Zirklern im Wald unterlegen."

Der Streifer wendete, um wieder aufzubrechen. Callan griff nach seinem Bein. Er fluchte selten, aber jetzt war die Blasphemie gerechtfertigt. „Schick einen Reiter zu dem Flankentrupp: wo, in der gottverdammten Hölle, sind sie geblieben? Jetzt nutzen sie nichts mehr. Es gibt keinen Feind im Augenblick, dem sie in die Flanke fallen könnten. Schick sie hierher."

Er schritt auf der Hügelkuppe hin und her, während die beiden kampferprobten Schwadronen den Hang hinunterrannten. Jemand gab den Zirklern immer noch vernünftige Befehle, jemand, der etwas davon verstand. Der Flankenangriff hätte sie vielleicht gebrochen, hätte die Überlebenden auf die dahinter taumeln lassen. Zu spät, aber er mußte die Initiative behalten. Er würde das restliche Tageslicht noch nutzen, die Truppe zusammenrufen und im Schutz der Dunkelheit in Nordwestrichtung aufbrechen. In zwei Wochen konnte Kavallerie, so schnell wie seine, Erlösung zurückerobern.

Die Schwadronen, die zum Flankenangriff ausgeschickt worden waren, hatten keine Erfahrung im Tiefwald. Das Ausschwärmen war schwierig und ging nur zögernd vor sich. Der Boden war uneben, Wurzeln zogen sich darüber, die sich in der Ausrüstung verfingen und die Sicht auf ein paar Meter beschränkten. Es war keine Zeit zu kundschaften, sonst hätte Callan wohl auch nie den Befehl gegeben. Sie benutzten ihre Sheddys, um sich einen Weg freizuhacken, und sie zogen ihre jetzt nutzlosen Pferde hinter sich her. Der Lärm der Schlacht, nur ein paar hundert Meter vor ihnen, war deutlich zu hören, aber sie hätte genausogut auch zehn Meilen entfernt stattfinden können.

Ein Zweiter, der sich ein paar Meter vor seinem Trupp durch das Unterholz zwängte, entdeckte eine Art Pfad, zwar überwuchert, aber doch benutzbar. Ehe er die anderen herbeiwinkte, machte er ein paar Schritte den sich windenden Weg entlang, um festzustellen, ob er irgendwohin führte und nicht abrupt endete. Ein sucherfahrener Sold hätte es selbst für fünfzig Kreten nicht getan.

Der Junge und das Mädchen, beide schmal und nicht sehr groß, erhoben sich dicht genug hinter ihm, um ihn berühren zu können. Er hörte sie nicht. Als sie mit ihm fertig waren, nahmen sie seinen Sheddy.

Bowdeens erste Pfeile trafen die Solds.

Als Bowdeen seine Karli-Linie vor Garicks Flanke postierte, wandte er für die Zirkler nur an, was er im Kampf gegen sie gelernt hatte: Zweihundert Zirkler im Wald zählten mehr als tausend auf freiem Feld. Er kauerte mit Jay und Shalane in der Mitte seiner Linie, wo er Meldungen empfing und flüsternd Ratschläge erteilte, die über Shalane an Gerick und Jenna, und von ihnen als Befehl an die ganze Kampftruppe weitergeleitet wurden.

Flanke gestoppt. Karlis halten.

Shandos, Wengen in Wäldern westlich der Wiese formiert. Halten.

Der Soldangriff wurde langsamer und veränderte sich drastisch in dem dichten Unterholz. Das war nicht der Kampf, den Callan führen wollte. Er war nun, was es nördlich von Karli gewesen war, ein fast lautloses Scharmützel zwischen kleinen Gruppen oder einzelnen Kämpfern, nur hin und wieder kurz durch einen Schrei betont und durch das unaufhörliche *Bonk-Wisch!* der Pfeile.

Zwanzig Meter vor Bowdeen schoß die Flamme aus einem Dickicht auf ein nicht sichtbares Ziel. Er hörte einen schrillen Schrei aus einer jungen Kehle. Jemand stürzte rechts ins Freie. Nur einen Augenblick war die Gestalt zu sehen. Sie war nur noch eine Fackel, die immer noch schreiend fiel. Shalane drückte sich die Ohren zu.

Jay schluckte schwer. „Jesus."

„Jetzt wissen wir, wo dieser Werfer ist", flüsterte ihm Bowdeen zu. „Das Zeug brennt einen dreißig Meter langen Pfad. Er wird heiß sein, aber man kommt mit einem Pferd durch. „Los, Jay." Er stupste Shalane. „Alles klar?"

Sie nickte. Ihr Mund war trocken.

„Also, ein Truthahnkollern, wenn wir soweit sind." Die beiden Männer krochen in das Unterholz und waren schnell außer Sicht verschwunden. Shalane band das Pferd los. Sie beruhigte es mit sanftem Flüstern und streichelnden Händen. Als es zu zittern aufhörte, zog sie ihm die Kapuze über die Augen. Solange es nicht sehen konnte, wohin ihre Hände und Beine es lenkten, würde es unter ihr überallhin laufen. Vorsichtig führte sie es durch das Gebüsch in eine flache Mulde und zwang es, sich auf den Bauch zu legen. Sie selbst suchte Deckung hinter ihm auf dem Boden. *Bereitmachen!* lepte sie. *Jay und der Cowan schon unterwegs. Feuer kommt!*

Sie und die Karli in der Nähe mußten als Zielscheiben für das Feuerding dienen. Verängstigt über jede Furcht hinaus lauschte sie ihrem pochenden Herzen.

Der Sold mit dem Werfer, der von seinem nächsten Kameraden durch das sichtraubende Ranken- und sonstige Pflanzenzeug getrennt war, hielt es für keine Gefahr. Er hörte das Truthahnkollern, das niemand täuschen würde, danach ein Rascheln ein paar Meter voraus, das Schwirren von Pfeilen und die Stimmen.

Ein Ziel! Er brauchte es nicht zu sehen. Er drückte auf den Auslöser. Die Flamme schoß aus der Düse und schmolz den Busch vor ihm. Er feuerte erneut. Das Dröhnen des durch Druck gesprühten Gelees übertönte das leise Geräusch hinter ihm.

„Jetzt!“ Bowdeen sprang dem Mann auf den Rücken, während Jay nach seiner Rechten griff und sie vom Auslöser wegriß. Er hielt die Werfermündung zur Seite und schloß die Augen, als Bowdeens Messer herabkam. Schnell nahmen sie der Leiche den Werfer ab. Bowdeen schrie: „Los!“

Zwei Dutzend Meter weiter hörte es Shalane und zerrte am Zügel. Das Pferd sprang auf. Sie schwang sich in den Sattel, als es hochkam, ließ es vorwärts traben und bemühte sich, ihre Angst zu vergessen.

Sie konnte kaum atmen. Die ganze Welt brannte und stank um sie herum, aber vor ihr lag ein von Feuer umsäumter Pfad, und an seinem Ende, flimmernd in der Hitze, standen Jay und Bowdeen.

Sie schoß durch die Flammenallee. Ihre Kehle schmerzte von der brandgeschwängerten Luft, die ihr Gesicht und Hände ansengte. Tropfen des Feuergelees sickerten von den Ästen. Ihre Lederkleidung rauchte bereits. Das Pferd wieherte, als es gegen die Flammen streifte, aber sie zwang es weiter. Und dann hatte sie den Feuerpfad hinter sich, und es gab wieder frische Luft, die sie atmen konnte, und Jay klopfte auf ihre schwelende Kleidung, und Bowdeen beschäftigte sich mit der Schwarzen Magie der Stadt, diesem Feuerding. Er hob die Schnauze und drückte auf den Knopf.

Die Flamme fächerte in einem weiten Bogen auf das Waldstück zu, in dem die Solds sich verteilt hatten. Das Grün spuckte fliehende Männer aus, und grauenvolle Schreie zerrissen die Luft. Bowdeen schaltete den Werfer ab und warf ihn Shalane zu. „Bring es zu Garick. Schnell!"

Shalane holte tief Luft, hielt den Atem an und lenkte das Pferd mit den verhangenen Augen zurück in den brennenden Gang. Bowdeen und Jay folgten.

Während sie hindurchliefen, hörte Bowdeen die Signalhörner aus den Batterierecordern.

„Callan ruft seine Männer zurück", erklärte er Jay.

Die Sonne war untergegangen. Der sanfte kühlende Schatten vertiefte sich zur Nacht. Die gegnerischen Armeen zogen sich zurück wie erschöpfte Hunde, keuchend im grünen Schweigen.

Abendrot, Maysa.

Sie hatten es gewöhnlich gemeinsam genossen, von der Bank vor dem Haus aus, oder während eines Spaziergangs entlang ihrer Felder. In ihrem Zauber hatten sie sich fast so oft geliebt wie im Bett.

Sie waren nie übertrieben nüchterne Menschen gewesen. Manchmal war Shalane, als Meister, erwachsener gewesen als ihre Eltern. Aber das Leben hatte es eben gut mit ihnen gemeint, dachte Moss. Nie mußten sie zu schwer arbeiten, und Maysa hatte schließlich verstanden, weshalb der Regen ihn zwang, allein zu bleiben.

Als die Shandos mit der ersten Welle vorwärtsstürmten, kam Moss und Maysa überhaupt nicht die Idee, zurückzubleiben. Disziplin war eines von Garicks Worten aus der Alten Zunge, das ihnen nichts sagte. Es war ihnen eben danach zumute, dabei zu sein. Deshalb sahen sie Garick auch an dem brennenden Hang, und Moss rettete ihn. So war es auch dazu gekommen, daß sie mit den Shandos auf offenem Feld standen.

Und dann warteten sie, während die Solds mit den Feuerdingen im Wald verschwanden.

Sie waren klug, diese Solds. Dieser Trupp bestand aus Suchern, das erkannten sie an ihrer Zirkelkleidung und auch, wie sie jegliche

Deckung nutzten. Sie brannten die Wengen und Shandos aus den Bäumen, aus dem Wald. Man konnte sie erwischen, wenn man sie sah, aber es kamen immer mehr, die die Zirkler zurückdrängten und Lücken in die Linien brannten, und in kleinen Gruppen angriffen, auf Zirkelart.

Er und Maysa erledigten das Feuerding und den Mann, der es trug, aber die Hitze brannte in Moss' Augen. Er schoß den Pfeil um einen Herzschlag zu spät ab. Aber er hatte das Feuerding und den Sheddy und eine seltsame Schaufel, die sich zum besseren Tragen zusammenklappen ließ.

Die Solds zogen sich zurück, als die Signalhörner erschallten. Moss war es recht. Sie sollten gehen, wohin sie wollten. Es steckte kein bißchen Kampfgeist mehr in ihm. Es war wie der Regen. Morgen mochte es ihm vielleicht wieder etwas ausmachen, aber nicht jetzt.

Er brummte es dem Werkzeug zu, während er arbeitete. „Nicht jetzt."

Sammeln! Sammeln bei Garick.

Ein paar Shandos glitten in Antwort auf das Lep aus dem Wald. Moss schaute kaum hoch. Einige waren schwer verletzt, die Haut unter der Bemalung warf Blasen.

„Hast du nicht gehört?" Die Augen des Mannes waren stumpf vor Erschöpfung. „Sammeln."

Die Schaufel stieß erneut in die weiche Erde. „Sag du Garick – dieser alte Mann hier ist beschäftigt."

Sie drängten ihn nicht und huschten weiter durch das grüne Buschwerk. Moss fuhr fort zu schaufeln.

Er hielt die Augen geschlossen, während er sie hineinlegte und die Erde in das Grab zurückschaufelte. Erst als es fast gefüllt war, schaute er es direkt an. Als die letzte ausgehobene Erde zurück und mit der Schaufel festgeklopft war, legte er sich neben das Grab. In wildem Schweigen drückte er die ganze Länge seines Körpers an den Grabhügel, mit einem Arm darüber, wie er immer neben ihr gelegen hatte. Es war unvorstellbar, daß er sie nicht mehr berühren konnte.

Als das Licht zur Dämmerung verblaßte, ritt Bowdeen vorsichtig zum Auskundschaften entlang Callans Flanke. Was er sah, bestätigte seinen logischen Verdacht. In offener Sicht der Solds galoppierte er zurück und brüllte, um sich zu identifizieren, als er den Wald erreichte:

„Ich bin es, Bowdeen!"

Niemand hielt ihn auf, wenige schauten überhaupt hoch. Er ritt endlos zwischen kleinen Gruppen hindurch, die erschöpft auf dem Boden saßen oder lagen. Manche schaufelten mit stumpfer Entschlossenheit Gräber. *Alles bleibt stehen, wenn irgendein Farmer wiedergeboren wird.* Es gab nichts mehr, was einer Front ähnelte, nur müde, erledigte Zirkler, die genug hatten, und ihre Schmerzen von den Brandwunden und Verletzungen unterdrückten, damit der Feind zumindest nicht hören konnte, wie sehr es sie erwischt hatte.

Bowdeen kannte den Umfang der Verluste und des angerichteten Schadens, und er konnte nur hoffen, daß Callan nicht im Bilde war. Im Wald waren die Zirkler nicht zu schlagen, aber Callan hatte sie ins Freie gelockt, ihnen seine eigene Art von Kriegsführung aufgezwungen und ihnen keine Chance gegeben, sich davon zu erholen. Nur die Dunkelheit hatte sie gerettet und der verhinderte Flankenzug. Mit noch zwei Stunden Tageslicht, oder auch nur einer, hätte Callan gewonnen. Bowdeen mußte ihn bewundern: Er war in Strategie gut ausgebildet und führte seinen ursprünglichen Plan solange wie möglich durch, um dann zu der logischen Alternative überzugehen, ohne weitere Männer zu riskieren. Beim nächstenmal würde er bessere Chancen haben. Fast ein Drittel von Garicks Streitmacht lag auf dem Hügel oder der Wiese oder unter den Bäumen, und so manche, die von den Werfern getroffen worden waren, brannten noch.

Ein Stück weiter stieß er auf Shalane, die mit einigen ihres eigenen Volkes argumentierte. Jay lehnte an einem nahen Baum.

„Sie brechen auf", sagte Jay zu ihm. „Einige der Wengen ebenfalls."

Bowdeen war nicht überrascht. Sie hatten überhaupt keine Vorstellung, was eine Armee war, ja sie hatten nicht einmal ein Wort dafür.

„Sie sagen, Garick ist am Sterben", fuhr Jay fort. „Sie erkennen es an seinem Lep."

Bowdeen fluchte. „Am Sterben, bei meiner Großmutter! Meister Shalane, sag diesen Karlis – wenn sie jetzt fortreiten, wird es nichts geben, zu dem sie heimkommen können."

Er drängte sein Pferd noch schneller durch das Unterholz des

Wäldchens, wo er Garick zurückgelassen hatte. Nur die Göttin war jetzt bei ihm. Sie beugte sich in den Schatten über den am Boden liegenden Garick. Der Mann dachte gar nicht daran zu sterben. Seine Augen waren wach und klar, nur sein Körper war geschlagen. Bowdeen bot ihm einen Riegel von der Notration an.

„Versuch das. Konzentrierte Nahrung. Wird dir guttun."

Jenna lehnte es ab. „Könnte Gift sein."

„Nein." Garick wickelte die Verpackung ab und biß ein kleines Stück vom Riegel ab. „Ist viel Kraft darin. Jude hatte auch einige."

„Und wie *groß* ist sie dabei geworden?"

Garick stützte sich auf seinen guten Ellbogen. „Also, Bowdeen, du hast ihn aufgehalten."

„Einstweilen."

„Hast du gekundschaftet?"

„Ja. Der Großteil ist auf dem Kamm. Sie essen, sammeln Pfeile ein und andere auf dem Feld zurückgebliebene Ausrüstung. Die Pferde sind oben, und keiner hebt Gräben aus. Callan wird mit der Dunkelheit aufbrechen."

Garick wartete, daß er fortfuhr.

„Es muß jetzt sein, Garick."

Jenna schüttelte den Kopf und quetschte durch die Lippen. „Laß ihn in Ruhe, Cowan."

„Garick, jetzt. Es muß sein." Bowdeen fühlte sich verzweifelt. „Du mußt stark lepen, zum Sammeln rufen. Und du mußt reiten."

„Das kann er nicht!"

„Göttin, sie sagen, er ist am Sterben, sein Lep ist so schwach. Und einige sind bereits am Aufbrechen."

„Am Aufbrechen?" Einen Augenblick verriet ihm Jenna etwas tief in sich, etwas, das er nicht geahnt hätte: Angst, nicht um sich, sondern um das, wofür sie lebte. *„Sie verlassen Garick?"*

„Ja, Göttin."

„Jenna", bat Garick sie beruhigend. „Komm, sei mit mir. Bowdeen, bring mir die Satteltasche."

Garick nahm einen glänzenden Thammay mit weißem Griff und gab ihn Bowdeen. „Zeig das Hoban und Tilda und den Wengen-Meistern. Weißt du, was es ist?"

Genug Zirkel steckte noch in Bowdeen, als daß er es nicht gewußt hätte. Garick rief sie, zum Messer zu gehen, bis zum Schluß. Keiner sollte zurückweichen, ehe es nicht zu Ende war.

„Glaubst du wirklich, daß sie bleiben werden?" fragte Bowdeen.

„Ich weiß es nicht. Doch sie wußten, daß es soweit kommen mochte."

Bowdeen senkte die Augen. Garicks Wangen waren eingefallen. Die Verletzungen hatten die Wochen und Monate der Erschöpfung bloßgelegt. Es schmerzte ihn, den Mann anzusehen. „Und du, Meister Garick?"

Etwas ging zwischen Gott und Göttin vor, das Bowdeen spürte, jedoch nicht lesen konnte. „Wir warten mit den Shandos auf sie, sag ihnen das, Bowdeen."

Der Wengen seufzte und zog sich in den Sattel. „Es wird dir nichts ausmachen, wenn ich neben dir herreite, oder? Falls du Kopfweh bekommen solltest, oder sonst was."

Garick lächelte schwach mit äschernem Gesicht. „Könnte schon sein, daß du mir helfen kannst."

„Wie die zwei Werfer, die wir erobert haben", fügte Bowdeen hinzu. „Habe darüber nachgedacht." Er trottete davon.

Sammelt euch. Gott und Göttin warten.

Jenna brachte die Pferde so nahe heran, wie es möglich war, und schnallte die Sattelgurte fest. Es war Zeit. Garick raffte seine Kräfte zusammen. Er nahm einen Bissen von dem Notrationsriegel und bot den Rest Jenna an. „Komm, iß", forderte er sie sanft auf. „Wir werden später nicht zum Essen kommen."

Ihm zuliebe nahm sie den Riegel, biß davon ab, kaute und schluckte mißtrauisch. „Hat keinen Geschmack."

„Cowan-Nahrung, was hast du erwartet?"

Sie küßte ihn auf die Wange. „Wir werden richtig gut essen, wenn wir heimkommen."

„Ja." Er legte den Arm um sie. „Hübsch hier. Ich war noch nie in dieser Gegend. Ich weiß nicht einmal, ob das Shando- oder Suffec-Land ist, hat nicht einmal einen Namen.

Jenna bändigte ihr loses Haar mit Lederstreifen und Nadel. „Einige unserer Leute gaben ihm einen. Sie nannten es nach dem vielen Löwenzahn hier: Goldzahnfeld."

Sammelpunkt im Wald westlich der Wiese . . .

Jenna prüfte die eroberten Sheddys auf ihre Schneide und steckte einen in die Riemen jedes Sattels. „Shalane ritt heute sehr gut, Garick. Arin hat die richtige Wahl getroffen, glaube ich. Als ich sie zum erstenmal sah, fielen mir eigentlich nur ihre großen

Vorderzähne auf.“ Sie lächelte. „Sie wird ein guter Meister sein, vielleicht sogar ...“ Sie wandte sich zu ihm herum, ihre Finger berührten die eiserne Mondsichel an ihrer Brust. *Garick ...*

?

... *nichts.* Sie verschloß es für immer und kniete sich neben ihn, um ihm hochzuhelfen. „Es ist soweit.“

„Ja.“

„Fühlst du dich sehr elend?“

„Habe mich besser gefühlt, als der Blitz mich traf. Gib mir noch eine Minute.“

Das schwindende Licht machte ihr Gesicht weicher. „Weißt du was? Erinnerst du dich an damals, als wir von Lorl nach Hause unterwegs waren und das Rudel Hunde mit Weißhirn bekämpften? Ich war im Meisterkreis, und du warst innen mit Jase und Moss – der alte Moss wird jetzt sehr einsam sein, sollte mit uns heimkommen und bei uns bleiben –, und ich versuchte, meinen Teil der Kraft aufrechtzuhalten, aber ich konnte an nichts anderes denken, als daß Jude in deinem Wagen war, wo ich sein wollte. Deshalb hätten die Hunde fast mich statt Ma erwischt.“

Sie legte seinen guten Arm um ihre festen Schultern und biß die Zähne zusammen, als Garicks fast ganzes Gewicht auf ihrem lastete. Sie mußte ihn mehr schleppen, als daß er gehen konnte. „Nicht weit“, versicherte sie ihm. „So, jetzt Hand auf den Knauf – hoch!“

Ehe der Schmerz ihn übermannte, spürte er ihren Geist um seinen wie starke Hände, die seinen schlaffen, mitgenommenen Sinnen halfen, die Beherrschung über seine Muskeln wiederzugewinnen. „Fuß in den Steigbügel. Hoch – hoch ... So!“

Er saß im Sattel, aber Jenna hielt immer noch sein Bein fest und hatte den Kopf schräg zu ihm emporgewandt. Ihre großen Hände legten sich sanft um seinen Oberschenkel, und sie drückte ihren Kopf an sein Bein. Ihr Gesicht fühlte sich warm durch das Leder der Hose an.

„Ich haßte sie damals. Ich haßte sie eine lange Zeit, doch nicht mehr. Ich bekam, was ich mir ersehnte, Garick.“

Sein Herz verkrampfte sich. Sein verwundetes Bein blutete wieder, aber er beugte sich hinab, um mit den Fingern durch ihr dichtes rotes Haar zu streichen.

„Mädchen, wenn wir Zeit hätten, würde ich dich hier und jetzt lieben.“

Sie lachte laut. „Garick, komm zu mir. Ich mache dich wieder glücklich, wie an Sinjin und all die anderen Male. Wie damals, als ich deine Hose versteckte."

„Und ich nur in meinem Lederhemd heimlaufen mußte."

„Du hattest den *aufregendsten* Hintern, Meister Garick."

Er wollte antworten, doch da drehte er scharf den Kopf. „Jenna . . ." *Horch!*

Das Lep war mehr ein Durchsickern der Gedanken aus dem Geist vieler, weniger Worte, nur die Absicht, die von Herzschlag zu Herzschlag stärker wurde. Sie erkannten hier und da vertraute, geliebte Stimmen, die sich flüchtig aus den anderen hoben.

Moss . . . Bern . . . Hoban und Tilda . . . sammeln . . .

„Und Shalane! Horch, Garick! Es ist das Mädchen. Ich sagte dir, was sie für eine Frau ist." Sie lenkten die Pferde zum Waldrand.

Die Karlis – die Wengen – Shandos kommen – sammeln . . .

Weitere Stimmen und mehr und immer mehr. Noch erschöpft, noch verstört, nicht sehr hoffnungsvoll. Aber sie kamen.

Garick hielt sich am Sattelknauf fest. Er spürte die Kraft in ihn zurückkehren. „Jenna, *hör doch!* Sie kommen. So *viele!*"

Jay und Shalane ritten dicht beisammen durch die sich lichtenden Bäume zum Rand der Wiese. Die beiden eroberten Werfer hatten sie sich auf den Rücken geschnallt. Ihnen folgten die langen grünen und erdfarbigen Reihen. Der Wald raschelte und knackte unter den Hufen.

Sie erreichten die letzte Deckung und hielten an. Sie sollten sich hier trennen. Bowdeens Plan war einfach. Als erstes die zwei langen Reihen der Shando- und Karli-Bogenschützen, dann sie beide, und schließlich Garick mit dem Rest. Danach würde kein Plan mehr nötig sein.

Gemeinsam beobachteten sie die Schattenmänner und -pferde, die sich am Kamm abhoben. „Dauert nicht mehr lange, dann ist es dunkel." Shalane drehte sich Jay zu. Er hatte den Kopf gesenkt, seine Lippen bewegten sich stumm. Das sah ihm wieder ähnlich, er betete zu einem alten toten Gott, als ob die Göttin Erde nicht gut genug wäre!

„He", flüsterte sie. Sie legten die Finger ineinander.

„He, Lane."

„Ich bin froh, daß ich dich geliebt habe, Jay."

Er zeigte ihr sein scheues Lächeln. „Es war notwendig."

Sie lehnte sich zu ihm hinüber und küßte seine Fingerspitzen. „Wiedergeboren."

„Gott segne dich."

Sie trotteten aus dem Schutz der Bäume heraus und nach entgegengesetzten Seiten, an die beiden Enden der Linie, die aus dem Waldrand ritt, mit Garick, Jenna und Bowdeen in der Mitte. Es ging alles völlig schweigend vor sich, doch wo bisher nur der Waldrand zu sehen gewesen war, befanden sich nun zweihundert Reiter, die in einer geraden Linie vorwärtsritten, während immer weitere aus dem Wald kamen. Das dunkle Grün der Shandos war fast unsichtbar in den immer dichter werdenden Schatten, und dazwischen das etwas hellere Beige der Karlis. Die gerade Linie bewegte sich im Schritt. Dann löste Garicks Pferd sich aus der Reihe und trabte seitwärts, die reitende Front entlang. Er hielt den Thammay hocherhoben.

Shalane klemmte die Düse unter den rechten Ellbogen, als der Schritt zu einem schnellen Trott wurde und zwei Reihen, ein Mann hinter dem anderen, sich aus der ersten und zweiten Reihe lösten und voranritten. Als Garicks Lep in Shalanes Geist schoß, gab sie dem Pferd die Sporen und brauste vorwärts. Zum zweitenmal erdröhnte die Wiese unter den Hufen der Zirkler.

„Bowdeen!" quetschte Callan zwischen den Zähnen hervor.

Die Haltung des Mannes im Sattel war zu vertraut. Es *war* Bowdeen, den er flüchtig vorüberbrausen sah. Er mußte es auch gewesen sein, der den Vormarsch aufgehalten hatte. Und nur Bowdeen dächte an einen Gegenangriff, nun, da Callans Männer über den ganzen Kamm verstreut waren, ihre Rationen aßen, und der Aufbruch in Minuten vorgesehen war.

Ohne Zeit zum Satteln wirbelten die Schwadronen um Callan in annähernde Formation, während Callan beobachtete, wie diese alles überschwemmende grüne Flut daherbrauste – mit einer Geschwindigkeit, die unvorstellbar war. Unglaublich, was Tieren abverlangt werden konnte, die fast bis zur Besessenheit hochgezüchtet waren. Mit Messerspitzen an die Flanken gedrückt, entrang man ihnen diese herzzerreißende Anstrengung, und doch waren ihre Bewegungen scheinbar mühelos. Wie eine leichte Wolke vom Sturmwind getrieben, flogen sie herbei, und wie

Wellenkronen hoben sie sich über die gehäuften Leichen, von Solds und Zirklern gleichermaßen.

Die Solds waren von diesem unerbittlichen Sturm wie hypnotisiert. Er brauste heran wie eine titanische Wesenheit, die weder gebrochen noch aufgehalten werden konnte, aber auch nichts mit ihnen zu tun hatte. Sie schienen nicht ihr Ziel zu sein, sondern etwas weit hinter ihnen. Die tosende Welle würde über den Kamm branden und weiterbrausen, immer weiter.

Zwei Reihen Reiter in Grün schossen aus der Front der anderen hervor und schwenkten im spitzen Winkel nach innen. Sie ritten kreuzförmig zwischeneinander hindurch, und schon schwirrten die ersten Pfeile um Callans Männer. Die tödliche, exakt kontrollierte Gruppierung deckte den gesamten Kamm mit allen Solds ein. Dann wandte die vordere Hälfte der beiden Bogenschützenreihen sich nach innen, bildete eine bewegte Raute – und schoß eine weitere Salve ab.

Als keine Pfeile mehr kamen, hoben Callans Männer die Köpfe. Plötzlich öffnete sich unten die Raute. Zwei Reiter brausten durch die Mitte und galoppierten allein den Hang empor.

Ein Bogenschütze neben Callan legte einen Pfeil für sie an die Sehne und brummte: „Was bilden *die* sich eigentlich . . .“

Callan packte ihn und riß ihn seitwärts zu Boden. „Vorsicht!“

Die beiden Reiter schwankten zum Halt, während die Pfeile der Solds bereits auf sie gerichtet waren. Sie hoben die beiden erbeuteten Werfer. Zwei Feuerströme fächerten hin und zurück über die vordersten Reihen der Solds und machten die Dämmerung zum lichten Tag. Die Flamme machte es schwer, die Werferträger zu sehen, aber Callan ließ Pfeil um Pfeil abschießen. Er hatte jetzt keine Verteidigungslinie mehr, lediglich brennende Männer, Dutzende, die sich vor Schmerzen wanden.

„Zurück!“ Er sprang auf und rannte schnell, doch ohne Panik. Nach dem Gehör schätzte er die Nähe des Sturmes hinter ihm ab. Im letztmöglichen Augenblick warf er sich hinter ein totes Pferd.

Die Hauptflut der Zirkler brauste über den Kamm und die andere Seite hinunter. Ein Pfeilhagel prasselte aus den Schützengräben, ein paar Reiter fielen, aber der Rest kam unaufhaltsam näher. Garicks Vergeltungsarmee wälzte sich den Hang hinunter und überschwemmte die Gräben mit einer strudelnden Flut. Nur flüchtig war Waffenklirren zu hören.

Callans Division war äußerst wirkungsvoll überrannt worden, als hätte ein Tornado sie gestreift, aber sie war nur angeschlagen, nicht gebrochen. Als sie rannten, um sich neu zu formieren, mußten die Solds zu ihrem Schrecken feststellen, daß die gesamte, solide Masse der Zirkelstreitmacht plötzlich kehrtgemacht hatte und ein zweites Mal auf sie zukam.

Und wieder schossen die Solds hinter Pferdekadavern hervor, als der Zirkelorkan über sie hinwegwütete, den Hügel hinan – nur um wieder schweigend zu wenden und erneut zu stürmen. Und wieder gab es viele Solds, die keine Deckung mehr fanden.

Jemand rüttelte Callan am Arm. „Marschall, das halten wir nicht durch. Wir haben keinen Plan, keine Verteidigung, keine Deckung. Sie stampfen uns in Grund und Boden."

„Vier Linien!" brüllte Callan. Er riß einen Köcher von einem Toten, der verrenkt zu seinen Füßen lag. „Bildet vier Linien zu je dreißig Mann. Jetzt!"

Die Solds beeilten sich verzweifelt, den Befehl auszuführen. Zufällig war es Callans mitgenommene 39., seine gestählten Sucher, die die Linien mit den anderen Männern, die die Lücken füllten, bildeten. Sie knieten und warteten, daß die Welle erneut zu ihnen hochbrandete. Callan stand mit erhobenem Sheddy, bis die Pferde mit ihren schäumenden Nüstern und Augen, von denen man nur das Weiße sah, lediglich noch drei Sprünge entfernt waren, dann ließ er die Klinge hinuntersausen.

Unfehlbar schlug ein Wall von hundertundzwanzig Pfeilen in die erste Reihe. Ein großer Teil von Garicks Sturm war getroffen und fiel, aber der Rest brauste weiter.

Doch es funktionierte. Callan war klar, daß vor dem nächsten Sturm eine längere, tiefere Linie gebildet werden mußte. Die Pfeile konnten den Gegner aufhalten, doch nur, wenn sie konzentriert kamen. Er schaute sich um. Viele der pferdelosen Reiter befanden sich im Handgemenge mit seiner 39. Er brüllte: „Offiziere zu mir!"

Ein sinnloser Befehl. Niemand hatte Zeit, ihm zu gehorchen. Callan sprintete vorwärts zu der 39., die sich im Geplänkel verstrickt hatte – und sah den großen Mann, der sein Pferd durch die laufenden Solds trieb und sie mit seinem guten Arm wie Korn niedermähte.

„Garick!" Der Name entrang sich seiner Kehle. Er rannte auf ihn zu und schwang seine Klinge mit beiden Händen.

Aber Garick kam zu schnell heran. Callan konnte kaum noch zur Seite ausweichen und den Schlag, der seine Schulter aufschlitzte, nur halb parieren. Und schon war Garick vorbei und seine gewaltige Sturmwelle mit ihm.

Und da, genau in diesem Augenblick, als Callan noch auf den Knien war, sah er die rothaarige Frau, umringt von Solds zu Fuß, aus dem Scharmützel wirbeln. Sie bewegte sich leichtfüßig für ihre Größe, sie drehte sich, duckte unter einem Hieb hinweg, um einen anderen zu parieren, wirbelte mit schwingender Klinge um ihre Achse und trennte einem Mann den Arm am Ellbogen ab. Sie stieß mit den Beinen um sich und hieb sich den Weg frei – und sah Callan.

Mit einem wilden Schrei, den Sheddy erhoben, stürzte sie sich auf ihn. Callan sprang hoch und streckte sich zu einem flinken Hieb. Es war ein sauberer und exakter Treffer. Obgleich ihre Augen noch offen waren, mußte sie sofort tot gewesen sein.

Callan taumelte. Blut strömte aus seiner Schulterwunde. Er gestattete sich ein grimmiges Lächeln. Das war die Rote Jenna, fast so gut, als hätte er Garick selbst getötet.

Gott hatte ihn doch nicht verlassen.

Callan konnte wieder kühl denken. Er hatte immer noch eine brauchbare Streitkraft, aber er benutzte sie nicht richtig. Was seine Männer tun mußten, war, sich auf ihre Pferde zu schwingen, ob nun gesattelt oder nicht, und die schwächste Stelle zu durchbrechen, um zum Wald zu gelangen.

Er öffnete den Mund, um den Befehl zu erteilen. Und hielt inne.

Es war zu spät. Callan kniff die Augen ein wenig zusammen, um in der Dämmerung besser zu sehen. Garicks gewaltige Streitmacht streckte sich zu einer Schlange aus, die gerade außer Pfeilschußweite den Hügel zu umzingeln begann.

Die Solds konnten nicht zum Wald ausbrechen. Alles, was weiter geschah, würde sich innerhalb Garicks Kreis abspielen.

Zu dunkel, sie zu sehen. Reiten wir noch einmal?
Garick sagt nein. Haltet den Kreis.
Haltet den Kreis. Bis Sonnenaufgang.

Während sie in der Dunkelheit abwarteten, verarztete einer von Callans Ersten seine verwundete Hand und brummte: „Verdammt, dafür sollten wir eigentlich mehr Geld bekommen."

Ein paar fanden das komisch, aber viel zu lachen gab es nicht.

Lange ehe die Sonne aufging, erhellte die Sommernacht sich zu einem dunstigen, schwülen Grau. Callan erwachte nach einem kurzen Schlaf und betastete vorsichtig seine verbundene Schulter. Er setzte sich auf.

An dem geschlossenen Kreis um den Fuß des Hügels hatte sich nichts geändert. Die Männer und Frauen saßen reglos auf ihren Pferden, als hätten sie sich die ganze Nacht nicht gerührt. Aber innerhalb des Kreises befand sich jetzt noch ein engerer aus weißgekleideten Meistern.

Keine Bewegung, kein Laut brach die frühe Morgenstille, nur das Stöhnen seiner Männer, als sie steif erwachten und ihr Blick auf die Umzingelung fiel.

„Müssen dreitausend sein."

„Wozu die Weißkittel?"

„Das sind Meister. Haben die sich aber schön für uns gemacht."

Callan rief seine Offiziere zu sich. „Wie viele sind noch kampftüchtig?"

„Einhundertunddrei, Sir. Verwundete etwa hundert."

Die Süddivision zählte jetzt weniger als dreihundert Mann.

„Verjagten die Pferde, die sie nicht getötet hatten. Einige der 41. versuchten vergangene Nacht sich aus dem Staub zu machen. Das sind sie – dort im Norden."

„Befehle, Marschall?"

Callan hatte keine Antwort bereit. Sein Blick flog über den Kamm, über den traurigen Rest seiner Streitmacht, über die geduldig wartenden Zirkler.

O mein Gott, ich kann nichts mehr für dich tun. Vergib mir mein Versagen. Sieh nur mein Bemühen, meine Absicht, und führe deinen Getreuen zu deinem ewigen Sieg. Amen.

„Marschall." Das war der Schwadronführer der 41. „Vergessen wir Befehle."

Callan wirbelte zu ihm herum. „Wieso?"

„Wir kämpften. Wir wurden bezahlt, um zu kämpfen, aber nicht, um für nichts zu sterben."

„Für nichts?" echote Callan. Er erstarrte und sah aus, als würde er auf den Mann losgehen. „Für *nichts . . .?*"

„He, Marschall! Vier reiten näher!"

„Das ist Garick."

Die vier Reiter kamen aus dem inneren Ring und hielten unmittelbar am Fuß des Hügels an. Garick rief: „Callan!"

Der Marschall wählte den jungen Schwadronführer der 44. aus. „Legen Sie einen Pfeil an die Sehne und begleiten Sie mich hinunter. Und Sie, meine Herren", wandte er sich an die restlichen Offiziere, „sorgen dafür, daß jeder Mann, der seinen Bogen noch spannen kann, einen Pfeil anlegt. Wenn ich den Befehl gebe, dann tötet Garick."

Er schritt davon. Die Offiziere schauten einander an. „Was, zum . . .?"

„Er weiß nicht, wann er geschlagen ist", brummte einer der Männer. „Aber *ich* weiß es sehr wohl."

Callan machte sich daran, den Sheddygürtel umzuschnallen, doch dann zog er nur die Klinge heraus und legte sie sich über die Schulter. „Gehen wir", wandte er sich an den jungen Offizier. Ein kaltes Lächeln spielte über seine Lippen, als er den Hügel hinunterstieg.

Garick wartete mit Shalane, Jay und Bowdeen an seiner Seite. Welche Ironie, daß zwei seiner Begleiter Cowans waren. Wie sehr er wünschte, er hätte jetzt Jenna bei sich. Dieser Augenblick hätte auch ihrer sein sollen. Merkwürdig, wie kalt und alt er sich an diesem warmen Sommermorgen fühlte.

Siebenundvierzig Sommer, genau so viele wie Bowdeen zählte, aber von nun an würde er sie mit all ihren Beschwerden in seinem steifen Bein und dem Arm spüren, der nie wieder die Zügel führen konnte. Von jetzt ab würde er die Winter rechnen.

Jay trug immer noch den Werfer. Er meinte, sie würden ihn vielleicht noch brauchen. Shalane sah dünn aus in ihrem Meisterkittel. Beide jungen Menschen brachten es fertig, mit kalter Miene rechtschaffen dreinzuschauen.

Callan blieb zehn Schritt höher am Hang stehen, der andere Offizier einen Fuß hinter ihm. Garick kam etwas näher. Zwei weiße Schmetterlinge spielten vor ihm Haschen.

„Callan, wir können erneut Sturm reiten, aber ich sehe nicht viel Sinn darin. Ergib dich als mein Gefangener, dann kann der Rest deiner Leute nach Mrika zurückkehren."

Der Kriss schaute sie alle der Reihe nach verächtlich an. An dem Wengen blieb sein Blick hängen. „Nun, Bowdeen."

„Hallo, Unter."

„Wieder mal verkauft, Bow. Gutes Angebot?"

„Das beste, das ich je bekam.“ Bowdeen dachte an Jenna

Callan deutete auf Jay und sprach in der Alten Zunge. „Jacob, der du mit Uriah am Altar standest. Du glaubst, es sei nur er, den du verrietest? Du glaubst, es war nur dein irdisches Volk, das dich verbannt hat? Du hast dein *Leben* verkauft, Jacob, hast es verkauft für eine stinkende Zirkelhure. Du hättest mit ihr sterben sollen.“

„Ja“, sagte Jay ruhig. „Das wäre eine Gnade gewesen. Es ist vorbei, Jeremiah.“

„Vorbei?“ fuhr Callan auf und warf einen Seitenblick auf Garick. „Wann ist es je vorbei, Jacob? Erinnere dich, wen Satan erwählte, um ihn mit seinen eigenen Klauen zu peinigen. Erinnere dich an Judas, der an einem Haar vom Rachen Satans baumelte.“

„Jerry, bei der Liebe Christus', es ist *vorbei,* zu Ende!“ Jay lenkte das Pferd vorwärts, bis zu Garicks Knie. „Es ist nichts zu kämpfen geblieben, du kannst nichts mehr tun! Jerry, weshalb willst du diese Männer auf dem Hügel nur um deines Stolzes willen in den Tod schicken?“

„Er hat recht“, sagte Garick. „Ich bin nicht an deinem Leben interessiert. Laß dein Schwert fallen und kommt mit uns.“

Callan nahm den Sheddy von der Schulter und stützte sich darauf. „Geh zur Hölle, Garick! Zu Jenna!“ Er wirbelte herum und brüllte zu den Männern am Hügel hinauf: *„Schießt!“*

Bowdeens Muskeln spannten sich, um sofort Garick zu decken. Erschrocken hob Jay den Kopf. Er schaute zum Kamm hoch und erwartete die Pfeile. Shalane rollte aus dem Sattel und bereitete sich auf die Salve vor.

Aber keine Pfeile flogen. Die Männer auf dem Kamm rührten sich nicht.

„Schießt!“ kreischte Callan. Er brüllte den jungen Offizier hinter sich an: „Schießen Sie, verdammt! Töten Sie ihn!“

Der Schwadronführer ließ den Bogen fallen. „Nein, Sir.“

Vor Wut brüllend, stieß Callan ihn zur Seite, packte den Bogen, fummelte nach dem Pfeil und legte ihn an die Sehne. Jay ritt näher und löste die Sicherung der Werferdüse.

„Jerry, du *Narr . . .*“

Callan spannte den Bogen.

Shalane spürte Garicks Wille fest auf ihrem, er verband ihn mit seinem zu einem tödlichen Kraftspeer, der dem Kriss entgegenschoß, als Jay auf den Auslöser drückte.

Callan spürte die Flamme nicht.

Den langen heißen Tag verbrachten sie damit, jene zu begraben, die wiedergeboren werden würden. Callans Tote wurden für die Aasgeier zurückgelassen. Als sie fertig waren, sahen Kamm und Wiese wie ein riesiger, frisch gepflügter Acker aus. Niemand hielt mehr an, sein Messer reinigen zu lassen. Das und viel mehr änderte sich.

Obgleich sie es anboten, wurde Jay und Bowdeen nicht gestattet, bei der Beerdigung der Göttin Jenna mitzuhelfen. Nur Garick und Shalane standen dicht am Grabhügel, mit dem Kreis der Meister hinter ihnen. Wie immer gab es wenig Zeremoniell, und mehr Anteilnahme wurde den trauernden Hinterbliebenen geschenkt als Jenna, die wiedergeboren werden würde.

Als es getan war, als Edan ihr Messer und Halsband mit ein paar mitfühlenden Worten brachte, wandte Garick sich Shalane zu, die vor ihm kniete. Um ihren Hals legte er die eiserne Mondsichel. Er hatte Jennas Wunsch aufgefangen, ehe sie ihm den Geist verschloß, damit er sich keine Sorgen um ihren möglichen Tod mache. In Shalanes Hände legte er den Thammay der Göttin, dann half er ihr auf, während er sich auf seinen Befehlsstock stützte.

„Ich bin sehr müde, aber wir müssen aufbrechen. Hilf mir lepen, Meister Shalane."

Der Befehl strahlte aus: *Formation bei Zirkel, Shandos an der Spitze.*

Es war eine kürzere und dünnere Kolonne als die, die zu diesem Ort geritten war, den sie jetzt Goldzahnfeld nannten. Während Bowdeen seinen Sattel festschnallte, sah er zu, wie sie über das Feld, aus den Wäldern und den Hang herabkamen, um sich am Rand der Wiese zu sammeln. Manche waren zu alt, um sich noch zu beeilen, andere zu jung, um Schritt mit den Erwachsenen zu halten, andere wiederum zu schwer verwundet, um ohne Hilfe zu laufen. Aber sie konnten reiten.

Er kannte die Karten von Uhia und der Stadt. Es war gespenstisch zu denken, daß diese Zirkler, die gar nicht wirklich begriffen, was sie gewonnen hatten, jetzt die Herren über alles waren, bis geradewegs zum Selbsttor. Mrika gehörte ihnen, sie brauchten nur einzureiten. Aber der Zirkel war dickköpfig. Sie wußten und sahen nur, was sie wollten, nicht mehr. Vermutlich würden sie jetzt heimkehren, um Schafe zu züchten und Getreide anzubauen, und nie daran denken, wie nun alles verändert war, nie sehen, wie Garicks Schatten sich über die Karten breitete, die sie nicht lesen konnten.

Trotzdem konnte man viel von diesem Zirkelvolk lernen. Beispielsweise, wie die ganz Alten und die ganz Jungen alle zum Messer gingen mit ihren Leuten, und nicht nur die Männer eines bestimmten Alters. Das verstanden nur wenige Solds. Er tat es jetzt. Ein Mann konnte schrecklich eingebildet und stolz werden, wenn er sich für etwas hielt, was andere brauchten. Das ließen sie gar nicht erst zu. Goldzahnfeld, das Blaue Gebirge, Erlösung, den Karli-Wald – sie teilten es, sie alle, sie *wußten,* was es war, und kein großmäuliger Bastard konnte ihnen später irgendwelche Märchen erzählen, wie es gewesen war, oder was *er* dazu beigetragen hatte. Sie alle wußten Bescheid.

Aus Gewohnheit machte er sich daran, den Sheddy in den Sattelgurt zu schieben, doch dann hielt er inne und schaute ihn nur an. *Wem willst denn noch was vormachen, Bow?* Wenn er nicht gut im Ausweichen und Laufen gewesen wäre, hätte er den Hügel nicht mehr überlebt. Er war nicht mehr schnell genug, bei weitem nicht schnell genug. Er hatte nur Glück gehabt. Er nahm sich gar nicht die Mühe, die Klinge von sich zu werfen, er ließ sie einfach fallen.

„Bowdeen!"

Er blickte über die Schulter seines Pferdes. Garick trottete über die aufgepflügte Erde der Wiese. Der kaputte Arm des Gottes war zum besseren Halt an seine Brust gebunden, das steife Bein hatte er über den Steigbügel ausgestreckt.

„Mache mich gerade zum Reiten fertig, Meister Garick." Bowdeen kratzte sich mit trockenem Lächeln den Kopf. „Nur, ich kann nicht mit den Wengen reiten, sie wollen mich nicht haben. Die Karlis sind auch ein wenig rückständig. Und deine gottverdammten Shandos halten niemanden für gut genug, sich ihnen anschließen zu dürfen."

Garick nahm etwas aus seiner Satteltasche. „Dann sieht es wohl so aus, als wäre ich der einzige, der dir Gesellschaft leistet. Das heißt, wenn du damit einverstanden bist, neben mir zu reiten, falls ich vielleicht Kopfweh kriegen sollte."

„Es ist mir eine Ehre."

„Hier." Garick steckte Bowdeen das Päckchen entgegen. „Du wirst doch immer bezahlt, nicht wahr?"

Ungläubig blätterte Bowdeen durch das dicke Bündel Scheine.

„Fünfundneunzig – hundert Kreten! Trägst du immer soviel Geld lose bei dir?"

Garick lächelte. „Nichts ist umsonst. Ich ließ die Solds das Geld unter sich verteilen, das sie bei ihren eigenen Toten fanden, ehe sie aufbrachen."

Bowdeen pfiff durch die Zähne. „Callan hatte sie gerade bezahlt. Einige von ihnen kommen als reiche Leute nach Hause."

„So reich auch wieder nicht. Ich verlangte zehn Kreten von jedem, der vom Hügel herunter wollte." Garick wandte das Pferd der wartenden Kolonne zu. „Arbeitest du noch für mich, Bowdeen?"

Der Schwarze begann zu lachen. Er konnte nicht aufhören. Der tiefe vollklingende Laut hallte über die Wiese. „Für dich arbeiten? Mann, wer tut das *nicht?"*

„Dann, los!"

Bowdeen kletterte stöhnend in den Sattel. Zu viele Muskeln protestierten dagegen. „Ich bin dazu *viel* zu alt. Wohin denn?"

„Wo Arin hin ist", antwortete Garick. „Zur Stadt!"

Jenseits des Leids

Hoch über dem Rest der Stadt saß sie im fahlgrauen Gewand in ihrem fahlgrauen Büro und arbeitete allein. Alles, was sie wußte, und was sie noch lernen mußte, erfüllte sie mit jener schwermütigen Freude, wie sie jenseits des Leids zu finden war. Ihr bleichelfenbeinfarbiger Teint war zart, und ihre großen braunen Augen schimmerten feucht. Sie sah jung aus, und doch gab es keine jugendliche Unsicherheit in ihrer Haltung. Sie war gelassen und voll Hingabe für das Wohl der Stadt.

Am Morgen begrüßte sie als erste die Sonne und war die erste bei der Arbeit. Und im Dämmerlicht war sie die letzte, die um das Scheiden des Tages trauerte, die noch jede kostbare Sekunde nutzte, ehe die Dunkelheit sich herabsenkte. Der Sonnenuntergang stimmte sie aus mehr als einem Grund melancholisch.

An jenem Abend, kurz ehe der Rand der Sonnenscheibe am Horizont verschwand, drückte sie die Schlüsseltaste 274, um zu erfahren, ob es etwas Neues in der Untersuchung des Energieausfalls gab. Während sie auf die Antwort wartete, quälten sie Gedanken an ihre Tochter, die schon lange nicht mehr war. Der Schmerz, den sie nicht definieren wollte, suchte sie nun häufig am Tagesende heim. Vor dem Stromausfall hatte es wenig Zeit für etwas gegeben, das sie als Atavismus ansah.

Der Scanner flackerte.

4647/9329.

Es überraschte sie. Das ganze Jahr, seit sie sich nach dem Fortschritt der Untersuchung erkundigte, hatte sie als Antwort 4647, Report unvollständig, bekommen, fast noch, ehe sie überhaupt mit der Eingabe fertig gewesen war. Aber jetzt wurde ihr 9329 versprochen: Report folgt.

Es blieb keine Zeit, ihn in seiner Gänze zu studieren, also ordnete sie sofort eine Zusammenfassung an, damit sie sich einen Überblick verschaffen konnte, ehe die Zentralschaltung den Strom für die Nacht abstellte.

Der Synergiser arbeitete früher auch nach Einbruch der Dunkelheit, aber der plötzliche mysteriöse Kurzschluß in einem großen Teil der Hauptenergiespeichereinheit beschränkte den vorhandenen Nachtstrom beachtlich. Der, der zurückgewandelt werden konnte, mußte Dringlicherem zugeteilt werden, wie den Krankenhäusern und dem Selbsttor. Alle Datenscanner wurden nach Einbruch der Nacht abgeschaltet, bis der Schaden behoben und die volle Energieversorgung wieder gesichert war.

Aber es würde noch eine Weile dauern, bis es soweit war. Sie konnte nur drei Techniker für die zeitraubende Reparatur und den Einbau der Ersatzteile entbehren, und einer von ihnen war auch noch für die Untersuchung des Grundes des Energieausfalls zuständig. Seinen Report versprach der Scanner.

Es war durchaus vorstellbar, daß er gar nicht die Möglichkeit hatte, den Fehler bis zu seinem Ursprung zurückzuverfolgen, denn viele der potentiell dafür in Frage kommenden Teile – schadhafte Anschlüsse oder Verbindungsstücke oder defekte Isolierungen – waren während der Katastrophe verbrannt oder geschmolzen. Also mochte das gewünschte Resümee lediglich aus einem Symbol bestehen:~.

Die Relais klickten und summten. Sie starrte auf den Scanner.

6427/90:5417.

Das war tatsächlich eine Neuigkeit. Der Kurzschluß war nicht die Folge schadhaften Materials, er war durch eine Überbelastung hervorgerufen worden. Sie drückte 917. Zum erstenmal war sie verärgert über den Mangel an Initiative von seiten der Maschine. Sie hatte die Kapazität auszuwerten und aus gespeicherten Daten neue Erkenntnisse zu ziehen, tat es jedoch nur, wenn sie dazu aufgefordert wurde. Im Augenblick bedeutete es für die Frau Zeitvergeudung. Ihr Befehl zu kollationieren, veranlaßte die Maschine, alle Stromkreise zu überprüfen, die zur Zeit der Überbelastung in Funktion waren. Sie mußte den Ursprung der Überforderung erfahren. Es war beunruhigend. Der Energiebedarf der Stadt schwankte normalerweise nicht.

Kollation beanspruchte etwas mehr Zeit als andere Vorgänge. Sie versuchte, sich inzwischen mit einem weiteren Problem zu beschäftigen, aber sie konnte an nichts anderes als an ihr Kind denken. Sie wollte, sie könnte es noch einmal sehen, noch einmal sprechen hören, aber eine Holographie anzufordern oder eine Stimmaufnahme wäre absurd und irrational, es würde keinen Zweck erfüllen. Impulsives Handeln war ihr fremd.

Das Relais knatterte.

5417/040:015/97.

Das letzte Symbol überraschte sie. Doch ehe sie auch nur daran denken konnte, einen vollständigen Bericht anzufordern, wurde der Strom abgeschaltet. Sie drückte ihre Hand auf die nutzlosen Tasten und unterdrückte das unsinnige Verlangen, wütend auf sie einzuhämmern. Selbst in all den Jahrhunderten war es ihr nicht völlig gelungen, die Frustration zu überwinden, die sie befiel, wenn sie daran dachte, daß sie nicht die völlige Kontrolle über die Stadt hatte, die sie überwachte.

Sie starrte auf den jetzt dunklen Scannerschirm und dachte über die letzte Information nach. Mehr würde sie bis zum Morgen nicht erfahren.

Sie erhob sich, verließ das Büro und schritt durch den stillen Gang zu ihrer Suite. Dort angelangt, betrat sie die Bibliothek, wo es so viele Bücher zu lesen gab, so viele, die sie vergessen hatte, so viele, an die sie sich erinnerte, so *viele,* die sie sich noch vornehmen wollte. Während sie Reihen um Reihen von Regalen entlangwanderte, bemühte sie sich um eine Gedankenrichtung, die sie von ihrer Besorgnis ablenken sollte.

Etwas fiel ihr ins Auge. Sie blieb stehen.

Vorsichtig zog sie einen unvorstellbar alten Band heraus. Sie mußte vorsichtig sein, daß er nicht in ihren Händen zerfiel, aber er war noch leserlich. Er enthielt die melancholische Poesie einer sterbenden Zeit. Es war eines der Lieblingsbücher ihrer Tochter gewesen. Als sie das Buch aufschlug, öffnete es sich wie von selbst an einer besonders abgegriffenen Seite. Eine Stelle war unterstrichen – seit mehr als hundert Jahren.

Du denkst, das Dasein ist der Sklave der Zeit,
so ist es; doch Handlungen sind unsere Epoche; meine
machten meine Tage und Nächte unvergänglich,
endlos, ein Tag gleich dem anderen, wie Sand am Meer,
ungezählte Atome; und eine Wüste,
leer und kalt, an der die schäumenden Wogen brechen,
doch nichts ist still, außer Kadavern und Wracks,
Felsen, und den salzigen Halmen der Bitterkeit.

Sie klappte das Buch wieder zu und schloß die Lider. „Judith“, wisperte sie. „Judith.“

Im Morgengrauen stand sie auf, schlüpfte in ein frisches Gewand und eilte in ihr Büro. Sie zog den Morgen dem Abend vor. Schnell setzte sie sich, drückte die Schlüsseltaste 274 und sah zu, wie der Scanner aufleuchtete. Sie gab ihre Instruktionen ein: 210-6427/4647. Sie mußte wissen, weshalb das Selbsttor eine solch kolossale Energiemenge benötigt hatte, daß die Überbelastung die halbe Solarenergiespeichereinheit durchbrennen ließ.

Die Maschine summte. Der Schirm flackerte und informierte sie, daß die Analyse des Kurzschlusses in drei Stadien erfolge:

I. 015/97-64/5491+++.

Als erstes war es also zu einem plötzlichen übermäßigen Energieverbrauch des Selbsttors gekommen.

II. 015/97= ** 6447.˙. −04970~.

Der Synergiser antwortete mit einer sofortigen Abwägung der Stromprioritát. Das Selbsttor stand obenauf, nur die Krankenhäuser kamen vor ihm. Eine Notlösung mußte getroffen werden, und so wurde die Energie aus allen zeitweilig entbehrbaren Stromkreisen gezogen.

III. 5417 = 7284+++!!!

?v?

248/0748 = ~771.46461.˙.094050 : 248/0748.

Der Energieentzug beanspruchte Systeme, die nicht für eine solch hohe Belastung bestimmt waren. Der Synergiser erfaßte schnell, daß beachtliche Gefahr und großer Schaden auf breiter Ebene entstehen könnten, wenn nicht sogleich etwas anderes geopfert würde. Er berechnete, daß die Energiespeichereinheit nicht völlig vernichtet würde und selbst der beschädigte Teil repariert und mit Ersatzteilen wieder instand gesetzt werden könnte. Deshalb bestimmte er, daß der Kurzschluß dort stattfinden sollte.

Nachdem sie den Schirm gelöscht hatte, begann die Frau mit dem zweiten Teil ihrer Untersuchung: weshalb hatte das Selbsttor eine noch nie dagewesene Energiemenge gebraucht? Die Kollation war bereits fertig, also forderte sie einen Bericht an.

51v640? fragte der Synergiser.

Sie drückte 640. Was sie erhielt, war eine der kürzesten und erstaunlichsten Zusammenfassungen, die der Synergiser je hervorgebracht hatte:

231.

Sie runzelte die Stirn. Das Selbsttor konnte mit jedem fertig werden, der so töricht war, die Stadt betreten zu wollen. Was meinte der Synergiser mit einer *Anomalie?*

Sie drückte auf die Schlüsseltaste 51 und wartete auf einen vollständigen Bericht.

Er stellte sein Pferd bei Korbin ab. Der Händler sagte Arin auf Wiedersehen, und der junge Shando legte die letzte Meile zu Fuß zurück. Ein paarmal dachte er daran umzukehren und in Lorl auf Garick zu warten, doch jeder Schritt brachte ihn der Zone näher.

Er hatte den größten Teil der Strecke zurückgelegt, als er um eine Biegung kam und einen dicken Balken als Schranke über dem Weg sah.

Der Sold vor dieser Barriere war ein hochgewachsener, hagerer Nordwengen. Er machte sich nicht einmal die Mühe, sich aufzurichten, als er den großen rothaarigen Fremden sah.

„Kehr um.“ Der Sold gähnte gelangweilt. „Geh zurück.“

„Seit wann“, fragte Arin und trat an den Balken, „braucht die Stadt *zwei* Tore?“

„Weiß nicht.“ Der Soldat zuckte die Schulter. „Neue Anordnung.“

„Und du bist hier, um die Leute zurückzuschicken, ehe sie auf das Selbsttor stoßen?“

Der andere nickte. Er lehnte immer noch lässig an der Balkenschranke.

Ohne weitere Argumente drehte Arin sich um und schritt zurück. Als er hinter der Biegung verborgen war, nahm er Helm und Gürtel aus dem Beutel, warf den Beutel selbst in die Büsche und kümmerte sich um die Instrumente. Als der Helm eingestellt war, schaltete er das Kraftfeld ein und setzte seinen Marsch ungehindert fort.

Und dann war er da.

Der verträumte Nachmittag neigte sich der Dämmerung zu. Die Bienen flogen summend zu ihren Stöcken. Das Gras wiegte sich in einer Brise, die bereits den ersten Hauch Kühle der Nacht versprach. Wildwachsende Blumen säumten offenes Gelände ein, das sich bis zum fernen Horizont erstreckte, den die Umrisse der Stadt säumten.

Nirgendwo ein Tor, ja nicht einmal ein Zaun.

Aber es war unmöglich, das riesige Schild zu übersehen, das sowohl in Mrikanisch als auch der Alten Zunge beschriftet war:

SELBSTTOR HIER BEGINNT DIE STADT, KEHR UM! GEFAHR

Er betrachtete es eine lange Zeit.

Dann marschierte er weiter, vorbei an diesem Warnschild.

Es passierte selten, daß sie nicht wußte, wie sie weiter vorgehen sollte, und noch seltener kam es vor, daß sie eine direkte Videoverbindung mit einem anderen Angehörigen der Stadt verlangte.

Aber das Selbsttor arbeitete seit so langer Zeit schon völlig routinemäßig, daß sie sich längst nicht mehr an die Feinheiten der ursprünglichen Anlage erinnern konnte, und statt Zeit mit dem Synergiser zu verschwenden und die einzelnen Daten erst zusammensuchen zu müssen, drückte sie 64021:4271/0294.

Der Mann, der einst ihr Begatter gewesen war, erschien auf dem Schirm. Es war viele Jahre her, seit sie einander gesehen hatten, aber er schaute noch so aus, wie sie ihn im Gedächtnis hatte. Sein sandfarbenes Haar hatte sich an der Stirn weder gelichtet, noch war es voller als damals. Seine blaßgrauen Augen wirkten gelassen, doch freudlos.

Er war zweifellos erstaunt über die Verbindung, aber auf charakteristische Stadtart vergeudete er keine kostbaren Sekunden mit Gefühlen, die zu nichts führten. Er hob fragend die Brauen.

Sie informierte ihn über das Problem der Anomalie am Selbsttor und erklärte ihm, daß sie, obwohl sie einen Posten aufgestellt hatte, um die Zone zu überwachen, Ratschläge für eine zufriedenstellendere und dauerhaftere Lösung benötigte.

Er nickte, tastete den Synergiser ein und leitete die Antwort zu ihrem Scanner um. Dann unterbrach er die Verbindung.

Sie sagten nicht Lebewohl.

Sie drückte auf die bereits aufleuchtende Taste, und der Report begann: 015/97 . . . 51/074.

Ihre Lippen preßten sich flüchtig in Erinnerung eines alten Gefühls zusammen. Typisch für Randalls Gründlichkeit, aber sie hätte ihm eben sagen müssen, daß sie keine enzyklopädische Antwort haben wollte, die hätte sie auch ohne seine Hilfe selbst abrufen können.

Seufzend überflog sie das Material. Frühgeschichte. Definition. Wie das Selbsttor zu diesem Namen kam. Gegensätzliche Einstellung: Stadtmagie gegen empirisches Werkzeug. Theorie des Prozesses . . .

64821/7(8)4 . . . Ja! Sie verlangsamte die Eingabe und las, zum erstenmal seit Jahrhunderten, die strukturelle Vorbedingung für das Selbsttor, Schlüssel zu der Anomalie, die die Überbelastung hervorgerufen hatte.

I. 7(8)70 = 197407 = 93910.

Gedanken sind umwandelbar in feinste elektrische Reaktionen im Gehirn und können so als komplexe chemische Codes ausgedrückt werden.

II. 197407.93910/97=67420×.
(∼197407.93910/67420×)?

Es gibt eine endliche Anzahl von chemisch-elektrischen Gehirnmustern, die auf einer psychologischen Definition des Charakters beruhen. Stadtwissenschaftler kodifizierten und analysierten sie. Sie gingen von der Annahme aus, daß es für jedes ein negatives chemisch-elektrisches Feld geben mußte.

(90361 . . .

$$\frac{329/76405}{\text{V-XII}} /// \sim \frac{329/76405}{\text{V-XII}}$$

. . . ?)

Was würde beispielsweise passieren, fuhr der Synergiser fort, wenn eine bestimmte Unterart einer manisch-depressiven Gehirnwelle ihrem eigenen gleichwertigen, negativen Gegenstück ausgesetzt würde?

Die Antwort war einfach.

∼.

Total.

So funktionierte das Selbsttor.

Sie erinnerte sich noch vage, wie Judith in ihrer frühen Kindheit mit ihren Eltern über das Tor argumentiert hatte. Sie war noch so jung gewesen, daß sie sich in der ermüdenden Alten Zunge hatten unterhalten müssen. Judith hatte die Kurzaussage der Stadt noch nicht beherrscht.

„Das Selbsttor“, beschwerte sie sich, „ist lediglich ein Werkzeug für euch, um niemanden in die Stadt zu lassen. Aber wie hält es sie auf?“

Randall versuchte, den Mechanismus zu erklären, aber das Mädchen schüttelte ungeduldig den Kopf.

„Ja, das weiß ich alles. Aber hat je einer von euch darüber nachgedacht, wie es sein muß, sein Gehirn zerlegt zu bekommen?“

Diese Frage führte zu einem schwierigen ethischen Problem, aber das lag schon so lange zurück, daß es schwer war, sich genau zu erinnern, was gesagt wurde. Hatte Judith nicht schließlich . . .

Sie schob hastig den Gedanken zur Seite. Die wachsende Tendenz, am Ende jedes Abends über Judith zu grübeln, beunruhigte sie. Es wurde zu einem ausgesprochen antiproduktiven Muster, das möglicherweise schließlich eines korrektiven Verfahrens bedurfte. Diesmal hatte sie fast eine ganze Minute damit vergeudet.

Sie kehrte zu ihrem ursprünglichen Problem zurück und forderte eine präzise Analyse des Gehirnmusters an, das der Synergiser als „Anomalie“ eingestuft hatte.

Die Antwort war besorgniserregend.

$$\longrightarrow \frac{427}{\text{I-II}} \longleftrightarrow 6481/9362077.$$

$\frac{6427}{\text{I-II}}$ war ein klassisches paranoides Muster, doch in diesem Fall kompliziert durch teilweise Kompensation. Mit anderen Worten, die Person, die das Tor durchbrochen und den Kurzschluß verursacht hatte – die Anomalie –, war ein Paranoiker, der gelernt hatte, in bestimmtem Maß mit seinem Wahn fertig zu werden.

Die Abenddämmerung war schon zu nahe, um noch detaillierte Energiestatistiken abzurufen, aber sie sah auch so, daß ein solches Muster eines großen Energie-Inputs bedurfte, um es zu negieren. Schwierig, ja, aber doch vorhersehbar.

Das $\longrightarrow$ verblüffte sie. Sie formulierte ihre Eingabe anders, erhielt jedoch dieselbe Antwort. Das also war das endgültige, unglaubliche Stück des Rätsels, dachte sie. Die Anomalie war ein *neues* Muster! Es kam nur grob an $\frac{6427}{\text{I-II}}$ heran. Als es das Selbsttor auslöste, hatte das System nur zwei Alternativen: neue Querleitungen zu improvisieren, bis es das vergleichbarste negative Gegenstück fand, oder elektronischen Selbstmord zu begehen, weil es nicht imstande war, die Aufgabe durchzuführen, für die es geschaffen worden war.

Schließlich tat es ein bißchen von beidem.

Zumindest rüttelte die Lektion der Anomalie sie auf, und sie beschloß, was das Selbsttor betraf, sich nicht mehr nur auf eine Maschine zu verlassen, auch wenn sie noch so ausgeklügelt wie der Synergiser war. Sie gab ihm ein, sie jederzeit bei einem weiteren, ungewöhnlichen Eindringungsversuch in die Zone sofort zu benachrichtigen.

Aber was war, wenn es tatsächlich wieder geschah? Die Anomalie war abgewiesen worden und jetzt vermutlich tot, aber es mochte eine andere kommen, deren Evolution weiter fortgeschritten war. Oder schlimmer noch, falls die erste überlebt hatte, war sie nun um eine neue Erkenntnis gewachsen, die sie zweifellos zu etwas noch Präzedenzloserem fähig machte.

Sie dachte gerade über alle möglichen Komplikationen in einem solchen Fall nach, als das Notsignal zu summen begann. Sie schreckte hoch. Es war das erstemal seit dem Kurzschluß, daß die Stille ihres Büros auf diese Weise gestört wurde.

Sie starrte auf den Schirm, als der Scanner immer wieder die gleiche Nachricht wiederholte:

7284: 015/97!!!	7284: 015/97!!!	7284: 015/97!!!
7284: 015/97!!!	7284: 015/97!!!	7284: 015/97!!!
7284: 015/97!!!	7284: 015/97!!!	7284: 015/97!!!

Sie bestätigte den Empfang der Nachricht und erkundigte sich nach der Art der Gefahr am Selbsttor. Sie erhielt genau die Antwort, die sie erwartet und befürchtet hatte:

231. Anomalie.

Und dann erlosch der Strom.

Garicks Kolonne ritt langsam in Richtung Lorl. Sie ließen sich um der Verwundeten willen Zeit. Es war auch keine Eile mehr.

Garick war etwa eine halbe Meile hinter der Spitze mit Edan und den restlichen Shando-Meistern. In stillem Einverständnis störte keiner den Gott mehr als notwendig.

Dicht dahinter ritten Shalane und ihr Vater, an ihren Seiten Jay und Bowdeen. Moss und seine Tochter teilten stumm ihre Trauer, die sie nicht durch Worte entweihen wollten.

Das Tageslicht war geschwunden. Nur das gedämpfte, mahlende Geklapper der Hufe brach die Stille.

Noch während Moss mit Shalane teilte, überfiel ihn plötzlich die nur allzu vertraute Angst, das schreckliche Gefühl des Alleinseins. Seine Nasenflügel blähten sich in Erinnerung an den grauenvollen Regen auf. Dann hörte er, wie jemand erschrocken den Atem einzog. Shalane neben ihm erstarrte im Sattel. Ihr Geist brach von seinem wie ein geknickter Ast. Ihre Augen starrten leer in die Unendlichkeit.

„Hinaus! Verschwinde!“

„Lane?“ Moss griff nach ihrer Hand. Jay drehte sich beim Klang ihrer Stimme um.

„Wehr dich nicht! Oder du wirst davon zermalmt!“

„Was ist los?“ fragte Jay beunruhigt.

Moss faßte den Zügel von Shalanes Pferd und führte den Hengst aus der Kolonne an den Wegrand. Das alte Mißtrauen der Kriss gegen Magie erwachte plötzlich in Jay und verlor sich wieder. Er und Bowdeen folgten Moss aus der Kolonne.

Sie hoben Shalane vom Pferd. Sie wehrte sich nicht dagegen, auch nicht, als sie sie ins Gras legten.

„Alle! Sie alle!“ Ihre Stimme klang rauh und gebrochen. *„Dafür? Lügner! Dieb! Gib sie zurück!“*

Während sie hilflos zusahen, krümmte sich Shalane, drückte das Gesicht ins Gras und wimmerte. Manche der Laute, die von ihr kamen, waren Worte, doch es war schwierig, sie aus dem sprechenden Leid zu klauben. Moss lief der Schweiß über die Stirn: der alte, stumpfe Schmerz pochte hinter seinen Augen, der Regengeruch würgte ihn. Er wußte instinktiv, was es war.

„Sie ist mit Arin.“

„Vielleicht sollte Garick es erfahren“, meinte Bowdeen, aber Moss hielt ihn mit einer Hand am Arm zurück.

„Garick kann hier auch nicht helfen. Es wird vergehen. Sie ist Arin nah, war die ganze Zeit bei ihm, so muß sie es spüren.“

„Unwichtig!“ knurrte Shalane. *„Nicht dort. Nicht wieder.“*

„Es zerreißt sie“, flüsterte Jay verzweifelt.

Moss blickte ihn an, nicht ohne Güte. „Versuch gar nicht, es verstehen zu wollen. Sie ist mit ihm. So gut du auch bist, Cowan werden nie wissen, was *mit* ist."

Und du kennst das Selbsttor nicht, dachte Bowdeen. *Denn dort ist Arin jetzt, der einzige Ort, wo er sein könnte, und er wird getötet, wie all die anderen, die sich in die Zone wagen.*

So abrupt, wie die Qual begonnen hatte, endete sie auch. Sharlane blieb ruhig liegen und starrte ins Leere. Ihre Lippen bewegten sich zu einem Flüstern. *„Ich erinnere mich an dich, Wolf."*

Jay schüttelte den Kopf. Er war noch völlig verwirrt. „Arin? Wie kannst du *sicher* sein?"

Die Antwort kam von Shalanes Lippen.

„Ich bin Arin. Und ich bin allein."

Sie hatte keine Wahl. Sie gab die neuen Anordnungen über ihre Notleitung ein, dem Synergiser volle Energie zu geben, ob nun Abend oder nicht.

Der Scanner warnte sie, daß das zu einem Kurzschluß führen könnte. Sie bestätigte, daß sie sich dessen bewußt war, aber es nichts an ihrem Befehl änderte. Die benötigte Information war dringend.

Das Bereitschaftssignal leuchtete auf. Sie drückte auf 274 und rief die Angaben des Anomaliemusters in der Selbsttorzone ab. Inzwischen überschlugen sich ihre Gedanken, während sie einen Weg suchte, mit einem weiteren ähnlichen $\frac{6247}{\text{I-II}}$ fertig zu werden.

Gerade flackerte der Scannerschirm auf.

$$231/6451\colon\longrightarrow \frac{9362077 \longleftrightarrow \frac{6427}{\text{I-II}} \cdot \frac{09707}{\text{IV-X}} \longleftrightarrow 9362077}{\sim}.$$

Ganze fünfzehn Sekunden starrte sie auf die Antwort.

Aber dieser Wert ist einfach unmöglich! Ihr Verstand weigerte sich, ihn anzuerkennen. Sie befahl eine Überprüfung der Antwort, aber sie erhielt die gleiche noch einmal. Dann forderte sie den Synergiser auf, das Muster sorgfältig zu analysieren und zu kollationieren.

Die Antwort war: $\sim$.

Völlig unvernünftigerweise suchte ihr Verstand Zuflucht in den Gedanken an ihre Tochter, aber das durfte sie nicht dulden, gleichgültig wie verzweifelt sie diesem unvorstellbaren – Ding zu entrinnen suchte. Zumindest kannte sie eine Tatsache: Die Anomalie, wenn sie nicht in Schach gehalten wurde, konnte eine Energiekrise herbeiführen, die bedeutend gefährlicher war als der Kurzschluß vor einem Jahr.

Das – Ding mußte aufgehalten werden, aber sie sah nur einen Weg, eine undenkbare Möglichkeit. Trotzdem gab sie ihre Idee in den Synergiser ein – und erfuhr zu ihrer Bestürzung, daß er ihren Plan guthieß.

In einer Lichtung vor der kleinen Baracke saß der alte Poke auf einem Baumstumpf über den letzten Resten seines Abendessens und döste schon halb vor sich hin. Er tupfte mit einem rosigen Wurstfinger im Teller nach dem letzten Stückchen Fleisch. Er gähnte herzhaft.

Zonendienst war nie sehr aufregend. Nur ganz selten schrillte der Summer, dann mußten sie ihre Schutzhelme aufsetzen und sich in die Zone begeben, um einen armen Teufel herauszuholen, der sich das Selbsttor für seinen Freitod ausgewählt hatte. Einmal hatten sie sogar einen jungen Burschen gefunden, der noch lebte, aber schrecklich ächzte und um sich schlug. Aber das war das einzige Mal, daß einer am Leben geblieben war. Ansonsten passierte kaum etwas, das die Monotonie des Wachdiensts hier brach, von einem Kartenspiel dann und wann abgesehen, mit Knöpfen oder Gutscheinen für den Sold. Grenzposten zumindest hatten das Glück, daß sie überhaupt noch einen erhielten.

Poke rülpste, stellte den Teller ab und wischte seine klobige Hand an einem Büschel Gras ab. Er hätte jetzt nichts gegen ein kleines Spielchen gehabt, aber Ab war zu der neuen Schranke abkommandiert worden, und der einzige andere im Innern war der Junge, Rigg, ein freches Bürschchen, das sehr von sich überzeugt war. Vermutlich polierte er seinen gottverdammten Sheddy zum viertenmal in dieser Woche – als ob er überhaupt wüßte, wie er zu benutzen war.

Poke seufzte. Sie schickten ihm und Ab häufig die grünsten, aufsässigsten und dümmsten Rekruten, damit sie ihnen ein bißchen Soldatentum beibrachten. Rigg war typisch, er haßte es, wenn man ihm etwas befahl, und konnte es offenbar gar nicht erwarten, einmal selbst herumkommandieren zu dürfen. Ab gegenüber hielt er sich jetzt zurück, seit der ihm für seine Unverschämtheit die Nase blutig geschlagen hatte, aber ihm, Poke, bezeigte er wenig Respekt. Doch es war ihm egal, seine Zeit hatte er ohnedies bald abgedient, dann würde er sich eine kleine Taverne in Lorl oder Towzen kaufen. Nicht, daß er so besonders sparsam gewesen war, aber für einen Grenzposten gab es nur wenige Möglichkeiten, seinen Sold auszugeben. Über die Jahre hatte er ein oder zwei Freudenmädchen ausgehalten, aber das einzige, woraus Poke sich wirklich noch etwas machte, war ein voller Bauch und ein Dach über seinem Kopf.

Die Barackentür schwang auf. Rigg raste heraus, während er seinen Sheddygürtel umschnallte.

„Schnell, Poke!“ brüllte er. „Wir müssen hineinreiten.“

„Alles mit der Ruhe“, erwiderte der andere. „Was auch immer in der Zone ist, kann warten. Wir müssen uns nicht gleich umbringen, nur um wieder mal einen Toten hinauszuschleppen.“

Rigg schüttelte ungeduldig den Kopf. „Diesmal ist es etwas anderes. Es läutete Alarm. Ich . . .“

„Es läutet nicht Alarm. Du meinst den Summer, Dummkopf.“

„Es *läutete,* Poke, ehrlich! Ich hob den Hörer ab und vernahm eine Stimme direkt von der Stadt. Jemand hat das Tor durchbrochen und ist schon drin!“

„Sicher, Junge, sicher.“ Poke stocherte mit dem Daumennagel zwischen den Zähnen, um die Fleischfaser herauszubekommen. „Das tun sie jede zweite Woche.“ Er hatte die Faser erwischt und schnippte sie von sich. Er bückte sich, nicht ganz ohne Anstrengung, um seinen Teller aufzuheben. Er hatte Rigg unterschätzt, hatte nicht gedacht, daß der Junge genügend Phantasie für so einen Scherz hatte. Er machte es wirklich gut, so wie er vor Aufregung zitterte.

„Verdammt, es ist wahr! Wir müssen alle hinein, um den Bastard herauszuholen.“

„Wir *alle,* Rigg?“ Der Junge sollte gescheiter sein, als seinen Scherz auch auf Ab auszudehnen.

„Ich sagte doch alle.“

Poke wartete auf das verräterische Grinsen, das beweisen würde, daß es ein Scherz war, aber es kam nicht. „Also gut“, sagte Poke unheildrohend, „wir reiten. Aber wenn du versuchst, dein

Späßchen mit uns zu treiben, kannst du dich bei Ab auf etwas gefaßt machen. Du wirst mit rohen Knochen herumlaufen, wo du deinen Hintern hattest. Hol schon sein Pferd."

Poke schlurfte auf die Baracke zu, um ihre Helme zu holen. Als das Signallicht grün aufleuchtete, bedeutete es, daß die Stadt die Energie des Selbsttors derart verringert hatte, daß sie mit dem Kopfschutz zumindest so weit hineinreiten konnten, bis sie . . .

„Brauchen die Helme nicht", rief Rigg ihm nach.

Poke wirbelte so schnell herum, daß der Rekrut meinte, er könne seinen Augen nicht trauen. „Verdammt!" brüllte Poke. „Das ist nicht mehr komisch!"

„Ehrlich, Poke . . . Die Stadt sagte, wir sollten keine Zeit damit verlieren."

„Und ich soll annehmen", brummte Poke sarkastisch, „daß sie extra für uns ihr gottverdammtes Tor ausschalten?"

Zum erstenmal, solange Poke ihn kannte, wirkte Rigg beunruhigt. Er senkte die Stimme. „Poke, sie haben es bereits ausgeschaltet."

Ab war sicher, daß Rigg sich einen Spaß mit ihnen erlaubte, aber er schwang sich wortlos in den Sattel. Er redete nie sehr viel. Als sie das Warnschild erreichten, zügelte er sein Pferd und bedeutete Rigg weiterzureiten.

„Na, mach schon", befahl er. „Ich und Poke warten noch ein wenig."

„Wieso ich?" fragte Rigg.

„Sieh es doch so", sagte Poke gedehnt, „daß du dich gerade freiwillig gemeldet hast."

Erbittert lenkte Rigg sein Tier an dem Schild vorbei – zehn Fuß, zwanzig, fünfzig. Dann drehte er sich im Sattel um und winkte den anderen zu, ihm nachzukommen.

„Gottverdammt", fluchte Ab. „Es ist tatsächlich ausgeschaltet."

Poke nickte. „Und Flaumgesicht bildet sich immer noch ein, er sei der Zonencommander. Los, reiten wir."

Sie brachen auf. Als sie den Kamm des nächsten Hügels erreichten, sah der Junge zum erstenmal die fernen Häuser. Er zerrte am Zügel, hielt an und blieb mit offenem Mund sitzen. Der Tag neigte sich seinem Ende entgegen, und das allmählich schwächer werdende Tageslicht färbte die Stadt schwarz und gewaltig gegen den Horizont. Er drehte den Kopf, versuchte das Ende der Stadt zu sehen, aber sie schien keines zu haben, sie erstreckte sich nach allen Seiten in die Endlosigkeit. Er bemühte sich, etwas zu sagen, aber er brachte keinen Ton heraus.

„Ja", brummte Ab. „Wir wissen, wie es ist."

Sie verteilten sich und kamen näher an den Rand der Stadt, als Ab und Poke je geritten waren, aber sie fanden niemanden. Allmählich wurde es zu dunkel. Poke mußte zum nächsten Sprechapparat reiten und ihr Versagen melden. Er lauschte, dann sagte er etwas, das wie ein Aufbegehren klang, schließlich legte er den Hörer auf und watschelte zu Ab zurück.

„Die verdammten Bastarde!" keuchte er. „Sie geben uns nur fünf Minuten, um durch das Tor zu verschwinden. Ich ersuchte um mehr Zeit, aber . . ."

„Erzähl es später", brüllte Ab. „Kommt!"

Mühsam schwang Poke sein Bein über den Pferderücken. Er riß die Nase des Tieres herum und stieß es in die Flanken. Er sauste hinter Ab den Weg zurück, den sie gekommen waren.

Sie waren beide am letzten Hügel angekommen, als sie bemerkten, daß Rigg ihnen nicht gefolgt war.

Poke spähte in die Düsternis. Er versuchte zu fluchen, aber kein Ton kam aus seiner Kehle. „Wir hätten es uns denken können!"

Ab nickte. „Stadtfieber!"

Poke pflichtete ihm bei. Der erste Anblick der Stadt konnte einen neuen Rekruten schon überwältigen und durcheinanderbringen. Selbst sie, die die Stadt schon oft gesehen hatten, packte es jedesmal aufs neue. Sie hätten auf Rigg aufpassen müssen, aber sie hatten ja beide Angst gehabt, es nicht mehr rechtzeitig aus der Zone zu schaffen, wo sie doch keine Helme trugen.

„Die Helme", flüsterte Poke und wechselte einen kläglichen Blick mit Ab. Egal, was die Stadt Rigg gesagt hatte – wenn sie sie doch aufgesetzt hätten, könnten sie ihn jetzt noch erreichen, ehe er so weit hineinritt, daß nicht einmal die Helme ihnen mehr helfen würden.

„Die Helme, ja", echote Ab grimmig. „Wir holen sie uns lieber. Wir müssen sowieso einen heraus bringen." Er spornte sein Pferd an, um es noch aus der Gefahrenzone zu schaffen, und rief über die Schulter zu Poke: „Komm, beeil dich! Ich möchte ihn nicht *hören!*"

Sie brauchten Laternen, um nach Riggs Leiche zu suchen. Als sie die hellen, mit Sonnenbatterien betriebenen Lampen eingeschaltet und die Helme sicher festgeschnallt hatten, fragte Poke Ab, ob er jemanden gesehen hatte, der durch die Schranke wollte.

„Nur einen großen rothaarigen Mofo. Tiefwald. Kehrte wieder um.“

Poke hatte seine Zweifel. Sie verstärkten sich noch, als sie Rigg fanden. Ein Shando-Pfeil steckte in seiner Brust.

Er blickte sich besorgt um. „Wo könnte er sich versteckt halten? *Wo?*“

Ab wußte auch keine Antwort. Er zuckte nur die Schultern. Er *kannte* das Selbsttor, und es wurde ihm zumindest klar, daß der mysteriöse Eindringling gnädig war. Verglichen mit dem Tor, war ein Pfeil bestimmt kein grausamer Tod.

An der anderen Seite des Tores ließ er sich erschöpft auf den Boden fallen. Er wußte, daß er es bewerkstelligt hatte, daß er hindurch war. Es gab ein weiteres Schild, das das Ende der Gefahrenzone anzeigte. Er jubelte: *Ich habe es geschafft!* Aber es war zu dunkel, die Stadt zu sehen, und er hatte keine Kraft mehr. Er machte es sich unter einem Busch bequem und war auch schon eingeschlafen.

Vogelzwitschern weckte ihn noch vor Sonnenaufgang. Der Himmel war grau. Er konnte schwache Umrisse sehen. Das mußte die Stadt sein, die sich nach rechts und links erstreckte und fast seinen gesamten Blickwinkel ausfüllte. Sie war wie Lishin, nur unendlich größer. Sie nahm scheinbar kein Ende! Häuser und Häuser und noch mehr Häuser erstrahlten im ersten Sonnenschein: Stein, Glas, roter Lehm zu Ziegeln gepreßt. Straßen, eben, hart und grau, verliefen zwischen den Häuserblocks, und einige der Plätze glitzerten stellenweise unter den Sonnenstrahlen auf. Türme gab es, höher als die von Lishin, und einer von ihnen hatte an seiner Seite ein großes rundes Ding mit Ziffern der Alten Zunge und großen Pfeilen, die nach zwei Stellen zeigten. Während er das Ding noch betrachtete, kam von ihm oder von irgendwo ganz in seiner Nähe eine schallende Musik wie die Stimme eines gewaltigen Tieres.

Die Musik endete, die Stille kehrte zurück. Die Stadt wühlte ihn auf, winkte ihm zu, durch ihre leeren Straßen zu wandeln, in ihre

Fenster zu schauen. *Komm,* flüsterte sie einladend. *Schau mich an, bewundere, was ich bin, bewundere all das Schöne, das niemandem gehört, nur mir.*

Seine Augen nahmen alles auf, während er langsam dahinschritt. Er hatte den Gürtel noch eingeschaltet, aber es war niemand hier, der ihn hätte sehen können. Die Straßen waren so verlassen und still, als hätte die Stadt all die Jahrhunderte nur auf dieses Paar Füße gewartet, das sein Pflaster betreten sollte. Und so wandelte er dahin, strich fast zärtlich über das Glas großer Fenster, betastete das Metall der Türknäufe, starrte, ohne zu wissen, was es war, auf die Vielzahl der Dinge, die seit unendlichen Jahren unberührt und staubig seiner Aufmerksamkeit harrten.

Aber die Stadt war nicht wie Lishin. Sie war nicht tot. Das Schweigen war nur eine Pause in der Zeit. Die Stadt lebte fort, auch wenn er sich jetzt ihres Wesens noch nicht klar war.

Weiter spazierte er durch breite Prachtstraßen, stieg über tiefe Spalten im Bürgersteig, wo das unaufhaltsame Gras sich seinen Weg brach und den Stein zu Puzzlestücken riß. Der gewaltige Boden der Stadt verschwamm vor seinen Augen. Nicht länger war er eine schattierte Einzeichnung auf einer alten Karte, sondern fünfhundert endlose Meilen des Suchens. *Wo fange ich an? Welche Richtung nehme ich?* Zuerst dachte er, es müßte unzählige Menschen geben, die ausgeschwärmt waren, um ihn zu finden und aufzuhalten, doch dann wurde ihm bewußt, daß sie sich alle in den Häusern verkrochen, weil sie Angst hatten, von einem Fremden angesteckt zu werden. *Aber wie soll ich sie dann finden? Wie kann ich erfahren, wer hier etwas zu sagen hat?*

Seine ziellose, von Faszination bewegte Wanderung führte ihn nordwärts. Die Häuser standen weniger dicht beisammen, waren kleiner und hübscher. Viele hatten eine Fassade aus weißgetünchten Holzschindeln, die sich überlappten, eine Methode, die den Zirklern fremd war.

Das hohe Alter war eine erkennbare Schicht auf allen Gebäuden. Unkraut wucherte. Bäume schafften sich Platz. Noch mehr Gras drängte sich hier durch die Risse im Pflaster und sprengte sogar die mächtigen Betonblöcke.

Da kam er zu der merkwürdigen Straße.

Sie war weder von der Zeit beschädigt, noch von unten zerstört. Sie glitzerte merkwürdig, doch sie war weder aus Metall, poliertem Holz noch Stein erbaut. Am ehesten ähnelte sie dem Material des

Beutels mit MacCauleys Tagebuch, das Webb im Sumpf gefunden hatte.

Die Straße war breit, so breit, daß fünfzehn Mann gut und gern mit ausgestreckten Armen nebeneinander stehen konnten. Als er näherkam, sah er, daß die Straßendecke nicht in einem Stück war, sondern aus vielen nebeneinander verlaufenden Streifen bestand.

Er trat auf den ihm nächsten. Ein brummender, surrender Laut war zu hören. Er blickte erstaunt um sich. Die Bäume begannen langsam an ihm vorüber zu gleiten. Die gesamte Straße war zum Leben erwacht. Sie bewegte sich nach Norden. Der Streifen, auf dem er stand, kroch nur dahin, während der zu seiner Linken schon ein wenig schneller war, der daneben noch geschwinder, und so weiter, bis zum letzten, der geradezu schwindelerregend schnell dahinbrauste.

Er überwand seine anfängliche Panik. Der langsame Streifen änderte seine Geschwindigkeit nicht. Er war offenbar für ein gefahrloses Auf- und Absteigen bestimmt, und Beschleunigung und Verringerung des Tempos konnten ganz einfach durch Wechseln der Streifen erreicht werden.

Da er selbst nicht wußte, wohin er sich begeben sollte, entschied er sich, auf der Straße zu bleiben, die schließlich nicht in Betrieb gehalten würde, wenn sie nicht irgendwohin führte.

Entschlossen überquerte er die einzelnen Streifen, bis er den schnellsten erreicht hatte.

349(8)20!07/2740! . . .

Sie wiederholte den Notruf vom vergangenen Abend und warnte so die ganze Stadt:

> NOTFALL! HÄUSER NICHT VERLASSEN! ANOMALIE NICHT UNTER KONTROLLE, ANSTECKUNG MÖGLICH!

. . .07/2740!231/2897!6061/9273282!

Die Anomalie war *durch* das Selbsttor gekommen und befand sich seit gestern abend irgendwo in der Stadt. Das war das erstemal, daß es jemandem gelungen war, die undurchdringliche Barriere zu durchbrechen! Ihr Verstand war zu flexibel, als lange auf der Unmöglichkeit dieses Vorkommnisses zu beharren. Es war geschehen, und sie mußte die Tatsache akzeptieren. Schließlich würde sie mit Hilfe des Synergisers die genaue Weise analysieren, durch die das seit Jahrhunderten fehlerlos funktionierende System zusammengebrochen war. Aber im Augenblick hatte sie sich mit Dringlicherem zu beschäftigen. Sie mußte den Eindringling finden und die Übertragung von möglichen virulenten Bakterien auf ihr so lange isoliertes Volk verhindern.

Wieder schickte sie die Warnung aus:

SELBSTTOR DURCHBROCHEN! IN DEN HÄUSERN BLEIBEN!

Seit Stunden glühten immer wieder Anruflämpchen auf, die erste Anfrage höchstwahrscheinlich von Randall. Aber sie war vorbereitet und hatte alle Anrufe automatisch mit dem Hinweis auf die Speicherbank 6427 vertröstet. Sollten sie doch selbst sämtliche Schritte unternehmen und Folgerungen ziehen, so wie sie es getan hatte. Sie hatte jedenfalls keine Zeit, jeden einzeln zu unterrichten.

Während sie auf die neuesten Ermittlungen in bezug auf die Position der Anomalie wartete, quälte sie der völlig unvernünftige Gedanke, daß Judith irgendwie in die Abgeschlossenheit der Stadt eingedrungen war. Verrückt, sich mit so etwas auch nur flüchtig zu befassen. Judith war längst tot, mußte es sein. Das Selbsttor hatte sie vor Dekaden gelesen, den beginnenden biologischen Zusammenbruch festgestellt und sie abgewiesen. Und doch, wer außer ihrer Tochter konnte intelligent – und hartnäckig – genug sein, zu wagen, das Tor zu durchdringen und es auch zu *schaffen!*

Der Summer ertönte. Weitere Information. Sie schaute auf den Scanner. Jede Leitung war direkt an ihre angeschlossen, jegliche Daten konnten über den Synergiser abgerufen werden, damit sie sich auf dem laufenden halten mochte, was das Fortschreiten und die Absicht der Anomalie betraf.

231:3529/47.

Endlich!

Sie gab die Frage nach den Daten des genauen Standorts ein und erhielt sofort die Antwort:

3529/247(8)/7——

Die Anomalie war etwa vierzig Meilen außerhalb der alten Pennsylvanien-Linie und bewegte sich mit einer Geschwindigkeit von annähernd hundert Meilen die Stunde nordwärts.

Sie überschlug es schnell, zog ihre Folgerung und wußte, was sie tun mußte. Sie instruierte den Synergiser, dann lehnte sie sich zurück und wartete, daß die Uhr ihre rasenden Gedanken einholte.

Wenn nur die selten benutzten Stromkreise noch funktionierten!

Die Stadt floß und ebbte um ihn wie ein mächtiger Strom, hier schmal und schnell zwischen hohen Ufern, dort schier unermeßlich breit. Einmal sah er weitere hohe Gebäude so weit entfernt, daß die Wolken ihre Spitzen verschlangen. Wenn er die Entfernung richtig abschätzte, mußten sie sogar noch höher sein als alle, die er bisher gesehen hatte. Und dann verbargen gewaltige Felswände sie, und es gab nur noch verstreute Häuschen, die von Efeu überwuchert waren. Diese Häuser waren zu klein, um von Bedeutung zu sein, außer daß sie unwahrscheinlich stabil wirkten und sich weit erstreckten, als ob sie nie enden wollten.

Die frühe Morgensonne strahlte heiß auf ihn herab, während er auf der Straße saß, die so schnell dahinfloß, daß es ihm fast schwindelig wurde, aber vermutlich kam das mehr vom Hunger. Die Zeit zu essen würde schon noch kommen, einstweilen gab er sich damit zufrieden, die Wunder eines Landes zu bestaunen, die noch kein Zirkler vor ihm je gesehen hatte.

Die Straße verlief nahezu pfeilgerade, nur hin und wieder beschrieb sie einen sanften Bogen und fädelte sich wie Garn durch alte Berge und nackte Felsen. Hin und wieder kam das breite Band eines Stromes in sein Blickfeld, manchmal war es nah, doch meistens mehrere Pfeilschußweiten entfernt. Zu seiner Linken brach ein Flüßchen sich seinen Weg aus der üppigen Vegetation und plätscherte mit seinem klaren Wasser in einem schmalen Bett dahin. In westlicher Richtung, wohin die Straße nicht führte, bemerkte er eine hohe Brücke, die über dieses inzwischen angewachsene Flüßchen führen mußte. Sie war nicht breit, verglichen mit der in Lishin, aber dafür war ihre Höhe um so beeindruckender. Seine Halsmuskeln protestierten gegen den schmerzhaften Winkel, in dem er seinen Kopf drehen mußte, um ihre ganze Spanne zu erfassen.

Plötzlich schoß die Straße an der letzten mit Ranken überzogenen Felswand vorbei, und nun war der Fluß ganz in der Nähe, doch tiefer als die Straße, die jetzt in gleicher Richtung wie er verlief. Manchmal kam sie ganz dicht an kleineren Häusern vorbei, die sich an das Ufer drängten. Das breite Band glitzerte in der Sonne.

Als die Straße eine Kurve machte, blickte er auf. Unwillkürlich öffnete sich sein Mund. Auf einem Plateau, gar nicht so weit entfernt, befand sich ein riesiges Bauwerk. An der Fassade stützten es gewaltige weiße Säulen mit seltsamen Rillen und Verschnörkelungen. Einige waren gebrochen und lagen angeschlagen auf dem Boden, doch die meisten standen noch aufrecht und trugen ein gigantisches Dreieck, das die Arbeiter einst für das Dach geschaffen hatten.

Sein Verstand erschrak schier vor der irrsinnigen Größe. Was konnte so riesig sein, daß man ein Haus von diesen Ausmaßen bauen mußte, damit es hineinpaßte?

Aber es kamen noch viele andere Bauwerke von verschiedenen Formen und Mustern, und alle titanisch in ihren Ausmaßen: weitere große quadratische Gebäude, rechteckige mit abgerundeten Ecken, solche mit schrägen Wänden aus glänzendem Glas, dann schlanke Nadeln, die kerzengerade direkt in den Himmel stachen. Schließlich mußte er die Augen schließen, so schwindelerregend wirkte plötzlich die Größe der Stadt auf ihn.

Als er nach einer Weile die Lider wieder hob, waren die Gebäude verschwunden, und zu beiden Straßenseiten wuchsen Gras und Bäume, und wieder gab es die niedlichen Häuser, an die er sich gewöhnt hatte.

Weiter brauste die Straße nach Norden.

Nach einer Weile glaubte er, der Streifen zu seiner Rechten beschleunige, doch dann, als er sich vergewissert hatte, daß seine Geschwindigkeit, verglichen mit der der anderen Streifen konstant blieb, wurde ihm erst bewußt, daß seiner langsamer wurde. Er sprang hoch und auf den schnelleren Streifen, doch kaum stand er darauf, verlor auch dieser an Geschwindigkeit.

Weiter sprang er zum nächstschnelleren Band. Kaum hatten seine Füße es berührt, nahm auch sein Tempo ab. Sein erster Gedanke, daß er irgendwie diese Verzögerung verursacht hatte, wich der wahrscheinlicheren Folgerung, daß jemand in der Stadt die Streifen absichtlich manipulierte, um ihn von der Straße zu bekommen.

Er hatte keine Wahl, als zu tun, wozu man ihn anscheinend aufforderte. Alle Streifen links verlangsamten sich und hielten schließlich an, bis er wieder auf dem ersten mit dem Schneckentempo stand, auf den er ursprünglich gestiegen war. Er kroch um ein Gehölz aus Walnußbäumen, und dann kam er, genau wie die anderen, zum Stehen. Vor ihm befand sich eine hohe runde Holzstange mit einem Querbalken oben, so daß das Ganze dem Gottzeichen der Kriss ähnelte. Ein merkwürdiges Ding war an der Spitze des künstlichen Baumes befestigt: ein graues Horn, groß genug für die Faust eines Riesen. Seine Öffnung wölbte sich kegelförmig nach außen wie geöffnete Lippen. Das Horn knatterte, dann drang eine Stimme heraus:

„Wenn Sie etwas in der Stadt zu erledigen haben, dann nehmen Sie wieder die Straße, bis sie erneut anhält. Von dort aus gebe ich Ihnen weitere Anleitungen."

Es war eine sanfte Stimme, aber sie hatte einen leicht tadelnden Klang, der ihn störte.

Die Straße setzte sich wieder in Bewegung.

Während des letzten Teiles seiner Reise verlor er fast die Kontrolle über sich selbst.

Die Straße wurde schon sehr bald wieder langsamer und hielt an einem hohen Kamm unweit eines trüben Flusses an, der sich träge dahinschlängelte. Er war so ganz anders als der, der an dem riesigen Haus mit den weißen Säulen vorüberrauschte. Er stank zwar nicht so wie der in Lishin, aber fauliges, verrottendes Treibgut führte auch er mit sich.

Als er von der Straße stieg, erklang die Stimme ein zweitesmal, wie sie es versprochen hatte. Sie erklärte ihm den Weg, und er folgte ihm. Es war ein normaler Fußpfad, der von der beweglichen Straße abzweigte. Er kam an eine Stelle, wo die Felsen hoch oben zurückfielen, und dort sah er das Herz der Stadt in einem atemberaubenden Augenblick.

Die Wunder, die er diesen Morgen geschaut hatte: die glänzenden stillen Straßen, die faszinierenden Schaufenster, die Überbleibsel vergangener Wünsche und Bedürfnisse offenbarten, die Säulenfassaden und die Spitztürme, die sich in erstarrter Herausforderung in den Himmel streckten. Sie alle waren nur der Auftakt zu dem eigentlichen Wunder, der Größe und dem Leid, die das Wesen der Stadt bestimmten.

Die Insel lag an der gegenüberliegenden Seite eines majestätischen Hafens. Tausende und Abertausende von Gebäuden drängten sich hier neben und hintereinander, und selbst das unbeeindruckendste überwältigte ihn, während die größten . . .

Nein! brüllte der Wurm, der ihn zu beraten versuchte. *Es ist sinnlos weiterzugehen. Wir sind zu klein und unbedeutend.*

Das stimmte, aber trotzdem! Er setzte entschlossen den Fuß auf die Straße, die sich spiralenförmig hinunterwand und an dem zerfallenen Torbogen vorbeiführte, hinein in den gähnenden Tunnel, den zu betreten sie ihn aufgefordert hatte.

Warum traust du ihr?

Weil ich keine andere Wahl habe. Der Fluß ist zu reißend, zu breit und zu tief, und nirgends sind Boote zu sehen. Bleibt also nur der Tunnel. Er führt geradewegs hinüber auf die Insel, unter dem Fluß hindurch.

Seine Schritte echoten und hallten laut im Tunnel. Schon nach wenigen Fuß stieg eine Treppe zu einem schmalen Pfad hoch, der in die Tunnelwand gebaut war. Er hielt sich an dem schmutzigen Metallgeländer fest und folgte ihm.

Die Finsternis. Wir erinnern uns an die Finsternis, Kon und ich. Wir kannten die Ratten und die Wölfe, die über den Tod der Bedeutung lachten. Was ist, wenn sie den Fluß einschleust?

Tut sie es, dann findet alles sein Ende. Es ist nicht wichtig.

Schritt um Schritt tastete er sich durch die Dunkelheit. Und es gab tatsächlich quiekende, huschende Kreaturen im Dreck zu seinen Füßen. Er schauderte und dachte an den Wandschrank in Lishin. Und dann stießen seine ausgestreckten Finger auf einen Vorsprung, der ihm den Weiterweg verwehrte. Er betastete ihn vorsichtig – es war eine kistenähnliche Struktur, die sich zu einem schmalen Pfad öffnete. Er konnte gar nicht anders, als hinein zu steigen. Der Geruch, der ihn wieder an die enge Kammer, den Wandschrank in Lishin erinnerte, würgte ihn, aber er zwang sich weiterzugehen, und weniger als eine Sekunde später war er schon wieder aus der Kiste. Er fragte sich, was sie wohl darstellte.

Er kam noch an weitere Kisten unterwegs. In einer, ziemlich weit von der ersten entfernt, streifte seine Hand einen kleinen Schalter an der Wand . . .

Die plötzliche Lichtflut ließ ihn blinzeln. Die offene Kiste war lediglich ein leeres Rechteck aus Stahl und Glas, aber eine Kugel in ihrer Decke leuchtete heller und gleichmäßiger als ein Dutzend Kerzen. Das Licht strahlte nicht sehr weit in den Tunnel, aber er sah genug, um froh zu sein, daß er sich auf dem höheren Pfad befand, der nicht so schlammig war. Das Licht spiegelte sich rot in den Augen von hin und her eilenden Ratten wider.

Er ließ das Licht brennen und stapfte weiter, doch schon bald hüllte ihn wieder die Dunkelheit ein. Die Luft war modrig und stank von dem Kot der Tiere. Etwas weiter fand er wieder ein Licht. Er schaltete es ebenfalls ein und setzte seinen Weg fort. Und wieder eines . . .

Die riesigen Lettern an der gegenüberliegenden Wand hoben sich in dem hellen Schein ab. Trotzdem waren sie zu weit entfernt und dadurch zu schwach, um sie ganz lesen zu können. Aber sie waren ungemein beeindruckend in ihrer Größe. In der Alten Zunge waren sie.

Der Pfad war scheinbar endlos, doch schließlich bemerkte er eine ferne Rundung, durch die Sonnenlicht fiel, da wußte er, daß er sich dem anderen Ende des Tunnels näherte. Er beschleunigte seinen Schritt. Die letzten hundert Meter lief er.

Die strahlende Helligkeit des Nachmittags blendete ihn. Als er aus dem Tunnel trat, mußte er sich erst die Tränen aus den Augen wischen. Er schaute hoch und war dankbar, in das süße, starke Licht des Tages zurückkehren zu dürfen.

Und da war die Stadt. Gewaltige Klötze aus Stahl, Ziegel, Stein und Glas starrten teilnahmslos auf das Insekt, das sich selbst Mensch nannte. Straßen kurvten hoch über seinem Kopf. Schilder gab es, die größer waren als ein ganzes Zimmer in Garicks Haus. Sie waren mit neuen Symbolen beschriftet und in Abkürzungen, die er nicht verstand.

Ein Insekt, sagte der Wurm kläglich.

Und da sprach die Stimme wieder.

„Ich kann Sie nicht sehen, aber ich weiß, daß Sie da sind. Die Sensoren erfaßten Sie, als Sie an ihnen vorbeikamen. Können Sie mich hören?"

„Ja!" Er wirbelte herum. Es verwirrte ihn, daß der Klang ihrer Stimme von zu vielen Richtungen gleichzeitig kam, fast wie ein gesprochenes Lep.

„Möchten Sie zu mir kommen?"

„Ja." Seine eigene Stimme hörte sich erbärmlich dünn in seinen Ohren an.

„Dann nehmen Sie folgenden Weg." Er lauschte aufmerksam und prägte sich die Abbiegungen ein, die er nicht übersehen durfte. Es war nicht weit, nur noch etwa zehn Minuten im Schrittempo nach Süden, dann ungefähr fünfzehn Minuten von dort aus ostwärts.

„Sie werden das Gebäude sehen. Es ist unverkennbar."

Er brauchte doch länger, als er gedacht hatte, obgleich er sich sofort auf den Weg machte. Die Stille der leeren Prachtstraßen, die zerfallenden Blöcke, die früher einmal Läden gewesen waren, belasteten sein Gemüt. Er wußte, daß die Stadt vom Rest der Welt abgeschnitten war, aber mit dieser absoluten Isolierung hatte er nicht gerechnet.

Er schritt in südlicher Richtung, wie sie ihn angewiesen hatte, voll tiefer Neugier und doch niedergeschlagen von dem Erschauten. Er erreichte die Kreuzung, wandte sich nach Osten . . .

. . . und blieb abrupt stehen.

Sie hatte gesagt, das Gebäude sei unverkennbar.

Das war es auch.

Vor ihm fiel er auf die Knie in der Haltung eines betenden Kriss. Hoch und hoch und höher wanderte sein Blick an der Wand des Turmes empor, dessen Spitze nicht zu sehen war. Die Sommerwolken verhüllten sie.

Schüttle die Fäuste dagegen, höhnte der Wurm. *Reiß ihn nieder!*

Eine lange Zeit verging. Er starrte den Turm an und dachte nach.

Als er seine Stimme wiedergewann, war sie nicht die des Wurms. Er sprach mit der düsteren Selbsterkenntnis, die ihn an Holder vorbeigeführt hatte, an dem Tor, an Lishin und Erlösung und Callans Rache.

„Ihn niederreißen?" murmelte er. „Wenn es sein muß – ja."

Er folgte der Straße und kam zu der massiven Tür. Er öffnete sie, trat ein. Seine Schritte hallten in der Leere. Er fand die kleine Kammer, die sie ihm beschrieben hatte. Er zögerte nur kurz, ehe er sie betrat.

Ordentlich in der Alten Zunge gedruckt, wies ihn die Schrift an der Wand an, eine gewisse dreistellige Zahl an einer länglichen Tafel zu drücken, die in eine Seite eingelassen war. Er tat es.

Ein Teil der Wand schloß sich. *Gefangen!* Sofort rannte er auf diese Wand zu und hämmerte gegen die Barriere, aber sie gab nicht im geringsten nach. Er war in dieser Kammer eingesperrt, und dazu begann auch noch ihr Boden zu schwanken und zu zittern. Ehe er sich entscheiden konnte, was er in dieser fatalen Lage tun könnte, endete die Bewegung, und die Tür glitt zischend zurück. Er rannte sofort hinaus.

Der Raum, in dem er sich jetzt befand, war schmal, und die grauen Vorhänge an seinen beiden Enden waren zugezogen. Die Wände waren grau, die Decke war grau, und alles wurde von einem grauen Licht beleuchtet, das ihn an die Kugeln im Tunnel erinnerte, nur daß es dumpfer war.

An dem einen Ende fand er die gesuchte Tür und ein Fenster daneben. Sie wartete hinter dem Glas.

Er starrte sie an und vergaß dabei zu atmen. Einmal, kurz ehe er die Machtprobe über seinen Bruder gewonnen hatte, hatte er ihr Gesicht und ihre Gestalt gesehen, aber das war nur eine den Gedanken entnommene Erscheinung gewesen, während diese Frau hier echt und voll Leben war.

Er kam näher, noch im Schock, aber er hatte sich fest unter Kontrolle. Seine Finger tasteten nach der Schnalle des Gürtels. Er nahm ihn ab und auch den Helm. Sein plötzliches Auftauchen mußte sie überrascht haben, aber ihre ruhigen Züge behielten ihre Fassung, während sie jede Einzelheit seines Aussehens ihrem Gedächtnis einprägte, angefangen von seiner erstaunlichen Größe und dem rötlichen Ton des Haares, bis zu der ungewöhnlichen Haltung des schlecht verheilten Armes.

Als sie sprach, klang ihre Stimme weder erbittert noch drohend Sie verriet lediglich eine sanfte Neugier. „Weshalb haben Sie das Tor durchbrochen und sind in die Stadt gekommen?"

„Ich versprach jemandem, daß ich es tun würde."

„Wem?"

„Jemandem, der dir sehr ähnlich sieht."

Obgleich ihre Augen sich weiteten, überraschte diese Antwort sie doch nicht sehr. „Wer sind Sie?"

Mit grimmigem Stolz hob er den Kopf. „Ich bin Singer, Sohn von Judith Randall Singer, ehemals Sachgebiet Geschichte, Unterabteilung Technologie." Er verzog Arins Lippen spöttisch amüsiert „Es ist wohl besser, wenn du mich erst entseuchst, ehe wir uns lange unterhalten . . ."

Bis es soweit war, daß Garick und seine Streitkräfte am Rand von Lorl ihr Lager aufschlugen, waren die Straßen leer. Selbst die Freudenmädchen hatten ihre Türen verriegelt. Die Geldleute wußten dank Spitt und seiner angeborenen Schlauheit, daß Garick gegen niemanden vorgehen würde, der ihn nicht daran zu hindern versuchte, die Grenze zu überschreiten. Aber das einfache Volk war völlig verschreckt. Es sah nur, daß die Nordsolds völlig ungerührt in Filsberg herumlungerten, während die unschlagbare Süddivision zerschmettert worden war und es sie nun nicht mehr gab.

Die Geschäfte in Lorl gingen schlecht, denn alles blieb zu Hause, aus Angst vor Garick. Korbins Laden-Taverne war leer. Philosophisch öffnete er einen Krug seines eigenen Mostas und wartete auf den Eroberer. Zwei Becher später hörte er den Hufschlag mehrerer Pferde die Stille vor seinen Eingangsstufen brechen. Er sah den hochgewachsenen Mann in Meisterkittel und Lederkleidung, mit einem nutzlosen Arm, der vor die Brust gebunden war.

Korbin änderte seine Stellung nicht. Sein feister Wanst ruhte an der Theke. Aber zumindest hob er müde eine Hand. „Willst du was zu trinken?"

Garick trat an die Theke. Korbin bemerkte die alte grazile Leichtigkeit der Bewegungen, aber er sah auch das Grau in des Shandos Bart, und er spürte das Leid, das dafür verantwortlich war. Er vermied es, den Arm anzusehen, und schenkte einen Becher voll.

„Jenna?" fragte Korbin leise.

Ein schwaches, schwermütiges Kopfnicken. Garick leerte den Becher und füllte ihn erneut.

„Wie sieht es heuer mit deiner Ernte aus?"

Der hochgewachsene Mann rieb müde die Augen. Die tiefen Linien darunter waren mit Staub gefüllt. „Wir bringen sie ein."

Zirkelleute sprachen nicht viel über ihre Toten, aber da war Garick vor ihm, der reichste Mann weit und breit, und trotzdem der kummervollste, traurigste und verbrauchteste Mann, der Korbin je untergekommen war. „Es tut mir leid wegen der Göttin. Sah sie einmal. Eine *stolze* Frau."

„Ja. Habe eine Menge Leute vor Lorl. Brauche zu essen für sie. Und Futter für die Pferde."

Korbin deutete auf seine fast leeren Regale. „Ist nicht viel hereingekommen. Ihr wart ja alle im Kampf."

„Kannst du mir etwas besorgen?"

Der Händler spreizte die Hände. „Wird kosten. Was zu haben ist, kostet ordentlich."

Garick legte dreihundert Kreten auf die Theke. „Beschaffe es und nimm deine Provision. Wenn du mehr Geld brauchst, laß es mich wissen. Und sag Spitt, ich möchte ihn sehen."

Korbin zählte die Scheine und bündelte sie ordentlich. „Du bekommst, was du brauchst."

„Wo ist Arin?"

„War hier und ist wieder fort. Ließ sein Pferd bei mir im Stall zurück."

„Er ist zu Fuß weiter? Wohin?"

„Nahm den Weg nach Osten."

„Zur Stadt?"

Korbin nickte. Sein Doppelkinn zitterte.

Dann hatte Jenna recht gehabt, dachte Garick bitter. Auch Arin. Alle tot. Während Singer herumlag, warf Arin sich gegen das Tor, um dem Vater seine Liebe zu beweisen. Und nun gab es keinen Gürtel mehr, den er Singer umlegen könnte, und so konnte er Judith seine Schuld nicht begleichen, und . . .

„Dein ältester Junge war vergangenen Sommer hier. Hat er dich gefunden?"

Der Arm schmerzte noch. Garick hoffte, er würde bald absterben wie ein kranker Ast. Wenn es nicht mehr so gefährlich war, würde er ihn abnehmen lassen, damit er seine Ruhe hatte.

„Ich habe nur einen Sohn, Korbin. Hast du ein schmerzstillendes Mittel? Gib's in meinen Becher."

. . . sie waren alle tot, alle, Judith, die er zu früh geliebt hatte, Jenna, die er zu spät geliebt hatte, Arin, den er kaum gekannt und nicht genug geliebt hatte, während Zeit dazu war . . .

Das ist mein Volk, Jude, meine Welt, und ich kann ihnen helfen. Doch zuerst mußte ich alles verändern und dafür bezahlen. Aber warum ich? Wer sagte, daß ich es sein muß?

Und schließlich Singer. Auch er war nicht mehr, fort wie alle anderen, ein totes Glied, das abgehackt werden mußte. Denn die Liebe, die er einst für Judiths Sohn empfunden hatte, war so tot wie alle anderen.

Sie entseuchten ihn in einem leeren Raum auf einem tieferen Stockwerk des gleichen Gebäudes. Der Arzt – er trug eine durchsichtige Schutzmaske und einen Schutzanzug – untersuchte ihn und fütterte die Daten in den Synergiser. Als das Ergebnis kam, machte er ein paar bedauernde Laute.

„Wir können nur zeitweilig wirkende Maßnahmen ergreifen", sagte er. Er öffnete eine schwarze Tasche und holte Fläschchen und Nadeln heraus wie die, die Matthew gehabt hatte.

Der Arzt stach mehrmals in seinen Arm, kein besonders angenehmes Gefühl. Dann mußte er verschiedene Pülverchen, Pillen und Flüssigkeit schlucken. Eine der letzteren schmeckte so ekelerregend, daß er sich fast übergeben mußte.

Der Arzt blickte ihn besorgt an. „Haben Sie Schwierigkeiten?"

„Das ist ja grauenvoller als der Kriss-Fraß!" Aber das verstand der Doktor nicht.

Schließlich durfte er in ihre Gemächer zurückkehren. Er fuhr in dem gleichen Lift, dem einzigen, der angeschlossen war. Als er hinaustrat, konnte er der Versuchung nicht widerstehen, einen der Vorhänge, die die Fenster vor ihm verbargen, ein wenig zur Seite zu ziehen. Doch er sah nichts durch das Glas. Ein weißer Dunst wallte vor seinen Augen.

„Das sind Wolken", erklärte sie ihm.

Er ließ den Vorhang fallen und sprang hastig in die Mitte des Raumes. Sie mußte lachen.

„Sie brauchen keine Angst zu haben. Der Turm hat all den Jahrhunderten getrotzt. Kommen Sie näher. Lassen Sie sich ansehen."

Sie wartete am anderen Ende des Korridors in der Türöffnung. Als Singer/Arin nahe genug war, daß sie sein Gesicht mustern konnte, duzte sie ihn plötzlich in der Alten Zunge.

„Du kennst sie also?" fragte er.

„Sie war meine Tochter."

Er schaute sie scharf an, aber ihre großen braunen Augen verrieten kein tieferes Gefühl als ihre Neugier. Sie setzte sich in ihren üblichen Sessel neben dem Scanner, strich ihr Gewand glatt und bedeutete ihm, es sich irgendwo bequem zu machen.

„Ja." Sie nickte. „Wir sind verwandt, du und ich. Aber – ich weiß nicht, wieviel Judith dir über die Stadt erzählt hat . . ."

Er senkte den Kopf. „Ihr berührt euch nicht."

„Selten."

Er hob eine Hand. „Ich habe etwas zu erklären und will es lieber gleich tun – wenn ich es kann, und ich weiß nicht, ob du mir glauben wirst. Der Grund, daß ich meiner Mutter nicht ähnlich bin, liegt darin, daß du gar nicht Singer siehst. Wer hier vor dir steht, ist mein Halbbruder Arin. In diesem selben Augenblick befinde *ich* mich außerhalb des Tores – mein Körper befindet sich dort –, ich reite gerade in Lorl ein."

Ihre Brauen hoben sich.

„Es ist wohl besser, du erklärst es mir näher."

„Ich kann dich nicht mit der kompletten Geschichte vertraut machen, nicht mit allem, was außerhalb der Stadt geschah, seit sie sich abgeriegelt hat. Aber ich fange damit an, dir vom Lep zu erzählen. Das Lep war nämlich auch meiner Mutter neu."

Sie lauschte aufmerksam, nahm jedes Wort auf. Singer sprach von der Gabe der Meister, dem Lesen und Teilen, daß die Cowans es Magie nannten, obwohl es in Wirklichkeit . . .

„Telepathie!" unterbrach sie ihn. Sie erinnerte sich an das alte Wort. Sie drehte sich in ihrem Sessel und drückte mehrere Eingabeknöpfe. Der Scanner leuchtete auf.

7167(8)/75282:7497/3271/932982.

Singer betrachtete die grünglühende Oberfläche voll Verblüffung. „Was, zum Teufel, ist denn das?"

„Teil des Synergisers."

„Und die Zahlen?"

„Die Definition von Telepathie – direkte geistige Verständigung, eine Angelegenheit gleicher Frequenzen. Wir studieren es nicht.

„Warum nicht?"

Sie gab seine Frage ein. Der Synergiser erklärte:

7167(8):1377/0=645710/74982.

Sie übersetzte es für ihn. „Die Benutzung und Grenzen der Telepathie sind zu beschränkt, um von Interesse zu sein."

Er hob zweifelnd eine Braue. „Es hat sich ein bißchen ausgedehnt."

„Nach dem Synergiser ist es eine nutzlose Richtung."

„Vielleicht." Er zuckte die Schultern. „Aber ich führte sie noch über die Meister hinaus weiter. Sie können nicht *stehlen,* ich aber kann es."

Sie fragte ihn nach der Bedeutung dieses Wortes, das in dieser Formulierung merkwürdig klang.

„Als ich ungefähr sieben war, stellte ich fest, daß ich Menschen *stehlen* kann. Das heißt, mich in ihren Geist begeben, ihn übernehmen und sie tun lassen, was *ich* will."

Sie nickte. Das verwirrende Symbol, das sie bekommen hatte, als Singer das Tor zum zweitenmal versuchte, wurde ihr nun klar. *Er* war das kompensierte paranoide Muster, und die unmögliche Verbindung hatte sich dadurch ergeben, daß er den Körper mit einem kompensierten Schizoiden, seinem Halbbruder Arin, teilte. Laut bemerkte sie jedoch lediglich. „Was du *stehlen* nennst, dürfte eine neue Erweiterung der sympathetischen Felder sein. Theoretisch möglich, aber sehr unwahrscheinlich."

„Soll ich es dir vorführen?"

Ruhig hielt sie seinem Blick stand. „Das würdest du nicht tun."

„Nein, vermutlich nicht." Er winkte ab. „Außerdem war es so, daß ich jemanden berühren mußte, um ihn übernehmen zu können, aber die Macht wuchs im Lauf der Jahre. Ich wußte es selbst nicht, bis ich Arin im Wald begegnete. Ich jagte einen Hirsch, und ganz plötzlich war ich Arin, der *mich* durch seine Augen beobachtete! Da wurde mir bewußt, daß ich Arin stehlen konnte, ohne ihn zu berühren. Später fand ich sogar heraus, daß es mir gelang, andere *durch* Arin zu manipulieren."

Sie blickte ihn mißbilligend an. „Dann zwangst du deinen Bruder, sich gegen seinen Willen durch das Selbsttor zu wagen!"

„Ich hatte keine andere Wahl. Ich versuchte es einmal allein. Es warf mich zurück. Ich war völlig geschlagen."

„Und weshalb warst du so darauf versessen, es noch einmal zu versuchen?"

Er fing an, es ihr zu erklären, doch dann hielt er inne. Es reichte nicht, zu sagen, daß er die Stadt sehen wollte, weil seine Mutter die Sehnsucht danach in seinem Herzen geweckt hatte, oder daß er von einem Ort träumte, wo er, Singer, ein Zuhause und ein Volk finden mochte und nie wieder einsam sein müßte. Vielleicht war das sein eigentliches Motiv, doch jetzt gab es viel mehr Gründe. Es war wichtig, daß er die aussuchte, die sie gelten lassen würde.

So erzählte er ihr vom Krieg und wie die Kriss die Pest verbreiteten, die immer noch nicht wirkungsvoll aufgehalten werden konnte und die die Zirkel in vergangenen Jahren dezimiert hatte. Er erzählte ihr von der Bestechung der Solds durch Callan und wie der verkappte fanatische Kriss Garicks Brief an die Stadt abfing; von dem verzweifelten Zusammenschluß der Waldnationen unter der genialen Führerschaft seines Vaters und von der Schlacht auf dem Goldzahnfeld, und wie sie jetzt vor dem Tor der Stadt warteten.

Und er berichtete ihr von Uriah, und daß Judith sehr wohl recht gehabt haben mochte, wenn *er* den Gürtel in die Hand bekommen hätte. „Sie betrachtete den Gürtel als eine Waffe, die sehr wohl die Zerstörung der Stadt herbeiführen mochte, wenn sie gefunden und von der falschen Person benutzt wurde. Sie glaubte ursprünglich, daß der Gürtel vielleicht einige der Selbsttor-Signale blockieren würde. Möglicherweise dachte das auch mein Vater, obgleich er es nie erwähnte. Wie dem auch sei – das ist nicht der Fall."

Es gab noch mehr, das wußte er, aber er konnte die Worte noch nicht finden, um es auszudrücken. Die Idee war schon fast in Greifweite, doch je mehr er sie herbeibeschwor, desto sicherer entwand sie sich ihm.

Die Frau erhob sich. Die lange Unterhaltung in der Alten Zunge hatte sie ermüdet. „Wir werden heute abend noch weiter über alles reden. Jetzt kommst du mit in meine Suite und ruhst dich aus. Danach werde ich auch für etwas zu essen sorgen."

Er nickte. Es wurde ihm bewußt, daß auch er müde war. Während der langen Reise hatte er Arin wenig Rast gegönnt und vergessen, ihn zu verpflegen. *Ich bin ein verdammt unaufmerksamer Besitznehmer,* dachte er.

Sie führte ihn aus dem Büro auf den Korridor. Während sie nebeneinander dahinschritten, fragte er nach ihrem Namen.

Ihre Lippen verzogen sich bei der unerwarteten Erinnerung. „Ich bin Marian Singer, Chefadministrator der Stadt."

„Du lächelst. Weshalb?"

„Oh, ich dachte nur daran, wie deine Mutter mich nannte."

„Wie?"

Sie schüttelte den Kopf. „Sie war ziemlich frech."

Er echote das ihm fremde Wort.

Marian seufzte. Es war schon schwierig genug, sich in einer anderen Sprache als der Kurzaussage unterhalten zu müssen, aber auch noch ein Idiom der Alten Zunge zu erklären, war höchst mühsam. Sie versuchte es trotzdem. „Frech ist – eine Art leichtfertige Respektlosigkeit, etwas wie eine Spur von Ironie, Sarkasmus, im Höchstfall. Aber in einer Gesellschaft ohne Religion, fürchte ich, war deine Mutter, nun, eben ein wenig frech, als sie mich ‚die Priesterin' nannte."

„Priesterin?"

Sie nickte. „Wenn Judith sich über mich ärgerte, nannte sie mich ‚die Priesterin der Einsamkeit'."

Zum erstenmal in seinem Leben hatte Bowdeen einen Mann gefunden, dem er folgen, den er respektieren konnte, ja, aus dem er sich etwas machte und sich deshalb um ihn sorgte. Letzteres verlangte seinen Zoll. Im Augenblick war der Wengen aufgebracht.

„Aber, Garick, verdammt, nimm doch Vernunft an!"

„Nein!" wiederholte der Shando-Gott zum drittenmal. „Du begleitest mich nicht! Du hältst die Augen offen und wartest. Die anderen können tun, was sie wollen, bis ich zurückkomme."

„Wenn!"

„Bow – jetzt reicht es!"

Bowdeen seufzte und gab es auf. „Gehst du jetzt?"

„Nachdem wir gegessen haben. Spitt ist hier, ich möchte erst mit ihm reden."

„Wie wäre es, wenn ich in einiger Entfernung folgen würde, nicht zu nah . . ."

„Ich gehe allein!" sagte Garick hart. „Arin ist *mein* Sohn."

Garick kehrte in Korbins Taverne zurück und ließ Bowdeen mit Shalane auf der leeren Straße stehen.

„Dickschädel!"

Shalane berührte seinen Arm. „Er will Arin suchen, nicht wahr?"

Er blickte in ihr betrübtes junges Gesicht, das von Erschöpfung und noch etwas Schlimmerem gezeichnet war, dann klopfte er ihr auf die Schulter. „Darfst Arin noch nicht begraben. Ich habe gegen ihn gekämpft, ihn verfolgt. Es gibt keinen Schlaueren."

Er machte sich mehr Sorgen um Garick. Wenn Arin tot war, konnten sie ohnehin nichts mehr für ihn tun. Aber mit dem Gott war es anders. Garick war halb außer sich vor Gram, Erschöpfung und Schmerzen und traf deshalb jetzt törichte Entscheidungen. Auf *keinen* Fall sollte er sich allein in die Zone begeben, aber gerade das beabsichtigte er.

Die hauptsächlich synthetischen Lebensmittel der Stadt sollten vor allem nahrhaft sein, darüber wurde die Schmackhaftigkeit vernachlässigt. Singer war es egal, und wenn es Arin nicht paßte, sagte er zumindest nichts.

Während der letzten Stunden hatte Marian – er konnte sie einfach nicht als seine Großmutter sehen – gearbeitet. Bei Sonnenuntergang kehrte sie zurück.

„Ich habe mit dem Arzt gesprochen. Du wirst morgen aufbrechen."

„Warum? Hält denn die Desinfektion nicht länger an?"

„Das schon, aber wir machen uns der Pest wegen Sorgen. Der Arzt wird dir Medikamente geben und dir erklären, wie die Krankheit zu behandeln ist, auch was mit den Ratten, die sie verbreiten, zu tun ist."

Er schüttelte den Kopf. „Das genügt nicht, Marian."

„Was heißt das? Bist du nicht deshalb gekommen?"

„Ursprünglich ja, aber jetzt möchte Garick mehr. Die Erinnerung an meine Mutter läßt ihm keine Ruhe."

„Ich verstehe nicht. Judith verließ die Stadt, um zu verhindern, daß dieses tragbare Energiefeld, das du benutztest, in die falschen Hände fällt. Das war alles."

„Nein, da war *mehr,* Marian. Garick wußte es, wenn auch vielleicht nicht in Worten. Ich brauchte fast zwanzig Jahre, um die Stückchen zusammenzufügen."

Sie wartete, daß er es erklärte.

Singer erhob sich und benutzte so, was er für den psychologischen Vorteil von Arins Größe hielt. „Als meine Mutter im Sterben lag, versuchte sie mir mitzuteilen, daß sie ein Bündnis zwischen der Stadt und den Zirkeln anstrebte."

„Das ist unmöglich!"

Ihre sanfte Abwehr ärgerte ihn. „Wieso?"

„Singer, die Stadt verschloß sich mit voller Absicht jenen, die sich ihr nicht anschließen wollten. Mit Ausnahme der Abtrünnigen hat niemand die Stadt betreten oder verlassen, seit deine Mutter hier fortging. Und du."

„Abtrünnige?"

Sie winkte ungeduldig ab. „Frühe Stadtgeschichte. Nicht wichtig. Es gab einige, die sich nicht mit dem unausbleiblichen Schema abfinden wollten, das das Leben in der Stadt annahm. Sie zogen aus."

Er versuchte, sie weiter darüber zu befragen, aber Marian weigerte sich, Zeit mit irgend etwas anderem als dem Hauptthema ihrer Unterredung zu vergeuden.

„Unifizierung“, sagte sie, „wäre von keinem Nutzen für die Stadt. Unsere Bevölkerung ist auf eine bestimmte Zahl beschränkt. Wir reden nicht viel, wir finden selbst unsere zusammengezogene Sprache anstrengend. Arbeit ist unsere Hauptbeschäftigung, und wir sind allein, wenn wir sie ausführen.“

Er schüttelte den Kopf. „Ich verstehe jetzt, weshalb meine Mutter dich ‚Priesterin der Einsamkeit‘ nannte.“

Ihre Lippen verzogen sich in bedauernder Erinnerung. „Das Stadtleben rieb Judith auf, obgleich sie ihre Arbeit liebte. Aber Stadtmenschen ist nicht verboten, sich zu berühren. Das Bedürfnis danach schwindet ganz einfach.“

Er setzte sich wieder und beugte sich vor, bis ihre Köpfe einander nahe waren. Er mußte sich beherrschen, um nicht nach ihrer Hand zu greifen. „Marian, mein Vater sagt, daß etwas, das nicht wächst, mit der Zeit stirbt. Wenn die Stadt sich nicht verändern kann . . .“

„Nicht zutreffend. Das Argument betrifft die Stadt nicht.“

Er achtete gar nicht auf ihre Antwort. „Während ihres Lebens im Zirkel folgerte meine Mutter, daß es so manches an der Art und Weise der Zirkel gab, das die Stadt wissen sollte, weil es wichtig für sie wäre. Würde das nicht für zumindest eine beschränkte Verbindung sprechen? Was könnt ihr schon verlieren?“

„Zeit.“

„Zeit?“ Er starrte sie verblüfft an. „Weshalb sollte die Zeit für Menschen so wichtig sein, die doch praktisch ewig leben?“

„Praktisch! Das ist das treffende Wort.“ Sie erhob sich. „Singer, komm mit.“ Sie führte ihn zurück zu ihrem Büro und deutete auf den Scanner. „Was siehst du?“

„Nichts. Er funktioniert nicht.“

„Richtig. Zur Zeit können wir den Synergiser des Nachts nicht benutzen.“

„Na und?“

„Das ist ein großes Ungemach für uns“, erklärte sie. „Wir haben nichts als unsere Arbeit, und jede Sekunde ist wichtig.“

„Selbst in eurem endlosen Leben?“

„Singer, vergiß deine Zirkel-Einstellung zur Zeit, sie ist hier nicht passend. Gewiß, wir leben neunhundert, ja tausend Jahre, aber das ist bei weitem *nicht lange genug.* Wir alle fürchten den statistisch unvermeidbaren Unfall, der uns schließlich das Leben kosten wird, oder den Zeitpunkt, da unser Gehirn sich weigert, weitere Daten zu speichern, oder ein Laborversagen, das lebenswichtige Organe zerstört, die nicht mehr nachgezogen werden können."

Er entsann sich eines Stadtausdrucks, den seine Mutter einmal benutzt hatte: „Ewig ist in der Zukunft."

„Ja, wir tun alles, um das Leben zu verlängern, das Wissen jedes einzelnen Stadtgehirns zu erhalten, und den Erziehungs- und Lernvorgang zeitmäßig zu reduzieren. Wenn wir hier ein neues Baby planen, dauert es etwa achtzig Jahre, bis das Kind genügend historische Perspektive gewonnen hat, um anzufangen, von Nutzen zu sein. Gewöhnlich vergeht jedoch viel mehr Zeit, bis emotionale Reife erreicht wird."

„Und hast du meine Mutter inzwischen ersetzt?"

Sie zuckte zusammen, schwieg jedoch.

„Also", sagte er überlegend mit bitterem Ton. „Ihr lebt eine unmöglich erweiterte Lebensspanne, in der ihr diesen elektrischen Schwamm sich mit allem vollsaugen laßt, was nur zu wissen ist – oder zumindest mit allem, was ihr und *dieses Ding* als wichtig erachtet –, und zum Teufel mit der Welt draußen!"

Sie wollte antworten, aber allein die schreckliche Anstrengung, die es sie kosten würde, erdrückte diesen Impuls. Sie zuckte nur die Schultern. „So etwa, Singer."

Er schob den Vorhang ein Stück zurück, um die Stadt tief unten zu sehen, aber es war zu dunkel. Plötzlich wirbelte er zu der Frau herum. „Und was geschieht, Marian, wenn ihr eines Tages fertig seid, Daten in den Synergiser einzugeben, und euch sagt, es sei Zeit, den Schlußstrich zu ziehen und . . ."

Sie unterbrach ihn. „Wir den Knopf drücken und die Antwort zurückkommt: ‚keine Korrelation'?"

Schweigen.

Ihr Lächeln war sanft und alterslos. „War das deine Frage?"

„Ungefähr", murmelte er. „Ich dachte, ihr hättet kein Lep."

„Judith stellte einst die gleiche Frage, genau wie ich – als ich jung war."

„Ist das ein Vorwurf?"

„Nein, nur eine Erinnerung." Sie schloß die Augen. „Ich höre Judith jetzt noch, wie sie unter dieser Hypothese fast zerbrach."

Marian schaute ihn ernst und fest an. „Singer, wir machen keinen Gott aus dem Synergiser, über dieses Bedürfnis sind wir hinweg. In der ersten Zeit der Stadt *gab* es eine Kirche, aber sie wurde schließlich überflüssig."

Er winkte ungeduldig ab. „Was hat das mit . . ."

„Mit dem Synergiser zu tun? Die einzige Weise, dir zu antworten, ist, ein wenig von der Geschichte der Stadt zu erzählen. Es ist schwierig, ich wollte, du beherrschtest unsere Sprache."

„Du meinst diese Ziffern, die du in dieses Ding eindrückst?"

„Nein, das ist Computerterminologie. Unsere Sprache, die Kurzaussage, basiert auf dem gleichen Prinzip, aber wir verwenden auch die Finger dazu, um sie noch zu beschleunigen. Der Zweck unserer Sprache ist, *Zeit zu sparen* – leider läßt die Kurzaussage immer noch zu wünschen übrig."

„Na gut, erklär sie mir, ich werde versuchen, dir zu folgen."

Sie deutete auf den Scanner. „Es ist alles darin gespeichert. Wenn wir Strom hätten, könntest du dir die Nachrichtenfilme, wie wir sie nennen, ansehen."

Marian räusperte sich. Die ungewohnte längere Benutzung der Sprache strengte sie an. „Vor langem, Singer, gab es viele Religionen. Ihre Anhänger stritten darum, welcher der wahre Glauben war. Sie argumentierten mehr auf emotionaler Basis als logisch. Logik untersucht, Glaube akzeptiert. Es war damals in Mode, sich in lange Debatten über das Wesen Gottes einzulassen. Die meisten Religionen setzten einen menschenähnlichen Gott voraus, andere machten aus der Gottheit eine vage Kraft, die alles zusammenhielt. Selbst jene, die Religion ablehnten, erachteten Gott als eine Notwendigkeit. Manche glaubten, er sei gestorben, andere wiederum gaben sich damit zufrieden, daß das Wesen Gottes zu hoch für den Menschen sei, es zu erkennen.

Und dann verbreitete sich eine neue Philosophie. Die Kirche der Irrelevanz wurde gegründet. Ihre Angehörigen weigerten sich, die alten Streitfragen über Gott, Geist und Unsterblichkeit auch nur zu erörtern. Sie sagten, all das sei unbeweisbare Theorie, Verschwendung von Kraft und Zeit, die beide besser für die kranke und hungrige Welt einzusetzen wären."

„Irrelevanz", echote er. Ein ahnungsvoller Schauder überlief ihn. „Also ‚irrelevant' – von keiner Bedeutung?"

„Ja, Singer. Götter, Himmel, Höllen, Inkarnationen und Manifestationen, universale Kräfte – alle *irrelevant* in der Verbesserung des Menschenlebens. Es ist kindisch, über Dinge, die nicht bewiesen, widerlegt oder auch nur intellektuell, empirisch debattiert werden können, zu streiten."

Singer dachte an die Kriss. „Doch der religiöse Geist denkt, sein Glaube kann bestätigt werden, zumindest durch den Tod."

„Ja, durch den Tod", sagte Marian ernst. „Dissolution, Opfer, Ergebung. Der religiöse Geist denkt in diesen Angelegenheiten nicht, Singer, das religiöse Herz *fühlt!* Priester überreden, sie wissen es besser, als zu versuchen zu überzeugen. ‚Wir *kennen* die Offenbarung, vertraut uns, wir haben recht.' Irrelevationisten protestierten: ‚Wir wollen es nicht auf Treu und Glauben hinnehmen, wir wollen Beweise. Eure persönliche Überzeugung befriedigt *eure Gefühle,* nicht *unseren Verstand!*'"

„Und die Priester, nehme ich an, antworteten mit ätzendem Zynismus. Du hättest Uriah kennen sollen."

„Nicht nur die Priester." Marian sah Singer an. „Es gab eine ganze Generation von Antirationalisten. Sie höhnten über den Versuch, den fehlbaren Verstand gegen Tausende von Jahren der Tradition stellen zu wollen. Die Irrelevationisten lehnten die Tradition als uralten Fehler ab, zu dem durch Millenien angehäufte Zeremonien geführt hatten."

„Also versuchten die Irrelevationisten die Religion abzuschaffen?" fragte Singer.

„Nur am Anfang, vor der Ching-Invasion – wie man sie üblicherweise nennt –, als die bestehende Gesellschaftsordnung vernichtet wurde."

„Was taten sie dann?"

„Sie wurden subtiler. Vor der Invasion war das allgemeine Wissen soweit in der Welt fortgeschritten, daß die Rituale drastisch überarbeitet werden mußten. Die Priester machten Kompromisse mit den modernen Anschauungen, um die wachsenden Zweifel ihrer Anhänger zu besänftigen. Es war ein Zeitalter ohne geistigen Halt. Die Invasion brachte Anarchie mit sich, Brutalität, und den Untergang vieler Religionen. Aber die verängstigten Massen sehnten sich nach Sicherheit vor den wirklichen und unmittelbaren Gefahren persönlicher Bedeutungslosigkeit und des Todes.

Da ergriffen die Irrelevationisten das Wort. ‚Vergeßt im Augenblick die Theologie', sagten sie. ‚Rettet eure eigene Haut, heilt die Wunden des Landes. Laßt *uns* für euch Gedanken über Gott und die Unsterblichkeit machen.' Mit anderen Worten,

Singer, sie riefen das Volk auf, religiöse Fragen einstweilen zur Seite zu legen, bis die Zeit gekommen war, sie auf einer anderen Grundlage als bedingungslosem Glauben zu untersuchen."

„Und das war der Anfang der Stadt?"

„Nicht so, wie sie jetzt ist. Es gab zuerst kein Selbsttor. Aber wir waren – und sind es auch noch – eine Minorität. Wir sind nur ein paar tausend in einem Gebiet von fünfzehntausend Quadratmeilen. Die Stadtführer befürchteten, die Religion würde wieder wachsen und versuchen, gegen uns zu kämpfen. Also . . ."

„Also erfandet ihr einen Weg, uns alle auszuschließen und euch selbst jenseits von Zeit und Gefühl zu stellen."

„Gefühl." Marian echote das Wort voll Ironie. „Das war einmal ein Luxus, vor sehr langer Zeit."

„Meine Mutter lernte zu lieben."

„Und starb deshalb." Langsam schüttelte sie den Kopf. „Sehnsucht nach persönlicher Sicherheit – Bequemlichkeit und Glück – schuf die Religion. Die Religion ihrerseits machte den Tod anziehend, unausbleiblich. Das ist eine widerliche Prämisse in der Stadt."

„Aber Marian, euer ganzer Ersatz dafür ist ein langes Leben. Ohne Freude, ohne Gefühle – wie konntet ihr nur in voller Absicht so etwas wählen?"

„Wir haben Freude an unserer Arbeit, oder zumindest gewinnen wir Befriedigung aus ihr. Die Liebe und Freude, die du meinst, Singer, sind Spielzeug, das weit über seine Bedeutung hinaus, durch eure so kurze Lebensspanne bedingt, bewertet wird. Bei einem Stadtleben werden die Leidenschaften – selbst die dauerhafteste, kameradschaftlichste Liebe – schal. Doch gleichzeitig werden die intellektuellen Betätigungen immer anziehender. Wir widmen uns ihnen, und in ihrer Ausführung fließt unser Leben dem Frieden entgegen."

„Und der Einsamkeit." Er fröstelte.

„Ja."

„Das *genügt nicht,* Marian."

Müde massierte sie ihre Schläfen. „Mein Kopf schmerzt. Ich hätte dir das alles in einem Zehntel der Zeit sagen können." Sie gestattete, daß ein paar ihrer kostbaren Sekunden verstrichen und lächelte ihn an. „Du hättest hier erzogen werden sollen, Singer. Du hast die Intelligenz deiner Mutter geerbt. Auch sie verlangte einen Grund für die Qual eines Lebens ohne Mythen, für die Verleugnung der Ablenkungen, die das Fleischliche mit sich bringt. Vielleicht verstehst du, was ich ihr damals sagte. Ich bin mir nicht sicher, ob Judith es je tat.

Singer, vielleicht gehört wirklich ein gewisser Mut dazu, sich zu entschließen, nur für das zu arbeiten, was eines Tages kommen *mag.* Aber in unserer Einsamkeit finden wir etwas sehr Kostbares: die Selbsterkenntnis. Es ist etwas ungemein Tröstliches."

Er fand nicht gleich eine Antwort darauf. Dann sprach er mit geschlossenen Augen, und jedes Wort war wie ein stechender Schmerz: „Einmal sagte meine Mutter, Schmerz bestimmt und fordert den Preis für sein Wissen."

Marian schaute auf. „Judith hat das gesagt?"

„Ja."

„Ich bin froh." Es war nicht mehr als ein Wispern.

Er studierte die großen Hände seines Bruders, spannte die Finger und ballte sie schließlich zu Fäusten. „Fast das gleiche habe ich auch Arin gesagt. Und doch dachte ein Teil meines Ichs immer: Nein, Singer, geh in die Stadt! Dort findest du . . ."

Bedeutung, spöttelte sein Wurm sanft.

Sie nickte verständnisvoll. „Das Bedürfnis zu glauben, Singer, ist eine nahezu unentrinnbare Falle des Egos."

Jetzt weißt du es?

Ja, Wurm, ja.

Der Grund, weshalb es der Stadt egal sein würde, ob der Synergiser je die endgültige Lösung des Rätsels der Existenz fand oder nicht.

Sag es!

Zufall. Irrelevant.

Jetzt, sagte der Wurm, *hat die Bedeutung Bedeutung.*

So rein wie der Bogen der Ewigkeit. *Das kannst du dir in dein Ego schreiben, großer Bruder!*

Marian ließ Singer allein, damit er ungestört nachdenken konnte. Irgendwo in der Ferne schlug eine Uhr die neunte Stunde.

Poke hörte Garick kommen.

Es war dunkel. Grillen zirpten, der Wind säuselte im Ahorn. Auf der anderen Seite der Schranke leuchtete das Warnschild fahl wie ein Gespenst.

Ab würde ihn erst bei Tageslicht ablösen, bis dahin verging noch viel Zeit. Poke gähnte. Zonendienst, schon immer ziemlich ereignislos, war in letzter Zeit noch gottverdammt langweiliger, vor allem seit die Stadt die neue Streife bei . . .

Das Geräusch fast neben seinem Ellbogen ließ ihn hochfahren. Poke wirbelte herum. Er hatte den Sheddey gezogen, noch ehe die Drehung vollendet war. „Wer ist da?"

„Ruhig, ruhig", sagte der hochgewachsene Mann nur eine Armlänge entfernt. „Ich bin Garick. Ich suche keinen Ärger, nur Auskunft."

Erschrocken griff Poke nach seiner Batterielampe und ließ ihren Strahl über den Besucher streifen. Er hatte Garick hin und wieder in Lorl gesehen, und der Mann hier war wirklich der Shando-Gott. Er sah angespannt und krank aus, aber er hatte die ganze Süddivision verschlungen, und jetzt war er doch tatsächlich bis vor ihrer verdammten Baracke, und möglicherweise lauerten hundert Zirkler hinter ihm in der Dunkelheit.

Garick deutete mit dem Kopf auf das ferne Warnschild. „Ist das das Tor?"

„Soviel du je davon sehen wirst. Was willst du?"

„Auskunft, wie ich schon sagte." Garick zögerte. „Ich habe gehört, daß jemand es gestern durchbrochen hat."

Poke wurde nicht fürs Auskunftgeben bezahlt, aber wer konnte schon wissen, was ein Mann wie Garick tun mochte. „Vielleicht."

Garick unterdrückte das Bedürfnis umzukehren und es ungefragt zu lassen. Es würde nicht wirklich werden, solange er es nicht hörte. Aber er mußte es tun. „Erfuhr, daß ihr jemanden begraben habt."

Poke schob das Schwert in die Scheide zurück. „Haben wir."

Garick sackte gegen den dicken Holzbalken und glitt nieder, bis er auf dem Boden saß. Sein Kopf fiel hinab, und seine Schultern zuckten vor Erschöpfung und all dem Elend, das er nicht länger zurückhalten konnte. Er schluchzte. Es waren ungewohnte, tiefe, häßliche Laute.

Der Gott der Shandos, dachte Poke und fühlte sich kosmisch, *ist auch nur ein Mensch wie jeder andere, und hier bin ich, mitten in der Nacht, und bedauere ihn.* Doch da plötzlich begriff er: der Shando-Pfeil!

„He, warte – du hast es mißverstanden, Garick." Der andere schwieg. Poke kauerte sich schwerfällig neben ihn. „Ich meine, es war einer von uns, den wir begraben haben."

Garick starrte leeren Blickes zu ihm hoch. Es dauerte eine Weile, bis sein erschöpfter Verstand die Worte aufnahm. „Einer von euch?“

„Ein Sold. Junger Bursche namens Rigg.“

„. . . nicht Arin?“

Poke schüttelte den Kopf. „Jemand brach durch. Soviel ich weiß, ist er noch drin. Hat vielleicht sogar die Stadt erreicht. Wir konnten ihn in der Zone nicht finden.“

Hoffnung regte sich in Garick. Er wußte zwar, wenn Arin den Gürtel trug, mochte er sehr wohl tot sein, ohne daß es jemand wußte, außer sie stolperten rein zufällig über seine Leiche. Aber doch – sein Sohn – seiner und Jennas . . .

Laß ihn zu meiner Linken in der Halle der Meister sitzen, wenn wir heimkehren . . .

Poke erinnerte sich an Abs Beschreibung des Mannes an der Schranke. „Dieser Arin, ist er so groß wie du und hat rotes Haar?“

„Ja – ja! Hast du ihn gesehen?“

„Ich nicht, der andere Zonenposten, Ab.“

„Wo ist er?“

„Ab? Er schläft. Wird mich in der Früh hier ablösen.“

„In der Früh.“ Garick sackte wieder gegen den Schrankenbalken. Er drehte sich ein bißchen, um den Druck von seinem um die Brust gebundenen Arm zu nehmen. „Ich warte.“

Er holte etwas aus der Tasche seines Meisterkittels. Poke erkannte es als die Packung eines schmerzstillenden Mittels, wie es zur Notausrüstung der Solds gehörte. Im Schein der Lampe sah er unter dem Kittel die versengten Löcher in Garicks Lederkleidung.

„Sold, hast du etwas, womit ich das hinunterspülen kann?“

Poke kramte in seinem Tragebeutel und brachte eine irdene Flasche und einen winzigen Becher zum Vorschein, den er vollschenkte.

Garick schüttelte das Pulver hinein und trank. Er würgte und krächzte: „Was *ist* dieser Sauschweiß? Doch nicht Mosta!“

Poke lachte und gönnte sich selbst einen Schluck. „Das ist Wengen-Gin. Aus den besten Kartoffeln gegoren. Wette, so was hast du noch nie getrunken.“

Garick zwang sich, den Becher zu leeren. Mit dem Schmerzmittel wirkte es schnell und machte ihn benommen. Er lehnte sich wieder gegen den Balken und zwang seinen entkräfteten Körper zu schlafen.

„Kartoffeln!“ murmelte er.

Poke löste sanft den Becher aus Garicks erschlaffendem Griff. Er füllte ihn noch einmal und trank. „Ah, Shit“, brummte er. „Dachte immer, die Shandos vertragen was . . .“

Er wanderte durch ihre Suite und fand ein Zimmer mit vielen Büchern. Aufs Geratewohl holte er sich ein paar aus den Regalen, solche, deren Alte Zunge auf den ersten Blick nicht zu schwierig zu sein schien, und legte sie auf einen einfachen Metalltisch. Dann zog er sich einen Stuhl heran und blätterte in den Werken. Sein Puls schlug schneller, als er hin und wieder Randbemerkungen in der unverkennbaren Handschrift seiner Mutter fand. Singer gefiel der Gedichtband am besten. Er war mit den alten Liedergeschichten groß geworden, aber das hier war anders, komplexer, klüger. Manche der Verse waren lustig, andere traurig. Eines der einfacheren packte ihn wie eine kalte Hand um sein Herz.

Leerer noch als die Totenstille,
kälter als der Winterbach an der Mühle,
ist der Sieger und ist der Sieg,
ist die Absicht und ist der Wille.

Aber welchen Sieg hatte er schon errungen? Die verzweifelte Bemühung seiner Mutter, ihn in den letzten Monaten ihres Lebens mit der Stadt vertraut zu machen – alles umsonst. Die Pest würde bezwungen werden, aber die Zirkel sollten weiter in ihrer Unwissenheit leben.

Er hatte das frustrierende Gefühl, daß er einer Idee nahe war, die Marian Singer bewegen würde, es sich doch noch einmal zu überlegen. Aber er bekam sie trotz aller Anstrengung nicht in den Griff, und am Morgen würden sie ihn aus der Stadt schicken, dann würde er wieder allein sein – ein einzelner Cowan in einem Meer von Zirkeln.

Ein Meer von Zirkeln! Wo hatte er das nur schon einmal gehört? Mußte der Kriss gesagt haben. Uriah! Er dachte an die scharfe Intelligenz, den verkrüppelten, aber suchenden Geist, die erregende Freude an Strategie, nur um seinen Verstand zu wetzen. Das Spiel, das in Erlösung ausgetragen wurde. Uriah sagte damals zu Arin – was war es doch?

Man muß für alles bezahlen.

Aber Singer hatte Arin geraten: *Wenn du etwas gibst, dann schlage Profit daraus.* Was konnte hier der Profit sein? Würde die Stadt etwas gewinnen? Oder der Zirkel? Oder beide?

Man muß für alles bezahlen!

Deshalb konnte er auch den Gedanken nicht ins Bewußtsein zwingen. Der Preis war zu hoch, er konnte ihn nicht bezahlen.

Und doch haben wir eine Menge gemein, Prinz. Ein Gedanke so schneidend wie ein Messer: Uriah forderte Arin heraus. *Du hast die Veranlagung zu einem ganz besonderen Bastard . . . Nicht einfach, die Mission eines Königs in dieser Welt zu betreiben . . .*

Muß ich das? Ein langer, langsamer, leichter Tod für die Zirkel. Nicht . . .

Das Gesicht seiner Mutter. Bruchstücke einer Erinnerung so fern, daß er sich nicht der Worte entsinnen konnte. Er war zu jung gewesen, sie zu verstehen, und er weigerte sich, sich zu erinnern, nur daß nichts je verlorenging. Wieder und immer wieder prägte sie es ihm ein. *Hör, was ich sage und mach dir keine Gedanken, wenn es keinen Sinn ergibt. Es wird da sein, wenn du es brauchst.*

Und da war es. Er hörte es ganz deutlich. Ihr Atem kam schwer, röchelnd, wehrte sich gegen den nahen Tod. „Mein Baby, die Stadt und die Zirkel werden einander brechen, als wären sie aufs Rad geflochten. Aber das Rad wird sich erst drehen, wenn . . ."

Wenn. Wenn Singer nach Lishin ging, den Gürtel fand, ihn umschnallte, durch das Tor schritt und der Stadt erklärte: Verdammt, seht mich an! Ich *existiere!*

Ja die Blockierung war aufgehoben. Er wußte jetzt, was er der Priesterin sagen mußte, die winzige Tatsache, die die Waagschale neigte, die Stadt öffnete, die Zirkel aufsaugte, sie verschlang, sie und ihre schmutzige, unwissende und *herrliche* Lebensweise.

Er erhob sich. Ihm war kalt, und Arin war kalt, und es mochte vielleicht nie wieder Wärme geben, aber jeder unwillige Schritt brachte ihn näher zu ihr.

„Das Lep ist mehr als Worte, Marian. Es schließt etwas ein, das sie *teilen* nennen."

„Die Bedeutung?"

„Eine Kommunikation, die keiner Worte bedarf, eine Übermittlung von Emotionen, Bildern, Komplexen. Es ist zwischen zwei Menschen möglich, zwischen einem Dutzend, ja sogar Hunderten gleichzeitig."

„Und? Weshalb erzählst du mir das?“

„Die Stadtsprache“, murmelte er und wünschte, er könnte die Worte aufhalten, „ist zu *langsam,* sagtest du.“

Sie wartete, daß er fortfuhr.

„Du weißt, daß Garick Arin die Alte Zunge mit Hilfe von Lep in zwei Monaten lehrte. *In nur zwei Monaten!* Wenn der Geist des einzelnen sich mit anderen verbindet, ist es, als schließe man ein Output an eine Gedächtnisbank. Was ihr mit dem Synergiser gemacht habt, haben sie, auf gewisse Weise, mit ihrem eigenen Geist geschafft. Und der Strom wird nicht bei Sonnenuntergang abgeschaltet.“

Ein kurzes Schweigen. Die Bedeutung mit all ihren Möglichkeiten klickte so schnell durch ihren Kopf, als rechne der Synergiser sie aus. Sie nickte. „Zwei Richtungen. Schließliches, vorsätzliches Züchten dieses Charakteristikums. Inzwischen: Verbindung mit Zirkelgeist, auf eine Weise ähnlich der mit dem Synergiser.“

„Ja“, sagte Singer. „Das *Wie* wäre eure Sache. Aber schau nur, welches Werkzeug ihr aus Lep machen könntet. Denk doch, welch ungeheurer Sprung euch dadurch ermöglicht würde! Wieviel mehr Wissen ihr innerhalb von zehn, zwanzig Jahren aufnehmen könntet. Denk, wieviel *Zeit* ihr sparen würdet.“

„Was haben die Zirkel davon?“

„Ausbildung in der Stadt, Technologie.“

Sie überlegte und brauchte länger dazu als notwendig. Die tote Last der Tradition gab es also auch in der Stadt. Aber Singer, der die Trägheitskraft vorhersah, machte einen Vorschlag:

„Marian – frag den Synergiser.“

Es war nicht mehr lange bis zum Morgen. Sie wußte, daß sie bis dahin warten sollte, aber die Sache war zu wichtig. Und doch kam sie sich fast frivol vor, als sie dem Synergiser Notstrom zuleiten ließ.

Doch dieses Gefühl verließ sie schnell bei der Antwort, die sie erhielt.

Eine Weile saß sie schweigend in Gedanken versunken. Als sie wieder zu ihm aufschaute, regte sich etwas in ihr, für das sie kaum noch den Namen wußte.

„Singer, als du dieses Gebäude zum erstenmal sahst, was hast du da empfunden?“

„Schock.“

„Leichten oder tiefen?“

„Unvorstellbaren, Marian. Ich sank unwillkürlich auf die Knie."

„Ja", sagte sie und schwieg wieder.

Wenn wir dorthin gegangen sind, wohin wir gehen müssen, wenn wir . . .

„Und jetzt, Singer – was wirst du tun?"

. . . getan haben, was wir tun müssen . . .

„Singer?"

. . . wieviel wird dann noch übrig sein?

All die fernen Stimmen: Judiths vermischt mit Kon-Magills, Elins, Sand-Teelas, Webbs, Haras, Clays und Holders – und der eine Schrei, der immer und immer aufs neue durch all die Jahre hindurch auf Garick einstach, sein Schrei, der nie aufhörte:

„Du kannst es lesen!"

Als Garick Ab zuhörte, wurde er sicher, daß es Arin gewesen war, der das Tor durchbrochen hatte.

„Wenn jemand einzudringen versucht", fragte er. „Was macht ihr dann, um ihn euch zu holen? Schalten sie die Energie ab?"

„Nicht ganz, das tut die Stadt nie", sagte Ab, ohne das eine Mal zu erwähnen, als Rigg starb. „Wir benutzen die Helme. Mit ihnen kommen wir ziemlich weit hinein, nicht ganz bis zur Stadt, allerdings."

„Besorg mir einen." So ruhig er es auch sagte, war es zweifellos ein Befehl.

Ab schüttelte den Kopf. „ Das nutzt nichts. Die Stadt muß den Strom zuerst zurückschalten."

Garick zögerte nur flüchtig. „Dann beschaff mir zwei."

„Zwei?" platzte Poke erschrocken heraus. „Für wen soll der andere sein? Nicht für mich!"

„Wenn jemand dem Tor zu nahe kommt, und es erwischt ihn", fuhr Garick fort, „*dann* verringern sie doch die Stromzufuhr, oder?"

„Sicher", brummte Ab. „Aber . . ."

„Dann gehe ich als zweiter hinein."

Ab fand zuerst die Sprache wieder. „Du würdest wirklich einen armen Bastard bei voller Energie durch das Tor zwingen?"

Garicks Ruhe wirkte eisig. „Cowan, ich weiß, daß ein Bastard es erst versuchte – und geschafft hat. Und jetzt bringt mir die Helme!"

Ab legte die Hand um den Sheddygriff. „Vergiß es."

Garick seufzte. „Hör zu, Soldat. Mein Sohn ist da drin, und auf die eine oder andere Weise hole ich ihn heraus. Und wenn du beabsichtigst, mich aufzuhalten", er deutete über die Schulter des Postens, „wird *er* verdammt ungemütlich werden."

Sie folgten seinem deutenden Finger. Ein hochgewachsener Mann tauchte aus einem Gebüsch am Straßenrand auf und grinste verlegen. Garick knurrte: „Bowdeen, ein Mann deines Alters sollte eigentlich wissen, daß man Befehle nicht mißachtet."

„Bist du nicht froh, daß ich es trotzdem getan habe?" Bowdeen winkte den beiden Wachen gleichgültig zu. „Hallo, Poke, Ab! Ihr traurigen Gestalten seid immer noch auf der Soldliste?"

Poke brüllte erfreut: „He, Bow! Hab' gehört, daß du in Pension gegangen bist."

„Gewissermaßen." Der Schwarze klopfte beiden auf die Schulter. „Ist Sidele schon in Lorl?"

„Aber ja", erwiderte Poke. „Hab' sie gestern gesehen."

„Gut!" Er klopfte ihm noch einmal kameradschaftlich auf die Schulter. „So, und jetzt holt ihr die Helme, wie Garick euch auftrug . . ."

„Verdammt, Bow, das *dürfen* wir nicht!"

„. . . damit *er* euch nicht erschießen muß." Wo Bowdeen aus dem Gebüsch gekommen war, stand nun Jay mit einem Pfeil an der Sehne.

„Bowdeen, *warte!* Garick lehnte sich über die Schranke und starrte ostwärts. „Horch!"

Da hörten sie alle das Geräusch, ein rauher, knurrender Laut, dessengleichen sie noch nie zuvor vernommen hatten.

Motoren.

Von der Kuppe des Hügels, jenseits des Warnschilds, rollten drei kleine Karren sehr schnell in ihre Richtung, in jeder saßen zwei Personen. Bowdeen blinzelte in die Morgensonne. „Meister Garick, das ist – ist das nicht . . ."

„Ja!" hauchte Garick. „Es ist Arin. Es ist *Arin*, Bow. Und . . ."

Garick hielt abrupt inne. Er starrte auf die kleine, zarte schwarzhaarige Frau. Einen Augenblick glaubte er, sein Herz müsse stillstehen, aber sein Wille hielt ihn aufrecht.

Es *konnte nicht* Judith sein!

Die kleinen Wagen wurden langsamer und stoppten. Arin stieg als erster aus. Er trug den fremdartigen Gürtel über seinem Kittel.

Er trat zu seinem Vater und verbeugte sich mit tiefem Respekt vor ihm

„Ich habe sie gebracht."

„Ja." Garick versuchte gar nicht, die Tränen aufzuhalten, die ihm in die Augen stiegen. *Alles. Du hast alles getan. Niemand anderer.* Er dachte, wie stolz Jenna auf Arin gewesen wäre, und ließ den Jungen wortlos mit ihm teilen.

Arin sagte nichts. Singer ließ es nicht zu.

Garick fühlte sich leicht und schwach. Durch seinen Tränenschleier schien ihm das wind- und wettergebräunte Gesicht seines Sohnes von einem unendlichen Mitgefühl und Mitleid erfüllt. Und dann waren Arins Arme um ihn, und Arins Lippen bewegten sich, murmelten in sein Ohr:

„Ehe du mit ihr sprichst – was immer auch kommt –, ich liebe dich."

Weshalb klang es, als sagte er Lebewohl?

„Ja", flüsterte Garick sanft. „Das brauchte ich."

„Einmal zumindest", sagte sein Sohn.

„Garick", stellte er ihr seinen Vater vor. „Marian Singer, die Mutter von Judith."

Wie die restlichen steckte sie von Kopf bis Fuß in einem leichten, fast durchsichtigen Anzug, der sie vor Ansteckung schützte. Aber trotzdem war ihr Gesicht klar zu erkennen.

„Du", Garick schluckte, „siehst ihr so ähnlich."

„Ja", bestätigte sie. „Sieht so aus, als wären wir verwandt. Und als hätten wir sehr viel miteinander zu besprechen." Marians Blick fiel auf seinen Arm. Sie drehte sich zu einem der sie begleitenden Stadtmänner zu. „Doktor, bitte, untersuchen Sie ihn."

Garick setzte sich nieder, von Arin gestützt, während der Arzt den Arm studierte. „Wir könnten ihn später amputieren oder ihn zur beschränkten Benutzung wiederherstellen, doch ohne zu röntgen, ist es schwer, etwas Genaues zu sagen." Er bereitete eine Injektion vor und wollte gerade die Nadel ansetzen, als er zu dem dunklen, streifig bemalten Wilden hochsah, der wachsam auf Garick aufpaßte. „Sagen Sie Ihrem Mann, daß ich Ihnen nur helfen will."

„Sie können es ihm ruhig selbst erklären", sagte Garick mild. „Er war Kriss. Spricht Ihre Zunge."

In des jungen Mannes Gürtel, von dem sein schwarzes Messer hing, steckte ein Buch, in ungegerbtes Leder gebunden. Der Doktor war nicht unbeeindruckt. „Ich sehe, Sie lesen?“

„Die Apokalypse.“ Jay tupfte auf das Buch. „Kennen Sie es?“

„O ja, vom Band.“

„Seltsam, sich wie der fünfte Reiter zu fühlen.“ Jay deutete auf die Spritze. „Tun Sie ihm nicht weh.“

Man entschied sich, die erste Konferenz in Korbins Taverne abzuhalten. Dort hatte Judith gewohnt, gleich nachdem sie die Stadt verlassen hatte.

Ehe er in einen der kleinen Wagen kletterte, wollte Garick Poke ein paar Kreten geben.

„Wofür?“

„Den Drink und deine Güte.“

Poke schaute ihn beleidigt an. „Behalte dein Geld, Garick.“

„Warum willst du es nicht nehmen?“

„Das sollte ich dir eigentlich nicht erklären müssen.“ Der Sold wandte Garick den Rücken zu und watschelte zur Baracke.

„Dummkopf“, brummte Ab, als die Wagen davongerollt waren. „Er hat mehr Geld, als du je gesehen hast. Du hättest es nehmen sollen.“

„Ab!“ Poke funkelte ihn an. „Ich brauche keinen Rat von einem knausrigen Wengen. Ich habe Garick vergangene Nacht gegeben, weil er mein Gast war. Pokes Gäste bezahlen nicht!“

Der korpulente Sold schaute den Wagen nach, bis sie im Wald verschwunden waren. Nachdenklich rieb Poke sich das Stoppelkinn. Vielleicht war Garick zu Hause ein großer Mann, aber gottverdammt, dieser alte Shando könnte sich ein bißchen Manieren zulegen!

Die erste Besprechung war nur zwischen Garick, Arin und den Stadtleuten. Weder Hoban, Tilda, noch die anderen Meister fühlten sich gekränkt, weil man sie nicht dazugezogen hatte. Sie hatten die kleinen zerbrechlichen Menschen in ihrer komischen Kleidung und den Karren gesehen, die sich ohne Pferde bewegten; recht hübsch und mit mächtiger Magie, nahmen sie an, aber sie würden diese neuen Leute nicht so ohne weiteres akzeptieren.

Shalane stand vor Korbins Tür und wartete auf das Ende der Konferenz. Sie war für Tilda zu den Karlis außerhalb Lorl geritten und hatte deswegen Arin verfehlt. Sie hatte von dem glänzenden Zeug gehört, das die Stadtleute trugen, und fragte sich, wie sie darin aussehen würde, statt in ihrem zerfetzten Leder. „Wie eine nasse Katze", sagte sie kläglich.

Ob er bald herauskommen wird?

Moss küßte ihr Haar. „Sicher wie Frost, Kind."

Arin kam allein, vor allen anderen. Sein Gesicht war angespannt und wie von Schmerz verzogen. Schützend legte er die Hände über die Augen, als hätte man ihn zu abrupt aus einem schlimmen Traum geweckt. Er blinzelte in die Sonne, setzte sich abwesend auf den Rand des hölzernen Fußsteigs, und lehnte sich, mit den Füßen in den Staub der Straße gestreckt, gegen einen Pfosten.

Arin . . .

Ihr Lep streichelte ihn, ehe er sie aus der Gruppe Karlis treten sah. Er stand nicht auf, und das Mädchen rannte nicht auf ihn zu, wie sie es vor einem Jahr oder vor hundert Jahren, wie ihm schien, getan hatte. Gesetzt, mit der Anmut der gereiften Frau kam sie auf ihn zu und streckte ihre Hand aus. Er zog sie neben sich auf die Kante.

„Du hast dein Haar geschnitten."

„ Es wird nachwachsen", murmelte sie.

Sie beugten sich einander zu, bis ihre Stirnen sich berührten. Sie lepten oder teilten nicht, ihr Geist verband sich noch nicht. Es war schlimm, sich so zu fühlen, als müßte man zerspringen und war doch leer zugleich. Da spürte Arin es in sich hochwallen. Er drückte sie an sich, preßte sein Gesicht in ihre Halsgrube. *Lane . . . Lane . . .*

„Ich weiß." Sie nahm sein Gesicht zwischen ihre Hände. *Teile noch nicht. Wir können es nicht. Zu viel, Arin.*

Ja.

Sie hielten einander und die Freude war da, würde immer bei ihnen sein, doch sie war nicht mehr wie der junge Morgen.

„Sie sind entzückend. Einfach reizend!" Die Stadtfrau namens Diane flüsterte es Randall Singer zu, als sie aus der Konferenz kamen. „Garick ist wie eine Skulptur."

„Ein Rodin", pflichtete ihr Randall bei, „in verwittertem

Granit. Aber sehen Sie nur, wie sie altern!" Sie hatten vereinbart, außerhalb des Tores die Alte Zunge zu benutzen, doch trotzdem flüsterten sie. Einer dieser stolzen Stammesmenschen mochte sie verstehen und sie für herablassend halten.

Diane glühte vor Aufregung. „Es wird faszinierend werden, sie zu studieren. Ich könnte fünfzig Jahre damit zubringen, und werde es vermutlich auch. Schauen Sie, Randall, dort ist der Junge, der durch das Tor kam." Sie fummelte an ihrer Kamera herum.

„Verwirren Sie sie nicht, Diane. Sie sind nicht an uns gewöhnt."

„Unsinn, ihn wird es bestimmt nicht stören. Marian sagt, er ist sehr intelligent. Und das *Mädchen!* Sehen Sie sich nur ihren Gesichtsschnitt an. Sie ist ein primitiver Dürer!"

Sie stellte sich vor den Jungen und das Mädchen. Unbewegt, völlig ineinander vertieft, blickten sie auf das rechteckige Ding, das die Frau an ihr Auge hielt. Es klickte sie an. Die Frau drückte auf einen winzigen Hebel, und es klickte erneut.

„Richtige Kinder", flüsterte sie Randall zu. „Ich wollte, sie würden lächeln."

Vor Beginn der nächsten Konferenz schickte Garick nach Singer. Er erschien einige Minuten später, Arme und Hände immer noch an seine Seite gebunden.

„Ich werde dich gehen lassen", sagte Garick.

„Wird auch Zeit, Daddy."

Garick trat ganz nah vor ihn und sprach mit gefährlich leiser Stimme: „Nenn mich das nie wieder! Arin tat alles, während du nur zugesehen hast, wie dein Volk starb."

„Es ist nicht *mein* Volk."

„Dann bist du auch nicht mein Sohn." Garick lepte Arin. *Komm, bring ein Pferd, das wir entbehren können.* Dann wandte er sich wieder an Singer. „Du brichst sofort auf. Und kommst ja nicht mehr auch nur in die Nähe von Charzen."

Singer schluckte, aber er schwieg.

Arin führte ein gesatteltes Pferd neben seinem. „Du hast ihn im Wald gefunden, also setz ihn auch wieder dort ab", befahl Garick ihm. „Aber weit genug entfernt, daß er mit niemandem Unfug treibt." Er warf einen letzten kalten Blick auf den Ausgestoßenen. „Ich habe jetzt Judith meine Schuld bezahlt."

Der Gott der Shandos wandte Singer den Rücken zu.

Arin hatte den Mund geöffnet, um seinem Vater etwas zu sagen, aber so sehr er sich auch plagte, kein Wort kam heraus. Und plötzlich stellte er fest, daß er schon dabei war, Singer zu seinem Pferd zu bringen.

Als sie die letzten Häuser hinter sich hatten, saßen die beiden Brüder ab. Ohne Singers Aufforderung durchschnitt Arin den Strick und die breiten Lederstreifen und warf alles in das Dickicht. *Haben ja sehr viel genutzt!* lepte er voll Ironie. Arin schien sich damit zu plagen, seine komplexen Gedanken auszudrücken.

Was, Arin?

„Du warst vom ersten Augenblick an bei mir, nicht wahr?"

Singer schwieg.

Der Wurm! Der Wolf!

„Dem Ende zu gabst du selbst einen ziemlich guten Wurm ab, Arin."

Hatte ja einen fähigen Lehrer.

Etwas in Arin sträubte sich auf seltsame Weise, alles zu beenden, einfach umzukehren und fortzureiten. In stummem Einverständnis setzten sie sich nebeneinander mit den Rücken gegen den Stamm einer mächtigen Eiche. Die Sonne stand noch hoch am Himmel. Sie lauschten dem Vogelzwitschern.

„Komm", sagte Singer sanft. „Frag es ruhig."

„Du weißt schon. Der Sammankreis in Karli. Lane und ich."

„Ja, Arin, ich war mit dir."

Warum?

Ein Augenblick der Schwäche. „Verzeih mir."

Arin schwieg.

Stört es dich noch?

Arin schüttelte den Kopf. „Nein, nicht mehr."

Eine Weile verging. Singers Augen nahmen einen seltsamen Ausdruck an. „Schau, Arin. Ich meine, daß du keinen Grund hast, dich zu beschweren. Zumindest mußtest *du* nicht mit Bowdeen schlafen."

Arin brauchte nur eine Sekunde, bis er verstand. Seine Augen weiteten sich. „Sidele ebenfalls?"

„Wie glaubst du denn, hätte ich sonst deinen schweren Hintern in die Truhe bekommen? Und hast du jemals versucht, dich selbst zu fesseln?" Singer widmete ihm ein trockenes Lächeln.

Die Vorstellung war zuviel für Arin. Zum erstenmal seit der schier endlose Alptraum begann, hatte er Grund zu lachen, und Singer stimmte in sein Gelächter mit ein. Sie kicherten, brüllten, überschlugen sich fast vor Lachen, und obgleich dieses Gelächter nicht nur der Heiterkeit entsprang, brauchten sie lange, bis sie sich wieder fangen konnten.

„Warum, Singer? Weshalb das alles?"

Sein Bruder zuckte die Schultern. „Erinnerst du dich, als du damals zu mir kamst, um deine glänzende nagelneue Macht auszuprobieren? Als du mir den Schlag mit dem Bild meiner Mutter versetztest?"

„Ja, das war grausam von mir."

„Ich wurde wütend, und das beschleunigte meinen Entschluß, aber die Idee war bereits vorhanden gewesen. Da warst du, Arin, so von dir und deiner Mission überzeugt. Ich beschloß, Gott zu spielen, die Welt auf meine Weise zu formen." *Auf meiner Mutter Weise.*

Arin verstand mehr, als Singer sagte. Er kannte seinen Brunder jetzt. *Eine Welt formen, wo Singer kein Außenseiter sein würde.*

Er hatte nicht beabsichtigt gehabt, daß sein Bruder es lesen sollte, aber Singer stand plötzlich auf. „Dürfte Zeit sein, daß du umkehrst, Arin." Er streckte die Hand aus. „Gib mir den Gürtel, obgleich Außenseiter ohnehin kaum bemerkt werden."

Arin schaute an sich hinunter. „Hätte fast vergessen, daß ich ihn noch trage. Aber du hast den Helm in der Stadt gelassen."

Den Gürtel, Arin!

„Garick wird danach fragen. Wozu brauchst du ihn?"

„Götter schauen aus der Nähe gar nicht so imposant aus." Er wartete, die Hand immer noch ausgestreckt. Arin rührte sich nicht. „Muß ich dich erst wieder stehlen?"

„Das erstemal hast du mich gewinnen *lassen.* Ich frage mich, wie ich in einem echten Machtkampf abschneiden würde . . .?"

Kleiner Bruder – schreib es dir in dein Ego.

Arin grinste verlegen. Schließlich schnallte er zögernd den Gürtel ab und gab ihn Singer. „Also gut, du trauriger Bastard, nimm ihn. Du brauchst ihn mehr als Garick." Er sah zu, wie sein Bruder ihn um die Mitte legte. „Wo willst du hin? In die Stadt?"

„Nein."

„Dann komm doch mit heim!"

Heim? Wo ist das?

„Singer, du hast keinen Grund so zu reden. Ich werde Garick erzählen, was du wirklich getan hast und ...“

„NEIN!“

„Warum *nicht?* Was versuchst du zu beweisen?“

Singer legte eine Hand über die Augen, beschattete sie. Einen Moment stand er schweigend, ehe er zu seinem Bruder hochsah. „Arin“, sagte er sanft. „Ich habe diesen Haß neunzehn Jahre in mir getragen. Es wird Zeit, daß ich aufhöre, ihm weh zu tun.“

?

Er kann meine Mutter jetzt endlich begraben. Außer er erfährt, daß er es mir schuldet, nicht dir.

„Aber das muß dich doch schmerzen.“

„Ich bin Singer.“ *Und es gewohnt.*

Singer machte sich zu Fuß auf in den Wald.

„Nimm doch wenigstens das Pferd.“

„Nein, Arin. Nichts, was ihm gehört.“

„Er wird gar nicht fragen.“

„Wohin müßte ich denn so schnell, daß ich unbedingt zu reiten brauche?“

Er wanderte in südöstliche Richtung. So würde er zwischen Lorl und der Zone hindurchkommen und einen sicheren Abstand von beiden halten. Arin schaute ihm nach. Bald war Singer zu weit entfernt, als daß er ihn noch hätte hören können, also lepte er.

Du hast etwas unterschlagen, großer Bruder.

?

Arins Lep schnitt in Singers Geist. *Warum willst du es denn nicht zugeben? Du bist allein, weil du es gar nicht anders haben möchtest.*

Keine andere Wahl, Arin.

Weil du dich selbst als Singer, der Außenseiter, siehst.

Bin nicht der einzige, der so denkt.

Du hast die Welt umgeformt, aber du bringst es nicht fertig, die gleiche Magie an dir selbst anzuwenden.

Arin ...

O nein, du kannst mir das Lep nicht verbieten! Ich war durch das Tor mit dir, richtig? Ich kenne dich. Du und Garick, ihr formt Welten, formt mich, und dann laßt ihr mich allein, nachdem ich zuviel verstehe, oder nicht genug, und an nichts davon glaube. Denkst du, Garick ist am richtigen Platz? Ist in seinem Gehirn genügend Raum für alles, was er gelernt hat und noch lernen wird? Wird Lane am richtigen Platz sein, wenn sie zur Erde betet, sie anruft: ‚Sei prall mit Leben', und doch den Tod darin riecht? Du kannst alle täuschen, Singer, außer mir. Marian lehrte auch mich. Ich glaube nicht, ich muß nicht glauben. Wenn ich nach der Welt stinke, so lebe ich trotzdem in ihr, denn es ist die einzige, die ich habe.

Keine Antwort von seinem Bruder.

Du bist ein Außenseiter, weil du nicht hierher passen willst, du paßt nicht hierher, weil du dir selbst nicht gestattest, hierher zu passen, weil . . .

Und dann konnte er Singer nicht länger sehen.

Trotz des Schwindelgefühls ohne den Helm mußte er Arin ausschließen, seine Gedanken verwirren. Aber es half nichts.

Du bist nicht allein, egal was du denkst, denn du schafftest es nicht in deine gottverdammte Stadt ohne mich!

Es dauerte lange, bis Arins Lep schwächer wurde. Singer wollte seinen Bruder verfluchen, ihn anbrüllen aufzuhören, aber er konnte es nicht.

Einmal allein hindurch. Einmal mit Arin. Einmal ihr Gebäude hochgeschaut. Einmal mit der Priesterin gesprochen. Und jetzt . . .

Würde er nie aufhören, durch das Selbsttor zu laufen?

Marian wartete außerhalb Lorl auf ihn, wie sie es ausgemacht hatten. Sie griff in den motorisierten Wagen, holte den Helm heraus und reichte ihn ihm.

„Es ist das erstemal, daß ich dich als Singer sehe", sagte sie.

„Ich weiß."

„Es besteht eine Familienähnlichkeit."

„Wird Garick sich nicht wundern, wo du bist?"

„Er ist mit einem kleinen Mann mit kahlem Schädel beschäftigt. Sie haben da dieses alte Buch und Randall – dein Großvater – hilft ihnen, einen Teil davon zu übersetzen." Ein leichtes Lächeln zuckte um ihre Mundwinkel. „Sie werden sich nicht so schnell dabei stören lassen, das kann ich dir versichern."

Singer setzte den Helm auf und griff erneut nach dem Schalter.

„Singer?"

Er hielt inne. „Ja, Marian?"

„Du bist jetzt dort willkommen, weißt du? In der Stadt."

„Danke. Aber ich kann nicht dorthin. Noch nicht. Es ist zuviel."